吴礼权

字中庸，安徽安庆人，1964年7月生。文学博士（中国修辞学第一位博士学位获得者）。复旦大学中国语言文学研究所教授、博士生导师，中国修辞学会会长，日本京都外国语大学客员教授，台湾东吴大学客座教授，湖北省政府特聘"楚天学者"讲座教授。

迄今已在国内外发表学术论文200余篇，出版学术专著《中国笔记小说史》《中国言情小说史》《清末民初笔记小说史》《古典小说篇章结构修辞史》《中国修辞哲学史》《中国语言哲学史》《修辞心理学》《现代汉语修辞学》《汉语名词铺排史》等24部。另有《阐释修辞论》《中国修辞学通史》《中国修辞史》《中国辞格审美史》等合著9种。

学术论著曾获国家级奖3项，省部级奖7项，专业类全国最高奖1项，国家教育部科学研究一等奖1项。三十多岁就以突出的学术成就破格晋升为教授，成为复旦大学百年史上最年轻的文科教授之一。曾多次赴日本等海外高校讲学或作学术研究、学术交流，并受邀在日本早稻田大学等国际知名学府作学术演讲。

文学创作方面，著有说春秋道战国系列历史小说。目前已出版《说客苏秦》《策士张仪》《游士孔子》《刺客荆轲》四部，2011年开始由台湾商务印书馆、云南人民出版社、暨南大学出版社陆续以繁简体两种版本隆重推出，在海峡两岸读书界与学术界产生了强烈反响。《文艺报》《文汇报》《解放日报》《新民晚报》《南方日报》《羊城晚报》等全国各大媒体均有报道，同时新浪、搜狐、雅虎、香港凤凰网、人民网等各大门户网站亦有报道。2014年11月29日，由复旦大学与暨南大学出版社联合主办的"吴礼权历史小说研讨会"在上海召开，来自北京大学、复旦大学、南京大学、华东师范大学、中国现代文学馆等全国各大科研院校的十位著名文学批评家会聚复旦，对《说客苏秦》《游士孔子》等四部长篇进行了热烈的讨论。专家们一致认为，"吴礼权教授是一流学者，以深厚的学术功底为依托，以修辞学家的语言修养为基础，从事历史小说创作，起点高、品位高、格局大"，"其建树是一般历史小说作家所难以企及的"。

说春秋道战国系列历史小说

化蝶飞

Transforming into a Fluttering Butterfly
Zhuangzi the Open–minded Daoist

复旦大学　吴礼权　著

达者
庄子

暨南大學出版社
JINAN UNIVERSITY PRESS

中国·广州

图书在版编目（CIP）数据

化蝶飞：达者庄子／吴礼权著. —广州：暨南大学出版社，2019.5
（说春秋道战国系列历史小说）
ISBN 978 - 7 - 5668 - 2548 - 3

Ⅰ.①化… Ⅱ.①吴… Ⅲ.①长篇历史小说—中国—当代 Ⅳ.①I247.5

中国版本图书馆 CIP 数据核字（2018）第 301279 号

化蝶飞：达者庄子
HUADIEFEI：DAZHE ZHUANGZI
著　者：吴礼权

出 版 人：徐义雄
项目统筹：晏礼庆
策划编辑：杜小陆
责任编辑：康　蕊
责任校对：林　琼　陈皓琳
责任印制：汤慧君　周一丹

出版发行：暨南大学出版社（510630）
电　　话：总编室（8620）85221601
　　　　　营销部（8620）85225284　85228291　85228292（邮购）
传　　真：（8620）85221583（办公室）　85223774（营销部）
网　　址：http：//www.jnupress.com
排　　版：广州良弓广告有限公司
印　　刷：广州市穗彩印务有限公司
开　　本：787mm×1092mm　1/16
印　　张：32
字　　数：548 千
版　　次：2019 年 5 月第 1 版
印　　次：2019 年 5 月第 1 次
定　　价：98.00 元

卷首语

在中国历史的天空中，曾经闪耀过无数人文之星。其中，光焰万丈的璀璨之星也有不少。比方说庄子，就可谓是其中相当亮眼的一颗。

自古以来，在中国思想文化界，只要一提到庄子，那是无人不感兴趣的。尤其是那些不得意的文人，更是常常引庄子为知己，特别推崇其游世思想。近人闻一多就曾说过："中国人的文化上永远留着庄子的烙印。"（《古典新义》）除了人格与文化上的影响之外，庄子思想及其文风对中国文学的影响之大就更是众所周知了。后世文人追捧晋人陶渊明，唐人李白、李商隐等人的作品，其实就是在追捧他们幻觉中的浪漫庄子及其文艺思想。正如近人郭沫若所言："秦汉以来的每一部中国文学史，差不多大半是在他的影响之下发展的。以思想家而兼文章家的人，在中国古代哲人中，实在是绝无仅有。"（《庄子与鲁迅》）

尽管庄子的思想对后世的影响是非常巨大的，但由于庄子思想跟老子思想一样，不是讲"道德哲学"的，而是专讲"思辨哲学"。在人生追求上是消极出世，而非积极入世的，因而他的思想在当时以及后代都不可能成为历代统治者治国安邦、维系统治基础的主流思想。正因为如此，这就注定了庄子思想必然跟老子思想一样，无论是古是今，其拥趸都只能是失意的读书人或避世的边缘人。又因为庄子跟老子一样，生前都没有像孔子那样开办私学，有大量的弟子与再传弟子，其思想传播就远不及孔子思想的传播那样广泛，不仅其社会影响有限，就是有关他们的身世及其生平事迹也少有文字记载。而孔子就不一样，记录其与门下弟子及再传弟子言行的文字，不仅有广泛传世的《论语》，更有共十卷四十四篇的《孔子家语》。正因为有这些史籍记载，所以汉人司马迁在《史记》中才能为孔子写出洋洋近万言的传记《孔子世家》。而庄子跟老子一样，因记载其生平行事的文字阙如，让司马迁在为他们作传时陷入了无从下笔的尴尬境地。无奈之中，司马迁只好将庄子与老子、申不害、韩非等人合为一传，撰成《老庄申韩列传》。其中，叙述庄子生平行事的，只有如下的二百余字：

庄子者，蒙人也，名周。周尝为蒙漆园吏，与梁惠王、齐宣王同时。其学无所不窥，然其要本归于老子之言。故其著书十余万言，大抵率寓言也。作《渔父》《盗跖》《胠箧》，以诋訾孔子之徒，以明老子之术。《畏累虚》《亢桑子》之属，皆空语无事实。然善属书离辞，指事类情，用剽剥儒、墨，虽当世宿学不能自解免也。其言洸洋自恣以适己，故自王公大人不能器之。

楚威王闻庄周贤，使使厚币迎之，许以为相。庄周笑谓楚使者曰："千金，重利；卿相，尊位也。子独不见郊祭之牺牛乎？养食之数岁，衣以文绣，以入大庙。当是之时，虽欲为孤豚，岂可得乎？子亟去，无污我。我宁游戏污渎之中自快，无为有国者所羁，终身不仕，以快吾志焉。"

这段文字，除了最后的一个故事外，后人从中看不出庄子任何清晰的形象。如果我们要对庄子其人其事进行想象，大概也只有一部六万余言的《庄子》可以作为依凭了。

今存《庄子》三十三篇，分内、外、杂三部分。根据学术界的共识，认为内篇七篇应该是庄子本人的文字，而外篇十五篇与杂篇十一篇则可能是出自庄子门人或后学之手。

由于庄子生平事迹在史籍上没有记载，因此自古以来叙写庄子的文学作品就极少，只有明人冯梦龙的《警世通言》中有一篇短篇话本小说《庄子休鼓盆成大道》，是根据《庄子》外篇《至乐》中记载的一个小故事敷衍而成的。除此之外，我们能看到的就只有《庄子评传》之类的作品。不过，评传是评论庄子哲学思想的学术专著，并非是文学作品，跟传记、历史小说完全不是一回事。

这本名曰《化蝶飞：达者庄子》的小书，是一部长篇历史小说，是企图还原庄子哲学思想及其肉身凡胎形象的文学作品。《庄子》内篇的内容，是小说用以还原其哲学思想的主要依据；《庄子》外篇与杂篇的文字，则是令庄子哲学思想及其形象得以丰满起来的活水清泉；庄子生活的战国时代，则是小说主人公庄子活动的背景与舞台；《庄子》内篇、外篇、杂篇中固有的故事，是小说叙事中的重要组成部分；内篇、外篇、杂篇中皆无的虚构故事，也是小说叙事的重要组成部分，它们共同支撑起庄子肉身凡胎的鲜活形象。

这本名曰《化蝶飞：达者庄子》的小说，既然是历史小说，那么其中的庄子就是文学形象的庄子，而非真实不打折的哲学家庄子。书中所写庄子的日常生活，庄子的一言一行、一颦一笑，还有庄子的喜怒哀乐、悲欢离合等等，均属文学想象的产物，是小说，而非历史。

　　我在历史小说《道可道：智者老子》的卷首语中曾经说过："只有史实的考据，而无文学想象与文学描写，那是人物评传，不是历史小说；只有文学想象与文学描写，而没有史实的考据，那是纯粹的小说，也不是历史小说。"这本《化蝶飞：达者庄子》，既然在写作时便被定位为历史小说，那就必然要在"历史"与"小说"之间寻求平衡。至于所作的平衡是否恰当，那就需要读者去评判了，这就像我们解读庄子的哲学思想一样，大家是可以见仁见智的。

　　尽管如此，我还是希望读者能够透过这部历史小说，走近庄子，走进庄子的哲学世界，走进庄子的内心世界，走进庄子的生活时代，理解庄子的无奈，感受庄子的快乐，做他的知己、知音。面对现代社会中的种种困惑，面对现实生活中的种种困顿，能够气定神闲，"知其不可奈何而安之若命"，那也未尝不是一种人生境界。

吴礼权

2018 年 4 月 5 日清明节记于复旦大学

主要人物表

庄　　周　　即庄子，曾为漆园吏，战国时代道家的代表人物，有《庄子》一书传世。

惠　　施　　即惠子，战国时代名家的代表人物，曾为魏国之相，跟庄子有较密切的关系，多次与之辩论。

孟　　轲　　即孟子，战国时代儒家的代表人物。

蔺　　且　　庄周弟子，《庄子·山木》篇有明确记载，是现今唯一可以确认的庄周弟子。

监河侯　　庄周的朋友。庄周因家贫向他借米，他不肯借，却说等收了邑金后借给庄周三百金。

魏惠王　　又称梁惠王，是战国时代魏国之君，公元前370年至公元前335年在位（据《史记·六国年表》）。在位时凭借李悝变法后魏国异常强大的国力，不断兴兵攻打诸侯各国，意欲灭韩并赵，再谋一统天下的大计。还曾举行"逢泽之会"，以朝周天子为名，号令诸侯。后因好战而不知进止，两败于齐国后，又被强力崛起的秦国乘虚而入，屡战屡败，国力从此一蹶不振。最后迫于强秦不断攻伐的压力，东迁魏都于大梁，遂被世人称为梁惠王。《庄子·山木》篇记有庄子见魏惠王一事。

亓官氏　　庄周之妻，宋国贵族之女（姓氏与身份均为虚构）。

公孙丑　　孟轲弟子。其与庄周在宋都商丘论辩的情节，则为小说虚构。

逸　　轩　　庄周弟子，赵国公子，系小说虚构人物。

淳于悦　　庄周弟子，齐国人，系小说虚构人物。

鄢　　然　　惠施弟子，系小说虚构人物。

短须儒生　　跟庄周论辩的鲁国儒三，系小说虚构人物。

长须儒生　　跟庄周论辩的鲁国儒三，系小说虚构人物。

墨翟之徒　　跟庄周在稷下学宫论辩者，系小说虚构人物。

惠施弟子　　跟庄周在稷下学宫论辩者，系小说虚构人物。

长须游士　　庄周在魏都大梁客栈所遇之游士，系小说虚构人物。

短须游士　庄周在魏都大梁客栈所遇之游士，系小说虚构人物。

黄须游士　庄周在魏都大梁客栈所遇之游士，系小说虚构人物。

摸鱼汉子　宋国人，教会庄周摸鱼、烤鱼，系小说虚构人物。

丫　丫　庄周之女，系小说虚构人物。

嘟　嘟　庄周之子，系小说虚构人物。

申不害　即申子，郑国人，战国时代法家的代表人物之一，曾任韩昭侯之相十五年，终使韩国国治兵强。

公孙鞅　即商鞅。姓公孙，名鞅。其祖本姓姬。卫国诸庶孽公子。少年时代好"刑名"之学，早年投奔魏国之相公叔痤门下，为中庶子。公叔痤死前举荐他为魏国之相，魏惠王不听。后闻秦孝公所颁求贤令，往秦游说，得秦孝公信任，为秦国变法革新。为秦相十余年，爵封大良造。后又因伐魏有奇功，秦孝公裂土封之于於、商之地，号为"商君"。后秦孝公卒，秦惠王继位，因被秦惠王记恨变法时罪及于他与其师傅的旧事，遂潜逃至魏。但不为魏王所纳，反被遣返至秦。万般无奈之下，乃铤而走险，举於、商之徒众反于秦。最后，兵败被擒，终为秦惠王施以五马分尸的极刑。

庞　涓　魏惠王时魏国大将，与孙膑同师从鬼谷子习学兵法。后两败于孙膑、田忌，战败自杀。

孙　膑　齐国人，孙武后裔。曾与庞涓同学兵法，才能为庞涓所忌。庞涓为魏将后，被诳骗至魏后处以膑刑（即削去膝盖骨）。后潜归齐国，为齐将田忌赏识，视为座上宾。齐魏交战时，两次为齐国军师，配合主将田忌，分别以"围魏救赵"与"减灶诱敌"之计，大败庞涓率领的魏国之师于桂陵、马陵，迫使庞涓战败自杀。著有《孙膑兵法》传世。

田　忌　齐国名将，曾在"桂陵之战""马陵之战"中两败魏师。后因功高而为齐相邹忌所忌，遭排挤而出走于楚，被楚王封之于江南。

田　盼　齐国名将。齐宣王时，在齐魏"马陵之战"中与田忌配合，大败魏师，斩魏师之首十万。后来田忌因齐相邹忌设计陷害而逃楚，田盼则成了齐国最重要的大将。

段干朋　齐威王时齐国大臣，对齐魏"桂陵之战"的决策有重要影响。事见《史记·田敬仲完世家第十六》。

鬼谷子　战国时代著名的思想家、纵横家、谋略家。史书记载，纵横家苏秦、张仪，军事家孙膑、庞涓，都是他的弟子。

苏 秦　周都洛阳人，曾师事鬼谷子，习学"阴阳""纵横"之术，力主"合纵"，后游说六国之王成功，为"纵约长"，挂六国相印，爵封武安君，独力维持天下安宁多年。后"纵约"被破，乃至燕国为相。因与燕太后私通，怕事发祸至，乃自请至齐国为燕王行"用间"之计。至齐，深得齐湣王信任，权倾朝野，终为齐人嫉妒而被刺杀。临死前，遗一计，让齐王为他擒得真凶而杀之。

张 仪　魏国张城人，与苏秦同师鬼谷子习学"阴阳""纵横"之术，力主"连横"，后游说秦惠王成功，先为秦国之相，为秦国的崛起立下不世之功。后又兼相魏国，再为楚国之相。晚年遭秦国权臣排挤，用计脱身，到魏国为相，死于魏相任上。

公孙衍　即犀首，魏国阴晋人，早年为魏王之将，官至犀首，故世人以此名之。后离魏至秦，游说秦惠王而得宠。曾率秦师屡伐魏国，打得魏国丧师失地，一蹶不振。因功官拜秦国大良造，爵位与当年为秦国变法的商鞅相伴。后为入秦为相的张仪夺宠，转而至魏，为魏王之将。先用计联合齐国名将田盼伐破赵国，破了苏秦的六国"合纵"之盟，接着策划了"五国相王"，后来又策动山东"五国伐秦"的战争，一直打进函谷关，让秦惠王胆战心寒。后来，又任韩国之相，与张仪等斗智斗勇，为战国时代叱咤风云的一代枭雄。

淳于髡　齐国名士，战国时代有名的说客，曾一日向齐威王荐举七士。

周显王　即姬扁，周天子，战国时代周王朝名义上的"天下共王"，公元前368年至公元前321年在位。

魏襄王　魏惠王之子。曾于周显王三十五年（公元前334年）与齐宣王、韩昭侯等相会于徐州，相互承认对方的王号，史称"徐州相王"。

齐威王　田成子之孙，战国时代齐国国君，公元前378年至公元前343年在位（据《史记·六国年表》）。太公望之后绝祀后，田氏正式称王的第一代，《史记》称"自田常至威王，威王始以齐强天下"。

齐宣王　齐威王之子，公元前342年至公元前324年在位（据《史记·六国年表》）。曾于周显三三十五年（公元前334年）与魏襄王、韩昭侯等相会于徐州，相互承认对方的王号，史称"徐州相王"。

赵成侯　战国时代赵国之君。周显王十六年（公元前353年），魏国派大将庞涓围攻邯郸。赵成侯向齐威王求救，齐国大将田忌与军师孙膑率兵往救，败魏师于桂陵。魏持续用兵，终破邯郸。周显王十八年（公元前 351 年），魏惠王与赵成侯盟于漳水之上，赵成侯接受屈辱的条件，魏归赵都邯郸。

赵肃侯　　周显王时期赵国之君，苏秦"合纵"之策的主要支持者，也是"合纵"轴心国的中坚力量。即位初期，为其弟赵国之相奉阳君架空。亲政后，支持苏秦"合纵"大计，终使赵国在诸侯国中的地位大大提升。

赵武灵王　赵肃侯之子，执政十九年时曾颁布"胡服骑射"令，实行军事改革，终使赵国军事实力大幅提升，赵国也由此开疆拓土，蔚然而成天下强国。

秦孝公　　周显王时期秦国之君，曾下求贤令，任卫人公孙鞅变法改革，遂使秦国由弱变强，由此逐渐奠定了秦国在战国各诸侯国中的霸主地位。

秦惠王　　秦孝公之子，曾先后任用公孙衍、张仪等客卿，使秦国国力益强，遂称霸天下。

韩昭侯　　周显王时期韩国之君，曾任申不害为相，使韩国国力渐盛。

韩宣惠王　韩昭侯之子。

燕文公　　周显王时期燕国之君，首起支持苏秦"合纵"之策，是苏秦游说成功的第一个诸侯王。

老　聃　　即老子，姓李，名耳，楚国人，春秋时代道家代表人物，与孔子同时，孔子曾向其问过礼。曾为周王室守藏室之史，有《老子》八十一章传世。

孔　丘　　即孔子，名丘，字仲尼，鲁国大夫。春秋时代儒家学派代表人物，著名教育家。鲁昭公时开始兴办私学，招收弟子。鲁定公时，为中都宰，后升任小司空，再由小司空升为大司寇，兼摄鲁相之职。不久，因齐国女乐风波而辞职，前往卫国。后往宋国与楚国，再回卫国。鲁哀公时，回到鲁国，继续招收弟子讲学，晚年好《易》，年七十三而死。

苌　弘　　字叔，又称苌叔。东周内史大夫。孔丘至周室参访时曾向其问乐。

接　舆　　即楚狂，本姓陆，名通，字接舆。本是一个读书人，在楚国也是一个很有名的士。因看不惯官场黑暗，又对楚国社会不满，于是就把头发剪掉，假装发疯，从此不再做官，隐居山里，躬耕自食。因为行为古怪，所以人们给他取了一个外号，叫"楚狂"。

少正卯　　鲁国大夫，主张政治革新，也兴办私学，被称为鲁国的"闻人"。

因与孔丘政见相左，孔丘当上鲁国大司寇后将其杀害。

沈诸梁　楚国贤大夫，姓沈，名诸梁，字子高，居叶地，人称叶公。孔丘周游列国走投无路时曾往叶地拜访过叶公，相谈甚欢，互相倾慕，从此结下了深厚的情谊。

蘧伯玉　蘧瑗，卫国大夫，卫灵公朝贤臣，深得孔丘敬重，曾多次向卫灵公进荐孔丘。

子　路　即仲由，卞人。孔丘早期弟子，有勇力才艺，以政事著名。曾任蒲邑宰。后在卫国任职，因卷入卫国内部权力斗争而被乱刀砍死。

颜　回　字子渊，鲁人。孔丘弟子，是孔丘大弟子颜由之子，七岁拜孔丘为师。以德行著名，孔子称其仁。

子　贡　即端木赐，卫人，孔丘弟子，以口才著名，有杰出的外交与经商才能。

墨　翟　即墨子，宋国人，墨家学派的创始人，是先秦时代著名的思想家、教育家、科学家与军事家。主张"兼爱""非攻""尚同""尚贤""非命""非乐""节葬""节用"等，有《墨子》一书传世。

杨　朱　战国初期著名哲学家，也是杨朱学派的创始人，主张"贵己""重生"，宣扬"损一毫利天下，不与也；悉天下奉一身，不取也。人人不损一毫，人人不利天下，天下治矣"。

吴　起　卫国人，战国时代杰出的政治家、军事家。历仕鲁、魏、楚三国，都建立了不世之功。特别是辅佐楚悼王进行政治改革，使楚国积重难返的弊政得以革除，楚国国力得以迅速提升。但因变法触及旧贵族利益，楚悼王死后，被旧贵族作乱射杀。著有《吴子兵法》，与《孙子兵法》《司马穰苴兵法》齐名。事见司马迁《史记》卷六十五《孙子吴起列传》。

伍子胥　名员，字子胥，后因封地在申，又称申胥，春秋时代楚国人，因楚平王听信谗言杀其父兄而奔吴，得吴王阖闾重用，助吴国崛起强大。公元前506年，率兵伐楚，攻入楚都，掘楚平王之墓，鞭尸三百，报了父兄之仇。后劝谏吴王夫差不要急于攻齐，应先灭越国，再徐图中原。夫差不听其谏，伍子胥因反对太宰伯嚭谗言，被吴王夫差赐剑自杀而亡。

卫灵公　春秋时代卫国之君，姬姓，名元。公元前534年至公元前493年在位。《孔子家语·贤君第十三》有载，鲁哀公曾问孔子："当今之君，孰为最贤"，孔子认为当推卫灵公。

楚悼王　　战国时代楚国之君，芈姓，熊氏，名疑（一作类），楚声王之子。在位时大胆任用卫人吴起为楚国变法革新，使楚国迅速富强崛起，取得了平百越、并陈蔡、却三晋、西伐秦的不世之功。事见司马迁《史记》卷四十《楚世家第十》。

楚肃王　　楚悼王之子。继位后，收捕射杀吴起并伤及悼王之尸的作乱贵族七十余家，并处以三族之刑。事见司马迁《史记》卷四十《楚世家第十》。

齐桓公　　春秋时代齐国之君，姜太公之后，姜姓，吕氏，名小白，公元前685年至公元前643年在位。执政期间，举"尊王攘夷"之旗，九合诸侯，北击山戎，南伐楚国，成为春秋时代的第一位霸主。事见司马迁《史记》卷三十二《齐太公世家第二》。

陈　完　　春秋时代陈厉公之子，后亡奔齐国，为陈氏来齐的始祖。事见司马迁《史记》卷四十六《田敬仲完世家第十六》。

田　常　　即田恒，田成子，齐平公时代权臣，通过政变杀齐简公，立简公之弟为君（即齐平公），独揽齐国一切朝政大权。事见司马迁《史记》卷四十六《田敬仲完世家第十六》。

田　和　　即齐太公，陈完的八世孙。废齐康公而自立为齐侯，田氏正式窃取姜姓之齐。事见司马迁《史记》卷四十六《田敬仲完世家第十六》。

目　录

第一章　在人间

1. 栩栩然蝶

周显王三十年（公元前339年），地处宋国西南偏僻一隅的蒙地漆园，虽然与往年相比，春天的脚步显得慢了好大一拍，但时至二月底，周围五十里的远山近水也已草长莺啼。高低不一的山丘，起伏辽阔的原野，流水潺潺的南溪，还有村前屋后、田间地头，到处一片葱绿。不知名的野花，开得满眼尽是。

三月初五，和煦温柔的春风微微地吹着，柔和温暖的阳光和蔼地照着，万物生机勃勃，人心蠢蠢欲动。这天快到午时，漆园南溪一处较阔的水面处，一个瘦弱的中年男子与一个高大健壮的年轻男子就垂钓于柳荫之下。可是，钓了一个时辰，二人仍然一无所获。

"先生，我们不钓了吧。垂钓虽然自有垂钓之乐，但解决不了现实问题。时间不早了，我们还是收起钓竿，往上游水浅处，直接下水摸鱼吧。"年轻男子一边抬头看看太阳，一边对中年男子轻声说道。

中年男子没吱声，却顺从地默默地收起了钓竿，从溪边坐着的一块大石上慢慢站起。然后，右转沿着溪边小径，往溪流的上游信步而去。年轻人见此，连忙收起钓竿跟上。可是，走到上游溪边的一棵大青杨下，中年男子突然站住了，眼睛盯着一片树叶，眼珠动也不动一下。

年轻人不解，先是愣了一下，然后蹑手蹑脚地走到中年男子身后，偷眼朝他眼睛盯着的那片树叶看去，原来是一条黑黑的毛毛虫正从树叶背面悬着的蛹中慢慢爬出来。待到全身都从蛹中脱出后，那毛毛虫好像是熟门熟路似的从叶背翻身爬到了叶面上，在叶子的正中躺下不动了。看到这里，年轻人再也忍不住了，轻声问道：

"先生，这是什么虫？怎么突然不动了？是死了吗？"

"这是蝴蝶。"中年男子脱口而出道。

1

"蝴蝶？蝴蝶不是飞的吗？这可是一条毛毛虫呀！"年轻人瞪大眼睛，望着中年男子。

"它正在蜕变。"

"先生，您是说这条眼下在树叶上爬的毛毛虫，蜕变后就会成为在天空中翩翩起舞的蝴蝶，是吗？"

中年男子点了点头，眼睛仍然盯着叶子上的这条毛毛虫。

"先生博学，是否可以给弟子讲讲蝴蝶的生命历程？"年轻人侧脸看着比他整整矮了一个头的中年男子，诚恳地说道。

中年男子没吱声，仍然眼盯着那条毛毛虫。过了一会儿，他看看仍然一动不动的毛毛虫，又抬头望了一眼天上的太阳。然后，侧过脸来，对年轻人说道：

"每到春天，待到许多植物都新叶长成时，成年蝴蝶就会选择一些植物的叶子，将卵产于其上。"

"蝴蝶产卵，为什么要选择在植物的叶子上呢？"年轻人不解地问道。

"这是为幼虫准备食物。"

"先生的意思是说，蝴蝶的卵变成虫后，虫就吃其寄住的植物叶子，是吧？"

中年人点了点头。

"那蝴蝶虫卵寄住的植物都有哪些呢？"年轻人又追问道。

"这并不好说，不同之地的蝴蝶可能有不同的选择吧。天下之大，各处的植物都不尽相同，各处的蝴蝶大概也各有自己觉得可口的植物吧。"

"先生，那眼前这条毛毛虫寄住的大青杨，应该就是本处蝴蝶认为可口的植物了吧？"

中年人点了点头。

"先生，我们刚才看到的这条毛毛虫是从蛹中爬出来的。是不是蝴蝶的卵直接化蛹，毛毛虫孕育于蛹中，从蛹中出来后，就直接变成蝴蝶，然后便到天空中飞舞了呢？"

"没那么简单。由虫卵孵化而成的幼虫，通过不停地噬食寄住的植物之叶而变为成虫。之后，成虫要经过多次蜕皮，完全成熟后才变成蛹。化蛹之前，成虫往往将自己转移到植物叶子的背面，吐出几根丝将自己固定住。之后，才直接化蛹。待到蛹也成熟了，就从蛹中破壳而出，变成眼前这样的一条毛毛虫。"

"那这条毛毛虫最后如何变成在空中翩翩起舞的蝴蝶呢？"年轻人又追

问道。

"这需要时间，我们可以拭目以待。"中年人淡淡地说道。

"先生，您是说我们在这等着看，就能见到这条毛毛虫变成蝴蝶飞起来了?"

"那需要一两个时辰吧。我们先赶紧下水摸鱼去，也许上岸后就能看到这条毛毛虫蜕化而为翩翩起舞的蝴蝶了。"

"先生，就这条黑乎乎的毛毛虫，能够变成翩翩起舞的蝴蝶? 您看，它翅膀也没有，怎么会化蝶而飞?"

"你看它，现在好像是死了一般，是不是? 其实，它是在晒太阳，将从蛹中脱出时翅膀上的水分晒干。等到水分晒干了，翅膀就慢慢地从身体上舒展开来，然后再慢慢地变硬，就可以起飞了。"

"先生，果真如此?"年轻人瞪大眼睛望着中年人，不敢相信地问道。

"就是这样。我们赶紧下水摸鱼吧，不然就要错过看毛毛虫化蝶的精彩一幕了。"中年人一边说着，一边转身离开了那棵大青杨，迈开大步往溪边而去。

年轻人见此，连忙跟上。

一个多时辰后，中年人与年轻人又回到那棵大青杨下。中年人急切地凑近先前所见毛毛虫的那片叶子，年轻人手里提着一根串着五条鱼儿的树枝跟在后面。

"快过来看，我们来得正是时候。"

年轻人连忙凑近中年人身旁，发现那条毛毛虫身上果然已经多出前大后小的两对翅膀，不禁失声叫道:

"真的长出了翅膀，好奇异的事呀!"

中年人竖起食指，按在唇间。年轻人明白其意，立即安静下来，屏息以观。

过了大约有一顿饭的工夫，突然又见毛毛虫的翅膀变大变厚了，翅膀上的花纹也显露出来。年轻人虽然激动得眉飞色舞，但见中年人凝神贯注的样子，强忍住不敢发出声音，也没有任何动作，只是偶尔侧脸用眼角余光瞥了两次中年人。

可是，就在年轻人第三次侧脸瞥视中年人的一瞬间，突然听到中年人惊喜地叫道:

"飞了，飞了!"

年轻人下意识地抬起头来，发现毛毛虫真的飞走了，现在已经是在空中翩翩起舞的蝴蝶了。看着蝴蝶越飞越高，越飞越远，年轻人情不自禁地感叹道：

"生命真是太神奇了！刚才还趴着不动，托身于树叶上的毛毛虫，现在竟然冲天而飞，成了自由飞翔于天空中的蝴蝶。"

中年人望着飞得不见踪影的蝴蝶，失神地立在原地，半天也没有反应。良久，才喃喃自语道：

"天大，地大，人亦大。"

年轻人听中年人话说得没头没尾，一时愣住了。迷惑地看了他好久，终于还是忍不住问道：

"先生，天大，地大，谁都有体认。可是，说人亦大，就让人不明白了。人在天地面前，实在是太渺小，太渺小了。先生，您怎么将人与天、地相提并论呢？"

"天大，地大，不如人心大。人心有多大，宇宙就有多大，世界就有多大。"中年人仍然仰望天空，没有看年轻人一眼，却不假思索地说道。

年轻人迷茫地望着中年人好久，突然若有所思，一拍脑袋，说道：

"先生，弟子明白了。"

"明白什么了？"中年男子侧过脸来，直视年轻人问道。

"先生的意思是不是说，天大，地大，都是有空间极限的；而人心能思之极远，是没有极限的。"

中年人摇了摇头。

"先生，那您说是什么意思？"

"为师刚才看蝴蝶蜕化而飞，突然有所醒悟，觉得人亦如蝴蝶。毛毛虫蜕化，能化身为蝴蝶，飞上蓝天，自由自在。人若通过悟道，达到精神上的蜕化，不就可以提升心灵境界，拓展精神空间，提升人的自由度，遨游于'大道'，像蝴蝶一样自由自在吗？"

中年男子话音刚落，年轻人脱口而出道：

"先生这样说，倒也有道理。不过，先生说到天大，地大，让弟子突然想起老聃好像也说过这样一句类似的话，叫作：'道大，天大，地大，王亦大'。先生的话，表面上好像是在套用老聃的意思，实质上却不一样，所以弟子刚才一时没反应过来。"

"那你觉得为师的话跟老聃的意思有什么不同呢？"中年男子反问道。

"老聃的意思，是要治世者循'道'而行，这样才能成为与天地、自然共存的圣人。老聃的解释是，'人法地，地法天，天法道，道法自然'，认为只有得'道'的人间之王，才有治世治民的合理性，才能成就功盖天地的伟业。老聃强调'道'，归根结底还是落实在了治世安民上。而先生强调'道'，则是为了提升个人的精神境界，拓展心灵的空间，追求的是人的精神与心灵的自由。如果要作个不恰当的类比，先生之'道'与老聃之'道'，就像老聃之'道'与孔丘之'道'一样，一个是入世的，一个是出世的。当然，老聃之'道'本就是出世的，但跟先生之'道'相比，就显得是入世的了。"

中年男子听了年轻人这番大论，没有点头，也没有摇头，只是莞尔一笑，不置可否。年轻人明白其意，望了一眼中年男子，也莞尔一笑。

然而，就在年轻人莞尔一笑的同时，手上拎的那串鱼却失手滑落到了地上，其中的一条鱼落地后竟然还蹦了几蹦。年轻人似乎觉得有些不好意思，看了一眼中年男子，一边弯腰去捡，一边含笑打趣地说道：

"先生，我们在这大谈自由，好像鱼儿也听懂了。它大概也想追求自由，要回到它生活的水中吧。"

中年男子听了，不禁抿嘴一笑。

年轻人见此，立即抖了抖手中的那串鱼，低头看着鱼儿说道：

"鱼儿呀鱼儿，你就别想再回水中自由了，还是给我们饱了口腹吧。这世界上哪里有自由啊！我们今天不吃你，明天也有别人要吃你的。你活在这个世界不自由，要被人宰杀，我们人类不也一样吗？谁会有真正的自由呢？弱肉强食也好，自食其力也罢，都是为了生存啊！"

中年人明显听出了年轻人的话外音，顿时神情严肃起来，低头若有所思。

年轻人一见，立即意识到自己失言了，遂连忙抬头望了望天，故作惊讶地说道：

"哎呀！先生，您看，日过中天了。时间真的不早了，我们该回去了。师娘肯定还等着我们的鱼儿下锅呢！"

中年人下意识地抬头看了看天，默默地点了点头。

于是，二人便一前一后地加快脚步往回赶。

走了大约有两顿饭的工夫，就望见不远处的一幢房子，这就是年轻人所说的中年人的家。

"先生，今天真的很晚了，师娘恐怕又要责备您了。如果师娘埋怨，您别说话，弟子跟师娘解释。不过，明天我们要是再到溪边钓鱼或是到上游摸鱼的话，恐怕要早些起来了。当然，春天人容易犯困，弟子今天也晚起了。"快到门口时，年轻人轻声跟中年人提醒道。

可是，到了第二天，中年人依然故我，日上三竿时仍是春眠不觉晓，酣睡沉沉。年轻男子一大早就起来了，已经在中年男子的卧室门口张望了多次。多次想推门进去叫醒中年男子，却都犹豫着没有推门。大约快到巳时，年轻人突然听见屋里轰然一声响。这时，他再也顾不得什么了，连忙推门而入。结果发现，原来是中年人所睡之榻坍塌了。中年人虽然摔到了地上，好像仍未醒过来，直直地躺在地上，没有睁开眼睛。

"先生，您怎么啦？"年轻人抢步入室后，一边去扶中年男子，一边大声喊道。

中年男子大概听到年轻人的喊声，这才真正醒过来，慢慢揉了揉眼睛，怔怔地望着年轻人，喃喃说道：

"我梦见自己变成了蝴蝶，在天上飞啊，飞啊，飞得好高好高。"

未等年轻人反应过来，只听一个女人怒不可遏地高声喊道：

"庄周，昨天跟你怎么说的？现在都什么时辰了？你还在睡大觉，做春梦啊！你都三十多岁了，至今还是一事无成。整天不是仰望星空，就是低头看地，不知在想什么？老娘嫁给你，算是瞎了狗眼！"

"师娘，您别生气了。春天人最易犯困，所以先生醒来晚些，也是正常。"年轻人温婉地说道。他口中的师娘，就是庄周之妻亓官氏。

亓官氏见年轻人替庄周说话，顿时气不打一处来，没好气地说道：

"正常？他睡懒觉正常，那俺们这些人起早摸黑操持家务，都是不正常了？蔺且，你先生这样，都是你们这些弟子惯的。他不管做得对不对，你们都说对；他胡说八道，不知说些什么疯话，你称之为妙语。你们越是这样惯着他，护着他，他就越来越不知道自己是谁了，以为他真是圣人了。如果真是圣人，还会这样贫困潦倒，家里吃了上顿没下顿吗？"

其实，庄周眼下除了蔺且之外，没有别的弟子。亓官氏说"你们这些弟子"，实际就是说蔺且。蔺且当然明白，所以语气更加温婉地说道：

"师娘，自古圣人并不都是大富大贵的，也有很多是贫困潦倒的呀！"

"贫困潦倒，那还有谁认为他是圣人？"亓官氏更生气了。

"师娘，老聃是圣人吧，孔丘是圣人吧，他们当年不都是贫困潦倒之辈吗？"

"蔺且，你眼里还有俺这个师娘吗？你敢跟师娘顶嘴，怎么不劝谏劝谏你先生呢？怎么不让他清醒清醒，睁眼看看这个世界，睁眼看看俺这个家，面对现实，干点正经事。他做不了官，富不了贵，俺也认命了。"

"师娘，我们先生并不是做不了官，而是对做官不屑一顾。天下许多诸侯王都曾直接或间接来礼聘过我们先生，我们先生理都不理。"蔺且情不自禁间又跟亓官氏顶起了嘴。

"蔺且，你别替他吹了。也只有你们这样的公子哥儿和读书虫认为他了不起，依俺看，他就是一个百无一用的臭男人！不对，连男人都不算。男人都是能养家活口的，他呢？要不是俺娘家当年留下的家底在撑着，还有你们这些弟子时常接济些，全家老小早就饿死了。蔺且，你说这样的人，有哪一个诸侯王愿意礼聘他为官。他做官，能为老百姓做点什么？就靠他那几句疯话，就能治国安邦？俺家祖祖辈辈也都是宋国的贵族，打小儿俺也听说过做官是怎么回事儿。俺就不信，小事不会做的人，他能做好官，治好国。"

"师娘，别说徒儿又要顶撞您了。做官与做事是不一样的，一个靠心脑，一个靠手脚。靠心脑的是上等人，是圣人；靠手脚的是小人，是百姓。我先生是圣人，他靠心脑就能化育天下愚昧之人。如果他愿意做官，治国平天下，都是不在话下的。"

"蔺且，你别跟俺说这些没根的话。他是否能做得好官，治得了天下，鬼才知道。但是，俺知道有一点，肯定是没错的，他一个大男人，不缺手不缺脚，下河多摸点鱼，上山多砍些藤条，多割些草，多编些箩筐，多织些草鞋，挑到集市上卖卖，贴补些家用也好呀！既然生儿育女了，大男人就要负起责任，不能让娃儿们饿肚子呀！蔺且呀，你们这些公子哥儿，真的是不知生活的艰辛，整天围着他，哄着他，怎么就不将心比心，为你师娘想想呢？"

蔺且见亓官氏越说情绪越激昂，遂连忙温言软语地说道：

"师娘，您别生气，都是我不好，都是我不好！我这就侍候先生起来，马上出去摸鱼砍藤割草。"

亓官氏听蔺且这样说，这才消了点气，转身走了。

蔺且见此，连忙扶起庄周，悄声说道：

"先生，您别生气。师娘的话，就当没听见吧。"

"我生什么气？都这么多年了，哪天不如此？她说得也对呀！"庄周呵呵一笑道。

"先生，您真是一个达观的人。怪不得，您能安贫乐道，在这样纷纷扰扰的世界上还能生活得如此从容淡定，清醒地悟道。"

庄周淡淡地笑了笑，没有说话。

"先生，您先快点穿好衣裳起来吧。我要替您将睡榻重新搭一搭，不然晚上睡上去不踏实，连梦也做不成了。"蔺且一边说着，一边协助庄周穿衣着裳。

待到庄周穿好衣裳后，蔺且就开始替庄周重新搭建睡榻。用原来的几块石头垒好睡榻的四个支点后，蔺且将滑落到一旁的木板搁上去，再双手压上去，摇一摇，觉得有些不稳。于是，对庄周说道：

"先生，我得到外面找几块大点的石头来，放在中间，这样睡榻才会稳固些。您先出去漱洗一下，看师娘有没有给您留吃的。等我搭好睡榻后，我们就一起快点出去，直奔溪流上游，多摸些鱼儿回来。就按师娘说的，拿到集市上卖卖看。如果卖掉最好，换点粮食回来。师娘前几天说，家中的粮食不多了。如果卖不掉，就拿回家烧了吃，也能果腹充饥。要是时间早，我们就再上山砍些藤条，割些草回来，晚上我跟您学编箩筐，织草鞋。学好了，将来有一天，我生计无着时，也好有个一技之长，不至于饿死呀！"

蔺且说得轻松，但庄周听得却心情非常沉重。抬头看了一眼蔺且，苦笑了一声。

大约有一顿饭的工夫，蔺且搭好了睡榻，出来找庄周，发现他在屋后的水井边，手里拿着一瓢水，正在对水发呆。蔺且快步走了过去，轻声说道：

"先生，快漱洗呀！师娘要是看到了，恐怕又要埋怨了。"

庄周听到蔺且说话，侧过脸来看了他一眼，点了点头。然后，端起水瓢含了一口水，在嘴中漱了几漱后吐掉。蔺且拿起井边搭着的一块破布，在旁边一只木桶中搓了几搓，递给庄周。庄周接了，在脸上随意擦了擦，顺手将布不偏不倚地扔在井边的一棵小树枝上。

蔺且见此，连忙说道：

"先生，您别走，我去厨房看看师娘有没有留饭给您。"

"你吃过饭吗？"庄周问道。

"没有。"蔺且答道。

"那你去看什么？没你吃的，肯定也没我吃的。我们快点去摸鱼吧。"

"好！那今天我们就直奔上游，直接下水摸鱼。这样，就可以早去早回。不过，这样就少了平日垂钓之乐了。"蔺且说道。

庄周点了点头。于是，二人立即出发，直奔溪流上游而去。大约半个时辰的工夫，师生二人就到了溪流上游，撩起下裳，开始下水摸鱼了。因为驾轻就熟，不到半个时辰，师生二人就有了很大收获。日中时分，二人已然提着两串十五条大小不等的鱼儿，立于集市入口。

"卖鱼，卖鱼，刚从溪流上游捉的新鲜鱼儿，味道好得很。"蔺且虽是第一次学着引车卖浆者的腔调叫卖，但还蛮像回事儿。

大约有两顿饭的工夫，在蔺且的不断吆喝下，两串鱼终于卖掉了。虽然明显卖得价钱低了些，但得钱在手后，蔺且还是脸上满溢着生平少见的得色。

庄周见了，也非常高兴。因为以今天的摸鱼与卖鱼效率，回去不至于挨骂了。

蔺且得意了一会儿后，抬头看了看天空，说道：

"先生，现在已过午时了，我们快点回去吧。不是还要上山砍藤割草吗？"

"你师娘昨天不是说家中谷米不多，快要断炊了吗？既然卖鱼得钱，索性就以此钱换些谷米回去吧，免得下次再跑一趟。"庄周说道。

"先生考虑得真是周到。好，先生，您在这站一会儿，弟子往前面走走，看现在还有卖谷米的没有。要是价钱合适，我就将这钱跟他换些谷米回去。"

庄周点了点头，蔺且就拎着那串钱转身离去了。大约过了有一顿饭的工夫，蔺且又拎着那串钱回来了。

"怎么没换到谷米？"庄周问道。

"先生，不问不知道，一问还真是让弟子吓了一跳。"

"怎么啦？"庄周直视蔺且，不解地问道。

"弟子问了好多人，都说好久没见卖谷米的了。"

"为什么？"

"弟子开始也很纳闷，大家每天都要吃谷米，怎么没人卖谷米呢？可是，问了几个人后，弟子才明白其中的原因。"

"什么原因？"庄周连忙追问道。

"他们说，现在是青黄不接的时候，本来每年一到这个时候谷米就紧张。加上宋国去年是个歉收的年份，所以今年这个时候就再也没人有多余的谷米拿出来出售了。"

庄周一听这话，顿时呆住了。蔺且见此，也不知如何是好。因为师娘已经说过几次了，家中的谷米不多了。今日虽然卖鱼得钱，但却换不回谷米回去，说不定师娘又要骂先生了。想到此，蔺且心里感到非常难受。

但是，顿了顿，蔺且还是望着呆立的庄周说道：

"先生，既然今天换不回谷米，但有了这串钱，就不愁换不到别的东西呀！现在时间还早，我们快点赶回去，将钱交给师娘，然后吃点东西，上山砍些藤条，割些茅草回来。早上您不是答应今晚教弟子编箩筐，织草鞋吗？弟子还指望着跟先生另学个一技之长呢！"

庄周看了一眼蔺且，没有说话，但默默地点了点头，转身带头往回走。蔺且见此，连忙跟上。

走了大约有一顿饭的工夫，到了一座小山前。蔺且无意间抬头往山上望了一眼，情不自禁间，失声叫道：

"先生，您看！"

庄周闻声，立即抬起头来，发现远处的天空，近处的花丛树间，满眼都是飞舞的蝴蝶。

"先生，这满天飞的都是蝴蝶吗？"

庄周点了点头，没有吱声，目不转睛地仰望着满天的蝴蝶，似乎若有所思。

蔺且见此，知道庄周大概又在睹物而作玄思妙想了。于是，悄悄侍立一旁，静静地等着。大约等了有一顿饭的工夫，蔺且沉不住气了，抬头望了望头顶的太阳，轻声说道：

"先生，时候不早了，我们快点回家吧。不然……"

虽然蔺且后半句没说出来，但庄周明白他想说什么，遂连忙收回目光，抬腿继续往前走。蔺且一见，连忙跟上。

走了一段距离，蔺且突然打破沉寂，问道：

"先生，我们昨天在溪流边只看见一条毛毛虫化蝶飞上蓝天，今天这里怎么竟然有这么多的蝴蝶呢？"

"那是因为我们看见的只是一条，没看见的则更多。正如人的知识是有限的，而宇宙万物是无限的，是一个道理。很多事物，我们虽然没有亲眼看到，或是从未了解，可并不意味着它们不存在，或是从未发生过。"

"先生说的是。不过，弟子还有一个问题不明白。"

"什么问题？"庄周一边继续走在前面，一边顺口问道。

"昨天我们垂钓的溪流跟这里相隔并不远，并不像楚国与宋国之间是百里不同俗，千里不同天，怎么这里的蝴蝶这么多，而溪流周边却很难见到蝴蝶呢？"

庄周一听，呵呵一笑道：

"这有什么奇怪？你看，这里的地势是呈坐北朝南的格局，周边又有一些较高的山，地形是半封闭的。而我们昨天钓鱼的溪流，附近的地势开阔平坦。两相比较，这里的气温肯定要比溪流附近高。气温高，春气萌动就早，蝴蝶幼虫蜕化得自然也就早些。"

"先生分析得太有道理了！跟先生在一起，时时都能长学问。"蔺且兴奋地说道。

庄周回头看了一下蔺且，没有说话。

蔺且见庄周回头，以为是嫌他走得慢，遂连忙加快了脚步，以便跟他保持更近的距离。但是，因为光顾着说话了，没留意脚下，结果被路边的一块石头绊了一下，差点摔倒。

庄周因为走在前面，并没有察觉到蔺且的尴尬。但是，蔺且却从此吸取了教训，开始留意脚下了。走着走着，他突然由自己差点摔跤联想到今天早晨庄周从睡榻上摔下来的事，遂在好奇心的驱使下，忍不住问道：

"先生，弟子还有一个问题，不知当问不当问？"

"你什么问题没问过为师？"庄周反问道。

"先生说得也没错。先生为人一向都是一派天然，从不矫情，更不在弟子面前装什么，所以弟子也就时常没大没小，不分轻重地乱说话了。"

"蔺且，你今天怎么这么啰唆？你到底想问什么，就直说呗。"

蔺且见庄周这样说，遂呵呵一笑道：

"其实，也没什么重要的事。就是今天早晨，您怎么突然会将睡榻弄坍塌了，而且人还摔到了地上。弟子当时在门外听到轰然一声响，见您躺在地上的一瞬间，真是担心您的骨头要摔坏了。"

"我也不知道。"庄周不好意思地笑了笑，顿了顿，又说道："噢，我想起来了。早晨你扶我起来时，我不是跟你说过吗？"

"就是您梦见自己变成蝴蝶了，是吗？"蔺且笑着问道。

"其实，这话也不准确，好像是蝴蝶梦见它变成我了。"

"先生，您这话真有趣。您说，您梦见自己变成了蝴蝶，那弟子完全相信。因为大家都知道，日有所思，夜有所梦。您昨天在溪流附近观看了毛毛虫蜕化为蝴蝶的一幕，晚上梦见自己化成蝴蝶，那是非常自然的事。您这是在羡慕蝴蝶飞舞于蓝天自由自在呀！在您的潜意识中，是感叹自己在现实生活中不自由吧。"

庄周听了蔺且的话，没有点头，也没有摇头。

蔺且了解庄周的为人，也了解他此时的心理，他不点头，也不摇头，实际上就是认同。于是，蔺且又接着说道：

"先生虽然主张'万物与我为一'，认为人与其他万物没有什么区别，但客观地说，人与蝴蝶毕竟还是有自然分际的。比方说，人有思想，有知觉，而蝴蝶不会有吧？蝴蝶有翅膀，而人没有，所以蝴蝶能飞，而人只能走。所以，先生刚才说'蝴蝶梦见它变成我了'，弟子就非常不理解了。"

"你又不是蝴蝶，你怎么知道蝴蝶没有思想，没有知觉？"庄周反问道。

蔺且没想到庄周会这样说，顿时哑口无言。

庄周半天没听到蔺且回答，回头看了一眼蔺且，说道：

"如果你认同为师的观点，认为人与其他万物一样，都是宇宙整体中的一部分，那么就应该承认，不论是庄周，还是李周，不论是蝴蝶，还是土蜂，其实都是宇宙整体中的一小部分。既然皆是整体中的一部分，那么彼此之间也就可以互相转化的呀！你之所以认为人有思想，有知觉，而蝴蝶没有，那是因为你还没有参悟大道，不明白'万物一齐'的道理，没有平等对待万物的意识，心中只有人类，是潜意识中有一种'人类中心论'的偏见在作怪。"

蔺且虽然心里并不认同庄周的这个说法，但是又不得不佩服他的口才；加上一时又找不出什么有力的理由予以反驳，所以只好违心地说道：

"先生说的是，弟子谨受教！"

2. 安之若命

时光荏苒，春天的脚步总是显得那么匆匆。先前满眼都是繁花嫩叶，一转眼的工夫，枝头上的花都相继凋谢不见了，原来嫩绿的小草也已长得又高又粗，大树小树都枝繁叶茂，浓荫蔽日。

周显王三十年（公元前339年）三月二十五，漆园已然显现出初夏的景象。一大早，火红的太阳刚从东山慢慢爬出，就光焰逼人。空气不再像初春与仲春时那样湿润了，风吹在脸上让人觉得有些干，有些温热。

如往常一样，这天庄周与蔺且仍然没有进朝食就准备出门，继续他们每天恒定不变的工作，上午到南溪上游摸鱼，中午到集市卖鱼，下午上山砍藤割草，晚上编藤为筐，织草为鞋。虽然生活如一潭死水，无波无澜，但庄周却也安之若素。蔺且每天跟着庄周，早已习惯了。

"庄周，死到哪里去了？"庄周与蔺且刚出门没几步，突然听到妻子亓官氏在屋内高声叫道。

蔺且一听，连忙奔回屋内，问道：

"师娘，您找先生有什么事吗？我们正要去南溪摸鱼呢。"

"还摸什么鱼？每天都是老一套，每天摸那么几条鱼，就能解决全家老小的生计了吗？"亓官氏的声调更高了。

"师娘，先生除了会摸鱼钓鱼，会砍藤割草，会编筐织鞋，也不会别的什么手艺呀！这些天，先生每天都很努力，早晨也不睡懒觉了，已经非常不容易了。"蔺且虽然说话轻声细语，但情不自禁间还是流露出替老师抱委屈的口气。

"俺早就跟他说过不知多少遍，家中的谷米快吃完了，让他赶快想办法换些谷米回来。可是，现在米瓮都见底了，娃儿们今天就要断粮了，他也不管。"亓官氏也觉得委屈。

"师娘，您的话，先生没有忘记。这段时间，先生每天卖鱼得钱后，都是满集市去找有没有谷米可换。可是，现在正是青黄不接之时，加上去年宋国粮食歉收，一个多月来，就从未见集市上有谷米出售。先生为这事每天都忧心如焚。他想跟您说，可是又怕您听了更烦心，所以一直不敢跟您提起。今天一早起来，先生还跟我说到换谷米的事呢！"

"说有什么用？说能说出谷米来吗？你让他赶紧想办法啊！娃儿可以吃几天瓜菜，但也不能让他们天天这样过日子啊！"

蔺且觉得师娘说得也有道理，并非有意为难老师。于是，沉默不语，呆立一旁，不知如何是好。就在此时，庄周已经抽身返回屋里。因为刚才妻子与蔺且的话，他都听见了。

"先生，……"看见庄周进屋，蔺且叫了一声，下面的话就不知道怎么说了。

庄周当然明白蔺且的心理，直视蔺且，口气颇是坚决地说道：

"蔺且，你去屋后把我家的老牛牵过来，我去找几个袋子。"

"先生，牵牛、找袋子干什么？"

"借谷米去呀！"庄周看着一脸讶异的蔺且，淡然一笑道。

"先生，您能借多少谷米，还需要牵牛？要是能借到一袋两袋，弟子一手一袋，拎回来就是了，何必牵头老牛呢？"蔺且不解地问道。

"为师准备去见监河侯。好不容易跟他开口，总不能大老远只借一袋两袋谷米呀！"

"噢，先生原来是要去见监河侯呀！那是要多带几个袋子，老牛也是要牵的，不然没法运回来。"

蔺且话音未落，庄周就进里屋找袋子去了。

"师娘，您不用担心小师弟、小师妹挨饿了。先生盛名满天下，天下慕先生道德文章的君王诸侯不知有多少。只是先生太过清高，不屑于与他们交往。监河侯的地盘虽然不大，但先生跟他开口，借个十袋八袋谷米，应该毫无问题吧。"

"但愿如此吧。"亓官氏听了蔺且这番话，先是冷笑了一声，然后淡淡地回了一句，就转身走了。

蔺且见此，连忙出门往屋后竹林旁的牛棚走去。不大一会儿，师徒二人一个牵牛，一个拿袋，一前一后就上路了。

日中时分，二人走得累了，在路边一棵树下就地坐下。屁股刚一落地，蔺且突然一拍脑袋，说道：

"不好！先生，我们走得匆忙，忘记带干粮了。"

"家里哪有干粮？你没有听你师娘说，家里的米瓮都见底了，怎么可能还有干粮呢？"庄周淡淡说道。

"那怎么办？我们要见到监河侯，路上还要几天吧。"

"大概需要三天。"庄周答道。

"先生，这三天我们可以不吃不喝吗？"

"你带了取火石吗？"

"带了。弟子有一个习惯，无论走到哪里，身上都会带两样东西，一块取火石，一柄短刀。"

"为什么？"庄周问道。

"弟子认为，出门只要有这两样，就不会饿死或毙于非命了。"

"说来听听。"庄周顿时来了兴趣。

"有了取火石，就可以取火，既可以烤东西吃，夜里还能点火驱赶野兽，就不至于死于非命呀。有了短刀，既可以取物，也可以防身。"

"蔺且，你还会拳脚功夫，会打架呀？"庄周好奇地问道。

"先生，这个世道这么乱，什么事都会发生。因此，出远门的人除了孔武有力，还应该会点拳脚功夫。这样，才不至于受人欺负呀！先生，像您这样瘦弱的人，一个人最好还是别出远门。"

庄周呵呵一笑，顿了顿，说道：

"眼下大概既不会有野兽来吃我们，也不太会有人来欺负我们。能欺负我们的，恐怕就是我们的肚子了。"

"先生，这您就不用担心了。我们不是有一技之长在身吗？"

"什么一技之长？"庄周侧脸看了一眼蔺且，不解地问道。

"摸鱼呀！前面不就是一条小河吗？先生，这样吧，您在这里坐会儿，看好了老牛。弟子去小河里摸几条鱼来，然后烤着吃，味道一定不错的。虽然我们这段时间每天都在摸鱼，但都换了钱，自己没吃过鱼。"

"蔺且，你跟为师这么久了，也适应了宋国的生活，但好像还是没有改掉你楚国人喜欢吃鱼的饮食习惯。"

"先生说的是。弟子现在就去摸鱼了，您坐会儿。"

蔺且一边说着，一边从地上一跃而起，拍拍屁股上的灰尘，一溜烟往小河边去了。

大约过了两顿饭的工夫，蔺且就用一根树枝串着五条两三寸长的鱼儿回来了。

庄周见了，笑着说道：

"你的摸鱼水平还真有长进。"

"名师出高徒嘛！"蔺且也笑着说道。

庄周莞尔一笑，摇了摇头。

又过了约两顿饭的工夫，蔺且就捡柴生火，烤好了鱼儿。于是，师徒二人一边吃，一边随便聊了起来。聊着聊着，蔺且突然认真地说道：

"先生，有句话，弟子想问问您，您可别生气呀！"

"为师什么时候跟你生过气？"庄周说道。

"这倒是。先生是这个世上最随和、最达观的人，跟惠施、公孙龙等人在弟子面前好摆架子、故作深沉的做派截然不同。"

"蔺且，你就别来这一套了，太俗！有什么话，你直说吧。"

"弟子一直在想，您是盛名满天下的名士，师娘天天埋怨您，有些话说得还相当难听，弟子有时听了也觉得难堪，但我看您倒是一点也不生气。您是真的不生气，还是因为修养好，假装不生气呢？"

"你说呢？"庄周侧脸望了一眼蔺且，不答反问道。

蔺且一听，顿时不说话了。

过了一会儿，庄周像是回答蔺且，又像是自言自语地说道：

"生气又能解决什么问题呢？"

"先生说的是。人活世上，谁没个难处。其实，看透了，人活在这个世界上，就是在受罪。所以人们都说'活受罪'，一点不假，活着就是受罪。明白了这一点，自然就能对生活中的种种不如意，对人生的苦难处之泰然，对吗？"蔺且连忙说道。

"蔺且，没想到，你现在不仅摸鱼水平见长，卖鱼也有一套，悟性也渐长了，而且说起话来也都一套一套的了。"

蔺且被庄周这样一说，顿时有些不好意思了，遂连忙呵呵一笑道：

"天天跟先生在一起，得您言传身教，再愚钝也会开点窍呀！"

于是，师徒相视一笑。

过了一会儿，蔺且以为刚才提问的尴尬已经过去了，于是偷眼看了一眼庄周，想换一个话题。但是，还没等他开口，突然听庄周没来由地冒出一句话：

"其实，她是个很好的女人。"

"先生，您是说师娘吗？"蔺且连忙追问道。

庄周点了点头。

蔺且见此，觉得是个好机会，既然老师主动回到了开始时的话题，那么何不趁机了解一下老师内心真实的想法。因为他对老师夫妻之间的关系一直很好奇，师娘天天埋怨他，有时甚至是叫骂，但老师却始终不生气，也不像一般名士那样甩袖就走，或是干脆当场将妻子休掉。

想到此，蔺且鼓起了勇气，准备向庄周求证一下谜底。可是，当他侧脸看了一眼庄周，见其正眼望远方，好像陷入沉思的样子，立即将到嘴边的话咽了回去。

确实，此时的庄周早已陷入了沉思，思绪回到了九年前。

九年前，也就是周显王二十一年的初夏，庄周的第三次婚姻又因为生活琐事而宣告结束。不久，从小一直陪伴他，并在其父母相继过世后，一直靠卖苦力劳作来养活他的老仆也因病死去。此时的庄周，不仅一贫如洗，而且在宋都商丘真正是举目无亲了。

由于从小就没有生活自理能力，又无任何谋生的经验，望着僵直躺在地上好几天，快要发臭了的老仆尸体，庄周无所措手足。最后，还是在好心邻居的帮助下，找来了一张草席，将老仆尸体草草地包裹了，再央人将之抬到商丘城南门外，在荒野中掘了个坑埋了。

埋葬了二十二年相依为命的老仆后，绝望的庄周回到家中，看着空空荡荡的屋子，望了望抬头见天漏光的房顶，想起了往昔在此与前后三任妻子吵吵闹闹的日子，想起了多少年来老仆每天早出晚归为全家生计劳苦奔波的一幕幕，睹物思人，不禁潸然泪下。

哭了不知多久，再也哭不出眼泪了，庄周留恋地扫视了一眼堆在屋角有一人多高的一捆捆木札竹简，出门抬头看了一下太阳，见时间尚早，遂连忙将家中仅有的几件破衣烂裳收拾了一下，简单地打了个包袱，便头也没回地往商丘城的东门而去。

可是，走出商丘城东门，身无分文的庄周再次感到了绝望。蹲坐于城门口，庄周一脸茫然地看着进城出城的人络绎不绝地从身边走过，却不知道自己该往哪里去。天地虽大，究竟哪里是自己的归依，他不知道；眼下必须面对的一日两餐着落在哪，他也不知道；今后要靠什么谋生，他更加不知道。

在城门口犹豫彷徨了大约有一个时辰，庄周都没有拿定主意。但是，看着太阳一点点西沉，再不赶路，就只有一种选择了——折返城里，重新住回自家的破屋。很明显，这不是他的选择。最后，他有了决断，沿着官道，一直东行，走到哪算哪。

行行重行行，庄周每天漫无目标地信步而走，渴了问人家讨口水喝，或是直接就近到路边溪中掬几口水；饿了就在路边摘些野果，或是问人家讨口饭吃。这样，走了近两个月，虽然一路没少吃苦头，没少遭人白眼，但也让他从中学会了与人打交道的能力。一向不谙世事的他，开始对社会、对人生有了初步的认识，同时也在走路问道的过程中熟悉了沿途各地的地理与风土人情。另外，他还偶然跟人学会了一门生存的技能，就是水中摸鱼。

五月十二，日中时分，庄周走得又累又饿，抬头看看路边的树上，没有任何可采的野果，遂一屁股坐在路边的一棵树下。坐下不久，就见一位头戴斗笠的中年汉子背着一个不大的背篓走了过来。庄周以为他也是行路的，随意扫了他一眼，就继续低头自顾自地出神。过了一会儿，当他抬起头时，却只看到那汉子的背篓放在离路边约一丈远的溪流边，而那汉子却不见了。出于好奇，庄周连忙从地上爬起，走到背篓处，发现那汉子正弯腰在水中好像摸着什么。于是，就随口问道：

"大哥，您在水中摸什么呢？"

"摸鱼呀！小兄弟，你是楚国人吧？"那汉子问道。

"大哥，你为什么说我是楚国人呢？"

"听口音就知道了。"

庄周不想跟他说起自己的身世，于是就想通过转换话题来绕过这个问题。情急之中，一时找不到适合的话题，便顺口说道：

"大哥，您能教我摸鱼吗？"

"好呀！那你就下来吧。"摸鱼汉子爽快地答道。

庄周没想到，摸鱼汉子会当真。但是，既然话已出口，也就没有后退的余地了。于是，犹豫了一下，庄周便脱了鞋子，撩起下裳，趟入了溪水中，跟那汉子学起了摸鱼的活儿。

大约有一个时辰，在那汉子的指导下，庄周终于掌握了摸鱼的窍门，最后还真的在石头缝中摸到了一条鱼儿。虽然这鱼儿只有两寸大小，但庄周还是觉得无比高兴，平生第一次感受到了成功的快慰。

摸鱼汉子也非常高兴，他大概是为教会了一个陌生的路人而自豪。于是，一高兴，他又教起了庄周烤鱼的活儿。最后，庄周吃了他好几条鱼儿，美味了一餐后，才跟他道别。

自从学会了摸鱼，庄周每当走到溪流边，就注意观察水中鱼儿的活动，瞅准时机，看溪水条件合适，就会停止赶路，下水摸鱼。这样，一来解决了饥饿问题，二来也练习并提高了摸鱼技术。

六月二十五，天气大热，日中时分，庄周走到一个岔路口，犹豫了半天，不知是向左还是向右。最后，他本能地选择了向右。可是，走到太阳快西沉时，也不见一个村落的影子。由于这天一路没采到野果，也没有合适的溪流可以摸鱼，所以此时不仅又累又饿，而且心里还特别焦虑。如果天黑前看不到村落，找不到借宿之处，这荒野之中周围都是莽莽山林，晚上岂不是要被野兽吃了？

想到这，庄周顿时忘记了累与饿，开始小步跑了起来。用尽全部的气力，断断续续地跑了将近半个时辰，终于远远看到了一个村落。可是，由于跑得太急，加上又累又饿，人几乎到了脱水的地步，所以刚到村口，他便一头栽倒在地，不省人事了。

第二天，当庄周醒来时，发现自己不是躺在村口，而是在一个大户人家的睡榻上，旁边还有一位美貌动人的小姐在看护着他。

小姐见庄周醒来，没等他开口，就将昨天傍晚偶然步出门外发现他，以及把他牙齿撬开，灌水进行抢救的经过一五一十地讲了一遍。

庄周听了小姐的讲述，生平第一次大受感动，激动的泪水像断了线的珠子一样从眼角滴落下来。

小姐见此，连忙拿出罗帕给他揾去泪水。那一刻，庄周觉得小姐太美了，自己太幸福了！

回忆至此，庄周的脸上不禁漾起幸福的笑容。一直偷眼观察庄周的蔺且，见此再也忍不住了，脱口而出道：

"先生，您在想什么呢？看您笑得那么甜蜜，一定是想起了以前什么幸福的往事了吧？"

庄周猛然间听到蔺且问他话，这才从幸福的回忆中回到了现实，侧脸看了一下蔺且，淡淡地一笑，没有回答蔺且的提问。

蔺且见庄周又笑了，知道他一定有什么秘密，所以就大起胆子，趁着庄周正在高兴的时候，央求道：

"先生，人家都说'幸福就像是男女亲嘴，要与人分享'。您有什么幸福的往事，不妨说出来给弟子听听。这里又没有外人，就是我们师生二人，没有什么不好说的。弟子刚才一直在观察先生，觉得先生应该是有什么秘密，大概是在回忆与师娘昔日甜蜜的往事吧。"

　　庄周没想到蔺且能看透他的心事，而且所猜的事还那么准确，顿时对蔺且刮目相看。于是，情不自禁间，多看了蔺且一眼，报以莞尔一笑。

　　蔺且见庄周又笑了，知道他今天大概不会再摆什么老师的架子了，所以就再次央求庄周。庄周拒之不过，只得将自己刚才的回忆说给他听了。但是，蔺且听了，又追问起来：

　　"师娘给您揾了一下英雄泪，您就爱上她了，她也爱上您了，然后你们就成婚了，是不是？"

　　"当然，最后是经过她父母同意的。"庄周神秘地笑了一下，说道。

　　"先生，根据您刚才所讲的情节，您当时应该是非常潦倒窘迫的。师娘的父母怎么会同意将他们的女儿嫁给您这样一个过路客呢？"

　　"你师娘的爹跟我非常谈得来，这恐怕是主要原因。"

　　"先生是说，师娘的爹也是老聃的信徒？"蔺且不禁更加好奇了。

　　"那倒不是。我们的身世背景差不多，大概有些同病相怜的味道吧。"

　　"先生，您还没跟我说过您的身世背景呢？您说话是楚国口音，而不是宋国口音，肯定与楚国有特殊的渊源关系。"

　　"这个就不提了。"庄周连忙制止道。

　　"好，先生，暂时不提这个。那么，师娘家的背景是什么情况呢？"蔺且又连忙问道。

　　"你师娘家原是宋国贵族，你师娘的姓氏不是亓官氏吗？跟鲁国孔丘之妻是同一个家族的。"

　　"那师娘家怎么不住在宋都商丘，而住到蒙地漆园这种偏僻的地方呢？"蔺且又不明白了。

　　"你师娘家不是宋国的没落贵族吗？不过，也正因为是没落贵族，流落到了蒙地，所以才会有你师娘与我的婚姻。不然，我当时一个快要饿死的流浪汉，又如何高攀得上你师娘呢？"

　　"先生，听人说，您曾经还做过官，是吗？"蔺且见庄周谈兴正浓，遂趁机问了一个敏感问题。

　　没想到，庄周对这个问题并不像蔺且所想那么敏感，只是淡然一笑道：

　　"不是官，是漆园吏，一个当差的。还是你师娘的爹给介绍的。大概做了一年多，我禁不住许多拘束，就辞了回家。当时，你师娘家的情况还算不错，你师娘也没说什么，反正饭是有得吃的。不久，我跟你师娘她爹提出，想到诸侯各国游历。没想到，他也答应了，而且还给我备了一笔不算少的路资。"

　　"就是因为那次游历，您认识了惠施等名人，是吗？"蔺且连忙追问道。

"正是。没有那次游历，没有与惠施等人的交往，我学问上怎么可能有所长进，更不可能在天下人的讹传中浪得许多虚名。"

"先生，您的学问是实打实的，您的名声也不是浪得的。不过，说到这里，弟子倒要向先生吐露一个实情。"

"什么实情？"这次是庄周来了兴趣。

"弟子当初出来求师问学，本来是慕惠施大名，准备投在他门下。当时，他问我为什么要投在他门下。我说是要跟他学辩论，他马上回答道，你投错人了，你应该投到庄周门下才对，他才是天下第一等的辩手。这样，我就辗转到了宋国，历经无数艰难才到了蒙地漆园，投在了您的门下。结果发现，您不仅辩才无碍，天下无敌，为人还非常达观，说话虽然有些尖刻，但不失风趣。师娘当初爱上您，是不是有这个原因？"

庄周听了，莞尔一笑，不置可否。其实，蔺且不知道，师娘爱老师，不仅是因为他能说会道，谈吐风趣，而且他睡榻上的功夫极佳。不过，这种鱼水之乐，只有他们夫妻二人可以体会，不足为他人道也。蔺且每天见师娘埋怨甚至叫骂老师，但老师却不生气，家里虽然一贫如洗，但夫妻生活仍能维持。对此，蔺且一直感到不理解，但是又不便于追问老师。今天，蔺且听庄周说了许多情况，就以为了解到全部的实情了。

过了一会儿，蔺且又问庄周道：

"先生，您家现在所住的房子，就是当年师娘的爹娘所住的吧？"

庄周点了点头。

"怪不得，房子那么高大，还有前后院，还有水井。"蔺且恍然大悟道。

"其实，我岳父母在世时，家中并不是像现在这样四壁空空，而是家具与日用品充实得很。只是在我游历诸侯各国期间，岳父因为一场突如其来的怪病过世了，接着岳母也因伤心过度而离世。你师娘一人在家，除了变卖家具与日用品度日，也就没有别的办法了。"

"先生，不必说了，弟子什么都明白了。好，我们在此坐的时间也够长了，赶快起来赶路吧。借到谷米，才是我们此行最大的任务，师娘见了才会开颜欢喜。"蔺且一边这样说着，一边自己先从地上爬了起来，拍了拍屁股上的灰尘。

庄周见此，也连忙起身。于是，师徒二人又牵着老牛上路了。

第三天，庄周终于见到了监河侯。

监河侯，是蒙祖上之荫而封在楚国靠近宋国西南边陲一隅之地的，其采邑范围并不大，也就是方圆三十里地左右。这种小地方，是不会有什么显赫的人物来的。所以，当庄周到来时，监河侯感到非常高兴。一见面，就亲热地拉住庄周的手，并亲自给他扫席让座。

庄周见监河侯如此热情，觉得不必绕弯子了，遂直接说明了来意。监河侯听了，先是犹豫了一下，然后满脸堆笑地说道：

"收邑金的时候快到了，届时我借给您三百金，足够您买谷米了。先生，您看怎么样？"

庄周一听，立即明白其意，监河侯这是在空口说白话，不肯借谷米却在虚语搪塞，顿时非常生气，望着监河侯说道：

"昨天，我走在路上，突然听到有人喊我的名字：'庄周，庄周。'我回头看看，没见有任何人。等到我继续赶路时，又听到喊声。于是，我就再次停下脚步，前后左右看了一遍，仍未见一个人影。"

"结果呢？"监河侯不知庄周的用意，连忙问道。

"结果，我低头一看，原来是一条鲋鱼被困于车辙之中。于是，我就问鲋鱼：'您喊我有什么事吗？您在这干什么呀？'鲋鱼回答道：'我是东海的波臣。您能不能借我斗升之水，让我得以活命呀？'我回答道：'好哇！我准备往南方去，游说吴越两国之王，让他们引西江之水过来迎接您。您看，怎么样？'"

"那鲋鱼怎么说？"监河侯又追问道，不知道他是真不明白，还是揣着明白装糊涂。

庄周扫了一眼监河侯，说道：

"鲋鱼立即回答道：'水是我须臾不能离的，我失去了水，我还怎么活？我只要斗升之水就能活命，您却说这样的话，那还不如早点到枯鱼铺里去找我呢！'"

说完这话，庄周立即从座席上起来，拂袖而去。

等到庄周已经步出大门时，监河侯这才真正明白过来，原来庄周刚才是在编着故事骂自己。

虽然骂监河侯骂得非常痛快，出了一口恶气，但是走出监河侯家大门，远远看到蔺且眼巴巴迎着他的眼神，庄周不是生气，而是泄气了。

"先生，监河侯借您多少谷米呀？"蔺且见庄周脸色不对，但还是试探着怯怯地问道。

"一粒都不肯借。还说等收到邑金时，借给我三百金呢。"

"鬼才相信！他这不是口惠而实不至吗？虚伪的小人！"蔺且忍不住脱口而出骂道。

庄周无语。

看到庄周一脸的无奈和沮丧，蔺且心中非常难过。他知道，这下子老师回家又要被师娘埋怨甚至叫骂了。

蔺且心里这样想着，不经意间嘴里就顺口说了出来：

"回家师娘免不了又要埋怨先生了。"

庄周没吱声。

过了一会儿，蔺且又忍不住忧虑地说道：

"先生，您看接下来怎么办？"

"还能怎么办？监河侯有粮不借，家中等米下锅，都是无法回避的现实。现实既然是现实，我们只能面对，知其无可奈何，也就只得安之若命了。"庄周叹道。

蔺且听庄周这样说，一时语塞，不知说什么好。但是，过了一会儿，还是呵呵一笑道：

"先生真是旷达。"

"不旷达又能如何？这个世上有太多的不公、不平，生活中有太多的不如意，既然都是不可回避的事实，不坦然面对，又能如何？事实上，除了勇于直面，也是别无他法的。人若不能改变现实，那就只能求诸内心了。"庄周道。

"先生的意思是说，面对现实的困顿，解决之道就是寻求内心的宁静，保持内心的平衡，安然处之，或者说是顺其自然，逆来顺受，是吗？"

"也可以这样说吧。"庄周漫不经心地答道。

3. 虚者心斋

"先生，我们明天就可以到家了吧。"

周显王三十年四月初一，蔺且陪同庄周去向监河侯借粮，一来一回已经七天了。蔺且算了算日子，日中时分走到一棵大树下歇息时，顺口跟庄周这样说道。

庄周点了点头，没有说话，若有所思地默默席地坐下。

坐了一会儿，蔺且觉得气氛有点沉闷，遂无话找话地对庄周说道：

"先生，您是生于商丘，长于商丘，应该说是地地道道的宋国人了。可是，你说话怎么有那么重的楚国口音呢？"

"我爹娘是楚国人，从小带大我的老仆也是楚国人，我说话怎么可能不带有楚国口音呢？"庄周漫不经心地答道。

蔺且一听，像是发现了什么重大线索似的，兴奋地说道：

"先生，这么说来，您不是宋国人，而是迁徙移民到宋国的楚国人。"

听蔺且这样一说，庄周突然醒悟到，刚才自己已经说溜了嘴。于是，就假装没听见似的眼光直视远方，不接蔺且的话。但是，蔺且却起了一探究竟的念头，望着庄周试探着问道：

"先生，弟子有些不明白，楚国是大国强国，宋国是小国弱国。如果就生存条件来看，楚国也远比宋国富庶得多，那您全家人为什么要背井离乡，舍楚而迁宋呢？"

庄周没有吱声，继续眼光直视前方，好像是看着远处的山峦出了神。但是，蔺且知道此时老师并非是凝神观照远山，而是别有心事，好像他是在有意回避什么。庄周越是回避，既不答话，也不正眼看他，蔺且的好奇心就越发地强烈起来。于是，看了看庄周，略一沉吟，改变策略，说道：

"先生，我千里迢迢来漆园追随您，拜在您门下，是敬佩您的学问与人格，想得先生之道的真传。长久以来，弟子一直有一个感觉，先生所讲的道理都很深刻，但先生说的话往往让弟子觉得很玄妙，不容易理解。不知是不是因为弟子天资愚钝，还是因为弟子不了解先生的真实内心世界，很难参透先生的微言大义。"

尽管蔺且话已经说得非常明白了，但是庄周仍然不为所动，继续眼望远山，好像没听见蔺且的话。蔺且本来骨子里就有一股倔强的韧劲，套不出老师的话，他觉得心有不甘。所以，顿了顿，又换了一种说法：

"先生，以前听师娘埋怨您，我还为您抱不平，有时甚至跟师娘犟嘴，惹得师娘更加生气，说我不明是非，偏袒自己的先生。这次跟您出来，听了您与师娘的故事，我终于明白了以前无论师娘怎么埋怨，甚至叫骂，您都不生气的原因。这次回去，师娘肯定又要埋怨您了。不过，这次我肯定不代您受过，师娘埋怨您、叫骂您，我也不给您帮腔，而是要帮师娘一起埋怨您。"

蔺且说到这里，庄周终于忍不住扑哧一笑，回过脸来直视蔺且，问道：

"你怎么帮你师娘埋怨为师呀？"

见庄周被说笑了，蔺且觉得这下有机会套出他的话了。于是，连忙呵呵一笑道：

"弟子是开玩笑的，哪里会忍心帮师娘一起埋怨您呢？不过，说实话，自从您跟我说了您与师娘的故事后，我对师娘是打心眼里敬重了，也理解她脾气越来越不好的原因了。"

"噢，是吗？"庄周莞尔一笑道。

"就是这样呀！先生，您跟弟子透露的秘辛越多，弟子对您的理解也就越深，对您所说的话理解得也就透彻些。这样，将来向世人或后人传播先生之道也不至于走了样呀！"

"蔺且，为师发现，你在悟道方面好像并不见多大长进，可是在巧言善辩和说服他人的口才方面倒是大有长进。惠施说我是天下第一等的辩手，实在是谬赞。依为师看，这天下第一等的辩手称号可能是非你莫属了。"

蔺且听庄周说话的口气越来越随意了，遂连忙接着说道：

"先生过奖！弟子的口才怎么能跟先生相提并论呢？说实话，弟子也就是因为好奇，同时也真的想得先生真传，所以急于了解先生的身世，以便加深对先生所说的话的理解。如果先生有什么难言之隐，不能提，也不想提，那弟子以后再也不提这事了。"

庄周听蔺且这样一说，大概是觉得不好意思了，再藏着掖着，反而会让蔺且乱想乱猜。于是，索性装作若无其事的样子，呵呵一笑道：

"其实，也没什么难言之隐。正如你所猜的那样，为师确实是楚国人。"

蔺且一听庄周这话，顿时兴奋得差点要从地上蹦起来了。但是，他忍住了，尽力保持平静，也装作若无其事的样子，以淡淡的口气问道：

"先生，那是什么原因促使您全家离楚而迁徙至宋呢？"

庄周没有立即接口回答蔺且，而是远望群山，略略犹豫了一下，叹了一口气道：

"说起来话长。"

"先生，那就简单地说一下吧。"蔺且怕庄周反悔，连忙盯住他，催他往下说。

"你知道吴起吗？"庄周侧脸看了一下蔺且，不答反问道。

"怎么不知道呢？先生，您别忘了，弟子也是楚国人哦！从小就听人说过吴起的事迹。"

"那你对吴起其人都了解些什么？"庄周连忙问道。

"听人说，吴起出生于卫国一个富裕家庭，却是一个非常残忍的人。他年轻时出外求官多年，都不得意。乡人嘲笑他，他竟然杀死三十多个嘲笑过自己的人。还听人说，吴起是个不孝之子，他在鲁国师承孔丘弟子、曾参之子曾申习学儒学时，听说母亲病逝，竟然不奔丧回家，替母亲料理后事。结果，曾申一气之下将之逐出师门。"

"还有吗?"庄周又问道。

"还听人说,吴起是个绝情的人。鲁穆公时,齐鲁交战,吴起为鲁将。但是,有人向鲁穆公检举,说他的妻子是齐国人。吴起立功求名心切,竟然为了取得鲁穆公的信任而残忍地杀了自己的结发妻子。"

庄周听到这里,呵呵一笑道:

"你听到的,怎么都是有关吴起的负面情况。难道吴起就那么一无是处了吗?"

"那倒不是。弟子也了解到,其实,吴起是个非常了不起的大政治家、大军事家。他一生历仕鲁、魏、楚三国,都建立了不世之功。仕鲁时,率领鲁师,以小搏大,以弱胜强,击退了强大的齐国军队对鲁国的入侵。仕魏时,屡屡战胜强秦之师,夺得秦国河西之地,成就了魏文侯的霸王之业。仕楚时,辅佐楚悼王进行政治改革,使楚国积重难返的弊政得以革除,楚国国力得以迅速提升。他所著的《吴子兵法》,世人将之与《孙子兵法》《司马穰苴兵法》相提并论。"

庄周听到这里,连忙岔断蔺且的话,问道:

"你知道吴起为楚国进行变法的具体情况吗?"

"听说过,但不一定准确。"

"那说来听听。"庄周鼓励道。

"听说吴起到楚国后,得到楚悼王的重用,任之为令尹,替楚国进行政治革新。革新的第一项工作,就是制定相关法律,并公之于众,让全国官民都明白知晓。法律规定,在楚国,凡是被封君的贵族,传到三代时,都要一律取消爵禄。又规定,对于被疏远的贵族的按例供给,也一律停止。不仅如此,法律还规定,为了加强国家对边远地区的控制,大批贵族都要被充实到楚国边远偏僻之地,以期促进边地的开发稳定。"

"还有吗?"庄周又问道。

"听说吴起的政治革新,不仅深深地触动了楚国新老贵族阶层的利益,也触动了许多官员的利益。法律规定,政府机构中无关紧要的官员,特别是冗员,都要一律淘汰或裁减。没被裁减的官员,则都要削减俸禄。以此,保证国家有足够的财力用于强兵与国防。除此,吴起还对楚国官场中司空见惯的损公肥私、谗害忠良的不良风气予以纠正与革除,结果使楚国官场风气为之大变,群臣皆有为国效劳立功的自觉意识,而不顾个人的荣辱得失。不仅整饬官场,吴起还整顿了民风,为楚国建立起了一套公序良俗,特别是严禁私人请托。"

听到这里，庄周呵呵一笑道：

"你还真的知道不少。那你知道吴起最后的结局吗？知道他为楚国变法引起的后果吗？"

"听人说，好像吴起最后结局不妙，被楚肃王处以车裂肢解之刑。至于具体的情况，弟子就不甚了了。想必先生会知道得更多，是否可以给弟子讲讲？"

庄周点了点头，略略停顿了一会儿，才缓缓地说道：

"楚悼王二十一年，也就是周安王二十一年，楚悼王突然病逝。楚国旧贵族见强力支持吴起进行政治革新的国君死了，吴起的后台没有了，遂联合举兵叛乱，率兵攻打吴起。交战中，吴起被旧贵族们的箭射伤。"

"那结果呢？"蔺且急切地问道。

"吴起连忙从身上拔下箭头，带伤奔跑到楚悼王的尸体前，将箭头插到了楚悼王的尸体上。"

"吴起为什么这样做？"蔺且大惑不解道。

"这就是吴起的智慧了。吴起一边将旧贵族射伤自己的箭头插到楚悼王的尸体上，一边大喊：'群臣叛乱，谋害我王！'"

"呵呵，吴起真是聪明，他这是嫁祸于人呀！"

"楚国的法律规定，伤害楚王尸体与伤害楚王本人一样，都是不可饶恕的大罪，是要诛灭三族的。因此，待到楚肃王即位后，当初发动叛乱，射死吴起，同时也箭伤楚悼王尸体的人都被全部处死，受此事件牵连而被灭族的有七十多家。阳城君虽然侥幸逃脱出楚国，但其封土则被没收。吴起虽死，但仍被处以车裂肢解之刑。"

"先生，凭良心说，吴起对楚国是有大功的。他箭插楚悼王之尸，那是迫不得已的。楚肃王对他追加裂尸之刑，实在是没有天理。唉，做君王的怎么都是些没良心的人呢？不记臣下之大功，而究臣下之小过。看来，官场真是险恶，伴君如伴虎呀！"蔺且感慨地说道。

庄周没有吱声，眼光直视远方，好像又陷入了沉思。

过了一会儿，蔺且突然想起刚才好不容易才挑起的话题，于是看了一眼庄周，轻声怯怯地问道：

"先生，刚才弟子问您身世，您却说到吴起的事，难道吴起与先生家族有关系？"

"不是吴起跟我家族有关系，而是因为他变法革新与我家族有关系。"庄周脱口而出道。

"先生，莫非您家原来就是楚国的贵族？"

庄周点点头。

"莫非吴起变法革新也触动了先生家族的既有利益，让先生家族也卷入了那场兵变？"蔺且又怯怯地问道。

"我爷爷就参与了其事。也因为此事，我家也遭到了灭族之灾。如果不是我家老仆机灵，掩护我父母逃出楚国，隐姓埋名躲到宋都商丘城，那么庄氏一族今日也就彻底绝了种。"

听庄周说出真相内幕，蔺且先是大吃一惊，继而一拍脑袋，恍然大悟似的望着庄周说道：

"先生，这下弟子算是彻底明白了。"

"明白什么了？"庄周看着蔺且夸张的表情，反问道。

"明白先生处于这样的乱世，虽清贫潦倒，却既不肯习儒术以佐王侯治国平天下，也不肯习纵横术干谒君王以求显荣，而是笃信老聃之道，抱持消极出世的人生态度，原来是因为您有一部辛酸的家族政治血泪史，所以您才那么厌恶官场，那么排斥做官，对现实政治深恶痛绝。"

蔺且话音刚落，庄周立即脱口而出道：

"消极出世有什么不好？纵横家积极入世，你主张'合纵'，我主张'连横'，结果挑动天下争战不断，生灵涂炭，这是天下之福吗？墨翟之徒积极入世，主张非攻、兼爱，摩顶放踵，利天下而为之，结果有用吗？孔孟之徒积极入世，高喊'克己复礼''天下大同'，有人听他们的吗？"

蔺且见庄周如此排斥儒、墨、纵横诸家学说，并将各家都一棍子统统打死，心里颇是不肯认同，遂反问道：

"那么，杨朱学派如何？"

"杨朱之徒主张'不以物累形'，虽有逍遥出世的意思，但其'拔一毛而利天下，不为也'的人生信条，多为世人诟病，其学说也是行不通的。相比较而言，还是老聃'清静无为''顺其自然''清心寡欲''无为而治'的主张，才是救世治世之道，最终能解决人类的困境。"庄周显得自信满满地说道。

"可是，而今天下的现实却是诸家学说都比老聃学说影响大。孔丘之徒孟轲就曾跟人说过这样的话：'杨朱、墨翟之言盈天下，天下之言，不归杨则归墨。杨氏为我，是无君也；墨氏兼爱，是无父也。无父无君，是禽兽也。'这虽是孟轲落寞心境的表露，但却清楚地说明了杨朱、墨翟学说的影响力。"

蔺且话音刚落，庄周脱口而出道：

"暂且不谈诸家学说的影响力问题，从孟轲的话中，你能悟出什么道理？"

"那就是儒家学说现在越来越没落了。"蔺且不假思索地回答道。

"那么，为什么会没落呢？"

蔺且抬眼看了一下庄周，沉吟了一下，说道：

"不合时宜，没有生命力了呗。"

"没有生命力，说得好。那么，孔丘之道为什么没有生命力呢？还不是因为在这个世界上行不通吗？孔丘当年周游列国，到处兜售其'克己复礼''天下大同'的主张，却到处碰壁，他自己其实是知道怎么回事的。他曾明确跟其弟子说过，他这样做是明知其不可为而为之。刚才你说到孟轲面对现实而落寞，这说明他至今还没省悟过来。相较于他的祖师爷孔丘，他的悟性要差很多。"

"先生，这话怎么说？"

"孔丘到了晚年，实际上已经放弃了自己的主张，改从老聃之道了。不仅自己不积极入世，不积极有为，甚至阻止弟子们有为，劝他们不要介入现实政治。"庄周说道。

"先生，据弟子所知，孔丘是一个信念非常坚定的人。他虽然向老聃求过学，问过道，但要说他彻底放弃自己之道，而改从老聃之道，弟子有些不信。"

庄周呵呵一笑，看了看蔺且，沉吟了一会儿，说道：

"那为师就给你讲一讲你所不知道的典故吧。"

"那太好了。先生，您请讲！"蔺且催促道。

"孔丘周游列国，屡屡失败，狼狈而归，晚年回到鲁国时已经不再热衷于政治了，而是心静如水，除了删《诗》作《春秋》，还专心于研《易》，以致韦编三绝。有一天，他的得意弟子颜回来见他，并跟他辞行。"

"颜回不是跟孔丘跟得最紧，须臾不离吗？难道他要离孔丘而去？"

庄周见蔺且不解而急切的样子，神秘地一笑，然后从容说道：

"别急呀，为师跟你慢慢说。"

蔺且知道庄周最会讲故事，总能将平淡的事情说得娓娓动听。于是，连忙催促道：

"先生，您别卖关子了，快点说吧。"

"颜回辞行，孔丘感到不解，问道：'阿渊，你跟为师辞行，准备去哪里呀？'颜回答道：'弟子准备到卫国去。'孔丘先是一愣，接着问道：'你干吗云卫国呀？'颜回答道：'弟子听说现在的卫国之君年轻气盛，独断专行，治国理政相当草率轻狂，不仅认识不到自己的错误，还听不得臣下的意见。'孔丘见颜回一脸的严肃，遂连忙说道：'哦？有这回事？那你说说看，他到底怎么草率轻狂？'颜回说道：'他不仅不爱惜民力，广征徭役，大兴土木，还轻启战端，完全不顾惜百姓的性命。现在的卫国，山间泽畔到处可见死者的尸体，就像是干草枯枝一样触目皆是。唉，有这样的国君，卫国百姓真是走投无路，无所归依了。'孔丘听了颜回的话，也不禁感叹唏嘘起来。颜回见此，又说道：'先生教导弟子时，曾说过一句话，安定和谐的国家可以离去，处于危乱之中的国家可以前往，就像医者门前总是聚集很多患者一样。弟子希望践行先生的教导，做一个危乱之国的医者，以自己平生所学，结合卫国的实际情况，寻求出一个救世之道，或许还能救卫国百姓于水火，使卫国免于亡国之祸。'"

"呵呵，颜回还有这等志向，口气也不小。这好像与弟子所听说的那个文弱的颜回有点不一样哦！"蔺且掐话道。

庄周听出了蔺且的意思，莞尔一笑道：

"是呀！孔丘也不敢相信颜回会说出这番话来，而且觉得他根本不可能有什么救世的能力。于是，立即给他兜头泼了一盆冷水，说道：'唉，阿渊，你要是冒冒失失地去了卫国，不仅救不了卫国百姓性命，恐怕还得搭上自己一条小命。'颜回不解孔丘之意，睁大眼睛看了孔丘半天，见其丝毫没有故意恫吓的意思，遂问道：'先生为什么这么说？弟子不明白，请先生明以教我！'"

"那孔丘怎么说？"蔺且迫不及待地追问道。

庄周见蔺且已然着了自己的道，故意顿了顿，然后才从容说道：

"孔丘回答说：'阿渊呀，你开口就是救世之道，你知道什么叫道吗？道是纯粹单一的，是不宜杂乱的。杂乱了，就会多出事端；多出事端，就会引起烦扰；有了烦扰，便会导致忧患；而一旦生出忧患，恐怕就无法救治了。'"

"先生，孔丘这话是什么意思？弟子没明白，颜回听明白了吗？"蔺且望着庄周问道。

"其实，颜回也没明白，所以他就问孔丘，孔丘回答说：'先古的至人，从不谈救世之道，而是先寻求自救之道。他们总是反躬自省，先内修其身，等到自己完全充实了，再去帮助他人，端正其行。如果自己的道德尚未充实，又怎么能够纠正暴人之行呢？'"

"孔丘的意思是说正人须正己，是吧？弟子听说孔丘有句名言：'政者，正也。子帅以正，孰敢不正？'说的也是这个意思吧。"蔺且又插话道。

庄周点了点头，继续说道：

"孔丘见颜回没有吱声，遂语重心长地问道：'阿渊，你知道而今道德失真、智巧呈露的原因吗？'颜回摇摇头。孔丘又说道：'道德失真，是因为人们好名；智巧呈露，是因为大家好争。名，是引发人们相互倾轧的根源；智，是人们得以相互争斗的工具。这两样都是凶器，不可大行于世。'"

"先生，孔丘这话怎么说得跟老聃一样呢？"蔺且狐疑地望着庄周，问道。

庄周呵呵一笑，说道：

"为师刚才不是说过吗？孔丘晚年已经不再坚持自己的理念，完全信服了老聃之道。他说的话跟老聃相似，不正好说明问题吗？"

蔺且望了望庄周，见其说得认真，遂默默地点了点头。

庄周见此，遂又接着说道：

"颜回对孔丘的话不以为然，遂反问道：'名与智，难道就一无是处，没有任何积极的意义吗？'孔丘坚定地点了点头，说道：'是，名与智就是凶器，没有任何积极意义，只会给这个世界添乱。为师以为，好名、尚智乃是一个人修身培德的大敌。阿渊呀，你大概也知道，一个人纵然德性纯厚、信誉无瑕，尚且还可能不为人们完全认同；一个人纵然真的是看淡虚名、与世无争，也未必让所有人都能相信。阿渊，你现在之所以自告奋勇地要前往卫国，要匡正卫君之过，救卫国之民，大概是因为你觉得自己是个道德高尚、与世无争的高人吧。如果你确实有这个想法，那就非常危险了。'"

"既然是道德高尚、与世无争，怎么就危险了呢？"蔺且感到不理解，忍不住岔断了庄周的话，反问道。

"问得好，你听孔丘是怎么说的。孔丘告诉颜回道：'如果卫君果真是个暴人，你在他面前大谈仁义道德规范这一套，那他就会认为你指斥他的过恶是为彰显你自己的美德，因而认为你的行为就是害人。害人者，势必也会被别人所害。所以，为师才认为，你到卫国指斥卫君之行，匡正其过失，一定会丢了小命。再说了，如果卫君真的是听得进逆耳忠言的明主，喜爱贤能之士而厌恶不肖之徒，那又何必非要你去表忠显异不可呢？'"

"孔丘这话说得也蛮通情理的。那颜回怎么说？"蔺且又问道。

"颜回无言以对，孔丘继续开导他说：'阿渊呀，如果你去见卫君，除非一言不发。否则，你就有危险。因为只要你一开口劝谏，或是指斥，卫君就有可能寻出你说话中的漏洞，揪住不放，展露其辩才，让你哑口无言。到了那时，你的眼光便会变得眩惑，脸色渐渐和缓下来，说话也开始游移支吾起来，态度不知不觉间显得恭顺，内心也准备依顺迁就他了。这样的劝谏，就像是以火救火，以水济水，可以说是越帮越忙。因为你一旦开始依顺迁就他，那以后就别指望有个完了的时候。如果卫君是个不信忠言、不听诤谏之人，那你就一定会死于这个暴人面前了。'"

"孔丘说得也太夸张了吧，不就是提个意见，进几句逆耳之言吗？难道卫国之君就真的会杀了他不成？"蔺且不以为然地质疑道。

庄周呵呵一笑，看了一眼蔺且，从容说道：

"你也是这样想的，跟颜回一样。孔丘见颜回不肯听从劝告，于是便给他举了一个例子，说：'从前，夏桀杀其臣关龙逄，商纣杀王子比干，原因是什么？没有别的，因为这二人都是道德高尚的君子，勤于修身，慈爱人民。他们自以为德高于众，万众拥戴，就敢居下位而拂逆在上位的君主。结果，夏桀、商纣就因为他们的德望威胁到自己的地位而杀害了他们。这便是好名的结果。'"

"孔丘这个例子倒也能说明问题，颜回信服了吗？"蔺且问道。

"颜回没吱声，孔丘遂又给他再举了一例，说：'从前，尧帝攻打丛、枝、胥敖三国，禹帝攻打有扈，使这些国家变为废墟，人民都死绝了，国君也被杀。尧帝、禹帝都是上古贤君圣主，他们为什么会起屠戮他国之心呢？没有别的原因，就是因为这些被杀的国君残忍好战，贪得无厌。这就是求名好利的结果。这些事，你难道没听说过吗？名利之心，圣人尚且不能尽去，何况是你呢？虽然为师是这样想的，但是我想你既然起念要到卫国去，肯定是有你自己的想法。阿渊，你不妨说给为师听听。'"

"那颜回怎么说的？"蔺且连忙催促道。

"颜回见孔丘态度和蔼，遂坦诚地回答道：'弟子如果见了卫君，外呈端肃之容而内存谦虚之情，行事勉力而意志专一，这样总可以了吧？'颜回话音刚落，孔丘立即正色教训道：'不可以，绝对不可以这样！卫君骄横之气外溢，性情浮躁而又喜怒无常。这样的国君，即使是朝夕与之相处的臣下，恐怕也不敢拂逆于他。事实上，他正是要通过压制臣下的规劝，以求自己身心的畅快。这样的国君，即使天天以小德慢慢感化他，恐怕也难以成功，更何况你一见面就搬出大德来规劝他，要他立即改变呢？如果你执意如此，他也肯定会固执己见而不肯听从。纵然外表上他肯附和你，内心深处还是不从。阿渊，你说你的想法如何能够行得通呢？'"

"那颜回怎么说？"蔺且又追问道。

"颜回说：'弟子如果见到卫君，内怀诚直而外表恭敬，说话时引用成说，并上比古人，这样总不会被排斥了吧？'孔丘立即反问道：'何谓内怀诚直而外表恭敬？'颜回答道：'所谓内怀诚直，就是向自然看齐，将自己与自然视为同类。向自然看齐，视自己与自然同类，人君与我皆为自然之子，那么何必还要在乎别人对自己所说的话是赞同还是否定呢？这样，别人都认为我保有童真，是与自然为同类了。所谓外表恭敬，就是向普通人看齐，和同于芸芸众生。拱手、跪拜、鞠躬、屈膝，这是为人臣参见君主必行之礼。别人依礼这样做，我岂敢与众不同而不肯为之？别人都做的事，我照着做，自然就不会遭人责怪或挑剔，这就叫向普通人看齐，和同众生。'孔丘又问：'为什么要引用成说，上比古人？'颜回答道：'引用成说，上比古人，这是向古人看齐呀！我想表达的意思，我不直接用自己的话来说，而是借古人之口说出，表明这是古人的意思，不是我自己想出来的。这样，即使话说得直接了些，劝谏的意味明显了些，也不会招致罪咎。先生，您看这样总可以了吧？'"

"看来颜回不简单，能说出这番话，就知道他是颇通人情世故的，确实得孔丘真传。那孔丘觉得如何？"蔺且又忍不住插话道。

"孔丘立即予以否定，说道：'不行，不行，怎么可以这样呢？你想到的纠正卫君之过的办法虽然不少，但并不怎么妥当。这些办法尽管有些拘泥老套，但还勉强可以免罪。为师以为，你的这些办法充其量只能自保，并不能达到感化卫君的目的。阿渊呀，你还是太执着于自己的成见了！'"

"孔丘对颜回的批评这样直接，那颜回怎么说？"蔺且又追问道。

"颜回坦率地说：'先生，弟子没有更好的办法了，请问您有什么高招？'孔丘脱口而出道：'你先斋戒，为师再告诉你。事情未做就有所用心，怎么容易成功呢？如果这么容易就成功，那就不合乎自然之理了。'颜回说道：'先生，弟子家境赤贫，已经好几个月都没有饮过一滴酒，吃过一次荤了。这样，也算是斋戒了吧。'孔丘回答道：'你说的这是祭祀的斋戒，为师说的是心斋。'"

"先生，何谓'心斋'？"蔺且突然岔断庄周的话，问道。

庄周见蔺且急不可耐的样子，莞尔一笑，故意顿了顿，才从容说道：

"别急呀！颜回也不明白，而问孔丘。孔丘回答道：'所谓心斋，就是心志专一，不用耳听而用心听，不用心体悟而以气去感应。因为耳的功用只是听声，心的作用仅限于了解现象。而气则不同，它是澄明虚空的，可以容纳一切外物。只有处于澄明虚空的境界，道才会自然呈现出来。虚者，心斋。'颜回立即问道：'先生的意思是说，澄明虚空的心境，便是心斋，是吗？'孔丘满意地点了点头。颜回又问道：'未听先生心斋之说，弟子不能忘我，认为自己是真实的存在；听了先生心斋之说后，弟子好像顿时忘了自己的存在。

请问先生，这种心境可以算是澄明虚空吗？'"

"看来颜回还真有悟性。孔丘怎么说？"蔺且又问道。

"孔丘说：'说得非常好！现在我可以告诉你，如果一个人进入世间藩篱而能悠游自如，不为名利所动；意见能被他人接纳就说，不能接纳就保持缄默；对于任何事情都没有执着，也没有成见，始终抱持一颗不得已之心，那么差不多也就臻至心斋的境界了。'"

"先生，弟子明白了，孔丘说了半天，其实就是三个字：'不得已'。可是，弟子以为'不得已'太消极了。如果一个人什么事都以'不得已'搪塞，那么不仅将一事无成，恐怕在这个世上都难以生存下去。比方说，肚子饿了，不去积极寻求食物，而是以'不得已'为理由，坐着不动，那就只好坐以待毙了。口渴了，不肯多走几步路，到河边取饮，而是以'不得已'为借口，幻想水从天上来，那就只好渴死了。如果'心斋'境界的修炼就是让人掌握'不得已'三个字，那么'心斋'实在是没有什么意义。"蔺且望着庄周认真地说道。

庄周听了，先是莞尔一笑，然后摇了摇头。

蔺且见此，连忙追问道：

"先生，弟子说得不对吗？"

庄周又是莞尔一笑，顿了顿，看了蔺且一会儿，才以平静而从容的口气说道：

"'心斋'境界的核心，就是不执着，无成见，以澄明虚空的心境包容万事万物。既然不执着，无成见，那么什么事也就无可无不可。既然无可无不可，那么一旦遭遇到现实的困顿与挫折，就不至于感到绝望，觉得天塌了，地陷了，没法活下去了；而是平静地面对，坦然处之。如此，生活自然可以继续，人生可以峰回路转，别有一番情境。为师以为，孔丘晚年能够说出'不得已'三个字，实在是他的聪明过人之处。这三个字，是他对自己一生到处碰壁、屡屡失败经历的反思与总结，是思想的觉醒，可以说是一种处世为人的大智慧。"

"先生，'不得已'还是处世为人的大智慧？"蔺且瞪大了眼睛，望着庄周问道。

庄周点了点头，毫不犹豫地回答道：

"对，没错！"

"那先生给弟子说说看，这'不得已'如何就是处世为人的大智慧？"蔺且毫不放松地追问道。

庄周先侧脸看了看蔺且，又抬眼望了望远山近峦，然后才从容不迫地说道：

"孔丘所说的'不得已'，之所以说是一种人生大智慧，是因为它能帮助人们解脱现实的痛苦，又契合了老聃'顺其自然'的理论。'不得已'，它说的是在客观条件成熟之前，人们面对现实不得不如此。这就是直面现实，承认现实存在的合理性，不硬拗，不妄为，顺其自然。这是客观方面。主观方面呢？孔丘实际上是主张通过'心斋'，不仅要消除人的成见，打消其执着的想法，而且要主动自觉地培养和把握'不得已'的智慧。从上面孔丘与颜回的对话中，我们可以知道，孔丘所讲的'不得已'，并非是我们一般所说的勉强或不情愿，而是让人要懂得人情世故，当现实的困境出现于面前时，首先要判断解决问题的条件是否成熟。孔丘之所以劝说颜回不要去卫国谏说卫君，就是因为他觉得客观条件不成熟。如果颜回硬要去劝谏卫君，必然遭遇被斥责甚至被杀头的命运。"

"先生这样一说，弟子就明白了。"蔺且高兴地说道。

庄周也笑了。

过了一会儿，蔺且又问道：

"先生，那颜回明白孔丘'不得已'的真实含义了吗？"

"当然没明白，所以孔丘接着又给他讲了一番道理。"

"那孔丘是怎么讲的呢？"蔺且又迫不及待地催促道。

"别急呀！听为师慢慢给你说。"

"先生，您口渴吗？要不要弟子到前面小溪里弄点水来给您润润嗓子？"蔺且体贴地问道。

庄周摇了摇头。

"先生口不渴，那就继续给弟子讲吧。"蔺且又催促庄周了。

庄周看了看蔺且，顿了顿，又说道：

"孔丘跟颜回说：'阿渊呀，这个世界是非常复杂的，现实是非常残酷的，人心的险恶与现实的苦难，往往都是超出我们的想象。所以，我们在做事之前，就必须要事先判断条件是否成熟；在说话之前，要先判断自己的意见是否会被人接受。人活世上，心想事成是不可能的。事实上，若真的人人都心想事成，那么也会天下大乱。所以，我们做任何事，说任何话，都必须先了解状况，考虑现实的可能性，这样才能随顺各种情况或条件，不至于令自己堕入困顿的深渊。这就是'不得已'呀！'"

蔺且听到这里，情不自禁地点了点头。庄周没有看他，眼望远山，继续若有所思地说了下去：

"孔丘又说：'不走路容易，走路而不留痕迹则很难。阿渊，你现在不去卫国，也就太平无事；真去了，凭一腔热情去谏说卫君，要想全身而退，恐怕就难了。为人情所左右，就容易作假；随顺自然，则可一派天真。你现在之所以不能打消往卫国的念头，就是因为你已为自己的情感所左右。因为你太执着于所谓的是非，所谓的仁义规范，所以你不能随顺自然，不能一派天真地快乐生活。我们只听说过有翅膀能飞行，没听说过无翅膀也能飞行；只听说过有知识才能认识事物，没听说过无知识也能认识事物。任何事情都是需要有所凭借的，说话做事也如此，要看条件时机。卫君既然是个暴戾骄横之人，你又何必明知不可为而为之，执意去进逆耳忠言呢？明白'不得已'的道理，你就什么都放得下了。阿渊，你看看这间空空如也的房子，之所以显得空明透亮，就是因为没有什么东西充塞其间。虚室生白，吉祥止止，说的正是这种境界。'"

"先生，什么叫'虚室生白，吉祥止止'？"蔺且连忙问道。

"意思是说，空旷的屋子才有光明，吉祥才能降临。孔丘这话，是告诉颜回，通过'心斋'的修炼，臻至心灵澄澈空明的境界。孔丘还说：'如果心灵不能宁静，那么就会形坐而心驰。如果使耳目感官向内通达，将心机巧智排除在外，就是鬼神也会来依附，更何况是人呢？这样，万物便可化育。禹、舜治理天下的法宝，伏羲、几蘧处世奉行的准则，都不过如此，更何况是一般的人呢？'"

听到这里，蔺且突然有所醒悟，睁大眼睛直视庄周，问道：

"先生，孔丘的这些话，弟子觉得跟老聃的'致虚极，守静笃'的主张好像没什么差别嘛！"

庄周诡异地一笑道：

"当然没有差别。为师刚才不是说过吗？孔丘晚年完全信服老聃之道了呀！"

蔺且想了想，看着庄周笑着别过脸去，突然一拍脑袋，说道：

"先生，弟子明白了。"

"你明白什么了？"庄周又回过脸来。

"您是在编故事，孔丘绝对不可能放弃自己的理念而信从老聃之道的。您这故事是假的，是在借孔丘之口替您自己布道。"

"姑且不论故事真假，你觉得为师上面所说的有没有道理？"庄周望着蔺且，脸上现出少见的调皮神色。

"这一下，弟子完全明白了。先生，您这是借讲故事，抒发您眼下'不得已'的无助无奈吧。不过，回家面对师娘，不知先生'不得已'三个字是否可以应付得来？"

庄周一听蔺且这话，原本荡漾于脸上的俏皮顿时没了踪影。

蔺且一看，知道失言了，遂连忙岔开话题道：

"先生，我们在这坐的时间太久了，快起来赶路吧。"

庄周好像没听见，眼望远山陷入了沉思。

4. 乘物游心

周显王三十一年（公元前 338 年）七月初一，天气大热。这天庄周过了日中时分才拎了一串鱼回到家中。妻子亓官氏一见才四条小鱼，顿时忍不住又吼了起来：

"庄周，俺说你是个百无一用之人，你心里还不服气。你看，自从蔺且走后，你每次收获的鱼儿都是这么少。以前蔺且总是替你打掩护，说你教他钓鱼、摸鱼，技术如何如何高明。现在看来，恐怕不是你教蔺且钓鱼、摸鱼，而是他教你钓鱼、摸鱼吧。"

自从蔺且有事告假回楚国一年多以来，庄周早已习惯了妻子越来越频繁的抱怨指责。即使妻子有时话说得非常难听，他好像也不在乎。只是这一年多来，没有蔺且在身边，他还是感到孤寂了很多。每日溪边垂钓或溪中摸鱼，总觉得少了些情趣。上山砍藤割草时，没有一个说话的人，空旷的山野中孤零零的一个人来去，更是备感孤单寂寞，尽管他内心非常丰富，也从不怕寂寞。

快到申时，庄周才吃上饭。饭菜跟平时一样，仍然是小鱼炖青菜，外加一碗粟米饭。吃完饭，按照惯例，庄周是准备上山砍藤割草的。可是，出门抬头望了一眼天上那轮热辣辣的太阳，庄周本能地缩回了屋里。亓官氏见了，立即吼了起来：

"庄周，你是怕太阳，怕热，是吧？好呀，那你今天就别上山了，就在家里歇凉吧。不过，你要想好了，是要歇凉，还是要吃饭，自己选择。你这些天编的藤筐，织的草鞋，你去数数，一共才几只？再不编些藤筐、织些草鞋，凑够了到集市上去卖了换些粟米回来，你就等着天天喝鱼汤，吃青菜吧。你反正什么都无所谓，可娃儿们正在长身体，不能跟你一样无所谓吧。"

庄周一听，觉得今天肯定偷懒不成了。于是，只得硬着头皮，转身往后门而去，准备到屋后去取砍刀与箩筐，然后上山砍藤割草。可是，没等他脚迈出后门门槛，就听有人高声向屋里问道：

"请问这是庄周先生府上吗？"

庄周虽然还没来得及转身看一眼来人，但一听其口音，就知道他肯定不是宋国本地人。于是，潜意识中就闪过一个念头，莫非这人是另一个要投到自己门下的弟子？愣了一下后，庄周不禁心中窃喜，轻快地收回已经迈出后门门槛的那只左脚，转身向前门看去。就在此时，亓官氏已经闻声从左厢房出来，探头看了一眼立在门外的来人，见其书生打扮，立即掉头又进了左厢房，同时用宋国土话嘀咕了一句：

"走了一个呆子，又来了一个傻子。"

虽然亓官氏的声音并不高，又是用宋国土话说的，但庄周却听得真切清楚，也明白她的意思。他怕亓官氏再说出什么难听的话，让远道而来的人感到尴尬，遂一改常态，连忙追进左厢房，用乞求而温和的语气跟她说了几句，然后才出来，趋前走向门外站着的客人前，打着天下通语问道：

"先生从何处来？到比有何见教？"

"您就是庄周先生吧？"那人不答反问道。

庄周愣了一下，然后才回答道：

"在下正是。"

那人一听，立即瞪大了眼睛，望着庄周，以十分激动的口吻说道：

"先生，俺终于找到您了。这一趟，俺千难万难，辗转周折，总算没有白跑。"

"庄周乃一介书生，百无一用，先生何必千难万难，辗转周折找到这里见我呢？"庄周不解地问道。

"先生，俺是赵国人，名叫逸轩。曾追随过公孙龙、惠施，也拜访过孟轲、淳于髡，还在齐国稷下学宫混迹过几年。但是，这些年来，俺见过的诸家名流，听过的不少学说主张，都并不让俺感到佩服。这个世界依然纷纷扰扰，动荡不安，诸侯各国争战不断，民生凋敝，人民流离失所，整个天下找不出一片安静的乐土。"

庄周一听逸轩的经历，又听他对天下纷扰的困惑，对诸家学说的不屑，顿时有一种他乡遇故知的感觉，遂情不自禁地脱口而出道：

"这么说来，目前天下尚无一人让先生看得上眼？没有一家学说让先生觉得可以解决天下纷扰？"

"那倒也不是。"

"这话怎么说？"庄周糊涂了。

"有一个人，俺还是相当佩服他的。他的学说虽然不太为天下人理解和认同，却是真正算得上是可以救世的。"

庄周一听，立即来了兴趣，遂连忙追问道：

"不知先生佩服的这个人是谁？为什么只有他的学说才算得上是可以救世的？"

"那就是您所服膺的老聃及其道家学说。"逸轩似乎不假思索地脱口而出。

庄周一听逸轩这话，先是心中一喜，接着故作不解的样子，问道：

"那你说说看，为什么老聃之道就可以救世呢？"

逸轩望了一眼庄周，正准备开口时，庄周突然醒悟过来，自己还没让客人进门呢。于是，连忙抱歉地说道：

"失礼了！先生请进来坐吧。"

逸轩见庄周已然相邀，立即迈步进了屋子。庄周连忙趋前引路，将他带到堂屋中与左厢房相对的右厢房一侧的一张座席前，并示意其就座。就当逸轩搴裳要坐下时，庄周突然发现草席太脏了。情急之下，连忙弯下腰，用自己的袖口在草席上拂了几拂，然后才让逸轩坐下。

逸轩甫一坐定，庄周又接住刚才的话头说道：

"先生刚才说最佩服老聃，认为唯有老聃之道可以救世，不知可否为庄周详说之。"

"世人皆知，当今最得老聃之道的人非先生莫属。在先生面前，逸轩岂敢妄谈老聃之道？"

"先生过奖了，老聃之道深不可测。庄周乃一介愚夫，哪里担得起最得老聃之道的谬赞？"庄周说道。

"正因为老聃之道深不可测，所以逸轩才不以千里万里为远，不辞千难万难，辗转找到先生，目的就是希望拜在先生门下，学习老聃之道。不知先生肯不肯收逸轩为弟子，朝夕侍立先生之侧求学问道？"

庄周望了一眼逸轩，见其表情严肃，说得真诚，不像是客套，遂呵呵一笑道：

"庄周是个百无一用之人，信奉的是无用之学，您拜庄周为师，学这种无用之学，对您又有什么助益呢？"

"无用便是有用，无用便是大用。"逸轩脱口而出道。

"这话怎么讲？"庄周反问道。

"老聃不是说'无为而无不为''至柔则至坚'吗？先生所说的无用，岂不就是有用，就是大用？"

庄周呵呵一笑道：

"看来不是庄周最得老聃之道，而是先生最得老聃之道。"

"先生说笑了！弟子这一趟是真诚地来拜您为师的，希望先生不要嫌弃弟子愚钝！"

庄周见逸轩改口自称"弟子"，虽然满心欢喜，但言不由衷地说道：

"老聃之道乃出世之学，于生计无补。为先生前途计，不如去学纵横之术，干谒王侯，即使不能封侯拜相，至少也能谋得一个温饱。"

"先生未免看低了弟子的人格！王侯将相，在弟子眼中都犹如粪土。"

"恕庄周失言！"庄周听逸轩说话的口气不对，连忙道歉。

逸轩一听庄周道歉，反而不好意思了。于是，连忙缓和了口气，说道：

"先生，实不相瞒，弟子原本就是王侯之裔，对于政治早已厌倦，对于权力争斗更是深恶痛绝，对于天下纷扰不已忧心如焚。因为看不到儒、墨等诸家学说可以解决现实纷争、消除社会黑暗的可能性，进而思考老聃之道，觉得唯此才是救世的良方，所以想投在先生门下学习老聃之道。"

逸轩话音刚落，庄周立即反问道：

"为什么您那么肯定地认为老聃之道就是救世的良方呢？"

"老聃主张'清心寡欲'，主张'顺其自然'，主张'小国寡民'，主张'无为而治'，这些主张都是让人们消除心中固执而虚妄的理念，打消妄作妄为的情感冲动。如果大家都清心寡欲、清静无为、顺其自然，天下何来什么纷扰，何来什么权力斗争，何来什么战争动乱？如此，天下岂不就不治而平，宁静而安详了吗？"

庄周听了逸轩这番话，虽然内心感到非常欣慰，偌大的天下，现在总算又有了一个同道，表面上却装着不以为意的样子，呵呵一笑道：

"你对老聃之道的理解虽然不差，但是要考虑到两种现实。"

"哪两种？先生请赐教！"逸轩连忙催促道。

"第一种要考虑的现实是，在现今这个世上，到底还有没有哪个人君能认识到老聃之道真正的治世价值？当今为人君者，有哪一个能够做到清心寡欲？又有哪一个能够抑制自己妄作妄为的冲动，而愿意清静无为，顺其自然而治国？既然今天已经没有人君愿意践行老聃之道，那么吾辈又如何能够推行老聃之道，将其转化为治世救世的现实呢？"

逸轩默默地点了点头，顿了顿，又望着庄周问道：

"那第二种呢？"

"第二种要考虑的现实是，老聃之道吾辈可以信奉，但是它不能解决我们的生计问题。以我庄周个人来说，我对老聃之道深信不疑，但是我也知道它不能解决我的温饱问题，所以我以钓鱼、摸鱼、织履、编筐维持生计。面对生活的困窘，我能以知其不可奈何而安之若命，以内心的宁静对抗现实的种种挑战。而你是公子哥儿出身，一向养尊处优，你能安于困顿、食不果腹地跟我过一种孤寂落寞的生活吗？刚才我之所以劝你学纵横之术，干谒王侯，正是基于这种现实的考虑。"

"先生，弟子现在终于听明白您的意思了。您所说的两种现实困境，弟子认为都是存在的。但是，这并不妨碍弟子追随先生，跟先生求学问道的决心。先生既然以上述两种现实问题说服弟子不要投于您门下，那么是否也可以让弟子陈述两个理由，以见弟子追随先生的决心与诚意？"

"但说无妨。"庄周答道。

"先生说的第一种现实困境，弟子早就认识到了。但是，弟子认为，不能因为现实与理想有矛盾就放弃对理想的追求。孔丘的理想是'克己复礼''天下大同'，他自己在追求这个理想的过程中，对于理想的不能实现是心如明镜的，虽然不断地努力，不断地碰壁，但他仍然执着于自己的理想。他的学说与政治主张虽然在当时没有实现，在今天仍然不可能实现，但是他那种执着于理想追求的精神感染了无数人。他的弟子遍布天下，他的学说传播越来越广泛，这也是一种成功。弟子信奉老聃之道，就像孔丘执着于自己的理想一样，是一种精神的追求。就像先生信奉老聃之道，推阐老聃之道一样，是一种信仰，是没有任何功利色彩的。"

庄周一边重重地点了点头，一边以欣赏的眼光看了看逸轩。

逸轩见此，深受鼓舞，接着说道：

"先生说的第二种现实困境，其实弟子也有所考虑。先生刚才劝弟子习学纵横之术，干谒王侯，俺知道是先生的善意。不过，请先生放心，弟子的温饱生计目前尚不成问题。因为弟子还有些积蓄，足可应付个三年五载。纵然没有积蓄，或是有一天花光了所有积蓄，生计无着，弟子还可以像先生一样垂钓、织履、编筐，自食其力呀！所以，无论如何，弟子都不会为了名利或是温饱而习学纵横之术，卑躬屈膝地去干谒王侯。"

庄周见逸轩似乎是越说越激动，遂呵呵一笑道：

"你为什么那么排斥习学纵横之术，不愿干谒王侯呢？现在不是很多士人都热衷于此吗?"

"正因为大家都热衷于此,弟子才觉得这个世界更没希望了。纵横家都是干什么的,相信先生也是清楚的。说穿了,就是为了自己的名利而让天下生灵涂炭。这样的人,居心不良,不仅扰乱了清平的世界,最后也毁了自己。"

庄周从未听人这样评价过纵横家,觉得逸轩非常有思想。于是,故意假装不明白的样子,追问道:

"为什么这样说?"

"先生,弟子不妨给您举个例子,就是最近听说的故事。您知道秦相公孙鞅吗?"

庄周点点头。

"公孙鞅算是当今最成功的纵横家吧,但是不久前却被秦惠王杀了,而且是施以车裂之刑。"

"哦?那可是五马分尸的酷刑呀!"庄周瞪大眼睛望着逸轩,说道。

"先生,您了解公孙鞅的发迹史吗?"

"只听说他为秦国变法革新,使秦国国强民富,秦国从此在天下诸侯国中做大称霸。至于他的身世与发迹史,还真的没听人详细说过。你知道吗?"

"弟子原来对他的情况也不甚了了,但是三个月前因为途经魏国新都大梁,无意中在客栈里听到一位从秦国来的士人说到他的身世与事迹。"

庄周原本就是一个擅长讲故事的人,一听逸轩也要讲故事了,顿时兴趣盎然,连忙催促道:

"那你说来听听。"

正当逸轩要开口讲商鞅的故事时,亓官氏突然从左厢房里出来了。庄周一看,觉得不对,如果她当着客人的面发作起来,自己没面子也就罢了,逸轩肯定也会感到非常尴尬的。情急之下,连忙对逸轩说道:

"逸轩,你师娘出来了,赶快过去见过师娘。"

逸轩先是一愣,接着立即喜笑颜开,望着庄周认真地问道:

"先生,您是说已经收下俺为徒了?"

庄周连忙点头,对他使眼色,让他快点给亓官氏行礼。逸轩明白其意,立即从席上爬起,趋前走到亓官氏面前恭敬地行了一个大礼,然后从袍袖中摸出一个袋子递给亓官氏,打天下通语,说道:

"师娘,先生已经收下俺为徒了。从此以后,俺就要天天在府上叨扰了。这是一点敬师之礼,请您收下。"

亓官氏接袋在手,掂了掂,心中有数,遂笑逐颜开地说道:

"这礼太重了！"

"不重不重，只是弟子的一点心意而已。以后在府上叨扰，天长日久的，还望师娘多多教诲。做得不对，师娘不要客气，一定要直言批评纠正。"

亓官氏听了逸轩这番话，心里就像是灌了蜜似的甜。捧着沉甸甸的钱袋在手，更是有一种说不出的兴奋。激动之余，她站在那里，半天不知所措。庄周见此，连忙对她暗示道：

"逸轩是从赵国不远千里而来，一路非常辛苦。"

亓官氏一听这话，立即明白意思，捧着钱袋转身进了左厢房，然后端了一盏水出来，亲自递到逸轩手上，说道：

"这么大热的天，从那么远的地方赶来，真是不容易。先喝口水吧。"

逸轩接盏在手，将水一饮而尽。然后，将水盏递给亓官氏，又深深地施了一礼。

亓官氏见此，连声说道：

"以后不要这么客气了，随意点。你跟先生好好聊聊吧。"

庄周一听，知道今天可以不必再上山砍藤割草了，以后也可以少挨些骂了。见妻子转身又进了左厢房，逸轩重新坐回原位，庄周遂又重拾刚才的话题，说道：

"你再接着讲商鞅的发迹史吧。"

逸轩立即坐直身子，说道：

"好的。先生大概也知道，公孙鞅原是卫国的公子，所以又被人称为卫鞅。他在卫国政坛没有发展机会，遂往当年天下的一等大国魏，投在魏惠王最重任的贤相公叔痤幕下。公叔痤非常欣赏公孙鞅的才华，认为他将来足可担当魏国之相的重任。很多次，公叔痤都有意向魏惠王举荐公孙鞅，只是机会不凑巧。后来，公叔痤病重，魏惠王前往相府探视公叔痤，并问到将来魏国之相的人选问题。公叔痤觉得，这次机会成熟了，遂极力赞扬了一番公孙鞅的才华与能力，并要求魏惠王任公孙鞅为魏国之相，而且要举国而听之。"

"结果呢？"庄周有点沉不住气了。

"结果，魏惠王嘿然不应。公叔痤心知其意，于是又立即建议魏惠王，如果不愿意任公孙鞅为魏国之相，那么就立即将之杀了，绝不能让他逃出魏国。魏惠王听了，也是嘿然无语。然后，就离开了。魏惠王走后，公叔痤令人将公孙鞅叫到病榻前，跟他说：'你现在赶紧离开魏国，逃得越远越好。'公孙鞅问为什么，公叔痤就实言相告说：'老夫建议魏王在我死后任你为相，举国而听命于你，他没答应。于是，我又建议他杀了你，不要让你逃出魏国。魏王是君，你是臣。按照先君后臣的伦理，所以老夫现在劝你赶紧逃离魏国，不然就有杀身之祸了。"

"公叔痤倒是坦然，做人光明磊落，是个正人君子。"庄周情不自禁地评论道。

逸轩点了点头，望了一眼庄周，继续说道：

"公孙鞅听了公叔痤的话，则不以为然，不肯离开魏国。公叔痤问他为什么不离开，他说：'既然您向魏王举荐我为魏国之相，他不肯听从，怎么知道您劝他杀我，他就会听从呢？'公叔痤没办法说服他，只好由他去了。过了不久，公叔痤就病逝了。公孙鞅继续待在魏国，魏惠王既没重用他，也没杀他。但是，待了一阵后，公孙鞅突然听人说秦孝公发布招贤令。于是，灵机一动，立即悄然离开魏国而到了秦国。"

"到秦国后，秦孝公立即重用他了吗？"庄周追问道。

"没有。秦孝公虽然发布了招贤令，但是天下游士想晋见的人太多。因此，不要说让秦孝公重用，就是能见上秦孝公一面也是不易的。公孙鞅非常有心计，他跟其他贫困潦倒的游士不一样，他有钱。他打听到秦孝公有一个宠臣叫景监，于是用钱打通了门路，得到了景监的举荐，见到了秦孝公。可是，第一次晋见并不如意。秦孝公是想富国强兵，振兴秦国，称霸天下。而公孙鞅第一次晋见时，却跟他大谈古帝君之道，不得秦孝公之心。事后，景监还被秦孝公叫去训了一顿，说他推荐的客人没见识。而景监回去后，也将公孙鞅狠狠责备了一顿。但是，公孙鞅没有气馁。过了几天，又缠着景监让他跟秦孝公说再给一次机会。第二次，公孙鞅跟秦孝公谈的是'王道'，虽然不中秦孝公之意，却让秦孝公见识了他的口才与才华。于是，事后又将景监叫去，告知他所推荐的客人虽然所提建议不合其意，却很有才华。公孙鞅得知消息后，于是又缠着景监请求秦孝王给他第三次晋见的机会。"

"那第三次谈什么呢？"庄周又沉不住气了。

"第三次晋见时，公孙鞅已经摸准了秦孝公的心理，这次他不再谈'王道'了，而是大谈'霸道'。结果，谈得秦孝公非常满意，一连召见了他五次，谈得废寝忘食。最后，秦孝公决定任公孙鞅为客卿，并力排众议让他为秦国主持变法革新。变法革新，并非易事。一开始就遭到秦国贵族阶层的极力反对，但是由于秦孝公用人不疑，对公孙鞅信任有加，坚决支持他放手去做。公孙鞅因为有秦孝公的强力支持，最终顶住了来自各方面的压力，制定并颁布了新法。可是，新法颁布不久，太子首先犯法。对此，公孙鞅不畏强权，义无反顾地对太子施之以法。最后虽没能直接罚治到太子本人，太子的两个师傅却被依法治了罪。于是，一下子镇住了所有人。新法推行十年后，秦国不仅国力大为提升，而且民风为之一变。原先盗贼遍地，现在却是道不拾遗、家给人足；原来秦民尚武斗狠，内部纠纷不断，现在则变得怯于内斗而勇于杀敌了，乡邑治安大为改观。之后，又经过十几年的改革发展，秦国经济、军事实力又有大幅提升。"

"哦？公孙鞅竟然有这等能耐，以前从未听人说过。"

"先生，弟子下面要说的，您恐怕更是想不到了。"

"那就快说吧。"庄周催促道。

"就是前年，公孙鞅见时机成熟，亲率秦国大军东征，讨伐天下霸主魏国，用计俘获魏国公子卬，大败魏师，迫使魏惠王将魏国经营了几代的河西之地割让给了秦国，并迫使魏王将魏国之都从西部的安邑内迁到东部的大梁。现在大家都不叫魏王为魏惠王，而是称他为梁惠王了。收复河西之地，乃是秦国几代国君为之不懈努力的目标。公孙鞅不仅替秦国实现了富国强兵的目标，还为秦穆公与秦孝公两代国君实现了最大心愿。为此，秦孝公不仅授公孙鞅大良造之高爵，还裂土封他商、於十五邑，号为商君。"

"公孙鞅都做了商君，怎么最后还被五马分尸呢？"庄周不解地问道。

"先生，弟子刚才不是说过吗？公孙鞅当初为秦国变法时，第一个触犯新法的就是太子。这个太子不是别人，就是现在秦国执政的秦惠王呀！去年秦孝公崩逝，秦惠王即位执政。因记恨当年被罪及的往事，加之两个师傅从中挑拨唆使，说公孙鞅有意谋反，秦惠王遂发吏往相府逮捕公孙鞅。公孙鞅无奈，只得逃之夭夭。好不容易逃到函谷关，晚上要住宿时，却因拿不出身份证明而被拒。最后，虽然混出函谷关，逃到了魏国，却被魏王记恨其计赚公子卬，大败魏师，割走河西之地的仇恨，而将之遣返回秦国。"

"魏国遣返公孙鞅，那是借刀杀人呀！"庄周说道。

"先生说得对。公孙鞅被遣返回秦国后，不敢入咸阳，乃径直潜回其封地商、於。秦惠王得知消息后，立即派兵到商、於之地，以武力缉拿公孙鞅。公孙鞅被逼无奈，只得铤而走险，举商、於之众奋起反抗。商、於之兵乃乌合之众，岂是秦国大军的对手，结果自然可以想见。公孙鞅兵败被拿获到咸阳，虽然全秦国的民众都知道是怎么回事，大家在心里都为他鸣不平，但谁有回天之力呢？今年初，秦惠王以谋反的罪名将公孙鞅处以车裂之刑。"

逸轩讲完公孙鞅的故事，庄周低头看着座席呆了一阵后，突然抬起头来，问道：

"逸轩，你跟为师说实话，你投在我门下学老聃之道，而不愿学纵横之术、干谒王侯，最直接的原因是不是因为看到了公孙鞅的下场。”

“也是，也不是。”

“这话怎么说？”庄周问道。

“刚才跟先生说过了，弟子对于老聃之道的信从，乃是基于对其救世价值以及现世黑暗现实的认识，觉得不解决人的贪欲问题，这个世界就永远不得太平。唯有大家都能清心寡欲，才能消除权斗与战争；唯有国君都能顺其自然，无为而治，才能使天下安定下来。纵横之术，乃是欺诈争斗之术，非正人君子应该习学的。如果大家都为了名位而奔竞于王侯门下，助纣为虐，那么这个世界就更乱了。为了一己之私利，而不惜让天下生灵涂炭，那是不道德的。如果从现实的角度看，习学纵横之术，奔竞于王侯门下，无论是为了温饱也好，还是为了名位也罢，事实上都是有危险的。君王喜怒无常，伴君如伴虎，乃是大家都知道的道理。公孙鞅在纵横家之中，算得上是最为成功的了，还难免有身首异处的下场。那么，智不及公孙鞅、才不如公孙鞅的纵横家，结果又能如何，自然也是可以想见的。老聃讲‘卫生之经’，杨朱学派讲‘重己全生’，未尝不是聪明的人生选择。悠游于林下，闲看风花雪月，饥餐山间野果，渴饮溪中清流，纵情投入大自然的怀抱，这何尝不是人生最大的快乐！”

庄周听到这里，终于了解到眼前的这个公子哥儿，跟自己还真是一路人。其人生态度跟自己竟然如此惊人地相似，实在是不多见。想到此，庄周侧脸看了看逸轩，见其从容淡定的神情，顿时涌起一种茫茫人海遇知音的欣慰感。

人生得一知己，本就不易。在战国乱世，像庄周这样笃信老聃之道的人，要想找到一个同道或知己，那就更加不易了。蔺且走后一年多，倍感孤寂的庄周，自从有了逸轩追随左右，精神状态好了不少。由于理念与情趣相投，平日里，师徒二人或垂钓树下，或上山砍藤割草，说说笑笑之间，有时虽会忘了时间，但也忘了疲劳。闲暇时，师徒二人弄些浊酒对饮，坐而论道，则就更是一种难得的愉悦。

愉悦的时光总是过得很快的。到周显王三十一年十月初一，逸轩投在庄周门下已经三个月了。

十月初，北风一天比一天刮得紧，天气完全冷起来了。远山近峦草黄叶枯，满目萧条；大溪小溪水落石出，枯水断流。此时既不是上山砍藤割草的季节，也不是临水钓鱼摸鱼的时候。庄周与逸轩无所事事，又别无消遣。将近日中时分，师徒二人实在憋得慌，遂又带着钓竿来到了以前他们经常垂钓的溪边。放线抛钩于溪中，水浅不及脚背，根本不可能有鱼来咬钩。不过，二人本来就意不在鱼，只是摆个姿势，以此消磨时光而已。开始时，二人还手把钓竿，像个垂钓的样子。后来，索性放下钓竿，连垂钓的样子也不摆了，只顾着临溪海阔天空地闲聊起来。

聊着聊着，不知怎么又触及逸轩的身世，进而引发逸轩对现实黑暗的一番感慨，对人类未来的无尽忧虑。庄周其实早已对现实不抱任何希望，对现实的种种黑暗也见惯不惊，安之若素。这时大概是受了逸轩情绪的感染，也一改平日的从容淡定，大发起感慨来。

逸轩自投庄周门下以来从未见过老师动过真情，发过感慨，总是见他对任何事都是一派无所谓和玩世不恭的态度，今天见他说到愤激处那种激动的表情，不免起了好奇心，遂脱口而出问道：

"先生，您不是早就对现实心如死灰了吗？您不是对什么事都无所谓吗？"

没等逸轩把话说完，庄周已然意识到自己今天已经真情显露了，遂呵呵一笑道：

"为师当然对现实心如死灰，对什么都是无所谓的，难道你觉得为师还执着于什么吗？"

"先生，弟子今天终于明白了，您是表面冷，内心仍然是热的。您的无所谓，您的玩世不恭，实际上都是对现实黑暗的彻底不原谅，不肯跟这个世界和解。"

"是吗？为师怎么自己都不知道呢？"庄周不自然地一笑道。

"这叫旁观者清，当局者迷。先生，弟子一直有个问题想问您，不知当问不当问？"

"有什么不好问的？"庄周装作若无其事的样子。

"弟子因为身世的原因，对统治阶层内部的黑暗现实知道得太多，因而对官场、对政治感到厌倦。先生对政治、对官场持激烈的否定态度，不知其间有什么原因？"

庄周一听逸轩这话，立即明白其意，他这是像以前蔺且一样，想打听自己的身世。于是，立即警觉起来，主动解释原因道：

"你对政治、官场的黑暗有一种身在其中的切身体会，为师对政治、官场的黑暗则是透过对历史经验的清醒旁观。正如你刚才所说的那样，当局者迷，旁观者清。所以，为师对于政治与官场的黑暗，对于入世的危险性看得比你更清楚！而且知道，古代的圣人都是主动远离政治与官场的。"

"先生博古通今，弟子孤陋寡闻。今天先生既然已经说到历史的经验，说到古代的圣人，是否就给弟子讲讲这方面的事情？"逸轩乘机请求道。

庄周侧脸看了看逸轩，又远眺了一眼远山近峦，沉思了一会儿，这才从容说道：

"舜是古代的贤君，这是自古以来大家都这样认为的。舜到了晚年，觉得天下治理得差不多了，就想急流勇退，将君位传给有德之人。想来想去，他觉得友人北人无择是个非常好的人选。不过，舜也知道，北人无择为人比较清高，所以就找了一个得力的人先去跟北人无择沟通，将把天下禅位给他的想法跟他说了一下。北人无择听了，就像踩到一条蛇似的，吃惊地说道：'国君的为人真是奇怪呀！他当初耕作于田垄之间，后来却游走于尧的朝廷之上。不仅如此，他今天竟然还要以他的丑行来污辱我，我实在是羞于见他了。'说完，北人无择连忙出了门，走到一个深潭边，纵身一跃，便溺死在了深渊之中。"

"世上还有这样洁身自好的高人呀！如果今天先生不跟弟子讲，弟子永远也不知道。看来弟子真是不折不扣地孤陋寡闻。"

庄周见逸轩一脸的认真，不禁神秘地一笑。顿了顿，又接着说道：

"其实，在古代像北人无择这样的高人多得很。为师再给你讲一个故事。商汤准备出兵讨伐暴君夏桀，找来卞随与之商议，卞随说：'这不关我的事。'商汤问：'那我可以找谁？'卞随说：'我不知道。'商汤没办法，只好去找务光，务光也回答说：'这不关我的事。'商汤问：'我可以找谁？'务光回答说：'我不知道。'商汤又问：'你觉得伊尹如何？'务光回答道：'伊尹为人有毅力，也能忍受屈辱，其他的方面，我就不知道了。'于是，商汤便找到伊尹，商议并谋划了整个讨伐夏桀的作战计划。最后，商汤战胜了夏桀，夺得了天下。不久，商汤想把天下让给卞随，托人来跟他商量，卞随回答说：'当初，国君出兵讨伐夏桀，曾经找我商议，大概认为我是残忍之人；现在，国君战胜了夏桀，夺得了天下，又想将天下让给我，大概认为我乃贪婪之辈。生于乱世，已是我的不幸。现在无道之人又以其丑行来污辱我，我实在不能忍受一再受到打扰了。'于是，卞随出门投椆水自溺而亡。"

"又死了一个高人，可惜！"逸轩脱口而出，情不自禁感慨道。

庄周顿了顿，见逸轩神情凝重，遂又接着说道：

"还没完呢。卞随死后，商汤又找到务光，希望他能接受禅让。务光也不肯，商汤就劝说他道：'智者出谋划策取天下，勇者付诸行动得天下，仁者以德服人治天下，这是自古以来恒定的道理。您为什么不肯接受我的禅让，而就天下君位呢？'"

"那务光怎么说？"逸轩追问道。

"务光回答道：'为夺天下而杀君上，不是义；为取天下而让生灵涂炭，不是仁；他人犯难冒险取天下，我无功而坐天下，不是廉。我听人说过这样的话：不义之人，不要受其俸禄；无道之国，不要脚踏其国土。现在，您要我接受您的禅让，成为天下之君，我怎么可以接受呢？我实在不忍心再看到不义、不仁、不廉之事了。'说完，务光出门，背着一块大石头，自沉于庐水之中。"

"唉，又一个高洁之士为避君位而死，真是可惜了！"逸轩又感叹道。

"如果因为时间久远，你对卞随、务光还不够了解的话，那么下面为师要说到的两个人，你一定会听说过的，他们离我们还并不太遥远。"

"不知先生说的是哪两位？"逸轩连忙追问道。

"就是周朝兴起之初的伯夷、叔齐。"庄周说道。

"这两个人听说过，好像是孤竹国的世子，都是因为逃避君位而躲到了西岐。先生，是这样吧？"

庄周点了点头。

"弟子虽然听说过他们二人的事迹，但知之不详。先生既然说到这二位，可否给弟子详细讲一讲？"逸轩央求道。

庄周顿了顿，看了一眼逸轩，说道：

"对于伯夷、叔齐，自古以来有许多传说。有一种普遍的说法，说二人逃到周的部族养老，得到周文王的礼遇。周文王为人仁义，深得西岐百姓拥戴。周文王过世后，周武王即位。武王与文王不同，文王对于商纣王的暴行虽然不满，但仅止于委婉地劝谏；对商纣王加诸己身的迫害，则逆来顺受，丝毫没有以臣叛君之心。武王则完全不同，他对商纣王的暴行，不是逆来顺受，而是起而反抗。在姜尚、周公旦的支持下，他组织了强大的军事力量，与商纣王展开了军事斗争。牧野之战，杀得商纣王的军队血流漂杵。据说，在周武王起兵讨伐商纣王之初，伯夷、叔齐前往劝谏，认为以暴制暴不是仁义的表现，而且不赞成武王以臣伐君。结果，周武王大怒，武王的随从甚至要杀了二人。幸亏姜尚劝解，二人才得以幸免于难。等到武王伐纣成功，周朝一统天下后，二人觉得可耻，遂逃到首阳山中，坚持不食周粟，最后饿死于山中。"

"弟子所听到的，正是这样。"逸轩说道。

"其实，这个传说是不准确的。"

"哦？先生，那准确的说法是什么呢？"逸轩不禁好奇起来，瞪大眼睛追问道。

庄周见逸轩的兴趣被大大激发起来，反而缄默不说了，只是远望群山，作沉思之状。最后，逸轩实在沉不住气了，催促道：

"先生，您既然说刚才的传说不准确，怎么不告知弟子准确的呢？"

庄周大概是已经想好了说辞，也知道逸轩可能是急不可耐了，遂从远山收回目光，侧脸看了一眼逸轩，然后才从容说道：

"真实的历史是，伯夷、叔齐从孤竹国逃到西岐时，周武王刚刚即位。他听说伯夷、叔齐是高洁之士，要来归附西岐，就派叔旦前往迎接，并与他们二人约盟说：'二位到了西岐，就会禄加二级，官授一等。'然后，叔旦将盟约涂上牲血，埋在地下，以示不渝。伯夷、叔齐见了，相视一笑，说道：'嘻，好奇怪呀！这好像不是我们所谓的道啊！从前神农氏治天下时，四时祭祀十分虔诚，却并不希望获佑得福；对百姓忠诚信实，竭尽全力为百姓效力，却不希求什么回报。百姓有乐于参与国家治理的，神农氏就请他参与其事。神农氏从不以他人的失败来突显自己的成功，不借别人的卑贱来反衬自己的高贵，也不因遭遇时机而起自图利益之心。现在周见殷商动乱，就想着浑水摸鱼，企图乱中取殷商而代之。周之君臣，尚谋略而广求财货，恃兵广而炫耀武威，屠牲立盟以示信守，自彰善行而获众心，杀戮征伐以夺天下，这是制造祸乱来代替暴政。我们听说古之贤士，遇治世不会逃避其应尽的责任，遇乱世不会为活命而苟且偷生。而今的世道如此黑暗，周德已衰，如果再与周之君臣同处，那只能玷污了我们自己的人格。所以，我们还是不如离开周地，找个清静之所，以保住我们的清白干净。'说完，二人看都没看叔旦一眼，就离开西岐，往北到了首阳山，最后饿死于山中。"

"原来是这样。"逸轩望着庄周，恍然大悟似的点了点头。

庄周见之，接着说道：

"像伯夷、叔齐这样的人，富贵对他们虽然是唾手可得，他们也不愿获取。他们所表现出的高尚节操和不同流俗的行为，并非是故意装出来的清高，亦非是有意求异于众，而只是为了满足自己的心愿，独乐己志而已。这就是他们二人的风骨与节操！"

"是啊，现在再也找不到这样的高士与贤人了，所以世道每况愈下，人的道德越来越不堪了。"逸轩感慨系之，沉痛地说道。

"现实虽然如此，但只要我们明白'外物不可必'的道理，秉持'乘物游心'的原则，自然也就没有那么多忧虑与烦恼，大可自由逍遥于这个每况愈下的世界。纵然无可奈何，已然置身官场之中，也能优游逍遥，从容面对一切。"庄周远眺群山，说口而出道。

"先生，恕弟子愚钝，什么叫'外物不可必'？"逸轩侧脸望着庄周，问道。

"所谓'外物不可必'，意思是说外在的一切事物都是没有一定的。自然界的变化虽然有一定规律，但也有意外出现；同样，人世间的祸福利患也是没有一定的。一个人如果懂得这个道理，哪里还需忧患什么呢？"

"弟子明白了。那什么是'乘物游心'呢？"逸轩又追问道。

"所谓'乘物游心'，说得简单点，就是顺其自然，按照万物的自然状态，让心神自在遨游，将一切托之于'不得已'，以此涵养内在自我，自然就能逍遥自处，不受人世间的种种祸患忧喜所困扰，从而臻至处世的最高境界。"

"先生总结的这一处世之道，源于老聃，又高于老聃，真是精辟！"逸轩由衷地赞叹道。

"逸轩，你不必恭维为师！这个处世之道，可不是为师总结出来的，而是孔丘晚年悟出来的。为师可不敢贪他人之功而为己有。"

"孔丘总结出来的，是真的吗？"逸轩不相信，瞪大眼睛望着庄周问道。

庄周点了点头。

"哎，先生，不对呀！"

"什么不对？"庄周侧脸望着逸轩，问道。

"孔丘与老聃'道不同，不相为谋'，怎么孔丘的思想与老聃趋同了呢？"

庄周看了看逸轩，莞尔一笑道：

"孔丘一生执着于其'克己复礼''天下为公'的理想，周游列国兜售其政治主张，却到处碰壁。晚年幡然醒悟，这才在现实面前低了头，觉得还是老聃之道通透澄澈。"

"是吗？"逸轩还是有些不相信。

庄周见此，略顿了顿，然后说道：

"好吧，那为师再将孔丘说这番话的背景故事给你讲讲吧。"

逸轩一听，立即雀然而现喜悦之色。如果庄周能讲出典故，那说明就不是假的了。于是，连忙催促道：

"先生，您快说吧。"

"楚国有个贤大夫，姓沈名诸梁，字子高，居叶地，人称叶公。孔丘周游列国走投无路时曾往叶地拜访过叶公，相谈甚欢，互相倾慕，从此结下了深厚的情谊。孔丘晚年回到鲁国著书授徒，不再过问政治，也不与外界交往，不接待任何宾客。但是，有一次却让他破了例。因为到访的客人不是一般人，而是远道从楚国来的叶公。孔丘一听，一路小跑地到了门口，恭恭敬敬地将叶公迎入府中。孔丘问叶公怎么会大老远到鲁国，叶公告诉孔丘，是衔楚王之命出使齐国。并告诉孔丘说：'楚王这次授予诸梁的使命太重大了，但是诸梁知道，齐国对待外国使节总是外表恭敬而实际怠慢，办事拖拉。催促一个普通人尚且不易，更何况是一个王侯呢？正因为如此，诸梁感到非常惶恐，所以特意绕道鲁国，先来请教先生。'

"那孔丘怎么说？"逸轩急忙问道。

"孔丘先没吱声。叶公又接着说：'诸梁曾经听先生说过：凡事无论大小，没有不合乎道而有好结果的。事情若是不能办成，势必就有遭到惩处的结果；事情若是办成，则又难免有过劳过忧导致阴阳失调的疾患出现。事情无论成功与否，都不会留下后患的，那是有盛德者才能臻至的境界。'孔丘记得自己确实对叶公说过这番话，遂点了点头。叶公又自表心曲道：'诸梁平日饮食都是粗蔬糙饭而不求精美，夏日家中连厨子也不求清凉。但是，诸梁早上接受了王命，晚上就须饮冰水，因为内心焦灼呀！现在诸梁尚未到达齐国，开始出使的事务，就已经因忧虑而阴阳失调致疾。如果真的到达齐国，而最后事情办不成，那一定会遭到楚王的惩处。这两种祸患即将临身，诸梁作为一个人臣，实在是难以承受啊！所以，诸梁要请求先生赐教！'

"那孔丘给叶公出主意了吗？"逸轩连忙追问道。

"当然，叶公远道而来，那么有诚意，孔丘是个守礼之人，也是一个重情义之人，怎么可能不给他意见呢？孔丘坦然告诉叶公：'人世间有两大戒律：一是命，二是义。命是自然的，任何人都不能改变；义是人为的，任何人都不能背弃。子女之爱父母，乃是人的天性，这便是自然之命，是无法解释的；人臣事君王，乃为人之义，自有人类社会以来就不得不然，没有哪个国家会没有君王，这是无法回避的现实。以上二戒，是我们任何人都绕不过去的。所以，子女奉养父母，自己无论身处何种境地，都要使他们感到安适，这是尽孝的最高境界；人臣侍事君王，自己无论多么艰难，都要使他安然处之，这是尽忠的最高境界。重视内心修养的人，都不会受其哀乐情绪的影响，无论面对什么情况，都能泰然处之。也就是知其不可奈何，而能安之若命。能及于此，便是德的最高境界了。"

"听孔丘这番话，感到他确实是受老聃思想影响甚深了。"逸轩说道。

庄周点了点头，继续说道：

"孔丘还对叶公说：'事实上　为人之臣都是有不得已之处。但是，只要记住一点：遇事只要顺其自然，根据实际情况去做，忘了自己的利害计较。能及于此，哪里还会生出贪生怕死、患得患失的念头呢？现在楚王让您出使齐国，您放心去就是了。'"

"叶公听了孔丘这话，就到齐国出使了吗？"逸轩问道。

"没有。叶公又问孔丘，出使齐国时要注意些什么。孔丘回答说：'既然您问了，那孔丘就将所知道的都告诉您，供您参考。大凡两国结交，如果彼此山水相邻，就要靠信任维系；如果彼此远隔千里，那就要靠忠实的言辞展露诚意。而依靠言辞维系邦交，靠的是什么？当然是使臣的传话。传话并不容易，做使臣替两国国君传话，尤其是传达有喜怒情绪的话，那就是天下最大的难事了。如果传达的是表示喜悦的感情，使臣言辞上难免会美上加美，溢美过其辞；如果传达的是表示愤怒的情绪，使臣言辞中难免会恶上加恶，增恶过其实。无论是好话，还是恶言，都是多余之言、失真之言。多余之言、失真之言，国君都是不会相信的。国君不相信，那么使臣就会遭殃。所以古人有句话：要传平实之言，不要传多余之言。这样，大概就可以保全自己了。'"

"以前听人说孔丘老于世故，弟子还不信。现在听他对叶公说的这番话，还一点都不假。"逸轩插话道。

庄周看了看逸轩，呵呵一笑。然后，又接着说道：

"孔丘又对叶公说：'大凡以智巧角力者，开始时还能光明磊落，明来明去。但是，到了最后，就难免会用些手腕，使些阴招。更过分的，恐怕就是诡计多端，没有一样是可以见得人的。以饮酒为例，刚开始时，大家都会依礼中规中矩，彬彬有礼。但是，喝到一定程度，恐怕就要乱性而失常了。甚至到了最后，还会丧失理智，放纵狂荡起来。其实，凡事皆如此。人与人交往，开始时彼此还能守信见谅，到了最后往往就演变成了相互欺诈。很多事情开始时都是单纯的，但到最后都变得复杂艰难起来。'"

"孔丘这话说得倒也中肯，是智者之言。"逸轩又忍不住插话道。

庄周点了点头，莞尔一笑。然后，继续说道：

"孔丘最后告诫叶公说：'言语一旦出口，就有可能产生风波。替国君传话，产生风波的可能性更大。作为使臣，传言递语之间得失尽在，风险常存。如果传话稍有不慎，就会产生外交风波。而一旦外交风波产生，使臣就有危险了。导致他人愤怒，没有别的原因，全在言者巧言狡辩，或是言辞失当。困兽将死之时，往往尖声乱吼，勃然怒发，于是便有噬人的恶念。凡事逼迫太甚，势必就会引起他人反弹，生出恶念报复，而当事人往往还不知道为什么。如果危险已经发生，而他自己还不知是怎么回事，那还有谁知道会有什么祸患呢？所以古语说得好：不要改变君令，不要强求成事，过多的言辞是多余的。因为改变君令，强求成事，就会有危险。成就一件好事需要时间，做了一件坏事就悔之不及了。面对现实，我们岂能不谨慎为之？'"

"孔丘的这番话还真是至理名言。叶公听了，一定非常感激吧？"逸轩问道。

"当然。临行前，孔丘又跟叶公特别交代了一句话。"

"什么话？肯定很重要吧？"逸轩迫不及待地问道。

"就是前面为师已经说过的那句：'乘物游心'，让叶公牢记于心。叮嘱他，凡事顺其自然，依循其自然发展状态，让心神自由遨游，一切托于'不得已'三个字，以此涵养心性，自然就能遇事心平气和，没有任何烦忧。完成君王的使命是如此，做一切事情也是如此。孔丘认为这便是为人处世的最高智慧与境界。"

"弟子明白了，谢先生教诲！"逸轩欠身侧脸对庄周说道。

庄周眼望远方，莞尔一笑。

5. 至乐无乐

时光荏苒，转眼间又过了半年。到周显王三十二年（公元前 337 年）三月初一，逸轩从赵国来到宋国，投在庄周门下已经九个月了。这九个月中，每日追随庄周左右，或临溪垂钓，或下河摸鱼，或上山砍藤割草，逸轩差不多走遍了漆园周围五十里的山山水水，对当地的风俗习惯也相当了解了，甚至还学会了一些当地的语言。每当赶集卖鱼，或是帮庄周当街兜售藤筐草鞋时，逸轩还时不时地学着当地人的腔调，用当地话吆喝几句。虽然明显有些怪腔怪调，惹得市集上的人们围观哄笑，但逸轩却很旷达，不以为忤，更不怕尴尬。结果，反而引得很多人在他摊前驻足，东西不仅卖得快，价钱也卖得好。为此，亓官氏常常称赞他这个赵国公子有能力，不比一般书生。

大概因为逸轩是赵国公子的缘故，加上他来投师时带了一大笔钱作为束脩之资，平时又会帮助庄周卖鱼贩筐售履，嘴巴说话还很甜，所以很讨亓官氏喜欢。也因为如此，自从逸轩来了之后，庄周夫妇之间的争吵少了，家庭平静了，庄周也觉得心境好多了。

三月初五，逸轩一大早起来，步出门外，看到远山近峦都已经绿了，空气中到处散发着草木花卉的芳香，吹在脸上的风也觉得温暖柔和。一向喜欢大自然的他，顿时心有跃跃然，大有蠢蠢欲动之意。正在这时，庄周妻子亓官氏也迈步出门，看到逸轩站在门外环顾四周，意有所许的样子，就顺口问了一句：

"逸轩，怎么一大早就起来看风景了？俺们漆园这地方，山不高，地不广，水不大，跟你们赵国比，肯定差多了吧？"

"师娘，不能这样说。徒儿觉得漆园这地方挺好的，毕竟是南方，山清水秀的，风都比俺们北国要温柔多了。师娘，您看，这周边的山都绿了，屋前房后的花儿或半开，或含苞欲放，鸟儿都高兴得一大早就起来唱歌了。多美的一个地方呀！"

"逸轩，师娘不明白，这大山小山，这房前屋后的树木花草，有什么好看的？俺们看了几十年，好像从来就没什么感觉。怎么你们读书人就是跟俺们不一样呢？看山绿了，看花开了，听鸟叫了，都要犯傻痴迷，说什么美呀什么的。"

逸轩听了亓官氏这番话，不知说什么好。顿了顿，呵呵一笑道：

"师娘，您生于此，长于此，打小就生活在这里，一切都是那么熟悉，自然不觉得这漆园周围五十里有什么美。再说了，您多少年来一直为了先生与全家操劳，忙进忙出，整日不得闲暇，从来没有机会静下心来，停下脚步看一眼周围的山水，所以对漆园周边景致之美视而不见，或说熟视无睹，那也是正常。可是，先生和徒儿则不一样。俺们都是外来之客，看到漆园周边的景致，对比曾经生活过的环境，自然就会有异样的感觉，觉得这里的景致非常美。假设您跟先生或是徒儿换个个儿，您的感觉就不一样了。"

"逸轩，还是你善解人意，理解师娘。你先生要是有你这样的想法，那就好了。"亓官氏感慨地说道。

"师娘，其实先生是个非常达观，也非常善解人意的人，徒儿都是跟他学的，来此快一年了，真的是跟先生学了不少做人的道理。据徒儿观察，先生对师娘一直是心存感激的，只是先生脸皮薄，爱在心里口难开，不善于表达内心的感受而已。"

"逸轩，师娘发现你现在是越来越像你师兄蔺且了，越来越会替你先生说话。"

逸轩一听这话，连忙呵呵一笑，岔开话题，说道：

"师娘，您看今天天气这么好，如果没有什么特别的事要俺跟先生去做，俺想陪先生到附近山里转一转。顺便到上游的溪中捉几条大点的鱼儿，晚上回来烤着吃，给师弟师妹改善一下生活，不要让他们见了青菜鱼汤就反胃。

您看，如何？"

"好哇！"亓官氏脱口而出，非常爽快地答道。

"谢师娘！"

"别站着了，快去叫你先生起来吧。饭快好了，你们吃了再走。早去早回！"亓官氏吩咐道。

"好的，师娘！"逸轩一边说着，一边连忙进门去叫庄周了。

大约过了有半个时辰，师徒二人匆匆吃了点东西，就欢天喜地，一蹦三跳地出门了。

二人一边走一边看，走到一个山脚下，逸轩就觉得累了，提议停下休息一会儿。庄周看了看逸轩，笑着说道：

"逸轩，你比我年轻多了，走这点路就不行了，等会儿要爬山，恐怕就更不行了。"

"俺们走的路不少了，差不多都走了有半个时辰了，应该有十几里地了吧。先生，俺不明白，出门时看看这山，好像近在咫尺，几步就能走到。怎么走到近前，这才发觉好远好远呢？"逸轩不解地问道。

"你没听人说过一句话吗？"庄周呵呵一笑道。

"什么话？"逸轩连忙追问道。

"'望山跑死马。'马都会跑死，何况是人呢？可能是因为你生活于北方，到处都是一马平川，没有进山或爬山的经验。"

"先生，这大半年来，弟子也没少跟您进山砍藤割草呀，怎么说没有经验呢？"

庄周呵呵一笑，说道：

"以前为师带你进的山，那都是在我家屋后，是些并不高也不大的小山。准确点说，应该是小土丘而已。今天为师带你来的这山，才勉强算是山吧。"

逸轩抬头朝山顶看了一眼，说道：

"先生，这山这么高这么大，还说勉强算是山，那您心目中的山到底有多高有多大呢？"

"如果你往南走，到楚国地界，你就会发现，像眼前这座山，根本算不上是什么山，高耸入云的大山触目皆是。"

"看来弟子真是井底之蛙，孤陋寡闻。以后有机会，希望能再往南边走走，也好见识一下南国的大山长成什么样。"

"其实，南国不仅山多山高山大，水也多，水也大，到处都是大江大河。像我们这里的溪流，在南国就算不上什么了。"庄周又说道。

"听先生这样说，弟子以后一定要到南国去一趟。哎，说到南国，弟子想问问先生，师兄蔺且是楚国人，他还回来吗？"

"为师也说不准，他临走时说是要回来的。楚国虽与宋国山水相邻，但是楚国南北东西都有几千里，地方太大，蔺且家住楚国南部，离此有好几千里。加上山水相隔，交通更是不易呀！所以，即使他有心再回来，恐怕也要颇费些时日的。"

"要是师兄能回来，就请他陪先生往楚国走一遭，弟子也趁机陪侍，好去见识一下泱泱大楚的山水，了解一下其风俗人情，增长点人生阅历。据说先圣老聃晚年就是隐居于楚国的，要是弟子也能去一趟楚国，相信对理解先圣老聃的思想，还有先生的思想，都是有帮助的。"逸轩望着庄周，认真地说道。

"那要等机会了。现在我们还是从眼前的山脚起步，不要好高骛远，想着楚国的大山。早点爬上这座山的山顶，也能领略这漆园周边几十里地的春日风光。"

"先生说的是。好像先圣老聃说过这样的话：'合抱之木，生于毫末；百尺之台，起于垒土；千里之行，始于足下。'先生，那俺们就开始爬山吧。"

庄周看了看逸轩，点点头，欣慰地笑了，为他对老聃之言的熟悉，也为他开朗旷达的人生态度。

大约爬了有半个时辰，师徒二人终于爬到了山顶。虽然这山也只有约三百尺高，但逸轩爬不了几步就要停下喘气休息。所以，所费时间甚多。

站在山顶，师生二人眼眺远方，一边指指点点，一边热烈地讨论着。过了好久，逸轩觉得脚有些酸麻，就指着不远处的一块大平石，对庄周说道：

"先生，刚才爬山您腿脚也酸了吧。要不，俺们在那块石头上坐下说吧。"

庄周心知其意，呵呵一笑道：

"逸轩，爬这么矮的小山你就腿酸了，还想以后到楚国看大山呀！无限风光在险峰，不登峰顶，是看不到人间绝景的。就你这腿脚功夫，还得好好练练。"

"先生说的是。"逸轩笑着回答道。

于是，师生二人在大石上坐下，一边纵目远眺，一边随意闲聊起来。聊着聊着，逸轩突然感慨地说道：

"先生，还是俺们快乐。春天来了，可以登山看无边春色；夏天来了，可以垂钓于柳荫之下，享受似钓非钓的悠闲；秋天来了，可以看万山红遍，草黄叶枯，体会万物盛衰的况味；冬天来了，可以听北风呼啸，看雪花飞舞，天地浑然一体，尽没在一片白茫茫之中。为人在世，生命犹如白驹过隙，不过几十年而已，能够闲看风花雪月，优游于林下，自由自在，这是何等的快乐！纵然是王侯将相、达官贵人 又有几人能够享受到这种快乐呢？"

"为师以为，你以上所说的这些快乐，其实都是非常表面化的。真正的快乐，其实就是你最后所说的四个字：'自由自在'。这才是最高境界的快乐，也是快乐的源泉。"庄周说道。

"先生的意思是说，快乐与锦衣玉食无关，与名誉地位无关，与生理快感无关，只与心灵与精神的自由有关，是吗？"

"正是。这便是'自由自在'的真谛，也是快乐的真谛！把握了这一点，也算是得了先圣老聃之道的真传。"庄周说道。

"这么说来，老聃之道并不神秘，道家追求的快乐境界也很简单。相比之下，儒家所追求的快乐，就要复杂得多了。"

"这话怎么讲？"逸轩话音未落，庄周连忙追问道。

"弟子在齐国稷下学宫时，曾听孔丘的信徒孟轲说过他们儒家快乐的最高境界。"

庄周一听孔丘的信徒孟轲，立即来了兴趣，连忙追问道：

"孟轲是怎么说的？"

"孟轲说：'君子有三乐，而王天下不与存焉。父母俱存，兄弟无故，一乐也；仰不愧于天，俯不怍于人，二乐也；得天下英才而教育之，三乐也。'"

"儒家讲孝悌，所以将父母俱存、兄弟平安视为人生一乐，这可以理解；孔丘讲慎独，重视个人品德修养，所以将上不愧于天，下不愧于人，作为人生二乐，也可以理解。至于第三乐，那就不是儒家的专利了。诸子百家都重视人才培养，大凡读书人都有爱才惜才之心。所以，孔丘要办私学培养学生，其政敌少正卯也办私学作育人才。老聃的弟子也不算少，同样是视作育人才为人生一乐的表现。只是有一点，为师有点不明白，孟轲是孔丘的信徒，孔丘一生的理想都是治国平天下，怎么孟轲说'王天下不与存焉'呢？"庄周说道。

"先生是不是不信孟轲有此言？弟子是亲耳所闻。"

"为师倒不是怀疑孟轲说过这句话，他强调孝悌、慎独的理念，必然会降低治国平天下的重要性。至于他强调人才教育的重要性，就更易于理解了，因为儒家从孔丘起家，就非常重视培养人才。孟轲是孔丘的信徒，将'得天下英才而教育之'视为人生一乐，那是必然的。为师曾听人说过，孟轲有句名言：'人之患，在好为人师'。也能说出这样的话，说明他自己就是一个好为人师的人。其实，好为人师并不是什么坏事，只是最好不要好为王侯之师。"

"先生，为什么不能好为王侯之师呢？"逸轩不解地问道。

庄周呵呵一笑，顿了顿，说道：

"这个道理还不简单吗？王侯不是普通人，你做他的老师，如何教育他？如果没有高度的智慧，不讲究教育的技巧，不仅教育不了他，自己还会有性命之忧。你说，好为王侯之师，有快乐吗？"

逸轩点了点头，但没有说话，眼睛直盯着庄周。

庄周明白其意，呵呵一笑道：

"那为师给你讲个故事吧。"

逸轩一听庄周又要讲故事了，顿时神情一振，因为他早已领略了老师的口才，也有心跟他学习。于是，连忙坐直身子，催促庄周道：

"先生请讲。"

庄周没有立即开口，而是远眺了一下远方的山峦田畴，然后慢慢收回目光，转身侧脸看了一眼逸轩，这才从容说道：

"大家都知道孔丘是个成功的教育家，有三千弟子，七十二贤。其实，与孔丘同时，鲁国还有一位著名的教育家，也是声名远播的，就是颜阖。"

"颜阖？"逸轩一愣，因为他从未听说过这个人的名字。

庄周看出逸轩的心理，又是呵呵一笑，说道：

"颜阖之所以不为世人了解，吃亏就是吃在他没有像孔丘那样大张旗鼓地兴办私学，广泛收徒。但是，他确确实实是一位杰出的教育家，同时也是一位贤大夫。孔丘虽然在卫国待了很长时间，卫灵公对他也很礼遇，就是从未起念聘请孔丘做太子蒯聩的老师。但是，卫灵公晚年却专程派人往鲁国，礼聘颜阖到卫国，做太子蒯聩的老师。"

"是吗？如此说来，颜阖确实不是一般人。"逸轩说道。

庄周点了点头，知道逸轩已经相信自己的话了，遂接着说道：

"颜阖到了卫国后，没有直接晋见卫灵公，而是先去拜访了蘧伯玉。"

"为什么要先拜访蘧伯玉呢？"逸轩又感到不理解了。

庄周侧脸看了一眼逸轩，莞尔一笑。

"先生，您笑什么？是笑弟子无知吗？蘧伯玉是卫国的贤大夫，这一点弟子还是知道的。"

"那你对他还有什么了解？"庄周连忙追问道。

"除此，还知道他是孔丘的挚友。至于其他，弟子就没有更多的了解了。"

逸轩答道。

庄周呵呵一笑，认真地看了逸轩一眼，然后才从容说道：

"蘧伯玉的故事多着呢！他出生卫国名门望族，世代官宦之家。其父无咎，在卫国政坛可谓声名赫赫，是众所周知的贤大夫。蘧伯玉自小聪颖过人，加上良好的家庭教育，年纪不大就满腹经纶，而且能言善辩，口才极佳。一生历仕卫献公、卫殇公、卫灵公三代君主，始终主张以德治国，认为执政者应该修身养性，以高尚的道德率先垂范，以行动而不是说教影响民众、教育民众。"

"弟子真是孤陋寡闻！今日不听先生教诲，还真不知自己对历史无知之极。"

庄周见逸轩面露惭愧之色，遂宽厚地一笑，然后接着说道：

"蘧伯玉生性忠恕，外宽内直，虔诚坦荡。三朝为官，始终体恤民生疾苦，实施'弗治之治'。"

"先生，蘧伯玉的'弗治之治'，是不是就是老聃的'无为而治'？"逸轩连忙插话问道。

庄周点点头，说道：

"其实，蘧伯玉的政治主张不仅与老聃之道有相通之处，对孔丘也有重要影响。"

"是吗？"逸轩更加好奇了。

"孔丘在鲁国政坛失意之后，带着弟子周游列国，前后达十四年之久。其中，有十年是滞留于卫国的。而在卫国的十年间，又有九年是借住在蘧伯玉府上的。蘧伯玉晚年退出政坛后，孔丘仍然借住其府上，并在他家设帐授徒。这种友情，不是一般朋友能有的。正因为如此，蘧伯玉的思想与政治主张潜移默化地深深影响了孔丘。我们今日说儒家之道如何，其实很大一部分是源于蘧伯玉的。"

"蘧伯玉历仕卫国三代君主，不知治国理政成绩如何？"逸轩问道。

"卫国不是齐国、吴国，也不是楚国，而只是一个小国。加上历史上卫国出现多次战乱与内乱，到蘧伯玉出仕时国力早已衰退很多了，甚至可以说已经沦为大国的附庸。尽管如此，由于有蘧伯玉等贤臣在朝，经过长期努力，卫国仍然能够在东齐、西晋、南楚等几个大国的夹缝中求得生存，而且经济社会发展水平都高于周边邻国。据说，孔丘第一次到卫国时，看到卫国民众安居乐业，社会一片和谐的景象，不禁发出了惊叹，说是仿佛见到了周公治理下的清平世界。"

"原来蘧伯玉是这样一个贤能之人！怪不得，颜阖一入卫国就急着要拜访他。先生，那您知道不知道颜阖拜访蘧伯玉时都问了些什么问题，蘧伯玉又是如何指教颜阖的呢？"逸轩望着庄周，恳切地说道。

庄周莞尔一笑，故意停顿了一会儿，才从容说道：

"别急呀！为师既然要给你讲他们的故事，当然知道他们说过什么。颜阖不是被卫灵公礼聘为太子老师吗？他见蘧伯玉，当然是请教有关如何为王侯之师的问题。"

"颜阖是怎么问的？"逸轩又沉不住气了。

"颜阖跟蘧伯玉说：'现在有这么一个人，生性非常刻薄残忍。如果我纵容他，凡事顺着他，那么结果就会危害到国家；如果我规谏他，阻止他为非作歹，那么又会危及我自身的安全。他的情智足以看出别人的过错，却不知道自己的过错。对于这样的人，我该怎么办呢？'"

"颜阖说的这个人，是影射他即将要教的卫国太子吧？"逸轩忍不住，又插话问道。

庄周点点头，又看了一眼逸轩，接着说道：

"蘧伯玉一听颜阖的话，立即明白是怎么回事，遂脱口而出道：'你这个问题问得好！'颜阖接口又问道：'那我应该怎么做呢？'蘧伯玉正色回答道：'老朽送你一句忠言。'颜阖连忙欠身致意，说道：'先生请指教！'蘧伯玉说：'从今以后，你的一言一行都要小心谨慎！'颜阖又问道：'具体应该怎么做呢？'蘧伯玉回答说：'你既然要做太子之师，首先需要立身端正，为人不要出现瑕疵。做到了这一点，再注意应对的技巧，差不多就没什么大问题了。'"

"蘧伯玉所说的应对技巧，是指说话和规谏的技巧吗？"

庄周知道逸轩有点喜欢呈露悟性的毛病，遂呵呵一笑。顿了一顿，然后才接着说道：

"蘧伯玉说的不是语言技巧，而是处世智慧。他告诉颜阖，与太子相处，应对周旋，外表上要显得亲近甚至迁就，内心里则要常存诱导教诲之念。"

"蘧伯玉让颜阖这样做，是否意在不让太子产生抵触情绪，从而欣然接受规谏？"

庄周听了逸轩这句话，重重地点了点头，觉得他确实有悟性。接着，继续说道：

"不过，蘧伯玉又告诫颜阖道：'虽然这样有利于与太子相处，但是也会产生一些后遗症。因此，为了减少后遗症，需要掌握分寸。可以亲近甚至迁就他，但不要太过分；可以诱导教诲他，但不要表现得太明显。因为亲近迁就太过分，自己势必跟着丧失了应有的原则与立场，结果导致教育的颠倒失败；诱导教诲之意表露得太明显，则容易引起他的反感，以为你是倚老卖老，借着先生的名义教训他，是在博取声名。这样，必然招致祸患。'"

"蘧伯玉这话说得确实在理，不愧是老于世故的三朝不倒之臣。"逸轩情不自禁地评论道。

庄周笑了笑，接着说道：

"蘧伯玉告诫颜阖说：'为王侯之师，贵在潜移默化中影响他。如果他生性像个孩子一样天真烂漫，那么你不妨也随他像孩子一样表现得天真烂漫；如果他是个不显摆威仪的人，那么你也跟着显得没有威仪；如果他是个无拘无束的人，那么你也可以无拘无束。这样引度他，就能进入无过失的正途了。'"

庄周话音未落，逸轩就感慨地说道：

"唉，做王侯之师真是太累呀！教导学生，不能真情表露，还要顾忌这顾忌那，什么都要装。"

"是啊！所以，为师才说千万不要做王侯之师。"

"那颜阖听了蘧伯玉的话，是什么态度？"逸轩问道。

"颜阖听了蘧伯玉的话，觉得非常有道理，连连点头称是。于是，蘧伯玉又告诫他说：'你看见过螳螂吗？它见到有车辆过来，总是奋力举起臂膀，企图阻挡车轮，却不知道这是徒劳的，是不自量力。那么，螳螂为什么会举臂挡车呢？不就是因为它太高估了自己的能力，自以为是，自高自大吗？所以，老朽说，你来卫国做卫太子之师，务必要小心，要谨慎！如果你总是炫耀自己的能耐，不经意间触犯了他，那就危险了！'"

"先生，蘧伯玉说得太夸张了吧。难道做王侯之师就那么危险？如果真是这样，那自古及今就无人敢做王侯之师了。真是这样，那自古以来的王侯又是谁教出来的呢？"逸轩不以为然地质疑道。

庄周呵呵一笑，接着说道：

"你别急，你再听听蘧伯玉是怎么说的。蘧伯玉说了上述一番话后，特意打了一个比方，说道：'你见过别人养老虎吗？你知道养虎人为什么不敢拿活物喂虎，也不敢拿整只动物喂虎吗？那是因为拿活物喂虎，会让虎在扑杀活物时激发出残忍杀生的兽性；拿整只动物喂虎，会让虎在撕裂咬噬动物时发怒，引发其野兽天生的攻击性。因此，有经验的养虎人，他会观察，会揣摩，知道虎什么时候饿了，什么时候吃饱了，然后顺着其喜怒而适时调整其喂食的份量与次数。虎与人不是同类，为什么虎会驯服于养虎之人呢？那是因为养虎人顺着它的性子予以喂养的缘故。如果虎伤了人，那一定是因为人拂逆了它的性子。'"

"蘧伯玉的这个比方好，很能说明问题。"逸轩情不自禁地评论道。

庄周听了，侧过脸去，神秘地莞尔一笑。接着，回过身来看了一眼逸轩，一本正经地说道：

"蘧伯玉还打了一个比方。他说：'有些爱马之人，会用别致的箩筐去接马粪，以珍贵的大贝壳去接马尿。如果碰到有蚊虫叮咬马，他会出其不意地扑打蚊虫。爱马人替马扑打蚊虫，是出于爱马之心，但往往会使马受惊，导致马咬断勒口，挣脱笼头，毁坏胸辔。爱马人出于好意，但马并不了解，结果适得其反。'"

"蘧伯玉的这个比方也很贴切。"逸轩脱口而出道。

庄周笑了一笑，说道：

"最后，蘧伯玉总结说：'养虎与养马一样，都要顺着其本性。否则，就会好心善意得不到回报，反而遭遇危险。为王侯之师，包括为太子之师，其实就跟养虎养马是一样，必须了解其心性，顺着其性子，谨慎予以诱导教育。所以，我一再跟你说，要谨慎，要小心！'"

"看来，做王侯之师，虽是一种荣耀，却并不是一件轻松的活儿。"

"道理非常简单，王侯包括太子，都是些难侍候的主儿，往往喜怒无常，做他们的老师，真是如同伴虎一般，时刻都要提心吊胆。你说，做王侯之师有自由吗？有快乐吗？不可能吧。"庄周总结似的说道。

"先生说的是。好为人之师，虽是人的本性，但好为王侯之师，就不是什么明智的选择了。弟子觉得，一个人如果为了一时的虚荣而牺牲自由，甚至性命，那是非常不值得的。还是先生的人生观最具智慧，自由自在，就是快乐的最高境界。"

"说得好。为师今天跟你在山顶沐春风，观风景，谈天说地，闲话三千，觉得无比快乐。如果你是赵国的太子，而不是现在这个没落的公子身份，那为师今天跟你的谈话就一点快乐也谈不上了。"庄周说完，放声爽朗地大笑了几下。

逸轩深受感染，也跟着大笑起来。在鼓荡的春风中，师生二人快乐的笑声在空旷的山顶上弥散开来，传得很远很远。

过了好一会儿，逸轩突然侧脸望着庄周，认真地问道：

"先生，弟子刚才在想，天下之大，人群之众，到底哪些人才会真正有快乐呢？"

"这还用问吗？除了我们老聃之徒，世上没有人能真正体会到快乐。"庄周脱口而出道。

"先生，您为什么说得这样肯定，这样绝对呢？"逸轩不以为然地反问道。

庄周先是莞尔一笑，接着以十分肯定而自信的口吻说道：

"世上唯有我们老聃之徒能够清心寡欲，不为世俗名利所驱动，因此我们不必辛劳地奔竞于王侯门下，不必看权贵眼色，因此就没有摧眉折腰的屈辱感，没有为争名夺利而日夜算计他人的焦虑感，精神是自由的，心情是平静的。我们没有追求，自然没有失败；我们没有算计，自然没有失落；我们没有失落，自然没有心灵的苦痛；没有心灵的苦痛，怎么能不快乐呢？"

"那么，先生，您觉得孔丘之徒、墨翟之徒，还有杨朱之徒，他们就没有快乐了吗？"

"当然没有。孔丘一生追求的是什么？是'治国平天下'，是'克己复礼'，是恢复周公礼法，是实现'天下大同'。孔丘终其一生，理想实现了吗？世道已然改变，他的理想只是镜中之花、水中之月，是不可能实现的。今日天下如此纷乱，兼并战争连年不断，孔丘之徒仍然抱守孔丘当年的政治信念，追求孔丘当年所追求的政治目标，他们能够成功吗？他们不能成功，何来快乐？墨翟一生主张非攻、兼爱，他的信徒跟他四处奔波，游说诸侯，可是哪一个诸侯愿意听从他们的劝说，心甘情愿地放下武器，打消兼并他国领土的想法呢？因此，墨翟及其信徒即使跑断了腿，也是达不成其政治理想的。他们的理想信念那么坚定，却又不能达成，你想他们能快乐吗？杨朱之徒崇尚'贵己''全生'，重视长寿不老，在今天这样的乱世，大家的性命都朝不保夕，他们能独善其身吗？他们不能独善其身，而是时刻忧虑身家性命，那何来的快乐呢？"

"那王侯将相呢？"逸轩又反问道。

"王侯将相，虽然锦衣玉食，骄奢淫逸，看起来很幸福，实际上他们日夜都在为了保住这既得的一切名利而忧心忡忡，生怕别人夺走他所拥有的这一切。你想，一个整天忧心忡忡的人，他能有快乐吗？"

听庄周说得如此振振有词，语气又是如此不容置疑，逸轩一时为之语塞，不知说什么好。庄周见此，遂又说道：

"其实，除了老聃之徒，天下所有的人，包括王侯将相在内，都是没有快乐的。因为他们所看重的，都是财富、显贵、长寿、名誉；他们所追求的，都是安逸、美食、华服、炫色、乐音；他们所厌弃的，都是贫穷、卑贱、夭折、恶名；他们所苦恼的，则是身体不能安逸、舌头尝不到美食、身上缺少华服、眼睛不见炫色、耳朵不闻乐音。得不到这些，他们就忧虑沮丧。这个样子，他们怎么可能有快乐呢？"

逸轩听到这里，重重地点了点头。

庄周见此，遂又接着说道：

"在现实生活中，我们都见过很多富裕之人，他们一生劳筋动骨，辛苦工作，积聚了大量财富，但最后都没有充分享用，便匆匆离开了人世。这样对待自己的生命，难道是明智的人生态度吗？很多显贵之人，他们为了保住自己的高官厚禄，夜以继日地忧思筹划，以致心劳神疲。这样不顾自己的身体，难道符合贵生养生之道吗？人生于世，与忧愁同在。好不容易活得寿命长些，却又有很多烦恼，整日昏昏沉沉，抑郁痛苦，却又死不了，这是何等悲哀呀！这样得以保全的生命，又有什么意义呢？天下人都称赞烈士，可是烈士却不能保住自己的性命。我不知道，做烈士是真好，还是不好。如果说是真好，他自己却保不住性命；如果说不好，他又能使别人活命。人活于世上，如果不能清心寡欲，不能放下名利，就真的没有什么快乐可言。可惜呀，世人很少能看到这一点！"

"先生，不知道您看到这样一个事实没有？在现实生活中，很多人整天都在忙忙碌碌，乐此不疲地做着各自的事情，他们好像都有自己所追求的快乐。弟子不知道，他们这种快乐是真的快乐，还是假的快乐？"逸轩侧脸望着庄周，认真地问道。

"为师以为，这些人的快乐都是假的。事实上，并非脸上挂出笑容的人，就是快乐的。他们所谓的快乐，其实都是群相趋附的快乐，是虚假的快乐。好像大家都一窝蜂地做某事，而且做得专心致志，于是大家就说这是快乐。我看不出这是真的快乐，还是假的快乐。忙于做事，或急于做成某事，我不知道是真有快乐，还是没有快乐。"

"先生的意思，是不是说无所事事就是快乐？"逸轩反问道。

"为师并不是主张无所事事，也并不认为无所事事就是快乐。而是说不要刻意做事，更不要群相趋附地做事，也就是盲目地做事，甚至是为做事而做事，好像做事越多越好，做成的事越多越有成就，越觉得有成就，就好像越加快乐。需要做的事，应该去做。不应该做的事，或是不必要做的事，就不要去做。清静无为，才是快乐之源。可是，世俗之人都不这样认为，他们都认为不做事或做不成事就是羞耻，就显得自己没有成就。为此，他们会感到苦恼。其实，这是愚昧，不懂快乐。圣人说：'至乐无乐，至誉无誉'，说的就是这个道理。"

"先生，什么叫'至乐无乐，至誉无誉'？"逸轩不解地追问道。

庄周呵呵一笑，侧脸看了一眼逸轩，从容说道：

"所谓'至乐无乐'，是说最高境界的快乐，就是忘记什么是快乐。如果连快乐都忘记了，还有什么烦恼忧愁不能忘记呢？如此，怎么能不快乐呢？所谓'至誉无誉'，是说最高的荣誉，就像是没有荣誉。如果一个人看淡荣誉，做事没有功利之心，那是多高的精神境界呀。能达到忘记荣誉的精神境界，那不就是至誉吗？"

"先生说的是。"

庄周看了一眼逸轩，接着说道：

"天下的是非，说实话，确实是难以断定。尽管如此，如果抱持'无为'的态度，天下的是非还是可以判定的。"

"先生，这话怎么讲？"逸轩又感到困惑了。

"以'无为'的态度来看待一切，自然能够心平气和，客观公允。'无为'可以养心，至乐自然由此而生。先圣老聃有言：天无为自然清虚，地无为自然宁静。天地无为，两相配合，万物由此生长变化。天地无所作为，但天地间的一切却都由它们化育而成。老聃说：'无为而无不为'，说的正是这个道理。与此相同，如果我们凡事忘了功利，不计得失，以'无为'的态度来看待一切，则自然能够清心寡欲，不为名缰利锁所羁绊，忧愁不生，烦恼无有，怎么可能没有快乐呢？如果能够连快乐都不刻意追求，甚至忘了什么是快乐，那就真正臻至'至乐'的境界了。"

"先生说得太透彻了，弟子谨受教！"逸轩由衷地说道。

第二章　排儒墨

1. 诗礼发冢

　　周显王三十三年七月初八，天气奇热。日暮时分，太阳虽然已经落山，暑热却并未散去，家里就像蒸笼一般。庄周觉得浑身燥热，就跟弟子逸轩坐到门前的一棵大树下，一边吹风纳凉，一边闲聊起来。聊了不到一顿饭的工夫，庄周的女儿丫丫出来喊他们回家吃饭。

　　丫丫走到门口先朝大树下看了一眼，正要开口叫庄周与逸轩时，却猛然瞥见一个人影正悄悄地走近。丫丫定睛看了看，抿嘴一乐，没叫父亲与逸轩回家吃饭，而是转身跑回了厨房，兴奋地说道：

　　"娘，您猜谁来了？"

　　亓官氏见女儿一惊一乍的，下意识地放下了手中的炒菜铲子，抬起头来看了看丫丫，问道：

　　"丫丫，谁来了？天都黑了，还会有谁来？"

　　"娘，您猜。"

　　亓官氏看着女儿兴奋的表情，一边顺手拿起灶台上的抹布擦手，一边歪着头想了想，说道：

　　"是不是前村那个经常来找你爹闲聊的长眉伯伯？他是天热难耐，来找你爹闲话解闷的吧。"

　　"娘，您猜错了。这人不是俺们家门口的熟人，而是远路客哦。"

　　"是吗？远路客？那到底是谁呢？哪一个远路客天黑了还来俺家呢？"亓官氏看着女儿问道。

　　"嘿嘿，娘您猜不到吧。其实，他以前在俺家待过很久的。您跟爹拌嘴时，他总是帮爹说好话呢。"

　　"丫丫，你是说蔺且哥哥回来了吗？"亓官氏瞪大眼睛问道。

　　丫丫点点头。

亓官氏愣了片刻，立即扔下手中的抹布，一边快步出了厨房，一边回头跟丫丫说道：

"快出去跟娘瞧瞧。"

走到大门口，亓官氏见朦胧暮色之中，一个高大的身影跟另一个高大身影好像正在互相揖让行礼呢。亓官氏连忙三步并作两步走到了树下，听到说话的正是蔺且。于是，兴奋地问道：

"是蔺且回来了吗？"

蔺且一听是亓官氏的声音，连忙中止了与逸轩的交谈，转身回答道：

"师娘，是我回来了。"

"你走了一年多，俺家丫丫可惦记了。"亓官氏说道。

"师娘，您记错了，不是一年多，是两年一个月零三天。"蔺且纠正道。

"啊呀，你看你师娘这记性，真是老糊涂了。日子过得真是快！"

"师娘，您觉得日子过得快，那是好事呀！"

"怎么是好事？"亓官氏反问道。

"我走后，师弟逸轩来了。逸轩肯定比我好，讨先生和您欢心，所以您就觉得日子过得快呀！师弟，是这样吧？"蔺且一边说着，一边还回过头去，在黑暗中看了一眼逸轩。

"好了，先别顾着说话了。蔺且，你千里迢迢赶回来，肯定累了。今天又这么热，身上肯定汗透了。快先去你先生屋里，将师娘给先生洗好的衣服随便挑一套，然后到屋后井里打些水，趁着天黑，好好冲个澡，换好衣服，就一起吃饭吧。"亓官氏说道。

"谢师娘！不过，我有换洗的衣物，先生的衣服我也穿不了，太小了。先生，师娘，还有逸轩师弟，你们先回屋吧，我这就去洗澡了。"说着，蔺且就消失在暮色中。

一顿饭的工夫之后，蔺且洗好澡回到屋里，庄周与逸轩早就燃起松明，亓官氏则摆上了几个业已烧好的小菜。庄周一家四口，还有蔺且、逸轩，六个人围坐于席上，愉快地进了一次特别的夏日晡食。

自从蔺且回来后，不仅逸轩有了切磋交流的同伴，庄周每日溪边垂钓，或是上山砍藤割草，都乇不寂寞。蔺且本来就有喜欢质疑的个性，逸轩是赵国公子哥儿，表面彬彬有礼，骨子里心气高傲。所以，每次二人向庄周请教都演变成了彼此的唇枪舌剑。每当出现这种情况时，庄周则既不加制止，也不予以评判，只在一边冷眼旁观，静静地听着二人的辩论，偶尔拈须莞尔一笑。

寂寞的日子往往让人觉得非常悠长，有度日如年的感觉。但是，热闹的时候，就觉得时光飞快地流逝而去。

周显王三十三年九月十一，漆园周边的山野已是一派萧瑟的秋日景象，草黄叶枯，溪水断流，河床石见，风吹在脸上不再温和。这天一大早，蔺且与逸轩像往常一样起得很早，开门来到屋外，围着庄周家的屋前屋后转了一圈后，径直到屋后水井边漱洗。

漱洗毕，逸轩看了一眼周边的山野，对蔺且说道：

"师兄，您看现在草也黄了，叶也枯了，溪水也落了，俺们既不能陪先生上山砍藤割草，编筐织履，也不能垂钓溪边，整天呆看着这残山剩水，生活实在是乏味。"

"师弟，你真是公子哥儿，耐不住寂寞。我追随先生好多年，从未觉得生活乏味。天天追随先生左右，有学不完的知识，问不完的问题。先生的机智与旷达，实在是天下少见，随侍先生左右，真是人生难得的机缘。"蔺且说道。

"师兄，您误会了。俺不是说追随先生左右感到乏味，而是说俺们现在整天无所事事，觉得非常无聊。"

"哦，我明白了。原来师弟是觉得无事可做，闷得慌，是吧？"

"师兄说得对。"逸轩高兴地说道。

"那么，这样好吧。待会儿先生起来了，我跟他建议，我们一起去翻地。"

"翻地干什么？"逸轩不解地问道。

"翻地好呀！可以一举三得。"蔺且看着逸轩，装作非常认真的样子说道。

"怎么个一举三得？师兄请讲。"

"一是可以解闷，不会因为无所事事而闷得慌，二是可以锻炼身体，三是备耕。"

"什么叫备耕？"逸轩不解，连忙追问道。

"备耕，我们南国人都知道。我忘了师弟是北国人，那我就给你讲讲吧。"

"好，师兄请讲。"

"南国人秋冬时节，没有农活可干时，往往都会将田地翻一遍，这便是备耕。之所以要将田地翻一遍，一来可以将田地的草压到地底，让它腐烂，既可以起到为田地除草的效果，又为来年耕种积累了肥料，增加土地的肥力；二来底层的泥土被翻上来，可以晒晒太阳，受受冰霜，既可以消除病虫害，又能使土质疏松，宜于耕种。"

"呵呵，师兄真有学问。"逸轩脱口而出道。

"不是我有学问，是先生告诉我的。"

"原来如此，看来先生真是博学，连农耕的事也知道。"逸轩情不自禁地赞道。

"师弟，那我们就这样说定了，待会儿先生起来，我们就一起翻地去，好吗？相信师娘肯定高兴。"

"师兄，翻地俺能学得会吗？累不累？"逸轩认真地问道。

"师弟，太简单了，你这么聪明，怎么学不会呢？不过，不瞒你说，翻地的活儿是最累人的，就是像先生这样经常劳动的人，也感到受不了。还有一点，也要告诉你，一开始翻地，一般都会双手磨破，血糊糊的一片。只有等到手上起了老茧，皮变得厚实了，那就无所谓了。师弟，我怕你受不了这苦。"

"师兄，那还是算了吧。俺们还是别翻地了，闲着无聊总比双手磨破，还累得半死要好。再说，这等事也不是先生和俺们应该做的。花点钱，请个农人出点苦力就解决了，俺们读书人何必斯文扫地，面朝黄土背朝天，干这等事呢？"

"师弟，我就知道你肯定受不了这苦。"蔺且笑着说道。

"您翻过地吗？师兄。"

蔺且摇了摇头。

"师兄，您既然没翻过地，那说这么多干什么？"逸轩反唇相讥道。

"没翻过地，就不能说翻地的事？那没吃过肉，就不能想象一下吃肉的滋味了吗？"蔺且笑着说道。

逸轩见蔺且似乎又要跟自己斗嘴了，心知不是他的对手，遂连忙岔开话题说道：

"师兄，俺其实这些天一直有个想法，只是不敢说出来。"

"什么想法？难道大逆不道吗？"蔺且问道。

"那倒不是。俺在想，既然现在先生与俺们每天都无所事事，不如索性一起出去游历，甚至可以考虑让先生到齐国稷下学宫走一遭。孟轲不是感叹说：'杨朱、墨翟之言盈天下，天下之言，不归杨则归墨'吗？杨朱学派与墨翟学派影响之所以如此之大，不就是因为他们的信徒众多，传播他们学说主张的人多吗？老聃之说与先生之学，之所以在当今影响不大，不都是因为俺们先生不肯亲历诸侯各国宣扬自己的学说主张吗？如果俺们先生肯周游天下，肯到稷下学宫与诸子百家辩论，凭俺们先生的口才，一定会让老聃之道得以恢宏发扬，影响超过其他各家。"

"师弟，你这话还真是说得不错，我是完全赞同。直面现实，静而思之，能够匡救当今天下之乱局，救万民于水火者，恐怕也只有老聃之道了。不过，老聃之道虽好，但得有人去向世人宣扬。就像一道美味，你吃了以后觉得好，你就得不厌其烦地去向他人推荐。尝的人多了，口碑自然有了。大家都趋之若鹜，自然就有带动、放大效应。"

"师兄，您的这个比方好。俺们应该劝先生出去走走，宣扬宣扬老聃之道，同时也展示一下俺们先生的口才与智慧。"逸轩说道。

"其实，先生以前是出去游历过的，名声也是那时留下的。不然，惠施这样的名人也不会敬佩我们先生，并极力推荐我投在先生门下的。只是有一点，我是心里非常没底的。"

"什么事你心里没底？"逸轩连忙追问道。

"先生以前出去游历，是师娘她爹资助的，那时师娘家还有贵族的家底。现在，先生家一贫如洗，家徒四壁，哪来那么多资用供先生外出游历，去宣扬什么老聃之道？即使有，恐怕师娘也不会同意的。"

"哦，师兄原来担心这个。如果仅仅是这个原因，俺倒是觉得问题不大。"

"问题不大？"蔺且瞪大眼睛，望着逸轩问道。

逸轩点点头。

"难道你有办法解决先生外出游历的资用问题？"

逸轩莞尔一笑，顿了顿，淡淡地说道：

"我从赵国来此投奔先生时，从家中带了些资用。除了跟先生见面时，拿了一小部分交给师娘作为拜师礼外，其余大部分都还在，足够俺们用几年的。"

"啊？怪不得师娘对你那么好，原来你给师娘拜师礼了。给的肯定不少吧？"蔺且追问道。

"不多，只是一点意思而已。"

"既然你的大部分资用都还在，那你去游说一下师娘，看她能否答应让先生跟我们一道出去游历一下。如果答应了，我们就可以跟先生一起周游列国，大大宣扬一番老聃之道，也让诸家好好见识一下我们先生的学识与人格魅力。"蔺且兴奋地说道。

"师兄，还是您跟师娘说比较好。俺口拙，不会表达。您跟先生学习了多年，口才现在不在先生之下了。"

"师弟，你别恭维我。我看还是由你说比较合适，你是赵国公子，师娘一向对你都是印象非常好的。会说不会说，其实根本不重要。只要是你说，就会有效果。我去说，纵使说得再好，师娘也未必听得进去。"蔺且反过来劝逸轩道。

逸轩推托不过，又碍于师兄蔺且的面子，最后只得答应了。果然不出蔺且所料，亓官氏一听逸轩有足够的资用可供庄周游历，同时还能保证庄周不在家的日子，家里开支无忧，立即点头答应了。蔺且见此，知道事情成了。但是，又怕亓官氏是女人，有患得患失的毛病，容易反悔，于是又从旁进言道：

"师娘，师弟说得在理。先生是一个经国济世之才，是一个有大用的人，名声早就传播在外，需要到外面的世界才能有用武之地。如果天天窝在漆园这个小地方，岂不是明珠埋没在石堆中？"

"你先生到底是不是有大用之人，你师娘心中有数，你们也心中有数。"亓官氏回说道。

"是不是金子，烈火中便见分晓。我们相信先生是旷世奇才，是有大用之人。所以，我们想陪先生出去游历一番，一来可以见识一下外面的世界，二来看看有没有机会让先生为一国诸侯所重用。我们出去之前，会安排好一切的，请师娘不必担心。"

"你们怎么安排？"亓官氏立即追问道。

"刚才师弟说了，他有资用留下用于家里日常开支。我这次回楚国，也带了点资用，虽然没有师弟多，但多少可以凑合着让您及小师弟、小师妹吃几天饭的。我们和先生不在家时，家中若有什么急难之事，邻居们会帮忙的。这几天，我就挨家挨户请托诸位高邻，请他们关照。我们会快去快回，快则半年，慢则一年。"

蔺且话音未落，逸轩接口说道：

"师娘，俺们走后您也好清闲一阵了，起码这半年就可以免了天天为俺们三个大男人在家吃闲饭张罗的辛苦。"

"好吧，那你们就快去快回，别光顾着自己在外面快乐，而忘了我们娘儿三个在家无依无靠的。"

"师娘放心，一定会快去快回的。"蔺且与逸轩几乎是异口同声地答应道。

蔺且与逸轩说服亓官氏，请求她同意让庄周出外游历，虽然事先没有跟庄周商量，但庄周得知结果后还是非常高兴的。因为他早就有出外游历，再与惠施等诸家名流切磋交流的想法，也想会一会孟轲以及杨朱、墨翟之徒。只是因为以前家境贫寒没有条件，他不敢有此想法。加上妻子对他越来越不理解，即使有条件，他也怕妻子奚落而不敢提出来。现在，两个弟子帮他实现了这个愿望，他岂有不高兴的道理。

经过几天的准备，在蔺且与逸轩对家里的事情作了周到的安排之后，周显王三十三年九月十五，庄周终于实现了第二次外出游历的愿望，一大早就在弟子蔺且与逸轩的陪同下，迫不及待地背起包袱出门了。

说来也很奇怪，望着庄周远去的背影，平时见了他就像见了仇人一样的亓官氏，这时突然感到有些依依不舍了。当庄周的身影渐渐变成了远方的一个小黑点时，亓官氏的思绪也随之飞向了远方，飞到了十年前。

周显王二十三年（公元前346年），仲春时节，草长莺啼，百花盛放，溪水潺潺，漆园周边五十里满眼是一派欣欣向荣的景象。

二月初五，因为厌倦官场的琐碎细务，刚刚就职漆园吏才一年多的庄周，就辞职不干了。可是，回到家里才几天，庄周就发现，赋闲在家的日子更加乏味无聊。犹豫痛苦了几天后，庄周鼓起勇气，试探着向岳父提起了想到诸侯各国游历的想法。没想到岳父欣然同意，极力支持，认为年轻人就应该在风云激荡的年代有所作为。为此，岳父还为他筹措了一笔不算少的资用。

二月十五，满怀着对外面世界无限憧憬的热切之情，带着岳父筹措的资用，庄周与其新婚不到一年的妻子亓官氏依依惜别，踏上了游历诸侯各国的征程。

庄周出门时，岳父没有出来送行。岳母则送到门口，倚门目送了一程。妻子亓官氏则一直将庄周送到离家有一里远的小山脚下。在一棵临近大路的树下，二人缠绵着说了好一阵子傻话后，才挥泪依依不舍地作别。

可是，刚走了几步，二人都不约而同地停住了脚步，转身回望对方。因为二人相距不远，庄周发现妻子好像在不停地挥袖拭泪，于是一时情感决堤，像发了疯似的返身奔向亓官氏，一把紧紧抱住了她。亓官氏先是一惊，继而也紧紧地抱住了庄周。夫妻二人泪眼相向，不胜悲伤。

二人相拥着倾诉了好一会儿，庄周替亓官氏擦干了眼泪，决定返身上路。可是，刚走了几步，又返身回来了，再次抱住了亓官氏，深情地凝望着她，好像她的脸，她的眼，她的眉，她的嘴，她的头发，突然都显得那么好看。看着看着，突然情不可遏，一把将亓官氏拦腰抱起，就像一只饿虎叼起食物直奔山中一样，三步两步就进入了路边的一片小树丛中。

"冤家，你要干什么？"亓官氏被庄周抱着放到树丛下的一片草地后，才清醒过来，捶着庄周的胸部说道。

"小乖乖，你说干什么呢？"庄周坏坏地一笑，在亓官氏脸上温柔地亲了一口，调皮地说道。

"这个地方临近大路口，人来人往，要是被人发现了，不仅俺爹俺娘的脸丢尽了，俺自己以后也没脸见人呀！"亓官氏嘴上虽然这样说着，身体却顺从地在草地上躺正了，并闭上了眼睛。

庄周端详着妻子闭着眼睛的样子，觉得格外妩媚性感；凝视着妻子红花绿草映衬下因激动紧张而越发红润的小脸，更是怦然心动，强烈的生理冲动让他血涌上头，情不可遏，三下两下就将亓官氏和自己的衣裳脱得精光，然后就像一头猛虎扑向温柔的小羊一样……

好久好久，亓官氏才从惊愕中清醒过来，推了推伏在自己身上、双臂还紧紧抱住自己腰臀的庄周，轻声说道：

"怨家，还不快起来，把衣裳穿上！俺好歹是个有门楣人家的女子，你好歹也是个读书人，跑到这野外路边做这种事，被人发现了，那俺们以后还怎么做人呀？"

"我们为什么要做人，我们只做夫妻呀！小乖乖，你不觉得今天我们在这里天当房，地当榻，闻着花香，听着鸟鸣，感觉更加尽兴吗？"

"去你的吧！"亓官氏此时虽然感到从未有过的身心畅快，但嘴上怎么也不肯承认，还伸出小手轻轻地在庄周嘴上打了几下。

庄周从刚才亓官氏生理上不同往常的反应上早已明白了真相，所以故意不肯起身，继续伏在亓官氏身上，作势要春风二度。亓官氏不知就里，连忙予以制止，说道：

"怨家，真的不能再这样了。昨晚俺们不是做过吗？刚才又做过，怎么还要做呢？你不要身体了呀？"

"小乖乖，我想要嘛！我这不是舍不得你吗？这一走，还不知道什么时候能回来呢。"

"既然舍不得，那就别去游历了，跟俺回家吧。"亓官氏说道。

"现在我还真的不想走了。不过，既然你爹都支持我出去游历，这要是回去，怎么跟他老人家交代呢？难道说因为留恋这事？说不出口呀！"庄周假装无奈地说道。

亓官氏皱了皱眉头，说道：

"说得也是。"

"没办法，那我们就再来一次吧。"庄周突然松开抱着亓官氏腰臀的双手，从亓官氏身上起来，然后双手撑地，作势要再春风一度。

"怨家，别胡闹了。"亓官氏一边说一边伸手推挡庄周，但推得丝毫没感觉到有一点气力。

庄周知道亓官氏是喜欢这事的，以前她多次在欢爱的高潮中都情不自禁地夸过自己的榻上功夫，觉得这是他们之间最愉快的事情。现在看亓官氏的意思，真要再春风一度，恐怕自己力不从心，反而效果不好。于是，便顺水推舟，说道：

"那好吧，小乖乖，我就听你的。不过，你要答应，等我回来后，你可不能再拒绝我了，我要你好好补偿，将我在外游历期间所欠下的，一并补偿给我。"

"你太贪心了吧。俺就是答应你，你有本事收这个债吗？"亓官氏轻轻地拍了一下庄周的嘴巴，笑着说道。

"有没有收债的本事，我们到时再看吧，是骡子是马，到时候就知道了。今天我就饶过你，小乖乖！记着，你欠了我一次哦！"

"知道啦！我回家结绳给你记着，好吧？"亓官氏调皮地一笑，又轻轻在庄周嘴上打了一下。

"好的。那我们就起来吧。"庄周一边说着，一边从亓官氏身上爬起来，坐到了一旁，顺手拿过自己的衣裳，要替亓官氏擦拭下身。

亓官氏一见，急得一边推避，一边说道：

"怨家，你真是太不讲究了！你的衣裳有多脏呀！我有罗帕，我自己来。"

看着亓官氏坐起身子，用罗帕仔细地擦拭着下身，庄周突然又血涌上头，再次像一头饿虎一样扑在了亓官氏身上……

"娘，俺喊了你好久，你怎么在这发呆呢？"正当亓官氏还沉浸在十年前送别庄周的甜蜜回忆之中而不能自已时，丫丫不知什么时候出现在她身后，并使劲推她。

亓官氏听到女儿的声音，又回过头来看到女儿瞪大眼睛不解地看着自己，这才彻底清醒过来，从回忆中回到了现实，连忙对女儿说道：

"丫丫，你喊娘干啥？"

"俺的裙子破了，昨天就跟您说过，今天想换一件新的。"

"哦，娘知道了。走，娘给你找去。"

"娘，您一大早为什么站在这发呆？"丫丫问道。

"娘不是发呆，娘是在看你爹与两个大哥哥。"

"俺爹与两个大哥哥怎么啦？"

"他们今天一大早就出门了。"亓官氏装作若无其事地说道。

"出门干什么去了？是去钓鱼，还是上山砍藤割草？"

"都不是。"

"那他们一大早出门干什么呢？"丫丫瞪大眼睛，不解地望着亓官氏。

"他们是到外国游历。"

"游历？游历是什么意思？"丫丫又不明白了。

"游历，就是随处看看。"

"随处看看，是不是到处闲逛呀？俺也想出去闲逛，多自由自在呀！"

"游历不是闲逛。你是小孩子，长大了就知道了。"

"那他们什么时候回来呀？"丫丫又追问道。

"快则半年，慢则一年。"

"那么长时间呀！"丫丫噘起小嘴，显出非常失望的样子。

当亓官氏与女儿丫丫这样念叨着的时候，庄周与弟子蔺且、逸轩已经走过了十年前亓官氏送别他的那个小山脚下，上了通往宋都商丘的大路。

庄周这次出去游历，本来没有游历宋都商丘的打算，因为商丘是他从小生活的地方，那里的情况他太熟悉了，也没有什么值得他留恋的人。只是逸轩说他从未到过宋都，想看看这个国土不大却相当富裕的小国之都。蔺且虽然以前投拜庄周时到过商丘，但并未好好游览过。所以，这次逸轩提出要游历宋都，他也表示同意。这样，庄周就只好依从他们二人，先往商丘走一趟，然后再往西到魏国。

没想到的是，庄周带着两个弟子刚到商丘，就在下榻的一个小旅店里碰到了一个从魏都大梁来的孟轲之徒，说是要到漆园去拜会庄周。庄周一听，连忙知会蔺且与逸轩，让他们千万别暴露身份，但可用游士的身份接近他，跟他了解情况。

蔺且与逸轩早就听闻孟轲是个论辩与游说的高手，只是一直没有机会亲炙其风采。人说有其师必有其弟子。孟轲弟子今日就在眼前，为何不一探究竟。探一探他弟子的底细，不就可以测知孟轲本人学问的深浅与论辩水平了吗？打定主意后，蔺且与逸轩二人便遵庄周之命，装作若无其事的样子在小旅店里走来走去，并一搭一唱地读《诗》论《书》，有时还煞有介事地论辩不休。不出所料，他们的论辩果然引起了那个自称孟轲之徒的兴趣，不请自到地加入了他们的交谈。在交谈中，蔺且与逸轩得知，眼前这位士人竟然就是传说中孟轲最得意的弟子公孙丑。这一下，可真让蔺且与逸轩喜出望外了。因为公孙丑当面，他们一来可以透过跟他的交谈而详细了解孟轲的学说思想，二来可以与之论辩而测知自己的学识和论辩水平。与公孙丑的交谈与论辩，蔺且与逸轩虽然是以二对一，但始终不占上风，二人发自内心地敬佩公孙丑的学识，特别是论辩水平，觉得自己还差得远。谈话与论辩一结束，蔺且与逸轩立即去向庄周禀告，说公孙丑不愧是孟轲的得意弟子，学问与口才俱佳，自己愧不及之。说到最后，蔺且甚至还口不择言，说了一句让逸轩为之跺脚的话，说若是论辩口才，庄周也未必是公孙丑的对手。

庄周本来没把公孙丑当回事，一听两个弟子异口同声地极力夸赞公孙丑的学识，又听蔺且如此推崇其口才，顿时起了好奇心与好胜心，立即吩咐二人道：

"蔺且，你现在就将公孙丑请过来。逸轩，你去备一壶酒来。为师今天倒是要来领教一下孟轲之徒的学识与论辩水平。"

二人一听，不禁心中窃喜，没想到老师这么旷达的人，竟也有执着的时候。他们倒想看看，这场即将开始的儒道论战，究竟是谁胜谁负。当然，二人这种急于看热闹的心理丝毫没有表露出来，写在他们脸上的都是对老师的恭敬。

不大一会儿，蔺且请来了公孙丑，逸轩找旅店老板赊来了一壶酒。铺排整席后，庄周恭敬有加地请公孙丑入席就座。庄周知道孔孟之徒都是非常拘礼的，所以他作为主人，特意请公孙丑坐在北面上首。但是，公孙丑执意不肯，认为庄周是长者，理应坐上首，抢着坐了南面下首。庄周一向对孔丘之徒讲究虚礼，繁文缛节的做派不以为然。所以，当公孙丑抢着坐了南面下首后，他就毫不推让地坐在了北面上首。逸轩与蔺且见此，立即侍立庄周之后，一左一右。

"听说先生乃孟轲先生最得意的高徒，老朽虽然孤陋寡闻，蛰居宋国偏僻乡野，对天下之事一无所知，但孟轲先生的大名及其事迹还是有所耳闻的。没想到，今天在此能够遇见先生，有机会当面请教，真是幸莫大焉。孔丘有言：'有朋自远方来，不亦乐乎？'先生远道而来，老朽无以招待，聊备浑酒一壶，以表心意。"庄周以主人的口气先开了场。

庄周话音刚落，蔺且立即上前，给公孙丑面前的酒盏斟满了酒，然后再给庄周面前的酒盏斟满。

"先生请。"庄周一边说，一边举起自己的酒盏，请公孙丑喝酒。

公孙丑连忙端起面前的酒盏，以袖掩口，一饮而尽。庄周见此，也举盏一饮而尽。

喝完了酒，公孙丑先作势欠了欠身，然后正了正本已坐得端正的身体，又整理了一下峨冠博带，这才彬彬有礼地说道：

"先生刚才的话太客气了！在下不过是齐国一介寒儒，承蒙夫子不弃收入门下，这才对圣人之道略知一二。至于得意高徒的话，在下实在不敢当！夫子徒众遍天下，虽不敢跟当年先圣三千弟子七十二贤的盛况相比，但常聚身旁的弟子也有数百之众，一起周游列国的得意弟子则不下几十人。所以，像在下这样的，根本算不上是夫子的得意高徒。"

庄周与蔺且、逸轩一听公孙丑这话，心里就像明镜一般，知道公孙丑表面谦虚，实质上是在绕着弯子吹捧自己的老师孟轲影响之大。蔺且与逸轩看了看公孙丑，又望了一眼庄周，没有吱声。庄周则瞥了一眼公孙丑，莞尔一笑。顿了顿，接着说道：

"先生太谦虚了！先生的名声，还有孟轲先生的影响，老朽都是有所耳闻的。"

公孙丑见庄周这样说，先是不自然地笑了笑，接着像是若有所悟地说道：

"哎呀，先生又是赐酒，又是赐教，在下还没请教先生尊姓大名呢，真是太失礼了！"

"惭愧！惭愧！老朽只是一个无名之辈，不像先生名满天下，无人不知。曾听人说，孔丘晚年曾当着弟子的面总结自己的一生，说他'十有五而志于学，三十而立，四十而不惑，五十而知天命，六十而耳顺，七十而从心所欲'。老朽虽年近四十，因天性愚钝，加之长期蛰居小国僻乡，无缘得名师高人指授，又从未出过远门，所以至今仍然孤陋寡闻，无知无识，不仅对天下大势一无所知，甚至连世道人情也看不明白，真是愚昧至极。"

公孙丑听了庄周这番话，开始时信以为真，但抬眼看到毕恭毕敬立于庄周身后的蔺且与逸轩，觉得庄周的话并不可信。于是，便指着蔺且与逸轩问道：

"先生，这二位是您的高徒吧？"

庄周先犹豫了一下，然后轻轻点了点头。

公孙丑见庄周点头，便接口说道：

"刚才在下与您这二位高足交谈过，发现他们不仅见识不一般，而且辩才无碍。人言'有其师必有其弟子，名师之门必出高徒'。先生虽然一再谦虚，但看看您这二位高足，便知先生是一位深藏不露的世外高人。不知先生为什么不肯示人以真面目？"

"纵使像先生所言，他们算是高徒，也并不意味着老朽就是名师。事实上，有些人是天纵聪明，不需要有什么名师高人指授，就能成为大圣大贤的。"庄周脱口而出道。

公孙丑听了庄周这句话，看看庄周，又扫视了一眼蔺且与逸轩，一时为之语塞，愣了半天没说话。蔺且与逸轩听了庄周的话，则打心眼里佩服老师的辩才，并情不自禁地生出一个念头，希望老师跟公孙丑的交谈能够深入下去，最好有激烈的交锋。那样，他们就能见识老师的辩才究竟有多好，了解惠施为什么推崇老师辩才的原因。

正当蔺且与逸轩这样想着的时候，庄周突然打破沉寂，对公孙丑说道：

"刚才先生说过，孟轲先生周游列国时随行的弟子甚众。老朽就在想，他游说各国诸侯，推行他的政治思想主张，一定是非常成功吧。"

"成功不敢说，但夫子所到之处，都是受到高度尊崇的。无论是大国之王，还是小国之君，都对夫子恭敬有加，无不折服于其雄辩高论。"公孙丑自豪地说道。

"老朽无缘忝列孟轲先生门下，追随他周游列国，亲见他雄辩滔滔，折服诸侯的风采，实乃人生憾事！不过，今天得遇先生，老朽还是觉得是一种幸运。先生既为孟轲先生得意弟子，想必也追随过孟轲先生周游列国，有亲见其游说诸侯的经历。不知先生肯不肯为老朽说一说，孟轲先生是如何游说诸侯各国之君，让他们折服其学说与政治主张的。"

蔺且与逸轩了解庄周对于孟轲学说与政治主张的态度，所以他跟公孙丑说得越是客气，就越是不能当真，要当成调侃反讽听才好。但是，公孙丑不知眼前跟他说话的人是庄周。他见庄周说得一本正经，就信以为真了，以为他真的佩服自己的老师孟轲。所以，当庄周要求他说说孟轲如何游说诸侯的事，他立即兴高采烈，接口说道：

"在下虽然不才，但也确实追随过夫子周游列国，亲见其游说诸侯的风采。去年，在下还追随夫子到过魏国，见到了魏惠王。"

庄周一听公孙丑说孟轲去年到过魏国，立即兴趣倍增，追问道：

"那孟轲先生有没有游说魏惠王？"

"夫子原本没有游说魏惠王的意思，但是魏惠王一见到夫子，就迫不及待地请教夫子说：'先生不远千里而来，有什么高见，可以有利于寡人之国？'"

"那孟轲先生给他献策了吗？"庄周问道。

"夫子回答说：'大王，您何必开口就要言利呢？说仁义就好了。如果做王的整天想的是怎么利我国，大夫整天想的是怎么利我家，士人与百姓整天想的是怎么利于己，那么势必就会为了利益上下交争。如此，国家就危险了。'"

"孟轲先生的意思是说，治国安邦不能言利，只能讲仁义，是吗？"庄周故作认真地问道。

公孙丑点点头，说道：

"夫子的意思就是如此。魏惠王不理解，夫子就跟他解释说：'君臣士庶，如果人人眼中只有利字，仁义不存于心，那么在一个拥有万乘兵车的大国，弑君篡位者必是拥有千乘兵车的大夫；在一个拥有千乘兵车的小国，弑君篡位者必是拥有百乘兵车的大夫。一个大夫，国家有万乘兵车，他独占千乘，国家有千乘兵车，他独占百乘，这样的数量比例不可谓不大。可是，如果他们将仁义抛诸脑后，把利字摆在前头，他们不夺得国君的地位就不会感到满足。相反，如果仁存心中，抛弃父母的事情就不会发生；如果义存心中，不顾国君的事情也不会有。大王乃一国之君，治国安邦，说仁义就好了，何必开口就是利字呢？'"

"呵呵，孟轲先生真是能说会道，堪称天下第一流的雄辩家！"庄周莞尔一笑道。

"天下人人都知道孟轲先生好辩，也善辩。可是，他不仅不肯承认，还抱屈喊冤道：'予岂好辩哉，予不得已也！'公孙先生，您是他的弟子，您说说看，他跑到魏国跟魏惠王讲了上面这一番大道理，这不是好辩吗？"蔺且忍不住插话道。

蔺且话音刚落，逸轩则迫不及待地问道：

"魏惠王最终认同孟轲先生的说法了吗？"

公孙丑得意地一笑，说道：

"魏惠王听了夫子的话，先是默然无语，后则顾左右而言他。"

庄周听了公孙丑的话，先侧过脸莞尔一笑，后端起面前的酒盏小小地啜了一口。逸轩因为侍立庄周背后，看不到老师的表情，见公孙丑得意的神色，忍不住急切地问道：

"再后来呢？"

"魏惠王大概是怕夫子再拿仁义游说他，说了些闲话后，便带着夫子参观他的园林去了。"

"听人说，魏惠王的园林规模非常大，里面林木茂盛，池沼满布，珍禽异兽随处可见。公孙先生，您有没有进去参观过？"蔺且问道。

公孙丑一听蔺且提起这个话题，顿时眉飞色舞起来，接口说道：

"说来真是幸运，魏惠王邀约夫子参观他的园林时，在下被破例允许随行陪侍。"

"那公孙先生真是有眼福呀！"逸轩脱口而出道。

公孙丑听逸轩似乎语有羡慕之意，眉宇间不自觉流露出些许得意，看了看逸轩与蔺且，又看了看庄周，接着说道：

"人言：'眼见为实，耳听为虚。'在下随夫子进了魏惠王的园林后，这才知道什么是帝王之尊，什么是王家气派。一入园林，满眼所见的，不是高大的树木，就是碧波荡漾的池沼。树上百鸟跳跃，池中鱼儿相戏。树下草间，时见狍獐奔蹿。夫子与在下正看得发呆时，突然听到头顶传来一阵鸿雁的叫声，眼前又有一群麋鹿迅急跑过。魏惠王这时正立于池沼之边观鱼，闻雁叫之声，见麋鹿之现，情不自禁地回头看了一眼落在后面的夫子，问道：'看到这一切，贤明的君王想必也会感到快乐吧？'"

"那孟轲先生是怎么回答的？"一直在一旁静观的庄周，突然问道。

公孙丑见庄周也明显来了兴趣，更加眉飞色舞了，立即接口说道：

"夫子回答道：'贤明的君王看到这一切，虽然也会感到快乐，但他不会将此视为首要追求。不贤明的君王，纵然拥有这一切，也不会懂得欣赏，不会有真正的快乐。《诗·大雅·灵台》篇有言：'经始灵台，经之营之，庶民攻之，不日成之。经始勿亟，庶民子来。王在灵囿，麀鹿攸伏，麀鹿濯濯，白鸟翯翯。王在灵沼，于牣鱼跃。'这些诗句，记载的是周文王以民力筑台开沼，人民不以为苦，反而感到快乐，将其所筑之台称为灵台，所开之沼称为灵沼。他们看到池沼之中有鱼鳖，园中有麋鹿，都视为己有，感到快乐。古代贤君与民同乐，所以他们能真正欣赏园林之美，感受园林之乐。《尚书·汤誓》有言：'时日害丧，予及女偕亡。'记载的是夏朝民众痛恨暴君夏桀，诅咒他快点灭亡。作为一国之君，老百姓恨他恨到愿意跟他同归于尽的地步，他纵然有再好的园林，再多的台池鸟兽，他能独得其乐吗？'"

"那魏惠王听了是什么反应？"未等庄周开口，逸轩抢先追问道。

"魏惠王听了夫子的一番话，惭愧地低下了头。良久，才抬起头来，望着夫子说道：'先生言之有理，言之有理！'"公孙丑得意地回答道。

庄周看了看公孙丑，没有说话，只是莞尔一笑。

蔺且见庄周不说话，盯着公孙丑看了一会儿，突然意味深长地问道：

"孟轲先生这番话说得好像很热闹，但大部分都是引《诗》、引《书》，没几句是自己的话。这是为什么呢？"

公孙丑扫了一眼蔺且，意有得色地回答道：

"这叫引经据典，是夫子说话的技巧，也是他游说、辩论之所以具有说服力的法宝。"

"公孙先生说得对。其实，这也是自孔丘以来儒学之徒的法宝。孔丘教导其弟子，或是说服他人，都是'《诗》曰''《书》云'的。"庄周淡淡地说道。

听了庄周这话，逸轩突然嘿嘿一笑，说道：

"这算什么法宝？不就是利用人们对死者的尊崇心理，拿死人压活人的伎俩吗？"

"不要说得那么难听，什么死人活人的。"公孙丑扫了逸轩一眼，不满地说道。

庄周见此，先是呵呵一笑，接着漫不经心地说道：

"确实是说得很难听，应该说借祖宗的嘴巴说话，让古人替自己代言。"

"还是先生说得好。毕竟名师胜高徒。"公孙丑脱口而出道。

"好听不好听，其实本质上仍然是一样。"蔺且不以为意地回了一句。

庄周听出蔺且与公孙丑的话中都明显地带了情绪，遂呵呵一笑。接着，看了看公孙丑，指了指他席前的酒盏，示意他喝酒。最后，才不紧不慢地说道：

"孔丘有言：'名不正，则言不顺；言不顺，则事不成。'所以，说得好听不好听，孔丘之徒向来都是很在意的。'《诗》曰''《书》云'，既是一种说服人的说话技巧，也是孔丘以来儒家一直信守的文化传统，所以我们不仅应该了解，更要尊重。不过，说到'《诗》曰''《书》云'，老朽突然想到一个与此相关的故事，不知公孙先生是否有兴趣听一听？"

"好哇！先生请讲。"公孙丑欢喜雀跃地说道。

"从前，有一帮儒生，因为温饱无着，于是就干起了盗墓的营生。"

"先生，儒生会干盗墓的营生？"公孙丑瞪大眼睛问道。

庄周点点头，从容说道：

"这有什么奇怪？一个人到了生存受到威胁的地步，哪里还顾得上什么礼义廉耻呢？"

公孙丑看着庄周正襟危坐，说得一本正经，看了看他，没有吱声。

庄周见此，继续说道：

"盗墓在黎明前进行，大儒站在墓外望风并指挥。他们事先约好以《诗》《礼》中的句子为暗号进行联络。当几个小儒下到墓穴时，外面的大儒以《诗》句询问道：'东方作矣，事之何若？'意思是问，天快亮了，事情进行得怎么样了？小儒们立即回答道：'未解裙襦，口中有珠。'意思是说，已经打开了棺椁，看到了墓主。虽然还没来得及解开他的衣裳，对他身体进行搜索，却已在他的嘴里发现了一颗珠子。大儒一听，连忙回话说：'《诗》曰：

青青之麦，生于陵陂。生不布施，死何含珠为？'意思是说，这个墓主口中有珠，《诗》中早有记载。接着，小儒又问大儒，怎样才能将墓主嘴里的珠子拿出来。大儒说：'抓住他的鬓发，按着他的胡须，用铁锥敲他的下巴，慢慢分开他的两颊，千万别弄坏了他口中的珠子。'"

"哦，原来孔丘之徒都是嘴上仁义道德，心里金玉珠宝。整天'《诗》曰''《书》云'，其实不过是掩人耳目，是欺世盗名的幌子而已。"蔺且第一个听懂了庄周的话，脱口而出道。

逸轩觉得庄周的故事非常有趣，正听得津津有味，却听到蔺且突然插话，还没等他回味过来是什么意思，就见公孙丑已经满脸绯红地从席上跌跌撞撞地爬起，然后拂袖而去，一副气急败坏的样子。

看着公孙丑仓皇逃去的背影，庄周拈了一下胡须，莞尔一笑。然后，从容喝净盏中之酒，慢慢从席上起来。当他转身正欲离开时，正好与蔺且目光相遇，于是师生二人会心一笑，各自散去。

2. 骈拇枝指

"先生，公孙丑昨天被您讽刺挖苦后，一天都没出房门，肯定气死了。"日上三竿之时，逸轩一边侍候庄周穿衣着裳从睡席上起来，一边不无得意地说道。

"不会气死的，你放心！当年孔丘周游列国，惶惶如丧家之犬，匆匆如漏网之鱼，甚至被匡人围住攻打，被蒲人困住订立城下之盟，厄于陈蔡之间差点饿死，他都没有气死，最后还活到七十多岁，无疾而终。公孙丑乃孔丘之徒，虽然死要面子，但内心强大得很、信念执着得很。孔丘的得意弟子曾参就曾说过这样一句话：'士不可以不弘毅，任重而道远。仁以为己任，不亦重乎？死而后已，不亦远乎？'所以，你就不必替公孙丑担心了。说不定，他今天就会主动找上门来，要跟为师辩论，替他们孔孟之徒扳回面子。"

"先生，不会吧。您昨天讲的故事虽然非常巧妙，但是也太刻薄了点，太伤他自尊了。即使是孔丘或是孟轲，也达观不到可以听了不生气。"蔺且以狐疑的眼光望着庄周，说道。

"生气归生气，但是他们始终不忘为其思想主张争气。孔丘一生执着于'克己复礼'，恢复周公礼法，知其不可为而为之。说到底，就是要为其思想主张争口气。这就是孔丘为什么周游列国四处碰壁，仍然念念不忘'克己复礼'，孟轲到处宣扬孔丘之道，舟车劳顿，疲惫不堪，仍然坚持要跟杨朱、墨翟之徒论辩的原因所在。"庄周脱口而出道。

"如果是这样，那么公孙丑今天一定会找上门来，跟先生论辩的。先生，您准备好了吗？"逸轩笑着说道。

"准备什么？你对为师没有信心吗？"

"先生，弟子对您当然有信心。昨天您当场现编故事讽刺挖苦公孙丑，思维之敏捷，真是出乎弟子之所料。弟子还是生平第一次见到世上竟然有人能有这样的本事，能够不假思索就能编出故事，而且还那么精彩高妙。"逸轩无比感佩地说道，从其表情可以看出是发自内心的。

"师弟，你是第一次领教先生的这种本事，我可是领教得多了。今天公孙丑若是敢来与先生论辩，我敢打赌，一定会输得比昨天还要难堪。他公孙丑自以为是孟轲的得意弟子，有些口才，就觉得了不起了，自高自大，目中无人，竟然不知天高地厚，跑到宋国来找我们先生论辩，他这不是螳螂挡巨轮，蚍蜉撼大树吗？真是太不自量力了！"蔺且不无得意地说道。

"蔺且，不要自吹自擂！你说公孙丑自高自大，你刚才就是典型的自高自大。《书》曰：'满招损，谦受益'，你这态度如何能够长进？"

庄周话音刚落，逸轩脱口而出道：

"先生，您说话怎么也'《诗》曰''《书》云'？昨天您以此讽刺挖苦孟轲，今天公孙丑要是找您论辩，可千万别出现这种情况。否则，被公孙丑抓住把柄，一定会反唇相讥，让您脸上不好看的。"

"师弟，你放心，我保证公孙丑今天不会来找先生论辩的。说不定，昨天晚上就趁着月黑风高，羞愧地逃走了。这会儿呀，恐怕正拍打着小毛驴，拼命地赶路，北上找孟轲去了。所以，我根本不担心今天公孙丑来找先生论辩，倒是担心日后孟轲会南下挑战先生，替他的得意弟子报一箭之仇，决儒道之胜负。"蔺且看了看逸轩，又看了看庄周，故作忧虑地说道。

这时，庄周已穿好了衣裳。听了蔺且的话，一边哈哈大笑，一边右手撑在席上，想站起身来。逸轩见此，连忙扶了一把。蔺且则快走一步，将房门打开。

就在蔺且打开房门的同时，公孙丑已经站到了门口。庄周师生一看，不禁吃了一惊。但是，愣了一下，三人都笑了。

公孙丑觉得莫名其妙，瞪着眼睛望着庄周与蔺且、逸轩，不解地问道：

"你们笑什么？"

"又见到了您，我们高兴呀！"蔺且故作认真地说道。

公孙丑当然不会相信蔺且的话，但是他也不想追究真相，而是先跟庄周作揖施礼，然后一本正经地说道：

"昨天承蒙先生深情厚谊，赐酒又赐教，在下不胜感激。今日在下也略备了一壶淡酒，想继续请教先生。不知先生肯不肯赏光？如蒙允请，在下真是感激不尽！"

蔺且与逸轩一听，相互对视了一眼，然后一齐冲着庄周眨了眨眼睛，会心地一笑。庄周假装没看见，对着公孙丑看了看，略作沉吟后，才像作出重大决定似的说道：

"既然先生有此厚意，那老朽就不承让了。"

"先生真是旷达爽快，不像我辈拘礼的儒生。好，那先生跟俺来。"说着，公孙丑转身走在了庄周的前面。

庄周一听，觉得有些不对劲，怀疑他已经猜出自己的身份，不然何来"旷达""拘礼""儒生"之说。因为是跟在公孙丑身后，看不出他的表情，所以庄周就装作什么也没听到，没有接他的话茬。

蔺且与逸轩跟在公孙丑与庄周之后，彼此看了看，又是会心地一笑。逸轩忍不住，附着蔺且耳朵，轻声说道：

"师兄，还是俺说得对吧，公孙丑这是明摆着来向先生下战书的。回请喝酒是假，发起挑战才是真。看来，今天俺们有热闹好看了。"

"也好，我们可以再次领略一下先生的论辩风采，同时也好见识一下孟轲之徒舌尖上的功夫。"蔺且说道。

公孙丑领着庄周走了有二十几步，就在一间客房前停下了脚步。没等庄周明白过来，他已然顺手拉开了房门，回身对庄周施了一礼，说道：

"先生，里面请。惭愧，惭愧！在下的客房，简陋逼仄，光线也不怎么好，不像先生客房明亮宽敞。"

庄周定睛朝里一看，发现公孙丑的客房明显比自己住的客房要宽敞多了，空间大，光线也足。所以，刚才他说的话，既可以理解为是谦虚，也可以理解为是嘲讽。不过，庄周不想说破，径直迈步进了房间，没等公孙丑礼让，就径直在面对房门的座席上坐下了。这个位置是上座，按理应该由主人礼请，庄周才能坐的。可是，庄周故意假装不知道，以坐实公孙丑刚才说他旷达、不拘礼的话。

蔺且与逸轩见庄周在席上坐定，连忙分立其左右，作毕恭毕敬状，一来表达对庄周的敬意，二来显摆给公孙丑看。

公孙丑不是傻瓜，一见庄周及其弟子的架势，立即明白其用意。不过，他也是一个有定力的人，早有自己的盘算。他见庄周不拘礼节地坐定，又见其两个弟子摆出的架势，更加确定他的猜测不会错。于是，他先将准备好的酒搬过来，放在二人座席正中间，再在庄周与自己面前各摆上一个酒盏，然后跪直了身子，膝行而至庄周席前，先给他酒盏中斟满酒，再给自己的酒盏中也斟满。最后，回到座席上正襟危坐，摆出一副与庄周分庭抗礼的架势。不过，架势归架势，但礼数却是极其周致的，符合孔孟之徒待人接物的规范。

当公孙丑做这些的时候，庄周一直静静地看着，蔺且与逸轩也静静地看着，谁也没吱声。一来他们是客人，公孙丑是主人；二来他们都很好奇，急切想知道公孙丑到底要如何拉开今天这场论辩的序幕。所以，他们等着公孙丑举酒开篇。

公孙丑坐定后，先正了正身体，又整理了一下峨冠博带，很有礼貌地注视了一下庄周，再扫视了一眼蔺且与逸轩，这才举起酒盏，开篇说道：

"庄周先生，请原谅在下有眼无珠。昨天与先生面对面，还承蒙先生教诲了许多，却没认出先生。"

公孙丑这话虽然说得云淡风轻，但听在庄周与蔺且、逸轩耳中，却不亚于滚过头顶的春雷。一时间，师生三人都愣住了。过了一会儿，蔺且与逸轩你看看我，我看看你，脸上露出了惊讶之色。庄周虽然比两个弟子有定力，但其最初一愣神的表情，还是被公孙丑看在了眼里。

"庄周先生，请喝酒呀！"公孙丑诡异地一笑，殷勤地劝道。

庄周一听公孙丑再次称呼自己的名字，立即明白了他何以诡异地一笑。于是，故作镇定地说道：

"公孙先生，承蒙盛情，感激不尽！不过，今天您恐怕是认错了人。老朽根本就不是什么庄周先生，老朽也从未听说有什么庄周先生。"

"庄周先生，您就不必隐瞒了。在下不远千里从齐国到魏国，再从魏国到宋国，就是想拜见先生，向先生请教。"公孙丑直视庄周说道。

庄周故作惊诧之状，瞪大眼睛望着公孙丑，一本正经地回答道：

"老朽确实不是先生要找的庄周。"

"庄周先生，您是旷达随性、委顺自然的老聃之徒，您的大名早已天下传布。您虽不像杨朱、墨翟诸家人物那样热衷于周游列国，游说诸侯各国之君，宣扬自己的思想主张，但您的许多思想主张包括表达方式，大家都是有所耳闻的。惠施先生推崇您为天下第一等的论辩家，那绝不是虚言浮辞。昨天跟您交谈后，在下回去闭门静思，这才突然醒悟过来，原来俺千辛万苦要寻访的人，竟然就在面前。"

"公孙先生，您怎么就敢如此断定老朽就是您要寻访的庄周呢？"公孙丑话音刚落，庄周立即反问道。

公孙丑见庄周追问的口气有些急，反倒显得淡定起来，呵呵一笑，然后看了看庄周，这才从容说道：

"在下有三个理由可以断定您就是庄周先生。"

庄周一听，不觉勾起了好奇心，顿时忘了矜持与淡定，盯着公孙丑问道："哪三个理由？"。

"第一个理由，从昨天的交谈中，在下发现您非常排斥孔孟儒家思想。"

"排斥孔孟儒家思想，并不能证明老朽就是庄周。当今之世，排斥孔孟儒家思想的，除了老聃之徒，还有杨朱、墨翟之徒。退一万步说，就算老朽是老聃之徒，也不能说老朽就是庄周。因为当今之世信奉老聃之道的徒众虽然不多，但也绝不会只有庄周一个信徒。所以，老朽认为，您的第一个理由就不能成立。"

庄周话音刚落，蔺且与逸轩都情不自禁地连连点头，打心眼里佩服老师敏捷的逻辑思辨与超强的论辩口才。但是，公孙丑则不以为意，直视庄周，提出了他的第二个理由：

"就算在下的第一个理由不能成立，还有第二个理由。天下人都知道，庄周先生最善于讲故事。昨天在下说到孟轲先生游说魏惠王引用《诗》《书》的情节时，先生脱口而出，即兴就编出了一个什么'诗礼发冢'的故事，对孔孟儒学极尽攻击诋毁之能事。这样的本事，这样的排斥心态，除了庄周先生，天下找不出第二个。所以，在下敢肯定，您就是庄周先生。"公孙丑说完，得意地看了看庄周。

庄周瞥了一眼公孙丑，莞尔一笑，说道：

"老朽昨天所说的故事，说实话，还真不是即兴编的，而是以前从别人那里听来的。即使老朽真有即兴编故事的能力，也还是不能断定老朽就是庄周呀！道理非常简单，世界之大，什么能人没有？老朽相信，当今之世，能即兴编故事的人绝不会只有庄周一人。因此，先生仅就会编故事一条，就断定老朽是庄周，是不是有些太过武断了？"

蔺且与逸轩听到这里，又不住地点头，心里更是佩服老师的辩才。但是，公孙丑则冷笑了一声，望着庄周呵呵一笑道：

"庄周先生，您的辩才真是让在下无比佩服！看来，惠施等人的话不是虚的。您的逻辑推理非常缜密，甚至可以说是无懈可击。不过，您刚才的话也有百密一疏之处。在下说到庄周时，都称庄周先生，而您却不自觉中称之为庄周，而不说庄周先生。仅就这一点，您就暴露了身份。庄周先生，您就认了吧！"

蔺且与逸轩听到这里，都惊讶地面面相觑。但是，庄周却从容淡定，呵呵一笑道：

"公孙先生还真不愧是孟轲先生的得意弟子。"

公孙丑一听，立即明白庄周这是变相地承认了自己的身份，遂连忙起身绕席，重新给庄周施礼。等到重新回到座席上，公孙丑的态度比先前变得更恭敬了。

庄周见此，反倒觉得有些不自然了。甚至抬眼与公孙丑对视时，他还觉得有些尴尬。不过，这种情绪上的变化，公孙丑是看不出的。顿了顿，正当公孙丑张口想说什么时，庄周抢先一步，抛出了话题：

"公孙先生，昨天您说到你们夫子游说魏惠王的事，还真让老朽开了眼界。除了回答魏惠王的两个问题，提出君王应该好仁不好利、明主应该与民同乐的观点外，不知他还说了些什么？最后结果如何？"

公孙丑一听庄周对自己老师游说魏惠王之事感兴趣，以为庄周也像他们孔孟之徒一样执着于功名利禄，并不是像传说中的老聃之徒那样超然物外，顿时兴奋起来，接口回答道：

"夫子到魏国时，魏惠王正好解决了困扰其多年的一桩大事，就是魏国连年不断的饥荒问题。对于这件事，魏惠王是非常得意的。所以，他一见到夫子，就迫不及待地主动说明情况，并意有不平地抱怨说：'寡人对于治国，可谓殚精竭虑，尽心尽力了。前些年，每当河套地区发生灾荒，寡人就将当地百姓移往河东地区就食，同时将粮食调往河套地区赈济饥民。河东地区发生了灾荒，寡人也依例这样做。看看邻国国君，他们治国理政却并不像寡人这样用心。可是，邻国之民也没见减少，寡人之国的百姓也不见增多。这是为什么呢？'"

"那你们夫子怎么回答的呢？"庄周饶有兴致地追问道。

"夫子立即回答说：'大王好战，那就以作战来打比方吧。两军对垒，排好阵势，战鼓咚咚咚敲响，敌我双方的士兵都鼓足了勇气，操戈执矛向对方冲杀过去。可是，短兵相接，搏杀一阵后，有些士兵就丢盔弃甲，拖着戈矛往后逃跑。有人逃了一百步，突然觉得不妥，停住了。有人逃了五十步就停住了，不再后退。逃了五十步的人嘲笑逃了一百步的人，说他胆怯畏敌。大王觉得怎么样？'"

公孙丑话音未落，蔺且忍不住脱口而出道：

"这个比方好！没想到你们先生不仅善于引经据典，'《诗》云''《书》曰'，还会打比方。"

公孙丑抬眼看了看蔺且，又瞥了一眼逸轩，意有得色。

庄周见此，不禁莞尔一笑。但是，一笑之后却装出了兴味盎然的样子，直视公孙丑问道：

"那魏惠王怎么说？"

"魏惠王说：'逃五十步的人没资格嘲笑逃一百步的人。一百步是逃，五十步也是逃，逃跑的性质是一样的。'"

"呵呵，魏惠王上了你们夫子的套了。"庄周笑着说道。

"也不能说是上套，夫子这是在跟魏惠王讲道理。只是为了更具说服力，略略讲究了一点说服的技巧而已。"

庄周见公孙丑有意辩解，遂淡然一笑，说道：

"那你们夫子接着又用了什么技巧呢？"

"夫子接住魏惠王的话，说道：'大王既然知道五十步笑百步的道理，怎么还指望自己的百姓多于邻国呢？治国安邦，不能满足于对老百姓行些小恩小惠，而应该展现博爱天下的胸怀。如果大王待民以仁，爱惜民力，不轻易征发徭役，让百姓耕作不违农时，那么就会有吃不完的粮食，哪里还怕有什么水旱灾荒呢？如果大王制定可持续发展的渔林政策，使密细之网不入河流池塘，那么就会有吃不完的鱼鳖；封山育林，使刀斧按时入山，那么就会有取用不竭的林木。粟米鱼鳖食之不尽，林木取之不竭，老百姓养生送葬都有保障，哪里还有什么遗憾呢？养生送葬都无遗憾，这就是王道的开始呀！'"

庄周听到这里，莞尔一笑，端起席前酒盏饮了一小口。

公孙丑眼见庄周饮酒，以为他听得高兴，遂更加神情振奋，接着继续说道：

"夫子又说：'五亩之宅，屋前屋后种上桑树，老百姓五十岁就可以穿上丝绸了；饲养禽畜，不失其时，老百姓七十岁就可以尽情吃肉了；百亩之田，农耕时间有保障，老百姓数口之家就会温饱无忧；办好学校，对老百姓加强孝悌教育，在道路上奔波的就不会有头发斑白的老者身影了。七十岁都能穿绸吃肉，老百姓不饥不寒，这样还不能称王天下者，那是亘古未有之理。'"

"你们夫子这是在给魏惠王画饼呀，确实是技巧！"庄周意味深长地说道。

"庄周先生，您怎么会这样认为呢？魏惠王听了俺们夫子的话，是非常认同的。之后，夫子又给魏惠王举了许多例子，从而确凿无疑地论证了一个道理。"

"哦？什么道理？"庄周抬眼直视公孙丑，装出饶有兴致的样子问道。

"夫子说：'纵观古今，大凡行王道者，必得天下之心；大凡行霸道者，必失天下之心。保民而王，天下归心；仁义治国，天下无敌。'"公孙丑显得特别自豪地回答道。

庄周看了一眼公孙丑，淡淡地一笑。

"庄周先生，您笑什么？"公孙丑不解地问道。

"你们夫子不愧是说客，口才堪称天下一流。老朽实在是佩服！不过，你们夫子所极力宣扬的'王道''仁义'，在老朽看来，就像是一个人的骈拇枝指而已。"

"骈拇枝指？"公孙丑不解地问道。

庄周见公孙丑满脸疑惑的样子，呵呵一笑，从容说道：

"哦，'骈拇枝指'是宋国话。骈拇，是指一个人脚趾相连成四趾，即大拇指连着二拇指。枝指，是指一个人多长出一根手指，就是大家所说的六指头。"

公孙丑恍然大悟似的点点头，庄周莞尔一笑，说道：

"脚上的骈拇，手上的枝指，尽管都是天生的，却超出了正常应得之数。附生人体的肉瘤，尽管也是人身上长出的肉，却不是本来应有的，而是多余的。孔丘极力推广的仁义，从本质上说，就像是人体长出的骈拇枝指，也是多余的。它是孔丘及其推崇的尧、舜、周公之类的所谓先圣为了治平天下的需要，挖空心思多方造作出来的，还将其作用比作是人体的五脏，这实在是太可笑了！人生于世，一切本该顺应天性，合乎自然。而孔丘之徒却借拯救天下、治国安邦之名，矫饰仁义，妄作妄为，自以为是在造福天下百姓，慈爱芸芸众生，实则所做的都是些违反甚至是伤害人类天性的事情，这些作为跟一个人生理上的骈拇枝指有什么区别？所以，老朽以为，孔丘之徒所标榜的仁义并不是道德的正途。"

公孙丑一听庄周的话说得如此直白，斥儒排孔之意毫不掩饰，顿时脸就沉了下来，没好气地反问道：

"那您认为道德的正途是什么呢？"

"老朽以为，人类道德的正途就是摒弃智巧，摒弃仁义，恢复人的本然天性，一切顺其自然。这样，人人清心寡欲，世上便不会有纷争。没有纷争，也就不会产生罪恶，世界自然清平无事。这样的境界，大概要比孔丘所追求的'天下大同'之理想要真实可靠得多吧。"

公孙丑一听庄周这样赤裸裸地宣扬老聃之说，诋毁孔丘的主张，遂大为不悦，欲起而反击。可是，没等他开口，庄周又接着说道：

"骈拇，是脚上连着的无用之肉；枝指，是手上长出的多余之指。儒家矫饰地造作出所谓仁义，正像是人体多长出的骈拇枝指，毫无用处。事实上，他们苦心孤诣，多方造作出的所谓仁义，不仅枉费了自己的聪明才智，而且也扰乱了世道人心，不利于社会的稳定。"

"提倡仁义，乃是博爱天下、施爱万民，怎么就是扰乱人心，不利于社会稳定呢？"公孙丑这次真的不能忍受了，立即正色反驳道。

庄周见公孙丑明显生气了，遂呵呵一笑道：

"你们夫子说话喜欢'《诗》曰''《书》云'，引经据典，还特别擅长打比方。今天老朽不妨也学学他，也打个比方，也引些经典，将刚才所说的道理再说透彻点，您看如何？"

公孙丑一听庄周要学自己老师，立即转怒为喜，笑逐颜开，脱口而出道：

"好呀！愿恭听教诲。"

庄周莞尔一笑，顿了顿，望了一眼公孙丑，从容说道：

"目力过人者，反而会被五色所迷乱，混淆文采。礼服上的纹饰，不就是因为色彩斑斓而令人眼花缭乱吗？离朱'百步见秋毫之末'，就是目力过人的代表。听力过人者，往往困于五声，惑于六律，反而被各种音律搅得神魂颠倒。金、石、丝、竹、黄钟、大吕所奏出的轻歌曼曲，不正是让人有这种感觉吗？师旷'善音律，能致鬼神'，就是听力过人的代表。"

公孙丑听庄周引经据典地说话，觉得其水平不在自己老师孟轲之下，遂情不自禁地连连点头。庄周见此，脸上不禁露出一丝不为人察知的微笑，然后猛地语势一转，说道：

"矫饰造作、扭曲人性、鼓吹仁义、标榜道德而超出常理者，那是为了沽名钓誉，别有所图。使天下人都敲锣打鼓地奉行不可企及的礼法规范，这不是自欺欺人吗？曾参力主事亲尽孝、史鱼力主事君尽忠，就是这类人的代表。能言善辩、巧舌如簧、口才超出常人者，醉心于堆砌辞藻，穿凿文句，热衷于'离坚白''合同异'之类的诡辩，那都是为了哗众取宠，靠无稽之谈博取一时之誉。殚精竭虑、费尽口舌地经营毫无用处的论辩，这于世道人事有益吗？杨朱'贵己'、墨翟'兼爱'，各执己见，相持不下，就是这类热衷于不切实际、无益无用之辩的代表。以上所述这些人的所作所为，都不是顺应自然、合乎天性的，是典型的旁门左道，既非道德之正途，亦非人类之至正。"

公孙丑听到这里，这才猛然清醒过来，原来庄周引经据典地铺排，是为了将孔孟儒家与杨朱、墨翟诸家连带打包，统统一棍子打死。于是，公孙丑就不乐意了，立即正色反问道：

"以上诸家既非道德之正途，亦非人类之至正，那么哪家才是道德之正途？人类之至正，到底又是什么呢？"

庄周见公孙丑又被激怒了，虽然心中大喜，但脸上却一点也没表露，只是淡淡地一笑，和风细雨似的说道：

"道德之正途，就是老聃早就揭示过的'清心寡欲''清静无为''顺其自然'。至于人类之至正，说得简单点，就是一句话：不失其性命之情。"

"什么叫'不失其性命之情'？"庄周刚开了个头，就被公孙丑的提问岔断了。

"所谓'不失其性命之情'，就是保持生命的本真状态，一切合乎事物的本然实况，不违失性命的真情。所以，无论是人体，还是其他事物，如果并生的并非骈联，分枝的并非多余；长的并不是羡余，短的并不是不足，那么，这就是合乎事物的本然实况了。同样是野鸟，野鸭腿短，松鹤腿长，这是它们生命的本真状态。腿短的野鸭，如果我们把它的腿接长一段，它一定会觉得非常痛苦；腿长的松鹤，如果我们把它的腿截短一些，它一定会感到悲伤。"

公孙丑大概是觉得庄周的这个比方非常巧妙，遂情不自禁地连连点头。庄周见此，遂又进一步申足其义道：

"天生就长的，不必截短；本来就短的，不必接长。保持本然状态，就没有什么忧愁。仁义是本来就有的吗？它是人与生俱来的本性吗？大概不是吧。如果仁义是人的本性，那帮提倡仁义的所谓先圣还追求什么呢？还忧愁什么呢？骈拇之人，若是切开其并连的两趾，他会悲泣；枝指之人，若是割去其多长的一指，他会啼哭。这两种人，一是手指多于应有之数，一是脚趾少于应得之数。不管是多余还是不足，都是与天然状态不一样，所以他们的忧愁是一样的。当今的仁人，整天总是愁眉苦脸，担心人类的祸患来临；而不仁之人，则又违失性命的真情，对富贵贪得无厌。由此可见，仁义并不合于人的本性。"

公孙丑见庄周结论下得如此斩钉截铁，遂不以为然地反问道：

"您凭一个骈拇枝指的比方，就得出'仁义并不合于人的本性'的结论，是不是太过武断了呢？"

庄周呵呵一笑，从容不迫地回答道：

"老朽觉得一点也不武断。"

"这话怎么讲?"公孙丑追问道。

"远古时代的情况,我们今天无从得知。但是,夏、商、周三代以后的事,我们都是了解的,甚至是至今仍然看得到的。如果说仁义合于人的本性,那天下为什么还这样喧嚣嘈杂,扰攘多事呢?想必我们每个人都会懂得这样一个道理:凡是需要靠钩、绳、规、矩等予以修正的,都会有损其本性;凡是需要靠绳索、胶漆等予以加固的,都会侵蚀其本然状态。卑躬屈膝地推广礼乐,和颜悦色地劝导仁义,希望借此抚慰天下人之心,这肯定不是人类生存的常态,明显是违失人性的。"

庄周说到这里,突然停下不说了。偷眼看了看公孙丑,见其态度凝重,意有所动的样子,庄周不禁会心一笑。顿了顿,这才接着说道:

"天下万物各有其本然真性。这种本然真性就是,曲的不需钩,直的不用绳,圆的不须规,方的不赖矩,黏合不要胶漆,约束不用绳索。所以,天下万物油然而生,欣欣向荣地成长,却不知因何而长;天下万物各得其所,却不知道从何而来。古今的道理都是一样,万物有其本性,不能用外力使其减损丝毫。仁义既然不是人的本然真性,我们就不必整天喋喋不休地高喊仁义,就像以胶漆黏物、以绳索缠物一样,让人在道德之间感到纠缠不清。这样做,不仅毫无意义,而且徒然使天下人感到迷惑!要知道,小迷惑使人错乱方向,大迷惑则会让人错乱本性。"

"提倡仁义,何至于让人错乱本性?庄周先生,您的话也太夸张了吧。"公孙丑终于忍不住提出了抗议,但话说得还是比较婉转。

庄周一听,知道公孙丑又被激怒了。但是,庄周并不在意公孙丑的情绪,他今天早已打定主意,要将孔丘儒家学说批个体无完肤。因此,听了公孙丑不满的质疑,他不仅不以为意,反而呵呵一笑,然后又从容不迫地说道:

"老朽的话一点也没夸张,都是有事实根据的。自古以来,大家一直认为尧、舜是远古的圣君。其实,这是错觉。事实上,他们二人只是标榜仁义,以此扰乱天下人之心,让天下人都为了虚假的仁义而疲于奔命,从而维护其统治的稳定。他们的所作所为,难道不是以仁义错乱天下人的本性吗?如果公孙先生不以为然,那老朽不妨再予以申述。"

"好,在下愿意恭听高见。"公孙丑脱口而出道。

"夏、商、周三代以来,普天之下,试问还有几人不惑于外物而错乱了自己的本性?小人为了些小之利而牺牲性命,士人为了所谓名誉而牺牲性命,大夫为了家族利益而牺牲性命,圣人为了治国平天下而牺牲性命。这四种人,虽然所事不同，名号有别，但在自伤本性、自戕性命方面，却是一般无二的。男仆跟童子一起去牧羊，结果二人的羊都丢了。主人问男仆：'羊是怎么丢的？'男仆回答说：'我把羊赶到草地后，就拿着竹简在读书。'主人又问童子是怎么丢了羊，童子回答说：'我赶羊于草地后，就开始掷骰子玩游戏。'男仆与童子牧羊时所做的事虽然不同，但丢羊的结果却是一样的。伯夷为名而饿死于首阳山下，盗跖为利而被杀于东陵之旁。这二人殉命的原因虽然各有不同，但在自戕性命、自伤本性方面，却是没有区别的。"

对庄周引经据典和即兴作比的申论，公孙丑本来无法提出质疑，可是听到庄周将伯夷与盗跖相提并论时，顿时就像抓住了一根救命的绳索，觉得这一下算是拿住了庄周的把柄，立即反问道：

"伯夷是何人，盗跖是何人，您怎么将他们相提并论呢？他们的死，一为名节，一为贪利，怎么是一样呢？"

"名与利，都是身外之物，皆非人性之本然，难道有什么区别吗？"庄周脱口而出道。

公孙丑被庄周这样一问，一时为之语塞，望着庄周，半天说不出一句话来。

庄周见之，莞尔一笑。顿了顿，接着说道：

"伯夷为名，盗跖为利，我们为什么就认定为名的伯夷是对的，为利的盗跖是错的呢？天下人都在牺牲自己的性命，可是，如果牺牲是为所谓的仁义，世俗之人皆称他为君子；牺牲是为财货的，世俗的观念就认为他是小人。为什么同样是牺牲性命，有的人就是君子，有的人则是小人呢？这不公平呀！因此，老朽以为，从残生伤性的角度看，盗跖与伯夷压根儿就没有区别。既然如此，又何必弄出个君子、小人的标签和名目呢？"

蔺且与逸轩原来一直默默地倾听着庄周与公孙丑你来我往的辩论，既不发一言，也不表露态度。但是，听庄周说到这里时，终于憋不住，相互对视了一眼，会心地笑了，并毫不掩饰对老师的钦佩之情，一个劲地点头。

公孙丑因为与庄周是面对面而坐，蔺且与逸轩侍立庄周身后，因此蔺且与逸轩的表情，公孙丑都看得一清二楚。见到二人得意地笑，公孙丑心里更觉不是滋味，脸也憋得通红。他想起而反击，却嗫嚅了半天也没有说出一句话来。

庄周见到公孙丑愤怒、尴尬而又焦急的表情，知道自己的论说已让公孙丑无力反驳了，遂趁热打铁，一鼓而下，收结道：

"改变自己的本性而追从所谓的仁义，即使是像曾参、史鱼那样出众，也不是老朽认为的完善；改变自己的本性而追求五味的享受，纵然有俞儿那样敏于辨味的才能，也不是老朽认为的特异；改变自己的本性而执着于五声的美妙，即使有像师旷一样灵敏的辨音能力，也不是老朽认为的耳聪；改变自己的本性而专注于五色的绚丽，纵然有像离朱一样锐利的目力，也不是老朽认为的目明。老朽认为的完善，不是世俗所推崇的所谓仁义名号，而是能够始终如一地保持其天然本性的定力；老朽认为的特异，不是指舌头能辨别多少种味道，而是指能够体味人生甜酸苦辣诸般真实况味的能力；老朽认为的耳聪，不是指耳朵能够听出外界有多少种声音，而是指能够听出自己内心声音的能力；老朽认为的目明，不是指眼睛能看清多少外界事物，或是看清别人怎么样，而是能够看清自己真实面目的能力。"

"谁会不了解自己？看清自己，有那么难吗？"公孙丑觉得找到了反击庄周的机会，连忙岔断庄周的话，说道。

"呵呵，公孙先生，您大概也听说过《孙子兵法》里说过的一句话吧，叫作'知己知彼，百战不殆'。为什么'知己'居于'知彼'之前？不就是因为'知彼'易，'知己'难吗？事实上，看清别人的真面目并不难，而要看清自己的真面目，还真是一件非常不易的事。一个人生活于现实世界，不看清别人的真面目，难以与人相处，会给自己带来困扰。而不看清自己的真面目，则会迷失自己的本性。如果只看清别人，而看不清自己，那么就不可能顺乎本性，安于自身天性所得，一味盲目追求别人所有的超常能力，结果为了非分之得而丢失自身所得，想达到他人的境界而放弃了自己原有的境界。所以，老朽以为，那些迷失本性，盲目追求他人境界而放弃自己境界的人，不管他是伯夷还是盗跖，都是行为邪僻之辈。老朽愧不敢言'道德'二字，所以上不敢奉行仁义之操，下不敢做过分邪僻之事。"

公孙丑听庄周说到这里，突然醒悟过来，明白了庄周的用意，于是情绪变得激动起来。不过，最终他还是稳住了情绪，表现出孔孟之徒的修养，直视庄周，尽量使口气显得和缓地问道：

"您的意思是不是说，倡导仁义，并不意味着自己道德就高尚；标榜仁义，并不意味着自己就不干过分邪僻之事。"

"这是您的理解，老朽并没有这样说。不过，您能这样理解，也算是有所醒悟的表现。"庄周望着公孙丑，一脸坦然地答道。

"哦，俺这下终于明白了，您刚才引经据典，还打比方，说得娓娓动听，原来并不是为了说理，而是在绕着弯子攻讦诋毁儒家学说，宣扬老聃之道。"

公孙丑话音未落，蔺且与逸轩就忍不住笑了出来。他们笑公孙丑被自己老师戏弄调侃了半天还没觉悟的迟钝，也笑公孙丑自视甚高而实际不堪一击的虚弱。当然，这笑也潜含着另一层深意，就是向公孙丑宣示：老聃之道胜于孔丘儒道。

觉悟到被庄周嘲弄，已经让公孙丑觉得大失颜面了；现在看到蔺且与逸轩竟然肆无忌惮地大笑，公孙丑简直感到怒不可遏。想到这两天接二连三地被庄周戏弄嘲讽，公孙丑终于顾不得孔孟之徒拘礼斯文的修养了，气鼓鼓地直视庄周，口气颇是生硬地说道：

"昨天，您嘲笑俺们夫子说话总是'《诗》云''《书》曰'，还编出一个'诗礼发冢'的故事，对俺们孔孟儒道极尽攻击诋毁之能事。今天您又说俺们夫子说话离不开打比方，还攻击杨朱、墨翟诸家学说是无用无益的诡辩。那么，您怎么不想想，您说话不也是喜欢引经据典，也打比方吗？俺们夫子'五十步笑百步'的比方，那是为了说服魏惠王实行仁政。而您'骈拇枝指'的比方呢，却是为了绕着弯子骂人。"

庄周一听，知道公孙丑这是撕破脸皮准备跟自己理论了。不过，他不想那么较真地跟公孙丑辩论。于是，淡然一笑，以轻松的口气说道：

"公孙先生，您大概忘了吧，今天老朽是事先跟您说好的，说要仿效你们夫子，所以才引了几个典故，打了几个比方呀！"

"您既然不认同俺们夫子说话的方式，为什么还要仿效他，而且还要打什么'骈拇枝指'的比方呢？"

"公孙先生，您这样说话就没有道理了。打比方并不是你们夫子的专利，人人说话都需要打比方的呀！只是有些人比方打得好，有些人比方打得不好而已。"庄周见公孙丑较真，情不自禁地也较起真来。

"人人说话都需要打比方，这话说得有些武断绝对吧。"公孙丑故意找茬似的质疑道。

"公孙先生，您要是不信的话，老朽不妨给您讲个故事。"

"庄周先生，您大概又想即兴编故事骂人了吧。"

蔺且与逸轩听了公孙丑这话，觉得他这次是彻底撕下了孔孟之徒虚伪造作、温文尔雅的面纱，现出了人性的本相。因此，他们怕庄周听了这样直言不讳的话会生气。没想到，庄周没有生气，反而莞尔一笑，云淡风轻地回答道：

"今天这个故事绝对不是虚构的，因为故事中的两个主角都是您所见过的重要人物。"

公孙丑一听故事的主角自己见过，顿时好奇心盖过了原来的情绪，脱口而出，问道：

"哪两个重要人物？"

"一个是魏惠王，一个是惠施先生。"

"真的吗？"公孙丑有些狐疑地问道。

"当然是真的。这个故事是惠施先生亲自跟老朽说的。惠施先生跟老朽的关系，想必大家都知道吧。"

公孙丑点点头，因为这一点是假不了的，天下士人皆知庄周与惠施关系非同一般，虽然"道不同，不相为谋"，但彼此推重仰慕，却是不争的事实。

庄周见公孙丑点头，遂接着说道：

"一次，魏惠王接待一位远道而来的客人。其时，惠施先生刚刚得到魏惠王的信任。于是，二人交谈中自然就说到了惠施。客人说：'惠施并无真才实学，只是会耍嘴皮子。他有一个特点，一开口说事就要打比方。当然喽，他也确实善于打比方。大王，下次他要跟您说话，您若是不让他打比方，他肯定就不能说话了。'"

"那魏惠王怎么说？"公孙丑明显被庄周的故事所吸引了。

"魏惠王说：'好！'第二天，魏惠王见到惠施先生时，就对他说：'先生以后跟寡人言事，有话直说，不要再打比方了。'"

"那惠施先生怎么说？"公孙丑更来劲了，因为他知道惠施口才有多好。

"惠施先生说：'假如有一个人不知道弹是个什么东西，问人：弹是什么样的？有人回答他说：弹就是弹。大王，这样的回答，您明白吗？'魏惠王说：'不明白。'惠施先生接着说道：'假如回答的人换一种说法，说：弹的形状像弓，而以竹为弦。这样说，大王明白了吗？'魏惠王说：'这样说，差不多明白了。'于是，惠施先生笑着说道：'论说言事，本来就需要以所见所知的来比方未见未知的。现在，大王说不要打比方，那怎么行呢？'魏惠王说：'说得好！'从此，魏惠王特别喜欢听惠施先生说话，觉得他言事论理形象生动，明白易懂。这也是惠施先生能够得魏惠王信任，在魏国官场巍然屹立不倒的原因所在。"

听庄周说到这里，公孙丑打内心折服了。但是，他嘴上却不肯承认，没理找理地说道：

"在下并不反对打比方，只是您以'骈拇枝指'来比俺们儒家所信奉的仁义，实在是不客观、不厚道。虽说孔夫子早就有'道不同，不相为谋'的话，但并不赞成'道不同'就相互攻击诋毁。俺们虽然并不认同老聃之道，但并没有挖空心思打什么比方来攻讦诋毁老聃之说及其老聃之徒呀！"

庄周听公孙丑一本正经地跟自己讲理，态度还显得非常认真，不禁哈哈大笑起来。

"庄周先生，您笑什么？俺说得不对吗？"

"当然不对。"庄周斩钉截铁地回答道。

"这话怎么说？"公孙丑瞪大眼睛，更加认真而严肃地直视庄周，追问道。

"老朽的话没有不客观，也没有不厚道。仁义本就不存在，更非人性的本然，儒家敲锣打鼓地到处鼓吹仁义，岂非多余？不是'骈拇枝指'，又是什么？这一点，其实诸家都是看得很清楚的，只是大家都没说出来而已。老朽乃老聃之徒，一向信奉老聃率性自然的做人信条，不装不造作，看到什么说什么，知道什么说什么，一切出乎本性本心。也许是因为说出了事实的真相，戳破了有些人虚伪的外装，所以就会让人听了不顺耳，觉得老朽的话不厚道吧。"

公孙丑不知是被庄周气的，还是真的无言反驳，反正是听了庄周的这番话后，憋红着脸，自顾自地从席上爬起，一句话也没说，抛下客人庄周及其两个弟子，头也不回地拂袖走出了自己的客房。

蔺且与逸轩看了，先是感到惊讶，接着是一阵哈哈大笑。

3. 窃国者侯

孟轲弟子公孙丑辩论失败离开后，庄周与蔺且、逸轩三人又在宋都商丘盘桓了三天，时间已是周显王三十三年九月三十了。

这天一大早，蔺且与逸轩就走来了。因为无所事事，二人就到旅店周围的街市闲逛。宋都商丘虽然市井也颇繁华，一大早就人头攒动，熙熙攘攘，煞是热闹，但在见过楚国郢都繁华的蔺且与在赵国之都邯郸长大的逸轩看来，则就显得逊色多了。转悠了将近一个时辰，二人都觉意兴阑珊。加之此时天气有些凉了，所以逸轩就提议回旅店，看庄周是否起来了。

回到旅店，蔺且与逸轩径直走到庄周客房外。蔺且在前，回头示意逸轩不要发声，然后轻轻挪动脚步，将耳朵贴在庄周的房门上，侧耳倾听里面的动静。听了半天，没有丝毫声响。

逸轩耐不住了，轻声说道：

"师兄，先生怎么还在睡呢？都快要到辰时了吧。"

蔺且点了点头，没有说话，继续将耳朵贴在庄周房门上。

"师兄，俺们告别师娘，来到商丘，也有一段时间了，有没有半个月？"逸轩又轻声说道。

"我们是九月十五离开漆园的，今天是月底，正好半个月。"蔺且一边继续贴着耳朵往屋里听，一边随口答道。

"时间过得真快呀！师兄，今天您跟先生商量一下，赶快动身去魏国吧。"逸轩说道。

"好的。等先生起来了，我就跟他说说看。"

逸轩点点头，不再说话。二人静静地站在庄周的客房外，等着庄周睡醒起来。

大约等了有两顿饭的工夫，房门"吱啊"一声打开了，庄周揉着惺忪的睡眼走了出来。蔺且与逸轩一见，连忙退避到房门两旁，异口同声道：

"先生早！"

"你们一大早站在门口做什么？"庄周看看蔺且，又看看逸轩，问道。

"等先生起来，想陪先生到前天我们去过的那家小店吃饭呀！"蔺且不假思索地答道。

"是啊，先生那天不是对那家小店的饭菜赞不绝口吗？"逸轩默契地帮腔道。

"现在什么时辰了？"庄周没有表态，漫不经心地问道。

"已经过了辰时。"逸轩答道。

"先生，弟子侍候您漱洗一下，然后我们就去吃饭，好吗？"蔺且好像是提议，又好像是提醒地说道。

庄周点点头，径直走在前面。蔺且与逸轩跟在后面，一同往旅店后院井边而去。

走了不到五步，逸轩用左肘碰了一下蔺且。蔺且侧脸看了看逸轩，知道他的意思，慢走一步，贴着逸轩的耳朵轻声说道：

"别急，等吃好了饭，我再跟先生说，催他快点动身上路。"

果然，日中时分，当庄周慢悠悠地吃好饭后，蔺且就开口了：

"先生，我们离家至今已有半个月了。当初出门时，我们答应师娘，说是快去快回。商丘虽是先生的出生成长之地，先生回到故乡心生留恋之情，也是人之常情。不过，为了兑现师娘快去快回的诺言，不让师娘与小师弟、小师妹在家悬望太久，我们还是应该早点离此西进，先往魏都大梁游历一番。如果时间许可的话，再到别国走走。然后，就该回家了。"

"为师什么时候说过要西进大梁?"庄周瞪大眼睛望着蔺且,问道。

"先生,如果弟子记得不错的话,您确实跟俺们说过,要往魏国游历的。不然,俺们就不会绕道来到商丘了。"逸轩说道。

"是呀,弟子记得,出发前您曾跟我们说过,魏国昔日是天下之霸,今日虽然沦落,但因其战略地位重要,无论是主张'合纵'的说客,还是主张'连横'的策士,都不会绕过魏国,必竭尽全力游说拉拢魏国。因此,除了齐国稷下学宫外,魏国大梁就成了天下各色人等,包括儒、墨诸家大小人物最为重要的集散之地。"蔺且补充道。

"先生当时说要往魏国,弟子马上就想到,大概先生是要到大梁见好友惠施先生吧。"逸轩提醒说。

经蔺且与逸轩这样一说,庄周像喝醉了酒而突然醒来似的,终于想了起来,遂不好意思地呵呵一笑。不过,笑过之后,他还是明白地告诉蔺且与逸轩:

"这次我们不去魏都大梁了。"

"先生,您是怕到大梁遇到孟轲吧。"蔺且望着庄周,以开玩笑的口吻说道。

庄周笑而不答。

逸轩心知其意,接口说道:

"难道先生还怕孟轲不成?人言:'名师出高徒',如果说公孙丑算是孟轲的高徒,那么孟轲的水平究竟有多高也就可想而知了。弟子相信,俺们先生既然让公孙丑落荒而逃,相信跟孟轲辩论,也一定会让他张口结舌的。"

庄周听了逸轩这番话,并没有当真。所以,又是呵呵一笑。

蔺且见此,看了看逸轩,然后望着庄周,又以半开玩笑的口吻说道:

"先生,听了师弟一番话,弟子突然明白了您的心思。"

"为师有什么心思?"庄周莞尔一笑道。

"您之所以突然改变主意,不去魏都大梁,是因为您知道孟轲一向都是闲云野鹤的风格,既不会臣事于任何一个诸侯王,接受他们高官厚爵的封赏,也不会淹留一国太久,而是为了推广其仁义道德主张而不停地奔走于列国之间。纵使您有心到魏都大梁找他挑战辩论,恐怕也找不到其人的踪影。所以,您现在放弃了初衷,决定不去魏都了。先生,是这样吧?"蔺且这次没有笑,认真地问道。

没等庄周回答,逸轩脱口而出道:

"师兄说得有道理。既然如此,弟子倒是有一个建议,不知先生肯采纳否？"

"什么建议？"庄周呵呵一笑道。

"俺们不如径直到齐国稷下学宫走一趟，那里不仅是孔孟之徒、墨翟信众聚留之地，也是惠施、杨朱等诸家追随者云集之所。先生此次出行，既然不是为了求取高官厚禄，只是为了宣扬老聃之道，何不借稷下学宫这个独特的舞台，一展辩才、排儒墨、斥众说，将老聃之道广泛传播于天下，让世人都知道，拯救天下苍生于水火，消解人类厄难于当下，唯有老聃之道与先生的主张。"逸轩望着庄周，以十二分虔诚的态度，认真地说道。

"师弟的这个建议真的不错。先生，我们就去齐国稷下学宫吧。"蔺且立即表态支持。

庄周见两个弟子的态度如此一致，乃莞尔一笑道：

"为师倒没有你们所说的那样明确的目标，也没那么宏大的计划。不过，到齐国稷下学宫见识一下天下各色人等、诸家名流的风采，则一直是为师的一个心愿。"

蔺且与逸轩一听庄周这话，顿时欢喜雀跃起来。因为蔺且尚未到过齐国稷下学宫，一直心向往之；逸轩因为在稷下学宫待过一段时间，对其情况有所了解，陪庄周一同前往，可以充当向导的角色，能多发挥一些作用。

师生三人作出决定后，立即结清饭钱，回到寄住的旅店后就开始收拾行装，作转向东北，往齐国稷下学宫的准备工作。

周显王三十三年十月初一，一大早蔺且与逸轩就起来跟店主结清了房钱。然后侍候着庄周稍稍进了点食物，就离店动身出城了。

行行重行行，每天日出而行，日落而息，逢山绕道，遇水乘舟，虽然路途非常辛苦，但有两个弟子的陪同，一路谈天论道，庄周倒也不觉得有多么疲劳。相反，一路走走停停，欣赏着异国他乡不一样的山山水水，听闻着南来北往的商旅行人南腔北调的话语，庄周觉得非常有趣，豁然发现原来世界并非都像漆园那样死水一潭，由此更加体味到生活的丰富多彩，领悟到行万里路比读万卷书更有意义。

经过近半年的艰难跋涉，周显王三十四年（公元前335年）二月二十八，庄周与弟子蔺且、逸轩终于到达齐都临淄。

三人一进城门，就发现临淄气象非凡。街道笔直宽广，两旁屋舍高大俨然。大街小巷，人头攒动，熙熙攘攘。东西、南北两条主干道上，达官贵人的马车，不多一会儿就风驰电掣过去一辆。街头巷尾，乃至里弄深处，都有引车卖浆的小贩。蔺且没有到过北国，更未见过北方大国之都，看到临淄如此热闹繁华的市井，以及与南国楚都完全不同的风情，顿时兴味盎然，大发感慨道：

"毕竟是大国，都市亦显出大国气度。"

"师兄，您是楚国人，您知道两百多年前，齐国之相晏婴出使楚国的事吗？"逸轩见蔺且兴致正高，遂顺口问道：

"师弟，有什么典故吗？"

"据说，两百多年前，晏婴作为北方大国齐国之相出使楚国，楚王非常高兴，也非常重视。因为晏婴是当时天下人所共知的贤相，又极具外交才能，所以楚王对他这次出访楚国抱有很大的期许。可是，等到见了晏婴，楚王感到非常失望。"

"为什么失望？"蔺且顿时来了兴趣，急切地追问道。

"因为晏婴不仅身材矮小，而且其貌不扬，跟楚王想象的样子有很大落差。楚王大概是太过于失望，情不自禁间便脱口而出道：'齐国难道没有人了吗？'"

逸轩话音未落，蔺且接口说道：

"楚王这话说得太不得体了，有失外交礼仪。晏婴肯定生气了吧？"

"晏婴要是生气了，那还算是什么著名的外交家？"逸轩回答道。

"那晏婴是怎么应对楚王的呢？"蔺且又追问道。

"晏婴听了楚王的话，莞尔一笑，说道：'齐乃北方泱泱大国，怎么会没有人呢？齐都临淄三百闾，临淄之民数十万，张袂成阴，挥汗成雨，比肩继踵而在。'楚王说：'就算临淄真的有那么多人，但也不能说明齐国有人才呀！不然，怎么派你来出使楚国呢？'"

"楚王这话说得更没礼貌了。"蔺且说道。

"晏婴听了，又是莞尔一笑，回答道：'齐国任命国使，各有所主。贤者出使贤主之国，不肖者出使不肖主之国。晏婴是齐国最不肖者，所以就应该出使楚国。'一句话，将楚王噎得半天说不出话来。最后，只得向晏婴讨饶，说不该随便跟圣人开玩笑的。"

"师弟真是博学，愚兄一来齐国就长学问了。"蔺且笑着说道。

"晏婴的话虽然有些夸张，但就俺所到过的诸侯各国之都而言，临淄确实是人口较多，市井最为繁华的。"逸轩说道。

庄周听着两个弟子一边走一边聊得热闹，笑而不言，自顾自地随意浏览左右街市风物与往来行人。

逸轩因为在齐国稷下学宫逗留过一段时间，在齐都临淄也住过一些日子，所以对临淄市井的情况相当熟悉。有逸轩的引导，庄周与蔺且很快就找到了一家客栈。略作安顿后，逸轩就带着庄周与蔺且到临淄街市各处游览。走了不多久，就见前面十字路口人山人海。蔺且一见，连忙对逸轩说道：

"前面那么多人，是怎么回事？"

"这个俺也不清楚。不如俺们过去看看吧。"逸轩答道。

于是，三人信步向那十字街头走去。走近一看，这才知道原来大家正里三层外三层地围观一个正要被行刑的犯人。逸轩懂齐国话，就向旁边的人打听详情：

"这个人犯了什么法？"

"他犯了盗窃罪，是个惯犯，手指都剁过三次了，还是不改喜欢偷盗的本性。所以，这次齐王决定对他处以极刑，杀一儆百，以肃清齐国社会风气。"旁边的人告诉逸轩说。

逸轩将齐国人的话转译给庄周与蔺且听，庄周听后莞尔一笑，转身就走。逸轩与蔺且不知所以，连忙离开围观的人群去追庄周。

"先生，您是不忍看齐王杀人的场面吧。"逸轩追上庄周后问道。

"你说杀人应该吗？上天皆有好生之德，而人间君王却以各种各样的理由轻易杀人。你说，这个世界还有救吗？"

逸轩与蔺且听了庄周的话，顿时默然，找不出半句话来回应。

走了一会儿，逸轩突然指着前方不远处，跟庄周说道：

"先生，您初次来临淄，前面有一家非常有名的酒肆，南来北往的商旅之人，各国游学求仕的士子，甚至儒、墨、纵横、阴阳、农、名、杨朱诸家的头面人物，都会光顾这家酒肆。孟轲弟子乐正克、公孙丑、万章等人，更是这里的常客。不过，乐正克现在不会来这里了，公孙丑与万章肯定还会来这里。"

"乐正克，我倒是听人说过，据说是孟轲最得意的弟子。他为什么现在不会来这里呢？"蔺且问道。

"乐正克现在已经在鲁国做官了。正如师兄所说，孟轲最为赏识的弟子就是乐正克，公开推崇他为善人、信人。据说，乐正克进入鲁国政坛的消息传来，孟轲竟然喜不能寐。"

逸轩话音未落，蔺且接口说道：

"大概孟轲是以为乐正克为鲁臣，就可以在任上实行自己的政治主张了吧。"

"正是。据说，乐正克在鲁国为官后，还郑重推荐过孟轲。不过，鲁国君臣似乎对孟轲声名太盛而存有戒心，最终没有任用他。"逸轩说道。

"师弟，你为什么那么肯定地说公孙丑与万章二人还会来这里呢？"蔺且又问道。

"师兄，这您就不明白了吧。公孙丑、万章二人都是齐国本土之士，他们追随孟轲时间最久，对孟轲的学说也最笃信不疑。孟轲曾经感慨地说过一句话：'杨朱、墨翟之言盈天下，天下之言，不归杨则归墨。'公孙丑、万章有感于孔孟学说的影响不及杨朱、墨翟二家，所以只要有机会，他们就卖力地向人兜售孔孟学说，推广仁义礼智信那一套。这个酒肆是天下之士云集之地，公孙丑与万章怎么可能放弃在这里传播孔孟之道的机会呢？"

"师弟，你这样一说，我突然有一个大胆的预测，说不定今天我们在这个酒肆里就能见到公孙丑。不过，要是真的见到，他大概会逃之夭夭吧。"蔺且笑着说道，同时偷眼望了一眼庄周。

"公孙丑、万章未必能见到，但其他孟轲之徒肯定能见到。"逸轩说道。

说着说着，不一会儿，庄周与蔺且、逸轩就到了逸轩所说的临淄最有名的酒肆。

走近酒肆门前，庄周与蔺且驻足观看，觉得这个酒肆没有什么特别，从门面来看，规模应该也不会太大。可是，等到逸轩将他们带到酒肆里面后，庄周与蔺且这才发现逸轩所言不虚。整个酒肆是往纵深延进的，外面看着小，里面却很大，有回廊，还有庭院。逸轩对这里非常熟悉，可谓是轻车熟路。所以，除了给庄周与蔺且介绍酒肆里面的布局外，还带他们径直到了一个各国士人经常聚集的东厢隔间。

走进东厢隔间，庄周与蔺且抬眼一看，发现里面的座席上已经坐了几十个人。再定睛细看，发现他们的服饰各色各样，帽子也大有不同。由于进来的时间晚了，整个东厢隔间的座席差不多都被占满了，只有西北角上还有几个空位。逸轩见此，便带着庄周、蔺且往那边走了过去。

走到近前，发现有两个峨冠博带的儒生模样的人，一个长须，一个短须，此时正在那里一边喝酒一边热烈地谈着什么。逸轩礼貌地跟他们打了个招呼后，就指着一个靠墙的上席让庄周坐下，然后自己跟蔺且挨着两个峨冠博带的儒生，在庄周对面的座席上坐定。

逸轩他们刚刚坐定，就有一个酒肆伙计上来侍应。逸轩打东齐之语跟伙计说了几句，伙计唯唯而退。不大一会儿，伙计又回来了，手里托盘中放着一壶酒、三个酒盏。逸轩示意他将酒壶、酒盏放在自己座席前，待他退下后，膝行而至庄周席前，替他摆好酒盏，斟满酒。然后，再回身给蔺且摆盏斟酒，最后给自己的酒盏里也斟满。看着逸轩这一系列动作如此娴熟流畅，蔺且忍不住问道：

"师弟，你以前经常跟人在此喝酒吧。"

逸轩点点头，没有说话，望了望庄周，又看了一眼蔺且，端起自己的酒盏。庄周与蔺且会意，于是三人一起举盏，掩袖一饮而尽。

庄周喝完，咂了咂嘴巴，点了点头。蔺且喝完，略一回味，便情不自禁地脱口而出道：

"好酒！"

"师兄，您还挺懂酒的嘛。这酒是俺特意给先生上的，是想让先生尝尝齐国上品烧酒的滋味到底如何。不过，这酒非常烈，不能多喝。"逸轩轻声细语地说道。

"哦？看来今天不仅要谢谢师弟，还要谢谢先生！"

"谢为师干什么？"庄周问道。

"不是陪先生出来游历，弟子无论如何也不会来齐国的。不叨先生的光，弟子也喝不上这等高档美味的齐国烧酒啊！"

逸轩知道蔺且这是在打趣他，遂笑着说道：

"既然是好酒，那师兄今天就多喝点。先生虽然喜欢酒，但今天肯定会让着点的。"

逸轩说完，三人相视大笑。接着，逸轩又给庄周与蔺且斟了第二盏酒，大家再次一起举盏一饮而尽。

当庄周师徒说笑着喝到第五盏时，就听隔邻的两个儒生突然争了起来，看起来情绪还相当激动。逸轩与蔺且感到好奇，不约而同地放下了手中的酒盏，侧耳倾听起来。庄周则视而不见，充耳不闻，端着酒盏继续悠闲地品着盏中之酒。

蔺且听了半天，始终没听懂两个儒生到底在说什么。逸轩虽然也没听懂，但从两个儒生的口音辨别出了其国别身份。于是，打着天下通语问道：

"请问二位，你们是鲁国人吗？"

"正是。"短须儒生连忙点头回应道。

"请问你们又是从何处而来？"长须儒生先看看逸轩，又以好奇的眼神扫了一眼庄周与蔺且，然后轻声细语地问道。

"在下是赵国人。"逸轩答道。

"那么，他们二位呢？"长须儒生又问。

为了不暴露庄周的身份，逸轩故意模糊其词，说道：

"他们二位都是楚国人。"

"你们来齐国干什么?"长须儒生好像特别喜欢追根究底似的再次追问。

"俺们是来齐国游历长见识的。"逸轩怕长须儒生再追问什么,遂立即转移话题道:"刚才听二位谈论得很热闹,不知说些什么?"

"哦,俺们刚才在讨论齐王是不是圣主。"短须儒生连忙接过话茬回答道。

"为什么讨论这个话题?"逸轩问道。

"今天齐王要杀一个偷盗的惯犯,满大街的人都在议论这个事,你们不知道吗?"短须儒生瞪大眼睛看着逸轩,问道。

"刚才在大街上听人说起这事。二位如何看待这件事?"蔺且努力打着天下通语说道,希望听到两个儒生的意见。

"俺们刚才正是为了这个问题在争论呢。"短须儒生说道。

"那您是怎么看的?"逸轩抢着问道。

"在下以为,老百姓盗窃当然不对,但罪不至死。他们之所以干偷鸡摸狗的事情,一般总有不得已的苦衷,不是生活不下去,谁也不愿为偷为盗,因为天下没有天生喜欢做盗贼的坯子。所以,在下以为,像齐国这样的大国,治国者是应该好好反省一下自己的执政理念了。如果齐王能够推行俺们夫子'保民而王'的政治主张,以仁爱之心治国,爱民如子,苦民所苦,轻赋税,免徭役,百姓自然都能家给户足,丰衣足食。百姓温饱无忧,谁还会去做盗贼呢?"

蔺且见短须儒生说得慷慨激昂,故意岔断他的话,转而问长须儒生道:"您有什么高见?"

"在下以为,齐国的问题除了要推广俺们夫子'保民而王'的政治主张外,还有一个移风易俗的问题。这个问题不解决,齐国盗窃成风的现象就不会断根,齐王杀再多的人也治不好齐国。"

"为什么这么说?"逸轩抢着问道。

"古代圣贤早就说过:'慢藏诲盗,冶容诲淫。'齐乃天下富庶之邦,临淄更是一个殷实之都。但是,齐国各地包括临淄,老百姓都有疏于收藏的不良习性,家什随处乱放,财货随手乱丢。有些人家甚至出门忘了落锁,夜里忘了给门窗上闩。'路不拾遗,夜不闭户',那只是'大同时代'的理想,现在的齐国还没有到这个境界。再说,齐国虽然在诸侯各国中算是富庶的,但贫富分化也是极其严重的。有人财货用之不竭,有人衣食无着,这怎么可能杜绝偷盗的事情发生呢?俗话说:'苍蝇不叮无缝的蛋',财货疏于收藏,有些人有意露富炫富,这怎么不诱发不良之民的偷盗之心呢?"长须儒生说道。

当蔺且与逸轩一唱一和地引两个儒生慷慨激昂地发表见解时，庄周一直一边悠闲地饮着酒，一边作冷眼旁观，不发一言。但是，听到长须儒生有关"慢藏诲盗"的一番大道理后，终于忍不住脱口而出道：

"先生的意思是不是说，导致齐王杀人的根本原因不是齐王治国无方，也不是他嗜杀成性，而是源自齐国民众疏于收藏的不良习性，是吗？"

长须儒生对庄周这突如其来的尖锐提问一时没反应过来，犹豫回味了好大一会儿，才点头说道：

"也可以这样说吧。"

"依老朽看，二位刚才所说的都没触及问题的根本。"庄周直言不讳地说道。

"那您以为问题的根本是什么呢？"长须、短须儒生几乎异口同声地反问道。

"老朽以为，问题的根本就是齐王本人。"

"这话怎么讲？"长须儒生一脸的惊讶，瞪大眼睛望着庄周，问道。

"如果说盗窃，今天的齐宣王与其父齐威王，就是天下最大的盗贼。"

庄周话音未落，短须儒生立即起而反驳道：

"先生的话越说越荒唐了！齐国有今天如此强大的国力，完全是有赖于昔日齐威王的雄才大略；今天下之士云集齐国稷下学宫，齐国成为天下的政治和文化中心，则清楚地彰显了齐宣王的圣智英明。"

庄周见短须儒生一脸的正经，不禁冷笑了一声。

"先生，您笑什么？在下的话不对吗？"短须儒生问道。

"齐威王何来的雄才大略，齐宣王又算什么圣智英明？他们都是地地道道的盗贼，准确点说，是亘古未有的窃国大盗。"

庄周这话一出口，不仅长须、短须儒生为之惊讶不已，就是蔺且、逸轩两个弟子也是一脸茫然，不知所以。

看到大家都惊讶不解，庄周呵呵一笑道：

"你们都不相信老朽的话，是吧？那老朽今天就给你们讲讲齐国的历史，听完你们就会认为老朽言之不虚。"

四人同时望着庄周，不约而同地点头。

庄周见他们神情专注，一脸渴切地想了解真相的样子，故意停顿了一下，端起酒盏，慢慢地啜了一口酒，然后才不紧不慢地问了一句：

"你们都知道齐国是怎么来的吧？"

"周公平定武庚之乱后，周初功臣太公望被封回营丘，齐国由此建立，这谁不知道？"短须儒生不假思索地答道。

"说得没错。那老朽再问一句，太公望建国，齐属何姓之国？"庄周直视短须儒生问道。

"太公望为姜姓，齐当然是姜姓之国。"短须儒生脱口而出。

"现在执政的齐王是何姓？"庄周又问道。

"是田姓。"长须儒生答道。

"请问，姜姓的齐国现在怎么成了田姓的齐国呢？"庄周直视长须儒生，又扫了一眼短须儒生，问道。

两个儒生好像从来没想过这个问题，所以当庄周提出这个问题时，顿时面面相觑，一时愣住了。

逸轩望着庄周，似乎明白了什么，默默地点了点头。蔺且望着庄周，则不解地瞪大眼睛。

庄周见大家都不说话，停顿了一会儿后，主动打破沉寂，说道：

"姜齐变田齐，其实不是什么秘密，只是大家都不说破而已。姜齐被田齐取代，不是古代传说的尧让位于舜、舜让位于禹的主动禅让，而是被窃国。"

"先生要是今天不说，弟子对此真是一无所知。既然先生已经说开了，可否给弟子详细讲讲齐国的这段江山易主史？"蔺且明显很兴奋，连忙请求道。

逸轩与两个儒生虽然对齐国这段历史有一点了解，但都知之不详，所以当蔺且提出请求后，大家都不约而同地予以附和。

庄周见此，又端起酒盏啜了一口酒，然后才从容不迫地说道：

"今日的齐宣王田辟疆，乃齐威王田因齐之子。姜齐为田齐所取代，虽然始于齐威王，至今不过四十三年，但田氏窃取姜齐江山的过程却是经历了漫长的时间，处心积虑有年。你们知道田氏的来历吗？"

蔺且、逸轩，还有两个儒生见问，都不约而同地摇头。庄周莞尔一笑，接着说道：

"其实，田氏原来并不姓田，而且也不是齐国人。"

"哦？那到底是哪国人？"短须儒生惊讶地问道。

"是陈国人。"庄周答道。

"陈国人？陈国是一个小国呀，陈国人怎么可能夺了齐国的江山呢？"长须儒生不以为然地质疑道。

"不要小看了陈国，它虽是小国，却从来不缺奇才能人。陈完，就是一个。"庄周说道。

"陈完？"长须、短须儒生，还有蔺且、逸轩，几乎同时脱口而出地念叨着，因为他们都未听说过此人。

"对，就是陈完，他就是陈氏来齐的始祖。周桓王十五年，距今正好是三百七十年。那一年，陈厉公即位执政刚刚一年多，就喜得一子，他就是陈完。陈完出生时，正好周太史经过陈国，陈厉公就请周太史给孩子占了一卦。周太史看了卦象后，对陈厉公说，这个孩子非同一般，将来陈国的命脉就系于他。不过，这孩子虽然代陈有国，但所代之国并不是陈，而是异国。代国者不是他本人，而是他的子孙。"

"周太史占卦有这样灵验？"蔺且脱口而出道。

庄周莞尔一笑道：

"当然。不仅如此，当陈厉公进一步追问时，周太史还明确地告诉他说，所代之国一定是姜姓。姜姓是四岳之后，物不能两大，所以陈国衰落后，齐国必强大起来。"

"如此说来，今天田氏代齐而有国，真的是应验了。"逸轩说道。

庄周点点头，接着说道：

"陈厉公是陈文公少子，本来是没有机会即位执政的。陈文公死后，长子陈鲍继位，是为陈桓公。陈厉公与陈桓公同父不同母，其生母是蔡女。陈桓公执政没多少年就病了，蔡人趁机杀了陈桓公及太子陈免，让陈厉公取而代之。陈厉公即位后，为了继续得到蔡国的支持，也娶了蔡女。蔡女好淫，未嫁时就与蔡人淫乱。嫁到陈国后，还多次返回蔡国与人通奸。陈厉公明知其事，还为了此女而多次到蔡国。陈厉公无德，给陈桓公之子陈林有了可乘之机。周桓王二十年，也就是陈厉公执政的第七个年头，陈厉公又为了蔡女而离开陈国。陈林一直记恨父兄被杀夺位的事，遂暗中买通了蔡人，诱而杀之。陈厉公因为好淫而死于蔡，因此孔丘修《春秋》时特意记了一笔：'蔡人杀陈他'。陈他就是陈厉公，直呼其名，且用'杀'而不用'弑'，就是为了贬斥陈厉公的所作所为。"

庄周刚说到这里，逸轩就忍不住感叹道：

"先生真是博学！"

蔺且也连连点头，表示敬佩。两个儒生虽然没说话，也未表态，但内心对庄周的博学也是非常折服的。

庄周淡淡一笑，接着说道：

"陈厉公被杀后，陈林自立为君，号为陈庄公。陈庄公死后，立其弟杵臼为君，号为陈宣公。宣公二十一年，杀其子御寇。御寇与陈完交好，相互推重。御寇被杀后，陈完恐祸及于己，遂亡奔到齐国。"

"陈完亡奔齐国，结果如何？"逸轩急切地追问道。

"陈完一到齐国，就被雄才大略的齐桓公所器重，欲任之为卿。但是，陈完推辞不肯接受，说：'羁旅之臣，有幸得齐庇护，已是大喜过望了，怎敢再就高位？'齐桓公不能强其所难，乃任之为工正，即工巧之长。当时，有陈国大夫齐懿仲也在齐国。他慧眼识人，认为陈完非平庸之辈，日后必成大器，于是就想将女儿嫁给陈完。为此，齐懿仲专门找人替这门亲事占了一卦。"

"结果怎么样？"庄周尚未说完，长须儒生忍不住了，急切地问道。

庄周知其心情，莞尔一笑，顿了顿，又继续说道：

"卦辞说：'凤凰于飞，和鸣锵锵。有妫之后，将育于姜。五世其昌，并于正卿。八世之后，莫之与京。'齐懿仲大喜，立即将女儿嫁给了陈完。陈完到齐国时，是齐桓公执政的第十四个年头。当时陈完觉得，既然亡奔到齐，就不必再称本国故号，所以就改陈字为田氏。"

短须儒生原本还故作镇静，但是听到这里，也难抑兴奋之情，迫不及待地问道：

"卦辞的内容最后都应验了吗？"

"当然都应验了。陈完生田穉，田穉生田湣，田湣生须无。须无就是历史上的田文子，是田氏在齐的第四代，事齐庄公为大夫，在齐国政坛已经渐露头角。田文子生无宇，即历史上听说的田桓子。田桓子孔武有力，深得齐庄公宠爱。田桓子生有两子，一为田开，号为田武子；一为田乞，号为田釐子。田釐子事齐景公为大夫，收税赋于民以小斗，放贷于民则以大斗，以恩惠施于百姓。齐景公知其行事，不予阻止。由此，田氏深得齐国民心，宗族益强，老百姓都思归田氏。齐相晏子虽然屡谏于齐景公，但景公皆不听。晏子无奈，一次出使晋国时，对晋国叔向吐露心声说：'齐国之政，最终是要归于田氏了。'"

"看来田氏到田乞这一代已经在齐国政坛坐大了。先生，田乞是齐国田氏第六代吧。"逸轩插话道。

庄周点点头，接着说道：

"说得对，田乞正是田氏在齐国政坛势力逐渐坐大的关键人物。齐景公病而未死时，命国惠子与高昭子为相，以宠姬芮子之子荼为太子。景公死，太子荼即位，是为晏孺子。田乞不悦，想立景公另一子阳生为齐君。为此，田乞设计，以兵变逼迫晏孺子。国惠子战败奔莒，高昭子被杀，晏孺子亡奔鲁国。最后，田乞在自己家中立阳生为齐君，是为齐悼公。从此，田乞便一人专擅齐国朝政了。"

长须儒生听到这里也非常入神，情不自禁地追问道：

"后来呢？"

"后来田乞死了，其子田常继其位，先为齐悼公之相，后为齐简公之相。简公时，齐有二相，一是田常，二是监止。监止深得简公宠信，田常不得独擅权柄，大为忧虑。自上揽权不成，田常乃效其父田乞故政，以大斗放贷、小斗收赋，自下收复民心。由此，再次将田氏势力坐大。后来，又通过武力杀了监止，逐出监止宗人子我于齐国。接着，授意田氏之徒杀齐简公于徐州，立简公之弟骜为齐国新君，号为齐平公。"

"田常比起乃父田乞，做得更加过分了。"庄周话音未落，蔺且就情不自禁地感慨道。

庄周呵呵一笑道：

"这还不算太过分，更过分的还在后头。田常杀了齐简公，开始还惧怕诸侯各国要共同讨伐他，所以采取了缓和的政策，对外修好，将以前齐国侵夺的鲁、卫之地尽行归还，同时西约晋、韩、魏、赵四国之好，南通吴、越之使，赢得诸侯各国的信任。对内则重在收买人心，论功行赏，亲近百姓。等到局面完全稳定下来后，田常便开始了清洗齐国政坛的异己势力，包括晏婴、监止等人的旧部以及公族中有势力者，然后割齐国自安平以东以至琅琊的广大土地为自己的封邑。其封邑范围之广，远过于齐平公。"

"田常这不是以臣欺君吗？简直是地地道道的乱臣贼子，如果孔夫子在世，一定会口诛笔伐的。"长须儒生说道。

庄周看了长须儒生一眼，呵呵一笑道：

"口诛笔伐有用吗？齐国之政、齐国之地都尽归于他，田常还不满足，又将齐国境内所有身高七尺以上的女子选入后宫，为自己享用。等到田常死时，所育之子竟达七十余众。"

"这与国君有什么区别？齐国之君不等于是田常做了吗？"短须儒生愤怒了。

"田常之后呢？"逸轩问道。

"田常死后，其子田盘代立，就是大家所知的田襄子专政时代了。田盘死后，其子田白继立，号为田庄子时代。田庄子之后，便是太公田和的时代。田和为齐宣公之相，更是独擅朝政，一切都是田和说了算。齐国万民只知有田和，不知有宣公。宣公死后，其子贷继立，是为齐康公。康公十四年，因为沉溺于酒色，结果被田和抓住把柄，将其迁于海上，仅划拨一城以奉其先祀。"

"这不等于是废了齐康公了吗?"长须儒生愤愤不平地说道。

"别生气,还有呢。"庄周看着长须儒生说道,"齐康公被迁海上的第三年,太公田和与魏文侯会于浊泽,求取诸侯名号。魏文侯欣然允诺,随后便派使者往周都洛阳通报周天子,请立齐相田和为诸侯。周天子竟然不持异议,答应了魏文侯之使。齐康公十九年,田和正式成为齐侯,列于周王室,纪为元年。"

庄周说到这里,短须儒生也愤怒了:

"周天子这不是是非不分吗?简直就是为虎作伥,助纣为虐嘛!"

"周天子本来就是个傀儡,魏文侯开口,他敢不答应吗?"蔺且说道。

"那之后呢?"逸轩问道。

"之后,田氏当然是得寸进尺了。田和死后,其子田午继立为齐侯,号为齐桓公。当然,这个齐桓公不是当年的天下霸主、太公望的后裔齐桓公。田和继位第六年就死去。而就在这一年,齐康公死于海上,太公望之后绝祀。从此,姜齐封地全部并入田齐,历史进入齐威王时代。"

庄周话音刚落,蔺且立即接口说道:

"由此看来,先生说得一点没错,田氏确实就是窃国大盗。"

逸轩望了望庄周,又看了看蔺且,连连点头。长须、短须儒生没有说话,但也默默地点了点头,表情似乎非常凝重。

庄周见此,突然有些激动起来,说道:

"其实,田氏窃国的事,世人并非完全不知,而是大家都揣着明白装糊涂,没有人愿意说破,更没人敢于主持正义,替可怜的姜齐说句公道话。周天子尚且如此,还能指望谁呢?众所周知,上自尧、舜、周公,下至孔丘、孟轲,大家都不断倡导仁义,强调立德修身。可是,世道因此清平了吗?没有。相反,孔孟之徒越是提倡仁义,越是要求治国者立德修身,人心就越发不古,人类的道德就越发堕落,公平正义就越发缺失,由此天下就越发混乱。现实世界中,窃钩者诛,窃国者侯,已是见怪不怪的常态了。"

"'窃钩者诛,窃国者侯'。先生的概括真是精辟,事实上就是如此。今天我们看到的那个齐国百姓因为小偷小摸要被齐王杀头,而齐王自己窃取姜齐之国却装作圣人,还大义凛然地跟百姓讲什么礼义廉耻,实在是莫大的讽刺!齐威王、齐宣王明明是无仁无义,没有廉耻,而有些人还认为他们是圣智明主,简直是睁着眼睛说瞎话,完全是是非不分了。"逸轩说道。

庄周听了逸轩这番评论,不禁会心一笑。这倒不是因为逸轩夸赞他的话精辟,而是他听出了逸轩婉约批评两个儒生的弦外之音。

"先生，那您认为到底什么是智者，什么是圣者呢？"蔺且见庄周会心一笑，早已猜到是怎么回事，却故意装糊涂，接着逸轩的话，引庄周进一步批驳两个儒生之论。

庄周心知其意，立即接口说道：

"究竟何谓智者，何谓圣者，可能不同的人有不同的看法。不过，就事论事，以齐宣王今日因百姓盗窃而大开杀戒之事而言，老朽可以肯定地说，他不能算是智者。因为加重刑罚，以严惩盗窃之民来杀一儆百，借此彻底改变齐国民风、实现长治久安，这样的治国思路，依老朽看来，就像是世俗之人为防止那些撬箱子、掏袋子、开柜子的小偷，而费尽力气绑牢绳子、紧固锁钮一样，完全是徒劳无益的。如果有人以为绑牢绳子、紧固锁钮就是防盗的智慧，那就大错特错了。"

"防盗不绑牢绳子、紧固锁钮，难道还有更好的办法吗？"长须儒生不以为然地反问道。

庄周看了看长须儒生，又扫了一眼短须儒生，莞尔一笑道：

"绑牢绳子、紧固锁钮，那只能防止小毛贼。如果是大盗来了，他根本不会费力地去撬箱子、掏袋子、开柜子，而是背起柜子、扛起箱子、挑起袋子就走，唯恐锁柜子的锁钮不牢，拴箱子、扎袋子的绳索不紧。"

蔺且与逸轩听了庄周这番言论，不禁对老师洞悉世情的独到眼光感佩不已。而长须儒生与短须儒生虽然在情感上不愿意接受庄周的观点，却对他的这个比方打心眼里信服。所以，四人听了庄周这个比方后，都不约而同地点头。

庄周见此，接着说道：

"可见，世俗所谓的智者，有几个不是为大盗积储的傻子？世俗所谓的圣者，有几个不是为大盗守藏的呆子？想当初，周武王分封太公望，齐国疆域何等辽阔，气象何等不凡。那时，齐国邻邑相望，鸡犬之声相闻；撒网捕鱼的水域，犁锄耕作的土地，方圆两千余里。齐国全境各处所设立的宗庙社稷，以及管理各级行政区域的机构，何尝不是效法古代圣人所创立的法律制度，一切都符合周公礼法呢？然而，田成子一旦杀了齐君，窃取了国家政权，窃取的仅仅是姜姓名下的那个齐国吗？不是。事实上，它是连原来齐国得以建立并维持运作的那套法律制度都一起窃取了。正因为如此，田成子虽有盗贼之名，却身处尧、舜一样安稳的政治环境。小国不敢非议，大国不敢诛讨，就是周天子也不敢不认可，由此田氏子孙十二代都统治着齐国。这不是窃取了齐国，又连同其圣智的法律制度也一起拿走，以此来保护身为盗贼的自己吗?"

"先生分析得真是精辟,思想真是深刻!"逸轩情不自禁地感叹道。

蔺且连连点头,表示赞同。长须儒生与短须儒生则面面相觑,望着庄周,一句话也说不出来。

庄周莞尔一笑,顿了顿,看了看长须儒生,又看了看短须儒生,接着说道:

"不要说是世俗所谓的智者和圣者,就是大家都认同的至智者、至圣者,又有几个不是为大盗积储或是守藏的呢?而为大盗积储,为大盗守藏,最终又有几个是有好下场呢?"

"您这话说得有些太绝对了吧。田氏窃齐是事实,但也只是个案。您不能以偏概全,彻底否定先圣建立礼法制度的意义呀!当然,更不能否定历史上无数智者、圣者坚守礼法制度的努力!"短须儒生似乎发现了庄周观点的漏洞,起而质疑道。

庄周看了看短须儒生,淡淡一笑道:

"老朽姑且不说建立礼法制度本身有没有意义,就说历史上所谓智者、圣者坚守礼法制度的努力到底有没有结果吧。"

"好。在下愿意恭听高论。"短须儒生说道。

"夏启打破尧、舜、禹三代沿袭的禅让制,以'家天下'代替'公天下',建立起夏朝,夏启是不是窃取天下的大盗?夏启建立起夏朝后,为了维护统治,有一套严密的制度设计。但是,到了夏桀执政时开始偏离制度设计初衷,搞得民怨沸腾。关龙逢作为夏桀之臣,为了维护夏启当初建立的制度,维护夏朝的政权,起而谏止夏桀。关龙逢这是不是替大盗守藏?但是,关龙逢最终不是被夏桀斩首了吗?还有商汤的商朝、周武王的周朝、吴国夫差的吴国,当初得以建立,都不是别人奉送或禅让的,而是以武力为手段强取而来。因此,严格说来,他们也都是窃国大盗。可是,商纣王时的比干、周灵王时的苌弘、吴国的伍子胥,却都在其主子偏离当初的制度设计时极力谏止其主子,企图维护其江山永固,这是不是为大盗守藏?可是,比干最后被商纣王剖心,苌弘被周灵王车裂,伍子胥被夫差沉尸江中。您说,为大盗守藏有好结果吗?"

蔺且一向佩服庄周比附牵引的雄辩口才,逸轩则非常敬佩庄周说古道今、旁征博引的学识,所以听了庄周的上述一番话,二人都连连点头,脸上露出自豪的笑容。而短须儒生听了庄周这番言之凿凿的宏论,则张口结舌,一句话也说不出来。

沉寂了好一阵子，长须儒生突然直视庄周，反问道：

"如果都如您所说，那世界上是不是就没有一个值得肯定的好人了？"

庄周扫了一眼长须儒生，呵呵一笑道：

"什么好人坏人，圣人强盗，不过是名称不同而已。老聃早就说过：'名可名，非常名。无名，天地之始。'名称哪有那么重要？"

"名称怎么不重要呢？孔夫子早就有言：'名不正，则言不顺；言不顺，则事不成；事不成，则礼乐不兴。'强盗与圣人，怎么能混为一谈呢？"短须儒生好像终于找到了反击庄周的机会。

庄周见短须儒生颇是慷慨激昂的样子，乃呵呵一笑道：

"老朽认为，强盗与圣人本质上没有区别，只是名称有异而已。圣人可以一变而为强盗，强盗也可一变而为圣人。"

"这话说得就更离奇了！你们老聃之徒呀，说话就是如此莫名其妙。"长须儒生一边说，还一边摇头。

"您怎么知道俺们是老聃之徒？"逸轩不禁好奇地问道。

"刚才你们先生不是望之俨然地称引老聃之言吗？就是不称引老聃之言，从他那莫名其妙的逻辑，也能推测出你们就是地地道道的老聃之徒。"长须儒生颇是自信地说道。

逸轩听了长须儒生的话，顿时为之一愣。短须儒生从逸轩的表情，仿佛窥见到什么，遂连忙接口说道：

"老聃之徒也要以理服人，不能信口开河。"

庄周听长须儒生与短须儒生一唱一和，先是淡然一笑，然后端起酒盏，啜了一口，从容说道：

"二位不必先下结论，老朽先给你们讲个故事吧。"

蔺且与逸轩一听庄周要讲故事，不禁神采飞扬起来，因为他们都知道，庄周讲故事，不是编造典故增强说服力，就是绕着弯子骂人。他们相信，今天庄周给两个儒生讲故事，一定是绕着弯子骂他们的。

两个儒生不知道这些，一听庄周要讲故事，顿时兴奋起来，几乎异口同声地说道：

"请讲。"

"孔丘时代，有一个大盗叫柳下跖，原名展雄。他本是鲁孝公之子公子展的后裔，兄长是当时鲁国贤臣柳下惠。柳下跖虽出身名门，最后却做了江洋大盗。据说，当时他率领的强盗有九千人之众，横行天下，侵暴诸侯，驱人牛马，掠人妇女，贪得无厌，既不顾父母兄弟，也不祭先祖。所以很多人都称他为'盗跖'或'桀跖'，而忘了他姬姓、展氏的贵族血统。"

庄周讲到这里，故意停了下来，看了看两个儒生。见他们微微点头，庄周莞尔一笑，接着说道：

"二位都是鲁国人，想必柳下跖的事情多少有些耳闻，所以关于他们如何侵暴诸侯，横行天下，打家劫舍，老朽就不说了。老朽今天要说的，是他跟其得意徒弟的一次谈话。"

"什么谈话？俺们从来没听说过呀！"长须儒生脱口而出道。

"你们当然没听说过。你们要是听说过，老朽何必饶舌再讲呢？"庄周一本正经地说道。

"那先生快讲吧。"短须儒生催促道，口气颇是客气。

"一次，柳下跖率众打家劫舍，收获甚丰。回到山寨后，大摆筵席，庆贺作乐。酒足饭饱之余，柳下跖突然来了兴趣，跟他的一个得意徒弟说起了自己的人生经历以及做强盗的原因。说到高兴处，徒弟趁机问了他一个问题：'大王，盗亦有道吗？'柳下跖立即正色回答道：'为盗怎么能没道呢？'徒弟又问他：'到底有什么道呢？'柳下跖说：'入室前，大胆猜测室内所藏，这是圣；入室时一马当先，这是勇；退出室内时主动殿后，这是义；斟酌是否可以动手，这是智；劫获财物，分配公平，这是仁。不具备这五种品德而能成为大盗者，那是古今天下未曾有过的。'"

庄周说到这里，停了一下，啜了口酒，看见两个儒生正听得目瞪口呆，遂连忙趁热打铁，续而说道：

"由此看来，善人为善，若是不懂圣人之道，那也难以自立于世；柳下跖为盗，若是不懂圣人之道，也不可能横行天下。天下善人少而坏人多，那么圣人有利于天下的也少，有害于天下的也多。"

庄周话音未落，长须儒生立即接住话头，反问道：

"这话怎么讲？实在是令人匪夷所思。"

庄周看了看长须儒生，呵呵一笑道：

"这话怎么会匪夷所思呢？道理非常简单呀！因为圣人之道会启发更多的坏人，所以对天下只会有害，而不会有利。'唇亡而齿寒，鲁酒薄而邯郸围，圣人生而大盗起'，这句话您听过吗？"

"没听过。"长须儒生脱口而出道。

"'唇亡而齿寒'，说的是晋侯假道于虞而灭虢的事；'鲁酒薄而邯郸围'，说的是鲁恭王献酒楚宣王，因酒味太淡而导致楚鲁反目，引发诸侯联盟之间的矛盾，导致魏围赵都邯郸之困。这些典故，俺们都知道。至于'圣人生而大盗起'，这话就实在令人不解了。"短须儒生说道。

"怎么不解呢？圣人讲'仁''义''礼''智''信'，强盗讲'圣''勇''义''智''仁'，两者有什么区别？既然没有区别，那么你推崇、推广圣人之道，不就等于推崇、推广了强盗之道吗？如此，天下岂能不善人少而坏人多？再说，圣人所讲的'仁''义''礼''智''信'这一套原本就有问题，压根儿就是偏离了人的自然本性，怎么可能行得通呢？孔丘以圣人自许，追随他的三千弟子也都认为他是圣人，可是在他生活的时代，而且是在他的父母之邦鲁国，却出现了一个横行天下的大盗柳下跖，这是怎么回事呢？算不算是给'圣人生而大盗起'作了一个生动的诠释呢？"

蔺且、逸轩听了庄周这番话不仅感佩不已，而且觉得畅快不已。但是，两个儒生听了庄周这番赤裸裸的排儒斥孔的见解，情感上非常不舒服，甚至感到愤怒。可是，急切之间，他们又找不出合适的话来反击，只好张口结舌，瞪视庄周。庄周见此，故意不看他们，而是转向蔺且、逸轩，好像是有意教导他们似的说道：

"要想天下太平，依老朽看来，只有一个办法，那就是打倒圣人，释放强盗。"

"打倒圣人，释放强盗，天下就能太平，有这样的道理吗？刚才俺师兄说你们老聃之徒说话信口开河，看来还真是一点不假。"长须儒生愤愤地说道。

蔺且、逸轩听长须儒生说话的口气不对，用词尖刻，以为庄周会生气。没想到，庄周不但没生气，反而爽朗地哈哈大笑，然后认真地看了看长须儒生，又扫了一眼短须儒生，以格外和蔼的口气说道：

"老朽知道你们都是孔丘之徒、孟轲的追随者。所以，老朽实话实说，你们听了觉得不顺耳。不过，不顺耳归不顺耳，事实就是事实。老朽信奉老聃之道，随顺自然，不装不造作，心里怎么想，嘴上就怎么说。老朽说只有打倒圣人，释放强盗，天下才能太平，绝非信口开河。如果允许老朽打个比方的话，这就像河流枯竭，溪谷才显得空旷；丘陵夷平，深渊才能填满一样。所以，只有当圣人死绝，盗贼才不会出现，天下才能真正太平。如果圣人不死，大盗就会层出不穷。"

"圣人不死，大盗就会层出不穷，这话说得更是莫名其妙了。圣人都死了，天下百姓由谁来教化？没人教化的百姓，那岂不形同禽兽，什么坏事干不出来？"短须儒生终于找到了反击的机会。

庄周见短须儒生似乎情绪激昂，还说得振振有词，不禁莞尔一笑。

"您笑什么？不是这个理吗？"短须儒生问道。

"当然不是这个理。"庄周说道，"天下为什么越来越乱，不就是大家都认为治国平天下要借重圣人吗？然而，事实又是什么呢？事实上，自古及今，越是借重所谓的圣人来治理天下，就让柳下跖这样的大盗获利越大。圣人制造斗斛为量器，盗跖之辈就连斗斛一起盗走；圣人制造权衡为天秤，盗跖之辈就连权衡一起盗走；圣人刻制印玺以取信，盗跖之辈就连印玺一起盗走；圣人提倡仁义以化民，盗跖之辈就连仁义一起盗走。为什么这么说呢？我们不妨睁眼看看现实，天下哪一天没有窃钩之类的小民被惩处甚至杀头？而那些窃取他人国家的人呢，反倒成了万民景仰的诸侯。如果要说什么仁义，诸侯家里比谁家都多。这些窃国大盗之所以做了诸侯，不正是因为窃取了圣人的仁义吗？"

蔺且听到这里，再也忍不住了，脱口而出道：

"先生分析得太精辟了！可谓一语道破了古今政治的真相，撕掉了千百年来所谓圣人的伪装！"

逸轩坐在一旁，一边以敬仰的目光看着庄周侃侃而谈，一边默默地连连点头。两个儒生则涨红着脸，低头一口一口地喝着盏中之酒，不敢抬头看庄周一眼。

庄周见此，故意提高声音说道：

"窃钩者诛，窃国者侯，大家早已见多不怪了。田氏窃取姜齐之国，竟然还有人称颂他们仁义圣智。怪不得自古以来做大盗的总有很多人追随。柳下跖是如此，田氏也是如此。现实生活中，窃取仁义以及用斗斛、权衡、印玺来图利的人，即使有人用高官厚禄的赏赐来引诱，用严刑峻法来威吓，也不能阻止他们行窃为盗。这是为什么呢？其实道理非常简单，因为行窃为盗越是做大，利益就越多，所以强盗就不可能禁绝。强盗不能禁绝，这是不是整天鼓吹'仁''义''礼''智''信'的圣人的过错呢？"

"强盗不能禁绝，这是圣人之道不被诸侯尊崇，'仁''义''礼''智''信'推广不够，怎么反而要怪圣人推广'仁''义''礼''智''信'呢？"长须儒生反驳道。

没等庄周回答，短须儒生又接着反问道：

"既然借重圣人及圣人之道不能治国平天下，那您认为借重什么才能治国平天下呢？"

"借重老聃之道，可矣！"庄周不假思索地回答道。

"怎么讲？"长须、短须儒生几乎异口同声地追问道。

"老聃主张绝圣弃智，一切回归自然，随顺人类的本性。如果我们不大张旗鼓地高倡仁义，不敲锣打鼓地鼓吹智信，就不会启发人们成圣成王的欲念。没有成圣成王的欲念，大家都清心寡欲，世界就没有虚伪，没有尔虞我诈的争斗，没有攻城略地、互相厮杀的战争。如此，天下不就不治而平了吗？"庄周斩钉截铁地说道。

"老聃之道真能治国平天下，为什么不被诸侯各国接受呢？"短须儒生反问道。

"那是因为诸侯各国之君都愚不可及，看不清老聃之道的大智慧。"蔺且脱口而出，抢着回答道。

"你们这是自神其说！没想到，你们老聃之徒如此没有雅量，门户之见如此之深！"长须儒生一边这样说着，一边起身拂袖而去。

短须儒生见此，也连忙从席上爬起，慌乱中打翻了酒盏，湿了衣袖，跌跌撞撞地去了。

看到长须儒生气急败坏的样子，望着短须儒生仓皇而逃的窘相，庄周与蔺且、逸轩师徒不约而同地笑了。

4. 民有常性

"先生，刚才您跟那两个儒生说到柳下跖的事，当时弟子不好打断您的话，向您细问，柳下跖果真说过'盗有五德'这样的话吗？"

两个儒生走后，庄周与蔺且、逸轩开始尽情饮酒。喝到高兴处，逸轩突然停盏问庄周道。

庄周放下酒盏，看了一眼逸轩，莞尔一笑。

"师弟，那是先生替古人代言，是即兴发挥，你还真相信呀？"蔺且说道。

"俺是有些怀疑，所以才问先生。在宋都，俺已经领教了先生跟公孙丑讲故事的技巧了。"逸轩笑着说道。

蔺且接住逸轩的话，望着庄周说道：

"先生，柳下跖'盗有五德'的话，弟子不敢全信，但弟子知道柳下跖确有其人。只是弟子孤陋寡闻，至今对柳下跖的生平事迹还不甚了了。先生今天既然说到柳下跖其人，是否可以给我们详细讲讲？"

逸轩一向都是喜欢听庄周讲故事的，尤其对庄周讲故事时那种绘声绘色的本事佩服得不得了。所以，一听蔺且请求庄周讲柳下跖的故事，连忙帮腔附和道：

　　"是啊，先生就给俺们讲讲吧。"

　　庄周见蔺且与逸轩二人一搭一唱，不禁莞尔一笑。

　　"先生，您笑什么？我们真的是想听您讲柳下跖的故事，以增广学识。"蔺且一脸认真地望着庄周。

　　"俺们是您的弟子，相信先生跟俺们讲的一定都是信史。"逸轩补充道。

　　"为师什么时候跟你们讲的不是信史？"庄周啜了一口酒，笑着反问道。

　　"先生，您误会了，师弟说的不是这个意思。您平时跟我们讲的当然都是信史，只是排儒斥墨之时会用些技巧。"蔺且打圆场说。

　　庄周见蔺且一脸认真地解释，不禁哈哈大笑。

　　逸轩见此，知道火候已到，遂连忙一边趋前给庄周续酒，一边催促道：

　　"先生，快讲柳下跖的故事吧，俺们都等不及了。"

　　庄周看看逸轩，又看看蔺且，端起酒盏，慢慢啜了一口酒，顿了顿，这才从容说道：

　　"柳下跖为盗，于史有据。他的兄长柳下惠跟孔丘私交非常好，孔丘到周都洛邑向老聃求教时，二人闲谈中还说到柳下惠其人。"

　　"孔丘对于交友很讲究，他有'益者三友，损者三友'之说。他既然跟柳下惠私交很好，说明柳下惠应该是个贤人，怎么他的弟弟柳下跖就做了强盗了呢？"蔺且问道。

　　"问得好。当柳下跖率九千徒众纵横天下，所过之处大国守城，小国入保，万民苦之，诸侯各国之兵望风披靡，对此孔丘感到非常震惊，找到柳下惠，毫不客气地责问柳下惠是如何教育其弟弟的。"

　　庄周话音未落，逸轩连忙追问道：

　　"孔丘是怎么责问柳下惠的？"

　　"孔丘说：'为人之父，必能教其子；为人之兄，必能教其弟。如果为父不能教其子，为兄不能教其弟，那如何见出父子兄弟亲情的可贵呢？今先生身为天下贤士，鲁国贤臣，弟弟却做了天下大盗，祸害天下万民，而您却不能教导节制他，我暗地里都替您感到羞愧！既然您不能尽为兄之责，那就请让我替您教育教育他吧。'"

　　"柳下惠怎么说？"蔺且知道庄周是在编故事，却装作一脸认真的样子，问道。

　　"柳下惠摇了摇头，苦笑了一声，说道：'先生，您说为人之父一定能教其子，为人之兄一定能教其弟，如果父不能教其子，兄不能教其弟，就是没尽到为人父、为人兄的责任，这话也不能说不对。但是，如果为人父、为人兄努力劝诫教导了，而且是像先生您这样能说会道，却没有效果，那又拿他有什么办法呢?'"

庄周话还没说完，逸轩插话道：

"看来孔丘是错怪了柳下惠，他一定是努力劝说过其弟弟柳下跖的吧。"

庄周点点头，接着说道：

"说得对，他确实是劝说过柳下跖的。他告诉孔丘说：'柳下跖为人与众不同，心绪如涌泉，意念如飘风，强悍的个性足以抗拒一切敌人，雄辩的口才足以掩饰所有过错，别人顺从其心意就高兴，违逆其心意就暴跳如雷，而且会口不择言地污辱他人。所以，先生最好还是别去找他，免得自取其辱。'"

"孔丘怕了吗?"逸轩问道。

"说实话，我们应该承认，孔丘是一个有胆识的人。他听了柳下惠的话，没有丝毫的犹豫，就带着两个得意弟子前往游说柳下跖去了。"

"哪两个得意弟子，莫非是勇力过人的子路与巧舌如簧的子贡?"蔺且问道。

"听说子路勇冠三军，他如果陪孔丘前往，柳下跖恐怕未必能占上风吧。"没等庄周回答，逸轩插话道。

庄周摇了摇头，说道：

"子路有些鲁莽，孔丘并不太喜欢他。再说，柳下跖横行天下时，子路已经过世了。大家都知道，孔丘生平最喜欢的弟子首推颜回，而最有能力的弟子则是子贡。所以，这次游说柳下跖，孔丘特意选择了颜回与子贡随行。颜回执鞭驱车，子贡陪侍右侧护卫。三人驱车从鲁国之都曲阜出发，一路颠簸着寻找柳下跖聚众为盗的贼窝。当他们千辛万苦找到柳下跖时，柳下跖正率领他的强盗徒众在泰山南面的山脚下休息，切着人肝当晡食。"

"孔丘是不是吓着了?"蔺且问道。

"那倒没有。孔丘下车趋前，想直接接近柳下跖，可是有人挡驾。于是，孔丘只好转而寻求柳下跖的近侍帮忙，跟他说：'在下是鲁人孔丘，烦请禀报将军，就说孔丘久闻将军高义，今特来拜见。'"

"柳下跖接见了孔丘吗?"逸轩迫不及待地问道。

"近侍近前通报，柳下跖闻之大怒，两眼瞪大如明星，头发上竖欲冲冠，说：'此人莫非就是鲁国那个虚伪巧诈的孔丘? 你替本将军正告他：你随意作言造语，假托文王、周武，戴着树状之冠，系着牛皮腰带，多嘴多舌，谬说惑众，不耕而食，不织而衣，摇唇鼓舌，擅生是非，以此迷惑天下诸侯，使天下读书人不肯回归自己的本分，还妄想着借孝悌之行侥幸获得封侯与富贵。你的罪恶实在太大，赶快给我滚回去！不然的话，本将军就要拿你的肝来佐餐了。'"

庄周还没说完，蔺且又假装迫不及待的样子，追问道：

"柳下跖对孔丘的印象怎么这么差？孔丘听了柳下跖的话，肯定吓得仓皇逃窜了吧？"

"不是，孔丘的性格是明知不可为而为之。虽然柳下跖通过近侍跟他放出狠话，但孔丘并没有畏惧，而是谦恭地央求柳下跖的近侍，让他再次替他通报求见，说：'孔丘有幸认识将军兄长柳下惠，所以希望能到将军帐下拜见。'"

"不是说柳下跖不顾父母兄弟吗？孔丘拿其兄长说事，柳下跖会买他的账？"逸轩问道。

"柳下跖是否会买兄长柳下惠的账，谁也不知道。但是，孔丘抬出柳下惠，柳下跖还真的答应了见他。"庄周说道。

"孔丘见到柳下跖，结果怎么样？"蔺且问道。

"一见柳下跖，孔丘就快步趋前，然后避席退步，向柳下跖再拜行礼。柳下跖见孔丘如此繁文缛礼，觉得太虚伪做作，顿时勃然大怒，伸开两腿，手握宝剑，瞪大眼睛，声如乳虎地说道：'孔丘，你过来。今天，你说的话要是顺着我的心意，则能活命走出去；要是违逆了我的心意，我就处死你。'"

庄周话音刚落，逸轩就紧张地追问道：

"结果怎么样？"

"孔丘从容淡定地说道：'我听人说过，大凡天下之人，禀赋不外乎三种。天生身材高大，面貌美好俊秀，不论老少，不分贵贱，大家见了都喜欢的，这是上等禀赋；智慧可以包罗天地，才干足以应付天下一切事务的，这是中等禀赋；勇武强悍，决策果断，能聚众率兵的，这是下等禀赋。能够具备这三种禀赋之一种，就足以南面称王了。今将军三种禀赋兼备，实在是天下罕见。'"

"没想到孔丘还会阿谀逢迎这一套，这不是赤裸裸的吹拍吗？"庄周话还没说完，蔺且就忍不住笑着插话了。

庄周看了蔺且一眼，呵呵一笑道：

"还没完呢。孔丘还说：'将军身高八尺有二，面有红光神采，唇红如丹砂，齿齐如编贝，声响如黄钟，却被大家称为盗跖，我暗地里都替将军感到羞耻，认为不应该如此。所以，我有一个想法，希望将军能够垂听。'"

"孔丘这话虽然有阿谀吹拍之嫌，但确实说得很有技巧。接下来，他该上题游说柳下跖了吧。"逸轩说道。

庄周点点头，接着说道：

"确实如此。孔丘说：'如果将军能够听从我的建议，我愿意往南出使吴、越，往北出使齐、鲁，往东出使宋、卫，往西出使晋、楚，让他们合力为将军建造一座方圆百里的大城，设立数十万户的都邑，尊奉将军为诸侯，以新的面目跟天下人开始交往。将军解甲休兵，就能跟诸侯各国和平相处；将军收养兄弟，供奉祖先，则能做天下人孝悌的榜样。我想，这才是圣人才士应有的作为，也是普天之下人民的希望呀！'"

"呵呵，孔丘还会以名利引诱柳下跖。"蔺且望着庄周，笑着说道。

庄周也笑了笑，停下啜了一口酒。

"那柳下跖为之动心了吗？"逸轩追问道。

"如果那么容易动心，就不是柳下跖了。"庄周说道，"事实上，柳下跖不仅不吃孔丘这一套，还因此勃然大怒，厉声说道：'孔丘，上前来！本将军告诉你，大凡可用名利引诱的，可用言语规谏的，都是些资质浅陋的愚昧小民。本将军身材高大，面貌美好，人们见了都喜欢，这是我父母遗传给我的禀赋。今天你不当面称颂，难道本将军自己不知道吗？我听说有这样一句话：喜欢当面夸人的，也会喜欢在背后毁人、谤人。现在你跟我说什么大城广邑之事，是想用功名利禄来收买我吗？你大概是把本将军看成普通愚民了吧？如果你这样想，那就愚不可及了！如果要说大城，有没有比天下更大的？尧、舜贵为天子，拥有天下，而他们的子孙却足无立锥之地；商汤、周武一统天下，而他们的后代却灭绝了。为什么会这样呢？不正是因为他们有太大的名利吗？'"

"看来柳下跖还真是辩才无碍，柳下惠对他知之甚深，毕竟是兄弟啊！"蔺且见庄周说得煞有介事且慷慨激昂，有意配合着评论道。

庄周笑了笑，扫视了一下蔺且与逸轩，接着说道：

"柳下跖还跟孔丘说：'远古时代，人少而禽兽多，人们筑巢于树上，以避禽兽的侵害。他们白天捡拾橡栗，晚上睡在树上，所以称为有巢氏之民。远古时代，人们不知道要穿衣服，夏天多积柴薪，冬天用以取暖，所以称为知生氏之民。到了神农氏时代，人们可以安安稳稳地睡觉，优哉游哉地起身。他们只知道自己的母亲，不知道自己的父亲。人与动物和谐相处，麋鹿就生活在他们中间。大家耕田求食，织布穿衣，彼此没有算计或相害的念头。这个时代，可谓是道德隆盛的时代。然而，到了黄帝时，这种道德境界就不复存在了。黄帝为了个人的私欲，与蚩尤大打出手，战于涿鹿之野，杀得尸横遍野，血流百里。时至尧、舜时代，开始设置百官管理百姓。为了稳固自己的统治地位，商汤放逐了自己的君主，周武杀了商朝的纣王。从此以后，以强凌弱，以大欺小，以众侵寡，便成了常态。自商汤、周武以来，哪一个君王不是祸害百姓之人呀？'"

"柳下跖不愧是鲁国贵族的后裔，不仅辩才无碍，还非常有学问。"

见逸轩情不自禁地进入了庄周的故事情境，对柳下跖大加赞赏，蔺且也连忙附和了一句：

"他的话也讲得很有道理，丝毫听不出有蛮横无理的强盗口吻。"

庄周见两个弟子不约而同地赞赏柳下跖，一丝笑意情不自禁间漾于眼角眉梢。但是，很快庄周就恢复了平静，继续不动声色、从容不迫地讲着他的故事：

"柳下跖见孔丘被说得哑口无言，遂话锋一转，直斥孔丘道：'现在，你一边借修习文王、武王之道，主导天下舆论，道貌岸然地教化后世百姓；一边宽衣浅带，假言伪行，以此迷惑天下诸侯，博取荣华富贵。所以，我以为当今世上最大的盗贼莫过于你。我就弄不明白了，为什么人们不称你为盗丘，而要称我为盗跖呢？'"

"柳下跖这话说得有些太直白了，孔丘肯定受不了吧？"逸轩有些担心地问道。

"其实，柳下跖压根儿就没考虑过孔丘的感受，继续指斥他说：'你用花言巧语说服了子路，让他追随左右，并脱下高冠，解去长剑，弃武从文，受教于你门下，由此让天下人都产生一种错觉，认为你能止暴禁非。但是，结果又怎么样呢？子路在卫国想杀卫君没有成功，自己却在卫都东门被人剁成肉酱。你使子路遭受肉醢之祸，上不能保全性命，下不足以为人，这是不是你教育的失败？'"

"先生，据说子路被杀，不是武功不及敌手，而是因为在搏斗中冠缨松了。当他停下来系冠缨、扶正冠冕时，被人乘机砍成了肉酱。临死前，他还说'君子死，冠不免'。真是太迂腐了！"逸轩说道。

庄周看了看逸轩，点了点头。

"子路也算是孔丘最得意的弟子了，柳下跖说到他的死，孔丘一定感到很愧疚吧。"蔺且问道。

"说得对。当孔丘愧疚地低下头时，柳下跖乘胜追击，又说道：'你以为自己是才士圣人吗？如果是，你怎么两次被鲁国驱逐出境，在卫国被禁止居留，在齐国则走投无路，在陈、蔡之间被围困，偌大的天下几乎没有你容身之地呢？你说，你的那套学说又有什么价值呢？世人所尊崇者，莫过于黄帝。黄帝尚且不能德行全备，与蚩尤战于涿鹿之野，杀人无数，血流百里，大亏其德。至于其他人，则更不足道矣。尧无慈爱之心，舜非孝顺之人，禹则为德不终，商汤流放其君，武王兵伐商纣。以上六人，都是世人所推崇的圣人。但是，我们仔细看看他们的本相，不都是因利而迷失了自我，违逆了真实本性吗？所以，我觉得他们的所作所为都是非常可耻的！'"

庄周说到这里，停下啜了一口酒，逸轩趁机插话道：

"先生，黄帝、尧、舜等人都是孔丘心目中神圣不可冒犯的圣人，柳下跖这样批评他们，而且一棍子全打死，孔丘一定愤怒了吧。"

"当然。不过，柳下跖的气势让孔丘敢怒不敢言，只能低头容忍。柳下跖不知道他是隐忍，以为是理屈词穷，遂又继续说道：'世人所推崇的贤士，莫过于伯夷、叔齐。伯夷、叔齐辞孤竹国君不做，逃避到周，饿死于首阳山中，尸首无人收葬。鲍焦行为高洁，自命清高，非议世俗，结果不容于世，抱树而立枯死。申屠狄谏君不被采纳，背着石头自沉于河，为鱼鳖所食。介子推侍君最为忠诚，晋文公流浪国外，饥而不得食，介子推割下自己的股肉给晋文公吃。但是，晋文公返国执政后却背弃了介子推。介子推一气之下离开了晋文公，最后抱树烧死于绵山。尾生与女子相约于桥下，女子爽约未来，洪水汹涌而至，他也不肯离开，结果抱着桥柱溺亡。这六个人，就像是被屠宰之犬、被沉河之猪、持瓢行乞之丐，都只重虚名而轻生死，是不珍惜自己自然寿命的人。'"

见庄周引经据典，说得凿凿有据，蔺且便故作诚恳的口吻，插话道：

"师弟刚才说得对，柳下跖还真是博学，一口气举出那么多古人作为例证，孔丘应该口服心服了吧。"

庄周莞尔一笑，端起酒盏又啜了一口酒，接着说道：

"孔丘其实是一个非常自负的人，对于柳下跖的说古道今，当然是不以为然。不过，柳下跖说话，他是不敢插嘴的。柳下跖见孔丘低着头，以为他无言以对，所以接着又列举起古人之事来，说：'世人所推崇的忠臣，莫过于商之王子比干、吴之贤臣伍子胥。可是，最终伍子胥被吴王沉尸江中，比干被纣王剖腹取心。这两个人虽然被世人称为忠臣，却身死而为天下笑。由此可见，从黄帝、尧、舜一直到比干、伍子胥，都是不值得推崇的。'"

"看来柳下跖对孔丘心目中所谓的圣人贤士是持彻底否定态度的。"逸轩说道。

庄周点了点头，接着说道：

"最后，柳下跖还正告孔丘说：'孔丘，你今天来劝说我，如果说鬼神之事，是真是假，我不知道；如果说人间之事，我想也不会有什么新鲜的东西，不外乎我刚才所说的那些，而这些我都听说过了。我不妨告诉你人性的本相，大凡是人，有眼睛就是要看颜色的，有耳朵就是要听声音的，有嘴巴就是要尝味道的，有心志就是要满足的。人的寿命是有限的，上寿顶多百岁，中寿差可八十，下寿不过六十而已。除了有疾病、死丧、忧患之外，一个人能开口而笑的，一个月不过四五天而已。'"

蔺且见庄周说得一本正经，笑着插话道：

"柳下跖的这番话说得倒是入情入理，一点也不像出自一个大盗之口。"

"那当然，他虽是大盗，但原本却是一个有文化有学养的贵族，自然不同于一般无知无识的鲁莽强盗。"逸轩也配合着评论说。

庄周见两个弟子都这样赞叹柳下跖，不禁得意地笑了。因为他要给两个弟子灌输的正是"强盗胜于圣人"这个观念，现在自己通过编造故事，已然让他们在不知不觉中认同了自己的理念。偷眼扫视了一下两个弟子，见他们都专注地望着自己，庄周又接着说道：

"柳下跖还跟孔丘说：'天地的存在是没有时限的，人的生死则是有时限的。以有限的生命寄托于无限的天地之间，仓促短暂犹如骏马快速闪过空隙一般。因此，凡是不能使自己心意畅快、寿命延长的人，都不算是通达大道之人。孔丘，你所说的那一套，都是我所抛弃的。所以，我劝你还是快点回去吧，不要再说什么了！因为你所宣扬的那套理论，都是汲汲于名利，无非是教人如何钻营求取，都是巧诈虚伪的东西，不能用以保全人的真实本性。你说，这还值得跟我讨论吗？'"

"柳下跖这话说得也太直接了吧，一点也不给孔丘面子，孔丘听了大概要寻个地缝钻进去了。"蔺且故作认真地说道。

庄周点了点头，说道：

"说得一点也不假。孔丘听柳下跖将话说到这一步，简直羞愧得无地自容。听完柳下跖的话，孔丘一句话也没说，再拜行礼，就快步离去了。出门上车时，缰绳从手中不觉掉落了三次。坐在马车上，目光呆滞，茫然无所见；脸色铁青，犹如死灰。一路上扶着车前横木，低头不语，气息微弱，好像要断气的样子。回到鲁国之都曲阜，在东门外恰好碰到柳下惠。"

"柳下惠见了孔丘，一定会追问他结果吧。"逸轩问道。

"是的，"庄周说道，"柳下惠问孔丘说：'好久没见了，看您风尘仆仆的样子，最近是不是有过远行？莫非是拜访跖去了？'孔丘仰天长叹一声，回答道：'是的。'柳下惠又问：'您所见到的跖，是不是如我上次跟您所说的那样？他一定拂逆了您的心意吧？'孔丘回答说：'是的。唉，看来我是那种没病而自己找艾草来灼烧的人！真是后悔呀，当初不肯听您的劝告，鲁莽地跑去撩虎头，捋虎须，差一点就要被吞入虎口了。'"

蔺且知道庄周的故事快要讲完了，遂再次配合着他，故作认真地问道：

"孔丘这是自讨没趣！先生说他是一个自负的人，这次对他的打击肯定很大吧？"

"当然。孔丘见过柳下跖，回来不久就病倒了，最后梦到周公就死了。"庄周说道。

蔺且与逸轩明知庄周讲的都是现编的故事，却默契地配合着唏嘘感慨了一阵。然后，将坛中最后一点酒倒给了庄周，大家一起举盏，仰头喝尽。最后，逸轩结清了酒钱，师生三人便一同起身，离开了酒肆。

走出酒肆，来到大街上，没走几步，逸轩停下脚步，转身侧脸问庄周道：

"先生，您想不想再逛逛临淄的街道，参观一下各处风物建筑？"

没等庄周回答，蔺且接口道：

"先生，我们是第一次来北方大国，既然来了，索性就好好看看吧。您不是经常说，增长学识不一定都在简札中，行万里路，观察大自然，也是重要途径吗？"

庄周听懂了蔺且的话，看看蔺且，又看看逸轩，点了点头。

于是，师生三人便信步临淄街头，左右顾盼，随意浏览起来。逸轩因在齐国待过一段时间，临淄的大街小巷都相当熟悉，所以每当庄周与蔺且看到一处建筑或风景驻足不前时，他就上前给他们介绍讲解。

就这样，师生三人走走看看，说说笑笑，大约有半个时辰，又转到了早晨齐宣王要处决那个小偷的十字街头。早晨来时，这里是人山人海，现在则几乎看不到什么人了。正当庄周师生觉得奇怪，东张西望之时，突然看到一匹马由北向南，沿着临淄南北向的干道飞奔而来。庄周与蔺且不知所以，还呆呆地站在街上瞪眼看着。逸轩觉得不对头，一边大叫"不好了"，一边伸手将庄周与蔺且死劲往街边拽。就在庄周与蔺且被拽到街边的瞬间，那匹马已如闪电般从他们身边飞驰而过。

"好险呀！"望着惊马消失在大街的尽头，很久很久，逸轩才惊魂甫定地喃喃自语道。

"师弟，刚才那匹马是怎么回事？"听着逸轩的喃喃自语，回想刚才惊魂的一幕，蔺且望着逸轩问道。

"师兄，刚才那是一匹脱缰的惊马，太危险了！"

"惊马？"蔺且瞪大眼睛，不解地望着逸轩。

"师兄，您是南方人，马不常见，常见的是牛。马跟牛不一样，牛天性比较驯服，马天性就比较狂野。您看平时给达官贵人拉车的马又好看又驯服，那是被训练出来的，不知要花多长时间。'六艺'中有'御'一术，讲的就是驾马车的技术。据说孔丘御术很高明，那是他从小就通过专门学习才掌握的。他有一句话：'富而可求也，虽执鞭之士，吾亦为之。'可见，孔丘是以擅长驾驭马车为自豪的。在北国，大家出行特别是远行，都是要靠马车的。因此，要想驾好车，首先必须驯服马。不过，即使被驯服得再好的马，也有受惊的时候。比方说，驾车人下鞭重了点，或是马遇到什么特别的动物如虎豹之类，都容易受惊。还有，马累了、伤了或饿了，也会一改常态，甚至可能会咬断缰绳，或挣脱辔头而逃逸。"

"关于马，原来还有这么多学问，我是第一次听说。师弟，刚才那匹马大概就是受惊脱缰而逃的吧。"

逸轩点点头，说道：

"具体情况不明白，但一定是受惊才脱缰逃逸的。马天性本来就野，狂奔中的惊马，谁也阻挡不住，遇到什么撞什么，所以一旦看到惊马，最好的办法就是远远避开。否则，便会被它撞伤甚至踩死。"

"刚才幸亏师弟及时将我与先生拽到了一边，不然，我跟先生都要被那匹惊马踩死或是撞伤。"蔺且望着逸轩，感激地说道。

当逸轩与蔺且因为惊马之事热烈交谈之际，庄周则站在一边静静地听着，一派从容淡定的样子，并不像蔺且那样一惊一乍的。逸轩跟蔺且说完，回头望了望庄周，见他正意态悠闲地左右顾盼，且面带神秘的微笑，猜想他肯定由惊马之事有了新的人生感悟，遂连忙追问道：

"先生，刚才弟子跟师兄谈惊马之事，您是否由此想到了什么？可否将您的心得也跟弟子分享一下？"

庄周看了看逸轩，又扫了蔺且一眼，莞尔一笑道：

"你说得没错，为师确实由马想到了一些问题。为师以为，人有天然本性，马也有天然本性。甚至从某种意义上说，马与人没有什么区别。人渴了要喝水，饿了要吃饭，累了要睡觉，见了异性有生理冲动，这就是人的天然本性。还有，大凡是正常的人，都喜欢兴之所至，顺其自然。高兴时，就眉开眼笑，手舞足蹈；愤怒时，就怒发冲冠，咬牙切齿；悲伤时，就愁眉苦脸，唉声叹气；痛苦时，就哭天喊地，长呻短吟。对于不喜欢的人，跟他多说一句话都觉得难受；对于不喜欢的事，即使有再多的利益，也做得心不甘情不愿。这就是人的天然本性，要追求自由自在的感受。"

"那马的天然本性呢？"蔺且问道。

"马也是一样呀！马渴了要喝水，饿了要吃草，累了要站下休息，到了发情期则雌雄相诱，相互厮磨舔咬，这就是马的天然本性。刚才那匹马，之所以会脱缰逃逸，要么是累了主人不让休息，还要鞭策相加；要么是饿了不给草料吃，或是渴了不让喝水。马天性喜欢活动于山野水泽，饿了啃草，渴了饮水。而今饥不得食，渴不得水，疲劳了不得休息，生理的基本需求不能得到满足不算，还整天被套在车辕上不得动弹，一点自由都没有，这如何让它能够忍受？挣脱缰绳，放蹄狂奔，这正是它天然本性的回归。"

逸轩听了庄周这番话，连连点头，脱口而出道：

"先生这样看脱缰之马，眼光真是与众不同。"

"其实，先生不仅眼光独到，思想也非常独到。先生能由马脱缰逃逸而想到动物与人类都热烈向往自由的天然本性，这不是一般人能够想到的。"蔺且也打心眼里佩服庄周思想的深刻，遂顺着逸轩的话补充说道。

庄周听两个弟子如此一唱一和，知道他们的本意不在吹拍，而是希望自己畅所欲言，将道理说深说透。于是，接着说道：

"马是最常见的牲畜，其蹄可以踏雪践霜，其毛可以挡风御寒。马对生活的要求并不高，饿了吃口草，渴了喝口水，高兴了抬起腿来跳来跳去。这是人们所了解的马的习性，也是其天然本性。对于马来说，山珍海味犯不着，金银财宝没有用，高台大殿也没用，它只需要一片属于自己自由驰骋的山野水泽。但是，自从人类将其驯化为家畜之后，它便失去了自由。到了伯乐出现，它的命运就更惨了。"

"先生，人们都称颂伯乐，说他是马的知音，您怎么说他使马的命运更惨呢？"逸轩不解地问道。

庄周呵呵一笑，看了看逸轩，从容说道：

"伯乐是马的知音吗？为师以为，他是马的灾星。他以善于相马自炫于世，到处招摇撞骗，跟人说：'我很会驯马。'很多人信以为真，就将自己的良马交给他训练。他为了使马跑得快，跑得稳，发明了一套折磨马的酷刑，就是给马烙印，给马剪毛，给马削蹄，给马套上络头，还用绳索将它们拴到一起，关进木棚做的马槽中。这样一折腾，马便死掉了十分之二三。侥幸能存活下来的马，又被他饿着，渴着，驱驰着，排列着，修饰着，前有衔勒束缚的痛苦，后有鞭策抽打的威胁。这样，马又死掉了一大半。"

蔺且听了庄周这番话，觉得非常有理，遂脱口而出道：

"先生说得太有道理了！真是能见人所不能见。"

"先生能推人及马，所以能体会到马的痛苦与不幸。"逸轩也跟着附和道。

庄周见两个弟子认同自己的观点，遂又接着说道：

"陶工说：'我会制陶土，能使圆的合于规，方的合于矩。'木工说：'我会治木材，能使弯的合于钩，直的合于绳。'陶土、木材的天然本性，难道就是要合乎圆规、方矩、曲钩、墨绳这些工具的标准吗？然而，世世代代的人们都说：'伯乐会驯马，陶工会制陶土，木工会治木材。'而今治理天下的人，犯的不是跟这同样的错误吗？"

蔺且听庄周突然将话题转到治天下方面，立即明白他今天说马的深意所在，遂立即顺其意问道：

"先生，这话怎么讲？"

"为师以为，治理天下切不可像伯乐驯马，也不能像陶工制陶土或木工治木材，想当然地设立一些条条框框，人为地制定什么标准。否则，人民便无所措手足。纵使能够苟活，也没有丝毫的自由幸福可言。民有常性，织而衣，耕而食，这是他们的本能，不需什么圣人教化，更无须什么人规定指导。浑然一体而无偏私，放任自然而无拘束，才是人类的正道，也是臻至天下大治化境的唯一途径。"

"先生，对不起，弟子想打断您一下。您说'民有常性'，这个'常性'，是不是指人恒定不变的天然本性，而不是仅局限于天然的本能？"逸轩问道。

庄周点点头，以激赏的眼光看了看逸轩，接着说道：

"至德之世，人们心地纯朴，目光专注，行为庄重，生活悠闲。那时，山中没有路径通道，水上没有船舶乔梁；万物并生，比邻而居；飞禽走兽成群，花草树木茂盛。人与禽兽和谐相处，甚至人可以牵着禽兽到处游玩。鸟鹊筑巢于树间，人们可以爬上去窥视。至德之世，人与万物并生，哪里知道有什么君子小人呢？大家都憨厚无知，所以不失人之本性；大家都清心寡欲，所以显得格外质朴纯真。质朴纯真，人民的本性就得以保全。"

"先生，您所说的至德之世，是不是圣人尚未出现的远古蛮荒时代？"蔺且问道。

"正是。等到黄帝、尧、舜等所谓圣人出世，情况就大为不同了。他们煞费苦心去行仁，殚精竭虑去行义，于是天下人开始疑惑不解了；他们纵情作逸乐，烦琐订礼仪，于是天下人开始被分成了三六九等。"

"先生的意思是不是说，提倡仁义，反而启发了人的虚伪奸诈之心；作乐制礼，反而制造了人与人之间的对立矛盾？"逸轩岔断庄周的话，问道。

庄周点了点头，又接着说道：

"原木不被砍伐，怎么能制作出酒樽？白玉不被凿破，怎么能制成珪璋？道德不被抛弃，哪里用得着什么仁义？人的天然本性不失，哪里用得着制作什么礼乐？五色不混杂，哪里会有所谓文采？五声不错杂，哪里会有什么六律？残破原木制成酒樽，这是工匠之过；抛弃道德倡导仁义，则是圣人之过！"

"先生说得真是精辟！"逸轩由衷地赞道。

"先生这番话，可惜那两个儒生无缘聆听。不然的话，他们一定会心悦诚服的。或许会由此改换门庭，拜在我们先生门下，学习老聃之道，那也说不定。"蔺且顺着逸轩的话，半开玩笑地说道。

庄周见两个弟子又开始一唱一和，像是事先排练好了似的，不禁为之莞尔一笑。

"先生，您笑什么？弟子说的都是真话呀！"蔺且望着庄周，一本正经地说道。

"先生，您的话好像还没说完，再接着说呀！"逸轩以请求的口吻说道。

庄周见逸轩态度诚恳，顿了顿，遂又接着说道：

"回到刚才的话题上，为师再说说马吧。马是陆居动物，生活于山野水泽之地，饥啮草叶，渴饮溪流，高兴时彼此交颈相摩，发怒时则彼此转身踢蹬。马所知道的，也仅此而已。然而，等到被人给它在车前加上车衡颈轭，额前再戴上月形的当颅，马便懂得了折毁轩辕、曲颈脱轭、抗拒车盖、吐出衔勒、咬断缰绳等伎俩。可见，马变得机智，就像窃贼一样诡计多端，都是伯乐的罪过。"

"先生的意思是不是说，马并非是天生机智的动物，只是因为在被人类驯化的过程中变得越来越机智，或说是越来越狡诈了？"蔺且问道。

庄周点了点头，看了看蔺且，又望了望逸轩，接着说道：

"上古之君赫胥氏时代，人民安居而不知所为，行路而不知所往，嘴里含着食物嬉戏，吃饱喝足后挺着大肚子到处闲逛。当时人们安然自适的情形就是如此。等到黄帝、尧、舜等圣人出现，费尽心机地制定出一套礼乐制度来规范人们的行为，又敲锣打鼓地标榜仁义以安抚天下人心。结果呢？效果却适得其反。原来憨厚纯朴的人民从此变得虚伪奸诈，原来清心寡欲的人们开始变得欲壑难填，大家为了争名夺利，竞相斗智弄巧，而且一发不可收拾。

而今，人心不古，世风日下，这不都是圣人之过吗？"

"先生说的是。孔孟之徒实在不能再鼓吹什么仁义了，否则世风会变得更坏，这个天下更是难以太平了！"蔺且说道。

"先生，今天您在酒肆给那两个儒生所讲的，还有刚才给俺们二人所说的，都是至理名言，应该让天下更多的人了解。所以，弟子建议，明天俺们就去稷下学宫，跟诸家学派论辩，宣扬老聃之道，抨击儒、墨以及杨朱、惠施等诸家邪说，让诸侯各国之君都知道当今天下纷扰不定，世界不得太平的真正原因，让世人都知道，救万民于水火，再造清平世界，唯有老聃之道。"逸轩说道。

庄周认真地端详了逸轩一会儿，又看了看蔺且，像一个顽童似的笑了一声，说道："好。"

5. 坎井之乐

周显王三十四年三月初一，太阳尚未完全跃出地平线，满天的霞光则已冲破北国暮春薄薄的晨雾，洒满临淄城的大街小巷。黄莺啼声虽老，但满城浓荫茂叶间各种鸟儿的叫声仍然婉转可听。清凉的晨风中，各种花儿的香气随处飘荡，直沁人们的肺腑之中。伴随着鸟语花香，临淄大街小巷也早已熙熙攘攘起来，引车卖浆的商贩不断从城外向城内聚拢而来。

庄周一向有早上睡懒觉的习惯，可是，临淄是北方大国之都，不同于宋国偏僻的漆园乡村，那儿除了鸟叫虫鸣鸡啼，清晨是没有什么其他声音的。临淄一大早就人声鼎沸，车马之声喧腾，让庄周实在无法再睡下去。

"先生，今天怎么又起得这么早？还想到街市上逛逛，体验一下北国都城早市的风情吗？"庄周刚呵欠连天地推门而出，逸轩已迎上来问候道。

庄周连连摇头说：

"这里太嘈杂了，不早起来，想再睡下去可能吗？"

庄周话音未落，蔺且不知从哪里突然蹿过来，接口说道：

"先生，这就要怪师弟了。"

"师兄，怎么要怪俺呢？"逸轩不解地望着蔺且，问道。

蔺且看了看庄周睡眼蒙眬的样子，笑着跟逸轩说道：

"先生这几天都没睡成懒觉，不都是拜你所赐，选了这个客栈吗？你看，这个客栈正好处于南北干道与东西干道交叉口，旁边又是商肆集中之地。不要说先生是个喜欢安静的人，就是我们这些喜欢热闹的，天长日久恐怕也受不了。"

"师兄说得也有道理，都怪俺考虑不周。当时，俺只想着先生出来游历一趟不容易，来齐都一次更是难得。所以特意选了这个临淄最繁华的地方下榻，方便先生观察体验齐都的生活与风土人情。这样吧，先生，俺们今天就换个客栈，找一个安静的街巷，好吗？"逸轩望着庄周问道。

庄周摇了摇头，又打了一个大呵欠，说道：

"不必了。我们还是早点出城，到稷下学宫看看热闹吧。"

"先生说得对，还是早点到稷下学宫，这是我们此次齐国之行的主要目的。"蔺且附和道。

"先生，如果您决定今天就到稷下学宫，那么俺们就要快点了。稷下学宫虽说就在临淄稷门城外，但出城还有二十里地，要费一些时间的。"逸轩说道。

"师弟，既然如此，那我们赶紧去跟老板结清房钱，早点出城吧。免得到了稷下学宫，天都黑了，如何安排先生的食宿呀？"蔺且催促说。

逸轩点了点头，朝庄周看了看。庄周又打了个大呵欠，对逸轩挥了挥手。逸轩明白，连忙拉着蔺且一同找客栈老板结账去了。

不大一会儿，师兄弟二人结账回来，帮庄周收拾好简单的行装，就陪着庄周离开了客栈，往临淄稷门而去。

庄周一向行事散漫拖沓，走路也是如此。从客栈到稷门，从稷门再到稷下学宫，加起来的路程也不过三十里地。可是，蔺且与逸轩陪着庄周一路走走停停，竟然花了近三个时辰，过了日中时分，才到达稷下学宫。

进了稷下学宫，除逸轩比较淡定外，庄周和蔺且差不多都被惊呆了，立在原地，两腿就迈不开了，因为稷下学宫的规模与气派远远超出了他们的想象。整个学宫，不仅占地面积大，而且房舍建筑也多，堪比一座小国的都城。里面既有车马道，也有池沼小溪，还有许多高低不等的小丘。小丘之上草木茂盛，俨然就是一座座小山。房舍有的依丘傍溪而筑，有的平地连片而建，远远望去，就像一片片云彩飘落在临淄稷门城外的原野。在众多的房舍中，又有几座特别高大的建筑，其气势堪比临淄城内的齐王王宫。蔺且左顾右盼了一会儿，指着那几座高大的建筑，问逸轩道：

"师弟，那里几座建筑比周边这许多房舍都要高大，就像王宫一样的气势，那到底是给谁住的？莫非齐王也来这里吗？"

"那是诸家代表人物讲学论道的专门场所，能容纳很多人。齐王偶尔也会来此，除了接见诸侯各国之士，兴致高时也会听听诸家代表人物的论辩或讲学。"逸轩答道。

"这个学宫到底聚集了多少来自诸侯各国之士？造这么多房舍，是不是太铺张奢侈了？"蔺且又问道。

逸轩莞尔一笑，看了看蔺且，又望了一眼立在一边静静远眺的庄周，说道：

"俺在这里待过一段时间，情况多少也了解一些。据俺的了解，这里最多一次要聚集天下之士千人。所以，师兄您眼前所见的这些房舍根本不算多，而且也不是稷下学宫全部的房舍。您朝右边看，那里是不是有一座高一些的山，转过那座山，背后还有更多的房舍呢。"

"哦，齐王造这么多房舍，原来就是为了满足来此的天下之士的居住要求。"蔺且恍然大悟似的点点头。

"其实，建造房舍与聚集天下之士是相辅相成的。来这里的天下之士越多，房舍就要建得越多；而房舍建得越多，就能吸引更多的天下之士聚集于此。事实上，这里之所以成为天下之士云集的中心，是诸家学派代表人物坐而论道的大本营，就是因为这里提供了充足的食宿条件。齐王下令建造这个学宫，不仅考虑了天下之士来此的住宿问题，还考虑了他们的吃饭问题。凡是来此讲学或游学的天下之士，进入稷下学宫就是齐王的客人。这里有专门的官员与办事机构为来此的天下之士提供服务。待会儿，俺领先生与师兄到那边一座高房子去一下，登记俺们的名号国别，学业专长，就可以免费享受这里的食宿服务。"

逸轩话音未落，蔺且就感慨地说道：

"怪不得前些天在临淄酒肆里两个儒生都说齐王圣智，齐王这样卖力地收买天下士人之心，谁能不说他好话呢？"

"收买人心，说得好！齐王这就是收买人心，他是慷齐国百姓之慨，用民脂民膏讨好天下之士。"庄周突然冷冷地插话道。

蔺且先是一愣，继而反应过来，连忙接口应道：

"先生说得对。齐王的江山社稷是窃取来的，天下却很少有人知道内情，这就是天下之士有意为他遮掩，不予以传播。相反，大家还说齐王圣智。"

"而今，天下之士都只知有齐王，而不知有周天子了。"逸轩补充道。

"看来还是先生说得对，强盗与圣人其实是没有区别的。强盗可以一变为圣人，圣人也可以一变为强盗。齐宣王这个强盗不正是通过稷下学宫，讨好了天下之士，就摇身一变，成了天下士人心目中的圣智之君了吗？唉，这个世界哪里还有公理正义？哪里还有是非曲直？"蔺且感慨地说道。

庄周见蔺且如此激动，淡淡地一笑。

"师兄，您还别说，现在执政的齐王虽然就是地地道道的窃国大盗，但正像先生那天跟俺们所讲的柳下跖的故事，他也是'盗亦有道'。"

"师弟，这话怎么说？齐宣王'盗亦有道'？他的'道'是什么？"逸轩话音未落，蔺且就紧迫追问。

"他的'道'就是收买人心呀！他除了建稷下学宫，提供天下之士的食宿，还礼遇天下之士中的代表人物，很多学派的代表人物都被他封为上大夫，并给予相应的爵位俸禄，允许他们'不治而议论'。"

"师弟，什么叫'不治而议论'？"蔺且又有疑问了。

"就是不必担任相应的官职，处理烦琐的政务，却享受相应的参与政治决策的权力。这样，让那些被封赏的士人更觉自由自在。除此，齐宣王的'道'还有一个方面，就是对待来稷下学宫的诸家学者士人，不论其学术派别如何，思想观点如何，政治倾向如何，也不论其国别、年龄与资历如何，都一视同仁地给予礼遇，让他们自由地、充分地发表自己的见解，使大家都有受尊重的感觉，在心理上觉得地位是平等的。正因为如此，迄今为止，除了俺们先生外，儒家、法家、名家、兵家、农家、阴阳家、纵横家等各重要学派的代表人物都来过这里，如儒家的荀卿和孟轲、杂家的淳于髡、阴阳家的邹衍、道家的田骈、法家的慎到和申不害、名家的公孙龙和惠施、纵横家的鲁仲连等，都曾来此讲学，并与诸家辩论，成为享誉一时的稷下学者。"逸轩说道。

"看来，齐宣王还真是'盗亦有道'，有一套笼络天下士人之心的办法。怪不得，天下之士，不论学派，不论老少，大家都趋之若鹜，不远千里而聚集到稷下。"蔺且感叹道。

两个弟子说得热闹，庄周却不置一言，只是站在一旁静静地听着，脸上漾着一丝神秘的微笑。

逸轩跟蔺且又闲话了一会儿，抬头看了看太阳，指着前方不远处的一幢高房子，对庄周说道：

"先生，您看前面那幢房子，那就是稷下学宫官方接待处，俺们一起过去吧。现在朝食时间虽然早就过了，但是齐王优待天下之士，只要是远道而来的士人，饭食都是随到随供的。俺们今天一早就出来，路上耽误了不少时间，朝食错过了，现在先生肯定很饿了吧。"

"先生，您不会拒绝吃强盗的饭食吧。"蔺且半开玩笑地说道。

庄周看了看蔺且，又扫了逸轩一眼，莞尔一笑道：

"为什么不吃？这是齐国百姓供给的食物，而不是齐宣王的饭食。齐宣王只是抢夺了齐国百姓口中之食，拿来充好人而已。所以，今天我们吃饭时，心中要感念齐国百姓，千万别感戴齐宣王的什么恩德。"

"先生说的是。"蔺且连忙附和道。

于是，师生三人相视大笑，一起往稷下学宫官方接待处而去。

快到接待处时，逸轩突然停下脚步，转身问庄周道：

"先生，待会儿接待的谒者问您的名字，弟子要报您的真名吗？"

"不能，千万别报先生的真名。先生虽然盛名满天下，但天下之士都只闻先生之名，而未见先生之人。来稷下学宫，先生这是第一次，肯定谁也不认识。除非公孙丑也在这里，那就另当别论了。"庄周还没来得及回答，蔺且已经替他拿了主意。

庄周看了蔺且一眼，呵呵一笑，没有说什么。

"师兄说得对。这样，先生在此就方便多了。俗话说'树大招风'，如果先生报出真名，恐怕诸家弟子都要一拥而上，前来膜拜先生，那样先生就不得安宁了。再说了，先生到此，并非为了出风头，而是为了来宣扬老聃之道，拯救天下苍生。先生不暴露身份，宣扬起老聃之道，反而方便多了，也让人更觉得有说服力。"逸轩顺着蔺且的话，规劝似的说道。

庄周听了，也是笑笑，没有说话。

师生三人说说笑笑，转眼就到了稷下学宫官方接待处。逸轩对这里的情况非常熟悉，一见接待处的谒者，便打东齐之语跟他寒暄。寒暄结束，指了指站在一旁的庄周与蔺且，又说了一大套庄周与蔺且都不懂的东齐之语。谒者听了连连点头，他旁边的助手则在简札上飞快地刻着什么。

正当庄周与蔺且看着听着如堕五里雾中时，逸轩已经跟谒者互行揖让之礼了。道别了谒者，逸轩转身招呼庄周与蔺且道：

"先生，师兄，登记手续都办好了。现在，俺们就可以去就餐了。吃好饭，俺再陪先生跟师兄到处转转，听听诸家学者的讲论辩难。"

饭毕，在逸轩的引导下，庄周与蔺且径直走到学宫中最高大的那座建筑前。站在台阶下，蔺且抬头看了看这座宏伟的建筑，不无好奇地问逸轩道：

"师弟，这座建筑从外表看富丽堂皇，好像气势不凡，不输城内我们所看到的齐王王宫大殿。不知里面情况如何？"

"齐王王宫俺没进去过，师兄所问的里面情况，如果是指内部设施布置，俺就不得而知了；如果是指内部空间，就俺对赵王王宫的了解，这里的空间应该不输城内的齐王王宫。这里之所以称为学宫，而不称为学馆，就是因为它的建筑规格是比照齐王王宫的。"

"这样说来，齐宣王建立这个学宫，高其门墙，是有其用心的。他大概是想通过这高大的建筑来彰显其对天下之士的礼遇，进而使齐国对天下之士形成一种强大的向心力吧。"蔺且说道。

"师兄说得对。"

就在逸轩与蔺且这样一问一答之际，庄周已经抬腿拾级而上，往宫内而去了。二人见此，连忙紧赶几步，追了上去。

一进宫内，庄周与蔺且还没来得及细看宫内情况，就见里面人头攒动，人声鼎沸，就像临淄城内繁华的街市。蔺且见此，不解地问逸轩道：

"师弟，这里怎么这么嘈杂？哪里像是学宫，简直就是集市。"

"这就是百家争鸣呀！在这个空间里，每个人都可以自由地发表自己的见解，平等地跟所有人辩论。师兄，您看，这里虽然看起来有点乱，但仔细看，会发现是自有其条理的。"

"什么条理？"蔺且不解地问道。

"师兄，您看里面这些人是不是自然地分成了很多拨，有的一拨人少，有的一拨人多，对不对？每一拨人都是围绕一个问题在辩论，辩论的双方肯定不是某一学派内部的士人，而是不同学派的士人。"

"那我们就上前听听吧，看他们都是些什么人，辩论些什么？"蔺且说道。

"好！"逸轩一边答应蔺且，一边转身找庄周，发现他正静静地观察着宫内的这一切呢。

"先生，师弟让我们去听听这些人在说些什么。"蔺且转身对庄周说道。

庄周点了点头，跟逸轩、蔺且在宫内一拨拨人群中转了一圈，最后在宫内西北角的一拨人群边停住了脚步。因为这里相对比较安静，聚集的人也最多，所以庄周决定静下心来好好听听他们在说些什么。

庄周刚在人群边立定脚跟，逸轩就指着人群中心的两个人，轻声跟庄周说道：

"先生，您猜猜看，这两个正在辩论的人分别属于哪一家哪一派？"

"那短衣草鞋打扮的，应该是墨翟之徒。那峨冠博带的，不是孟轲之徒，就是杨朱之徒或是名家的弟子。"庄周不假思索地说道。

"先生真是眼光独到，一猜便准。那短衣草鞋打扮的，确实是墨翟之徒。那峨冠博带的，弟子以前也见过，是惠施的弟子。"逸轩说道。

"怪不得孟轲曾感叹地说：'杨朱、墨翟之言盈天下，天下之言，不归杨则归墨。'看看这学宫中一拨一拨的辩论群体，就属这一拨聚焦的人最多，可见孟轲言之不虚。"蔺且又开始感慨了。

庄周站在人群边缘倾听了一会儿，刚开始时有些不知就里。听着听着，终于听明白了，原来二人正在辩论周天子与诸侯的名分问题。辩来辩去，似乎谁也说服不了谁。最后，就听墨翟之徒说道：

"你们名家只是擅长玩弄文字游戏，逞口舌之快罢了。你们的文字游戏玩得再好，说得再动听，能够于国计民生有一点实际效用吗？"

峨冠博带的惠施弟子原本是一副温文尔雅的做派，一听这话，像踩了条蛇似的，脸色霎时就变了，完全换了一副面孔，张目瞪眼地回敬道：

"你们墨家'兼爱''非攻'之类的口号喊了几百年，天下不还是每天战伐不断，生灵涂炭吗？你们的学说主张，又发挥过什么实际效用呢？"

惠施弟子话音未落，庄周脱口而出道：

"依老朽看，你们两家的学说都是没有实际效用的。"

庄周这冷不丁的一句话，虽然声音并不高，但在墨翟之徒与惠施弟子听来，却不亚于晴天里炸开的一个霹雳。二人闻声立即停止了争论，不约而同地侧脸瞪视着站在人群边缘的庄周。而所有的听讲者，这时也不再叽叽喳喳了，大家都将关注的目光投向了庄周。

庄周很坦然，意态悠闲地站在原地，瞅瞅墨翟之徒，看看惠施弟子，又扫视了在座的所有听讲者一番，脸上露出些许神秘的微笑。

惠施弟子见此，稍稍犹豫了一下后，突然从脸上挤出一丝笑容，装着非常有雅量的样子，望着庄周，向他发出了邀请：

"这位老者，请进来坐下说话吧。"

墨翟之徒见惠施弟子率先打破沉寂，抢了先机，也立即摆出非常有风度的样子，一边示意周围的听讲者给庄周让道，一边挪动身子，在惠施弟子与自己位置之间让出了一片空隙，然后拍着那空出的仅容得一屁股的席面说道：

"老先生，请坐这吧。"

庄周心如明镜，知道这二位表面非常客气，实际是在向自己发出挑战。但是，他并不怯场。礼节性地向他们作了个揖后，庄周便大大方方地从人群中穿了过去，没有虚意客气，就一屁股坐在了惠施弟子与墨翟之徒之间的那块席面上。

庄周甫一坐下，墨翟之徒便迫不及待地开口了：

"刚才先生说俺们两家学说都无实际效用，那么有实际效用的到底是哪家学说呢？"

"是啊，俺们今天倒想听听先生的高见。"惠施弟子立即附和，似乎在对付庄周这一点上，他们早已达成了高度的默契。

庄周见这二人一唱一和的架势，不禁莞尔一笑，从容说道：

"高见没有，愚见倒是有一些。刚才二位在辩论，老朽也听了一会儿，觉得二位对彼此学说本质缺陷的认识倒是对的，这就是墨家的'兼爱''非攻'之说虽然出发点是好的，但做不到，不能发挥救世的作用，所以是无用的。"

庄周话还没说完，墨翟之徒就跳起来了，一改刚才温文尔雅的做派，语气生硬地说道：

"先生，您虽是个长者，但好像为人却非常偏激，说话武断而不客观。您凭什么说俺们墨家'兼爱''非攻'之说没有用呢？"

"如果说有用，墨家'兼爱''非攻'之说有过成功的实践吗？"庄周反问道。

"当然有！俺这里就有一个现成而经典的历史故事。"墨翟之徒看了看庄周，面带自豪的神情说道。

"老朽孤陋寡闻，那就请讲吧。"庄周淡淡一笑道。

"大约一百多年前，公输盘替楚王制造出一种攻城的机械。楚王很高兴，准备用它来攻打宋国的城池。我们的先圣听说了，感到非常不安。"

"您所说的公输盘，是不是就是那个鲁国的木工巧匠，人们称之为鲁班的？您所说的先圣，是不是就是你们墨家的第一代巨子墨翟先生？"庄周插话问道。

"看来老先生还是蛮博学的嘛！"墨翟之徒高兴地点了点头，回应道。

"老朽也只是略知点常识而已，博学谈不上。请继续讲吧。"庄周呵呵一笑道。

墨翟之徒见庄周兴致似乎很高，于是自豪之情更是洋溢在脸上，兴奋地说道：

"先圣为了阻止楚王攻打宋国，从鲁国出发，日夜兼程，走了十天十夜，终于到了楚国之都郢，见到了公输盘。公输盘没想到先圣会找他，觉得惊讶，问道：'先生屈尊来见在下，是不是有什么见教？'"

墨翟之徒话还没说完，近旁一个听讲的士人就迫不及待地追问道：

"先圣怎么说？"

"先圣说：'北方有一个人侮辱我，我希望借您之力杀了他。'公输盘听了先圣的话，很不高兴。先圣又说：'那我奉赠十金以为报酬，如何？'公输盘更加生气了，认为这是在侮辱他的人格，说道：'我向来崇尚道义，从不杀人。'"墨翟之徒说道。

"公输盘还是蛮有原则的，不是见财眼开之徒。"另一个听讲的士人插话道。

墨翟之徒点点头，没瞅那个插话的士人，而是望了一眼庄周，接着说道：

"先圣听公输盘这样说，高兴地起身向他作揖施礼，说道：'先生，我有几句话，想跟您说说，可以吗？'公输盘点点头。先圣说道：'我在北方时听人说，您正在为楚王制造云梯，准备用以攻打宋国的城池。请问，宋国得罪了楚国吗？宋国有什么大逆不道之罪吗？楚国方圆数千里，有余的是土地，不足的是人口。楚王欲以牺牲不足的人口为代价，去争夺多余而不需要的土地，不能说是明智吧？宋国没有犯错，而楚王却要对它用兵，残杀无辜，不能说是仁义吧？懂得这个道理而不去谏诤阻止楚王，不能说是忠臣之所为吧？谏诤劝阻没有成功，不能说是尽心尽力吧？崇尚仁义，不肯轻杀一人，却助人残杀更多无辜民众，不能说是明白事理吧？'"

"先圣就是先圣，这番道理说得真是彻底！公输盘应该心服口服了吧？"坐在墨翟之徒身后的一个听讲士人情不自禁地插话道。

"那当然。公输盘认为先圣说得非常有理，连连点头表示赞同。"墨翟之徒颇是自豪地说道，好像他就是历史现场的见证人似的。

庄周瞥了一眼墨翟之徒，见其得意非凡的样子，不禁哑然失笑。

"老先生，您笑什么？您也知道，公输盘不是一般人，而是人人尊敬的圣匠。像他这样的人，相信也只有俺们先圣能够说服得了他。"

庄周见墨翟之徒这样说，也不想跟他争辩什么，遂敷衍地说道：

"先生说的是。您继续往下说吧。"

"先圣对公输盘说：'既然您懂得这个道理，为什么不取消为楚王制造云梯的计划呢？'公输盘回答说：'不行，我已经答应了楚王。'先圣说：'那您为什么不把我引见给楚王呢？'公输盘说：'好，这没问题。'"

墨翟之徒话音未落，坐在惠施弟子身旁的一个士人就迫不及待地追问道：

"楚王接见了先圣没有？"

"先圣盛名满天下，加上又有公输盘的引见，楚王能不接见先圣吗？"墨翟之徒瞥了那个提问的士人一眼，骄傲地说道。

"结果怎么样？"那士人又追问道。

墨翟之徒没有急于回答，而是故意停顿了一下，先望了一眼庄周，然后才接着说道：

"先圣见了楚王，行过宾主相见之礼，略作寒暄后，就直接上题道：'现在有这样一个人，自己有华丽的马车，却弃而不用，一心想偷邻居的破车；自己有锦衣绣裙，却弃而不穿，一心想窃取邻居的粗布衣裳；自己有大鱼大肉，却弃而不吃，一心想偷邻居家的糟糠劣食。大王，您看这是一个怎样的人呢？'楚王不假思索，脱口而出道：'这个人一定是有喜欢偷窃的毛病吧。'"

"先圣真是会说话，这是在引楚王入套呀！"一位年长一些的听讲士人呵呵一笑道。

墨翟之徒看了一眼那个说话的士人，莞尔一笑，又接着说道：

"先圣顺着楚王的话，说道：'楚国之地方圆五千里，宋国之地方圆不过五百里，这就好像两架马车，一架高大华丽，一架矮小破敝。楚国有云梦之泽，犀牛、麋鹿等珍禽异兽遍地皆是；长江、汉水之中，鱼、鳖、鼋、鼍数量冠绝天下。而宋国呢，境内连野鸡、兔子、小鱼都难得一见。这就好像是两家吃饭，一家是满席鸡鸭鱼肉、山珍海味，一家则是几碟糟糠劣食。楚国有巨松、文梓、黄楩、楠木、豫章木等名贵木材，而宋国连棵大树也找不到。这就好像两个人穿衣，一个是锦衣绣裙，一个是粗衣短裳。臣以为，大王派官员率兵攻宋，情况类似于那个有偷窃毛病的人。'楚王说：'先生说得非常有道理。不过，道理虽然如此，但公输盘已经为寡人造好了云梯，所以寡人还是决定要拿下宋国。'"

"这个楚王也太霸道了吧！"一个听讲的小个子士人愤愤不平的说道。

"弱肉强食，王道不存，霸道横行，这正是今日天下不得太平的原因所在！所以，先圣要提倡'兼爱''非攻'。"墨翟之徒总结似的说道。

蔺且与逸轩一直立在人群外面，静静地听着。见墨翟之徒不往下讲故事，而在讲道，蔺且有些急了，遂以提问而代催促道：

"那最后结果到底如何呢？"

墨翟之徒抬眼看了看蔺且，又偷眼望了望庄周，见其微笑不语，遂又表情严肃地接着说道：

"先圣见楚王似乎铁了心要伐宋，灵机一动，请求楚王召公输盘与自己当面演示攻城。楚王允请，立即召公输盘进殿。当着楚王之面，先圣解下自己的腰带当作城墙，找来一些木片当作守城器具。公输盘九次设计攻城，先圣都一一化解。最后，公输盘攻城之策用尽，而先圣剩下的守城器具还绰绰有余。公输盘虽然输了，却不肯屈服，说道：'我知道怎么抵挡您，但是我不说。'先圣笑着回道：'我也知道您对付我的办法，但是我也不说。'"

"到底是什么办法呢？"坐在墨翟之徒身后的一个士人有些心急，问道。

墨翟之徒没有理会他的提问，而是望了庄周一眼，见庄周仍然笑而不语，遂只得继续接着刚才的话头说道：

"楚王感到好奇，就问先圣与公输盘。先圣说：'公输先生的意思，大概是想现在就杀了臣。他认为杀了臣，宋国就无人可以识破他的攻城之计，他就可以攻下城池了。其实，他想得太简单了。臣来楚国时，臣的弟子禽滑厘等三百人早已拿着臣设计的防御器具，上了宋城，正等着楚国大军来犯呢。所以，现在大王即使听从公输先生之计而杀了臣，也不能破解臣的防御之计。'楚王一听，立即对先圣说道：'好！寡人决定不打宋国了。'"

"宋国的灭顶之灾就这样被先圣化解了？"坐在墨翟之徒对面的一个士人瞪大眼睛，不敢相信地问道。

墨翟之徒得意地点点头，然后面带微笑，意味深长地望了庄周一眼，说道：

"这不是俺们墨家成功实践'兼爱''非攻'之说的事实吗？"

庄周心知其意，莞尔一笑，从容应道：

"这确实是墨家一次成功的实践，但只是偶然事件，并无普遍实践的可能。况且，这次实践也没有什么实际效果。这就证明，墨家'兼爱''非攻'之说没有现实的可能性。"

没等庄周把话说完，墨翟之徒就气呼呼地插断了他的话，说道：

"简直是在强词夺理！事实摆在面前，还不肯低头，还要硬拗！"

庄周看了一眼墨翟之徒，不但不以为忤，反而呵呵一笑，说道：

"您的故事讲得很好，可惜没有讲完。"

"没讲完？"墨翟之徒瞪大眼睛问道。

"是呀！墨翟先生说服了楚王后，高兴地离开了楚国，往宋国去报喜讯。到达宋都商丘时，天正下着大雨。墨翟先生到闾门去避雨，却不为守卫闾门者所接纳。墨翟先生感到非常失望，站在大雨中，悲哀地说了一句话：'在暗中运用神机者，众人不知其功；在明处争辩不休者，众人皆知其名。'你们先圣这句话，老朽觉得非常有道理。您看，包括墨翟先生在内的许多墨家巨子，摩顶放踵，利天下而为之。他们为了阻止诸侯之间的兼并战争，为了救万民于水火，短衣短裳，赤足草鞋，跋山涉水，昼夜兼程，赤诚之心真是令人深切感动。但是，有结果吗？没有。从孔丘、墨翟时代迄于今日，几百年过去了，天下太平了吗？没有。相反，诸侯之间的兼并战争是愈演愈烈，天下越发混乱不堪。"

庄周一席话，虽然语气温婉，却比一般声色俱厉的争辩更具力量。在旁观者听来，这话好像并不是在指责墨家学说，而是像老人教训孩子，显得格外语重心长。但在墨翟之徒听来，却是字字如针，痛在心里，却不敢呻吟。

见墨翟之徒半日无语，庄周又转而看了惠施弟子一眼，意有所指地说道：

"墨翟先生说得好，'于明处争辩不休者，众人皆知其名'。你们看，今日的名家诸公，他们整日热衷于名实之辩，热衷于概念之争，虽然毫无用处，于世无益，却让世人着迷，连很多诸侯国之君都被其诡辩所迷惑，欣赏他们的口才，甚至有的人还被封侯拜相了呢。"

惠施弟子一听庄周不仅赤裸裸地攻击诋毁名家，而且还绕着弯子攻击他们的老师，因为惠施此时正在魏国为相，受魏惠王重用呢。所以，他再也不能容忍了，立即接住庄周的话头，反唇相讥道：

"墨家学说无用，名家学说也无益，那么您认为哪一家学说有用，于世有益呢？哎呀，对不起，在下还未请教您尊姓大名，不知您到底是哪家哪派的巨子名公。"

"老朽只是个信奉老聃之道的无名之辈，不是什么学派的巨子名公。"庄周淡淡地回应道。

"哦，原来是老聃之徒。既然是老聃之徒，在下倒想请教一下，你们老聃之道有什么值得人们推重的吗？'道可道，非常道'的鬼话，难道可以救世吗？"惠施弟子撇了撇嘴，显出一副不屑的样子。

"年轻人，你知道老聃所说的'道'是什么意思吗？"庄周虽然觉得惠施弟子很无知，但仍努力以温和的口气跟他说话。

"如果俺没记错的话，大概就是这样几句话：'有物混成，先天地生。寂兮寥兮，独立而不改，周行而不殆，可以为天下母。吾不知其名，强字之曰道。'连名字都不知道，还算什么'道'？"惠施弟子瞥了庄周一眼，不无嘲讽地说道。

庄周呵呵一笑，回应道：

"年轻人，记性还算不错。不过，你是只知其一，不知其二。老聃还有一句话，大概你不记得了吧：'道之为物，惟恍惟惚。惚兮恍兮，其中有象；恍兮惚兮，其中有物。窈兮冥兮，其中有精；其精甚真，其中有信。'老朽问你，什么叫'其中有象'，什么叫'其中有物'，什么叫'其中有精'，什么叫'其中有信'，这些你都明白吗？"

"在下不明白。不过，在下知道，老聃的话都是在故弄玄虚。他的所谓'道'，是虚无缥缈的，是无人知晓的，更是不可能救世的，比任何学派的学说都无用。"惠施弟子听庄周以长者的口吻跟他说话，有倚老卖老之嫌，心中很是不悦，话说得就更不中听了。

庄周并不在意，看了看惠施弟子，面带微笑地说道：

"老聃之道深不可测，年轻人不懂就说不懂，不要不懂还要妄议先贤。儒家先贤孔丘有言：'知之为知之，不知为不知，是知也。'老朽虽不认同孔丘学说，但认为他这句话是对的。老朽刚才批评墨家与名家，并不是因为有门户之见，而只是就事论事，就理说理。"

"哼，还说没有门户之见。说到老聃之道，就是深不可测；说到俺们名家与墨家之说，都是无用无益，这还不是门户之见呀？依在下看，老聃之道就是无用之道。什么'清静无为''顺其自然''清心寡欲''无为而无不为'，这对治世救世哪里有什么用处？'无为'是懒人的逻辑，是无用人的借口。所以，'无为'就是无用。"惠施弟子越说越激动，用词也越来越尖刻。

蔺且与逸轩听了，脸上有些挂不住了。可是，庄周却从容坦然，哈哈大笑。

"您笑什么？俺说得不对吗？"惠施弟子反问道。

"这样吧，年轻人，老朽给你讲个故事吧。"

蔺且与逸轩一听老师要讲故事了，顿时心中窃喜。因为他们都知道庄周最会讲故事，他讲故事不是为了编造论据说服人，就是绕着弯子骂人。现在，庄周要给惠施弟子讲故事，肯定是骂人。可是，惠施弟子并不知道这些。因为他根本不知道，眼前之人就是连他们老师惠施都非常敬畏的庄周。于是，爽快地答应道：

"好呀！那您就讲吧，在下洗耳恭听。"

庄周点点头，微微一笑，瞥了惠施弟子一眼，便意态悠闲地说起了故事：

"从前，东海边一个山崖上有一只坎井之蛙。一天，海水涨潮，一只巨大的东海之鳖随潮水冲到坎井之蛙生活的坎井边。坎井之蛙见到东海之鳖非常高兴，就跟他攀谈起来。谈着谈着，坎井之蛙突然非常感慨地对东海之鳖说道：'我真是快乐极了！每天我都可以出来在井栏上跳跃，回去后就在井壁缝间休息。我跃入水中，水就托住我的两腋和两腮；我跳到泥里，泥就淹没我的脚丫子，没过我的脚背。回头看看井里的赤虫、螃蟹和蝌蚪，谁也无法比得上我。还有，能够独自占有一坑水，盘踞一口井，这也是我最大的快乐。您今天既然来了，为什么不进来看看呢？'"

"那东海之鳖接受邀请了吗？"蔺且故意配合庄周，问道。

庄周心知其意，故意停顿了一下，偷眼瞥了惠施弟子一眼，见他正凝神专注地听着，遂接着说道：

"东海之鳖欣然接受了邀请，可是，东海之鳖身躯太大，左脚还没踏进坎井，右腿已经被绊住了。东海之鳖无奈地退出了坎井，对坎井之蛙说道：'你我生活的环境完全不同，我所生活的东海，千里之远不足以形容其大，千仞之高不足以形容其深。大禹时代，十年九涝，洪水滔天，东海海面没有因此增加丝毫；商汤之时，八年就有七年大旱，东海水位也未见下降一寸。这是东海的实际情形，也是我久居东海的大快乐呀！'坎井之蛙听了，顿时目瞪口呆，神情恍惚，怅然若失久之。"

庄周话音刚落，逸轩就脱口而出道：

"先生，坎井之蛙的故事，是不是说明了一个道理：眼界决定境界。一个人眼界太小，就会盲目自大，境界就不会太高。是这样吗？"

"正是。有些人对天下诸家学说知之甚少，却妄自尊大，这不就像坎井之蛙吗？有些人智力不足以达到了解老聃之道的崇高境界，却妄言老聃之道无用无益，这不就跟坎井之蛙难以了解东海之鳖所说的东海是一样吗？"庄周顺着逸轩的话说道。

蔺且听了庄周这番话，先是一惊，后是一乐。惊的是，他从未听老师讽刺他人这样直白，不留情面，尤其是对于晚辈后生；乐的是，老师故事讲得好，师弟逸轩悟性也好，二人一唱一和，自然而然地完成了对于惠施弟子的无情反击。

不过，在蔺且一惊一乐之际，惠施弟子早已羞愧得满脸通红，低头沉默嗫嚅了好久，也没有找到一句合适的话来反击庄周。最后，只得恨恨地瞪了庄周一眼，跌跌撞撞地从席上爬起，拂袖而去。

第三章 应帝王

1. 千里不留行

"师兄，您看，太阳快要跃过那个小山顶了。"

"师弟，你是不是在暗示，让我去叫先生起来进食了？"逸轩话音未落，蔺且脱口而出道。

"师兄，您悟性真好，怪不得先生喜欢您，多少年也舍不得放您走。现在，俺发现，您不仅悟性好，记性也奇好。前些天，俺偶尔说到早上太阳跃过那个小山顶，就是朝食时间。没想到，您就记住了。"逸轩笑着说道。

"吃饭是大事，我怎么能不记住呢？这几天，都是我硬将先生从睡席上拽起来，勉强赶上了朝食时间。今天，我看还是你去叫先生起来吧，免得他反感我。"

"师兄，既然这几天都是您叫先生起来的，索性好人做到底，今天还是您去叫先生吧。"逸轩故意装出一副央求的口吻道。

蔺且笑着看了看逸轩，没有接他话。过了一会儿，蔺且突然环顾稷下学宫错落耸立的大小建筑，远眺学宫前方的山野平川，若有所悟地说道：

"师弟，这几天我有一种大不敬的想法，感觉先生好像已经习惯了这里的生活。前些天在临淄城中，先生跟那两个儒生谈论时说齐王是窃国大盗，骂得很凶。可是，自来稷下学宫后，他每天吃着齐王供应的可口饭食，睡着齐王提供的舒适睡席，好像忘了自己身在何处了。"

"师兄，您是不是说先生现在很享受这里的生活？"逸轩笑着问道。

蔺且点点头。

"呵呵，师兄，您这想法可真是大不敬呀！待会儿，俺去叫先生起来，第一句话就告诉先生，您有这个想法，并向他求证一下。"逸轩故意装出一本正经的样子，望着蔺且说道。

蔺且一听，连忙摆手，说道：

"师弟，你千万不要。我们师兄弟说点私房话，你听听就好，哪里还能告诉先生呢？这样，不是让先生生气吗？如果让先生生气，那才真是大不敬了！"

"师兄，俺是跟您开玩笑，您那么紧张干什么？俺们相处也不是一天两天了，俺什么时候背着您向先生打过小报告？"

"当然没有。你也不是这种人，不然我们怎么可能做师兄弟呢？师弟，我刚才那个大不敬的想法，也许压根儿就是错的，是以小人之心在臆测先生的为人。"蔺且大概觉得今天失言了，所以顺着逸轩的话，自我转弯道。

"师兄，不管是不是臆测，如果不是惦记师娘与小师弟、小师妹的生活，俺倒是觉得这里的生活挺适合先生的。您想想看，齐王好吃好喝地供着，又不要求为齐国做什么，有什么想法你可以自由发表，谁也不能干涉；不想发表想法，你可以不说一句话；想跟谁辩论，就跟谁辩论，任何人都不能阻挡；辩论输了，你不会没饭吃，当然更不会有人要求你离开稷下学宫；辩论赢了，你还可以赢得别人的尊重，拥有更多的信徒，说不定还能自成一派，成为一代巨子名公。"

"师弟，你说得对极了！先生确实适合于这里的生活。他生性散漫，好睡懒觉。在家要被师娘说闲话，甚至责备。在这里，随便睡到什么时候，顶多是错过朝食时间，不会有任何人来说闲话。"

"是呀！就算错过朝食时间，不还有晡食吗？晡食时吃饱吃好，第二天又可以照样蒙头大睡，绝对不会饿醒的。师兄，是吧？"逸轩笑着说道。

"师弟，我们俩在这说先生闲话，真是有些大不敬了。这样好了，今天还是我做恶人，将先生拽起来吧。"

"那就有劳师兄了，让先生快点起来，免得拖到最后，都没什么东西可吃了。如果先生还想再睡，朝食后再接着睡，绝对没人拦着的。"

"师弟，你这话真是有点大不敬了，要是被先生听到，真的要骂你了。"

"师兄，俺这话怎么是对先生大不敬呢？"逸轩有些不解地反问道。

"你以为先生是猪呀，吃了睡，睡了吃？"

"师兄养过猪呀？怎么对于猪的习性这么了解？"逸轩笑着说道。

"我没养过猪，还没见人养过猪呀？"蔺且也笑着说道。

"师兄，俺们别说笑了，快点叫先生起来吧。不然，真的要错过了朝食时间。"

蔺且点了点头，转身就去喊庄周了。大约有一顿饭的工夫，庄周才在蔺且软磨硬拽下，揉着惺忪的睡眼从睡席上起来。逸轩早已备好了盥洗之具与水，等在门外。

侍候好庄周漱洗完毕，蔺且与逸轩连忙拽着庄周，赶着稷下学宫朝食的时间点，前往寝舍不远处的膳食房进食。像往常一样，由于他们来得晚了，食案上摆着的只是一些残羹冷炙了。庄周对于什么事都随顺自然，从不讲究什么，见到食案上还有饭食，就胡乱地吃了起来。蔺且与逸轩都是公子哥儿出身，虽然对饭食比较讲究，可是自从追随庄周求学之后，也慢慢地改掉了原来的脾性，变得随顺了不少。见庄周坐下进食，也就跟着在邻近的食案前坐下，随手拿过一点饭食，胡乱地吃了几口。

食毕，师生三人走出膳食房。逸轩侧脸望着庄周，问道：

"先生，俺们现在去哪？是去听大家论辩，还是到附近走走？"

"到附近走走吧。"庄周不假思索地答道。

"先生，这几天听别人相互论辩，您自己也跟人论辩，好像您都感到不怎么满意？"逸轩问道。

"先生当然不会满意。你听听这几天我们听到的那几场儒墨之徒的论辩，还有他们跟我们先生的论辩，哪里有什么新鲜见解？无论是论辩的技巧，还是思想的深度，没有一个人可以匹敌我们先生。"蔺且说道。

"弟子能理解先生此时孤独寂寞的心情。"逸轩脱口而出道。

"师弟，先生怎么会孤独寂寞呢？我们不是一直都在陪着先生吗？"蔺且故意装作不解的样子，望着逸轩问道。

"师兄，先生的孤独寂寞不是一般人的孤独寂寞，而是英雄无敌手的孤独寂寞。刚才您不是说过吗，这里没有一个人是俺们先生的对手，先生辩论找不到匹敌的对手，内心能不孤独寂寞吗？"

"对对对，师弟说得对。要是惠施、孟轲、淳于髡等高手在场，先生就不会感到孤独寂寞了。"蔺且连忙顺着逸轩的话说道。

"要是惠施、孟轲、淳于髡等人真的在场，相信先生跟他们的论辩会精彩绝伦，思想火花会光彩四射。"逸轩附和道。

庄周一听就明白，蔺且与逸轩二人一唱一和，是故意哄自己开心。于是，侧脸看了看他们，哈哈一笑。

蔺且和逸轩见庄周笑了，心知其意，也跟着哈哈大笑起来。

庄周师生三人的笑声还未飘散，身后突然传来一个清脆的声音。逸轩听出是东齐之语，连忙回头看，发现是稷下学宫负责接待天下之士的谒者。

庄周与蔺且听不懂东齐之语，谒者叫逸轩时，他们好像充耳不闻，继续往前走。逸轩见此，没有叫住庄周与蔺且，只是自己停下脚步，立在原地等谒者。

谒者走近逸轩后，先恭敬有加地作揖施礼，然后打东齐之语说道：

"公子，您周游列国，见多识广，想必一定认识一个人。"

"您问的是谁？"

"庄周。"谒者直视逸轩问道。

逸轩从谒者的眼神中似乎看出了什么，立即警觉起来。但是，为了不被看出破绽，逸轩故意装出特别镇静的样子，一本正经地反问道：

"您说的是老聃之徒庄周吗？"

"正是。"谒者点点头。

"庄周之名满天下，在下早就有所耳闻。不过，也只是耳闻而已，至今并未亲见其人。"逸轩淡定从容地说道。

"不过，有人说庄周先生已经到了稷下学宫。"

逸轩一听谒者这话，心头咯噔一下，觉得事情要露馅了。但是，抬头望了一眼走远了的庄周与蔺且的背影，逸轩便稳住了心神，突然放声大笑了起来。

谒者不知所以，连忙问道：

"公子，您笑什么？"

"俺笑稷下学宫这种天下士人云集之地，竟然也有人会捕风捉影，说些没根的话。您想，庄周乃老聃之徒，向来自由散漫，而且据说还是贵族后裔，以他那种个性，他肯越千山、涉万水，历经艰难，不远千里来稷下学宫吗？"逸轩故意提高声调，振振有词地说道。

"昨日有孟轲之徒说，他在宋国之都见过庄周先生，而且还跟他辩论过，一定不会错的。"谒者望着逸轩，笑着说道。

谒者虽然说得云淡风轻，但逸轩听来犹如山雨欲来，心里再次咯噔一下，感觉要坏事了。因为谒者说出宋国之都辩论的事，那就说明孟轲弟子公孙丑已经来稷下学宫了。他来稷下学宫，一切都是瞒不住的。

谒者见逸轩突然一愣，一丝不易察觉的微笑从脸上迅速掠过，然后以若无其事的口气说道：

"公子，您见过孟轲弟子公孙丑先生吗？"

逸轩一听谒者说出了公孙丑的名字，马上意识到事情瞒不住了。如果再被谒者一句一句问下去，老底就要彻底露出来了。届时，想将谎言说圆，恐怕再好的口才也做不到了。倒不如采取主动，承认见过公孙丑，但不承认自己的老师就是庄周。想到此，逸轩呵呵一笑道：

　　"说到公孙丑，俺倒想起一件事。大约是去年九月，俺与先生及师兄路经宋都商丘，在一个酒肆饮酒。俺们师生边饮酒边闲聊，旁边一个戴着儒冠的读书人突然凑了过来，并自我介绍说，他是孟轲的弟子公孙丑。俺们一听他是公孙丑，都觉得有一种喜出望外的感觉。俺师兄想试试他的口才，就找了个话题跟他辩论。结果，发现他的口才并不好，让俺们非常失望。后来他又跟俺老师辩了几句，感觉更差。所以，俺当时就在想，这人一定是因为孟轲先生有名，他的弟子公孙丑也有名，就冒名顶替，在外招摇撞骗。刚才您是说公孙丑来稷下学宫了，是吗？"

　　"是。"谒者点点头。

　　"那是否让他跟俺见一面？如果您所说的这个公孙丑是真的，那俺见了他，就知道去年在宋都见的那个公孙丑是否是冒牌货。"逸轩故作镇定地望着谒者，一脸认真地说道。

　　"好，卑职安排你们见面。如果你我所说的两个公孙丑是一个人，那么公子的老师应该就是庄周先生了，是吧？齐王久仰庄周先生盛名，一直想见他。"谒者直视逸轩说道。

　　逸轩一听这话，觉得问题更严重了。来不及多想，连忙撇清庄周的身份道：

　　"不管公孙丑是不是真的，反正俺们老师绝对不是庄周先生，而是公孙先生，是地地道道的老聃楚国同乡。如果齐王错认俺们老师为庄周先生，届时彼此都会非常尴尬的。"

　　"公子说得也对。那么，是否安排您跟公孙丑先生见面呢？"谒者大概觉得承担不起错认庄周而让齐王震怒的责任，多一事还不如少一事，所以连忙就坡下驴，望着逸轩客气有加地说道。

　　逸轩一听谒者这话，顿时转忧为喜，连忙接口说道：

　　"如果能跟公孙丑先生见一面，有个当面请教的机会，当然更好。不过，这会给您增添麻烦。"

　　"不客气。"

　　"哎，想问您一句话。"逸轩装作非常认真的样子说道。

　　"什么话？请说。"

　　"您不是跟孟轲弟子公孙丑先生见过面吗，请问跟您相比，他的个头身材如何？"

　　"他个头稍微比俺高，身材比俺也结实魁梧些。"谒者答道。

　　"如此说来，俺们在宋都商丘见的那个公孙丑就是冒牌货了。俺记得他又矮又瘦，跟您说的完全是两个人。"逸轩说得斩钉截铁，容不得谒者有丝毫的怀疑。

"那么，卑职就不安排你们见面了，免得大家尴尬。"谒者确认似的跟逸轩说道。

逸轩点点头。接着，二人行礼如仪，转身作别。

目送谒者走远，逸轩抑制不住兴奋，提起衣襟，转身一路狂奔，追上庄周与蔺且。然后，将刚才跟谒者的谈话详细地说了一遍。

蔺且听完，连声夸道：

"师弟真是口才无碍，机智过人。"

庄周则哈哈大笑道：

"逸轩，没想到你现在说起谎来不仅脸不变色心不跳，而且还不假思索，思路敏捷。"

"先生，跟您比起来，弟子还差很多。"

"逸轩，这话怎么说？难道为师很会说谎吗？"

"先生，如果不是真话就算谎话，那么先生就是一个非常擅长说谎话的人。"逸轩笑着说道。

"这话为师就更不明白了。"庄周望着逸轩，微笑着问道。

"先生跟人辩论时即兴编的许多故事，是不是真的？如果不是实有其事，那算不算谎话？"

庄周连忙摇头，说道：

"这不算。为师那是为了辩论增强说服力的需要，或是反击他人而为他人留面子的需要。应该说，为师编故事是技巧，不是说谎。"

"先生编故事是技巧，不算说谎，弟子刚才跟谒者的谈话也是在编故事，当然也是技巧，是吧？先生不能两个标准呀！"逸轩笑着说道。

"先生，师弟，你们现在就不要辩论了。依我看，我们还是快点离开稷下学宫为妙。不然，等到孟轲之徒公孙丑站到我们面前，那时就真的尴尬了。先生是名满天下的人，不至于当着公孙丑的面抵赖，不承认自己的身份吧。"蔺且说道。

"师兄说得对。先生，那俺们还是快点收拾走人吧。"逸轩连忙附和道。

庄周略略沉吟了一会儿，最后重重地点了点头。

日中时分，在逸轩、蔺且的陪同下，庄周就像当时悄悄地来一样，悄悄地离开了稷下学宫。这天是周显王三十四年三月初六，庄周师生来稷下学宫的第六天。

　　走出稷下学宫，逸轩与蔺且都不约而同地回首望了一眼。庄周则一直往前走，始终没有回头。

　　"先生，俺们这样悄悄地来，悄悄地走，其实很亏呀！"走出稷下学宫约有一里地，快要上大路时，逸轩笑着对庄周说道。

　　庄周回过头来，看了逸轩一眼，问道：

　　"这话怎么说？"

　　"如果当初俺们来稷下学宫时，行不改名，坐不改姓，大大方方地打出先生的招牌，不仅会得到齐王的优遇，就是离开时也能得到一笔不少的馈赠。"逸轩说道。

　　"师弟，没想到你这位公子哥儿还这么贪财呀！"蔺且笑着说道。

　　"俺是说着玩的，俺是贪财的人吗？不过，师兄，话又说回来，要是齐王真的馈赠先生礼金，俺们给先生雇架马车，那也不错呀！最起码，先生不必那么辛苦，可以省些脚力。"逸轩说道。

　　"不过，师弟，你现在后悔已经来不及了。谁让你刚才那么会编故事，说先生是楚国的公孙先生呢？"蔺且笑着说道。

　　"师兄，您还记得吧，俺们出门时跟师娘约定过，快则半年，慢则一年，必须要回到漆园的。如果耽误的时间久了，师娘与小师弟、小师妹会巴望的，兰活上恐怕也有些问题。所以，俺刚才说马车的事也不是开玩笑。"

　　"师弟，你说得也有道理。要不，我们走到前面的市镇，看看有没有马车可雇。这样，走得快，在外的时间短，实际上开支也省了不少，等于将雇马车的钱赚出来了，而且我们还轻松了很多。"

　　"师兄，俺们的想法是一样的。好，如果先生不反对，那就这么定了。要不，师兄去跟先生禀报一下这个想法？"逸轩看着蔺且，又扫了一眼已经走到前面大路上的庄周，说道。

　　蔺且点点头，紧赶了几步，追上了业已上了大路的庄周，说道：

　　"先生，刚才我跟逸轩商量了，到前面市镇时，我们雇架马车吧。这样，我们每天行程就快了很多，也省了很多脚力，免得您整天赶路太辛苦。"

　　"为什么急着赶路？这样一路走一路看，不是很好吗？"庄周不假思索地回答道。

　　庄周话音刚落，逸轩也赶上来了。听庄周这样说，连忙顺着他的意思说道：

　　"先生生性热爱大自然，喜欢一路走一路看，仰观日月星辰，俯察山岳河流，了解各地不同风俗，体悟大道，洞悉人心，有先圣老聃之风。据说，老聃晚年辞官游历楚国，悟道大有精进。先生是南国人，现在既然来到北国，不如趁此机会好好游历一下北国。北国虽然山川没有南国秀美，却有一种苍茫辽阔的气象，或许能够对先生静思悟道有所启发。"

"师弟，你这个建议很好。老聃出关所骑的青牛，据说就是在游历楚国时所得。先生游历北国，说不定能够得到一匹神马呢。"蔺且顺着逸轩的话，似真似假地说道。

"师兄，不要说笑，俺是认真的。"

"师弟，我也是认真的。"蔺且望着逸轩，一本正经地说道。

逸轩不管蔺且认真不认真，走近庄周，诚恳地说道：

"先生，您看这样好不好？弟子好久没有回赵国了，不如您随弟子到赵国游历一下。一来弟子可以给您做个向导，二来可以尽一下地主之谊。如果您要游历燕国、秦国，弟子说要陪您，那肯定是不现实的。在赵国，就比较现实，弟子很多事情能够办得到。如果俺们雇一架马车上路，到赵国也用不了多少时间。这样，既可以完成游历赵国的任务，又不至于耽误回家的时程，让师娘巴望。"

刚才蔺且与逸轩二人一唱一和说了半天，庄周虽然都没吱声，但二人的话他都听进了耳中。现在听逸轩提出的具体方案颇合他的心意，遂情不自禁地扭转脸来，认真地看了看逸轩，然后重重地点了点头。

逸轩与蔺且见庄周点头，高兴得差点要跳起来了。尤其是蔺且，更是喜出望外。因为庄周答应往赵国，他就可以陪侍左右，一来可以游览北国风光，二来可以了解北国风土人情，增长些见识。再说，逸轩是赵国贵族，有他作陪，这一趟赵国之游自然不会太辛苦。思及于此，蔺且不禁喜形于色。

果然如蔺且所想的那样，因为有逸轩的安排，庄周的赵国之行非常顺利。坐在雇来的马车上，一路上庄周与蔺且凭轼眺望远山近水，以及沿途广阔的原野，星罗棋布的村落，感到一种从未有过的兴奋。庄周虽然心有所动，但表面上还能从容淡定。蔺且就不一样了，他有时候甚至会手舞足蹈。不过，这也不奇怪。因为蔺且打小是在楚国长大，虽然追随庄周到宋国生活过几年，但宋国为楚国近邻，两国的自然环境与生活习惯差别不算很大，而赵国则就完全不同了。赵国离楚国遥遥千里，不仅山川地形与楚国不同，风俗习惯与楚国也是天差地别。自然条件与人文环境的巨大差异，不要说对蔺且有巨大的吸引力，让他觉得好奇，感到兴奋，就是对曾经有过游历北国经历的庄周，同样也是具有很大吸引力的。这一点，恐怕也是逸轩跟庄周一提游历赵国的建议，就马上得到回应的主要原因。

行行重行行，大约经过一个月的旅途颠簸劳顿，周显王三十四年四月初二，庄周在逸轩、蔺且两个弟子的陪同下到达了赵国之都邯郸。然后，直接住进逸轩在邯郸的宅府。

刚刚住下，庄周师生三人尚未洗去旅途风尘，就有府上仆从来跟逸轩报告道：

"少爷，您走后这段时间，赵国发生了很多事情。目前，邯郸已是人心惶惶，国家不知向何处去，老百姓不知今后的日子怎么过。"

逸轩一听这话，惊讶地瞪大了眼睛，急切地追问道：

"你说说清楚，赵国到底发生了什么事情？"

"大约两年前，赵王突然痴迷起剑术。诸侯各国剑客闻之，纷纷前来投奔，聚于赵王殿中的剑客多达三千人。"

"有那么多人吗？"逸轩有些不敢相信。

"少爷，其实还不止呢。这些剑客聚于赵王殿中，日夜在赵王面前击剑比武，一年就要死伤一百多人。对此，赵王好之不倦，以致连朝政都荒废了。秦、齐、魏列强对赵早有觊觎之心，现见有机可乘，都在蠢蠢欲动，意欲灭赵而并之。太子对此忧虑深切，多次召集左右亲近幕僚商议说：'谁能改变大王心意，不再让剑客比武，我就赏其千金。'但是，至今找不到这样的人。所以，太子为此一筹莫展，日夜忧思难安。"

逸轩之所以在几年前离开赵都邯郸前往齐国稷下学宫，后又前往宋国投在庄周门下学习老聃之道，就是因为早就厌倦了政治及官场，不想再过问政治。但是，听到仆从说到赵国即将面临的灭顶之灾，作为王室中人，作为一个赵国人，他还是本能地激起了隐然在胸的爱国之情与拯救万民的责任心，恨不得立即冲进王宫去进谏赵王，劝其改弦易辙。

然而，冷静思考了一阵，逸轩一时激起的爱国之情便消失殆尽，救民之心也不复再存。因为他了解现今执政的赵王之为人，了解其脾性。凭自己的身份资历，他知道晋见赵王，获得进谏机会，几乎不可能；凭自己的智慧口才，他知道说服赵王醒悟并改邪归正，好像也无把握。思来想去，辗转反侧，痛苦了一夜，最终逸轩选择了放弃，决定做一个彻底的老聃之徒，顺其自然，听任赵国的局势继续发展下去，不强作妄为，明知不可为而为之。

打定了主意，逸轩终于心情轻松了。第二天，他陪着庄周与蔺且在赵都邯郸繁华的街市尽情地游览，让他们都觉得尽兴。可是，等到夜晚躺到睡席上，逸轩又从白天随顺自然、自由自在的老聃之徒变成了一个愤世嫉俗、忧国忧民的孔丘之徒，为赵国的前途忧虑，为死去的剑客痛惜，为赵国百姓的疾苦落泪，为赵王的糊涂摇头叹息。辗转反侧，逸轩又是一夜未眠。

早上起来，蔺且看到逸轩神色疲惫，精神不振，跟自己说话时总是显得心不在焉的样子，遂问起原因。开始时，逸轩不想说。但是，经不住蔺且再三拷问，最后逸轩只得将心中的忧虑和盘托出。蔺且听了哈哈一笑，说道：

"师弟，你的心情我完全理解，推己及人，我相信每个人都会理解你目前的苦恼。就是像先生这样彻底的老聃之徒，恐怕也能理解你。"

"师兄，您果真这样想？"

"当然。师弟，我突然有一个想法。"

"什么想法？师兄，您快说！"逸轩急不可耐地说。

"你不就是想谏说赵王改弦易辙吗？既然你有这个想法，可是你又没这个能力，那为什么放着现成的人不用呢？"蔺且望着逸轩说道。

"谁呀？"

"师弟，你傻呀？我们先生呀！你资历不够，我们先生资历够呀！他盛名满天下，赵王要是听说我们先生来赵国了，那还不喜出望外，连忙召见呀？赵王一召见，先生趁机进谏，凭他的口才，就是十个赵王也能被说服的。"

"师兄，您说得确实不错。但是，先生是老聃之徒，他愿意改变自己的心志，像孟轲一样做说客，劝赵王效明王圣主，行仁义之政，远剑客，亲贤能吗？"逸轩说道。

"你直接跟先生说，让他像孟轲一样当说客，他当然不会答应。但是，要是用计激将他，他未必就不肯。你也知道，我们先生实际上是个非常简单的人，没有什么心计的。"

"师兄，您说得对极了！那俺们到底用什么计，先生才能替俺去游说赵王呢？"逸轩望着蔺且诚恳地问道。

"你不是王室中人吗？那肯定认识太子身边的人吧。何不找人放出风声，说庄周到邯郸了，就住在你府中。太子听到消息，一定会派人求上门来。"

"师兄的计策果然高妙，让太子求先生谏劝赵王，不仅合情合理，也更易成功。"逸轩高兴地说道。

"那就别犹豫了，赶快行动吧。"蔺且催促道。

逸轩点点头，转身而去。

第三天一大早，庄周睡着尚未起来，太子就遣心腹之人带着千金来到逸轩府上。等了很长时间，才见到了庄周。太子心腹将来意详细说明了一番后，恭恭敬敬地呈上千金。庄周执意不肯收受太子馈赠的千金，但答应去见太子一面。

庄周一见太子，就直截了当地问道：

"庄周乃一介布衣，太子赐以千金，是否有什么指教？"

"早就闻说先生明智圣达，所以特谨奉千金犒赏先生随从。先生不肯接受，我哪里还敢说呢？"太子说道。

"听说太子用庄周，是想禁绝赵王的喜好。假使庄周进谏失败，上逆赵王心意，下不合于太子期望，那么庄周势必就要遭刑而死。庄周遭刑而死，要这千金何用？假使庄周进谏成功，上得赵王之心，下合太子期待，那么庄周在赵国何求而不得，这区区千金又有何用？"

太子听了庄周这番话，更加确认庄周是能说服赵王的不二人选。于是，连忙恳求道：

"先生所言，都是对的。不过，我们大王眼中只有剑客，而无别的，包括朝政、万民。但是，这种局面必须改变。所以，我才明知先生不愿为之，而要先生勉为其难。"

庄周看了看赵太子，呵呵一笑道：

"既然赵王眼中只有剑客，那好哇！"

"先生，这话怎么讲？"太子不解，瞪大眼睛，望着庄周。

"庄周就是一剑客，最擅长剑术。"

"哦？没想到先生还会剑术！不过，我们大王所见的剑客，并不像先生您这样的。"

"那你们大王所见的剑客，都是什么样子的？"庄周好奇地问道。

"在我们大王面前行走的剑客，一般都是头发蓬松，鬓毛突起，帽子低垂，冠缨粗乱，上衣后襟短，整日怒目圆睁，出口便相互责难。这样的剑客，我们的大王见了才喜欢。像先生这样书生打扮，要是去见我们的大王，事情肯定不会太顺利。"

太子话音未落，庄周就哈哈大笑起来，说道：

"原来赵王是以貌取人呀！好，那就请太子替庄周备一套与众剑客一样的服装吧。"

太子欣然答应，立即吩咐左右备办。

三天后，庄周要穿的剑客服装备妥了。太子恭恭敬敬地呈上，并侍候着庄周穿好。然后，亲自驾着马车，陪着庄周去见赵王。

赵王得到通报，知道庄周来见，非常高兴，早早就拔剑出鞘，立在大殿中等着。

庄周进殿后，远远望见赵王，没有像一般人那样小步快跑迎上去；到了赵王近前，也没有像一般臣下那样行君臣跪拜之礼。赵王见庄周是剑客打扮，所以并不以为忤，反而语气温和地问道：

"先生不远千里而来，大概有什么要指教寡人的吧？还让太子先来通报介绍呢。"

"臣听说大王爱剑，所以提剑来见大王。"庄周脱口而出道。

赵王听庄周说话的口气有些不同一般，立即来了精神，问道：

"先生的剑法到底有些什么克敌制胜的高妙之处？"

"臣的剑法与众不同，十步杀一人，千里不留行。"

赵王一听，顿时神情振奋，喜笑颜开，赞赏之情溢于言表：

"那先生真是天下无敌了！"

庄周见赵王已然入其彀中，遂一本正经地说道：

"用剑之道，妙在故意露出破绽，给予对手以可乘之机。后于对手进击，先于对手击中。臣希望有机会找人试试。"

赵王觉得庄周这几句话深得剑道之妙旨，不禁对他又平添了几分敬意，更加确信他是剑术高手，自己不是其对手。于是，下意识地将手中之剑收入鞘内，望着庄周，恭敬有加地说道：

"先生今天先回馆舍休息吧。等寡人安排好剑术比赛，再来恭请先生。"

送走了庄周，赵王立即召集所有的剑客，让他们相互对阵比武。比武进行了七天七夜，死伤了六十多位剑客，从中挑选出了五六位技术出众者，让他们捧剑侍立殿下。然后，才召请庄周进殿比试剑道。

庄周一进殿，赵王就高兴地说道：

"寡人终于安排好了，今天就请先生与众壮士比试剑术，一较剑道之高下。"

"真是太好了！臣已经盼望很久了。"庄周一本正经地答道。

赵王虽然恨不得马上就看庄周跟自己挑选出的剑客比武，看看究竟谁的剑术更高明，但表面上却装得很沉着，望着庄周很是客气地问道：

"先生，今天您所用之剑的长短如何？"

"臣用剑，长短皆可。不过，臣有三把剑，任凭大王选用。请让臣先略作说明，然后再比试不迟。"

赵王点点头，说道：

"先生请说，是哪三把剑？"

"这三把剑分别是天子之剑、诸侯之剑和庶民之剑。"庄周不假思索地答道。

"那么，请问这三把剑有什么区别？"赵王连忙追问道。

"天子之剑，以燕溪、石城为剑尖，以齐国、泰山为剑刃，以晋国、卫国为剑背，以周都、宋国为剑口，以韩国、魏国为剑柄，以周边四夷为剑鞘包着，以春夏秋冬四季为布裹着，以渤海为绳绕着，以恒山为带系着，以五行来制衡，以刑德来论断，以阴阳来开合，以春夏来扶持，以秋冬来运作。这把剑，直刺时，无物可在其前；举起时，无物可在其上；按低时，无物可在其下；挥动时，无物可在其旁；往上可断天上浮云，往下可绝地上山脉。这把剑，一旦出鞘使用，就能匡正诸侯，使天下顺服。这便是天子之剑。"

赵王听了庄周这番话，茫茫然如失了心神。良久，才醒悟过来，望着庄周问道：

"那诸侯之剑如何？"

"诸侯之剑，以智勇之士为剑尖，以清廉之士为剑刃，以贤良之士为剑背，以忠诚之士为剑口，以豪杰之士为剑柄。这把剑，直刺时，亦无物可在其前；举起时，亦无物可在其上；按低时，亦无物可在其下；挥动时，亦无物可在其旁。这把剑，在上可取法于圆天，顺应日月星三光；在下可取法于方地，顺应春夏秋冬四季；在中可调和民意，安定四方之人。这把剑，一旦出鞘使用，威力犹如雷霆震动，四境之内没有不望之而靡，降服听命于剑主之令的。这就是诸侯之剑。"

庄周话音刚落，赵王连忙追问道：

"那庶民之剑又如何？"

"庶民之剑，剑主蓬头垢面，鬓毛突起，帽子低垂，冠缨粗乱，上衣后襟短，看人怒目圆睁，开口便相互责难。众目睽睽之下，拔剑就要杀人，上斩对方头颈，下刺对方肝肺。这便是庶民之剑，跟斗鸡没有什么两样。一旦失手，命丧剑下，对国家毫无益处。大王今有天子权位，而好庶民之剑，臣替大王感到不值得！"

赵王听到这里，情不自禁地从王位上站起，迅速走到大殿下，牵起庄周的手，就往大殿上而去。然后，立即下令厨人送上食物，并绕着庄周的席位走了三圈。

庄周见此，呵呵一笑，说道：

"大王，您安静地坐下吧，平定一下气息。关于剑术之事，臣已经说完。"

赵王点点头，默默地坐下。

之后三个月，赵王没有走出宫门一步。云集于赵都邯郸的剑客，因为见不到赵王，纷纷在忧愤中自杀于住所。从此，邯郸市井和赵王殿上再也见不到来自诸侯各国的剑客身影了。

2. 鸱得腐鼠

庄周游说赵王成功后，又在赵都邯郸逗留了数日。周显王三十四年五月初五，庄周决定离开邯郸，前往赵国其他地方走走看看。

赵太子闻听庄周要离开邯郸，连忙派人送来千金以作路资。庄周是个明白人，他知道太子再次致送千金，明里说是路资，实际上仍是想对他帮助游说赵王远离剑客予以酬答。所以，无论太子使者如何劝说，庄周就是执意不肯收受太子的馈赠。

蔺且见此，将逸轩拉到一旁，轻声跟他说道：

"师弟，先生执意不肯收受太子的赠金，太子使者颇是为难，回去恐怕难以向太子交差。你看，我们帮帮太子使者如何？"

"怎么帮？劝先生收下太子所赠千金？"逸轩问道。

"当然不是。先生的个性与对金钱的态度，我们都是知道的。所以我们直接劝先生，那肯定也是白搭，先生不会听的。"

"那怎么办？"逸轩又问道。

"有办法呀！我们暗中替先生收下这千金，不就皆大欢喜了吗？"

"这话怎么讲？"逸轩更不明白了。

"我们替先生收下这千金，太子使者回去不就好交差了吗？太子心里也安定了，觉得不欠我们先生人情了。"

"可是，先生不会同意的呀！"逸轩瞪大眼睛看着蔺且说道。

"我们暗中替先生收下，先生不知道呀！"

"如果事后先生知道了，不是要责怪俺们吗？再说了，俺们替先生收下太子这千金，对先生有什么好处吗？"逸轩提醒道。

"师弟，你是公子王孙，从来就不缺钱。所以，你不知平民百姓生活的艰辛。你知道师娘为什么总是责备先生吗？不就是因为钱吗？如果先生有钱，家中诸般不缺，师娘跟先生恩爱还来不及，哪里会整天吵吵闹闹呢？我跟先生的时间长了，先生家中的情况我都了解。为什么你来投奔先生门下后，师娘跟先生的吵闹变少了呢？不就是因为你当初给了师娘很多见面礼金吗？日子好过了，师娘当然也就不骂先生了。"

逸轩点点头，觉得蔺且说得对。蔺且见此，又说道：

"太子致送的千金，说实话，那是先生的劳动所得，理应接受。我们暗中替先生收下，回去交给师娘，师娘高兴了，先生以后在家的日子不就好过多了吗？这是多么好的一件事呀！况且我们收下太子千金，于太子只是九牛一毛，而且事实上也是在帮太子，让他心安呀！"

"师兄，您说得还真有道理。"逸轩终于认可了蔺且的想法。

"既然你也同意，那么我先去跟先生周旋，你乘机跟太子使者借一步说话，悄悄替先生收下这千金。"

逸轩点点头，二人便分头行动了。不一会儿，蔺且支开了庄周，逸轩跟太子使者悄悄说了几句，就替庄周收下了太子的赠金。太子使者高兴地去了，逸轩让仆从用一个精制的木匣将赠金收好，然后直接放到马车中，准备陪庄周回宋国漆园时交给师娘。

蔺且与逸轩悄悄办好这一切，接着就催庄周出发了。因为他们去年九月离开宋国漆园，至今已有八个月了，而他们跟庄周之妻亓官氏约定快则半年，慢则一年就应该回家的。而今半年期限早就过了，离约定的最后期限也只有四个月了。如果再不抓紧，万一路上遇到什么事，按时回家就有问题了。

逸轩安排好马车，让庄周坐好后，自己与蔺且在后面跟了一程。快出邯郸城门时，二人才一同上车，陪侍庄周左右。

马车出城门后，走了大约有厾里地时，逸轩突然问庄周道：

"先生，俺们直接往西到宋国、回漆园家中吧。"

庄周闭着眼睛，半天没有回答。

逸轩望望庄周，又看了一眼蔺且，没有主意，也不知该再说些什么。

蔺且瞥了一眼逸轩，神秘地一笑。逸轩想问蔺且，但碍于马车空间小，中间又隔着庄周，无法跟他说悄悄话，所以只好忍住。过了一会儿，蔺且突然对逸轩眨了一眨眼，指着马车前方的原野，显出一副深沉的样子，以非常感慨的口吻说道：

"师弟，你看，你们北国跟我们南国就是不一样，到处是一马平川，视野非常开阔。坐在马车上，视野就更显开阔了，一眼能望到几十里地，真让人有一种心旷神怡的感觉。"

逸轩不知蔺且突然说这番话是什么意思，以为是在恭维他们赵国，于是便投桃报李地回应道：

"你们南国也很好呀！到处都是青山绿水，鸟语花香，真是另外一个世界，让人流连忘返。据说，先圣老聃晚年游历楚国时都不愿再回中原。"

"师弟，你是北国人，看到的是南国好的一面。作为南国人，我们每天看

159

到无尽的青山，无尽的绿水，往往却很发愁。"

"师兄，这话怎么说？"逸轩问道。

"你想，到处都是大山小山，甚至是连绵不绝的群山，到处是大河小溪，甚至是辽阔似海的湖泊，出门行路有多难呀！遇山得绕道，遇水得有船，天天生活于南国，也是多有不便的，这怎么能不让人发愁呢？"

"师兄，您说得也对。先圣老聃当年在游历了楚国之后，最终还是毅然决然地回到了中原，而且西出函谷关，大概也与您所说的地理条件与生活环境有关吧。"逸轩说道。

"我想肯定有这个方面的原因。先圣老聃晚年悟道虽然主要在宋国与楚国，但最终回归北国，而且西出函谷关，肯定与他对北国辽阔苍茫的山川地理环境的向往有关。也许，北国的地理环境能为他悟道提供另一种启示。老聃之道之所以深不可测，恐怕与他广泛游历南国、北国的体验有关。"

"师兄的意思是不是说，悟大道需要广泛的阅历，包括自然、人文两个方面，仰观天穹日月，俯察大地山川，悠游东西南北，都是对悟道有启发作用的。"

蔺且点点头，学着庄周的样子莞尔一笑，说道：

"师弟，你的悟性真是好。老聃之道，在这个世上只有我们先生能够传承，而我们先生之道，将来则要靠你来传承了。"

"师兄，您这样取笑人，有点不厚道吧。"逸轩笑着说道。

"师弟，我说的都是实话，绝无取笑的意思。由你刚才的话，我突然有一个想法。"

"什么想法？"逸轩连忙追问道。

"我觉得，我们现在不要急着回宋国漆园，倒不如陪先生顺便到魏国走一趟。毕竟魏国是大国，又是昔日的天下霸主。再说，先生的老朋友惠施先生正在魏国为相，我们顺道过访大梁，一来可以让先生再见见老朋友，二来也可以听听先生与惠施先生的论辩，三来可以看看魏国的山水。先生此次游历了齐国、赵国，再游历一下魏国，那么对于北国就会有一个完整的印象，这也许对先生悟道有些启发。"

蔺且话音未落，逸轩立即明白了之前他神秘一笑的原因，原来他早有自己的盘算，想借陪老师的名义游历魏国。其实，逸轩还不知道，蔺且的盘算比他所想的还要精。离开邯郸时，太子赠予千金，他劝逸轩悄悄替庄周收下，其实是在为游历魏国做经济上的准备。还有一层，当年他投奔庄周门下，乃是受惠施推荐。如今惠施在魏国为相，他想再见其一面。

逸轩虽然对蔺且的盘算不是全部了解，但对他的建议却非常赞成。在稷下学宫时，他虽然听到庄周与惠施弟子唇枪舌剑的精彩论辩，但他总觉得有些美中不足，认为那毕竟是一场不对称的论辩，不是真正意义上的顶级高手之间的对决。如果顺访魏都大梁，听听庄周与惠施本人的论辩，那境界肯定不同。因为他曾多次听人说过，庄周与惠施虽然所持的主张不同，分属道家与名家两派，但这并不影响他们彼此的相互欣赏。而他们之所以相互欣赏，就是因为他们二人都是属于那种非常擅长论辩的人，也是非常有个性的人。庄周的个性与论辩水平，逸轩与蔺且已然了解。但惠施的个性与论辩水平，他们都尚未见识。惠施而今贵为魏国之相，处一人之下，万人之上的地位，这说明其思想观点有值得重视之处，其个人能力也有值得肯定之处。正因为是这样想的，所以逸轩听了蔺且的提议后，甚至比蔺且更渴切见到惠施。于是，便顺着蔺且的话，顺水推舟地说道：

"师兄的话说得挺有道理。回宋国反正是要经过魏国，绕一点路经过大梁，也不会耽误很多时间。再说，俺们现在有马车，就是耽误了一些时日，也是能够赶得回来的。"

蔺且听逸轩这样说，知道他已经跟自己达成了默契，遂立即对他眨眨眼睛，故意装出无奈的口吻，说道：

"师弟，你的话说得也蛮有道理。不过，就是不知道先生是否有这个想法？也许先生现在正归心似箭，恨不得一步就赶回漆园，马上就能见到师娘与小师弟、小师妹呢。"

蔺且听懂了逸轩的话，正想朝他眨眼时，庄周突然睁开眼睛，呵呵一笑道：

"谁说为师归心似箭，马上就想回漆园了？"

蔺且与逸轩吓了一跳，但愣了一下后，立即笑逐颜开。蔺且尤其兴奋，为自己激将法的成功而倍感自豪。

逸轩见庄周已经同意往魏都大梁，立即探头对马车夫说道：

"照官道、大道直行，直奔魏都大梁。越快越好，只要不颠坏了俺们先生就好。"

赵、魏二国毗邻，山水相接，官道也相接。车夫的驾车技术颇是精湛，不到半个月时间，庄周师生三人就到了魏都大梁。

"先生，大梁到了。"周显王三十四年五月十九，日中时分，马车离大梁西城门还有百步之遥时，逸轩就兴奋地向仍在车中闭目养神的庄周报告道。

"先生，您与惠施先生是老友，要不我们就直接到魏相之府见他吧。"蔺且提议道。

庄周没吱声，仍然闭着眼睛，像是睡着了一样。

逸轩见此，立即对蔺且眨了眨眼睛，说道：

"俺们先生盛名满天下，就是齐王想见也求而不得，赵王见之言听计从。惠施不过是区区一个魏国之相，俺们先生怎么能屈驾直接到他府上求见呢？如果要见，那也得他来求见俺们先生呀！"

"师弟说得对。那我们在大梁城内先找一家好一些的客栈住下，然后放出风声，让惠施知道。"蔺且连忙顺着逸轩的话说道。

"师兄，您的这个建议好。不知先生意思如何？"逸轩先看了看蔺且，然后转向仍在闭目养神的庄周，说道。

蔺且担心庄周不同意，目不转睛地看着庄周。没想到，逸轩话音未落，庄周脱口而出道：

"为师凭什么要去求见惠施？"

"是啊，凭什么？就因为他惠施现在是魏国之相？"蔺且明白庄周话中之意，附和道。

"俺们先生是不屑为官，如果愿意，在齐国肯见齐王的话，说不定早就被齐王拜为国相了。"逸轩顺着蔺且的话补充道。

庄周没吱声，蔺且也不知说什么好。

逸轩为了打破沉寂的局面，又说道：

"其实，要是俺们先生愿意，到赵国时同样有机会封侯拜相啊，何必要跑到魏国呢？再说，魏国现在早已沦落为二流国家，魏惠王也非昔日的天下雄主了，辅佐这样一个垂垂老矣的暮年之主，纵然先生有济世救众之心，恐怕也难有什么作为的。"

逸轩话犹未了，蔺且接口说道：

"是啊，那样还坏了我们先生一世清高的英名呢。"

庄周见两个弟子一搭一唱，知道他们是什么意思，于是呵呵一笑道：

"如果惠施现在跟为师一样，仍然是个纯粹的读书人，我一定立即登门拜访他，再续昔日坐而论道之谊。"

"哦，原来先生不肯拜见惠施，是不忘自己处世为人的初心。"逸轩装着恍然大悟的样子，说道。

"既然这样，那么我们还是按照师弟刚才说的，先找一家客栈住下，然后放出风声。惠施既然是魏国之相，如果他不忘老友，不是那种一阔脸就变的人，他一定会主动找上门来拜访先生的。"蔺且看着逸轩，颇是一本正经地说道。

逸轩见蔺且说话的神色，知道他内心还是有为惠施说话的意思，毕竟他曾经投奔过惠施，是惠施介绍推荐，他才最终投在了庄周的门下。于是，逸轩便顺着蔺且的话说道：

"师兄说的是。那我们现在就去找一家条件好点的客栈住下吧。"

蔺且一听逸轩说要找条件好点的客栈，急得向他直眨眼。因为他怕庄周起疑心，要追问费用何来。可是，庄周好像没听见似的，或许庄周压根儿就没有蔺且想得那么复杂。

逸轩不明白蔺且对他眨眼的意思，接着吩咐马车夫道：

"俺们先生跟师兄都没到过大梁，你车不要赶得太快，慢慢走，让俺们先生跟师兄一路走一路看看大梁街景风光。如果见到什么显眼的客栈的话，就马上把车停下来。"

马车夫闻命，立即抖动缰绳，驱动马车进了大梁西城门，沿着大梁城的东西主干道由西向东行进。

"先生，您不要再闭目养神了，等到了客栈，您再好好休息不晚。现在，您不妨抬眼看看大梁街景风光，也不枉来这一趟呀！"马车进了城门，走了一段路后，逸轩见庄周仍然坐在车里作闭目养神状，忍不住对庄周说道。

"是啊，先生，魏国好歹是昔日天下之霸，大梁城也算是诸侯各国中比较繁华的都城，我们绕道魏国，不就是要来长见识的吗？"蔺且立即附和道。

庄周一听两个弟子一搭一唱，立即睁开眼睛，呵呵一笑道：

"大梁城有什么好看的？跟天下其他都城难道有什么区别吗？无非是房子的数量、房子的高低大小有点不同，阔绰奢侈的程度有所不同，其他还能有什么差别？不都是人造出来的吗？"

"哦，我明白先生的意思了。先生是崇尚自然的老聃之徒，喜欢的是自然的东西，如真山真水什么的；不喜欢人为造作的东西，如楼台馆阁什么的。"蔺且装作一副恍然大悟的样子，不看庄周，而是望着逸轩说道。

逸轩听出蔺且的意思，侧脸对并肩而坐的蔺且坏坏地一笑。二人的表情，庄周是看不到的，因为他们坐在庄周的身后，左右陪侍。

马车行进了大约有一顿饭的工夫，突然停了下来。正坐在车上左顾右盼，兴奋得不亦乐乎的蔺且不知所以，伸长脖子，大声问马车夫道：

"为什么不走了？"

"少爷刚才不是说过吗，见到有显眼的客栈就停车。喏，前面不就是一个很显眼的客栈吗？客栈的幌子正在那飘着呢！"马车夫一边回答，一边手指前方。

蔺且与逸轩见说，立即欠身伸长了脖子往前看，果然见到有一家颇是显眼的客栈就在几十步之外。

"先生，您在车上坐一会儿。俺跟师兄一起下车去看看。如果合适，俺们就在这家客栈住下。"逸轩一边说着，一边拽了一下蔺且的衣袖。

蔺且连忙起身，跟着逸轩一起翻身下车。

二人一前一后，大步流星地径直走到那家客栈门前，先驻足打量了一番，然后就气宇轩昂地走了进去，大概是因为腰袋里有钱，就有了底气。

逸轩与蔺且刚一进客栈，就有一个样子颇是斯文的中年汉子迎了上来，恭敬有加地行礼，然后笑容满面地问道：

"二位客官是从远道而来吧。"

"我们是从赵国来的。"蔺且随口答道。

"但听客官口音，好像不是赵国人吧？"中年汉子又问道。

逸轩一听，顿时来了兴趣，笑着说道：

"哟，你连口音也能听得出来呀！"

逸轩话音未落，中年汉子欣喜地说道：

"这位客官，您一定是赵国人。"

"您怎么知道俺一定是赵国人呢？"逸轩直视中年汉子，不无好奇地问道。

"您不但是赵国人，而且是正宗的赵都邯郸人。"

中年汉子话音未落，蔺且兴奋地脱口而出道：

"他不仅是正宗的邯郸人，而且还是……"

"生意人，也是开客栈的。"逸轩十分敏捷地岔断了蔺且的话，没让蔺且将"王室成员"四个字说出口。

"是，是，是，他确实是一个客栈老板。"蔺且意识到刚才的情不自禁差点失言，险些暴露了逸轩的身份，遂连忙附和道。

中年汉子看看逸轩，又看看蔺且，摇摇头，说道：

"不像，倒像是一个外交使节。"

"怎么可能呢？外交使节都是要住魏王驿馆的呀！怎么可能要来您这里住店呢？"逸轩反问道。

"客官，您大概是小看了俺这个店吧。外交使节怎么就不会到俺这来住店呢？刚才您进门前有没有看到俺这家店的招幌？"

"看到了，'天下客栈'。"蔺且接口答道。

"这就对了。俺这店之所以敢叫'天下客栈'，那绝不是虚的。"中年汉子望着逸轩，颇是自豪地说道。

逸轩觉得他这就是做生意人的老套，所以不想反驳，只是莞尔一笑。

蔺且则对中年汉子的话感兴趣，连忙追问道：

"那您这店叫'天下客栈'，有什么说法吗？莫非真有外交使节来此住店？"

"俺这店之所以叫'天下客栈'，倒不是因为设施条件有多好。说实话，肯定比不上魏王招待各国使节的驿馆。但是，俺这个客栈却有魏王驿馆比不上的地方。"

蔺且一听这话，更加有兴趣了，遂又追问道：

"这话怎么讲？"

"魏王驿馆住的都是各国使节　使节与使节之间一般不会有私相交往吧。但是，他们是否都想探听对方国家以及其他国家的信息？"

"当然。"蔺且不假思索地答道。

"那么，怎样才能探听到其他国家的信息呢？这个国家的使节不可能直接跑到另一个国家使节那里问吧。就是没有禁忌，可以直接问，但是能够问到真实情况吗？"

"当然不会。"蔺且又不假思索地答道。

"所以，唯一的办法只有通过侧面打听。比方说，隐瞒使节身份，住到俺们小店来，就有渠道获得天下诸侯各国的各种信息。"

"为什么一定要住到贵店才能获得天下诸侯各国的信息呢？"逸轩终于憋不住了，脱口而出，问道。

"因为小店是'天下客栈'呀：天下游士到魏国，只要来大梁，就一定会住到俺这客栈。诸侯各国的信息，什么人最灵通？当然是南来北往、东奔西走的游士。他们都住在俺这小店，这里不就成了天下信息集散的中心？"

"这话倒也有道理。"蔺且点点头，说道。

"其实，俺这客栈原来并不叫'天下客栈'，而是叫'悦来客栈'，取远悦近来的意思。因店中住客大都是天下游士，他们喜欢在此谈论天下之事，交流各自所知的诸侯各国信息。所以，俺这小店事实上就成了汇聚天下客的渊薮。为了招徕生意，后来俺就索性将之改成'天下客栈'。没想到，改名之后，一传十，十传百，不仅来此住店的天下游士越来越多，而且一些出使魏国的外交使节为了探听诸侯各国信息，也常常隐瞒身份，假扮游士来此住店。"

蔺且听中年汉子说得神采飞扬，颇有得色，遂从他说话的语气中猜到了他的身份，乃试探性地问道：

"莫非您就是这家客栈的老板？"

中年汉子点点头，说道：

"正是。"

逸轩听中年汉子说出了自己的身份，不禁呵呵一笑道：

"老板，既然贵店乃天下游士的渊薮，又常有各国使节出入，那就真的不是一般的客栈了。俺也是做客栈生意的，生意却总是做不大，客源萧条。现在有这样一个好的学习机会，俺想就在贵店住上几天，一来学学您怎么招徕八方来客，二来见识一下天下各路游士，还有各国使节的风采，一定会眼界大开，大长见识的。"

"这位老板，您太客气了，哪里谈得上什么学习？看您的气度言谈，就知道您是有大格局的人，能够下榻在俺们这样的小店，实在是小店的荣幸！"

蔺且听中年汉子改口称逸轩为老板，虽然心中不免好笑，但表面上却装得一本正经，望着逸轩说道：

"既然这样，老板，那我们就在此住下吧。"

逸轩一下没反应过来，望着蔺且正要张口纠正，就见蔺且对他连连眨眼，这才明白过来，于是顺水推舟，假装老板的口吻说道：

"好，那就在这住下吧。"

中年汉子见说，笑逐颜开地向逸轩连连施礼。

"我们还有一位大老板，正坐在门外马车里呢。老板，您这有驻马歇夫的后院吗？"蔺且向中年汉子问道。

"有，有，有。后院大着呢。"中年汉子一迭声地答道。

"好，那我这就去请我们的大老板了。"蔺且装得一本正经似的说道。

"好，有请。"中年汉子脸上笑成了一朵花。

不大一会儿，庄周在蔺且的陪同下进了客栈。中年汉子见了庄周的衣着打扮虽然不免心有狐疑，但碍于逸轩的身份，不便问什么。

庄周与两个弟子在天下客栈住下不到一个时辰，就有三个读书人模样的人陆续进了客栈。

"师弟，看来客栈老板的话不是吹嘘，这么一会儿工夫又来了三个游士。要不，我们俩也假装游士，跟他们交流交流，如何？"蔺且见庄周在客房安顿下来，正在席上闭目养神，将逸轩拉出客房，轻轻地跟他商量道。

"师兄，您跟俺想到一起了。俺们先跟他们聊一聊，一来了解一下诸侯各国的情况，掌握一些信息，同时借他们的嘴放出风去，说庄周来魏都大梁了。

惠施目前是魏国之相，居一人之下，万人之上。这些游士到大梁来，无非是想游说魏王，弄个一官半职。而要游说魏王，就绕不开惠施。"逸轩说道。

"师弟，你说得对。通过这些游士放风，既自然而然，又非常有效。你我都不可能接近惠施，放风也放不了。跟客栈老板说，他也没有渠道让惠施听到。"蔺且附和道。

师兄弟二人一路说，一路扫视客栈的其他客房，可是每间客房的门都是紧闭的。于是，二人就信步来到了客栈前堂。刚到前堂，蔺且就发现靠近前堂东北角，有三个峨冠博带的人正聚在一起，好像正热烈地谈论着什么。蔺且顿时兴奋起来，回过头来对逸轩说道：

"师弟，这下可找到合适的人了。这三个人肯定是游士，他们肯定是聚在一起谈论天下之事。我们凑过去听听吧。"

二人走近那三人，一看模样与做派，就确信无疑都是些游士。逸轩与蔺且凑近他们在旁边席上坐下，他们连眼都没抬，仍然自顾自地热烈讨论着。由于三个游士说的北方话口音太重，蔺且听了半天都没听明白，于是就悄声问逸轩：

"师弟，他们在说什么呢？"

"他们正在谈论惠施怎么由一个游士发迹变泰，成为今日魏国之相的。"逸轩附着蔺且耳朵说道。

"那你赶快插话，就说惠施的朋友庄周来魏都大梁了，正要去求见魏王呢。"蔺且几乎是咬着逸轩的耳朵说道。

逸轩点了点头，顿了顿，瞅准了三人谈话的一个间歇，用标准的赵国官话说道：

"三位刚才说到惠施的经历，推崇他是名家的巨子，可是你们知道他最佩服当今哪一家哪一人吗？"

逸轩冷不丁的插话，让三位游士几乎不约而同地回过脸来，齐刷刷地盯着他。逸轩见此，连忙自我介绍说：

"在下是赵国之士，来魏国游历。刚才有幸听到诸位一番高论，长了很多见识。"

一位长须游士一听逸轩也是游士，立即表现出了亲近之意，语似恳切地说道：

"这位先生，刚才您说到惠施最推崇一个人，俺们孤陋寡闻，不知究竟。那您是否给俺们说说，惠施到底最推崇当今哪一家哪一人呢？"

逸轩见长须游士已然入套，反而不着急了。他先扫视了一下三位游士，又回过头来意味深长地看了一眼蔺且，这才慢条斯理地说道：

"在下说得也不一定准确，只是道听途说的传言罢了。"

"嗨，谁能保证自己说的话都是一定准确的呢？您就快点说吧。"一位短须游士催促道，他好像是个急性子。

逸轩见时机已经成熟了，便故意挺了挺身子，将坐姿摆得端正，然后一本正经地向三位游士问道：

"你们听说过一个叫庄周的人吗？"

"听说过，据说是个老聃之徒。"长须游士脱口而出道。

"俺听说他口才不错。"一直坐在一旁没吱声的黄须游士也接口说道。

逸轩点了点头，扫视了一下三位游士，以权威知情人的口吻说道：

"岂止是口才不错，简直是天下无人匹敌。大家都知道，惠施的口才是举世闻名的。但是，他跟庄周辩论了几次，结果都失败了。所以，惠施不仅打心眼里佩服庄周，而且还将投到自己门下学辩论的后生推荐给庄周，让他们改投门庭。"

"噢，还有这回事呀！如此看来，那庄周真是了不得的人了！"短须游士瞪大眼睛，望着逸轩说道。

逸轩见此，故作神秘地一笑。

"这位先生，您笑什么？"黄须游士觉得逸轩笑得蹊跷，立即追问道。

"俺笑你们刚才那么推崇惠施，却不知道惠施推崇的是何人。看来，你们的见闻还不是太广。如此，要想游说魏王，弄个一官半职，恐怕不太容易。"

长须游士听逸轩这样说，立即接口说道：

"刚才在下已经说过，俺们孤陋寡闻，对很多事情确实了解不多。今日既然有幸相识，还望多多指教。"

逸轩莞尔一笑道：

"指教不敢当，但可以给你们透露一个消息。"

"什么消息？"黄须游士与短须游士几乎异口同声地问道。

"庄周已经来大梁了。"逸轩望着三个游士急切的目光，肯定地说道。

"真的吗？您见过庄周？"长须游士急切地问道。

"那倒没有。在下是听说而已。"逸轩撇清似的回答道。

"我们昨天在来大梁的路上就听人说了，而且还不止一个人。"蔺且也帮腔道。

"庄周与惠施'道不同，不相为谋'，他来大梁干什么呢？"黄须游士若有所思地说道。

"莫非是来跟惠施争魏国之相一职?"短须游士望着黄须游士说道。

长须游士点点头,顿了顿,说道:

"有这个可能。魏国早些年是天下之霸,因为魏王好战,与山东各国为敌,结果强秦趁机崛起,利用魏国与山东诸侯的矛盾,不断出兵向东蚕食魏国。所以,魏国才会沦落成今天这个田地。现在魏王也垂垂老矣,想必也没有昔日并吞天下的雄心壮志了。这个时候,庄周来魏国,应该是游说他践行老聃'清静无为'之道的最好时机。"

"如果庄周的口才真的超过惠施,那此次他来大梁,说不定真的会夺了惠施的魏相之职呢。"黄须游士说道。

逸轩见三个游士已然相信了他的话,遂连忙说道:

"在下只是听说庄周来大梁了。至于他来大梁是不是要夺惠施魏相之职,那就不得而知了。恕在下冒昧,打断了各位的谈话,扰了各位的雅兴。各位继续吧,俺们告辞了。"

蔺且一听,连忙起身,随着逸轩离开了客栈前堂,回到了自己的居室。

第二天,因为无所事事,蔺且、逸轩都跟庄周一样,日上三竿,仍然赖在席上不肯起来。快到日中时分,突然听到客栈里一阵骚乱,似乎有很多人在说话。庄周好像充耳不闻,高卧榻上,享受着在家中难以享受到的清静与悠闲自在。蔺且与逸轩一听有人声,立即从席上爬起,好奇地冲到客栈前堂,想看个究竟。

一到客栈前堂,二人就见几个公差模样的人正围着客栈老板在问话,周围则有好几个住店的游士在看热闹。

"师弟,我听不懂他们说的话,你问问他们,到底出了什么事?"蔺且看着客栈老板与公差模样的人用魏国话说得热闹,却又一句都听不懂,听了一会儿便急了,央求逸轩道。

逸轩轻轻拽了一下站在他前面的一个游士衣袖,悄声跟他耳语了一句。那游士连忙跟逸轩一边比划一边说开了。最后,逸轩点了点头,转身轻声告诉了蔺且内情。蔺且一听公差是惠施派来追查庄周的,差点当场没乐得跳起来。

逸轩见蔺且喜形于色的样子,怕他无意中泄露了秘密,立即拽了一下蔺且的衣袖,将他引到了客栈前堂的另一个角落。二人窃窃私语了一番后,立即回房,关起房门,继续高卧席上,高声闲聊起来,反正庄周在另一间客房,不受干扰。

蔺且与逸轩聊着聊着,认为第二天公差还会来盘问客栈老板。于是,二人决定，第二天一大早就陪庄周出去，到大梁市井看风光。蔺且的意思是，要测试一下惠施的为人。没想到，第二天庄周与两个弟子一大早就出门，引起了客栈老板的注意，他早先就怀疑庄周不像是生意人。所以，第三天公差再来找他时，他就直接将自己的判断告诉了公差。公差一听庄周就在此客栈，兴奋得不得了，其他游士也兴奋不已。于是，大家一直在客栈前堂等待庄周和他的两个弟子回来。

日中时分，庄周大概觉得走累了，提前回到了客栈。公差一见，立即趋前迎了上去，问道：

"您就是庄周先生吧。"

蔺且轻轻拽了一下庄周的衣袖，暗示他不要承认。他希望将戏继续演下去，好测测惠施的耐心与诚意。没想到，公差话音未落，庄周脱口而出道：

"在下正是蒙人庄周。"

"那就太好了，俺们惠相等您很久了。先生，马车早就在外面等着了，俺们上车吧。"一个为首的公差一边说着，一边伸手挽住了庄周的胳膊，不知是表示亲切，还是怕庄周跑了。

庄周上了公差的马车后，蔺且与逸轩也被邀请上了马车，以示尊重。三个公差则一个骑马，两个在车下跟随。

马车走了一段路程后，蔺且悄声跟庄周说：

"先生，我拽了一下您的衣袖，您怎么不明白呢？您不应该承认自己的身份呀！"

"为什么？你们要放风让惠施知道为师到了大梁，现在他派车来接我到他府上，已经展现了诚意，我何必再跟他玩什么游戏呢？"庄周不解地说道。

"先生，不是这个意思。前些天，我跟师弟在客栈跟几个游士放风，是想测试惠施的诚意与雅量，让他来接您到相府相叙旧情。没想到，那几个游士放风时违背了我们的初衷，臆测曲说，说您来大梁是要夺惠施魏国之相的位子。所以，弟子就怕惠施误会了，派公差来是为了捉拿您。"

"蔺且，你太多虑了！不要以小人之心度君子之腹，惠施还不是这种人。我们虽然'道不同，不相为谋'，但没到一山不容二虎，有你就没我的地步。"庄周不以为然地说道。

"先生，师兄说的也不是完全没有道理。害人之心不可有，但防人之心不可无。您大概也听说过孙膑与庞涓的故事吧。他们二人是师兄弟，关系应该算是非常亲密的了。结果呢？庞涓为了稳固自己魏国将军的地位，不是将才华比自己高的孙膑骗到魏国，私自用刑，加以迫害吗？"逸轩插话道。

"逸轩，你也想多了。为师相信，惠施绝对是君子，不是庞涓之流的小人。你们尽管放心。再说，不管别人怎么乱传乱猜，我庄周一生不愿也不屑为官的心迹明明白白，惠施知道，天下之士都知道。既然我不屑为官，惠施何必对我猜忌而起加害之心呢？"

"惠施既然不是小人，那么他为什么要派人三日三夜在大梁城内遍索您的踪迹呢？如果不是紧张害怕您夺了他的魏相之位，仅仅是为了早日见到您，那么何必没日没夜派公差搜查城内所有客栈呢？没有这个必要呀！"逸轩又说道。

"搜查三日三夜，有这么回事吗？"庄周惊讶地回过头来，望了一眼侍立身后的逸轩一眼，反问道。

"客栈老板这样说的，说俺们入住客栈那天夜里就有公差来搜查。老板说，他客栈里没有宋国客人，只有几个来自其他诸侯国的游士，还有三个从赵国来的客商。如果知道您是宋国人，师兄是楚国人，那么当天夜里俺们就不得安宁了。"逸轩补充道。

庄周听了，一言不发，眼睛直视前方，似乎若有所思。蔺且与逸轩见此，也就不好再说什么了，只是默默地陪着他坐在马车上。

大约有两顿饭的工夫，马车在一座豪华的府邸前停住了。

"庄周先生，惠相府邸到了。"马车甫一停稳，领头的一个公差就趋前报告道。

接着，另两个公差也连忙趋前，帮扶着庄周从车上下来。

"呵呵，这魏相府邸还真是阔绰呀！"庄周下车后，好像是有心，又好像是无意地朝惠施的相府瞥了一眼，突然莞尔一笑，脱口而出道。

领头的公差好像没听到庄周的话似的，径直吩咐另一个公差道：

"快找管家，让他通报相爷，就说庄周先生到了。"

那公差闻命，拔腿便飞奔进了相府。领头的公差则陪侍在庄周身旁，给他讲相府建筑格局之类的闲话。庄周似听非听，眼光忽左忽右，好像是看什么，又好像什么也没看。

大约过了有一顿饭的工夫，惠施小跑着从相府里出来了。

"哎呀，庄周先生，好多年不见了。今天我们终于又见面了。快，快，快进去坐，我们把酒细聊吧。"惠施一边笑容可掬地说着，一边伸手挽住了庄周的胳膊。

到了相府大堂分宾主坐定后，惠施又说了一些别后思念之类的客套话，庄周也有一句没一句地敷衍了几句。之后，双方就不知道接下来该说什么了。

惠施见此，连忙吩咐管家道：

"快去拿酒来，要魏王赏赐的那坛最好的酒。庄周先生没有别的爱好，除了山水，就是美酒了。"

庄周一听有最好的酒喝，情不自禁间眉宇便舒展开了。

不大一会儿，管家捧着一坛封装颇是讲究的酒上来，摆好酒盏后，惠施亲自动手给庄周斟了一盏，然后恭恭敬敬地给庄周献上。

庄周礼节性地欠了欠身，接盏在手，先小小地品了一口，微微点了点头，然后一仰脖子，就将一盏酒喝了下去。

惠施一见，知道庄周是满意的，遂连忙再给他斟上一盏。这次，庄周接盏在手，却没忙着喝，而是先将酒盏置于座席一旁，望着惠施，笑眯眯地说道：

"这次庄周从南方到北方游历，见识了不少新鲜事。"

惠施曾经多次跟庄周辩论过，知道他的口才好，特别会讲故事。于是，连忙接口说道：

"那是否也跟我分享一下呢？"

庄周见惠施有兴趣听他讲故事，没有立即开讲，而是先端起座席前的酒盏，慢慢地喝了一口，然后笑眯眯地望着惠施，问道：

"惠施先生博学多闻，天下人人尽知，不知是否听说过南方有一种叫鹓雏的鸟？"

"鹓雏？是不是传说中的一种凤鸟？"惠施脱口而出道。

"果然博学，庄周自叹不如，怪不得魏王礼聘您为魏国之相。"

"哪里话？论博学多闻，惠施怎么也赶不上您的。您就别取笑我了！"惠施呵呵一笑道。

"您见过鹓雏吗？"庄周直视惠施，一本正经地问道。

惠施连忙摇头，说道：

"没有，只是听说过。"

"庄周倒是比较幸运，这次碰巧见到了。"

庄周话音未落，惠施迫不及待地追问道：

"那您说说看，鹓雏是怎么样的一种鸟？有什么奇特之处？"

庄周见惠施一副急切的样子，不禁莞尔一笑。端起酒盏，又喝了一口后，才接着说道：

"鹓雏从南海起飞出发，飞往北海。沿途飞经之处，没有梧桐树，累了它也不会停下来栖息；没有竹子的果实，饿了它也不肯乱吃东西；没有甘美之泉，渴了它也不肯随意喝上一口水。"

"呵呵，鹓雏还这么讲究，真是神鸟也！"惠施感叹道。

"有一天，鹓雏正在空中飞翔，突然发现有一只鸱，就是北方人所说的猫头鹰，像箭一般地俯冲直下。鹓雏觉得好奇，就停在空中不飞，想看个究竟。结果，发现鸱俯冲直下是为了一只死而腐烂的老鼠。鸱在吞吃死鼠时，偶然抬头，发现鹓雏悬空不飞，以为它是要来跟自己争食死鼠，于是就望空对鹓雏大叫了一声：'吓！'"

庄周讲到这里，偷眼看了一下惠施，惠施则放声大笑，道：

"庄周先生，您真是会讲故事。"

"不是故事，是真有其事。"庄周一本正经地说道。

惠施摇摇头，莞尔一笑。

"您为魏相，我来大梁，您以为我此次是为夺相而来，所以派人在大梁城搜查三日三夜，把我叫到这里来。这跟鸱得腐鼠而吓鹓雏，有区别吗？"

惠施听到这里，这才如梦方醒，明白了庄周讲故事的用意。于是，连忙辩解道：

"庄周先生，您误会了。您来大梁的事，我一点都不知道，更谈不上派人在大梁城内搜查您三日三夜。刚才管家向我报告，说您来了，并简单说了一下情况，我才知道事情的原委。管家派人遍访大梁城的客栈，一定是出于好客的动机，以为您是我的好友，既然到了大梁，就应该请来相府一叙，以尽地主之谊。至于夺相不夺相的话，那就不必多说了。你我的为人，我们彼此都清楚。我之所以答应魏王而为魏相，并非为了荣华富贵，而是为了天下苍生。"

庄周对于惠施前面解释的话，心里还是颇为认同的，但对他后一句话，就觉得不以为然了，遂情不自禁地提出了质疑：

"您做魏相，不为荣华富贵，而为天下苍生？这话怎么讲？"

"魏王好战，天下人人皆知。因为魏王好战，魏与山东诸国战伐不断，致使山东各国生灵涂炭，百业凋敝，民不聊生。因为魏王好战，山东各国之间矛盾加深，强秦遂有了可乘之机，利用各国之间的矛盾，对山东各国实施逐个击破的策略。您看，现在山东各国，哪个国家的国君不是人人自危，对强秦畏之如虎？山东各国不团结，东西战略平衡被打破，天下就不可能有安宁的日子。我之所以到魏国为相，其实真的不是为个人一己之利，而是想为天下苍生谋个平静安稳的生活。"

说到这里，惠施停顿了一下，抬眼看了看庄周，见他专注地看着自己，遂又接着说道：

"我今日为魏王实施'合齐魏以按兵'的战略，与山东大国齐国修好，与韩国修好，就是要重组昔日苏秦的合纵之盟，使山东六国与强秦形成东西战略平衡，使天下保持太平。"

"庄周不懂什么'合纵'之盟，我只知道治国应该清静无为，'治大国若烹小鲜'，千万不要折腾。"庄周说道。

"我为魏王实施'合齐魏以按兵'的战略，目标虽是为了东西战略平衡，但本质上与您的清静无为并不矛盾。东西战略平衡了，两大集团谁也不敢轻启战端，天下不就太平无事了吗？各国君主不必整兵备战，不必劳民伤财，百姓都能安居乐业，这不就是你们先圣老聃主张的'无为而治'的境界吗？"

说到这里，惠施又抬头看了看庄周，见他闭目不语，好像是进入了睡眠状态。

蔺且看看惠施，又看看庄周，不禁欣慰地笑了。他为自己昔日投奔惠施的目光而自豪，也为后来改投在庄周门下而骄傲。两位先生都是智慧超人、口才一流的当代巨子，他与两位巨子有如此的渊源关系，岂能不让他为之深感欣慰。

逸轩听了庄周与惠施前后一番话，既更加敬佩老师庄周说故事讽刺人的口才，也对惠施作为政治家的深谋远虑油然而生敬意。

3．至人不为

消除了庄周对自己的误会后，惠施提出要留庄周在相府小住几日。庄周不肯，但经不起蔺且与逸轩二人一唱一搭地劝说，最后总算同意了。

留住在相府的两日间，庄周与惠施的关系仿佛又回到了从前。二人一坐到一起，就什么都忘了。庄周忘了身是客，惠施则忘了自己的魏国之相身份，其书生本色展露得淋漓尽致。虽然二人各持己见，从早到晚都在辩论个没完没了，甚至辩得脸红脖子粗，却乐此不疲，庄周丝毫没有求去的意思。

第三天，日中时分，惠施从朝中理政回到府中，跟庄周一起喝酒闲聊时，突然看着庄周，认真地说道：

"庄周先生，您好不容易来魏国一趟，既然已经到了大梁，不知是否有意跟魏王见一面？"

“我见魏王干什么？”庄周脱口而出道。

惠施好像是猜到庄周的反应似的，莞尔一笑，说道：

“庄周先生，您不是一直都在不遗余力地推阐老聃之道吗？为什么到了大梁不跟魏王推阐一下老聃之道呢？去年孟轲为了推阐孔丘之道，还特意来大梁一趟游说魏王呢。”

庄周一听孟轲来大梁游说过魏王，顿时来了兴趣，几乎是脱口而出，问道：

“孟轲来访，魏王是什么态度？”

惠施见庄周急不可耐的样子，故意望着庄周，停顿了一下，才不紧不慢地说道：

“魏王早就耳闻孟轲大名，当然对他非常客气。”

其实，孟轲来大梁游说魏惠王的事，以及详细经过，庄周在路过宋都商丘时，就在客栈听孟轲弟子公孙丑说过了。但听到惠施又提起此事，不免引动了好奇心，想求证一下事实真相，看看惠施所说与公孙丑所说是否一致。于是，便故意装作不知，并且摆出一副急切的样子，望着惠施，问道：

“那孟轲是如何游说魏王的？结果如何？”

“孟轲甫一落座，魏王就迫不及待地问道：‘老先生，您不远千里而来，是不是有什么有利于寡人之国的建议？’孟轲脱口而出道：‘大王何必开口就言利？为国之君，讲仁义就可以了。’”

“魏王认同他的观点吗？”

“您说呢？”惠施以为庄周真的有兴趣，乃莞尔一笑，不答反问道。

庄周假装不知，摇了摇头。

惠施顿了顿，接着说道：

“见魏王不置可否，孟轲乃进一步申述其观点道：‘做国君的，整天只想着如何利其国；做大夫的，整天只想着如何利其家；士人与百姓，整天只想着如何利其身，在上者与在下者相互争利，这样国家就危险了呀！’”

“孟轲这话倒是对的。魏王以为如何？”庄周故作认真地插话道。

“魏王仍然不置可否，孟轲遂又说道：‘如果大家都讲利而不讲仁义，那么在一个万乘之国，弑君篡国者必是拥兵车千乘的大夫；在一个千乘之国，弑君夺位者必是拥兵车百乘的大夫。万乘之国，拥兵车千乘；千乘之国，拥兵车百乘，不可谓不多了。如果在下者都将义字放在后，利字摆在先，那么他们不夺得君位就不会感到满足的。自古以来，从未有讲仁者会遗弃其父母的，讲义者会忘记其国君的。所以，为君为王者只讲仁义就可以了，何必言利？'"

听惠施说到这里，庄周终于忍不住了，呵呵一笑道：

"孟轲太迂腐了！仁义本来就不存在，孔丘之世尚不可行，何况今日？其实，天下之所以有此乱局，究其原因，就是孔丘及其所推崇的所谓古圣贤提倡的什么仁义而坏了世人心术。假如天下人都能清心寡欲，没人想着成圣成王，世上哪有争名争利之事？没有争名争利之事，哪会出现混乱而需要提倡什么仁义？"

"当今天下，自尊其说者虽号称有百家，除了大行其道的纵横家，真正有影响的，也只有信奉孔丘、墨翟、老聃之说的三派了。既然孔丘、墨翟之说皆不为当世之君所接受，那您为什么不向魏王推阐一下您所信奉的老聃之道呢？"

庄周听了惠施这番话，虽然内心有所动，但却没有表态。逸轩似乎看出了庄周的心思，遂趁机进言道：

"先生，魏相说得有理。当今之世，纵横家纵横捭阖，合纵连横之说大行其道，而老聃之道不能行于世。其实，并非老聃之道不能治国安邦，而是天下诸侯各国之君没有真正了解老聃之道的精妙之处。先生既然信奉老聃之说，理应向天下人君推阐老聃之道。不如听从魏相之言，先见一下魏王。如果魏王能听从先生之言，实行'清静无为'之策，也许能带动其他诸侯国，从此可以天下清平。"

"先生，师弟说得有理。"蔺且也趁机进言道，他想利用这个机会一睹魏王的风采，同时见识一下老师说服人主的口才。

庄周本来心中还有犹豫，但是听了两个弟子的话，遂下定了决心。沉默了片刻，庄周抬头看了看惠施，轻轻地点了点头。

惠施见庄周点头，面露微笑地说道：

"好，既然庄周先生肯见魏王，那我就跟魏王约好时间，然后再陪您一起拜谒魏王。"

第二天，惠施入朝理政时，向魏惠王报告了庄周来大梁的事。魏惠王早就听说庄周大名，立即来了兴趣，主动提出要见一下庄周。惠施顺势为庄周美言了一番，还趁机说到了庄周到稷下学宫游历时拒见齐王之事。

第三天，在惠施的陪同下，庄周来到魏王宫，跟魏惠王见了面。这天，庄周不仅没有换一身好的衣裳，反而故意挑了一套破旧的衣裳。这倒不是他对魏惠王不尊重，也不是向魏惠王哭穷，想要跟魏惠王求取什么，而是要展现他落拓不羁的为人风格。

魏惠王远远看到庄周，见他着装既没有孟轲等儒家之徒峨冠博带的那份庄严，也没有名家或纵横家游士宽袍大袖的那种讲究，而是类似于墨家弟子那种普通民众的打扮，不禁大感意外。等到庄周走近，魏惠王仔细一瞧，则就不是意外，而是惊诧了。因为庄周所穿的不仅是粗布衣服，而且上面有很多破洞，打了很多补丁。脚上穿的是一双破鞋子，还用麻绳绑着。

魏惠王是一个非常讲究的君主，虽然事先听惠施说过庄周落拓不羁、不修边幅的话，但见到庄周如此情状，他还是感到莫名的惊诧。先前对庄周形象的想象，终于被彻底粉碎。情不自禁间，魏惠王忘记了对士人的礼貌，脱口而出道：

"先生为什么显得如此疲困呢？"

"庄周是贫穷，而不是疲困。"庄周几乎是不假思考地应答道。

"这话怎么讲？"魏惠王连忙追问道。

在魏惠王问话的同时，惠施对魏惠王使了个眼色。魏惠王看看惠施，又看看庄周，这才意识到自己失礼了，遂连忙道歉道：

"寡人失礼了，光顾着说话，还没请先生就座呢。先生请坐吧。"

庄周没有向魏惠王行礼，也没有揖让之类的客套，便径直在魏惠王面前的一个座席上坐下了，然后不紧不慢地说道：

"读书人有理想有抱负而不能实现，这是疲困；衣裳破旧，鞋子破烂，这是贫穷，而不是疲困，是因为生不逢时啊！"

"先生，这话又是怎么讲？"魏惠王追问道。

"大王，您有没有看过猿猴？"庄周不答反问道。

"当然见过，寡人的苑囿中就有。"魏惠王不假思索地答道。

"既然大王见过猿猴，那么一定看见过它们腾挪跳跃的样子吧。当它们居于楠、梓、豫、章等大树之上时，攀枝缘蔓，往来自如，纵使是后羿、逢蒙这样的神射手，恐怕也奈何不得它们。然而，当它们处于柘、棘、枳、枸之类多刺的树丛中时，就会小心谨慎，跳跃腾挪总是瞻前顾后，有时还会害怕得浑身发抖，这并不是因为它们的筋骨变得僵硬而不灵便，而是其所处的情势变得不利。在此情势下，它们无法施展出其天生本然的才能呀！今天，读书人处于君昏臣乱的时代，想要不疲困，怎么可能呢？像比干这样的贤士，却被商纣王剖心，不是一个明显的例子吗？"

魏惠王听了庄周的话，甚是后悔刚才口不择言，失礼在先，结果引来庄周这番指桑骂槐的嘲讽。所以，没等庄周再借题发挥下去，他便连忙顾左右而言他，转移了话题，说道：

"先生是老聃之徒，想必最了解老聃学说对于治国安邦的精髓。今日幸得相见，寡人希望能够聆听聆听先生的教诲。"

"先圣老聃认为，治国安邦乃至平天下，只需八个字。"庄周脱口而出道。

"哪八个字？请先生明言以教寡人。"

庄周抬头看了看魏惠王，见其眼神专注，似有诚意，便一字一顿地说道：

"清心寡欲，清静无为。"

"这八个字为什么能够治国安邦平天下？寡人愿闻其详，先生请不吝赐教！"

"清心寡欲，就是什么欲望都没有，既不想成圣成王，也不贪图任何生理上的刺激痛快。"

"寡人明白了，就是对人生、对生活没有任何追求。好像孔丘曾赞扬过其得意弟子颜回，说他'一箪食，一瓢饮，在陋巷，人不堪其忧，回也不改其乐'，即能'安贫乐道'，是这个意思吧？"魏惠王问道。

庄周微微点了点头，说道：

"也可以这样说吧。其实，先圣老聃与孔丘的很多想法还是一致的。"

"那'清静无为'是不是什么都不做？如果什么都不做，那如何能治国安邦平天下呢？"魏惠王望着庄周，不无揶揄地问道。

庄周莞尔一笑，顿了顿，不紧不慢地说道：

"所谓'清静无为'，并非什么都不做，而是顺其自然，不妄作妄为。比方说，水往低处流，我们顺应自然，沿着河水走向，引水浇地，开渠引流，就可以不费力气而达到种植收获的目标。这就叫'清静无为'。如果我们要逆着河水的走势，硬要让河水倒流，让河水上山，这就是妄作妄为，一定会劳而无功，徒费力气的。"

"治国安邦不是种田耕地，清静无为恐怕未必就能办到吧？"魏惠王不以为然地质疑道。

"其实，天下所有的事道理都是一样的。先古圣君治天下，都是清静无为，垂裳而治的。那时，天下安宁，没有战伐，没有争权夺利，没有尔虞我诈，没有人整天高喊什么仁义道德，也没有人想着要成圣成王。在上位者与在下位者安于自己的地位，顺应自然地生活着，渴了喝水，饥了吃饭，困了睡觉，人人怡然自乐，天下太平无事。"

没等庄周说完，魏惠王就插话道：

"如果真像先生所说的那样，古圣君清静无为就能让天下太平，那其中的道理又在哪里呢？请先生明言以教寡人。"

"天地虽大，但依本性而变化的规律是一样的；万物虽多，但循性自得的性质则是一致的；百姓虽众，但自有其君主统率。君主治天下，以'德'为本而成就于自然。所以说，远古的君主治天下都是垂裳而治，清静无为，顺应自然而已，无须殚精竭虑，费尽心机。"

"先生这样讲，寡人觉得还是有些勉强。"

庄周看了魏惠王一眼，莞尔一笑，接着说道：

"从'道'的观点来看称谓，天下的君主都会得到认同；从'道'的观点来看分际，君臣的职责都很明确；从'道'的观点来看才能，天下的官吏都很尽职；从'道'的观点予以广泛考察，天下万物的对应都是齐备的。所以，通达于天的是'道'，顺应于地的是'德'，周行于万物的是'义'。在上位者治天下所要做的，是'事'；才能有所专精的，是'技'。'技'归于'事'，'事'归于'德'，'德'归于'道'，'道'归于'自然'。古圣贤有言：'君主养育万民，没有贪欲而天下富足，清静无为而万物自然化成，沉寂不扰而百姓自己安定。'古书亦有言：'通于大道，万事可成；无心自得，神鬼敬服。'说的都是这个道理。"

魏惠王见庄周说得头头是道，不禁呵呵一笑，望着庄周，以不无疑问的口吻说道：

"先生所说的'道'，果真有那么大的力量吗？"

"先圣老聃有言：'道可以覆盖和承载万物，广大浩瀚无达！君子不可以不抛弃个人心中的私智，敞开心扉去接纳，去效仿。以无为的态度处世，便叫道；以无为的方式表达，便叫德；爱人利物，便叫仁；一视同仁看待万物，便叫大；行为不乖张怪异，便叫宽；包容万物，便叫富。持守德行，便是把握了纲纪；实践德行，便叫完成了立身；遵循大道，便叫完备；不因外物而干扰了内心，便叫完满。君子明白这十个道理，便会包容万物而心胸宽广，万物归往便势不可挡。如此，则黄金可藏于深山，珠宝可沉于深渊，不贪图财货，不追求富贵，不因长寿而乐，不因短命而悲，不以通达为荣，不以贫穷为耻，不收揽天下之利而据为己有，不以称王天下而自以为显耀。这样的人，在他看来，万物就是一个整体，死生都是一样。'"

"老聃所说的这种境界，恐怕是无人可以企及吧。"庄周话音刚落，魏惠王脱口而出道。

"怎么没人企及呢？尧帝就是臻至这种境界的圣人。"庄周不假思索地答道。

"先生请道其详。"魏惠王催促道。

"尧治天下时，有一位贤士叫伯成子高。因为他贤能，尧帝便封他为诸侯，他也欣然受之。后来，尧帝让位于舜帝，舜帝又让位于禹。禹当政时，伯成子高辞去诸侯爵位而逃往边远的深山耕种。禹千方百计寻访伯成子高的下落，最后好不容易找到了他，此时他正在田里耕作。禹小步快跑，走到伯成子高下方，站好位置，恭恭敬敬地向他请教道：'以前尧帝治天下，您被封为诸侯，您欣然而受之。可是，等到尧帝让位于舜帝，舜帝再让贤于我后，您就不辞而别，逃到这种偏僻之处耕种，请问是什么原因呢？'"

"伯成子高是怎么回答的？"魏惠王迫不及待地追问道。

庄周见魏惠王急切的样子，不禁莞尔一笑，有意顿了顿，然后才不紧不慢地接着说道：

"伯成子高回答说：'以前尧帝治天下时，不行奖赏而百姓自发向善，不用刑罚而人民心存敬畏。而今您治天下，既赏又罚，百姓反而没有向善与敬畏之心，不仁不义的人越来越多。社会道德从此败坏，刑罚制度从此确立，后世的祸乱恐怕也从此开始了。您怎么还不走呢？别耽误了我耕作！'说完，伯成子高便低下头认真耕作，不再理会禹了。"

"先生的意思是说，尧帝是圣君，而禹则不是，是吗？"魏惠王问道。

庄周点点头，说道：

"正是。尧帝治天下清静无为，不赏不罚而天下大治；禹治天下殚精竭虑，亲力亲为，但是劳苦而无功，赏善而民众不向善，罚恶而百姓多作恶。其实，尧帝治天下的初始阶段也像禹一样，并非无为而治。后来有一次，在与舜帝的谈话中，受到舜帝思想的启发，这才幡然醒悟，开始清静无为，垂裳而治的。"

"舜帝跟尧帝说了什么，让尧帝幡然醒悟呢？"魏惠王好奇地问道。

"舜帝问尧帝：'治天下的王者，他的用心是怎样的？'尧帝回答说：'就我个人治天下的理念来说，不轻慢孤苦无告的弱者，不抛弃贫穷困窘的穷人，悲悯死者，爱护孩童，同情女人。这就是我治天下的用心。'舜帝听了，微微一笑，回应道：'您的用心好是好，但并不是最完善的。'尧帝连忙追问道：'那最完善的是什么呢？'舜帝回答道：'天生成而地宁静，日月照耀而四季运行，就像昼夜有常、云过雨降一样，一切顺乎自然。'尧帝听了，大为感叹地说道：'看来，我真是自扰多事呀！您治天下的理念是合乎自然，我的理念只是合于人事而已。'后来，尧帝之所以禅位于舜帝，就是认同舜帝无为而治的理念。其实，天地自古以来都被认为是最大的，黄帝、尧帝、舜帝都曾极力赞美天地。所以，古代治天下者，他们要做什么呢？只要效法天地运行的规律，清静无为就好了。”

“哦，寡人明白了，原来老聃‘人法地，地法天，天法道，道法自然’的思想是来源于黄帝、尧帝、舜帝。”魏惠王恍然大悟地说道。

庄周轻轻地点了点头，接着说道：

“大王说得对。先圣老聃的思想，乃是对远古圣君无为而治理念的概括与总结。刚才我说到尧帝无为而治的治世理念是受舜帝的启发，其实，还有一个人对尧帝这一治世理念的形成也有不可忽视的重要影响。”

“哦？这人是谁？”魏惠王不无好奇地追问道。

“大王可能也听说过，尧帝时代有一个大圣人，叫作许由。他是尧帝之师。其实，许由还不是当时最有名望的，在他之上还有啮缺、王倪和被衣三位圣人。啮缺是许由之师，而王倪则是啮缺之师，被衣又是王倪之师。”

“真是人外有人，天外有天呀！”庄周没有说完，魏惠王情不自禁地感叹道。

庄周点点头，望了魏惠王一眼，接着说道：

“尧帝并非一开始就想让位于舜帝，而是想让位于许由之师啮缺的。一次，尧帝跟许由请教说：‘啮缺可以做天子吗？我准备请王倪劝进他。’许由连忙说道：‘不可，不可！这太危险了。如果他为天子，势必会危及天下。’”

“啮缺是许由的老师，许由为什么要反对自己的老师为天子呢？”没等庄周把话说完，魏惠王便迫不及待地问道。

庄周呵呵一笑，道：

“许由反对啮缺为天子，乃是出于公心，他认为啮缺不适合做天子。应该说，许由反对啮缺为天子，既是为天下苍生着想，也是出于爱护老师的好意。”

“这话怎么讲？”魏惠王更加不理解了。

“尧帝没想到许由会反对自己的老师为天子，于是就问他理由。许由回答说：‘我的老师啮缺的为人，我是最清楚的。他聪明睿智，机警敏捷，禀赋过人，又喜欢将人的才智凌驾于自然。他明察秋毫，懂得如何禁止他人的过失，却不知道过失之所以产生的原因。您真的要让他做天子吗？他若为天子，他必然会倚仗自己的才智而摒弃自然天道，以自己为本位而区分人我，崇尚智巧而追求急用；他若为天子，必然为琐事所役使牵累，为外物所束缚羁绊；他若为天子，必然会为应接四方而自顾不暇，事事求完美而身心俱疲，为外物变化左右而自失常态。他这样的一个人，哪里可以做天子呢？尽管如此，有人群聚居之处，就应有主其一方之事的人。如果让他管理一方，为一方之长，应该是没有问题的。但是，让他做天子，是绝对不合适的。治是致乱之起因，亦是人臣的祸患，人主的灾难。'"

"结果怎么样？"魏惠王迫不及待地追问道。

"结果，尧帝被许由说服了，最终尧帝将天子之位禅让给了舜帝，这才有了远古的至德之世。"

"那至德之世到底是个什么样子呢？"魏惠王好奇地问道。

庄周望了一眼魏惠王，见其兴味盎然的样子，顿了顿，接着说道：

"至德之世是个什么样子，庄周也没有见过。不过，庄周倒是听先圣说过。周武王时代有两个贤人，一个叫门无鬼，一个叫赤张满稽。"

庄周刚说到这里，侍立一旁的蔺且就不禁背过脸去，掩袖而笑。逸轩拉了拉蔺且的衣袖，轻声问道：

"师兄，您笑什么？"

"我笑先生又在编故事了。"蔺且答道。

"您怎么知道的？"逸轩反问道。

"你看先生刚才被魏王追问时停顿了好久，那是在思考怎么编故事。你听先生说的那两个人，哪有那么怪的名字。"蔺且说道。

就在蔺且与逸轩在一旁交头接耳之际，庄周的故事已经讲得有声有色了：

"尧帝传位给舜帝，天下大治。但是，舜帝传位给禹后，情况就发生了变化。禹在年老时不是将天子之位让与贤人，而是传给了自己的儿子启。从启开始，天下就不再是天下人的天下，而是禹及其子孙的家天下了。因为是家天下，尧、舜时代天下为公的局面就不复存在了。禹的子孙取得天下后，为了保住既有的地位，永世做天子，就彻底抛弃了尧、舜时代清静无为的治世之策，转而崇尚智巧，玩弄权术。结果，人心大坏。到了商纣之时，天下大乱，民不聊生。这时，出来一个人，就是周文王之子周武王。"

魏惠王听到这里，点了点头。

庄周顿了顿，接着说道：

"当周武王起兵伐纣时，门无鬼、赤张满稽与许多民众一样，驻足道旁观看周武王的大军浩浩荡荡地从眼前走过。看了一会儿，赤张满稽突然对门无鬼说道：'今日之天下，不如舜帝时代呀！所以才有这样的祸乱。'门无鬼接口说道：'我一直搞不清楚，舜帝治天下，是天下太平时才治理的，还是天下混乱时才治理的？'赤张满稽说道：'天下太平了，老百姓的心愿都满足了，还要舜帝来治理干什么？但是，舜帝治天下决不无事生事，而是清静无为，顺其自然。就像给头上长了癞疮的病人治疗一样，病人秃了头才给装假发，有病才去求医。他决不会庸人自扰，没事找事，给百姓添乱。在圣人看来，一个孝子整天端水进药侍奉慈父而累得面容憔悴，那是应该为他感到羞愧的。真正的孝子，是不会让慈父得病的。"

"这话怎么讲？"魏惠王不解地问道。

"在圣人看来，凡事防患于未然，才是最高境界。头痛能医头，脚痛能够治脚，并不就是好医生；天下出乱子能够弭平，洪水泛滥能够防堵，并不就是好天子。做医生的，最高境界是让人不生病，不施汤药；做天子的，最高境界是让天下清静无事，无须殚精竭虑，宵衣旰食。至德之世，不推崇贤士，不重用能人，君主好像是树枝，凌然半空而不觉其高；百姓就像是野鹿，四处游荡而不觉是自由。人们行为端正，却不知道什么是义；人们相亲相爱，却不知道什么是仁；人们诚实守信，却不知道什么是忠；人们言行一致，却不知道什么是信；人们相互帮助，却不知道什么是恩。所以，至德之世治天下者，皆是行而无痕，事而无传。"

"依先生的看法，周武王算不得是圣君，那周文王又如何？"魏惠王问道。

"周文王算不算圣君，庄周还不敢说，但是他所礼聘的那位渭水边垂钓的老人，应该算得上是圣人，因为他帮周文王治国，就是无为而治。"

"请先生细说周详。"魏惠王催促道。

庄周见魏惠王兴致甚高，故意顿了顿，然后才接着说道：

"周文王一次巡游到渭水边，看到一个老人在水边垂钓。周文王一时兴起，便凑近他身边观看，结果发现老人只是持竿在手而已，似乎无意于钓鱼。周文王见老人须发尽白，气度亦非常人，遂有心举用他，将政事托付于他。可是，仔细一想，周文王犹豫了。他怕贸然跟老人开口太过唐突，毕竟他们彼此并不了解。即便老人欣然答应，他又怕引起大臣和族中父老的猜忌或不服。想要放弃已起的念头，周文王又觉得对不起天下苍生。他觉得，能够庇荫天下苍生，为百姓造福的，恐怕正是眼前这位无心钓鱼的世外高人。"

"那怎么办？"魏惠王急切地追问道。

"周文王犹豫了好久，最后悄悄地退去。第二天一大早，周文王就召集大夫，跟他们说：'昨天晚上，我梦到一位贤人，面色黝黑，长髯飘胸，骑着一匹杂色马，马蹄的一边是赤色的。他命令我说：你把政事托付给渭水边的那位老人，这样百姓的苦难也许可以免除。'大夫们听了周文王的话，先是沉默不语，后则有人皱着眉头说道：'这是先君在命令您呀！'周文王说：'既然如此，那就占一卦看看吧。'大夫们见周文王说得如此认真，遂异口同声地说道：'这就不必了！既然是先君有令，您就不必犹豫了，执行先君之命就好了，何必再费事占卦呢？'"

"结果呢？"魏惠王问道。

"结果，周文王顺坡下驴，立即驱车前往渭水边上迎接垂钓老人，将全部政事托付于他。老人受托执政，既不对旧有典章制度予以更改，也不颁布什么偏颇的政令，一切顺其自然。但是，三年之后，周文王到全国各地巡视，发现没有士人结党营私，没有官员显功耀德，别的度量衡也没有进入四境的。士人不结党营私，说明他们同君主同心同德；官员不显功耀德，说明他们心无旁骛在做事；没有别的度量衡进入四境，说明诸侯对君主没有异心。于是，周文王拜老人为太师，执弟子之礼而问道：'现在政令可以推行于天下了吗？'老人默然无语，没有明确回应，只是敷衍了周文王几句。早上老人还接受了周文王的指令而处理政务，晚上就不见了踪影，而且从此音信皆无。"

"周文王对他那么客气，只问了他一句话，他怎么就会逃掉呢？"魏惠王不解地问道。

庄周莞尔一笑，望了魏惠王一眼，从容不迫地说道：

"因为老人主张治天下应该清静无为，而周文王想推广其政令，这是要奋发有为，想将自己的意志强加于天下人，与老人的治国理念不同。孔丘有言：'道不同，不相为谋。'所以，老人悄然而去，乃是必然。"

"先生说到周文王，又提到孔丘，寡人就想到了一个问题。"

"什么问题？"这回是庄周迫不及待地追问魏惠王了。

"先生应该比寡人更明白，孔丘一生最推崇的人应该就是周文王了吧。那么他为什么要推崇周文王呢？寡人以为，应该跟周文王治天下的政绩有关。可是，周文王治天下绝非是清静无为就能做到的。如果他清静无为，如何能够取代商纣而有天下？"

"取代商纣而有天下，那是周武王与周公旦的作为。不过，取商纣而代之，事实上并不是什么有利于天下的作为。因为商灭而周兴，天下并没有因此而宁静，反而更乱。特别是周公旦，更是天下大乱的罪魁祸首。"

庄周话音未落，魏惠王便脱口而出，反问道：

"何以言之？周公旦不是一直都被人们称颂，被公认是周朝得以建立与繁荣的首要功臣吗？"

庄周呵呵一笑，望了魏惠王一眼，不无轻蔑地说道：

"他哪里算什么功臣？简直是千古罪人。历史上对他评价说：'一年救乱，二年克殷，三年践奄，四年建侯卫，五年营成周，六年制礼乐，七年致政成王'，其实是谬赞。周文王在世时，天下不能算太平，但至少在他统辖的周地是平静的，没有动乱。为什么周文王过世后，周公旦摄政，周地就乱起来了，而要他起而救乱呢？究其原因，不就是因为周公旦庸人自扰，妄作妄为，将周地弄乱了，所以才要救乱呀！"

"那克殷即使不算是周公旦的功劳，至少也不能算是他的罪过吧？"魏惠王又反问道。

"克殷算不算他的罪过，庄周不敢贸然断言，但是我们应该看到一个事实。这个事实就是，殷商灭亡后，天下不是太平了，而是更乱了。大家都知道，纣王自焚后，周朝得以建立。但是，周朝建立后，天下并没有因此而安定，相反是更乱了。殷商灭亡后不久，周朝统治者内部就因为争权夺利而先乱了起来。管叔、蔡叔不服周公旦擅权独断，勾结纣王之子武庚旧势力起而作乱。大王，您说周公旦治天下是不是越治越乱？跟尧帝、舜帝时无为而治相比，到底哪个时代更太平？"

魏惠王没吱声，只是抬眼看了看庄周。

庄周知道魏惠王此时此刻在想什么，于是接着说道：

"管蔡之乱起，周公旦假借年幼的周武王的名义起兵平叛，大动干戈，劳民伤财，经年累月，最终诛斩了管叔，杀了武庚，流放了蔡叔。然而，平定管蔡之乱，收服了殷商旧民，周公旦并没有就此收手，与民休息，而是欲望越来越大，想臣服天下所有诸侯。为此，他举平定管蔡之乱的得胜大军往东进发，趁机灭亡了奄等五十多个诸侯小国，使周的势力范围延伸至东海之滨。周《诗》'普天之下，莫非王土；率土之滨，莫非王臣'的句子，大概就是歌颂周公旦的吧。"

"如果说周公旦用兵不妥的话，那么他'四年建侯卫'，分封诸侯，应该算是恩德了，对维护天下安定应该算是有积极意义吧。"魏惠王说道。

庄周先是莞尔一笑，接着摇摇头，说道：

"恰恰相反！周公旦'四年建侯卫'，分封诸侯，乃是天下走向大乱，愈发不可收拾的根源所在。"

"这话怎么说？寡人实在是不明白。"魏惠王望着庄周，不解地说道。

"大王，您应该明白，周公旦'四年建侯卫'，分封诸侯，虽然是为了尊天子之位，确立'君君臣臣'的统治秩序，实现天下的长治久安，庄周并不否认他的动机是好的，但世上的事往往是动机与结果相反。周公旦'四年建侯卫'，分封诸侯，将天子的地位推到了无与伦比的位置，这就势必诱发诸侯的不臣之心，权力欲大增，由此造就了无数觊觎王权王位的野心家。孔丘在世时，已经感叹乱臣贼子遍天下了。今日之天下，那就更不必说了。大王，您说周公旦'四年建侯卫'，分封诸侯，算是恩德而不是致乱之源吗？"

魏惠王一时语塞，只是抬眼望着庄周。

庄周见此，莞尔一笑，接着又说了下去：

"至于'五年营成周，六年制礼乐'，那更是周公旦庸人自扰，开启天下乱源的大罪过。"

"先生，这话又怎么说？"庄周话音未落，魏惠王就大惑不解地问道。

"这话很好说。大王，您知道周公旦为什么要'五年营成周'？不就是因为要统治重心东移，控制新征服的东方诸侯国吗？殷纣王在位时虽然无道，惹得天怒人怨，但东方诸侯国并没有群起而反对他。相反，东方诸侯国都处于小国寡民状态，社会安定，彼此没有混战，也没与殷商中央政权有冲突。怎么周公旦执政时，东方诸侯国就成了周王朝的不安定因素，需要周王朝迁都东进才能镇得住呢？这不是周公旦庸人自扰，平定管蔡之乱后而进攻奄等五十多个东方诸侯国的结果吗？如果平定管蔡之乱后，周公旦清静无为，不对奄等五十多个东方诸侯国开启战端，何必惧怕东方不安定呢？"

"先生这话说得倒是在理。看来，周公旦东征是多此一举了。"魏惠王情不自禁间脱口而出，认可了庄周的见解。

庄周见魏惠王终于明确地认同了自己的说法，遂再接再厉道：

"至于'六年制礼乐'，那更是周公旦贻害千古的罪过。孔丘在世时总是念念不忘要恢复周公礼法，殊不知正是这个周公礼法致使周王朝的统治分崩离析的。"

"这话又是怎么讲？"魏惠王连忙追问道。

庄周见魏惠王兴趣越来越浓厚，不禁暗自窃喜，故意顿了顿，才接着说道：

"周公旦制定礼乐，意在通过一整套礼仪规范框定人们的言行，通过一些看似庄严肃穆的音乐舞蹈来强化其精神统治，从而实现对天下人从精神到行动的全面控制，以此维护周王朝的长治久安，王权世袭千秋万代。周公旦工于心计在前，就必然有工于心计的阴谋家在后。后来周天子之所以不能再号令天下，失去应有的权威，而被诸侯架空，就是因为人心大坏，诸侯们学到了周公旦的心计。诸侯们得到周天子的分封，却并不满足于永远做诸侯，而是欲望越来越大。为了有朝一日取周天子而代之，他们不断扩张自己的势力范围，不惜以生灵涂炭为代价，在诸侯国之间相互争战。而在各诸侯国内部，君臣间也是尔虞我诈，什么手段都用得出来。三家分晋，田氏窃齐，正是诸侯内部的争斗结果。如果当初周公旦不弄智弄巧，不用权谋，不制礼作乐，人心何至于坏到如今这步田地？如果周公旦像尧帝、舜帝一样崇尚清静无为，不用武力和权谋一统天下，不极力推崇周天子之位，大家就不会有什么名位、名利之念。没有名位、名利之念，哪里会有人要觊觎天子之位？没有利益贪欲，哪里会有诸侯为了土地与财货而发起兼并战争？今日天下之所以不得安宁，民不聊生，难道不正是拜周公旦制礼作乐之赐吗？"

魏惠王见庄周说得头头是道，慷慨激昂，虽然心里并不认同，却被他的情绪所感染，情不自禁间便坐直了身子。

庄周抬眼看了一下魏惠王，见其神情专注，顿了顿，接着说道：

"天地有大美而不言不语，春夏秋冬四季分明并按时轮换却悄无声息，万物各有其生成之理而并无解说。所谓圣人，就是能够推究天地大美而又通达万物生成之理的人。先圣有言：至人无为，大圣不作。"

"何谓'至人无为，大圣不作'？"魏惠王突然插话问道。

"'至人无为'，是说治天下达到最高境界的人是顺乎自然、清静无为的；'大圣不作'，是说最大的圣人是不妄作妄为的。归根结底一句话，最聪明的人治天下，只是取法于天地就可以了。"

"这话又怎么讲？"魏惠王又问道。

"天地最为神明精妙，参与万物的千变万化。万物或生或死，或方或圆，是无人可以知道其本源的。万物自生自长，蓬勃盎然，自古以来就一直是存在的。天地四方，合称六合，不可谓不大。然六合虽大，却超不出道的范围。野兽秋天身上长出的毫毛虽然细微，然蔽体御寒却少不了它。天下万物皆有生灭沉浮，没有一直固定不变的。阴阳变化，四季轮替，各有其内在的规律与秩序。大道微茫若无，实则始终存在；大道无形可循，却冥冥之中发挥着神妙之用；万物受它养育，却又浑然不知。这就是世界的本根，明白这个道理，我们就可以观察天道了。圣人明乎于天道，取法于天地，顺应自然，清静无为，无须殚精竭虑，无须劳形劳身，就可天下大治。"

魏惠王虽然并不认同庄周"无为而治"的治国理念，但是出于礼貌，同时也是为了早点结束这场谈话，他故意装作非常虔诚的样子，对庄周恭敬有加地说道：

"先生说得真好，寡人谨受教。"

4．曳尾于途中

辞别魏惠王，庄周随惠施回到魏相府又住了二日，时间已是周显王三十四年五月二十八了。庄周屈指一算，来大梁也快有十天了。于是，他提出要回宋国漆园。尽管惠施极尽地主的热情予以挽留，但庄周还是执意要离去。

五月二十九，惠施见庄周去意已决，趁庄周早上还在睡懒觉之际，提前入朝处理了一下朝政，日中时分便急急赶了回来，准备给庄周治酒饯行。此时，庄周在蔺且、逸轩两个弟子的侍候下已经从睡榻上起来并漱洗完毕。惠施见此，连忙让相府厨子将一大早就开始准备的宴席铺排起来，然后亲自请庄周入席就座。

饯行酒宴本来只是一个仪式，宾主酬应几句，喝几盏酒，然后客人上路，主人送别一程，宾主作依依不舍状，也就完成了。可是，庄周是读书人，惠施虽身为魏国之相，但书生本色未改。二人一坐下来，端上酒盏，话就多了，结果什么都忘了。等到庄周起身要辞别时，发现天色都暗下来了。

看着一脸惊诧的庄周，惠施呵呵一笑道：

"庄周先生，今天您是走不了啦！天色已晚，城门恐怕已经关闭了。即使没关闭，您能出城，也是前不着村，后不着店的。今晚您只能在寒舍再将就一夜了，如果明天您还执意要走，那就一早便走，惠施也不再治酒拖累您了。"

庄周听了惠施的话，又看看院外的天色，哑然一笑。

一夜无话。

第二天，庄周一大早就在两个弟子的侍候下起来了，跟惠施道别了几句，就急急上了马车。惠施让相府厨子将早已准备好的干粮奉上，蔺且与逸轩接了，搬到车上放好。然后，惠施与庄周一个在车上，一个在车下，彼此说了几句珍重的话，马车就驱动了。

出了大梁城，庄周师生三人连续走了五天，也没走到三百里地。蔺且算了算日子，说这样走下去，不知什么时候才能回到宋国漆园，师娘与小师弟、小师妹肯定在家中巴望着，急得不得了。

逸轩知道蔺且的意思，知道他是在埋怨老师每天睡懒觉，耽误了太多的时间。于是，便不动声色地从中打圆场，说每天赶路不多，主要是因为路况不好，马车跑不快。

不知庄周是否听懂了两个弟子的话，反正不管两个弟子怎么说，他每天仍然要睡到日中时分才起来。

第七天，也就是周显王三十四年六月初六，日中时分，庄周像往常一样，一觉睡到自然醒。此时，客栈外大榆树上的蝉们正叫得欢呢。

当庄周趿拉着鞋子，伸着懒腰走到客栈门口时，蔺且有意抬眼看了看头顶上的太阳，指着门口大榆树说道：

"先生，您真是心静不觉热，睡得很好吧。您听，这蝉就不行，一大早就觉得热得不行，聒噪得很，叫个没完没了。"

"这有什么奇怪，就像人渴了就要喝水，饥了就要吃饭，困了就要睡觉一样，蝉到夏天当然是要叫的。这叫顺其自然呀！"庄周不假思索地说道。

正当庄周跟蔺且说话的时侯，逸轩已经端了一盆水，里面飘着一块布，恭恭敬敬地送到庄周面前，并轻声对庄周说道：

"先生，请漱洗一下，再去吃点东西。时间不早了，俺们得赶快上路。车夫早就在催了，说出发迟了，天黑前赶不到下一个客栈。"

大约烙三张饼的时间，庄周漱洗完毕并吃好了饭。车夫已将马车赶到了客栈门前的台阶边，然后扶着庄周上了车，甩响鞭子，便催动马车出发了。

像往常一样，蔺且与逸轩一左一右侍立庄周两侧。马车行过之处，到处都能听到蝉声。不多一会儿，蔺且脸上就开始冒汗了。逸轩偶然瞟了蔺且一眼，觉得奇怪，便问蔺且道：

"师兄，您觉得很热吗？怎么脸上都出汗了？"

"我是一听到蝉叫，就浑身燥热，脸上出汗。"

"那是心理作用。其实，蝉叫也并不是因为天热的缘故。"庄周脱口而出道。

"那是因为什么缘故？"蔺且连忙追问道。

"雌蝉再热也不叫，只有雄蝉才整天叫个不停。这就说明，蝉叫与天热无关。"庄周答道。

"那雄蝉为什么冬天不叫，春天不叫，而到了夏天就会叫呢？"蔺且不解地问道。

庄周呵呵一笑，瞥了一眼蔺且，又扫视了一下逸轩，说道：

"冬天、春天，蝉还在土里呢。到了六月，早些是月初，晚些是月中或月末，主要是看气温，蝉的幼虫才会在黄昏或夜间钻出土层，然后爬到树上，蜕皮羽化后才变成了蝉。"

"听说蝉不吃东西，餐风饮露，是这样吗？"逸轩问道。

"其实不是这样。"庄周答道。

"那到底是怎样呢？"逸轩更加好奇了。

"蝉既不餐风，也不饮露，而是吸食树的汁液。它头部有根尖针一样的东西，可以插入树干或树枝中，将树液吸出来饮用。吸食的时间长了，有些树枝都会因此而枯萎。"

"先生真是博学，如果先生不讲，俺们永远都不知道实情。"逸轩说道。

"先生，您还没回答雄蝉为什么会叫的问题呢。"蔺且提醒道。

"蝉高居树梢，又在树叶之间，根本不会感受到什么叫热。是我们人类自己夏天感受到热，以己度蝉，以为蝉叫也是因为热。其实，大错特错。叫个不停的都是雄蝉，雌蝉都是一声不吭的。雄蝉之所以叫，不是它比雌蝉怕热，而是以此呼唤来引起雌蝉注意，是在求偶。"

"哦，原来是这样。"蔺且与逸轩几乎异口同声地说道。

庄周见两个弟子恍然大悟的样子，不禁莞尔一笑。顿了顿，庄周突然若有所思地说道：

"说到蝉，为师突然想到一个故事。"

蔺且与逸轩一听庄周要讲故事，顿时眼睛放光，不约而同地追问道：

"什么故事？"

庄周瞟了二人一眼，见他们一副急不可耐的样子，故意停下不说了。

"先生，快讲呀！"逸轩沉不住气了。

庄周微微一笑，不看逸轩，而是侧脸看了蔺且一眼，然后才从容说道：

"大约一百年前，南方有两个大国，一是吴国，二是楚国，实力可谓旗鼓相当。但是，当时的吴王想做天下的霸主，一心想灭了楚国，不让楚国成为吴国的竞争对手。吴王打定主意后，就开始厉兵秣马，准备择日出兵伐楚。在向臣下宣布这一决策时，吴王怕手下大臣提出反对意见，于是索性将话挑明，说：'谁敢提意见反对寡人伐楚，寡人就砍他的头。'"

"结果怎么样？"逸轩着急地问道。

"吴国的大臣都知道，他们的国君是当今雄才大略的主儿，个性很强。他既然发话了，谁敢拂逆他而提出反对意见？"庄周说道。

"可是，吴国是大国，楚国也是大国呀！犹如二虎相争，最终必然两败俱伤。这个道理，吴国的大臣应该明白。食君之禄，担君之忧，乃是千古不变的道理，不能因为惧怕吴王的威权，更不能因为怕杀头，就不据理力争呀！"逸轩说道。

庄周听了逸轩的话，情不自禁地点了点头，他是打心眼里觉得逸轩有思想。于是，看了看逸轩，接着说道：

"话是这么说，但当时就是没有一个有胆的吴国大臣出来力谏吴王。"

"那吴王最后就出兵伐楚了吧？结果怎么样？是赢了，还是输了？"蔺且这时也不淡定了，因为他是楚国人，潜意识中是向着楚国，为楚国担心的。

庄周看出了蔺且的心情，莞尔一笑，说道：

"别为古人担心！吴国大臣不敢出来力谏，但总会有人出来阻止吴王的。"

"难道是世外高人？"逸轩问道。

"不是世外高人，就是吴王身边之人，一个叫少孺子的舍人。"庄周答道。

"舍人是个什么职位？"蔺且问道。

"就是吴王的亲随，也可以算是幕僚，反正就是吴王最亲近的人。"庄周说道。

"那少孺子怎么劝谏吴王的呢？结果又如何？"逸轩连忙追问道。

"少孺子以蝉说事，就将吴王说服了，最后吴王取消了伐楚的决策。"庄周微微一笑，好像是漫不经心地答道。

"以蝉说事？他是怎么说的？"蔺且迫不及待了。

庄周见蔺且一副急切的样子，又看到逸轩眼巴巴等待的眼神，略微顿了顿，便从容说道：

"少孺子知道吴王的脾气与为人，更深谙君臣的分际。所以，吴王下令之后，他有意躲吴王远远的，以免有向他进谏的嫌疑。"

"先生，您不是说少孺子要以蝉说事，给吴王进谏吗？他躲吴王远远的，怎么进谏？"蔺且不解地问道。

庄周莞尔一笑，看了一眼蔺且，说道：

"这就是少孺子的聪明过人之处。他身为吴王的亲随和幕僚，本来应该与吴王形影不离才对，现在却要离吴王远远的，你说吴王会不觉得奇怪吗？"

"当然。"蔺且答道。

"先生，弟子明白了。少孺子这是欲擒故纵吧，他是想通过有意远离吴王的举动，引起吴王的注意，转而让吴王来问他，他便好借机游说吴王，是不是这个策略？"逸轩眨巴着眼睛，问庄周道。

"看来，你也可以做吴王的幕僚与亲随了。"庄周笑着说道。

"先生，这话怎么讲？"蔺且见老师表扬逸轩，不解地问道。

庄周看看蔺且，又看看逸轩，莞尔一笑道：

"少孺子表面上装作离吴王远远的，事实上却又总不离吴王的视线。自从吴王下令后，他每天都要起得很早，而且一起来就径直往吴王后花园而去。一连三天，每天衣裳都被露水打湿。第四天，吴王实在憋不住了，就把少孺子叫了过来，问道：'你每天起得那么早，到底是干什么呢？你看，衣裳都湿了，何苦呢？'"

"听吴王跟少孺子说话的口气，他们二人的关系确实是非常好。"蔺且插话道。

"不好，能做吴王的亲随与幕僚吗？不好，能自由出入吴王的后花园吗？"逸轩说道。

庄周笑着看了看两个弟子，接着说道：

"少孺子见吴王相问，便谦恭有加地回答道：'大王，这几天臣一直在观察一个现象。'吴王连忙问道：'什么现象？'少孺子说：'大王后花园中不是有一棵长得最高的树吗？'吴王说：'这个寡人知道。'少孺子说：'最近几天，臣在园中闲走，一大早就听到有蝉声。出于好奇，臣便循声寻找蝉声到底是发自哪棵树上。最后，臣发现蝉声是来自那棵最高的树上。确认蝉声所自何处后，臣又仔细寻觅那只发声的蝉。今天早晨，臣终于在枝繁叶茂的树间看到了那只放声高鸣的蝉。'吴王反问道：'蝉有什么好看的？'"

"是啊，蝉有什么好看的？谁没见过蝉？这个少孺子大概是童心未泯吧。"逸轩插话道。

"师弟，肯定不是这样。你听先生讲下去。"蔺且扫了逸轩一眼，说道。

"少孺子回答说：'看到那只蝉居于繁枝茂叶之间，时而饮着叶间露水，时而放声高鸣，臣就在想，这个世界上最无忧无虑的，应该就是蝉了。'吴王脱口而出道：'是呀！蝉餐风饮露，与世无争，一无所求，也就一无所忧，不乐夫如何？不歌何所为？'少孺子笑着说道：'正当臣也作如此之想时，突然发现那只蝉的身后有一个东西在慢慢地移动着。'"

"是什么东西？"蔺且虽然一向冷静，但这时也好像陷进了庄周的故事中。

庄周看了一眼蔺且，莞尔一笑。

"先生，您继续讲。"逸轩一边催促庄周，一边扫了蔺且一眼。

"少孺子说：'臣瞪大眼睛，看了好久，终于看清楚了，原来是一只螳螂。'吴王说：'螳螂是最喜欢吃蝉的，那蝉不是有危险了吗？'少孺子说：'大王说得对。当时臣看到螳螂立起身子，曲起前肢要抓蝉时，紧张得不得了。可是，就在臣替蝉着急之际，却猛然发现螳螂的旁边有一只黄雀正伸长了脖子；当黄雀伸长脖子要啄螳螂之际，臣忽然听到一声响，接着就见黄雀从树上掉了下来。'吴王瞪大眼睛问道：'怎么回事？'少孺子笑了，说道：

'开始臣也觉得奇怪，当臣转过头来，这才明白了其中的原因。'吴王急忙问道：'什么原因？'少孺子从容地回答道：'原来园外有一个少年拿着弹弓瞄准黄雀很久了。'"

"最后呢？"这一次，逸轩也陷进了庄周的故事中。

"没有了。"庄周看着逸轩，笑了笑。

"先生，我们当然知道少孺子的故事讲完了。师弟是问吴王听完了故事，最后到底怎么样了？"蔺且问道。

"吴王既然号称雄才大略的君王，少孺子所讲的'螳螂捕蝉，黄雀在后'的故事，他能听不懂什么意思？"庄周反问道。

"先生的意思是说，吴王听懂了少孺子故事的寓意，取消了伐楚的计划，没给吴国周边的敌国乘虚而入的机会，是吧？"逸轩问道。

庄周点点头，看看逸轩，又看看蔺且，笑了笑。

过了一会儿，蔺且看到庄周凭轼远眺时，好像若有所思，遂又忍不住问道：

"先生，您又在想什么呢？"

庄周没吱声。

过了一会儿，逸轩怯怯地说道：

"先生，您是不是在想这次跟魏王相见之事？"

庄周侧过脸来看了一眼逸轩，停顿了一会儿，说道：

"刚才说到蝉，让为师想起吴王与少孺子的事。由螳螂与黄雀的故事，又让为师想到了魏惠王。"

"先生，魏惠王跟螳螂和黄雀有什么关系？"蔺且不解地问道。

"准确地说，魏惠王就是那只黄雀。"

"先生，这话怎么讲？"蔺且更加不解了。

"少孺子所讲故事中的那只黄雀，为什么会被少年弹射下来？"庄周侧脸盯着蔺且问道。

"因为黄雀一心想啄食螳螂，没注意树下要弹射它的少年。"蔺且答道。

"魏国昔日是天下之霸，今日为什么会沦落到如此地步，你知道吗？"庄周又问蔺且道。

"因为魏惠王好战，得罪了山东各国。这就是孟轲所说的'得道者多助，失道者寡助'。魏国在山东恃强凌弱，不得人心，所以屡屡遭到山东各国的围攻，这才势力渐趋衰弱。"蔺且回答道。

"这只是一个方面的原因，还有另一个方面的原因。"庄周说道。

"先生，另一个原因是不是强秦趁魏国与山东各国互相残杀而国力衰弱之机，乘虚而入？"逸轩望着庄周问道。

庄周看了看逸轩，轻轻地点了点头。过了一会儿，庄周左右扫视了一下蔺且与逸轩，问道：

"你们知道魏国由强变弱最重要的两次战争吗？"

"先生，是不是桂陵之战与马陵之战？"逸轩问道。

"弟子虽然偏居南国荒远之地，但也听说过这两次战争。"蔺且说道。

"弟子只听说魏国这两次战争死了很多人，具体情况并不清楚。先生既然提起这两次战争，是否给俺们讲一讲这段历史呢？"逸轩乘机请求道。

"先生，您就给我们讲讲吧。您见多识广，肯定了解更多的内情。"蔺且也从旁要求。

庄周凭轼远眺了一下前方的原野，然后又沉吟了一阵，才语气深沉地说道：

"其实，这两次战争是可以避免的，魏国没有这两次战争，至今仍然可以安然做天下霸主。魏文侯执政时，李悝为相，魏国迅速崛起，国力无与伦比。可是，魏惠王执政后，不安于现状，崇智弄巧，不肯与民休息，执意要并吞天下，取周天子而代之。结果，闹得天下鸡犬不宁，生灵涂炭，民不聊生。"

"先生说的是。如果魏惠王不是贪心不足，而是甘于清静无为，那么魏国原有的霸主地位仍然不会动摇，相信也不会有人敢于挑战。大家都安分过日子，天下岂不就太平无事了？"逸轩说道。

"先生，魏惠王发动战争，应该是有其原因吧。弟子听说，桂陵之战乃魏惠王迫不得已而发动的。"蔺且说道。

"迫不得已？怎么说？"这次轮到庄周反问了。

"弟子在楚国时，曾听一位老者说过，桂陵之战震惊天下，魏国死了八万将士，连主将都被俘虏了，输得非常惨。但是，魏国上下却无一人埋怨魏惠王。原因是魏国出兵伐赵，实乃自卫。刚才先生已经说过，魏国在魏文侯执政时，任用李悝为相，改革成功，实力大增。但是，这引起了山东诸侯各国的不安，认为强大起来的魏国一定会对自己不利。于是，大家就联合起来对付魏国。周显王十三年，也就是二十一年前，赵成侯与齐威王、宋桓侯在平陆相会以示好，不久又与燕文公在阿地会盟。赵国的这一系列动作，让魏惠王开始警觉起来，认为赵国是有意结盟而遏制魏国。周显王十五年，也就是十九年前，赵成侯以为山东合纵之盟已经成功，便发兵攻打魏国的盟国卫国，夺取了卫国的漆和富丘两地。魏惠王觉得赵国是在挑战，所以就直接出兵围攻邯郸。这样，便引发了赵国向齐国求救，齐国出兵与魏国交战，终致魏国在桂陵兵败，损失惨重，国家大丧元气。"

庄周听蔺且说得头头是道，不禁对他刮目相看，侧过脸来仔细看了蔺且好久。蔺且被看得不好意思，以为自己说错了，遂连忙说道：

"先生，弟子刚才所说都是道听途说之言，未必准确。还是请先生给我们讲桂陵之战的真实情况吧。"

"是啊，先生，快给俺们讲桂陵之战的真实情况吧。"逸轩连忙附和道。

庄周看了看两个弟子，顿了顿，说道：

"魏兵围攻赵都邯郸，确实源于赵兵伐卫。而齐魏桂陵之战，则是源于魏围邯郸。魏惠王如果仅仅是想教训一下赵国，可以发兵攻下一座赵国城池。但是，魏惠王是直接兵围赵都邯郸，这就表明魏惠王是要灭亡赵国，实现其兼并山东诸侯各国，然后一统天下的战略目标。这一战略目标的实施，以前一直苦于没有机会，这次赵国兵伐卫国，给他提供了一个绝好的借口。"

"先生的分析真是精辟，也客观全面。"逸轩说道。

庄周莞尔一笑，瞥了逸轩一眼，接着说道：

"魏惠王的思路是，只要攻下邯郸，赵国其他城池也就望风而靡，不攻自破。赵国灭亡了，山东诸侯对付魏国的合纵之盟便不攻自破。应该说，魏惠王这一招是相当高明的，可以敲山震虎。可是，让魏惠王想不到的是，赵国的抵抗非常顽强。魏兵围攻邯郸几个月，邯郸依然岿然不动。魏惠王气急，乃倾魏国全部兵力，非要攻下邯郸，灭了赵国不可。面对魏国如此攻势，赵成侯感到形势危急了，只得派人突围向东邻齐国求救。"

"齐国既然与赵国结盟，赵国求救，齐国出兵相助，乃是理所当然。接着，便是桂陵之战爆发了，是吧？"蔺且问道。

庄周看了蔺且一眼，没有吱声，只是莞尔一笑。

逸轩看出庄周的意思，连忙转圜解套道：

"师兄，您不要心急，听先生往下仔细说。"

庄周抬头望了一眼远方的原野，接着说道：

"齐威王接到赵成侯特使的求救报告，没有立即答应，而是先召集满朝文武商议，问大家到底要不要出兵救赵。齐相邹忌主张不予以救援，让赵、魏二国两败俱伤，齐国可以坐收渔人之利。但是，大臣段干朋则认为不可，不能不讲道义。齐威王觉得段干朋的话有理，遂问计于他，如何才能保证师出必胜，同时确保齐国的最高国家利益。段干朋向齐威王献计道：'大王可以兵分两路，一路向南直插魏国襄陵，分散魏国兵力，疲劳魏国将士；另一路往赵都邯郸。往襄陵的救兵动作要迅速，往邯郸的救兵要缓速。'齐威王不明白段干朋的用意，问何以如此，段干朋解释道：'往襄陵的救兵动作迅速，就能迅速吸引魏国兵力，使邯郸方面的魏军力量有所减少，如此一来，魏、赵两军相持的力量趋于平衡，这样可以让双方打得难分难解，最大限度地削弱两国的力量，真正使其两败俱伤。'"

"段干朋这一招真是高明，既为齐国谋得了最大利益，又让齐国树立了主持道义的良好形象。"蔺且情不自禁地感叹道。

"这就是阴谋家的作为！纵横家之流都是这类人，他们唯恐天下不乱。他人的生命，天下的安宁，都不在他们考虑之下。他们考虑的，只是他所侍奉的君主及其国家的最大利益。道义、公理，只是嘴上讲讲而已。"庄周不以为然地说道。

逸轩见蔺且与庄周都在感叹，连忙插话，让庄周回归主题：

"先生，齐威王最后派出两路大军了吗？"

"当然派出了。派往襄陵的一路大军，联合了卫国的公孙仓、宋国的景敌所率援兵，势如破竹，很快攻入魏国的战略重镇襄陵。另一路派往邯郸的大军，齐威王尤其重视，特意委派齐国名将田忌挂帅，并以孙膑为军师。"

庄周话音未落，这次是逸轩迫不及待地插话了：

"据说，孙膑是庞涓的同门师兄弟，都是鬼谷子的学生。桂陵之战中齐国能够战胜魏国，并俘虏了魏国的主将庞涓，就是因为孙膑的缘故。先生，是这样吗？"

"先生，您给我们说说吧。"蔺且也兴味盎然地附和道。

庄周见二人如此热衷于打听孙膑与庞涓师兄弟的事，不禁心中发笑，但表面却不露声色，故作严肃地看了二人一眼，一本正经地说道：

"你们二人以后不要这样哦！"

"先生真会说笑，我们都是老聃之徒，再说您也没教过我们兵法，我们师兄弟就是想两军对阵，也是没有机会呀！"蔺且笑着说道。

逸轩怕走了题，连忙对庄周说道：

"先生，您继续讲桂陵之战吧。"

"逸轩刚才说得对，桂陵之战确实是孙膑与庞涓师兄弟的较量，最后孙膑胜了庞涓。尽管庞涓之前因为嫉妒孙膑之才而对他私用了膑刑，削了孙膑的膝盖骨，让孙膑不得见人。但是，桂陵之战中孙膑俘获庞涓后却没有杀他，最后还将他放还魏国，仍然做魏国大将。"庄周说道。

"看来，同一个老师教出来的弟子，人品也未必都一样。"蔺且感慨道。

"老师固然重要，个人品德修养也不容忽视。先生，您继续讲桂陵之战吧。"逸轩说道。

"田忌与孙膑率军前往赵国救援，并未按预定计划开赴邯郸，直接跟魏国军队作战，以解邯郸之围，而是直扑魏都大梁。"

庄周话音未落，蔺且不解地问道：

"田忌与孙膑这么做，岂不是见死不救，乘人之危，别有用心吗？"

庄周呵呵一笑，说道：

"蔺且，看来你只能跟我学老聃之道，不是习学兵法或纵横术之人。兵家都讲：'兵者，诡道也。'孙膑让田忌兵锋直指魏都大梁，就是用兵之诡道。庞涓在邯郸前线闻说齐兵直扑魏都大梁，立即抽调兵力回护大梁。结果，在桂陵隘道被齐军伏击，八万魏军将士无一生还，主将庞涓被俘。这就是孙膑创造的'围魏救赵'战例。这一战，不仅解了赵国邯郸之围，还让魏国大丧了元气，同时也成就了孙膑兵圣的地位。"

"先生是老聃之徒，怎么也推崇起孙膑来了？"蔺且反问道。

"为师只是就事论事，并无推崇孙膑、主张战争的意思。"庄周辩解道。

"先生当然不会主张战争，只是给俺们讲桂陵之战的历史，这点弟子明白。但是，弟子有一点不明白。"逸轩有意转移话题道。

"什么不明白？"庄周问道。

"田忌是齐国名将，又是王室中人，他怎么不听齐威王之令，率兵直赴邯郸前线，而要临阵改变计划，冒险听从孙膑之计呢？"逸轩问道。

"看来，你真的是不明白。田忌之所以听计于孙膑而不听命于齐威王，那是因为他非常了解孙膑的军事才能。当初，孙膑被庞涓陷害折磨，齐国使者将孙膑带到齐都临淄，是田忌慧眼识人，将之视为座上宾，礼敬有加。而孙膑的智慧，也足以让田忌心悦诚服。"

"孙膑到底有什么智慧，足以让田忌心悦诚服？"蔺且追问道。

"齐威王有一个爱好，每年都跟王室成员以及大臣们赛马。田忌是大将，又是王室成员，当然每年都是参赛的，但从未赢过齐威王。当然，大家都明白其中内情，齐威王的马是全国最好的。田忌虽然善于驯马，但无论如何怎么训练，最终还是赢不了齐威王。孙膑来后，给田忌出了个主意，让田忌以下等马跟齐威王的上等马比，用上等马跟齐威王的中等马比，用中等马跟齐威王的下等马比，结果三局两赢，得了齐威王千金赏钱。由此，田忌真正了解了孙膑的才能。赛马过后，齐威王问田忌获胜的原因，田忌道出原委，并趁机向齐威王举荐了孙膑。"

"田忌为人真的不错，确有为国举贤的雅量。"逸轩赞道。

"田忌固然有雅量，但孙膑也有雅量呀！齐威王发兵解救邯郸之围，本来是点孙膑为主帅的，但是孙膑推说自己是残疾人，不能领兵挂帅，坚持让田忌为帅，自己坐在篷车中为其出谋划策。这是懂得知恩图报，有成人之美的雅量！"庄周说道。

"先生，那马陵之战又怎么样？"不等庄周说完，蔺且又开始追问另一个问题了。

庄周侧脸看了看蔺且，又转身看了看逸轩，呵呵一笑道：

"马陵之战发生于周显王二十八年，也就是六年前，很多人应该都有印象，你们也应该有所耳闻的。"

"确实有所耳闻，但知之未详，还是请先生给弟子们讲一讲吧。"逸轩请求道。

"其实，为师对于马陵之战的详情并不十分了解，也是前不久刚从惠施先生那里听说的。据惠施先生说，马陵之战的起因是魏惠王想吞并韩国。魏国兵败桂陵后，元气大伤，秦国趁机进攻魏国，屡屡让魏国丧师失地。特别是秦国夺占了河西之地后，不断以之为跳板，越河入侵魏国河东之地。由于魏都大梁在东，每次秦军越河入侵，魏惠王得到消息发兵反击时，秦国军队早就打完撤退了。魏惠王觉得魏国屡屡吃秦国的亏，根本原因是魏国东西国土被韩国拦腰隔断，军力与物资从东往西运输要北绕很多路程，往往贻误战机。如果将韩国并入魏国版图，一来可以使魏国东西国土联系得更紧密，二来可以大大增强魏国的国力，以后对付秦国就不在话下了。正是有了这个念头，魏惠王作出了吞并韩国的决策。"

"结果，韩国向齐国求救，魏国与齐国又打起来了，是吧？"蔺且脱口而出道。

"师兄，您好像投错了师门哦，俺发现您对战争的事非常感兴趣。如果当初不投在先生门下，而是投在鬼谷子门下，说不定六年前指挥马陵之战的主帅就是您呢！"逸轩望着蔺且，笑着说道。

听逸轩这样说，庄周也忍不住笑了。不过，蔺且并不以为意，只是看了看逸轩，呵呵一笑。接着，转向庄周，催促道：

"先生，您继续讲下去呀！"

"韩国比魏国小，军事实力也不比魏国，战争一开始就感到力有不支，遂遣使向齐国求救。齐威王还是老办法，先鼓励韩国坚持抗战，让魏、韩二国彼此消耗一番，然后才发出大军救援。考虑到出兵韩国路途遥远，全境都在魏国作战，齐威王这次除了遣田忌为主帅、孙膑为军师外，还配备了田婴、田盼两位名将为副帅。兵出齐国，孙膑让田忌仍采'围魏救赵'之计，兵锋直指魏都大梁，诱使魏兵从韩国撤兵回护大梁。但是，这次庞涓谨慎多了，他没有将所有军队从韩国前线撤回来，而只撤了一部分。"庄周说道。

"那孙膑之计不就不灵了吗？"蔺且又沉不住气了。

庄周笑了笑，接着说道：

"孙膑见庞涓撤兵谨慎，达不到为韩国解围的目的，于是有意示弱，再用一计。"

"什么计？"这次是逸轩沉不住气了，急切地问道。

"减灶诱敌。"庄周回答道。

"先生，什么叫'减灶诱敌'？"蔺且抢着问道。

"就是逐日减少行军造灶的数量，制造逃兵日众的假象。具体做法是，第一天令齐军造灶十万，第二天造灶五万，第三天造灶三万。庞涓见齐军每日减灶，以为齐兵临阵脱逃者众，于是胆子大了起来，立即调集大量军队回来。孙膑见此，乃令士兵佯装溃逃。庞涓大喜，倾起十万大军追击齐兵。日暮追到马陵隘道中，这才发现上当了。可是，撤退已来不及了。最后，十万魏军将士都死在了马陵隘道。庞涓不愿再次被俘受辱，乃自刎而死。"

"先生，马陵之战应该算是魏国由盛而衰的转折点吧？"逸轩问道。

"不，桂陵之战就是魏国由盛而衰的转折点，马陵之战应该是魏国彻底沦落的标志。"庄周答道。

"现在魏国连赵国、燕国都不如，恐怕算是三流国家了吧。"蔺且说道。

庄周点点头，顿了顿，接着说道：

"马陵之战后，魏国元气已然丧尽。秦国见有机可乘，不断发兵东进，蚕食魏国土地。魏惠王无计可施，只好步步退让。而今魏惠王任惠施为相，实行'合齐魏以按兵'的战略，并非心甘情愿，实是无奈，不过是借齐国的力量而苟延残喘而已。桂陵之战，卫国是蝉，赵国是螳螂，魏国是黄雀，齐国是弹射少年。马陵之战，韩国是螳螂，魏国是黄雀，齐国和秦国都是弹射少年。"

"先生的比喻真是妙不可言。"逸轩说道。

"哦，弟子明白了，原来先生是在讲故事。所谓吴王伐楚、螳螂捕蝉的情节，只不过是在告诉我们一个道理：治天下要清静无为，不要多欲贪得，否则便会得不偿失，甚至要自取灭亡。"

"蔺且，你还是蛮有悟性的，这些年算是没白跟了我。"庄周欣慰地说道。

"先生过奖了！弟子虽然鲁钝，但还是有点自知之明的。要说悟性，师弟比我强多了。"蔺且望了一眼庄周，又看了一眼逸轩，说道。

"师兄，您别谦虚了！跟您比，俺真的差很多。您跟先生时间最长，得先生真传也最多。"逸轩说道。

正当蔺且与逸轩还要自谦互颂时，突然从身后传来一阵急促的马车声。蔺且与逸轩情不自禁地转过头去，朝车后望去，发现有四五架马车从后面赶来，好像还打着什么旗子。

"师弟，是不是魏相舍不得跟我们先生分别，跟魏王说了什么，让魏王派人来请先生回去跟他同朝为官？"蔺且小声说道。

"师兄，这好像不可能。魏相对俺们先生的性格应该非常了解，知道俺们先生不是愿意为官的人。如果他真想推荐俺们先生在魏王朝中为官，那天当着魏王的面就已经推荐了。"逸轩说道。

"你们放心，绝不会有此事。惠施先生虽然不赞成我的观点，但还尊重我的选择。人各有志，为师志不在治国平天下，只要逍遥自在就好。为官有什么好？就是为王，又能如何？你们看魏惠王，早年跟人争太子之位，煞费苦心，机关算尽。争得太子之位，做了魏国之君后，又跟山东六国之君争高下，跟秦国之君争高下，企图称霸天下，做天下之主。结果呢？不仅目的没有达到，弄得自己身心俱疲，还让天下生灵涂炭。这个天下为什么这么乱，不都是因为像魏惠王这样的人太多吗？如果大家没有欲念，清心寡欲，天下哪有这么多事？世上无国无君，老百姓自得自在，天下不就太平安宁了吗？"庄周感慨系之，情绪有些激动起来。

庄周话音刚落，后面的几架马车已然从身边疾驰而过。逸轩抬头看了看旗子，见写有魏字，乃脱口而出道：

"这是魏王使臣的车队，大概是出使宋国或是楚国的。"

"师弟，你怎么知道？"蔺且问道。

"各国出使的仪仗规格大体都差不多，所以俺判断是这样。"逸轩自信地说道。

庄周对于两个弟子的话似乎充耳不闻，对刚才从身边疾驰而过的魏王使臣车队也视而不见，凭轼远眺原野山河，似乎若有所思。

蔺且与逸轩望着远去的车队，又看看若有所思的庄周，彼此对视了一下，没有再说什么。

行行重行行，又走了有半个月，已是周显王三十四年六月二十一，天气越来越热。庄周仍然一如既往，睡到日中时分才起来。蔺且与逸轩一大早就起来，闲得无聊，蹲在客栈门前的一棵树下，一会儿抬头看看天，一会儿朝客栈门里望一眼，就等着庄周早点起来。当看到庄周起来走到客栈门口时，他们连忙起身迎了上去。

庄周没理会迎上来的两个弟子，而是手搭凉棚，抬头看了看天上的太阳，然后皱着眉头说道：

"今天太热了，我们就不走了吧。"

"先生，不走了？现在都是六月下旬了，我们是去年九月出门的，在外快要一年了。我们当初跟师娘有约，快则半年，慢则一年就要回到漆园的。而现在我们还没离开魏国境内，就是日夜兼程，也未必能在三个月内回到家。如果时间拖得太久，师娘与小师弟、小师妹恐怕都要着急了，天高地远的，一年没有音信，搁谁都会担心的。"蔺且说道。

"师兄，话是这么讲，但也不在乎一天两天。既然先生怕热，那俺们今天就不走了呗，索性好好休息一天，明天一大早就起来，趁着早凉，多赶些路，今天的路程不就补回来了吗？"逸轩打圆场道。

"逸轩说得对，就这么定了。"庄周说完，转身又进了客栈。

蔺且见了，先是一愣，后则疑惑地望着逸轩，说道：

"先生莫非又回去睡了？"

"不会吧。"逸轩摇摇头，但似乎又不敢断定。

"师弟，你去看看。如果他没回去再睡，让他漱洗吃点东西，说不定他又同意上路了呢。"

逸轩觉得蔺且说得也对，遂连忙追到客栈内。大约有烙三张大饼的工夫，庄周与逸轩又出来了。

蔺且正想开口问逸轩，逸轩已经先开口了：

"师兄，先生已经漱洗吃过东西了。现在，先生说想到附近濮水边去垂钓，老板正在给先生找钓竿呢。"

"先生今天真是好兴致呀！"蔺且本来还有一句，想问庄周钓鱼怎么不怕热呢？可是，话到嘴边还是咽了回去。

"难得先生有兴致，俺们好久没跟先生学习垂钓了，原来学的那点技艺早就还给先生了。今天就跟先生再好好学学吧。"逸轩知道蔺且话中的意思，有意打圆场道。

就在蔺且与逸轩一搭一唱说话的当儿，客栈老板拿着钓竿出来了。

庄周接在手里端详了一会儿，满意地点点头。接着，头也不回地迈开了大步，朝着离客栈不远处的濮水而去。

蔺且与逸轩见此，连忙快步跟了上去。大约有烙两张大饼的工夫，师生三人就来到了濮水边。

濮水的河面并不宽，最宽处也就二十余丈，最窄处只有三五丈。虽然已是六月下旬，但河水也没有暴涨，也无湍急的漩流。客栈前这一段，河水差不多是平静而无澜的。

站在濮水边，望着眼前的河面与水势，蔺且脱口而出道：

"先生真是神了，您怎么知道这个河段适合垂钓呢？"

"昨天马车过此，先生好像瞥过一眼，所以就留心了吧。"逸轩好像是回答蔺且，眼睛却看着庄周。

庄周没吱声，只是自顾自地快步走到了河边一棵树下。然后，立定于一块平坦之处，左手持竿，右手抛线，开始垂钓起来，因为钓鱼的饵食客栈老板事先已经给放好了。

蔺且与逸轩先是陪着庄周一左一右坐在河边，默默地看着钓线及其水面上的动静。但是，坐了约半个时辰，两个年轻人都没耐心了，于是便轻手轻脚地离开了。而此时的庄周，虽然钓竿在手，但眼睛却是闭着的，不知是在睡觉，还是在钓鱼。

在濮水边闲逛了大约有半个时辰，逸轩与蔺且都觉得有些累了，于是就近在河边的一棵树下坐下。蔺且坐下后，发现身边有一块薄石片，于是顿时来了兴致，拾起薄石片，站起身来，往河边走了几步，然后弯下身子，打了一个漂亮的水漂。

"师兄，您还会这个呀！能教教俺吗？"逸轩也来了兴致。

"南方人谁不会这个？我们南方到处都是水，小孩子从小就玩这个。你要有兴趣，我现在就教你，反正先生垂钓一时半会儿是不会结束的。"蔺且说道。

"师兄，俺今天也有些糊涂了，不明白先生为什么突然心血来潮，不仅不愿赶路，还要来此河边垂钓，难道他真的是因为有闲情逸致吗？"逸轩一边低头在河边找薄石片，一边问蔺且。

"师弟，我有个大不敬的想法，你千万不要告诉先生哦！"

"师兄，俺是那种喜欢告密的小人吗？"

"我当然相信你不是这种人，所以才想跟你说。其实，我不是怕你告密什么的，我是怕你说话不注意，有时会说漏了嘴。"

"师兄，您就说吧。"

"依我看，先生是因为离家越来越近了，他有一种近乡情怯的心理吧，特别是怕回家后又要天天被师娘唠叨吧。所以，他就有了拖一天是一天的心理。"蔺且说道。

"师兄，您的分析非常对，俺也……"

没听逸轩把话说完，蔺且突然大呼小叫起来：

"师弟，你看，那边有一队人马正朝这边过来了。不知到底是些什么人？"

逸轩听了蔺且的话，连忙直起身子，不再找薄石片了，抬眼望去，发现果然有三五架马车的车队正沿着濮水边的这条官道过来了。

"师弟，你看是不是又是魏王派出的使臣车队？"蔺且说道。

"师兄，别急，等走近了，便能看清到底是什么车队。"

没到烙一张大饼的工夫，车队已然到了蔺且与逸轩的面前。没等蔺且与逸轩反应过来，已有两个峨冠博带的人从两架马车上同时下来了，并径直走到了逸轩跟前。行礼如仪后，其中的一人跟逸轩说了一番话。可是，逸轩一句没有听懂。

正在逸轩与那两位峨冠博带的人都陷入尴尬，彼此大眼瞪小眼时，蔺且凑上来了。逸轩一见，连忙说道：

"师兄，这二位说的话俺一句也没听懂，您跟他们说说看。"

蔺且听逸轩这样说，猜想这二人肯定说的是南方话。于是，便操楚语跟他们问讯了几句。结果，彼此差点要高兴得跳起来。原来这二人是楚国的大夫，而且是楚王派出的使者。

蔺且将此情况跟逸轩说了一下，逸轩连忙怂恿蔺且道：

"师兄，您再深入跟他们交流一下，问他们这是往哪，要干什么？"

蔺且点点头，便走过去跟那二位使者又说了一番话。

不大一会儿，蔺且回来跟逸轩报告说：

"师弟，这两位楚王使者跟我们先生有关。"

"跟俺们先生有关？这话怎么讲？"逸轩连忙追问道。

"他们说，我们先生的先祖是楚国的贵族，也是国家的功臣。后来因为楚国内乱，先生家族受到了牵累。这一点，先生好多年前已经告诉过我，今天正好得到了印证。"

"他们还说了什么？"逸轩又急切地问道。

"他们说，最近几年，新楚王通过调查，得知当年先生家族并未全被杀害，而是有一部分逃到了宋国。后来，新楚王又听人说，如今居住在蒙地漆园的庄周就是当年庄姓后人。而且新楚王还知道，庄周是当今天下闻名的学者。"

"还有呢?"逸轩又追问道。

"他们还说,去年三月新楚王命他们为使者,带着金玉珠宝、布帛齐纨,驾着四架马车往蒙地漆园去请先生。可是,他们辗转来到漆园时已经是十月了,正好我们陪先生外出游历。于是,他们便一路问人一路追赶,到过宋国,也到过魏国,还到过齐国和赵国。最后,听人说先生到魏都大梁见过魏相惠施,这才发现了先生的行踪,一路追赶过来了。"

"师兄,那俺们赶紧去禀告先生吧。"

"好的,我想先生应该很高兴。新楚王派出使者来请,等于替他家族平反昭雪了,他没有理由再怨恨楚国王室,再厌弃政治,远离官场了。"

"师兄说得对,那俺们快点去禀告先生吧。"逸轩催促道。

正当蔺且与逸轩迈步要去禀告庄周时,那二位使者赶了上来,跟蔺且又说了几句,蔺且连忙点头。

"师兄,使者跟您说了什么?"逸轩听不懂他们说什么,连忙问蔺且。

"使者问我们是不是庄周的弟子,我想这次是对先生有利的事,就不必隐瞒了。如果先生肯跟使者回楚国,今后不要说人生境遇可以有大的改变,最起码生存温饱不会有问题了,也不会再受师娘成天埋怨了。"

"师兄考虑得周到,都是为先生好。不过,师兄,先生的脾气未必肯哦!"逸轩轻描淡写地提醒了一句。

"既然楚王使者已经找来了,我们还是让他们努力争取一下吧。"蔺且回答道。

蔺且说完,回身对楚王使者招了招手。二位使者会意,立即跟了上来。

不大一会儿,蔺且、逸轩陪楚王使者就到了庄周跟前。蔺且见庄周就像个木头人似的,手持钓竿一动不动,眼睛始终是闭着的。

蔺且向逸轩使了个眼色,逸轩连忙走上前去,附着庄周耳朵轻声说道:

"先生,您睡着了吗?"

庄周一听是逸轩的声音,立即睁开了眼睛。但看到蔺且身后站着两个陌生的官人,又连忙将眼睛闭上了。

蔺且知道是什么意思,走近庄周,轻声说道:

"先生,您家乡来人看望您了。"

"家乡?是漆园吗?"庄周反问道。

"漆园是师娘的家乡,您的家乡应该是楚国呀!"蔺且提醒道。

"楚国来人干什么?"庄周仍然闭着眼睛。

二位使者见此,连忙同时趋前一步,恭敬有加地行礼如仪。接着,年龄较大的一位开口说道：

"庄周先生，卑职二人是奉楚王之命来请先生的。楚王知先生乃楚国先贤功臣后裔，又是当今天下著名学者，德高而贤能，希望将楚国的全部国事托付于您。"

蔺且与逸轩听使者说得如此客气，以为庄周会感动。没想到，庄周听了使者的话，手持钓竿纹丝不动，头也不回，眼也不睁，径直说道：

"我听说楚国有一只神龟，死了已经三千年，楚王将它装在竹匣子里，并用布巾包着，藏于太庙明堂之上。对于这只龟来说，是宁愿死了留下骨壳而被人供奉膜拜好，还是愿意活着，拖着尾巴在泥淖中爬行好呢？"

"那当然是愿意活着，拖着尾巴在泥淖中爬行。"楚王使者不假思索地回答道。

"那好，二位请回吧！我还是愿意拖着尾巴在泥淖中爬行。"庄周说完，提起钓竿就走，往濮水上游去了。

楚王两位使者见了，一时愣在了那里，不知所措。

蔺且与逸轩醒悟过来后，礼节性地跟二位使者道了个别，也追着庄周而去了。

5. 牺牛文绣

周显王三十四年十月初五，庄周在蔺且、逸轩两个弟子的陪同下紧赶慢赶，总算在日暮时分回到了漆园，进了家门。

这一趟四国游历，虽说时间有些长，比行前约定的最长时限还多出了将近一个月，但托赖蔺且与逸轩当初安排妥当，庄周在外的一年间，一家人的生活并没有受到什么影响。所以，庄周进门后妻子亓官氏并没有对他说什么埋怨的话。相反，看到一对小儿女见了父亲欢天喜地的情形，亓官氏也深受感染，沉浸于浓浓的天伦之乐中。

一夜无话。

第二天，蔺且、逸轩跟以往一样，早早就起来了。在屋前屋后转悠了一阵后，二人绕到后院灶间，看到亓官氏正在灶间忙活。蔺且忙把逸轩拉到一旁，跟他耳语了一番。逸轩点了点头，然后就走开了。

不大一会儿，逸轩又回来了，手里拿着一个布袋。蔺且连忙迎上去，又跟他耳语了一番。这一次，逸轩没有点头，而是连连摇头，并轻声说道：

"师兄，这个一定要您亲手交给师娘。"

"师娘一向都是最喜欢你这个公子哥的。"蔺且说道。

"喜欢不喜欢，那是另一回事。这袋金子当初收下来，本来就是您的提议。要算功劳，也是您的。"

"说功劳的话，那应该算是先生的，但师弟你也有份。如果不是你邀请先生到赵国，并见了赵王与太子，太子也不会送这么多金子呀！"蔺且诚恳地说道。

"师兄，刚才您不是说师娘喜欢俺吗？如果真是如此，可能与当初俺来拜师时给她送了点礼金有关。您想，那时先生家庭经济非常窘迫，一大家子要吃饭，俺那点礼金就好比雪中送炭。大概是师娘不忘这一点，平时不知不觉中就跟俺客气很多，给你的印象就是师娘喜欢俺，是吧。"

"你说得也有道理。"

"师兄，既然您说有道理，那么这次就必须要劳烦您，将这袋金子亲手交给师娘，并说清原委。因为您比我会说，能说得清楚。我笨嘴拙舌的，说不清楚，反而会让师娘生疑，以为俺们跟先生在外打家劫舍了。"

"师弟，哪里会呢？"

"师兄，这次还是请您劳烦吧。"

蔺且见逸轩说得诚恳，便不再推辞了。从逸轩手里接过袋子，蔺且轻快地走到灶间，轻轻喊了一声：

"师娘，您在忙朝食呀！"

"蔺且，你是饿了吗？可能要等等，还没做好呢。如果要等你先生起来，恐怕还要等更长一些时间。"亓官氏一边说着，一边继续忙着手上的活儿，头也没抬。

"师娘，我不是饿了，而是有点东西要给您，请您放好。"

"什么东西？你先放在旁边吧，等会儿师娘做好了朝食，就去放好。"亓官氏头也没抬。

"师娘，不行。一定要赶在先生起来之前放好，而且最好不要让小师弟、小师妹知道。"

亓官氏一听，立即抬起头来，好奇地看了蔺且一眼，问道：

"为什么要瞒着你先生？"

蔺且下意识地朝外看了一眼，见逸轩正站在灶房前望风，便轻声细语地跟亓官氏将事情的原委详细说了一遍。

亓官氏听完，接过沉甸甸的金子，连声说道：

"这事确实得瞒着你先生，不然恐怕要连累你们二人受批评。你先生死清高，好像是不食人间烟火的神仙。其实，替人排忧解难，人家送点礼也是人情常理。不过，这次这个礼也太重了点，俺家一辈子也用不完的。"

"所以我要师娘好好保管，日后生活好有个保障。"

"师娘知道啦。"听得出来，亓官氏的口气是非常愉快的。

"师娘，您还记得吗？去年先生出外游历前，我曾跟您说过，先生是个经世治国之才，是个有大用的人。"

"好像有这话。不过，师娘始终认为，你先生只是个懒散的男人，没什么特异之处。如果说有，也就是两点，一是脾气好，不跟俺顶嘴；二是能说会道，会讲故事骗人。他这金子呀，说到底就是他花言巧语骗来的。"

"师娘，您不能这样说。先不兑金子的事，这次游历，还有很多事我没跟您说呢。"蔺且面露诡异的笑容，兑道。

亓官氏见蔺且笑得不可寻常，连忙追问道：

"什么事还要瞒着师娘吗？莫非你先生在外干坏事了？"

"先生还能干什么坏事？师娘，您既然问了，那我就跟您说一件事吧，您就知道我们先生是什么人了。"

"蔺且，你别绕了，快说吧。"亓官氏催促道。

"今年六月下旬的一天，我们窬先生往回赶。因为这天很热，先生不肯赶路，赖在客栈。午后突然心血来潮，要到客栈旁边的濮水垂钓。"

蔺且刚说到这里，亓宫氏呵呵一笑道：

"你又不是不知道，你先生除了喜欢睡懒觉，就是垂钓这点爱好了。"

"师娘，您知道先生在濮水边垂钓时发生什么事了吗？"

"是不是不小心，一脚踏空，掉水里了？不过，你不用担心，他是会水的，掉到水里绝对淹不死。"亓官氏一边继续忙活，一边随口说道。

"师娘，这个我当然清楚。先生不仅教过我们垂钓、摸鱼的技艺，还教过小师弟游泳呢。"

"那他在濮水边发生了什么事？"亓官氏问道。

"先生在濮水边垂钓不久，就有几架马车朝我们过来。我和师弟以为是路过的魏王使臣的车队，便不以为意地立在水边路旁看热闹。"

"结果怎么样？"亓官氏问道。

"车至我们跟前，突然停住了。紧接着，从车上走下两个峨冠博带的官人。"

"是向你们问路吧。"亓官氏漫不经心地问道。

"不是，是问我们是不是庄周先生的弟子。"

"哦？原来他们找你和逸轩的呀！"

"师娘，不是。他们找我们干什么？他们是想通过我们找先生。"

"你先生不是就在你们旁边垂钓吗？"亓官氏问道。

"大概他们是不敢惊动我们先生吧。他们自称是楚国的大夫，是新楚王派出的使者，是专程来请庄周先生的。我们这趟游历，都是隐姓埋名的，从不张扬自己的身份。但是，我一听他们是楚王使者，觉得这对先生是一个好机会，便告诉了他们实情。"

"结果呢？"亓官氏这次不是漫不经心了，而是非常急切地抬头望着蔺且问道。

"于是，他们就毕恭毕敬地走向先生，向先生说明了来意，并告诉我们，他们为了找先生，先后到过宋国、魏国、齐国、赵国，直到追到濮水边。"

"蔺且，你这样一说，师娘倒是想起一件事。"

"什么事？师娘。"

"去年十月，也就是你们出门后一个月左右，听人说有几架马车来过俺们这里，说是找庄周先生。当时俺不在家，邻居告诉他们，说你先生已经出外一个多月了，是到外国游历了。"

"师娘，您这样一说，那就对了。楚王使者也跟我们说过这事，说他们找到漆园。"

"那楚王使者找你先生到底是干什么呢？是请教他学问吧。"亓官氏问道。

"师娘，您猜错了。他们是奉楚王之命，要请先生到楚国做官的。楚王说，要将楚国的全部国政托付给我们先生。"

"那就是要做楚国之相喽！"亓官氏惊讶地说道。

"是的。不过，楚国不叫相，叫令尹，是除楚王之外最大的官，是'一人之下，万人之上'的角色。师娘，您说我们先生是不是有大用的人？不然，楚王怎么会那么费事地派两个大夫寻找先生，并要托付国政给他呢？"

亓官氏没有正面回答蔺且的问题，而是反问道：

"那你先生怎么回家了呢？"

"先生不肯接受呀！如果肯接受，那现在早就坐在楚国朝中处理国政了。"蔺且显得有些惋惜地说道。

"这个死老头子，怎么这样假清高呢？放着这么大的官不做，要回家睡懒觉钓鱼，俺真是不知道他是怎么想的。"亓官氏一边摇头叹气，一边重重地搁下了手中的铲子。

见此，蔺且连忙劝解亓官氏道：

"师娘，人各有志，很多事是勉强不来的。只要先生觉得快乐，睡懒觉钓鱼，也是一种生活方式呀，跟做官有什么区别？其实，做官也没什么好。官场太复杂，整天勾心斗角的，搞得不好，还会掉脑袋呢。别的不说，您就看师弟吧，他是赵国的公子，王室成员，他都不愿做官，要来跟先生学习。这就说明，做官并不是像人们想象的那样好。先生博古通今，洞悉世道人情，他选择了避世的生活方式，是有道理的。从某种角度说，也许这种生活方式就是最高明的人生选择。"

"是不是最高明的选择，俺不知道。但俺知道，楚王请他而不去，是世上最傻的事。"亓官氏一边说，一边摇头叹气。

蔺且这时感到有些后悔了，如果不多话，不提楚王来请的事，那就不会引得师娘如此惋惜叹气。但是，话既出口，后悔已经来不及了。于是，只好安慰亓官氏道：

"师娘，您不必惋惜。如果先生以后肯回心转意，机会有的是。"

"机会并不是那么易得，不然就不叫机会了。错过了，也许就永远错过了。"

"师娘，如果您不信，不妨等等看。说不定，哪天就会有人找上门来，请先生出山为官。这次先生出去游历一次，名声更大了，相信知道的国君更多。世上有些事是很奇怪的，有时你越是想得到什么，不管你怎么努力地追求或是钻营，就是得不到；而越是不想得到的，却偏偏要找上门来。这做官的事，也是如此。师娘大概不知道，现在天下有多少读书人整天周游列国，游说君王，想弄个一官半职，可是有多少人成功了呢？而像我们先生这样的人，不想做官，到了齐国有齐王想笼络他，到了赵国有赵王与太子想结交他，走到半路上又有楚王使者追上来。师娘，您放心好了。只要您做好了先生的思想工作，先生出山做官的机会有的是。先生越是清高不屑于做官，越是高卧深藏不出，名声就越大，找他的人就会更多。师娘，您相信吗？如果不信，等着看吧。"

"蔺且，你现在越来越会说话了，尽会说哄人高兴的话。看来，你先生别的没教会你，这哄人的本事倒是教了你不少。"亓官氏笑着说道。

蔺且见此，连忙说道：

"师娘，会说话也是一种本事呀！您看古往今来那些会做官的人，哪一个不是能说会道的主儿。其实，做官不需要什么，有一张能说会道的嘴，讨得国君的欢心就够了。"

"蔺且，师娘看你现在就可以去做官了。"

"师娘，别开玩笑了。刚才我说过，人各有志嘛。我跟先生一样，就是喜欢自由自在，不喜欢约束，觉得现在的生活很快乐。"

"好，那师娘尊重你的选择。"

"师娘，您也应该尊重我们先生的选择才对。哦，师娘，我有个请求，今天我跟您所说的这些话，您千万别跟先生说。不然，先生真的要把我们赶出师门了。拜托，拜托！"

"放心吧，你师娘什么时候让你为难过？就是对你先生，师娘也只是嘴巴上说他几句而已，生活上从没亏待过他，好吃好喝的都让着他，是不是？"

"师娘说得一点没错。我们看得清楚，先生也心里明白。先生对您的好，其实是心里有数的，只不过他是'爱在心里口难开'罢了。"

"好了好了，蔺且，你可以走了。"亓官氏一边挥手赶蔺且，一边却掩面吃吃地笑。

"好的，师娘。那我走了，不打扰您做饭了。别忘了赶紧把东西放好。"蔺且临走时特意叮嘱了一句。

时光荏苒，周显王三十五年四月，庄周游历回来已经半年时间过去了。这半年多，他仍像以前一样，睡到日中时分才起来。不过，跟以前不同的是，现在妻子亓官氏再也不骂他了。这一点，蔺且知道原因，逸轩也知道原因，但是庄周不知道。

四月的漆园，山绿了，溪水满了，原野田园一片生机勃勃。南溪两岸杂花生树，草长莺飞。四月初九，天气特别好，艳阳高照，和风轻拂。

日中时分，庄周一觉醒来，只觉一阵香气直扑鼻孔。庄周嗅了几嗅，觉得特别舒服，便一骨碌从睡榻上爬起，并顺手推开了南窗。南窗其实就是一张挂在外墙的草席，白天用一根木棒向外撑起，便可看见南院；晚上放下木棒，便可隔光挡风。撑起帘席，庄周赫然发现南院的木香花正开得热闹。

这株木香花已有些年头了，据亓官氏说，是用其父早年出使楚国时从南国带回来的藤苗栽培成功的，在此生长有三十多年了。它是一种藤蔓类攀缘小灌木，喜阴好湿。能攀缘树木或支架，长到好几丈。先长叶，后开花。叶片呈深绿色，枝无毛，有短小皮刺。每根枝条有小叶三五片。花白色，多朵成伞形花序，萼片卵形，花瓣为重瓣至半重瓣。花期长达四到五个月。漆园气候湿润，雨水充沛，所以从南国移植至此，这株木香花一直长得很好。庄周岳丈在世时，每年从四月初木香花初次绽放开始，每天早晚都要蹲守其旁观赏良久。

庄周对着窗外的木香花凝神观看了良久，直至听到自己的肚子咕咕叫时，这才回过神来，走出内室。逸轩早就等在门口了，一见庄周出来，连忙侍候他漱洗进食。

庄周进食罢，见蔺且从外面进来，便顺口问道：

"一早去哪里了？"

"弟子先到屋后捡枯枝，帮师娘生火做饭。然后陪小师妹、小师弟在屋前屋后玩。"蔺且答道。

"师兄童心未泯，最得小师妹、小师弟欢喜。"逸轩说道。

"有童心的人最快乐。"庄周说道。

"要说有童心，这世上恐怕要数先生第一。"蔺且说道。

"蔺且，你是说为师不通人情世故，是吧？"庄周莞尔一笑，问道。

"先生对世道人心洞若观火，怎么能说不通人情世故呢？先生是定性好，不为外物所干扰，所以能保持一颗不泯的童心，整天无忧无虑。"蔺且答道。

逸轩知道庄周与蔺且都有好辩的性格，怕二人说多了又要辩论起来，于是连忙岔开话题，说道：

"先生，今天天气非常好，南溪前天涨了水，从下游回游的鱼儿肯定又有不少，正是垂钓的好机会。时候也不早，俺们还是快点出门吧。"

庄周点点头，接着便起身往外走。蔺且与逸轩见了，赶紧跟了出去。

在南溪垂钓了约有一个时辰，庄周一条鱼儿也没钓到。蔺且与逸轩都替庄周着急，但庄周却没有一点急躁的表现。大约又过了有半个时辰，水面鱼线一动，蔺且与逸轩几乎不约而同地叫道：

"先生，快提竿，鱼上钩了。"

庄周就像没听见一样，持竿纹丝不动。蔺且一见急了，一伸手就帮庄周提起了鱼竿。结果，空钩无鱼。庄周呵呵一笑，蔺且则窘得无地自容。

就在此时，逸轩突然轻声叫了一声：

"先生，您转过头来，好像有一帮人在向俺们这边走来？"

"大概也是来钓鱼的吧？"蔺且随口答道。

"师兄，这漆园方圆几十里地，喜欢垂钓的，好像只有俺们先生一人吧，还没听说有第二个有此爱好的。"

"不是来钓鱼的，那就是来游玩的。这么好的天气，这么清静的山野溪流，人家来此走走也是正常。"蔺且说道。

两个弟子你一言我一语，说得非常热闹，庄周好像没听见似的，渔竿虽然在手，却不看水面动静，只是凝神远眺溪流对岸的山峦，好像若有所思。

大约过了有烙五张大饼的工夫，逸轩所说的那帮人便到了庄周的近前。

蔺且和逸轩定睛一看，发现来者一共有三人，都是读书人的打扮。蔺且刚想开口询问，就见走在前面的一位先开了口：

"请问哪位是庄周先生？"

"请问您是哪位？"逸轩不答反问道。

"在下是惠施先生的弟子鄢然。"

"哦？既是惠施先生的弟子，那我们去年到大梁时在魏相府中怎么没见到您呢？"蔺且仔细看了看说者，反问道。

"哦，你们到大梁时，在下正好去了齐国稷下学宫。回到大梁时，听惠施先生说庄周先生及其弟子来过。"鄢然答道。

逸轩一听鄢然去了齐国稷下学宫，连忙问道：

"您在稷下学宫见了哪些名家巨子？听到哪些消息？"

"名家巨子倒是没见到，消息倒是听到一些。"鄢然不紧不慢地回答道。

"是否可以说来听听。"蔺且也非常感兴趣，催促道。

"你们听说过鬼谷子的弟子苏秦吗？"鄢然看蔺且与逸轩都兴致勃勃的样子，不答反问道。

"苏秦没听说过，我们只听说过鬼谷子有两个弟子，一叫庞涓，是魏国大将；一是孙膑，是齐国的军师。庞涓忌孙膑之才，用膑刑废了孙膑的膝盖。后孙膑逃到齐国，被齐国大将田忌待为座上客，齐王任之为军师。魏兵围邯郸，齐王派田忌为将，率兵救援。孙膑为田忌筹策，以'围魏救赵'之术大败魏军于桂陵，斩杀魏国将士八万，俘获魏国主将庞涓。后来，魏欲灭韩，齐王又命田忌率兵往救。孙膑再为田忌筹策，以'减灶诱敌'之术大败魏军于马陵，斩杀魏国十万将士，迫使庞涓自刎。"蔺且抢着说道。

蔺且说完，得意地看了鄢然一眼。

鄢然呵呵一笑，说道：

"您只知其一，不知其二。"

"那其二是什么，愿闻其详。"逸轩脱口而出道。

"鬼谷子先生有很多弟子，著名的弟子有四个，两文两武。两武，就是刚才你们提到的庞涓和孙膑。两文，则是苏秦和张仪，他们是习纵横术的名嘴。"

鄢然话音未落，蔺且立即追问道：

"苏秦、张仪二人现有什么业绩？在哪国任职？"

"张仪现在楚国令尹府，据说是楚国令尹得意的幕僚。苏秦原是洛阳陋巷中的穷书生，衣食无着。现在已是燕国之相，正为燕国组织'合纵'之盟呢。"

逸轩听鄢然说到这里，既感到惊讶，又感到惭愧。惊讶的是，鬼谷子还有这样优秀的弟子，苏秦崛起得竟然如此之快。惭愧的是，自己之前对苏秦、张仪其人竟然毫无所知。

正在逸轩低头沉思之际，蔺且又开口问道：

"那么，请问苏秦为燕国组织'合纵'之盟，到底是怎么回事？"

"'合纵'知道是什么意思吗？"鄢然看了看蔺且，笑着问道。

蔺且知道他是什么意思，遂亦不甘示弱地回答道：

"在下虽然孤陋寡闻，但这个还是知道的。所谓'合纵'，就是'合众弱而攻一强'。它跟'连横'正好相反，'连横'是'事一强而攻众弱'。在下是问苏秦为燕国组织'合纵'之盟是怎么回事，难道燕国这样的小国也要当盟主不成？"

"燕国倒是没有要当'合纵'盟主之意。"鄢然呵呵一笑道。

"既然没有当盟主之意，燕国何必要出头组织什么'合纵'之盟，成为得罪他国的众矢之的呢？"蔺且反问道。

"是啊，既然是'合纵'，势必就要联合一些弱国来对付一个强国。不知燕国想联合哪些弱国，对付哪个强国？在燕国近邻的，对燕国有威胁的，一是齐国，二是赵国。燕国到底要对付哪一国？"逸轩也帮腔似的问道。

听了蔺且与逸轩师兄弟一唱一和地提问，鄢然莞尔一笑，顿了顿，说道：

"看来二位对天下大势真的不太了解呀！苏秦帮燕国组织'合纵'之盟，并非是对付近邻赵国或齐国，亦非要当'合纵'的盟主。"

"既然这两者都不是，那又是为什么呢？"蔺且不满惠施弟子说话的口气，有意插断他的话，反问道。

鄢然不以为意，反而呵呵一笑，说道：

"今日天下形势已与昔日魏惠王时代完全不同了。魏惠王执政初期，魏国挟李悝为相时替魏国积累下的雄厚国力，成为天下独霸。那时，不仅山东诸国皆臣服于魏国的淫威之下，就是函谷关之西的秦国、南方大国楚国，都不是魏国的对手。但是，由于魏惠王好战，有雄霸天下之心，不断向周边诸侯各国征战，挑起了山东诸国与魏国的深刻矛盾，不仅让他国生灵涂炭，也使自己的国力日益削弱。特别是桂陵之战、马陵之战，使魏国元气大丧。而与此同时，秦国经过公孙鞅的变法改革，经济军事实力大为增强。在魏国实力日渐削弱、与山东诸侯结怨日深的情况下，秦国不断寻机东伐魏国，使魏国多次丧师失地，国力一落千丈。"

说到这里，鄢然突然停下了，抬头看了看蔺且与逸轩。见二人神情专注，都在等着他继续往下讲，遂又接着说道：

"在魏国日益衰弱的同时，齐、楚是势均力敌的两个大国，但因相互交恶，时有战争，实力也在下降。赵国本来尚算强国，因长期与魏国的战争，国力早已衰退。至于燕国与韩国，那就更弱了。燕国僻处荒远的北国，与林胡、楼烦等相邻。韩国在魏国的包围圈内，长期受魏国的欺凌。苏秦早已看清了山东六国内讧的必然结局，也了解到秦孝公任人唯贤的雅量，所以前些年他毅然决然远赴秦国，想游说秦孝公实施'连横'之策，对山东六国各个击破，最终帮秦国并吞六国，一统天下。"

没等鄢然把话说完，蔺且急忙插话道：

"您刚才不是说苏秦在帮燕国组织'合纵'之盟吗？怎么又说他要帮秦国实施'连横'之策。'合纵'与'连横'是水火不容的两个外交与军事思路，一个人怎么同时有两种对立的思想呢？"

"这个，您又有所不知了。"鄢然不无得意地说道。

"请道其详。"逸轩催促道。

"苏秦是个习纵横术的策士与说客，他主张'合纵'还是'连横'，完全依其对天下大势的分析，以及对自己个人前途利益的判断。当初他看清了山东六国相互残杀的现实，觉得助秦实施'连横'之策最易于成功，自己的功名利禄皆能得到。可是，当他投奔秦国，想效力于秦孝公麾下时，秦孝公偏偏不巧死了，继位执政的秦惠王因与公孙鞅有矛盾，本能地对说客有抵触情绪。结果，苏秦不远万里游说秦惠王以失败告终。三年艰苦跋涉，居秦一年，书十上而说不行，黑貂之裘弊，黄金百斤尽，资用乏绝。最后，赢滕履蹻，负书担橐，形容枯槁，面目黧黑，大困而归。归至家，妻不下纴，嫂不为炊，父母不与言。可谓受尽了屈辱，看尽了世态炎凉。"

蔺且听到此，兴趣更浓了。没等鄢然把话说完，又插话问道：

"后来怎么样了？"

"回到家后，苏秦深刻反思，觉得没能游说成功，可能是自己游说的技艺不精。于是，重新折节读书。晚上读书欲睡，乃以锥刺股，血流至踵。三年后，重新出发，改弦易辙，以'合纵'之策游说山东六国之君。虽然历经挫折，但去年年底终于游说燕文公成功。燕文公觉得苏秦的'合纵'之盟可保燕国长治久安，遂封苏秦为燕国之相，并资助金珠玉帛，让他往赵国游说，最终实现山东六国一体化，从而有效对抗秦国各个击破的战略。"

"如此说来，苏秦还真是个人物。"逸轩脱口而出道。

庄周原来一直闭目不语，对两个弟子与惠施弟子鄢然的话好像没听见似的。但一听逸轩对苏秦其人赞赏有加，立即转过身来，岔开他们的谈话，问鄢然道：

"惠施先生近来可好？"

鄢然正说到兴头上，冷不丁听到庄周说话，先是一愣，随后立即醒悟过来，觉得自己失言了，不该跟庄周的弟子大谈纵横家苏秦发迹变泰之事。于是，连忙一边转身趋前施礼，一边毕恭毕敬地说道：

"惠施先生很好。您就是庄周先生吧。去年错过了聆听您教诲的机会，现在终于找到您了。"

"你这次远道而来，就是为了见老朽一面吗？"庄周又问道。

"多少年前，惠施先生就不断跟俺们弟子说到先生，所以能拜见先生，亲耳聆听先生的教诲一直是深藏在俺心中的愿望。不过，此次前来拜见先生，更主要的目标还是奉惠施先生之命来请先生前往商丘的。"

"往商丘？"庄周听了一愣，一时没反应过来。

"哦，事情是这样的。惠施先生已经离开魏都大梁了，现在宋都商丘。"鄢然连忙补充道。

"他不是魏国之相，在辅佐魏惠王吗？"庄周不解地问道。

"先生，去年您走后不久，魏惠王便溘然崩逝。现如今，已是魏襄王在执政了。先生大概也知道，一朝君王一朝臣。而今魏襄王虽仍在执行惠施先生为魏国制定的'合齐魏以按兵'的国策，今年年初还偕韩昭侯等与齐宣王会于徐州，相互承认王号，但魏襄王毕竟不是魏惠王，惠施先生跟他在很多问题上看法并不一致，就是处理朝政的思路也出现了分歧。因此，今年三月初，惠施先生辞去了魏相之职，回到了故乡宋国。"

"老朽听说，宋国的君主一直都在延揽惠施先生。"庄周插话道。

"先生说得对。宋国君主不仅一直想延揽惠施先生，而且还想通过惠施先生延揽到更多的优秀人才为宋国所用。"

"看来宋主其志不在小呀！"庄周呵呵一笑道。

"宋主认为，宋国虽是小国，但比大国更需要杰出的人才。没有经世安邦之才，宋国这样的小国就难以立于列强如林的当世，宋国百姓的幸福与安宁就难以保障。所以，惠施先生回到宋国后，宋主再三央求他举荐天下英才。"

鄢然话音未落，庄周好奇地问道：

"惠施先生都举荐了哪些人？"

"惠施先生并没有立即给宋主推荐人才，而是先问了宋主一个问题。"鄢然说道。

"问了什么问题？"庄周更有兴趣了。

"他问宋主，庄周先生就在宋国的漆园，怎么不先礼聘？"

"你回去代我谢谢惠施先生，他的好意我心领了。但是，请你转告惠施先生，希望不要再向任何君主举荐老朽了。"庄周急忙声明说。

"庄周先生，您为什么那么排斥为官呢？为官安民一方，造福一方，乃是古来圣贤的仁德呀！"鄢然不解地问道。

庄周看了鄢然一眼，莞尔一笑道：

"你见过牺牛吗？祭祀之前，身上披着文绣，吃的是青草大豆。但是，等到被牵到太庙宰杀时，再想做一只孤单的小牛，还有可能吗？"

"庄周先生，您的话是什么意思？"鄢然一时没明白什么意思，望着庄周问道。

庄周看了一眼鄢然，笑了笑，没有回答。

逸轩看了看庄周，又看了看鄢然，顿了顿，怯怯地说道：

"俺们先生的意思是说，做官虽然风光，有享不尽的荣华富贵，可以得意傲人，可是一旦失势或得罪君王，恐怕就像被牵进太庙待宰的牺牛，想苟且地活着都难。远的不说，就说前几年还威风不可一世的卫人公孙鞅吧。秦孝公在世时，他受秦孝公重任，为秦国变法图强，立下盖世奇功，官居秦相，爵封商君，可谓位极人臣，风光无限了。可是，秦孝公一死，他不就被秦惠王五马分尸了吗？当他被五马分尸时，他想再过回以前平淡的读书人生活，还有可能吗？"

听逸轩这样一说，鄢然这才恍然大悟，不禁羞愧地低下了头，连声说道：

"惭愧，惭愧！"

坐在一旁的庄周则拈须一笑，抖动了一下渔线，钓起了一条不大不小的鱼儿。

第四章　体大道

1．道之为物

周显王三十六年（公元前333年），春天来得似乎比往年早了不少。三月伊始，漆园方圆五十里已是碧草连天，无名的野花开得漫山遍野。山间林中，村舍树间，到处都见莺歌燕舞，一派春意盎然的景象。

三月初七，天气特别好。当一轮艳阳冉冉爬出地平线，习习春风吹过山林，吹过溪水，吹过原野，吹过庄周家的屋顶，吹过庄周卧房窗前的树梢，不时发出呼啸之声时，庄周像往常一样正鼾声如雷，沉睡梦乡，不知是庄周梦蝶，还是蝶梦庄周。

蔺且与逸轩知道庄周的生活习惯，无论春夏秋冬，无论什么情况，都要睡到日中时分才会自然醒来。所以，他们都很知趣，从来不会去打搅庄周晨睡，扰他清梦。而亓官氏自庄周第二次游历归来后，对丈夫好睡懒觉的事也不闻不问了。她只是一个妇人，既然得了蔺且与逸轩带回的千金，不愁家用，自然对庄周没什么怨气了。

"师兄，今天天气真是好！可惜先生还在睡觉，不然大家一起去田野或南溪边走走，吹吹风，多么惬意呀！"逸轩这天起得比蔺且早，已经在房前屋后转了好几圈，见蔺且伸着懒腰，打着哈欠出来，忙迎上去说道。

"师弟，你好像已经习惯了这里的天气，而且还很享受我们南国的春天呢！"蔺且笑着说道。

逸轩点点头，抬眼又瞥了一下四周的山野，说道：

"师兄，您说得一点不错。俺觉得这漆园不南不北的，春天不像北国那样短，也不像南国那样长。秋天时间也长，不像北国过了夏天就是冬天。也不像南国，到了秋天就进不了冬天。这里四季分明，真的是气候宜人。"

"师弟，你刚才不是说想去走走吗？如果真有兴趣，我们不必管先生睡觉不睡觉，现在就走。"

"那好呀！师兄，您看俺们去哪里呢？"逸轩问道。

"不是随便走走吗？你想去哪，就去哪呀！这漆园地方就这么大，我们就是都走一遍，恐怕先生睡懒觉还没起来呢。"蔺且笑着说道。

逸轩犹豫了一下，朝四周看了看，说道：

"以前俺们常随先生垂钓于南溪，在山间溪边走得最多。今天，俺们就往前面的田野间走走吧。"

"好，那我们这就出发。"蔺且又伸了个懒腰，揉了一下眼睛，抬腿就走在了前头。

逸轩见此，连忙跟上。

初春的田野，没有庄稼，只有一望无际的碧草，还有间杂碧草之间无数的小花。蔺且从小生于南国，对于田野间生长的这些闲花野草见得多了，丝毫不觉得有什么好观赏的。但是，逸轩出身于贵族，又是北国之人，这些闲花野草对他来说则是新鲜有趣的。因此，每当他觉得哪株小花长得奇特，或是花色、花瓣不曾见过，他都要蹲下身子，仔细欣赏半天，并要蔺且给他讲解。尽管蔺且并不认识所有的闲花野草，但只要逸轩有问，他一定耐心地跟他讲解。有时，他也会不懂装懂地跟逸轩乱讲，反正只要逸轩高兴。有时，实在乱讲也没得讲时，他就会搬出庄周，说先生知识渊博，见多识广，以后让先生给他讲解。

在田野间闲走了约一个半时辰，逸轩已经觉得有些累了。但是，他又不愿明说累了，便抬头看了看太阳，跟蔺且提议道：

"师兄，您看太阳快至中天，时间也差不多了，这会儿先生该睡足起来了，俺们回去侍候先生漱洗吃饭吧。"

"师弟，是你走不动了吧。看来你还得好好锻炼，以后没事要常出来走走。不过，今天就到此吧。"

逸轩笑了笑，没有吱声，转身跟在蔺且身后，一前一后往回走。

走了大约有烙二十张大饼的工夫，二人回到了庄周门前。没等他们进门，亓官氏出来了。逸轩反应很快，连忙趋前问候。亓官氏答应了一声，对落在后面的蔺且招了招手。蔺且连忙趋前走近，问道：

"师娘，有什么事吗？"

亓官氏回头朝门里看了一眼，压低声音说道：

"蔺且，逸轩，你们先生还没起来，师娘先跟你们说件事，你们心里明白。待会儿，等你们先生起来了，师娘会当着他的面，派你们一件任务。"

"师娘，什么任务？为什么要当着先生的面？"逸轩抢着问道。

"你们上次回来不是给师娘一袋金子，说是赵国太子酬劳你们先生的吗？这袋金子数目太大，师娘一直没打算动用。这些年，家中的开销花的都是以前逸轩给的礼金。现在礼金也差不多用完了，不得不动用这袋金子了。但是，这事不能跟你们先生明说。金锭份量太大，日常生活开支没法用。所以，师娘就想让你们拿一个小的金锭到宋都商丘，把它兑换了，这样方便日常购物开支。这话师娘只能跟你们说，不能跟你们先生说。"

"师娘说得对，当然不能跟我们先生说。说了，先生一定要将我们赶出师门的。"蔺且说道。

"可是，师娘要派你们出去，总得要给你们先生一个理由吧，毕竟你们是他的弟子。所以，今天一大早师娘就在想用什么理由。想来想去，觉得还是以让你们替师娘变卖祖传遗物为借口最好。"亓官氏说道。

"师娘的主意虽然好，但先生要是问什么祖传遗物，或者提出想看看，怎么办？"没等亓官氏说完，逸轩就脱口而出道。

"逸轩，你放心，你先生绝对不敢跟你师娘追根究底的，当然更不会提出要看你师娘的祖传遗物。"亓官氏信心满满地说道。

"如果这样，那就最好。"逸轩放心了。

"不过，你师娘还有一个顾虑。"亓官氏看了看逸轩，又望了望蔺且，说道。

"师娘，您还有什么顾虑？"蔺且问道。

"就是到底派你们二人一起去，还是你们其中一个人去。"亓官氏望着蔺且说道。

蔺且一看亓官氏的眼神，就知道她的用意，遂连忙接话道：

"师娘，如果您信得过我，我一个人去就好了。师弟留下来陪先生，这样先生也好有个人说说话，不然他天天溪边垂钓也蛮孤寂的。"

"师兄能干，这事一定能办好。只是要偏劳师兄辛苦了！"逸轩说道。

"你师娘当然相信蔺且能办好这事。只是觉得这事太大，现在天下不太平，蔺且虽然人高马大，但毕竟还是一个读书人，万一路上遇到什么歹人，失了金子是小，人身安全要是出了问题，你师娘会一辈子心里不安的，你先生也不会原谅你师娘的。你们虽然整天说你们先生如何如何名闻天下，但他最得意、最贴心的弟子目前毕竟也只有你们二人，哪一个都是他的心头肉，当然也是你师娘的心头肉。"亓官氏说道。

蔺且听了亓官氏这番话，既非常感动，又觉得非常可笑，遂莞尔一笑道：

"师娘，您放心吧！这些小事我还是可以应付的。"

"师娘，您不知道吧，师兄拳脚功夫很是了得！"逸轩打趣地说道。

"这个你师娘也是听说过的。"

"既然如此，师娘您有什么放心不下的呢？"蔺且说道。

"俗话说：'老虎还有打盹的时候。'你去的时候，袖里藏着一个小金锭，别人恐怕还真的看不出来。但是，你回来时兑换了那么一大堆钱，多显眼招摇，不惹人眼目都不可能。白天别人不敢公然下手，可晚上等你住店睡着了，还不能对你下手？"亓官氏回答道。

蔺且见亓官氏横竖都是不放心，于是就顺着她的意思说道：

"师娘，如果您实在放心不下的话，那就让师弟跟我一道去吧。不过，不知先生肯不肯？"

"你先生肯定不会反对的，你们以为他怕孤独寂寞呀，其实根本不是这回事。以前你们没来投师时，他常常一人出去垂钓，在溪边一坐就是一天。据别人说，他闭着眼睛就那么坐在水边，不知是在睡觉，还是在钓鱼。你们想，他是怕孤单的人吗？"亓官氏哈哈一笑道。

"师娘，这个我们都知道，先生是个内心非常丰富的人，也是个爱安静的人。只是我们跟先生这么多年，每天总是左右不离，我们习惯了，先生也习惯了。而今，我们突然都离开了，恐怕先生一时适应不了。"蔺且解释道。

"先生起来了。"蔺且话音未落，逸轩突然拽了一下蔺且衣袖，说道。

蔺且一听，连忙回转身来，发现庄周果然起来了，正一边伸着懒腰，一边揉着眼睛跨出了门槛。亓官氏一见，则一边扬手，一边大声说道：

"庄周，快过来。"

庄周可能还没醒透，但听到亓官氏大声喊他，便不自觉地加快了步伐，马上到了亓官氏跟前。

未等庄周开口问有什么事，亓官氏自己先开口了：

"庄周，俺昨天收拾东西时，偶然发现一件东西，是俺家祖传之物，能值点钱。刚才俺跟蔺且、逸轩说过，准备让他们二人将这件祖传之物拿到宋都商丘变卖了，换回些钱来对付日用开支，再置办点家里要用的东西。"

"既然是你家祖传之物，变卖了不是可惜吗？"庄周一边揉眼睛一边不假思索地反问道。

"你们这些读书人都有这个念旧的怪毛病，当年俺爹在世时也是这样。这东西据说都传了几百年了，放在家里不都一直没用吗？还不如早些变卖了，换些钱或物品实在。"亓官氏冷笑了一声，说道。

"哦，说得也有道理。"庄周口不应心地点了点头。

"那好，明天一大早，俺就让蔺且跟逸轩一起往宋都商丘，将这件东西给变卖了。"亓官氏做决定了。

"好。"庄周又揉了一下眼睛，说道。

"逸轩，你侍候先生漱洗一下，马上吃饭吧。"亓官氏对逸轩眨了一下眼睛，说道。

看庄周与逸轩转身离去后，亓官氏对蔺且说道：

"蔺且，师娘今天就给你们准备干粮，明天一早你跟逸轩就上路。商丘离此不远，走得快也要不了几天就能来回的。明早趁着你先生还在睡懒觉的时候，师娘把金子给你。你们兑换成宋国的钱币回来时，可能路上不太方便。师娘突然想到，最近你先生跟你们不是编了不少藤筐吗？你们每人背一些上路。"

"师娘，您让我们到奇丘卖藤筐呀！"

亓官氏看着蔺且一脸的疑惑，哈哈一笑，说道：

"蔺且，你这么精明的人，怎么不明白师娘的心思呢？师娘让你们背藤筐，并不是为了去卖，而是为了掩人耳目。"

"师娘，我明白了。您是说回来时我们将变卖的钱币放在这藤筐里背回来，上面再盖点什么，别人就看不出了，是吧？"

"正是此意。"亓官氏笑了。

商量已定，第二天蔺且与逸轩便依计而行，趁着庄周还在睡懒觉的时候就上路了。

朝行暮宿，蔺且与逸轩一刻也没敢耽搁，到达商丘还是花了五天时间。第六天，二人将金子兑换成宋国钱币后，就准备按照原计划，二人各背一筐钱币回漆园。但是，快出商丘城南门时，蔺且突然停下了脚步，回头问逸轩道：

"师弟，你累吗？如果一路这样背着走回去，你确认能坚持下来吗？"

"师兄，说老实话，俺恐怕坚持不下来。"

"既然坚持不下来，那我们雇架马车回去吧。一来轻松，二来安全，三来回程时间短，免得先生和师娘在家担心悬望。"

逸轩一听，呵呵一笑。

"师弟，你笑什么？"蔺且不解地问道。

"师兄，您想想看，天下哪有穿成俺们这样，还背着个藤筐，却坐着马车赶路的。"

蔺且听了，不好意思地笑了笑。低头沉默了一会儿，蔺且突然一拍脑袋，说道：

"师弟，有办法了。"

"什么办法？"逸轩问道。

"这样，现在我们去买一套好衣裳。你气质好，一看就是个公子哥儿，你穿好衣裳，算是主人。我仍旧穿这身旧衣裳，算是仆从。公子哥儿带个仆从，坐马车赶路，总不至于引人怀疑了吧。"

"师兄，您这主意确实不错，只是委屈师兄，实在不好意思！"逸轩笑着说道。

"有什么不好意思，又不是真的让你像仆从一样使唤我。"

"也是。师兄，那俺们就快点去买衣雇车吧。"

蔺且点点头，二人转身就往回走。大约有半个时辰的工夫，衣裳买到了，马车也雇到了。逸轩穿上新衣裳，公子哥儿的范儿立即出来了。而人高马大的蔺且背着藤筐，还真有仆从的样。

二人在马车里坐定，马车夫正准备甩鞭驱车时，蔺且突然又说话了：

"师弟，既然我们雇了马车，回程就快了很多。不如今天我们不忙离开商丘，明后天再走也不晚。"

"师兄，您这是什么意思？"逸轩感到不解，疑惑地望着蔺且问道。

"上次在魏都大梁，因为有先生在场，我们没有机会请教惠施先生。这次惠施先生不是魏国之相了，回到了故乡，我们难得有机会到了商丘，惠施先生就在这里，我们为什么不能趁机请教一下他呢？而且我们请教他是有理由的。"

"什么理由？师兄。"逸轩又不明白了。

"去年惠施先生回到宋国后，不是派他的弟子去漆园探访我们先生吗？这次我们拜访惠施先生，可算是礼尚往来呀！"

"师兄，您这话说得非常在理。"

"师弟，既然你觉得在理，那我们今天就不走了，先找客栈住下。"

"那东西怎么办？"逸轩压低声音问道。

"不碍事，我们找家好点的客栈，东西寄存于客栈房间，绝对不会有问题。"

"师兄考虑得周到。"

二人商量已定，蔺且让马车夫将车赶到商丘繁华的街区，在一家比较有规模的客栈前下车，办好住店的手续，存放好东西后，便去寻访惠施在商丘的住所了。

商丘城并不大，惠施太有名。不到半个时辰，蔺且与逸轩就找到了惠施的住所。没想到，在门口接待他们的惠施弟子，竟然就是去年到漆园拜访庄周的鄢然。由于有旧交鄢然接引，蔺且与逸轩很快就见到了惠施。惠施本来就是读书人，逸轩是赵国的公子，蔺且早年曾投奔过他，彼此熟悉，因此三人谈起来甚是投机。惠施健谈而善辩，但态度谦和，没有盛气凌人的架子。蔺且与逸轩没有顾忌，便一个问题接着一个问题请教，惠施一一回答。所问的问题，既包括名家思想观点的，也有对儒家、墨家、纵横家等各家优劣评价的，当然也涉及了对老聃之道的评价。蔺且问到最后，甚至还请惠施对老聃与庄周所主张的"道"的异同予以评论。由于谈得太投入，结果直到日暮时分，蔺且与逸轩才告别惠施回到客栈。

一夜无话。

第二天一大早，蔺且与逸轩早早起来，结清了客栈费用，安置好兑换的钱币，坐上马车就出了商丘城南门，径直往漆园而去。

毕竟坐马车要比走路快，第四天午时未到，蔺且与逸轩就回到了漆园。为了不让亓官氏了解实情，二人在离庄周家还有一里地时就下了马车，打发车夫回商丘了。

逸轩下得车来，立即将新衣裳脱了，换上了出发时穿的那套旧的。蔺且看了，笑着打趣道：

"师弟，你在演戏给师娘看吧。"

"也算吧。不然，师娘肯定会生气的。"逸轩答道。

"你是说师娘心疼钱，不愿意我们雇马车代步吧。"

"师娘还不至于那么小气。为了这趟商丘之行，她殚精竭虑地想了那么多招，结果俺们还不按她的计划执行，自作主张地加出拜访惠施先生的戏码，她能不生气吗？"

"师弟，你说得有道理。所以，等会儿我们见了师娘，绝对不能提及拜访惠施先生与雇马车的事。就说我们日夜兼程，腿都走断了，背着这么多钱币，人都累垮了。这样，师娘一定会表扬我们的。"

"师兄，您说我在跟师娘演戏，您这不也是有意演戏吗？"逸轩笑着说道。

"你看，师娘好像就站在门口看着我们呢。"蔺且突然拉了一下逸轩的袖子，说道。

逸轩抬头一看，果然见亓官氏正倚门而望。于是，跟在蔺且身后一路小跑。一转眼，二人就到了亓官氏跟前。

"你们怎么这么快就回来了？以前俺让你们先生到商丘城办点事，他总要半个月时间，而你们来回才九天。"没等蔺且与逸轩开口，亓官氏就说话了。

"先生是个慢性子，走路也是慢性子。我跟逸轩都是急性子，恨不得一天就能来回。一天看不到先生和师娘，总觉得心里不踏实，所以我们起早贪黑，日夜兼程。"蔺且煞有介事地说道。

"师娘，先生呢？这些天他还好吧。"逸轩故意岔开话题道。

"啊呀，你们先生不就那样吗？每天不睡到日中，是不会醒来的。现在他大概还在做梦呢。"

"师娘，您交代的事，我们都办妥了。"蔺且一边说，一边指了指自己与逸轩背着的藤筐。

亓官氏一边点头，一边笑着说道：

"幸亏有你们二人，不然让你们先生去办这件事，肯定是没办法的。"

"师娘，这点小事不足挂齿。先生是有大用的人，怎么能做这种小事呢？"

"师兄说的是。"逸轩附和道。

"你们大概累坏了吧，快休息一下。等会儿你们先生起来了，再一起吃饭吧。"亓官氏说道。

"谢师娘！"蔺且与逸轩异口同声道。

大约过了有半个时辰，庄周起来了。逸轩连忙侍候他漱洗，然后跟大家一起进用朝食。

朝食过后，蔺且像是颇有感慨地说道：

"先生，离开您好多天，一直在路上奔波，就觉得有些心浮气躁。不像以前跟您静坐溪边垂钓，身心都很放松，怡然自适。"

"师兄说的是。先生，俺们今天还是去南溪边垂钓吧。"逸轩听懂了蔺且的话，默契地予以配合。

庄周点点头。

于是，师生三人抹抹嘴巴，拿着钓竿便出门了。

一到溪边坐下，庄周钓竿还没放好，蔺且就急不可耐地说话了：

"先生，这次我们到商丘，除了完成了师娘交付的任务，还替您完成了一项任务。"

"替为师完成了一项任务？为师几时委托过你们什么任务了？"庄周望着蔺且，一脸疑惑地问道。

"先生，难道您忘了，去年惠施先生不是派弟子来漆园拜访过您吗？"逸轩提醒道。

"那不叫拜访，是来鼓动我接受宋君邀请，出来为官。"庄周纠正道。

"不管是什么目的，但形式总是拜访。既然惠施弟子拜访过先生，先生理应也要回访，这叫礼尚往来。我们到商丘后，办妥了师娘交代的任务，顺便去拜访了一下惠施先生，也算是替先生还了一个人情。这不是替先生完成了一项任务吗?"蔺且说道。

庄周莞尔一笑，没有对蔺且的话作出回应。

"先生，我们去拜访惠施先生，他显得很高兴。俺们代您问候他，他也让俺们代他问候您，还问到了您的近况。"

"那你们怎么说?"庄周脱口而出道。

"我们照直说呗。"蔺且抢着答道。

"俺们觉得难得有机会见到惠施先生并当面向他请教，所以俺跟师兄就轮流问了他很多问题。"逸轩补充道。

"哦? 那你们都问了他什么问题呢?"庄周突然显出很有兴趣的样子。

"我们问的问题实在太多，现在自己都记不清了，我们谈了有两个半时辰。"蔺且答道。

"虽然记不清了，但其中惠施先生对有关名家、儒家、墨家、纵横家等各家优劣高下的评论，俺们还是印象非常深刻的。特别是他对老聃之'道'与先生您所主张之'道'的异同所发表的评论，真的让俺们茅塞顿开。"

"哦? 那你们说来听听。"

庄周话音未落，蔺且立即接口说道：

"师弟，你详细说给先生听听吧。"

逸轩先是一愣，抬眼看了看蔺且，见他一脸诡异的笑，立即明白了其用意，知道蔺且有意将难题推给了自己。虽然感到有些为难，但犹豫了片刻，逸轩还是一五一十地将惠施的话搬给了庄周听。

庄周听完逸轩的转述，没有发表任何意见，只是呵呵一笑。

"先生，您笑什么? 难道惠施先生说得不对吗? 他对先生之'道'理解有偏差吗?"蔺且望着庄周，装着十分虔诚的样子，问道。

"先生，如果您认为惠施先生理解得不对，那么您是否可以夫子自道，给俺们弟子讲讲您所主张的'道'究竟是什么内涵。这样，以后俺们传先生之'道'就不至于歪曲了先生的原意。"逸轩明白蔺且是在套庄周的话，遂默契地予以配合道。

庄周没有立即回应蔺且与逸轩的请求，而是先将渔线抛出，渔竿持正，然后目光像是在看溪水，又像是在看溪水对岸的山峦，自言自语道：

"道之为物，有情有信，无为无形；可传而不可受，可得而不可见；自本自根，未有天地，自古以固存；神鬼神帝，生天生地，在太极之上而不为高，在六极之下而不为深，先天地生而不为久，长于上古而不为老。"

"先生，您的意思是不是说，'道'是真实的存在，而且是可以验证的，但又是没有作为，没有形迹可求的。'道'是可以靠心灵抵达，但不可用言语传授。'道'可以体悟，但不可目见。'道'自为其本，自为其根，在未有天地之前，自古以来就一直存在着。'道'造就了神，造就了鬼，产生了天，产生了地。'道'居太极之上，而不以为高；'道'在六合之下，而不以为深；'道'先于天地存在，而不以为久；'道'年长于上古，而不以为老。弟子理解得对吗？"蔺且问道。

庄周侧转身，看了一眼蔺且，轻轻地点了点头。

逸轩见此，连忙问道：

"先生，您说的'道'如此玄妙，那又有谁能得到它呢？得到它，又会有什么用呢？"

"怎么会没人得到它？得到它怎么会没有用呢？"庄周反问道。

"那就请先生给俺们详细说说吧。"逸轩请求道。

"是呀，请先生给我们说说吧。"蔺且也帮腔道。

没想到，庄周不仅没有回应两个弟子的请求，反而闭上了眼睛，突然间像是睡着了一样。见此，蔺且与逸轩只好缄默，彼此看了看，摇了摇头。

过了好久，见庄周还是闭目不语，蔺且以为他大概无辞以对了，遂对逸轩使了个眼色，准备转移话题，以免庄周尴尬。但是，没等蔺且开口，庄周却突然说话了：

"狶韦氏得道，以之开辟了天地；伏羲氏得道，以之调和了阴阳；北斗星得道，从未改变过方位；日月得道，永远运转不息；山神堪坏得道，因之盘踞了昆仑；河神冯夷得道，因以遨游大川；山神肩吾得道，以此坐拥泰山；黄帝得道，因此登上了云天；颛顼得道，因而进驻了玄宫；北海之神禹强得道，得以立足于北极；西王母得道，因之坐镇于少广山，无人知其始终；彭祖得道，上起有虞氏，下迄五伯时，前后活了八百年；傅说得道，辅佐殷高宗武丁，生前统御天下，死后乘着东维星，骑着箕尾星，跻身于众星之列。"

逸轩听庄周一口气说了这样一大套，顿时明白刚才他闭目不语是在思考，是在心里编故事。尽管已心知肚明，但逸轩不想说破，反而装作恍然大悟的样子，兴奋地说道：

"哦，还真的有得道者，得道的作用还真是神通广大呢！"

蔺且听了庄周和逸轩的话，则莞尔一笑。看了看逸轩，又望了望庄周，一本正经地说道：

"先生，弟子今天终于明白了，老聃一生热衷于悟道，大概是想长生不老，志在成仙吧。先生您一生不屑于世俗的名利，而执着于传播老聃之道，是否亦有体大道而追求成神成仙的志向？"

庄周没有回答蔺且的话，仍然作闭目状，但下意识地提了提钓鱼竿。逸轩见此，连忙打圆场道：

"俺觉得先生执着于体大道，志不在个人成神成仙，而是为了拯救人类。不过，先生今天既然已经说到了体大道之事，那是否可以跟弟子们说一下体大道的步骤呢？"

"体大道，乃是真人之所为。"庄周脱口而出，但仍作闭目状。

"先生的意思是说，像弟子这样的庸人是不配体大道，是吗？"没等逸轩反应过来，蔺且立即接口追问道。

庄周没有立即回答蔺且的话，只是下意识地抖动了一下手中的钓竿。过了一会儿，才答非所问地说道：

"知道哪些是天之所为，哪些是人之所为，已是认知能力的最高境界了。知道天之所为者，便会明白宇宙万物都是源于自然；知道人之所为者，就会懂得以其所知去弥补自己认知能力所未及，从而能享尽自然的寿命而不至于中途夭折。这大概就算是一个人认知能力的精彩表现了吧。不过，话虽这么说，但还是有问题的。因为人的认知能力是有局限的，一个人的认知是否正确，需要等待其他条件的配合，最终才能得以证实。然而，其他条件往往又是不确定的。那么，怎么知道我所说的是自然的而非人为的，我所说的是人为的而非自然的呢？这就有赖于真人了。因为只有真人，才有真知。"

庄周话还没说完，逸轩迫不及待地问道：

"先生，那什么样的人才算是真人呢？"

"古代的真人，不拒绝寡少，不自恃成功，不谋虑世事。这样的人，错失时机而不后悔，顺利成功而不得意；这样的人，登高不惧怕，入水不湿身，投火不觉热。这是认知达到了与'道'相合的境界才能臻至的表现。"庄周说道。

"登高不惧怕，还不算什么稀奇。但是，入水不湿身，投火不觉热，这样的人哪里去找？简直就是神人嘛！"蔺且脱口而出道。

"先生所说的真人，是否就是得道的圣人？"逸轩问道。

庄周没有直接回答逸轩的问题，而是接着说道：

"古代的真人，睡觉不做梦，醒来无忧愁，饮食不求美。他呼吸深沉舒缓，运气直达脚跟。而一般人的呼吸，则都是靠咽喉。呼吸不顺畅，咽喉发声就会打结；争辩而被折服，说话就会吞吞吐吐；嗜好太多，欲望太深，天赋的认知能力就会很低。"

"先生的意思是不是说，清心寡欲就能提升人天赋的认知力，做到清心寡欲便能成为真人？"蔺且反问道。

庄周对于蔺且的提问，同样也未予以直接回答，继续闭目说了下去：

"古代的真人，不知道悦生，不知道恶死。生不欣喜，死不拒绝。他无拘无束地来，无牵无挂地去。他不探究自己生命的起源，也不追究生命的归宿。对现实的任何遭遇都欣然接受，对死生抱持坦然的态度。这就是不用心智去损害'道'，不以人的作为去辅助天然。这样的人，就是真人！"

"先生的意思是不是说，对于生死能持达观的态度，任其自然，不悦生不恶死，便是真人了？"蔺且问道。

没等庄周回答蔺且的问题，逸轩又迫不及待地向庄周提出了另一个问题：

"除了清心寡欲，不悦生不恶死，对生命持达观坦然的态度外，真人还有哪些表现？"

庄周大概是觉得逸轩对自己的话概括得好，突然睁开眼睛看了一下逸轩，又瞥了蔺且一眼，接着说道：

"古代的真人，神思安闲，表情恬静，像忘记了一切。他的额头特别宽大，容貌质朴淡然。他冷静时像秋天，温暖时像春天，喜怒像四季变化一样自然，顺应万物而表现合宜，让人无法推知他的究竟。"

"先生，您这说的是真人随顺万物的处世表现吧。您以上所说的几个方面，是否就是一个得道真人的一切了？"庄周话音刚落，蔺且就急切地追问道。

"不，还不是一切。"庄周斩钉截铁地答道。

"那么，除此真人还有什么特别的表现吗？"逸轩问道。

庄周点了点头，扫视了一下逸轩与蔺且，又从容说道：

"古代的真人，举止得当，神态高雅，却又不给人以压力；看似有所不足，却又无所增益；卓尔不群，有所坚持，却又不见棱角；心胸开阔不浮华，悠闲舒畅自为乐，一举一动像是不得已。他面色和悦，让人即之可温，觉得可亲；他德行宽厚，令人有依归之感；他恢宏的气度，犹如宇宙一般广阔无边。他高远超拔，不为礼法所拘；他沉默不语，好像闭住了嘴巴；他心不在焉，好像忘了要说的话。"

"这样的品质，恐怕不是一般人能修炼得成的。这样的真人，恐怕也是千百年不遇的吧。"逸轩说道。

"先生，这样十全十美的真人，您见过吗？"蔺且一直怀疑庄周是在编故事，遂情不自禁地反问道。

"为师虽然没见过，却听说过。"庄周听出了蔺且的意思，语气坚定地说道。

"那先生是否可以给弟子讲一讲呢？"

"是呀，先生，您就讲一讲吧。"蔺且话音未落，逸轩也跟着催促道。

庄周看了看蔺且，又看了看逸轩，略略停顿了一会儿，才从容说道：

"上古时代，有一个圣人叫女偊。一天，有位贤士叫南伯子葵的，慕名拜访女偊，问他说：'您年纪这么大了，怎么面色还像个孩童呢？是不是有什么秘诀？'女偊回答道：'我体悟了大道。'南伯子葵就问：'体悟大道有什么途径吗？您是否可以传授我一二？'"

"女偊愿意传授吗？"蔺且问道。

庄周见蔺且一副迫不及待的样子，不禁莞尔一笑。故意停顿了一下，才接着说道：

"女偊回答说：'不，不行！你不是体悟大道的合适人选，我无法传授给你。当今之世，卜梁倚算是一个有圣人之才者，但是他没有圣人的根器；我有圣人的根器，但是没有圣人之才。如果我将体悟大道的秘诀传授给卜梁倚，他也许是可以成为得道圣人的。即使他不能成圣，将秘诀传授给他，也是容易被领悟的。所以，我决定要将秘诀传授给卜梁倚。'"

"女偊是怎么向卜梁倚传授体悟大道的秘诀的呢？"逸轩急不可耐地追问道。

"女偊以'道'持守，教导了卜梁倚三天，而后卜梁倚就达到了'外天下'的境界。"

庄周话还没说完，蔺且就急着问道：

"先生，什么叫'外天下'？"

"'外天下'，就是无限地舍弃世俗的价值与所有世故，对什么名位呀，利禄呀，权势呀，毁誉呀等等，一毫都不介怀，使心灵彻底从俗情杂念中超脱出来。"庄周答道。

"达到'外天下'的境界，是不是就算体悟了大道？"逸轩问道。

"不是，体悟大道需要破三关。'外天下'只是第一关。"庄周答道。

"先生，您接着说。"蔺且催促道。

"接着，女偊又以'道'持守，教导了卜梁倚七天，而后卜梁倚就进入了'外物'的境界。"

"先生，'外物'就算是第二关了吧。那什么是'外物'的境界呢?"逸轩插话问道。

"'外物'，就是不为物役。说得更明白点，就是不做物的奴隶，不为俗事俗物所牵系，所系绊。"庄周答道。

"先生，请说第三关。"蔺且又催促了。

"最后，女偊再以'道'持守，又教导了卜梁倚九天，而后卜梁倚就达到了'外生'的境界。"

"先生，那什么叫'外生'呢?"逸轩迫不及待地追问道。

"'外生'，就是无虑生死，不留恋生，不畏惧死。死生一如，毫无执着。"庄周答道。

"达到'外生'的境界，过了第三关，也就算是体悟了大道吧?"蔺且问道。

庄周点点头，看了看蔺且，又看了看逸轩，接着说道:

"能至'外生'境界，便能'朝彻'。"

"先生，何谓'朝彻'，是不是就是孔丘所说的'朝闻道，夕死可矣'的意思?"蔺且又抢着问道。

庄周摇了摇头，看了一眼蔺且，说道:

"'朝彻'是体道的一种心理状态。体道者一旦进入物我两忘、死生一如的境界，心灵便像是朝阳初启，顿时有一种清明澄澈的感觉。"

"先生，体道成功后，除了'朝彻'的感觉，还会出现别的心理状态吗?"逸轩问道。

"当然有。'朝彻'之后是'见独'，而'见独'之后则是'无古今'和'不死不生'。这是体大道中的'四悟'，即四种心理状态。"

"先生，那什么叫'见独'呢?"蔺且脱口而出道。

"'见独'就是'见道'。'道'是绝对的存在，是无所待的，所以称之为'独'。体道者一旦进入清明澄澈的心灵状态，就会认识到'道'卓然独立的存在。"庄周答道。

"那'无古今'又是什么意思呢?"逸轩立即接口问道。

"'无古今'，是说体道者要突破时间的限制。因为'道'是一种永恒的存在，无始无终。"

"那'不死不生'，是不是说'道'是没有生死，没有生灭的?"蔺且问道。

庄周看了看蔺且，摇摇头，回答道:

"不是这个意思，'不死不生'是说体道者进入一种不受死生观念拘执的心理状态。"

"是不是先生刚才所说的'死生一如'的境界？"逸轩问道。

庄周点了点头，接着说道：

"能使生命死亡的，自身便不会死；能使生命产生的，自身便不会生。'道'于万物，无不一面有所送，一面有所迎；无不一面有所毁，一面有所成。能体认到这一点，就叫'撄宁'。"

"'撄宁'？先生，什么叫'撄宁'？"蔺且连忙追问道。

"所谓'撄宁'，就是面对万物生死成毁的纷扰而保持一种宁静的心情。"庄周答道。

"弟子虽然不可能体大道，成真人，但今日听先生一番教导，亦算是闻道了。"逸轩说道。

"师弟，既然是闻道，就有可能得道，而得道便可成为真人。所以，你还是有希望成为真人的。"蔺且调侃道。

"师兄，您不要笑话俺！俺从未有过要成为真人的想法。"逸轩连忙辩解道。

"师弟，如果你没有通过学道而成真人的理想，为什么放弃赵国贵公子的优裕生活，不远千里来漆园跟先生学习老聃之道？"

"师兄，您这样说，那俺问您，您不远万里从楚国来跟先生学习，是不是志在得道成圣？"逸轩反驳道。

"师弟，我的资质绝对不配得道成圣。我师从先生问学，只是出于对老聃之道的信仰，出于对先生学问的推崇而已。"蔺且也为自己辩解道。

"师兄，俺们还是别说没根的话了。天色不早了，今天先生一条鱼也没钓上来，恐怕都是被俺俩的争论吓跑的吧。"

庄周对于两个弟子拌嘴，从来都是不以为意的。相反，往往还持欣赏或曰看热闹的心态。听他们插科打诨说得差不多了，庄周轻轻地收起钓竿，起身疾步离去。蔺且、逸轩一见，连忙小跑着跟上。

2. 天人不相胜

"请问，这是庄周先生府上吗？"

周显王三十七年（公元前 332 年）九月二十三，一个秋意阑珊，天气渐凉的日子。太阳懒洋洋地爬出地平线不久，一个峨冠博带的年轻人便行色匆匆地立在了庄周家门口，向刚起来开门的蔺且问道。

蔺且望着眼前的年轻人，不禁一愣，这人好奇怪，怎么这么早就上人家的门，莫非有什么急事？

正在蔺且发愣的时候，逸轩打着呵欠，伸着懒腰也出来了。他揉了揉眼睛，看看蔺且，又看看那峨冠博带的陌生人，向蔺且信口问道：

"师兄，这是您家兄弟吧，是不是您家有什么急事了？"

"我家兄弟？师弟，你这话从何说起？"

"您看，你们长得多像！"逸轩说道。

"是吗？"蔺且更不明白了。

"师兄，您不信，你们到水井边临水照照看。"

"师弟呀，世上长得相像的人多得很，难道一定都是兄弟吗？我连他刚才说的话都没听懂，他怎么就成我兄弟了呢？"蔺且望着逸轩说道。

逸轩听蔺且这样一说，顿时也变得糊涂了。愣了一会儿，逸轩操天下通语，谦恭有礼地向那年轻人问道：

"请问这位先生，您是从哪儿来？不知如何称呼您？"

"在下淳于悦，从齐国来，是齐国淳于髡的侄儿。"年轻人努力打着天下通语回答，但齐国口音听来明显很重。

"啊？您就是淳于髡先生的令侄呀！"逸轩瞪大眼睛看着年轻人，兴奋地说道。

蔺且见逸轩表情如此夸张，感到莫名其妙，遂不无疑惑地问道：

"淳于髡是谁？"

"师兄，您也去过齐国稷下学宫，怎么没听说过淳于髡先生呢？"逸轩不答反问道。

"师弟，我们在稷下学宫才待过几天呀？我何曾见过什么淳于髡先生？"

"哦，师兄说得对。俺们陪先生到稷下学宫时，淳于髡先生已经不在那里了。"逸轩突然有所醒悟地说道。

"愚兄孤陋寡闻，师弟既然如此敬佩淳于髡先生，那是否给愚兄简单介绍一下他的情况呢？"蔺且看着逸轩，认真地说道。

"师兄，淳于髡先生的故事太多了，恐怕不是一两句话可以说完的。"

"那就拣最重点的介绍一下吧。"蔺且催促道。

"淳于髡先生早年是稷下学宫最负盛名的学者。他学无所主，没有门户之见，对百家之说均持开放包容的态度。他不仅是个学者，博闻强识，学贯古今，还是一个能言善辩的说客，更是一个眼光独到的政治家。"逸轩说道。

"原来淳于髡先生如此了得，愚兄却一点也不知道，真是孤陋寡闻极了。"

"淳于髡先生在齐威王时代为客卿，深得威王倚重。他最擅长用隐语微言讽谏威王，鼓励威王居安思危，革新朝政，因而齐国在威王时国势大盛。他不仅辅佐朝政卓有成就，而且在外交上也斐然有成。他曾以齐王特使的身份出使诸侯各国，每次都能出色地完成使命，不辱国格，不负君命。周显王二十年，楚国入侵齐国，他奉齐王之命，游说赵王，借得精兵十万，革车千乘，楚师闻之，不战而退。"逸轩又说道。

"这么厉害？真是一舌敌万旅呀！"蔺且情不自禁地赞道。

"师兄说得一点也不错。孟轲雄辩之才，天下无人不知。但是，他两次跟淳于髡先生进行有关'礼'与'仁'的论辩，都是以失败而告终的。"

"如此说来，淳于髡先生的口才要算天下第一了。"蔺且说道。

"说到淳于髡先生的口才，最有名的是他一日荐七士的故事。"逸轩更是眉飞色舞了。

"一日荐七士，那怎么个荐法？"蔺且更加好奇了。

"齐威王执政时，为了振兴齐国，广开言路，广揽人才，鼓励大臣及天下有识之士向他举贤荐能。于是，淳于髡先生一日便向齐威王举荐了七士。"

"那齐威王不觉得太多吗？"蔺且问道。

逸轩淡淡一笑道：

"师兄，你也觉得多呀！当时，许多齐国大臣就因为觉得多，还跟淳于髡先生争风吃醋呢，甚至有人直接在齐威王面前诽谤他。"

"那么齐威王如何？"蔺且更加兴味盎然了。

"齐威王一向都很信任淳于髡先生，当然不听那些中伤诽谤之言，不过他也觉得淳于髡先生一日荐七士有些过分。于是，就先引了一句古语：'千里而一士，是比肩而立；百世而一圣，若随踵而至也'，然后反问道：'先生一日向寡人荐七士，这士是不是太多了一点呢？'"

"齐威王还是蛮会说话的。那淳于髡先生应该无话可说了吧？"蔺且问道。

"嗨！淳于髡先生要是没话说，那还叫淳于髡吗？齐威王当时也以为问住了淳于髡先生，没想到他不假思索，张嘴就来，回答道：'臣以为不然！鸟同翼者而聚飞，兽同足者而俱行，这是自然之理。如果我们想搜求桔梗于沮泽之畔，恐怕一辈子也找不到一根的；相反，如果我们求桔梗于梁父之阴，则车载不尽。'"

"这个比喻倒是蛮有道理。"蔺且赞赏地插话道。

"还有更妙的呢！接下来，他又说了一句更有说服力，也更为自负的话，让齐威王顿时哑口无言。"

"什么话？"蔺且更加好奇了。

"淳于髡先生先引了一句古语：'物以类聚，人以群分'，然后借题发挥道：'河中聚鱼，林中栖鸟，什么样的人就有什么样的朋友。大王如果不嫌臣过于自负，臣可以这样说：淳于髡，就是今日集聚天下贤士的渊薮。大王若不想求贤则已，若有此心，只要找到我淳于髡，那就像是挹水于河，拾薪于山。想要网罗什么样的贤士，都是易如反掌。今后若有机会，臣还会不断向大王荐举天下贤士，何止是七士。'"

"淳于髡先生太了不起了！"蔺且再次由衷地赞叹道。

当蔺且还在回味着淳于髡的事功而不住点头时，逸轩突然醒悟过来，对淳于悦抱歉地笑了笑，说道：

"淳于先生，不好意思，真是失礼了！刚才跟师兄说令伯的事太忘情了，冷落了先生，让您干站着这么久。"

"没关系的。你们二位都是庄周先生的得意弟子，俺还没请教二位怎么称呼呢？"淳于悦礼貌地说道。

"我叫蔺且，楚国人。他叫逸轩，赵国的公子。我比他早几年师事庄周先生，我算师兄，他算师弟吧。不过，论学问，论见识，他肯定是在我之上，我叫他师兄也不为过。"蔺且没等逸轩回答，抢着说道。

"师兄，淳于先生初来乍到，您就当着他的面揶揄俺，是不是有点不厚道呀？"逸轩笑着说道。

正当师兄弟二人还要说笑时，亓官氏突然也探头出来了，问道：

"蔺且，逸轩，你们一大早站在门口干什么？"

"师娘，有远客来拜访先生。"蔺且回答道。

亓官氏一听有远客来拜访丈夫，以为又是来投师的。如果是投师，那么就有礼金可收了。于是，便笑逐颜开地说道：

"既然是远客，逸轩，你赶快把你先生叫起来吧。"

"师娘，不急，先生不睡到日中时分自然醒来，一天都会没有精神的。我看，还是别叫先生。我们先陪淳于先生好好聊聊，等先生起来了再说。"蔺且说道。

"也好。那你们就陪客人聊聊吧，俺去准备朝食了。"亓官氏一边说着，一边转身。突然间，她好像想起什么似的，回头看了看蔺且与逸轩，又望了一眼淳于悦，补了一句道："哦，别让客人站在门外，快让进屋坐吧。"

　　淳于悦听不懂亓官氏的宋国话，一脸茫然。逸轩见此，连忙给他解说。淳于悦明白后，连忙上前向亓官氏行礼，口称"师娘"。亓官氏一脸喜悦，连忙答礼如仪。

　　日中时分，庄周终于在逸轩的待候下起来了。因为蔺且正陪淳于悦在正屋前堂说话，逸轩怕庄周披头散发、睡眼蒙眬的形象给淳于悦留下不好的印象，遂陪着庄周从后门出去，到后院水井边漱洗完毕后，这才从正门进了前堂。

　　淳于悦一见，连忙起身趋前行礼如仪，庄周也象征性地答了礼。然后，宾主略作寒暄，正要准备坐下正式交谈时，亓官氏进来了，让他们去进朝食。

　　朝食结束后，淳于悦谢过亓官氏和庄周，蔺且立即建议道：

　　"先生，今天天气特别好，有阳光，风也温和，不妨我们到南溪边走走。那里清静，您也可以好好跟淳于先生谈谈。"

　　"师兄这个主意好。"逸轩明白蔺且的意思，在家谈话可能会受师娘打扰，所以立即附和道。

　　庄周点了点头。于是，大家依次从座席上起身，一起出门往南溪而去。

　　九月末的南溪，水流已经小多了，有些地段甚至只有涓涓细流。南溪周边，山上早已黄叶飘零，溪岸则是杂草枯白。淳于悦边走边看，满眼皆是一派萧瑟的景象。不过，行走于南溪岸边，丝毫也感觉不到深秋的凉意。因为南溪处于南北两座平行山脉之间，加上有太阳温暖地照着，秋风给人的体感不是透骨凉，而是犹如仲春时节的温柔。

　　沿溪岸走了大约有半个时辰，庄周在一处水面较大的溪流段停了下来。蔺且一见，立即明白庄周是要在此下钩垂钓。于是，立即示意逸轩一起行动，用脚在溪岸边扫出一小块平地，然后又在附近搬来了几块较平整的石头，垒成了一个小基座，再请庄周坐下。

　　庄周放好钓钩渔线坐下后，蔺且、逸轩与淳于悦立即在庄周身边就地坐下。

　　蔺且早上听逸轩将淳于髡说得神乎其神，因此就急于了解淳于悦的学问与口才到底如何。如果淳于悦的学问与口才也很了得，那么逸轩说的话大致就可信了。所以，一俟大家坐定，蔺且就迫不及待地率先说话了：

　　"淳于先生，您不远千里从齐都临淄而来。今天既然有机会，那您有什么问题就尽情地请教我们先生吧。"

　　"是啊，是啊！"淳于悦连声应和道。

　　可是，没等淳于悦提问，庄周倒是抢先开口了：

"令伯父淳于髡先生声名满天下，在齐国朝野上下都是备受推崇的要人，你不跟他学习，不远千里，不畏山高水险，跑到漆园这种穷乡僻壤来见老朽，有什么意义呢？"

"先生所居漆园，确实算是穷乡僻壤，但先生的学说思想却广为天下有识之士所知。当今天下各家学说虽多，但真正能解决问题，使百姓能够安身立命的，却几乎没有。孟轲的儒家学说没有成功的实践，难以让人信服；惠施没有治好魏国，说明名家思想也非治国安邦良药。最近几年迅速崛起的纵横家苏秦主张'合纵'之说，声势虽大，但也没有挽救得了山东六国。相反，山东六国现在是越来越混乱了，天下越来越不太平了。弟子因为对诸家学说已经失望，对天下安宁的希望已经破灭，所以才不远千里前来请教先生，想好好听听老聃之道的真传，寻求天下太平的解决之道。"淳于悦脱口而出。

蔺且听淳于悦说出这番话，不禁心里暗暗佩服，觉得他确实有思想，也有口才，而且还是个心忧天下的人，不愧是淳于髡的侄儿。逸轩听了，则连连点头。可是，庄周听了，却立即反问道：

"你说现在山东六国现在越来越混乱了，天下越来越不太平了，这话怎么说？山东六国从来都是很混乱的，天下从来就没太平过。哪里谈得上什么越来越混乱，越来越不太平？"

"先生，弟子是基于最近几年跟前些年的情况比较而言。"淳于悦解释说。

"是不是说最近几年山东六国又出现了什么特别的变故了？"庄周一边抖动了一下手上的渔竿，一边似乎漫不经心地问道。

"先生说的是。这几年，山东六国的变故确实很多。前年，魏襄王、韩昭侯前往齐国，与齐宣王会于徐州，相互承认彼此的王号，被称为'徐州相王'事件。对此事件，秦国认为这是齐、魏、韩三国结盟，其意在对付秦国。所以，去年秦王封公孙衍为大良造，命其率兵攻打魏国。公孙衍是魏国人，曾为魏国犀首，是魏王信任的大将。秦王以魏攻魏，以魏人治魏人的策略奏效。公孙衍率兵东进，打得魏国丧师失地，一败涂地。魏王无奈，为了息事宁人，只得割让阴晋给秦以求和，今年秦国将之改名宁秦。秦王命公孙衍伐魏，意在破解齐、魏、韩三国联盟可能对秦国造成的威胁。如果没有'徐州相王'事件，魏国也就不可能有这次危难。所以，弟子就在想，如果魏王以老聃'清静无为'的理念治国，不搞什么'徐州相王'，何来这场国家的危难呢？"

听淳于悦说到这里，庄周轻轻地点了点头。

淳于悦见此，又接着说道：

"也是因为前年的'徐州相王'事件，南方大国楚国跟东方大国齐国杠上了。楚王认为，齐与魏、韩二国结盟，意在对付楚国。所以，楚王去年就发大兵围攻齐国徐州，齐国折损十万大军，领兵大将也战败身亡。弟子就在想，如果没有'徐州相王'事件，就不会有楚国对齐国用兵之事。楚国不对齐用兵，齐国也不至于有此国难。这就证明，齐王治国之策出了问题。如果他以老聃'清静无为'的理念治国，齐国就可免除一难。"

庄周听了，又是轻轻地点了点头。

"今年，更是多事之秋。前些年首先支持苏秦'合纵'的燕文侯离世了，现在是燕易王执政。赵国是苏秦'合纵'之策赖以实施的轴心国，齐国、魏国都是'合纵'所要扩容的主要盟国。但是，这二国并不同赵国同心同德，反而跟赵国互相残杀。今年上半年，齐、魏合兵一处，对赵国发起了进攻，赵国决河水以淹齐、魏二国之师。"

没等淳于悦说完，庄周忍不住插话道：

"哦？还真是多事之秋！前几年老朽到齐国稷下，后来又到魏都大梁，山东六国之间好像还没什么大事。"

"先生，还不止这些呢。今年，卫国与韩国的政局都发生了变化。卫国的执政者换人了，现在当权者是卫平侯。韩国的政局变化更大，去年韩昭侯离世，今年其子韩宣惠王开始执政。"淳于悦又说道。

"韩昭侯离世了？"庄周一惊，接着说道："他任用法家巨子申不害为相，据说将韩国治理得相当不错。"

"先生，您可能有所不知，王年前申不害去世，韩国的政局就开始混乱了。而早就对韩国虎视眈眈的秦国，一听申不害不在了，立即起了趁火打劫的念头。大前年，也就是申不害去世的第二年，秦国大兵就出了函谷关，东进攻拔了韩国战略要塞宜阳。人祸之后，接着又是天灾。前年夏天，韩国遭遇了前所未有的大旱灾，很多地方都颗粒无收。因为刚跟秦国打过仗，国库早已空虚，韩昭侯无力开仓放粮赈济灾民，结果韩国全境出现了饿殍遍地的惨象。"

淳于悦话音未落，蔺且忍不住插话道：

"韩昭侯也真是够倒霉的！大概是申不害不在了，他时运不佳吧。"

"其实，任何人都有时运不佳的时候。只是韩昭侯在时运不佳时又做了一件蠢事，让天下人耻笑。"淳于悦说道。

"什么蠢事？"逸轩也忍不住插话了。

"就在旱灾最严重的时候，韩昭侯听从一位什么高人的指点，在韩都郑的通衢大道大兴土木，兴建一座高门，以改韩国国运。当时，楚国大夫屈宜臼正出使到魏都大梁，听人说到这个消息时，就跟魏惠王说了一句话：'昭侯不得过此门。'魏惠王问其缘由，屈宜臼说：'昭侯修此门，不得其时。我所谓的时，不是时日的时，而是说一个人有利与不利的时。当初韩国有利强盛的时候，昭侯不筑造高门。去年秦师攻拔韩宜阳，今年韩又全国大旱，昭侯不在此时抚恤人民，急民所急，苦民所苦，反而穷奢浪费，这便是古人所谓时绌举赢。'屈宜臼认为，韩昭侯不该在非常不利的时机做了一个非常不明智的事。"淳于悦说道。

"韩昭侯的做法确实不明智，但他的心情可以理解。人们不都说'天从人愿'吗？韩昭侯听从高人指点而兴建高门，大概是想借此消灾免祸，为人民祈福。"蔺且又情不自禁地插话道。

"哪有什么'天从人愿'？只有'天人合一''天与人不相胜'。"沉默了好久的庄周，突然呵呵一笑道。

"先生，为什么不能有'天从人愿'呢？比方说，一个地方久旱不雨，老百姓都祈盼降雨缓解旱情，结果就下雨了，这不就是'天从人愿'了吗？又比方说，我们长途跋涉，累得精疲力竭，希望前面有一家客栈能够歇歇脚。结果，当我们转过一座山后，前面就有一家客栈，这不也是'天从人愿'吗？"蔺且不以为然地反驳庄周道。

"天总是要下雨的，今天不下，明天不下，后天或再后天，总有一天是会下的。至于到底是哪一天下雨，绝不是人的愿望所能决定的。久旱不雨，老百姓祈雨，不久就下雨了，那只是巧合。行旅之中，累了希望有客栈歇歇脚，只要是沿着大路走，走得近点或远点，总会有客栈的。因为有路就会有人走，有人走的地方就会有人开客栈给客人歇脚。并不是你想有客栈歇脚，眼前就有客栈出现。假设你行于水上或是山上，你想有客栈歇歇脚，水上或山上会有客栈出现吗？恐怕你再想也是没有用的。你想有客栈歇脚，转过一座山就有了，那也是巧合。如果不是巧合，恐怕你转过十座山也不会有的。所以说，'天从人愿'只是人们的一种美好愿望，事实上是靠不住的。韩昭侯兴建高门，希望改变国运，结果身死而为天下笑，这本身就是对'天从人愿'幻想的极大讽刺。"庄周说道。

听了庄周的这番话，淳于悦与逸轩都不住地点头，但蔺且却沉默不语。庄周见此，又接着说道：

"当然，'天从人愿'也并非完全不可能。在一定的条件下，有些事完全可以有'天从人愿'的结果。比方说，我们顺着河流的走势引水灌溉田地，一定会'天从人愿'，秋天有好的收获。相反，如果我们希望河水倒流上山，在山顶上灌溉田地，秋天有所收获，那一定会希望落空的，决不会有'天从人愿'的事发生。"

逸轩与淳于悦听了连连点头，但蔺且仍然沉默不语。庄周看了蔺且一眼，莞尔一笑。顿了顿，接着又说道：

"为什么我们不能希望河水能倒流，山顶上收获庄稼？因为这种意愿不符合自然规律。先圣老聃有言：'知常曰明。不知常，妄作凶。'什么是'常'？'常'就是自然规律。懂得自然规律的人，就是明智的人。不懂自然规律，喜欢妄作妄为的人，一定会有不好的结果。懂得水往低处流的自然规律，顺应水流走势，不用费力，便能获得农耕收获；反之，逆自然规律而动，结果必然徒劳无功。做事如此，治国也如此。韩昭侯如果明白'天行有常'，有丰年就有荒年，注意在丰年积谷储藏，预为准备，那么就不至于荒年无力开仓放粮而让韩国出现饿殍遍地的惨象。他不懂积谷防饥的道理，还幻想兴建高门以改国运，这种妄作妄为，结果必然要付出惨痛的代价。身死而为天下笑，还只是他个人的悲剧；让韩国饿殍遍地，才是他作为一国之君最大的悲剧。"

庄周说完，逸轩见蔺且仍然沉默不语，遂连忙转移话题道：

"先生，您刚才说到'天人合一''天与人不相胜'，弟子不知具体内涵是什么，是否可以解释一下？"

"所谓'天人合一'，是说人与天都是自然的一部分，是统一于自然这个整体之中，二者是一种息息相关、不可分割的关系。从本质上说，人与天的作用是没有分别的。"庄周说道。

"人与天的作用怎么会没有分别呢？天能行云行雨，人能吗？天覆盖大地，人只是大地上一个渺小的存在，人怎么能跟天相比呢？"蔺且不以为然地反问道。

"刚才为师不是说过吗？人与天都是自然的组成部分。从这个意义上说，人与天的作用是相同的，没有什么分别。"庄周解释道。

"先生所说的'天人合一'，意思是不是说，人与天都是自然整体的一分子，作用地位平等，二者和谐统一于自然这个整体中。"逸轩问道。

庄周看了看逸轩，点了点头，又望了一眼蔺且，说道：

"正是。'天人合一'是客观存在，只是没有多少人能认识到这一点。不管你喜欢还是不喜欢，天与人都是合一的；也不管你认为天与人是否合一，天与人都是合一的。能认识到天人合一的，是与天为徒；认为天人不合一的，是与人为徒。"

"先生，什么叫'与天为徒'？什么叫'与人为徒'？"逸轩岔断庄周的话，问道。

"'与天为徒'，就是跟自然保持亲近关系，认为人天是一体的，跟自然有认同感与融合感。'与天为徒'者，便是以前我跟你们所说的真人。"

庄周话还没说完，蔺且就反问道：

"先生的意思是不是说，'与天为徒'，便是体道成功？跟自然有认同感与融合感，就是得道真人？那为什么'与天为徒'就能跟自然有认同感与融合感呢？"

庄周从蔺且的口气中，听出了他的质疑之意，遂莞尔一笑。顿了顿，从容说道：

"'与天为徒'，认识到天与人是一个整体，就能突破自我形体的拘限，可以与他人他物相互感通，并交互作用。这样，他的精神空间就可以无限地扩张，从而与外在宇宙产生同一感、和谐感，并彼此相互融合。"

"那'与人为徒'呢？"庄周话音未落，逸轩连忙问道。

"'与人为徒'，正好相反，它认为人是人，天是天，人与自然不是一回事，是彼此区别，相互分离的。这样的人，跟自然没有认同感、融合感，所以他不可能突破自我形体的拘限，不可能实现与他人他物相互感通，当然更不能彼此发生交互作用。这样的人，他的精神空间难以拓展，不可能与外在宇宙产生同一感、和谐感，所以认识能力就受限制，当然就不可能体悟大道，终究只能是个普通人。"庄周说道。

"先生，您刚才还说到'天与人不相胜'，那又是什么含义呢？弟子愚钝，请先生明教。"一直在认真倾听庄周师生三人讨论的淳于悦，这时也忍不住提出了问题。

"所谓'天与人不相胜'，是说天与人不是彼此对立的关系，跟老朽刚才所说的'天人合一'的意思一样。"庄周回答道。

"记得老聃说过：'人法地，地法天，天法道，道法自然。'可见，自然最大。先生所说的'天与人不相胜'，是不是可以推而广之，理解为人与自然应该维持一种和谐相处的关系。"淳于悦问道。

"说得好！老朽的话正是这个意思。"庄周脱口而出道。

蔺且见庄周回答淳于悦时神色中露出一种难掩的欣赏之情，遂又情不自禁地提出了质疑：

"先生，您说'天与人不相胜'，主张人与自然和谐相处。那么，弟子就有很多问题想不通了。比方说，一条河流自西往东，顺着地势，由高到低，流经一片广阔的平原，将平原一分为二。河流两岸的人们伐木架桥，或是从东岸到西岸，或是从西岸到东岸，彼此来往，交通有无，社会生产与社会生活因而得以发展。这样的事情，难道没有合理性吗？如果先生认为这有合理性，那伐木架桥本身却又不符合人与自然和谐相处的精神。先生，这个问题您怎么理解？"

"为师并不认为河流两岸的人们伐木架桥，彼此往来，交通有无，是什么具有合理性的事。先圣老聃理想中的小国寡民境界，并非你来我往，而是'鸡犬之声相闻，老死不相往来'。河流两岸的人们，你住东岸，我住西岸，大家安安静静过自己的日子，不是很好吗？为什么要伐木架桥，彼此往来，交通有无？这样做，有什么好处吗？我觉得没有。本来，你住在东岸生活平静，日子过得闲淡舒适。可是，一旦过桥到了西岸，看到东岸没有的东西，难免就会生出贪得的欲望。有欲望，就会有你争我夺的罪恶产生。天下为什么不太平，不都是因为人们有贪欲吗？如果大家都安于自己所居之地，安于自己所有，清心寡欲，天下不就太平了吗？"

"弟子承认先生说得有道理。但是，弟子又要问先生一个大不敬的问题了。先生经常带我们弟子上山打柴，这符合人与自然和谐相处的精神吗？"庄周话音刚落，蔺且又抛出一个问题。

"符合啊！为师带你们上山打柴，有没有砍伐过一棵活树？每次所砍的都是枯死的树枝。如果我们砍伐的是活树，那不是与树和谐相处。树由荣而枯，是自然规律，就像四季交替一样寻常。枯树枯枝用以烧水煮饭，是物尽其用，造福人类；枯树枯枝烧为灰烬，回归土壤，可以滋润大地，再生新的草木，是生物循环。万物之所以生生不息，就是因为有生物循环。"庄周说道。

"先生说的是。"逸轩与淳于悦几乎异口同声地说道。

但是，蔺且没有吱声，对庄周的话没有表达态度。庄周心知其意，看了一眼蔺且，呵呵笑了一声，接着又说道：

"人与万物都是自然的一分子，不仅人与万物要和谐相处，万物之间也要和谐相处。积土成山，山上草长树荣，这是草木与山土的和谐相处；积水成渊，渊中生鱼生鳖，鱼水相亲，这是渊水与鱼鳖的和谐相处；南国多山多水，南人生于其间，上山打柴，下河捕鱼，世代繁衍，生生不息，并怡然自得，这是人与山水的和谐相处；北地草原千里，北人生活其上，牧马放羊，骑马打猎，世代繁衍，生生不息，亦怡然自得，这是人与草原的和谐相处。"

"先生说得真好！"淳于悦情不自禁地插断庄周的话，赞叹道。

"人与自然和谐相处，就会得到自然的恩赐；反之，就会受到自然的惩罚。"庄周说道。

"先生，那您是否可以举个例子呢？"蔺且又开始质疑了。

"现实生活中到处都有鲜活的例子，只是我们很多人都没有细致观察，更没有认真体悟。蔺且，你是南方人，你知道南方人为什么依山傍水而居吗？他们为什么不住到山顶上，不住到水中央呢？"庄周看着蔺且问道。

蔺且一时无言以对，庄周莞尔一笑，接着说道：

"住到山顶上，势必要伐掉山顶的林木，铲平山顶的土石，这是毁伤林木，破坏山体，不是与自然和谐相处；住到水中央，势必要填出沙洲，阻断水流，这是人为挤压河床，干扰河水的自然流淌，也不是与自然和谐相处。不与山林和谐相处，自恃其力，建屋于山顶，山体滑坡，必将屋毁人亡；不与河流和谐相处，自作聪明，结庐水中央，洪水袭来，必将庐毁人溺，葬身鱼腹。"

蔺且听到这里，轻轻地点了点头。

庄周见蔺且点头，遂接着说道：

"南人依山傍水，结庐而居，世世代代安然无恙，为什么？因为这种居住方式体现了人与自然的和谐相处，是他们祖祖辈辈在生活实践中悟出的智慧。依山结庐，可以得到山林的庇护，冬天可有山体挡住寒风，夏有山林提供阴凉；临水而居，可以就近引水灌溉，耕种田地，无须远劳。同时，汲水饮用也多所方便。心存'天人不相胜'之念，与自然相亲，与自然和谐相处，人类就能永续发展；否则，逆道行事，心存胜天之侥幸，必将遭到自然的惩罚。"

"依山傍水，结庐而居，是南人再寻常不过的生活现象。先生，您怎么就能从中悟出'天与人不相胜'的道理呢？今天不是先生这番开导，弟子至死也不明其理，真是愧为南人！"蔺且诚恳地说道。

庄周望着蔺且，会心地笑了。

逸轩与淳于悦看看庄周，又看看蔺且，也会心地笑了。

3. 死生一如

周显王三十八年（公元前 331 年）六月十八，天气特别热。亓官氏实在热得睡不着，一大早就起来了。虽然她平时起来也很早，但这天比平时还要早约两顿饭的工夫。

亓官氏开门走到门口，抬头就见一轮火球般的太阳正热烘烘地爬出地平线，射出让人睁不开眼的万丈光焰。亓官氏下意识地左手在脸上抹了一把，其实她脸上并没有出汗。

"师娘，您今天怎么起得这么早？"

亓官氏正在望着太阳皱眉头之际，猛然听到身后有人说话，不禁吃了一惊。回头一看，原来是逸轩一边打着呵欠一边伸着懒腰从门里出来了。

"逸轩，你瞌睡成这样，怎么不多睡会儿，起来这么早干什么？"亓官氏问道。

"师娘，这天实在是太热了，睡不着呀！"

亓官氏听逸轩这样说，不提自己热得睡不着的事，却反问逸轩道：

"蔺且怎么睡得着？你们不是睡在同一个北房吗？"

"师娘，师兄睡得可香呢！那呼噜打得震天响，差不多要把房子震塌了。"逸轩一边打着呵欠，一边说道。

亓官氏听了不禁哈哈一笑，说道：

"逸轩，你现在说话也不像以前那样稳重，一板一眼了，越来越像你先生和蔺且，喜欢夸大其词，耸人听闻。"

"师娘，真的不是夸大其词。俺是一半被热醒的，一半是被师兄的呼噜声吵醒的。"逸轩好像很委屈似的说道。

亓官氏看见逸轩的表情，不禁扑哧一笑，说道：

"不是还有一间北房吗？如果你真怕蔺且打呼噜吵你，那今晚就搬到另一间北房去住。这样，即使蔺且的呼噜声真的把房顶震塌了，也不会压着你的。"

"师娘，您说话越来越有趣了。说实话，开始跟师兄睡一间屋子，还真是不习惯。"

"师娘知道，你是公子出身，哪里会跟别人共处过一室？"亓官氏说道。

"可能是个习惯吧。其实，跟他人共处一室也没什么不好。俺虽然不习惯师兄打呼噜，但跟他共处一室，可以对席夜话，真是乐趣无穷！"

"哦？原来你们晚上睡觉还要说话？"亓官氏睁大眼睛看着逸轩，像是发现了什么天大秘密似的。

"师娘，您还不知道呀？男人同室共处，晚上都是要对席夜话的呀！这可是男人们最大的乐趣。"

"你先生早年并没有睡懒觉睡到日中时分的习惯，后来出去游历了一次后，回来就慢慢有了这个习惯。莫非他在外游历期间跟人对席夜话，往往彻夜不眠，早上就睡起了懒觉？"亓官氏望着逸轩，似疑非疑地说道。

"师娘，您说得也许有些道理。一个人出门在外，常常是非常寂寞的，见到人就想说话。客栈里住的都是来自天南海北的人，每个人都有跟别人交流以消除寂寞的愿望。像俺们先生这样能说会道，讲故事能哄死人的高手，住到哪个客栈不被客人们欢迎？俺相信，只要俺们先生一开口，整个客栈的客人都会嗡到他的客房里。您想，先生晚上有机会睡觉吗？晚上没机会睡觉，那不就只好白天补觉，睡到日中时分吗？"

"哦，原来是这样。"亓官氏如梦初醒似的说道。

"师娘，俺只是猜测，不一定准确。您要真想了解先生好睡懒觉的习惯是怎么形成的，您问他一下不就知道了吗？"

"逸轩，跟师娘说实话。前几年你跟蔺且陪你们先生出去游历，是不是常常彻夜对席夜谈？"

"师娘，这完全没有。俺们在外住客栈，都是先生单独睡一室，俺跟师兄共住一室。如果俺们三人共住一室，师兄的呼噜声岂不吵死先生了？"

"逸轩，你不是天天负责叫你先生起来的吗？怎么不知道他有打呼噜的习惯？"亓官氏望着逸轩，好像很吃惊的样子。

"师娘，俺叫先生起来，都是先敲门，等先生说话了，才进入室内侍候他穿衣着裳的。所以，您不说，俺还真不知道先生有打呼噜的习惯。"逸轩一脸认真地说道。

"你先生的呼噜，打得可响呢！恐怕蔺且也赶不上。俺之所以不愿跟他共处一室，就是怕他那呼噜声，真是吵死人啦！"

"师娘，打呼噜虽然吵人，但打呼噜的人睡眠都很好，身体也好。他们睡得沉，睡得香。不像俺这样的人，睡眠不好，身体就没师兄那么健壮。"

"逸轩，你这话说得好奇怪。你先生也打呼噜，睡觉也睡得好，怎么瘦弱成这样呢？"亓官氏不以为然地反问道。

"师娘，您只知其一，不知其二。师兄睡觉打呼噜，是真的睡得好，睡得沉。但俺先生睡觉打呼噜，并不是睡得好，睡得沉。先生睡觉爱做梦，怎么可以算是睡得好，睡得沉呢？"

"你先生睡觉爱做梦，你是怎么知道的？你师娘跟他做了这么多年夫妻，怎么一点都不知道？"亓官氏望着逸轩，颇为认真地问道。

"俺是偶尔了解到的。"逸轩淡淡地说道。

"你先生跟你说的？他怎么不跟俺讲？"亓官氏奇怪了。

"先生怎么会跟俺讲这个呢？是师兄一次跟俺聊闲时，一时说溜了嘴而说出来的。师娘，您还记得很多年前，先生从睡榻上滚到地上的事吗？"

"好像是有这回事。"亓官氏可答道。

"这就说明师兄没瞎说了。师兄说，先生嫌睡在地上不舒服，用几块石头垒了一个墩，上面放了几块木板，弄了一个睡榻，这是先生的发明吧。"

亓官氏点点头，说道：

"是的，他嫌地上湿气重。"

"那次先生从榻上滚到地上，不是榻垒得不平实，而是先生做了一个好梦。"

"什么好梦？"亓官氏不禁瞪大了眼睛，好奇地问道。

"先生梦见自己变成了一只美丽的蝴蝶，在天空上自由地飞呀飞呀，飞得可高兴了！大概梦里飞得太投入了，结果动作幅度大了些，就把睡榻给弄塌了。听说最后还被您给骂了一顿。"

逸轩话音未落，亓官氏连忙点头说道：

"这样说，你师娘想起来了，确实有这么一回事儿。"

"事后，师兄问先生，怎么会把一个好好的榻给睡塌了呢？先生就告诉了师兄内情，还说梦里不知是庄周变成了蝴蝶，还是蝴蝶变成了庄周，反正人蝶不分了。"

"唉，你先生呀，俺真不理解他。外面的人都说他是个怪人，俺也觉得他是个怪人。"亓官氏摇头道。

"师娘，不是怪人，是圣人。圣人与常人的表现是不一样的。"逸轩望着亓官氏，认真地纠正道。

"师娘，您跟师弟一大早在说什么呢？好像谈得很投机。"正当逸轩与亓官氏还要往下说时，蔺且已经打着呵欠出来了。

"蔺且，你今天起来晚了。逸轩正在说你坏话呢！"亓官氏笑着说道。

"师娘，师弟说我什么坏话？需要背着我说吗？"蔺且也笑着说道。

"师兄，师娘是跟您开玩笑，师兄一向照顾俺，学问上指点俺，生活上帮助俺。俺要是背地里说您坏话，岂不是没有良心了？"逸轩装着一本正经的样子，说道。

"逸轩没有说你坏话啦，他只是说你睡觉爱打呼噜。"亓官氏笑着说道。

"俺跟师娘说，您有先生之风，怪不得能得先生真传，是先生最得意的弟子。"逸轩说道。

"师弟，你直接说不喜欢我睡觉打呼噜不就得了，何必转弯抹角揶揄师兄呢？"

245

"师兄，别误会！今天俺热得受不了，起来早了些，师娘问俺原因。师娘关心您，还顺便问到您的睡眠情况。俺顺口说到您睡得可香呢，呼噜打得很响。只是描述您睡眠深沉的情状，并没有埋怨您打呼噜哦！事实上，现在每天晚上听不到您的呼噜声，俺还睡不着呢。"

亓官氏见逸轩说得一本正经，忍不住扑哧一笑，转身说道：

"你们聊吧，师娘要去准备朝食了。"

亓官氏离开后，蔺且与逸轩一起到后院水井汲了一些井水上来，准备漱洗。蔺且见逸轩仍然呵欠连天，遂笑着说道：

"师弟，你怎么困成这样？我睡觉打呼噜也不是一天两天了，从没见你受到什么影响。"

"师兄，刚才师娘只是开玩笑。今天俺没睡好，绝不是因为您打呼噜的缘故，而是这天也太热了，跟往年不一样，有些反常。"

"师弟，漆园地理位置还算靠北，六月中旬这个温度不算热。如果这个时候你身在楚国之都，不仅觉睡不着，恐怕连饭也吃不下的。越是往南，不仅气温越高，空气也越湿。又热又湿，你知道是什么感觉吗？"

"是什么感觉？"逸轩瞪大眼睛问道。

"到处都是一样热，室内室外一个样。走到哪里，都是一身汗，没有干的时候。"

"为什么没有干的时候呢？南国没有风吗？"逸轩不解地问道。

"有风呀，但风是湿的。不像北国，风是干的，走在太阳下可能晒得受不了，但走到树荫下，干燥的风儿一吹，身上的汗就干了。树荫下与太阳下，温度是有很大差别的。"蔺且说道。

"师兄，如此说来，这漆园的盛夏还算是温和的了。"

"是的。只是相比于前些年，我也觉得今年的气温有些异常。"蔺且回应道。

二人一边说着，一边漱洗。最后，蔺且见逸轩衣服都被汗透了，便劝道：

"师弟，你索性把衣裳都脱了，多打点水上来，冲个凉算了。这后院挺隐蔽的，师娘在忙朝食，小师妹、小师弟恐怕还有一会儿才起来，先生还在梦中吧，这会儿没有人过来。如果你觉得不好意思，我也走开，远远地给你把着风，你放心洗。怎么样？"

逸轩犹豫了一下，然后点了点头。

蔺且正要转身离去时，逸轩突然叫住了他：

"师兄，俺冲了凉，不能再穿这身湿衣服了。您帮俺一个忙，到屋里替俺取一套干净衣裳来，俺在这先打水。咱们动作快点，不然待会儿小师妹、小师弟起来了，或是师娘过来了，俺在这冲凉不就尴尬了吗？"

"说得对。不过，回屋取衣裳还是你自己去比较好。打水的事，我比你力气大，最适合了。"

"师兄说的是，那就有劳师兄了。"逸轩一边说着，一边转身而去。

不一会儿，逸轩回屋取来了换洗的衣裳，蔺且也从井中汲好了水。谢过蔺且，等他转身离去，逸轩便痛快地从头到脚冲了个透。井水虽有点凉，但逸轩感觉冲在身上格外舒服。

大约有两顿饭的工夫，逸轩冲好凉，穿好了衣裳，并顺手将湿衣裳清洗了，晾在了井边树枝上。这时，蔺且回来了，逸轩便建议道：

"师兄，咱们去走走吧。"

蔺且点了点头。于是，二人像往常一样，漫无目的地沿着庄周家后院的林间小径一边走，一边闲聊。

走了大约有半个时辰，逸轩突然停下了，指着路边的一块大石头，说道：

"师兄，俺们先在这歇一歇吧，俺觉得身上又要出汗了。如果衣裳再湿了，今天就没换洗的了。"

"师弟，我感觉你好像特别怕热。但这么多年来，还从没听你说过'冷死了'之类的话。"蔺且顺口说道。

"师兄，其实冷比热要好对付。冷可以多加衣裳，实在冷得不行，还可以待在家里不出来。而热就不行了，你若待在家里不出来，那就更热了。"

"师弟，你错了。热也好对付。"蔺且说道。

"怎么对付？"

"你刚才不是对付了吗？冲凉呀！"

"师兄，不能一天冲凉冲到晚吧。"

"师弟，南国人还有一个办法，就是下河。"

"下河干什么？"逸轩不解地问。

"散热清凉呀！有些会享受的人，他们夏天会三五成群下河入溪，带着一个木盘，漂在水上。"

"带木盘漂在水上干什么？"逸轩又不明白了。

"木盘里放壶酒，一边泡在水里享受清凉，一边喝酒闲话，多有情调呀！"

"呵呵，你们南国人还真有办法，也真会享受。"

"师弟，一个人要是学会了苦中作乐，生活中的万般不如意就没什么了。像我们先生，生活境况并不好，但他活得比任何君王都快乐。这就是善于生活，懂得生活。人生的苦难有无数，但是只要有旷达的人生态度，一切都是可以从容面对的。"

"师兄，俺发现您现在越来越有先生的风范了，能从日常生活小事悟出人生的大道理。这一点，俺是怎么努力也望尘莫及的。"逸轩望着蔺且一脸认真地说道。

"师弟，我发现你其实也是蛮会享受生活的。"

"师兄，这话怎么讲？"逸轩望着蔺且，问道。

"你总是就地取材，以揶揄我为乐，这不是蛮会享受生活吗？"

"师兄说哪里话？俺是实事求是，说的都是实话，什么时候揶揄过您呢？"逸轩辩解道。

"其实，善意的揶揄也是一种情趣，会给平淡的生活带来些许快乐。刚才我说人生要善于苦中作乐，其中就包括这种善意的揶揄。所以，今后你尽管揶揄师兄，我一定会坦然受之的。只要你快乐，我也快乐。快乐是一种体验，也是一种人生态度，只是很多人不善于体验，不善于发现而已。"

"师兄，俺发现您悟道的能力快赶上先生了。怪不得您总要质疑先生的观点，原来您真的有自己的思想。"逸轩侧脸望着蔺且，一脸真诚的样子。

蔺且没说什么，只是冲逸轩莞尔一笑。

沉默了一会儿，逸轩突然望着远方，若有所思地说道：

"不知淳于小师弟现在怎么样？去年临走时，他曾说过还要回来的。不知说的是客套话，还是心里话？如果他真的投在俺们先生门下，将来一定是个人物。他的口才极好，有其伯父淳于髡之风。如果他将俺们先生善于讲故事的本事也学到家，那将来推阐老聃之道定会非常有力。"

"你说得对。"蔺且点头表示赞同。

"师兄，时间已经不早了，俺们起来走吧。"逸轩一边说着，一边从石头上起来，拍拍屁股上的灰。

蔺且点了点头，也跟着站了起来。

二人循着原路回到庄周家门口，正准备进门时，逸轩忽然回头一瞥间看到一个人影正急急走过来，定睛看了一会儿，突然哈哈大笑道：

"师兄，您看谁来了？真是说子牙，子牙到。"

蔺且连忙收回要迈进门槛的左脚，回头一看，也乐了：

"师弟，真有意思，刚才我们还在念叨淳于，现在他就回来了。"

就在这时，亓官氏从屋里出来，见蔺且与逸轩站在门口齐刷刷地盯着什么看，觉得奇怪，便顺口问道：

"蔺且，逸轩，你们在看什么呢？"

"师娘，您看那是谁来了？"逸轩顺手一指道。

亓官氏眯着眼睛看了一会儿，哈哈一笑道：

"好像是淳于悦吧。他怎么又来了？"

"师娘，您忘了吗？淳于悦云年走的时候可是说过，今年要回来的。"蔺且说道。

"他去年来找你们先生，好像没有正式拜师。莫非这次是来正式拜师的？"亓官氏看着蔺且说道。

"师娘，您说得对。淳于悦这次回来一定是下了决心，准备投在俺先生门下了。"逸轩信心十足地说道。

正当亓官氏还想说什么时，淳于悦已经三步并作两步来到了跟前，见了亓官氏，立即行礼如仪，口称"师娘"。接着，从袖中掏出一个小布袋，递给亓官氏，说道：

"师娘，这是俺拜师的一点礼金，请收下。"

"淳于，不要这么客气。你不嫌弃你先生无用，愿意拜在他门下，师娘已经很高兴了。"亓官氏虽然摆手表示推托，但脸上却漾出喜悦的笑容。

"师娘，您不用客气，这是学生孝敬先生的基本礼仪，自古以来都是天经地义的。孔丘收徒，就是最穷的弟子，还要收几束干肉呢。"逸轩说道。

"师娘，师弟说得对。"蔺且一边附和，一边偷眼看了逸轩一眼，面露一丝诡异的笑容。

淳于悦见逸轩与蔺且都在帮腔，又对亓官氏说道：

"师娘，俺的家境不比逸轩师兄。这只是表达一下俺的心意而已，说是拜师的礼金，实在都说不出口。"

亓官氏听出了淳于悦的话外音，连忙就坡下驴道：

"淳于，既然你这样说，那师娘就收下了。"

蔺且见亓官氏收下了淳于悦的礼金，轻轻地拉了一下逸轩的衣袖，对他耳语了一句：

"淳于师弟今天这招，是不是你教的？"

逸轩没作回答，抬头假装看太阳，说道：

"师兄，您看时间不早了，俺去叫先生起来吧。先生要是知道淳于师弟回来了，一定会高兴坏的。"

"对！对！对！逸轩，你快叫你先生起来吧。"亓官氏说道。

逸轩对蔺且眨眨眼，转身离去。亓官氏又对淳于悦说道：

"淳于，这一路累坏了吧，先到屋里把行李放好，再到后院井边漱洗一下，马上就可以吃饭了。"

"那以后就要天天叨扰先生和师娘了。"淳于悦说道。

大约有两顿饭的工夫，庄周在逸轩的侍奉下终于起来漱洗好，与大家坐在了一起，开始进朝食。

吃饭时，丫丫、嘟嘟很兴奋，一边吃饭一边跟淳于悦说话。淳于悦回应他们不是，不回应也不是，只得一个劲地点头应付。

"丫丫，嘟嘟，娘不是跟你们说过'食不语，寝不言'吗？等淳于哥哥吃好了饭，你们再跟他说话，好吗？"亓官氏见庄周对两个孩子吃饭失礼而不予制止，只得自己出来说话了。

朝食后，淳于悦正式向庄周行拜师之礼。礼毕，师生四人坐下闲聊。聊了一会儿，蔺且问庄周道：

"先生，今天天气很热，是否还去南溪垂钓？"

庄周还没回答，淳于悦接住话茬道：

"先生，忘了给您报告一个消息。"

"什么消息？"庄周漫不经心地问道。

"弟子今天回来，经过前村时听见有人在哭，又见许多人在围观。出于好奇，弟子趋前去看了一下，原来是有一个人死了。"淳于悦说道。

淳于悦话音未落，亓官氏正好来送水，马上接口问道：

"谁死了？"

"俺也不认识，是前村的一个人，年纪才三十多岁的样子。一个女人哭得非常悲哀，旁边还围着三个小孩。"淳于悦回答道。

"怎么死的？"亓官氏又问道。

"是在田间劳作时热晕的，等到家人发现，人已经死了。"淳于悦说道。

"蔺且，这附近村的人你都熟悉，你跟逸轩去看看。前些年你们外出游历，前村后村不少人都帮助过俺们家。说不定，这死去的男人就曾帮助过俺们。如果是，给他们家送点钱，帮帮人家。"亓官氏说道。

"师娘心肠真好！"淳于悦脱口而出道。

"师娘，我觉得钱固然很重要，但此时他们家人最需要的恐怕是安慰。开导他的家人，度过悲哀，才可能有重建生活的信心。所以，我觉得您还是让我们先生出面，先劝解劝解他的家人，然后再在经济上接济一点。我们先生为人旷达，又能说会道，一定会劝解成功的。"蔺且显出十分真诚的样子，建议道。

"蔺且，你说得也对。好，那你们就陪你们先生一道去吧。"亓官氏说道。

庄周不吱声，蔺且、逸轩与淳于悦只得看着庄周而坐着不动。

亓官氏见庄周坐在席上纹丝不动，本来想发火。但是，看到淳于悦，碍于他刚刚拜师投门的面子，忍住了。犹豫了一下，亓官氏说道：

"算了，你们都别去吧，还是俺自己去看一下。"

"师娘，其实您去最合适。您的口才不输俺们先生，再者您又是女人，善解人意，劝解那个女人可能更有效果。先生是大男人，去劝一个女人多有不便。孟轲之徒讲什么'男女授受不亲'，老聃之徒虽没这套规矩，但世俗之见，总是有些不便的。"逸轩出来打圆场道。

"既然先生不去，那么还是去南溪吧。今天天气这么热，闷坐家里肯定受不了。去南溪，水边树下有凉气，还有些微风吹着，岂不惬意？"蔺且说道。

"大师兄说的是。先生，您看怎么样？"淳于悦望着庄周问道。

庄周没吱声，只是轻轻地点了点头。

逸轩见此，立即从座席上一跃而起，上前搀扶庄周起身，蔺且与淳于悦也跟着起身。

出门时，庄周下意识地抬头望了望天上的太阳，轻轻地皱了一下眉头。逸轩见此，立即体贴地说道：

"先生，如果嫌太热的话，待会儿再出门吧。反正俺们只是到南溪边消遣，又不赶着办什么事。"

庄周没吱声，但又皱了一下眉头。蔺且一见，连忙说道：

"大家等一下，我去拿几顶斗笠来。这样，就不怕太阳晒了。"

不一会儿，蔺且拿来了四顶斗笠，给大家各一顶。斗笠是南国人下雨时戴着遮雨的，淳于悦是北国人，从未见过这个东西，戴到头上觉得新鲜，高兴得不得了。逸轩虽然早就见过，也曾戴过，但都是在下雨天。今天蔺且拿斗笠来给大家遮阳，出乎他的意料，当然也出乎庄周的意料。不过，他们都觉得蔺且聪明有创意。

当四人戴着斗笠，一字长蛇阵地走出家门时，亓官氏从房里出来看到，不禁哈哈大笑。蔺且听到亓官氏的笑声，连忙转身说道：

"师娘，您待会儿到前村吊慰时，别忘了也戴一顶斗笠出门，遮阳效果非常好。"

大约半个时辰后，庄周师生四人来到南溪上游一处溪水相对平缓的地段。蔺且指着临溪的一棵榆树说道：

"先生，就坐在那棵树下吧，树冠蛮大，有荫凉，晒不着。"

庄周看了看，轻轻地点了点头，径直朝那棵榆树下走去。逸轩紧随其后，趋前看了看临水的距离，回身对蔺且说道：

"师兄，您选的这个位置非常好，离水近，适合于先生下钩垂钓。树下还有几块石头，大家可以坐坐。"

"大师兄，这地方真的不错！上有树荫蔽日，下有如镜水面，眼观如画山景，耳听蝉叫鸟鸣，坐在习习清风中，临水垂钓，真是难得的好情调，少有的人生享受。"淳于悦刚在树下坐下，就情不自禁地感叹道。

"小师弟，你刚投在先生门下，就有今天这番感悟，实在不简单！将来体悟大道，传先生之学的，恐怕就非你莫属了。"蔺且侧身看了看淳于悦，故意装得一本正经地说道。

"大师兄，您别笑话俺了。体悟大道，传先生之学，只能靠您与二师兄了。俺这种潜质，根本就不敢存有任何奢望。承蒙先生不弃，今日得以忝列先生门下，有机会朝夕向二位师兄讨教，已是万分意外了。"淳于悦谦恭地说道。

"小师弟，俺也觉得你很有悟性。先生，您看呢？"逸轩先看了看淳于悦，又望了望庄周，说道。

庄周此时已将渔线放好，正专注地看着水面，对于三个弟子的话好像完全没听见一样。

过了好一会儿，蔺且忽然手指溪水对岸，对逸轩说道：

"师弟，你看，那片树丛中是不是有一户人家？"

逸轩与淳于悦循着蔺且手指的方向，认真看了半天，也没看出来。正当逸轩想说什么时，蔺且忽然若有所思地说道：

"师娘到前村吊慰，不知现在怎么样？"

蔺且话音未落，一直不曾开口的庄周突然脱口而出道：

"她就没必要去吊慰。"

"先生，为什么？"蔺且、逸轩与淳于悦三人几乎是异口同声地问道。

"死生，命也，就像昼夜轮替一样，乃是自然规律，是任何力量都不能改变的。事实上，现实世界中的许多事情都非人力所能干预的，这是物理之常情。人的生老病死，就是物理之常情。天地以形体让我们得以寄托，以生活让我们体会劳苦，以年老让我们得以安逸，以死亡让我们得以休息。所以，我们不应以有生而喜，也不应因有死而悲。上天既然已经妥善地安排了我们的生命，也就会妥善地安排我们的死亡。"庄周不假思索地答道。

"先生，能如此达观地看待生死问题，除了您这样体悟了大道者，还有其他什么人吗?"淳于悦望着庄周,虔诚地问道。

"为师算不上什么体悟了大道者。称得上体悟了大道者,除了先圣老聃外,上古还有不少,但当今之世则无其人。"

庄周话音未落,蔺且便脱口而出道:

"先圣老聃自不用说,那上古其他体悟了大道者,先生是否可以给我们讲讲呢?"

庄周侧脸回身看了蔺且一眼,莞尔一笑。

蔺且从庄周这副表情就已知道,庄周的话是不可信的。所以,庄周侧脸看他,他也正脸相迎,直视庄周,看他如何回答。

庄周心知其意,乃转过脸去,望着溪流对岸的一个山顶,装着陷入沉思与回忆中的样子。蔺且知道,庄周这是在心里编故事呢,但他并不揭破,耐心地等着。大约过了有烙两张大饼的工夫,庄周突然若有所思地说道:

"上古有四位贤人,分别是子祀、子舆、子犁、子来。一天,四人偶尔走到一起,闲聊了一阵后,子舆说道:'谁要是能以无为首,以生为脊,以死为尻,体认到死生存亡为一体的道理,我就跟他做朋友。'大家彼此相视一笑,内心有了契合,于是便相互结交为友。"

"后来呢?"庄周话还没说完,淳于悦就急不可耐地追问道。

庄周侧身看了一眼淳于悦,又扫了一眼蔺且与逸轩,故意顿了顿,才从容不迫地接着说道:

"不久,子舆得了一种怪病,子祀前往探视。可是,子祀见了子舆,并没有问候他的不幸,而是大笑着说道:'真是太伟大了!造物主怎么将你弄成了这等蜷曲的样子呢?'"

"子祀这样说话,太不近人情了!"淳于悦忍不住插话道。

庄周扫视了淳于悦一眼,笑了笑。

"先生,子舆得的是佝偻病吧?"逸轩问道。

庄周摇了摇头,说道:

"不是,子舆得的不是一般的佝偻病,而是真正的怪病。他不仅弯腰驼背,而且五脏血管向上,脸颊隐于肚脐之下,双肩则高过头顶,颈后发髻朝天,阴阳二气错乱不和。"

"这样活着多难受呀!"淳于悦感慨道。

"不,子舆不这样认为。"庄周斩钉截铁地说道。

"难道他认为活得很自在?"蔺且反问道。

"说得对。子舆得了这种怪病后,并不以为苦,而是每日悠闲自在,若无其事。见子祀揶揄他，也不以为忤，蹒跚着走到水井边，临水自照，对着自己的影子，说道：'哎呀，造物主怎么又再造了一个我，将我弄成这样一副拘挛蜷曲的样子。'子祀说：'你嫌恶这个样子吗？'子舆说：'不，我为什么要嫌恶呢？假若将我的左臂变成公鸡，我就用它来报晓；假若将我的右臂变成弹弓，我就用它弹射斑鸠鸟，并把它的肉烤着吃；假若将我的尾椎变成车，将我的心神变成马，我就坐着这驾马车走，何须再找别的车马呢？再说了，人之生，乃是适时；人之死，乃是顺应。一个人若能安心适时而顺应变化，那么哀乐之情便不入其心。这便是古人所说的解除倒悬。而不能自求解脱的人，则一定是被外物所束缚住了。人力不能胜天，那是由来已久了。所以，造物主将我变成今天这个样子，我又有什么好嫌恶的呢？'"

庄周刚说到此，淳于悦就感慨地说道：

"子舆真是一个达观的人！像他这样超然的人，这个世上恐怕再也找不到第二个了吧。"

"不对，还有比他更超然的。"庄周纠正道。

"先生，您是说子舆对于生老病死的认知境界不是最高的，是吗？"逸轩问道。

庄周看着逸轩，点了点头。

"那最高境界的人，又是谁呢？"淳于悦立即追问道。

"最高境界的人，就是子舆的朋友子来。子舆得病不久，子来也生病了，呼吸急促得像是快要死了。他的妻子儿女都很紧张，围在他的榻前哭泣。子犁得到消息后，前往探视。见子来妻子在一旁哭哭啼啼，子犁大声呵斥道：'去！走开！不要惊动将要变化的人！'"

"看来真是物以类聚，人以群分，子犁比子祀更要不近人情。"庄周话音未落，淳于悦又迫不及待地插话道。

庄周莞尔一笑，看了看淳于悦，接着说道：

"子来的妻子走开后，子犁倚在子来的房门上，对躺在地上的子来说道：'真是伟大呀，造化的力量！不知它要将你变成什么，又将你送往何方？是要将你变成鼠肝呢？还是要将你变成虫臂？'子来呵呵一笑道：'子女对于父母，无论他们被要求到东西南北什么地方，都会顺从其吩咐的。造物主对于人，亦无异于父母。它要我死，我不听从，那就是忤逆不孝顺。造物主要我死，它有什么错吗？造物主以形体让我寄托，以生活使我劳累，以年老让我安逸，以死亡让我休息。可见，以生为安善的，也应该以死为安善。比方说，现在有一个铁匠正在铸造铁器，有块铁突然跳起来说，你务必要将我铸造成一把莫邪宝剑，那么铁匠一定会认为这是一块不吉祥的铁。同样道理，一个人偶然获得人的形骸，整天嚷着我是人，我是人，造物主一定会认为这是一个不吉祥的人。如果现在我们将天地视作大熔炉，将造物主看作是大铁匠，我又有哪里去不得呢？'说完，子来就酣然地睡去。可是，不久又自在地醒来。"庄周说道。

"先生，子来病得奄奄一息，却能酣然地睡去，又能自在地醒来，是不是因为他对生死问题的澄澈认识，让他进入到了悟道的境界，才有这样奇异的结果？"淳于悦问道。

庄周没有回答淳于悦的问题，只是对他多看了一眼。

"先生，弟子明白了。您刚才说子来的境界比子舆高，是不是因为子舆超然面对的是疾病，而子来超然面对的是死亡。疾病与死亡不是一个层次，所以表现在认识上也就有了高低之分。"逸轩说道。

庄周听了呵呵一笑，逸轩不知到底是什么意思，转身看了一眼坐在旁边一直默不作声的蔺且。

蔺且明白逸轩的意思，却没有回应逸轩，反而直视庄周，认真地问道：

"先生，您用心良苦地编了这么长这么绕的一个故事，无非是想跟弟子们说明这样一个道理，生是偶然，死是必然。生就像是寄宿旅舍，死就像是回家。体认到死生一如的道理，就是悟道的最高境界。子来达到了这个境界，所以您说他超过了子舆。是不是？"

"说得好，死生一如！其实，这就是体道的最高境界之一。"庄周以赞赏的口气说道。

庄周话音未落，淳于悦反问道：

"先生，既然是死生一如，活着与死了都一样，那今天在田间劳作热死的男人其昨天与今天的状态也都是一样喽。可是，事实上，昨天他活着时，他的妻子儿女都觉得有依靠，一家人其乐融融；今天他死了，他的妻子儿女觉得失去了家庭支柱，一家人悲痛欲绝。人死了，便什么也不知道了。也许对死者本人来说，劳苦地活着还不如安逸地死去，生与死真的没有什么分别。但是，就他的家人而言，他的生与死对家庭的影响是完全不同的。男人死了，妻子儿女马上就要面临衣食无着的现实，这是回避不了的。"

庄周看了看淳于悦认真而忧虑的样子，莞尔一笑，从容说道：

"一个男人死了，还会有另一个男人补上来。你怎么知道新男人就不能带给女人和她的孩子更好的生活？大自然的一切都是平衡的，这里少了一点，别的地方就会多出一点；旧的去了，新的就会来；花儿谢了，叶子便绿了；

北国干旱，南国就多雨；北地平畴千里，南方则群峦叠嶂。凡此种种，不一而足。生死也是一种平衡，所以，我们不应以有生而喜，也不应以有死而悲。"

"先生说的是。"逸轩与淳于悦几乎异口同声地说道。

蔺且望了望庄周，良久，才默默地点了点头。

4. 安化

"先生，今天俺们还去不去南溪垂钓？"

周显王三十八年十一月初三，凛冽的寒风刮了一夜，庄周家前庭后院断枝枯叶落满一地，甚至连后院那株唯一的常绿大叶女贞的叶子也被吹得七零八落。

日中时分，逸轩照例侍候庄周起来后，看看门前被风吹得乱飞的枯叶，望望头顶有气无力的太阳，对庄周这样问道。

"当然去。"庄周一边揉着惺忪的睡眼，一边不假思索地答道。

"现在已是深冬了，今天风又特别大，山间溪边虽有背风向阳之处，但恐怕也暖和不到哪里去。"

逸轩话音刚落，蔺且突然出现在他的身后，问道：

"师弟，你在跟先生说什么呢？"

逸轩回过头来，看了蔺且一眼，顺口说道：

"先生说今天还要到南溪垂钓，俺提醒他今天风大气温低。"

"如果不去垂钓，先生在家干什么呢？跟你我一起坐在家里，你看我，我看你？"蔺且说道。

"师兄说得也是。"

正当蔺且与逸轩还要跟庄周说些什么时，淳于悦从后院转到了门前，说道：

"先生跟二位师兄好兴致，在欣赏落叶吗？师娘让俺喊你们去进朝食了，丫丫、嘟嘟都嚷着要吃饭，说又冷又饿。"

"小师妹、小师弟的话是对的，冷了就会觉得饿，饿了也会觉得冷。吃饱了，就不会感觉冷；穿暖了，也不太会感觉饿。先生，您快到井边漱洗一下吧，大家都等着您一起吃饭呢。"蔺且催促道。

"师兄，您的话好奇怪。以后您饿了，让师娘不给您饭吃，给您穿件皮袍；冷了，不给您衣穿，让您多乞几碗饭。您看，行吗？"逸轩笑着说道。

"师弟，你这就是有意跟我抬杠了。其实，冷暖只是一种感觉，就像幸福与快乐，都是一种相对的心理体验。比方说，有些人觉得有权有势，有人巴结，前呼后拥，就是幸福快乐。一些做国君的，都是这样。有些人热衷于钻营，热衷于名利，觉得谋得一官半职，在人前可以炫耀，就是幸福快乐。当今操持'合纵'或'连横'之说而极力怂恿各国人主的游士，就是这类人物。有些人执着于理想追求，纵然在现实中到处碰壁，也矢志不悔，他们的幸福就在理想追求的过程之中。昔日的孔丘、墨翟，今日的孟轲、惠施，都是这样的人。当然，也有喜欢安静，与世无争，主张无为而治的人，像先圣老聃和我们的先生，就是典型。"

蔺且话还没说完，淳于悦立即接口说道：

"俺们先生的幸福与快乐，第一是垂钓，第二是垂钓，第三还是垂钓。垂钓便是生活的全部，也是幸福与快乐的源泉。"

"小师弟，你只看到了表象。其实，先生的幸福与快乐不是垂钓，而是在安静的垂钓中体悟大道。"逸轩说道。

"二位，不要再谈大道了。现在我们去进朝食，才是大道。待会儿我们不是要随先生到南溪吗？届时坐而论道也不迟啊！"蔺且劝止道。

庄周对于三位弟子的话好像没听见，迅速地漱了漱口，擦了把脸，把洗脸布往井台旁的树枝上一搭，便转身进屋了。

大约半个时辰后，庄周师生四人进毕朝食，又像往常一样往南溪而去。

到南溪一处背风向阳之处，庄周布好渔线，稳定了渔竿，屁股刚在溪边石上坐下，淳于悦便望着庄周，迫不及待地请求道：

"先生，朝食前大家曾谈到幸福快乐的问题，这也算是有关人生的大道了。现在，就想请您谈谈您的看法。"

"你们早上不是说过了吗？幸福快乐是因人而异的，没有什么统一标准。蔺且说得好，幸福快乐只是一种心理体验。你觉得幸福快乐，那就幸福快乐！你不觉得幸福快乐，那什么人也帮不上你的忙。"庄周一边调整着手上的渔竿，一边漫不经心地答道。

"先生，这个弟子是明白的。弟子的意思是说，如何才能获得幸福快乐的感觉？或者换句话说，幸福快乐是否有具体的获取途径？"淳于悦问道。

庄周没有立即回答淳于悦，也没抬眼看他，只是专注地观察着水面，并不断调整着手上的渔竿。蔺且与逸轩知道，庄周这是在思考如何回答。所以，他们二人只是在一旁静静地看着，等着，并不插话。淳于悦见庄周不回答，两位师兄也不吱声，只好保持沉默，直直地看着庄周。

大约过了有烙一张饼的时间，庄周突然开口了：

"如果一定要问有没有具体的获取途径，为师可以送你两个字。"

"先生，哪两个字？"淳于悦兴奋地问道。

"安化。"

"安化？恕弟子愚钝，请先生明示。"淳于悦望着庄周，虔诚地说道。

"就是安于现状，顺应变化。"庄周不假思索地答道。

"依先生这么说，弟子现在坐在溪边，这是现状，我就安于这个现状，在这坐一天。北风来了，我把脸转向南面；西风来了，我把脸转向东面，这是顺应变化。但是，我这样坐着，并顺应着风向的变化，恐怕是难以体会到幸福快乐的。先生，您怎么看？"

逸轩一听蔺且这话，就知道他是在质疑庄周的观点。于是，连忙出来打圆场，说道：

"先生，您举个例子吧。"

庄周笑了笑，侧身看了逸轩一眼，又扫视了一下蔺且与淳于悦，从容不迫地说道：

"以前，为师曾跟你们讲过子祀、子舆、子犁、子来四位上古贤人的故事，你们还记得吗？"

"记得，当然记得。"逸轩与淳于悦同时抢答道。

"子舆得了怪病，不以为苦，而是若无其事，悠闲自在，这就是安于现状，顺应变化。正因为他能安于现状，顺应变化，所以对于子祀的揶揄不以为忤，而是跟着一起调侃，表现出少有的豁达。得了怪病，对于一般人来说是痛苦的。但是，对于子舆来说则不然。他虽是病人，却是一个幸福快乐的病人。那么，子舆为什么病中仍不失幸福快乐呢？这是因为他懂得'安化'的道理。"庄周说道。

"先生这样说，也是很有道理的。"淳于悦说道。

"子来病得奄奄一息，妻子儿女哭成一团，他却坦然视之，并超然地对子犁说出一番死生一如的道理，然后酣然地睡去，又自在地醒来。如果他觉得死亡是一种悲哀，他如何能酣然地睡去？只有懂得'安化'的道理，在死亡来临时也会觉得幸福快乐。也正因为如此，他才可能自在地醒来，再次活回人间。"庄周又说道。

"先生，弟子觉得您比子来还要豁达超然。只有体道进入最高境界，才可能以己度人，体会他人'安化'的幸福快乐。"逸轩说道。

"先生的分析真是精辟澄澈，让弟子有一种茅塞顿开的感觉。"淳于悦也由衷地说道。

蔺且虽然没有对庄周的话发表明确赞同的看法，却默默地点了点头。

庄周见此，有意直祝蔺且，问道：

"先圣老聃理想的小国寡民社会，你们知道是什么样的吗？"

"是不是'邻国相望，鸡犬之声相闻，民至老死不相往来'？"蔺且答道。

庄周点点头，看了看蔺且，又看了看逸轩与淳于悦，接着说道：

"这种和平安宁的社会，在上古是可能存在的。但是，在先圣老聃时代就已经不复存在了。不然，先圣就不会将它作为一种理想境界提出来。那么，今天的社会又怎么样呢？这是你们都看得到的，到处是尔虞我诈，成天是你征我伐。读书人不安心读书，不用心体悟大道，而是东奔西走，匆匆如漏网之鱼，惶惶如丧家之犬，奔走于诸侯各国之间，为了自己的前程功名，为了自己的荣华富贵，为了所谓的光宗耀祖，不惜让天下生灵涂炭，也要鼓动、怂恿诸侯各国之君相互争霸。"

"先生说的是。"逸轩与淳于悦点头说道。

庄周看了看逸轩与淳于悦，又扫了蔺且一眼，停顿了一会儿，接着说道：

"今日的社会，哪里还容得下小国寡民的状态？土地、人口、财富，无论大国还是小国都想贪得。于是，一场接一场的争战就此展开，弱肉强食，胜者为王。上古时代国家有成千上万，今日天下还剩几个国家？小国寡民的社会不存在了，上古那种宁静的世界也没有了，而今有的只是战争混乱的天下。我们已然来到了这样的世界，我们无可选择，也无可逃避，怎么办？只能直面现实，安于现状，顺应变化，在喧嚣中寻觅片刻的宁静，在混乱中寻觅暂时的安逸，调整好自己的心态，以期获得心灵的平静。如此，在乱世中你也会发现有宁静的世界，在苦难中你也会体验到悠闲自在的生活乐趣。这就是'安化'的妙处，也是幸福快乐的源泉。"

"先生，您隐居在漆园，天天以垂钓为乐，大概就是想逃避当今诸侯混战、天下大乱的现实，眼不见杀伐的惨景，耳不闻民生疾苦的哀嚎，以寻求个人心灵的宁静吧？不过，弟子心里在想，这种闭着眼睛、塞着耳朵所获得的心灵宁静，难道是真的宁静吗？在这种所谓的宁静中获得的幸福快乐，难道是真的幸福快乐吗？"淳于悦望着庄周问道。

"心灵宁静与幸福快乐，都是个人的心理体验。是不是真的宁静，是不是真的幸福快乐，只有他自己知道。如果不是真的宁静，不是真的幸福快乐，那就说明他根本没有进入体道的境界，没有真正懂得'安化'的道理。"庄周脱口而出道。

"先生，您说的'安化'，跟孔丘所说的'安贫乐道'是不是一回事？孔丘有言：'饭疏食，饮水，曲肱而枕之，乐亦在其中矣'，说的就是这种苦中作乐的境界吧？"逸轩说道。

庄周摇了摇头，说道：

"不是一回事。孔丘所说的'安贫乐道'，其内涵是安于生活艰难的现状，但矢志不改其'克己复礼'理想的执着追求，并以之为乐。孔丘所说的'安'，是无可奈何的、非心甘情愿的安于现状，其所乐之'道'亦非我们先圣老聃所说的'道'，而是'克己复礼'那套政治理想。孔丘向我们先圣问学后，就曾叹息说：'道不同，不相为谋'。意思是说，他跟我们先圣谈'道'是谈不到一起的。为师所说的'安化'，既强调'安'，也强调'化'。'安'是心甘情愿地安于现状，即真正认识到自然的伟大，认识到一切自然存在或社会存在所具有的合理性，并主动适应。'化'是顺应变化，不是像孔丘那样，社会现实都发生了翻天覆地的变化，他还硬要回复到以前旧有的状态，明知不可为而为之。这是食古不化，不是顺应变化。正因为如此，孔丘所推阐的'道'自始至终不能被人接受。所以，他晚年哀伤地说道：'道不行，乘桴浮于海。'"

"先生，弟子明白了。您所说的'安'是发自内心的，真诚的，而孔丘所说的'安'是被动的，是不情不愿的；您所说的'化'是顺其自然的适应，他所说的'乐'则是逆历史潮流而动的蛮干。因此，'安化'可以使人获得真正的幸福快乐，而'安贫乐道'则是自欺欺人，假装快乐。"逸轩说道。

"逸轩，你理解得很正确。'安化'既是一种生存方式，也是一种体道的途径。不过，从体道的角度看，'安化'在境界上是有高下之分的。"庄周说道。

"先生，'安化'既是体道的途径，怎么在境界上还有高下之分呢？"一直没有说话的蔺且立即反问道。

庄周侧身看了蔺且一眼，呵呵一笑，然后从容说道：

"比方说，一个人出门在外，天黑时前不着村后不着店。展望前方，回首往路，四顾茫茫，吃的东西没有，睡的地方也没有。这种情况，一般人会感到恐惧或忧愁。但是，体道者会安于现状，顺应变化，就近在路边的溪流中喝上几口清水，在附近的树上找些野果，然后找棵大树倚靠着安然睡去。这是'安化'的第一种境界，因为还有比这更高的其他境界，所以这只能算是

‘安化’的最低境界。”

“那其他更高的境界呢？”淳于悦急切地追问道。

庄周看了看淳于悦，故意停顿了一下，然后才接着说道：

“又比方说，一个人生活陷入了困顿，衣食无着，或是像子舆一样不幸得了怪病，或是像子来那样病得奄奄一息，就要死去。面对这些，相信绝大多数人都会忧愁、忧伤、绝望，痛苦不堪。但是，体道者则不然。他不会怨天尤人，也不会唉声叹气，而是达观地看待一切，顺应已经出现的变化，寻找可行的生存之道，感恩获得的每一口水，感恩得到的每一口饭，感恩吹过脸颊的每一缕清风，悠闲自在地过着每一天。这是‘安化’的第二种境界，它比第一种境界高，比第三种境界低，所以可以称为‘安化’的中等境界。”

“那最高境界又是如何呢？”逸轩追问道。

“最高境界就是面对苦难特别是死亡，不仅能坦然面对，而且抱持感恩与欢迎的态度。”庄周不假思索地答道。

“先生，您这话说得就有点过了吧。面对死亡，能够坦然面对已经是够达观超然的了，哪里会有抱持感恩与欢迎态度的？”蔺且觉得不以为然，反驳道。

“师兄，不要急呀！您听先生说完。”逸轩怕庄周尴尬，连忙出来打圆场道。

庄周莞尔一笑，看看逸轩，又看看蔺且，再瞥了一眼淳于悦，沉吟了一会儿，接着说道：

“为师给你们讲个故事吧。”

“先生，那您快讲吧。”淳于悦一听庄周要讲故事，顿时欣喜雀跃。

蔺且知道庄周的故事都是自编的，但碍于面子，不便当场揭破，于是便笑而不言。

庄周也没看蔺且的表情，一边将手中的渔竿调整了一下，一边变换了一下坐姿，然后就慢条斯理地开始讲故事了：

“在先圣老聃时代，差不多跟孔丘也是同时，有三位贤人，分别是子桑户、孟子反、子琴张。三人原本并无交往，只是彼此都早闻其名。一天，三人偶然相见，一番交谈之后，子桑户提出了三个问题：‘谁能在不相交往中相互交往，在不相帮助中相互帮助？谁能登上青天，遨游于云雾之中，回旋于无极之境？谁能忘了生死，而没有穷尽终结？’子桑户说完，三人相视一笑，彼此契合于心。于是，大家便结交为友。过了一段日子，子桑户死了，但没有立即下葬。”

"为什么不立即下葬，是等朋友来送别，还是死无殓资，无法下葬？"淳于悦岔断庄周的话，问道。

"小师弟，你别心急呀！听先生往下讲。"逸轩说道。

淳于悦不好意思地笑了笑，望着庄周说道：

"先生，您接着讲吧。"

"孔丘听到子桑户的死讯，立即派他的得意弟子子贡前往帮助料理丧事。子贡到了子桑户家，发现子桑户的尸体停放在大门前，他的朋友孟子反和子琴张已经在场了，一个在编挽歌，一个在弹琴，二人一起合唱道：'哎呀，桑户啊！哎呀，桑户啊！你好幸福快乐，已经返本归真了，而我们还活在这个世间啊！'子贡走上前去，问道：'二位前辈，请问你们这样对着尸体唱歌，合乎礼吗？'孟子反与子琴张看看子贡，相视一笑，说道：'年轻人，你哪里懂得什么叫礼呀！'"

"孟子反与子琴张好像真的很奇怪，明明是自己行事不合乎礼，怎么还反说子贡不懂礼呢？"

逸轩见淳于悦又插话了，连忙对他使眼色，淳于悦立即脸红地低下了头。庄周莞尔一笑，接着说道：

"子贡被抢白了一句，很是愤愤不平。回去后，他跟孔丘一五一十地讲了自己的所见所闻，并说道：'他们都是些什么样的人呀？没有修养德行，放浪形骸，对着他人尸体唱歌，还神色自若，真是没法形容。这都是些什么样的人呀！'孔丘淡然一笑，回答道：'他们是游方之外的人，而我们是游方之内的人。'"

"先生，什么是游方之外的人，什么是游方之内的人？"这次插话的不是淳于悦，也不是逸轩，而是一直笑而不言的蔺且。

"游方之外的人，就是体道成功者。他们超脱了世俗礼教，超脱了现实世界，已经进入了超然物外的境界。游方之内的人，就是普通人。他们没有超脱世俗礼教，而是被现实世界的人与事所拘束，无法超然物外。"庄周说道。

"如此说来，孟子反和子琴张应该算是游方之外的人，也就是体道成功者。他们之所以会在子桑户尸体旁唱歌弹琴，大概是认为子桑户死去是一种超脱，是幸福的归宿，他们为子桑户高兴吧？"逸轩也忍不住插话道。

庄周点了点头。

"先生，您接着往下讲。"淳于悦催促道。

"孔丘跟子贡说：'游方之外者与游方之内者，完全是不相干的，属于两个世界的人。而我还派你去吊唁，真是太浅陋了！他们早已和造物主为友，正遨游于天地之间呢。他们把活着看成是一种累赘，将死亡看作是脓疮成熟而溃破一样。像他们这样的人，哪里知道区分生死先后呢？在他们看来，生命只不过是假借不同物质，寄托于同一个身体上而已。他们忘记在体内的肝胆，也排除在体外的耳目。在他们看来，生与死是循环往复的，不知道其头绪何在，也不主张究诘其间的分际。所以，他们能够自在地遨游在尘世之外，逍遥于无为的境界。孟子反、子琴张和死去的子桑户，他们都是游方之外的人，他们怎么可能不厌嫌世俗之礼，而甘心受其拘束呢？他们如何肯遵循世俗之礼，哭哭啼啼地办理丧事而表演给世俗之众观看呢？'"

庄周话音刚落，淳于悦便望着庄周，疑惑不解地问道：

"先生，听孔丘说话的口气，好像他很赞赏俺们道家的思想，不像是儒家的教师爷。"

庄周呵呵一笑，说道：

"你说得很对，孔丘早年曾向我们先圣老聃问过礼，晚年因为推广自己的政治主张到处碰壁，转而信奉老聃之道。所以，他晚年的思想带有明显的道家色彩。"

"哦，原来如此。"淳于悦恍然大悟道。

蔺且见淳于悦一副幡然大悟的神情，不禁转过身去，掩面窃笑。

"先生，您接着说吧。"逸轩催促道。

"子贡听了孔丘这番话，问道：'先生，游方之外与游方之内，您准备依循哪一方呢？'孔丘回答说：'我啊，其实是个受自然所惩罚的人。尽管如此，但我们还是应该追求方外之道。'子贡问：'追求方外之道，有什么方法吗？'孔丘回答说：'鱼相适于水，水相适于道。相适于水的，凿个池子供养就好了；相适于道的，悠然自在就性情自定了。所以说，鱼游于江湖就忘记一切而优哉游哉，人遨游于大道就忘记一切而逍遥自在。'子贡又问：'请问那些不合于世俗的怪人都是些什么人呢？'孔丘说：'不能说是怪人，应该说是异于俗而合于道的异人。先圣老聃说：人法地，地法天，天法道，道法自然。合于道，就是合于自然。合于自然的人，当然与众不同，就是我们平时所说的得道高人，或者说是圣人。"庄周说道。

"先生的意思是说，一个人到底是圣人还是怪人，判断的标准不同，观察的角度不同，就会迥然有异了，是吧？"淳于悦问道。

庄周点了点头，说道：

"正是。从自然的角度来看是小人的，正是人间的君子；从自然的角度来看是君子的，则就是小人。今日天下诸侯国之君，皆自称人间君子，其实他们都是违背自然，不合于道的小人；像先圣老聃，还有刚才我们说到的子舆、子来、孟子反、子琴张等人，世俗之人视之为小人或怪人，恰恰是行事合于道，是不违自然的君子。"

"先生的意思是说，行事合于道，就一定会与世俗礼教相左。换句话说，合于道的，便不合于俗。难道就没有既合于道，也同时合于俗的吗？比方说，先生对我们弟子很好，这不就既合于道，也合于俗，与世俗人情一致吗？"蔺且沉默了好久后，又开始提出质疑了。

庄周莞尔一笑，说道：

"为师说'俗'与'道'不相容，并不是指日常生活中的一切方面。如果是这个意思，你还可以举出很多例子反驳我的。比方说，孔丘之徒要吃饭，老聃之徒也是要吃饭的。但孔丘之徒信奉的是世俗礼教，而老聃之徒崇尚的是大道自然。怎么'道'不同，而行为趋同呢？为师刚才所说的君子与小人，是就一些根本性问题而言，比如说，国君治国，是纵心所欲，为所欲为，还是清心寡欲，清静无为？对于生死的态度，是贪生怕死，还是死生一如。对这些根本性问题的不同态度，可以从中看出谁是游方之内者，谁是游方之外者。是游方之内者，便是人间的君子，自然的小人；是游方之外者，可能被世人视为小人或怪人，却是自然的君子。"

"先生这样说，弟子明白了。"蔺且点点头，说道。

庄周见此，看了看蔺且，又扫视了一下逸轩与淳于悦，说道：

"为师再给你们讲一个故事。"

"先生，请讲。"淳于悦最为积极。

"你们大概都知道，子贡虽是孔丘的得意弟子，却不是孔丘最喜欢的。孔丘最欣赏的弟子是颜回，排名孔门弟子第一。孔丘一生周游列国，到处推行自己的政治主张而屡屡碰壁。晚年回到鲁国，以著书与教学为乐。一天，颜回来看孔丘，跟他说：'先生，弟子有一件事不明白，要请教先生。'孔丘说：'你有什么事不明白，请说吧。'颜回说：'孟孙才不久前死了母亲，但是他哭泣没眼泪，心里没悲戚，居丧不哀痛。这三点都做不到，他却在鲁国以善于居丧而闻名。这不是浪得虚名，有名无实吗？弟子觉得，这样的事非常奇怪！'"

"颜回的疑问符合人情常理，说得好呀！"淳于悦忍不住插话道。

庄周呵呵一笑，看了看淳于悦，说道：

"孔丘则不这样看，他跟颜回说：'孟孙才已经尽了居丧的礼数了，他比一般懂得居丧之礼的人要胜出很多。丧事本来就应该简化，只是世俗的观念难以改变而无法做到，但孟孙才已经有所简化了。他不知什么是生，不知什么是死，不知道恋生，也不知道怕死。他只是顺应自然地变化，以应对那未知的变化而已。再说，如今面对的是将要变化的，怎么知道那不变化的情形呢？如今面对的是未曾变化的，怎么知道那已经变化的情形呢？我和你一样，都是还在梦中没有醒过来的人呀！'"

"那颜回怎么说？"逸轩问道。

"颜回点头表示同意，孔丘接着说道：'孟孙才死了母亲，之所以哭泣没眼泪，心中不悲戚，居丧不哀痛，是因为在他看来，活人与死人只有形体上的变化而没有精神的减损，只有躯壳的转换而没有精神的死亡。他母亲死了，他之所以哭，是因为别人都哭，他也就随俗地哭了。世人相互称说这是我，哪里知道我所谓的我不是我呢？你可能梦见过自己是只鸟在天上自由地飞，梦见自己是条鱼在水中自由地游，那你是否意识到，正在谈话的我们，现在到底是醒着的，还是在做梦？人突然感到适意时，往往是来不及笑的；从内心深处自然发出笑声，往往并不是事先的安排。听从自然的安排而随之变化，就可以进入寥廓深远的纯一境界。'颜回听懂了孔丘的话，所以才被孔丘引为知己，成为其门下最得意的弟子。"

庄周话音刚落，蔺且就呵呵一笑道：

"先生，弟子觉得孔丘的知己不是颜回，而是您。孔丘说他梦见自己变成鸟，变成鱼，您不是也曾经梦见自己化为蝴蝶吗？醒来后，您跟弟子说，不知是您变成了蝴蝶，还是蝴蝶变成了您。弟子听您刚才所讲的故事，觉得孔丘好像不是人们传说中的孔丘，而是先生您自己的化身。"

庄周明白蔺且的意思，逸轩也明白，但是淳于悦不明白。正当淳于悦开口想问时，庄周突然提起渔竿，一条鱼上钩了。

"哈哈，先生，您的故事好动听，连鱼儿也听得入迷而不知不觉上了钩呢。"逸轩打趣道。

庄周与蔺且相视一笑，淳于悦跟着也不知所以地呵呵一笑。

5. 坐忘

周显王四十四年（公元前325年）九月十八，秋意比往年显得更浓更早。漆园方圆五十里，远山不见了黛色，大河不见了激流，小溪不再潺潺，广阔的原野满眼都是一片枯黄。强劲的秋风凌厉地吹过高低起伏的山峦，吹过庄周家院后的山林，越过庄周家的屋顶，吹得房前屋后落叶满地。

蔺且像往常一样起得最早，开门看到门前台阶上下都是落叶，便连忙回身进屋，准备拿扫帚去扫。就在他一转身的时候，逸轩揉着惺忪的睡眼跟他撞了个满怀。

"哎？师弟，你今天怎么起得这么早？"蔺且一边揉着被撞痛的额头，一边不解地问道。

"师兄，这风声太吵了。北国的风虽大，但不吵人。"逸轩一边抱歉地对蔺且鞠躬，一边说道。

"师弟，那是因为北国都是一马平川。南国不一样，有山有平川，还有河流，地形复杂，加上林木茂盛，风吹起来就有很多声音，不像北国的风声只有一个调儿。"

"师兄，您说得真有意思。不过，确实还挺有道理的。"逸轩笑着说道。

蔺且一边跟逸轩说笑，一边已从屋里拿出了扫帚，开始清扫门前台阶上的落叶。扫了一会儿，蔺且抬起头来，看见逸轩仍然在揉眼睛，遂不无好奇地问道：

"师弟，你昨晚是不是在想什么心思？"

"没有呀。"

"师弟，你来漆园不是一天两天了，而是好几年了。往年这时候也是这样整夜的刮风，我好像没见你有睡不着的时候呀。是不是想家了？"

"大师兄，二师兄，你们起来好早啊！俺还以为自己是今天起来最早的呢，没想到你们比俺还早。你们在说什么呢？"没等逸轩回答，淳于悦也揉着眼睛走了过来。

"师兄，您看，小师弟也失眠了，肯定也是被这风闹的。"逸轩说道。

蔺且没有接逸轩的话，望着淳于悦笑着说道：

"小师弟，今天太阳从西边出来了呀！怎么起来这么早呢？你不是说过，睡懒觉堪比先生吗？"

"大师兄，俺是被冻醒的。"淳于悦一边打着呵欠，一边揉着眼睛说道。

"小师弟，这里的气温恐怕要比你们齐国高多了吧，况且现在只是深秋，还没到冬天，怎么会被冻醒呢？"蔺且望着淳于悦，呵呵一笑道。

"大师兄，俺屋里墙上有个洞，风儿都灌进来了，晚上能不冷吗？"淳于悦说道。

"哦，原来是这样。那我们今天就想办法将洞堵上吧。或者我跟你调换一下，你跟二师兄睡一起，我去你那间屋里住吧。"

"大师兄，这就不必了，您还是给俺想想办法，将墙上的洞堵上就好了。您跟二师兄住了这么多年，把你们硬生生地拆开，俺也过意不去。"淳于悦貌似真诚地说道。

"小师弟，你这说的不是心里话，你是怕大师兄睡觉打呼噜吧?"逸轩笑着说道。

"蔺且，你怎么打呼噜影响到小师弟了? 他不是单独住一间屋吗?"正当蔺且要回击逸轩时，亓官氏突然出现在身后。

蔺且闻声，连忙转过身来，望着亓官氏说道：

"师娘，真是冤枉啊! 哪里是我影响了小师弟睡觉，他说屋里太冷了，是被冻醒的。"

"太冷了?"亓官氏不解地望着淳于悦。

"师娘，是这样。昨夜风大，俺屋里墙上有一个洞，风灌进来，所以就觉得冷。"淳于悦回答道。

"蔺且，你先别扫落叶了，现在就帮淳于把屋里的洞补上吧。"亓官氏说道。

"师娘，我刚才已经答应小师弟了。要不，我先去看看吧。"蔺且说着，扔下扫帚就走。

"师兄，俺跟您一起去吧。"逸轩说着，也随蔺且去了。

蔺且与逸轩来到淳于悦所住的那间北屋，抬头往北墙看了看，果然在约两人高的地方有一个洞。逸轩看了那个洞，侧脸对蔺且说道：

"师兄，这个洞虽然不大，但灌进来的风不会小，睡在这屋里当然会觉得冷，怪不得小师弟说被冻醒了。"

蔺且点了点头，没有吱声，但眼睛却一直盯着墙上的那个洞。

"师兄，您老是看着这个洞干什么?"等了好久，逸轩提醒道。

"我是在想怎么去补这个洞?"蔺且答道。

"肯定是拿泥巴补喽。"

"这个我当然知道。师弟，你看这个洞的位置，太高了，你我都够不着。"蔺且说道。

"够不着不要紧，俺跟小师弟的肩膀可以给您当阶梯，不就解决问题了吗?"逸轩不假思索地答道。

蔺且一听，哈哈大笑，望着逸轩说道：

"师弟，就你跟淳于的两个小嫩肩，也能扛得住我这身肉。就算能扛住，我站在你们肩膀上，你们二人有一人身子抖一下，我不要摔断了骨头才怪呢。"

"那怎么办？"

"刚才你的话倒是启发了我。现在，我不要你跟淳于的肩膀当阶梯，我自己去找两根木头做个梯子，不就解决问题了吗？"蔺且说道。

"师兄，还是您有主意。那俺们说干就干吧。"

蔺且点了点头，跟逸轩一前一后走出了淳于悦的住室，去后院找木头做梯子去了。

大约经过一个时辰的忙活，蔺且在逸轩与淳于悦的协助下，又扎梯子，又弄泥巴，终于将淳于悦所住的那间北屋墙上的洞给堵上了。

"小师弟，今晚就是刮再冷的风，你也不用怕了，可以安然入睡，一觉睡到日中，等先生起来了，俺再来叫你。"逸轩看了看新补好的墙洞，又望了一眼淳于悦，笑着说道。

"二师兄，俺就是再能睡，也不能夺了先生的风头，当然更不敢劳动您来叫俺。"淳于悦也笑着说道。

"好了，你们二人不要在此耍贫嘴了，快跟我去打扫门前落叶吧。再等一会儿，师娘就要准备好朝食了，先生也要起来了。"蔺且说道。

"好。谢谢大师兄辛苦，也谢谢二师兄。"淳于悦说道。

三人打扫好门前院后的落叶，又坐在门前树下聊了好一会儿，逸轩抬头看了看天，说道：

"时间差不多了，俺去叫先生起来吧。"

庄周起来后，像往常一样，进过朝食后，又拿起钓竿要往南溪垂钓。但是，前脚刚刚迈出门槛，就有一个年轻人登门了。

"庄周先生，您这是要出门吗？"年轻人站在庄周门前台阶下，仰头问道。

庄周一边点头，一边好奇地瞅了瞅来人。

没等庄周开口说话，跟在庄周身后的逸轩哈哈一笑道：

"先生，您知道他是谁吗？"

"他是惠施先生的弟子鄢然，上次来拜访过您。"没等庄周回答，蔺且先说话了。

庄周一听眼前的年轻人是惠施的弟子，便情不自禁地多看了几眼，但是他还是想不起来鄢然与惠施的关系。

虽然庄周想不起鄢然，但蔺且与逸轩跟他却相当熟悉。上次鄢然来访，他们在南溪边跟鄢然有过交往。后来，他们又因奉亓官氏之命往宋都商丘兑换金子，顺道造访惠施时跟鄢然有过长谈。那次，他们不仅通过鄢然拜见了惠施，聆听了惠施有关名家的学说，还在跟鄢然的私下交谈中了解到惠施的许多情况。所以，今天一见鄢然到来，蔺且与逸轩都兴奋不已。

"鄢然，这次您来还是奉惠施先生之命问候俺们先生的吗？"逸轩没等庄周开口说话，就抢着问道。

"除了问候请教，还要报告一些消息。"鄢然答道。

"是什么消息？好消息，还是坏消息？"淳于悦迫不及待地追问道。

"先生，既然鄢然有消息要报告，您看我们是不是先请鄢然进屋坐坐，报告完了，我们再到南溪垂钓也不迟。"蔺且对庄周说道。

"还是到南溪再说吧。"庄周不假思索地答道。

"先生的意思是说，南溪边清静，可以从容道来。"逸轩连忙打圆场道。

一路无话。

来到南溪上游平常垂钓之处的一棵大树下坐定，并将渔竿调整好后，庄周看了一眼趋近坐在一旁的鄢然说道：

"惠施先生现在一切都好吧。"

"庄周先生，惠施先生已经离开了宋国。"鄢然答道。

"宋桓公不是很信任他吗？他为什么还要离开宋国呢？"庄周直视鄢然问道。

"庄周先生，您有所不知。而今宋国不是宋桓公执政了。"

"莫非是宋桓公离世，他的儿子在执政？"庄周调整了一下手上的渔竿，漫不经心地问道。

"不是。宋桓公的君位被人取代了。"鄢然答道。

"鄢然，您是说宋国发生政变了？"逸轩急切地插话问道。

鄢然点了点头，望着庄周说道：

"取代宋桓公君位的不是别人，就是宋君世世代代重用的戴氏家族。而今，在宋国君主位置上坐着的是剔成君。"

"真是人心不古啊！宋君世代重用戴氏家族，他们不思报答，反而夺人君位，真是恩将仇报。"淳于悦愤愤不平地说道。

庄周呵呵一笑道：

"什么人心不古，什么恩将仇报，只要这个世上还有人热衷于权位，热衷于荣华富贵，就会有弑君夺位之事，而且是永远都存在的。齐国现今的君王田氏不就是夺人君位吗？今日的魏、赵、韩三国不是由昔日晋国瓜分而成的吗？瓜分晋国公室的，不都是当初受晋君恩宠的公卿吗？所以，宋国君位由戴氏取而代之，一点也不奇怪。"

鄢然听庄周这样一说，顿时什么话也说不出了。

过了好久，逸轩为了打破沉寂，望着鄢然问道：

"鄢然，您长期居于宋都商丘，南来北往的诸侯各国之人见得多，天下之事也一定知道得多。不知最近几年有什么重要的天下大事，有什么风云人物出现？"

"说到天下之事，说到风云人物，那不是一两句话说得尽的。"鄢然脱口而出道。

淳于悦以前也是见多识广的人，只是这几年跟随庄周局促于漆园一隅之地，与世隔绝，信息不通。一听鄢然说近几年的天下大事与风云人物一两句话说不尽，顿时兴味盎然，立即接口说道：

"那就挑一两件最重要的大事说说吧，或是说一个目前最显赫的风云人物的故事也行呀。"

蔺且没吱声，但眼神中流露出与淳于悦相同的热切之情。逸轩则直接催促道：

"鄢然，您就给俺们讲一讲吧，也好让俺们增广些见闻。"

庄周听淳于悦与逸轩一搭一唱地缠着惠施弟子讲故事，虽然心里在偷笑，却装着什么也没听到，还故意闭上眼睛，作沉思假寐状。

鄢然看看淳于悦，又看看逸轩与蔺且，见他们都显露出急切之情，遂准备打开话匣子。可是，当他侧身望了一眼庄周，刚要张开的嘴又闭上了。

逸轩见此，心知其意，乃呵呵一笑道：

"鄢然，您快讲吧。俺们先生正洗耳恭听呢。"

蔺且与淳于悦连忙点头，表示附和。

鄢然怯怯地望了一眼庄周，顿了顿，然后才开口说道：

"上次俺来此拜访庄周先生时，曾跟你们说过苏秦的事情，你们还记得吗？"

"当然记得。苏秦从一个不名一文的落魄游士，凭着三寸不烂之舌，靠着从鬼谷子那里学来的纵横之术，游说山东六国之君，组织合纵之盟以对付强秦，得到燕国与赵国的支持，还被赵王封了个武安君。"逸轩脱口而出道。

"这些年，我们一直待在漆园，孤陋寡闻，不知苏秦组织的合纵之盟最后情况如何？天下的情势又有什么变化了？"蔺且问道。

"苏秦组织的山东六国合纵之盟，前几年就成形了。苏秦依靠赵王的支持，以赵国武安君的身份，同时身兼六国之相，实际运作六国之盟。苏秦投纵约书于秦王，秦王寝食难安，惶惶不可终日，从此秦国就再也没敢窥视函谷关之外了。"鄢然说道。

"夥颐，苏秦太了不起了！"蔺且情不自禁地用楚语感叹了一声。

鄢然也是楚国人，听懂了蔺且的感叹，接口说道：

"不过，苏秦目前已经不是最了不起的人了。"

"鄢然，您是说现在又出现了一个比苏秦更厉害的人物？"逸轩瞪大眼睛问道。

鄢然点了点头。

"这人是谁？"淳于悦也迫不及待起来了。

"这人不是别人，就是苏秦的师弟张仪，他们都是跟从鬼谷子习学纵横术的。"鄢然答道。

"那您详细说说吧。"淳于悦催促道。

鄢然先扫视了一下蔺且、逸轩与淳于悦，然后又瞟了一眼庄周，顿了顿，说道：

"张仪不像苏秦那样有目标有毅力，他是魏国贵族后裔，据说跟魏王还有关系，只是家道中落，成为平民的。他跟鬼谷子学成之后，云了楚国，得到楚国令尹的青睐，在令尹府做了食客。"

"这样说来，张仪确实是个人物，一出山就能游食于楚国令尹府，若没本事这是不可想象的事。"蔺且插话道。

鄢然点了点头，接着说道：

"张仪确实是个人物，论智慧应该说在苏秦之上。但是，他有个致命的弱点，就是好贪小利。他在楚国令尹府做食客，因为生活过于优裕，就不思进取，还把老婆孩子接到楚国，一司享受令尹府的饭食。如果不是后来出现一个变故，现在恐怕还在楚国令尹府混饭吃呢。"

"什么变故？"逸轩好奇地追问道。

"一次，令尹府丢了镇府之宝荆山之玉，大家都说是张仪偷的。结果，令尹不辨是非，将张仪当成偷玉贼，差点打死了。后来，宝玉找到了，才还了他的清白。但是，令尹府的游食生活也没法再混了，只好回到魏国张城老家。在老家做了几年农夫，本来死了心，不想再出山当游士了。但是，偏偏有人告诉他，他的师兄苏秦做了六国之相，爵封武安君，怂恿他到赵都邯郸向苏秦求职。"

"他跟苏秦是师兄弟，见了苏秦，肯定二话不说，就被推荐重任了，立马飞黄腾达，成了今日的风云人物，是吧？"淳于悦问道。

鄢然笑了笑，摇了摇头。

"那到底怎么样？"逸轩问道。

"张仪千辛万苦赶到邯郸，求见苏秦，苏秦总是找理由不见。等到张仪心灰意冷，决定离开邯郸回老家时，又有人劝住他别走。最后，二人总算见面了。可是，见面后，苏秦摆足了得意傲人的架势，还当着众人之面侮辱张仪，说他贪小利，无大志，不值得自己推荐给各国君王。张仪受到极大刺激后，一气之下离开了邯郸，径直到了秦国，凭着自己的口才，赢得了秦惠王的信任，任之为客卿。"鄢然说道。

"那后来呢？"淳于悦迫不及待地追问道。

"张仪做了秦国客卿后，给秦惠王出了一个主意，首先集中兵力攻打魏国，让山东六国合纵之盟裂解。秦惠王言听计从，立即发十万雄师，兵分两路，一路绕过魏国河西防御秦国的长城，渡河而东，攻入魏国河东本土部分的两个战略重镇：汾阴、皮氏。另一路则东出函谷关，围住了魏国河南两个战略重镇：焦、曲沃。这个战略太高妙了，一下子就将魏国彻底打垮了。"鄢然说道。

"为什么这么说？"蔺且不以为然地反问道。

"因为张仪所选择进攻的四个重镇，对于魏国来说就像是一个人的脖子。秦国占领了这四个重镇，就等于卡住了魏国的脖子，必能置魏国于死地。先说皮氏的战略重要性吧。皮氏处于河源地带，在河源上游的西水与汾水汇合处，隔河跟龙门山与龙门相望，是魏国得以控制河西上郡广袤之地的战略大后方。大家都知道，河西之地原来就是秦国的，是在秦晋争霸时期被晋国占领的。魏、赵、韩三家分晋后，魏国继承了晋国时代的河西遗产并利用国力的提升而不断扩张巩固的。"

鄢然没说完，逸轩与淳于悦就被他的侃侃而谈所征服，不住地点头，既为他的口才也为他的见识。

鄢然见逸轩等人兴味盎然的样子，顿时忘了一旁闭目垂钓的庄周，说得更有劲了：

"再说汾阴吧。汾阴地处魏国河东本土的前沿，隔河西望，便是魏国河西防御秦国的长城，还有一个长城边上的河西战略重镇少梁，以及长城之北、河源龙门山边上的龙门重镇。但是，要守住河西这些战略重镇，关键是要有河东的皮氏与汾阴作为后方支撑。若是连皮氏、汾阴都失守了，魏国则不仅不能保住河西大片土地，甚至连河东本土也要受到严重威胁。"

逸轩见鄢然对魏国的地理与战略如此熟悉，说得如此凿凿有据，不禁打心眼里佩服，遂情不自禁地插话道：

"鄢然，没想到您还是个战略家。如果您不是跟了惠施先生，而是拜在鬼谷子的门下，恐怕今天在诸侯各国间叱咤风云的就不是苏秦与张仪，而是您了。"

"逸轩，您说笑了，俺不是纵横家的材料，所以才追随惠施先生的。"

"您还没说完呢，请接着往下说吧。"淳于悦急于听张仪的故事，提醒鄢然回归正题。

鄢然看了看逸轩与淳于悦，又望了一眼一直不动声色的蔺且，淡淡一笑，接着说道：

"最后，再说焦和曲沃。这两个战略重镇，是守护魏国河东本土的南部屏障。如果焦和曲沃失守，那么秦国大军就可渡河而北，占领魏国河东地区与韩国西部之间的魏国西部本土。而魏国的另一个本土部分，则因为中间有韩国阻隔而无法策应西部本土。一旦河东本土尽失，那么魏国就只剩下韩国东部包括新都大梁在内的东部本土了。如此，那魏国就变成比韩国还要弱小的次等国家了。"

"那秦国所发的两路大军，最后战果如何？"一直坐在一旁不置一言的蔺且，此时突然发问道。

"而今的魏国，早已不是昔日魏惠王初期的魏国，天下之霸的实力早已没有了。公孙鞅为秦相时，秦国多次趁魏国与山东诸国征战之机，偷袭成功，让魏国不断丧师失地，国力消耗殆尽。所以，这次秦国所发两路大军，不到两个月，魏国的三个重镇皮氏、汾阴、曲沃就陷落了。焦的抵抗最为激烈，但经过旷日持久的相持后，最终全体官兵还是投降了秦师。魏襄王闻听消息，大惊失色，立即遣使向秦国求和，两个月后，秦惠王与魏襄王会于韩国南部的应，魏国的局面才算稳定下来。但是，没过多久，魏国又有麻烦找上门来了。"鄢然说道。

"什么麻烦？"淳于悦追问道。

鄢然看了一眼淳于悦，又瞥了瞥蔺且与逸轩，故意停顿了一下，然后才接着说道：

"魏国是山东六国合纵之盟的成员，魏襄王跟秦惠王相会，合纵国的纵约长楚威王认为魏国这是在勾结秦国，破坏六国合纵之盟。于是，楚威王便以此为借口，发兵要攻打魏国。魏襄王知道楚是大国，魏国根本不是对手。于是，无奈之下只得向秦惠王求救。但是，秦国君臣对于救与不救存在分歧，更多的人希望看到楚、魏二国两败俱伤，然后再从中取利。魏襄王见秦惠王

273

迟迟没有发救兵的意思，情急之下，就许诺说事成后将魏国河西华山以南的上洛之地献纳给秦国。秦国几代君王都一直觊觎这片土地，秦惠王一听，立即答应。这时，张仪趁机给秦惠王出了一个主意。"

"张仪出了什么主意？"鄢然话还没说完，逸轩也忍不住了，连忙追问道。

"张仪让秦惠王不必发兵，主张将上次秦国攻打皮氏、焦等魏国重镇时俘获的魏师万人以及战车百乘送还魏国，让这批人直接跟楚国之师较量。他认为这批魏国俘虏都是久经沙场的精锐，上了战场一定能重挫楚国之师。如果魏国胜利了，秦国不费一兵一卒就能得到魏国许诺的上洛之地。如果魏国输了，届时可以趁火打劫，一举灭了魏国，山东六国合纵之盟就不攻自破了。秦惠王一听，认为是好计，立即依允。"

"结果到底如何？"鄢然话音未落，淳于悦连忙追问道。

"结果，魏国胜了，楚国输了。当秦惠王派人到魏国要求魏襄王兑现诺言，献秦上洛之地时，魏国群臣一致反对，认为打败楚国之师是魏国的功劳，与秦无关，为什么要向秦国献地。秦惠王听到魏国要赖账，大为震怒。这时，张仪又给他出了一个主意，让人放风给魏襄王，说秦王遣使到楚，跟楚威王约定一起攻打魏国。这样，魏襄王一定害怕，就会乖乖地将上洛之地献纳给秦国。秦惠王听从张仪之计，果然让魏襄王向秦国献了上洛之地。"

"张仪真是小人！不论怎么说，魏国总是他的祖国，他自己还是魏国王室后裔，为了个人的荣华富贵，怎么能这样伤害魏国呢？"一直在一旁冷眼旁观的蔺且，这时突然愤愤不平地说道。

鄢然转身看了看蔺且，点了点头，说道：

"蔺且，您说得对，张仪还真是小人。大前年，秦惠王因为接连得到魏国河西上郡之地与上洛之地，认为这与张仪有关，所以一高兴就将秦相之位给了他。张仪就任秦相的第一件事，你们猜是什么？"

逸轩、淳于悦，还有蔺且都摇了摇头。

"他做的第一件事就是给楚国的令尹写了一封书信，告知他：昔日你诬蔑我窃你玉，今日我要窃你国，你好好守着你的城池吧。"鄢然说道。

"这完全就是一副小人得志的嘴脸嘛！不过，小人是小人，倒也算是快意恩仇，还挺坦荡可爱的。"逸轩说道。

"张仪做了秦国之相，接着又有什么大作为了？"淳于悦追问道。

"张仪为秦相后，做了两件大事，一是初腊'龙门会'，二是'咸阳相王'。"鄢然答道。

"初腊'龙门会'，是怎么回事？'咸阳相王'，又是怎么回事？"鄢然话音未落，逸轩立即追问道。

"初腊'龙门会'，是去年发生的事。为了稳固刚从魏国夺取的河西上郡之地，彻底征服刚刚臣服于秦的西北强敌义渠国，张仪为相后，向秦惠王建议说，龙门是上郡之要塞，居河之上源，为河宗氏众部族游居之地，也是河源神圣之地，若是在此举办腊祭，会戎、狄诸君于此，猎禽兽，庆丰收，祭鬼神，结戎、狄诸部族之心，则上郡之基可以巩固，秦之后患可去。秦惠王认为有理，乃放手让张仪去做。去年十二月初一开始，来自上郡周边的戎、狄诸部族首领就应约率领各自的部属陆续到达，总数有数万人之众。秦国参加此次腊祭的人数也有近万人。十二月初八，秦惠王到达龙门，与戎、狄诸君会合，宣告秦国首次腊祭正式开始。"鄢然说道。

"腊祭只不过是猎禽兽，庆丰收，祭鬼神，为什么秦惠王那么重视，要亲自参加呢？"淳于悦不解地问道。

鄢然看了看淳于悦，笑了笑，说道：

"腊祭表面上是猎禽兽，庆丰收，祭鬼神，实际上暗含两层意思，一是培养与上郡周边戎、狄诸部族的感情，因为这一地区过去一直是由魏国统治；二是通过猎禽兽活动，向戎、狄诸部族不露声色地展示秦国士兵骑射的本领，炫耀秦国强大的武力，让戎、狄诸部族臣服。事实上，张仪主持的这次腊祭达到了目的。秦惠王在张仪的建议下，将秦国士兵腊祭十天所猎获的禽兽全数赏赐给了参加腊祭的戎、狄诸部族。为此，戎、狄诸部族数万人一片欢呼。最终，戎、狄诸部族首领与秦惠王欢笑而盟，尽欢而去。"

"由此看来，张仪的机心非一般纵横家可比。秦国由他为相，山东六国恐怕就不得安宁了。"蔺且突然若有所思地说道。

鄢然侧身看了看蔺且，重重地点了点头。远眺南溪对岸的远山，他突然什么也不说了，似乎陷入了沉思。

过了好一会儿，逸轩望着鄢然，像是在提醒，又像是在催促地说道：

"鄢然，你刚才说张仪为秦相之后做了两件大事，龙门初腊我们知道了，那'咸阳相王'又是怎么回事呢？"

"哦，'咸阳相王'是今年四月戊午的事。张仪经过精心策划，除了将魏襄王、韩宣惠王请到秦都咸阳外，还邀请到秦国周边的戎、狄诸部族的九十余个首领，以及刚刚归顺称臣不久的义渠国之君，另外还有秦国南部毗邻的巴、蜀诸国之君。在这次活动中，张仪首先要求魏襄王与韩宣惠王比照周显王三十五年齐宣王与魏、韩二国之君'徐州相王'的前例，推尊秦惠王为王。当然，秦国也承认魏、韩二国的王号，这就是'相王'。接着，张仪又援引周显王二十七年魏惠王'逢泽之会'称王时'乘夏车，称夏王'的规格，要求魏襄王、韩宣惠王当场为秦惠王执鞭，驾驭作为称王标志的马车。最后，是到场的各国之君与戎、狄诸部族首领祝贺秦惠王为王的朝贺仪式。"

庄周听鄢然说到这里，觉得他的故事应该讲完了，遂睁开眼睛，侧身瞥了他一眼，呵呵一笑道：

"鄢然，刚才逸轩说得对，你不该拜在惠施先生门下，应该拜鬼谷子先生为师，做个纵横家。不过，恕老朽直言，纵横家都是些热衷于功名富贵的小人。他们自以为聪明过人，好弄些智巧，凭着如簧之舌，蛊惑诸侯各国之君，为了个人名利而扰乱天下清平，最终一定像公孙鞅一样，落得个五马分尸的结局。所以，老朽以为，苏秦、张仪之流不是读书人的榜样。他们的所作所为，不是读书人所当为。他们的人生信条与理想，也不是读书人做人所追求的境界。"

"庄周先生，那您觉得读书人做人所追求的境界应该是什么呢？"鄢然脱口而出道。

"两个字：坐忘。"庄周不假思索地回答道。

"坐忘？"鄢然不知所以地望着庄周。

"是的，坐忘。这是读书人做人的境界，也是体悟大道的境界。孔丘晚年就悟出来了。"庄周侧身直视鄢然，同时扫了蔺且、逸轩与淳于悦一眼，肯定地说道。

"您是说孔丘吗？"鄢然有些不相信自己的耳朵，庄周是老聃之徒，怎么推崇起孔丘了呢。

庄周看出了鄢然的疑惑，莞尔一笑道：

"孔丘一生致力于恢复周公礼法，到处碰壁而仍然不改其追求。到了晚年，多次向老聃问道，这才幡然醒悟，觉得自己孜孜以求的理想只不过是镜中之花，水中之月，永远没有实现的可能。虽然他的人生很失败，生前很不得意，但他对理想执着追求的精神是感人的；而他不断学习、努力悟道的精神更是感人的。所以，他死后一直为其弟子与再传弟子们所推崇，并尊之为圣人。"

"先生，您说的这些都是对的。不过，您还没说什么叫'坐忘'，它到底是什么含义，我们还是一头雾水呢。"没等鄢然对庄周的话表态，蔺且突然插话道。

庄周对于蔺且喜欢质疑的个性一向都是打心眼里喜欢的，对于蔺且看问题、提问题一语中的的能力更是非常欣赏。

"是啊，庄周先生，您还没说'坐忘'的含义呢。"没等庄周回答蔺且，鄢然也突然醒悟过来，催促庄周道。

庄周看看鄢然，又看看蔺且与逸轩、淳于悦，顿了顿，从容说道：

"其实，'坐忘'是一种境界。要达到这种境界，只要记住六个字：'堕肢体，黜聪明'。如果再概括一下，也就是四个字：'离形去智'。"

"先生，恕弟子愚钝，您可以详细解说一下吗？"庄周话音刚落，淳于悦就脱口而出道。

"为师所说的'堕肢体'，或是'离形'，并不是说要抛弃身体。事实上，人没有身体，那就不称其为人了。所谓'堕肢体''离形'，是说人要超脱形体的极限，要主动消解由生理所激起的种种贪欲。"

庄周还没说完，鄢然立即接口说道：

"庄周先生，您说的就是老聃所提倡的'清心寡欲'的主张吧。"

庄周轻轻地点了点头，顿了一顿，说道：

"一个国君如果能够清心寡欲，他会为了土地，为了财富，为了人口，或是为了征服天下的虚荣，而不顾天下人的死活轻易发动战争吗？一个读书人，如果能够清心寡欲，他会为了个人的荣华富贵，为了锦衣玉食的生活，而不顾天下人的死活，忍心扰乱天下清平，怂恿鼓动诸侯各国之君相互争战吗？"

"先生说的是。"淳于悦点头说道。

"庄周先生，那为什么要'黜聪明''去智'呢？"鄢然问道。

"所谓'黜聪明'，或说'去智'，是说人要主动摒弃由心智作用所产生的伪诈。贪欲和智巧，两者都是做人境界提升的大敌，也是体悟大道的大敌，因为它们足以扰乱人的心灵。只有摒弃贪欲和智巧，人才能使自己的心灵从种种世俗的纠结桎梏中解放出来。'庄周说道。

蔺且听到这里，轻轻地点了点头。鄢然、逸轩与淳于悦则连连点头。

庄周看了看大家，接着说道：

"要臻至'坐忘'的境界，'离形'与'去智'是两道必不可少的内省功夫。无论是做人也好，还是体悟六道也好，只有'坐忘'，人的心灵才能开敞无碍，无所系蔽；只有'坐忘'，人才能从一个形躯的我、一个智巧的我中提升出来，由个体的小我通向广大的外竟，实现宇宙的大我；只有'坐忘'，人才能臻至大通的境界，同于大道；只有'坐忘'，才能和通万物而无偏私，参与大化之流而不偏执，这样也就进入成圣得道的境界了。"

"庄周先生，您说得确实很有道理。弟子不是老聃之徒，也不得不信服您的说法。不过，能达到'坐忘'境界的人，这个世上有吗？"鄢然直视庄周，问道。

庄周心知其意，莞尔一笑道：

"当然有。如果没有，老朽也说不出上面的一番道理的。说实话，上面老朽所说的，其实只是转述他人之意。"

"那么，这个他人究竟是谁呢？"鄢然毫不放松地追问道。

"这个人不是别人，就是孔丘最得意的弟子颜回。"庄周答道。

"庄周先生，颜回可不是老聃之徒，您所说的'坐忘'境界，好像是老聃之徒向往的吧。"鄢然不以为然地说道。

庄周不以为忤，呵呵一笑，望着鄢然说道：

"这里有个故事，老朽给你们讲讲吧。"

"先生，您快讲。"淳于悦与逸轩一听庄周要讲故事，顿时都很兴奋，异口同声地催促道。

蔺且对于庄周的这一套早就熟悉了，但是他并不揭破，只是装着毕恭毕敬的样子，坐在一旁作倾听状。

庄周先扫视了众弟子与鄢然一眼，然后目光投向南溪对岸的远山，好像若有所思。蔺且冷眼旁观，知道庄周这时正在心里编故事呢。

大约过了有烙一张饼的工夫，庄周收回目光，扫了大家一眼，开口说道：

"孔丘晚年回到鲁国，研《易》修《春秋》，过着一生最平静的生活。他晚年心境之所以趋于平静，不再像早年那样执着于'克己复礼'的理想，得益于多次向老聃请益问道。你们都知道，孔丘有弟子三千，贤者亦有七十二人。其中，七十二贤中又以颜回最得孔丘欢心。颜回虽然在众弟子中年龄算是最小的，却排名孔门弟子第一位。可见，颜回在孔丘心目中的地位。"

"这个俺们也听说过，不知具体原因是什么？"鄢然插话道。

"原因很简单。晚年的孔丘，思想基本趋近于老聃。颜回悟性非常好，每次随孔丘向老聃请益问道都进步奇快。因此，在对老聃之道的理解接受方面，实际上超过了他的老师孔丘。有一次，颜回去看孔丘，跟他汇报说：'先生，我进步了。'孔丘就问：'你什么进步了？'颜回回答说：'我忘记礼乐了。'孔丘笑着说道：'很好呀！但这还不够。'过了几天，颜回又去见孔丘，说：'先生，我又进步了。'孔丘问：'你又进步什么了？'颜回说：'我忘记仁义了。'孔丘说：'很好呀！但还是不够。'又过了几天，颜回又来汇报了：'先生，我又进步了。'孔丘问：'这次进步什么了？'颜回说：'我坐忘了。'"

庄周还没说完，鄢然立即插话道：

"哦，原来'坐忘'是颜回发明的。"

庄周神秘地一笑，接着马上归于严肃，说道：

"孔丘听了一愣，问道：'什么叫坐忘?'颜回解释说：'堕肢体，黜聪明，离形去智，也就是突破了身体的拘限，摒弃了一切智巧，与大道融通为一体，这便是坐忘。'孔丘听了，连连点头，赞赏有加地说道：'说得好呀！和同于大道，与万物融道为一体，自然就没有偏私了；参与万物的变化，也就没有什么偏执了。你果真是个贤人呀！我愿意追随你一起努力。'"

"呵呵，孔丘真是有雅量，愿意追随弟子学习大道。"鄢然由衷地感叹道。

庄周看了鄢然一眼，侧过脸去，神秘地一笑。

淳于悦听了庄周的故事后，久久沉浸其中，不住地点头。而蔺且和逸轩则转过身去，抿嘴偷乐。

第五章　齐万物

1．吾伤我

"二师兄，大师兄去年九月底就回楚国了，他说最快半年，最迟不超过十个月就会回到先生身边继续学习。可是，现在快有一年时间了，他怎么还不回来呢？"

周显王四十八年（公元前321年）八月十八，傍晚时分，夕阳慢慢沉入西山，万丈红霞将漆园大地照得一片绚烂。伫立门前，目睹此景，淳于悦突然若有所思，转身侧脸对站在旁边的逸轩说道。

"是啊，大师兄这次不知为什么，莫非他家里发生了什么事，脱不开身吧？"逸轩望着落日的余晖，随口说道。

过了好大一会儿，淳于悦突然无来由地脱口而出道：

"大师兄不会一去不复返了吧？"

逸轩原本一直在看夕阳而沉思，猛地听淳于悦说了这么一句，像是踩了条蛇似的，转身侧脸，吃惊地看了淳于悦半天。

"二师兄，您这么看着俺干什么？俺说得不对吗？"

"小师弟，你怎么会有这样的想法呢？大师兄对先生可是忠心耿耿，追随先生的时间最久，是先生最得意的弟子，而且也是先生家的主心骨，先生家的很多事情多少年来都是由他一手操持的。说得夸张点，先生家的顶梁柱不是先生，也不是师娘，而是大师兄。"

"二师兄，这个俺不否认。俺刚才说大师兄可能一去不复返，是说先生这些年来埋头在家著书立说，从不外出，也很少跟俺们交流了，大师兄觉得先生没什么需要了，他自己也学习得差不多了，所以就不想再回来了。"

"绝对不会，大师兄是个言而有信的人。他既然临走前说要回来，就一定会回来，可能也就在这几天吧。他家在楚国南部，离此路途遥遥，路上耽误个几个月，也是正常的。"逸轩说道。

　　淳于悦点了点头，望着落日，连忙转换话题道：

　　"二师兄，先生的书快刻写好了吧，已经快三年了。这三年，先生为了著书立说，传之后世，几乎每天都在伏案刻写简札。以前先生整天都往南溪垂钓，师娘骂他整天野在外面。而今则是另一番景象了，整天宅在家里，门也不出了。"

　　"先生肯将自己的思想与学说形诸简札，这应该说是大师兄的功劳。早在你还没投在先生门下时，大师兄就曾多次向先生提出建议，并暗中将先生平时跟俺们谈话的内容记录下来。特别是俺们陪先生游历齐国稷下学宫以及在宋都与儒、墨二家信徒辩论的内容，他都默记了下来。可见，大师兄是个有心人，不是俺们二人可比的。"

　　"二师兄，这么说，那俺就有一个问题要请教您了。既然大师兄对先生这么好，那为什么他总喜欢跟先生顶嘴，质疑先生呢？"淳于悦不解地问道。

　　逸轩侧脸看了看淳于悦，呵呵一笑，不答反问道：

　　"小师弟，你知道在俺们三人中先生最喜欢谁？是打内心里。"

　　"那还用问吗？谁都看得出来，先生最喜欢您。您从不跟先生顶嘴，每每遇到大师兄跟先生顶嘴，或是遇到别的什么尴尬时刻，都是您出来打圆场的。先生好像看您时，也总是眉开眼笑的。不仅先生喜欢您，师娘对您更是喜欢得不避嫌了。"

　　"小师弟，你错了，而且是大错特错。"逸轩说道。

　　"为什么？"

　　"小师弟，你看到的都是表面现象。先生对俺客气，那是礼仪。先生虽是卓尔不群的人，但并不是不懂人情世故。师娘对俺客气，那是感念当年俺曾在经济上有所接济。"

　　"二师兄，经济上有所接济，是什么意思？"逸轩话还没说完，淳于悦连忙追问道。

　　逸轩侧脸看了看淳于悦，犹豫了一下，然后扭头朝门里看了一眼，这才说道：

　　"当年俺来漆园投先生时，正是先生家经济最拮据的时候。为了全家人的温饱问题，师娘整天骂先生，弄得大师兄非常为难，也非常尴尬。这些情况，俺并不知道，是后来大师兄告诉俺的。俺投先生门下时，按照古人拜师的规矩，送了一笔礼金给师娘。这笔礼金，对于当时先生家就像是久旱后的甘霖，解了燃眉之急。免除了全家人的温饱之忧，师娘的脾气也好多了，从此很少再责备先生。这些年先生每天睡懒觉睡到日中时分，她也不说一声，就是这个原因。"

"二师兄，您当时给了多少礼金，师娘用了这么多年还没用完？"淳于悦更加好奇了。

逸轩笑而不答。

"二师兄，肯定有什么秘密吧？"淳于悦不肯罢休。

"你把耳朵递过来。"

淳于悦知道逸轩要说秘密了，连忙将耳朵凑到他的嘴边，等着他泄露秘密。逸轩转身扭头朝门里看了看，然后对着淳于悦的耳朵将庄周在赵国谏说赵王，赵国太子临别赠予千金的事简要说了一下。淳于悦听了眉飞色舞，脱口而出道：

"先生真是有本事。"

"不是跟你说过，打死也不能说出来吗？"逸轩一边埋怨，一边伸手要来捂淳于悦的嘴。

"二师兄，对不起，俺知道了。"淳于悦连忙伸手推挡。

"知道就好。不然，以后什么都不告诉你了。"

"二师兄，您放心好了，俺的口风还是很紧的。"淳于悦冲逸轩做了个鬼脸，说道。

淳于悦虽然自恃是淳于髡的侄儿，骨子里有些傲气，平时还有点争强好胜的毛病，但本质上还是书生，不失天真可爱。因此，跟他相处了几年，逸轩是越来越喜欢他了。见淳于悦做鬼脸，便回了他一个温婉灿烂的笑。

"二师兄，俺们刚才讨论先生到底最喜欢谁，说着说着就跑题了。您还没说先生到底最喜欢谁呢。"过了一会儿，淳于悦突然回过神来，说道。

"这还用说吗？先生当然是最喜欢你了。师生如父子，做父亲的总是喜欢小儿子的。你是先生最小的弟子，他当然是最喜欢你喽！"逸轩看了看淳于悦，故意装着一本正经的样子，说道。

"哈哈，您开什么玩笑？您以为俺是三岁小孩子吗？二师兄，您凭良心，说实话，先生是不是最喜欢您？"

"小师弟，凭良心，说实话，先生与师娘对俺们三个弟子都很好。不过，从师承上说，先生内心最欣赏的是蔺且大师兄。"逸轩说道。

"为什么这么说？"

"大师兄虽然喜欢跟先生顶嘴，好质疑先生的观点，有时还要跟先生辩论，表面上看是不够尊重先生，不给先生面子，实际上不是。其实，先生从来都不认为蔺且师兄不尊重自己。相反，先生认为大师兄对自己的思想与观点理解得最为透彻。因为只有理解得透彻，才能提得出问题，才能相互辩论。可以相信，先生内心一定认为将来能传他之道者是蔺且。"逸轩说道。

"能传道者，未必就一定要顶嘴呀！您看，孔丘最得意的弟子是谁？是颜回。颜回在七十二贤中是最听话的，也是被孔丘视为最得其心的。"淳于悦反驳道。

"小师弟，孔丘弟子三千，七十二贤都是他最得意的弟子，只是七十二贤各有特点而已。比方说子路吧，他是最喜欢顶嘴的，有时甚至还对老师表现出不屑。但是，当子路在卫国被人砍成肉泥的消息传来，孔丘差一点哭死过去。你说，孔丘不喜欢子路吗？不是不喜欢，而是喜欢在骨子里的。"

"二师兄，您这话说得倒是挺有道理。人与人之间的感情，关键时刻才能看得出来。"淳于悦点头说道。

"小师弟，俺们光顾着说话，你看天快完全黑下来了。你去看师娘晚餐准备得如何了？俺去看看先生，他的刻写大概也该结束了。"

一夜无话。

第二天，太阳一如往常地朝升暮落，风儿一如往常地吹过山，吹过水，吹过庄周家的房前屋后，吹得树对黄叶满天飞舞。亓官氏亦一如往常，早上起来就准备朝食，一到酉时就开始准备晡食，年复一年，日复一日。庄周这三年来，生活也非常有规律。每天睡到日中时分，进过朝食，就开始刻写简札，任何人、任何事都不能让他分心。逸轩与淳于悦则每日无所事事，除了定时侍候庄周一日两餐外，就是到外面随便闲走。走累了，就随时随地坐下来，看到什么聊什么，想到什么聊什么，倒也不时能擦出些思想的火花，迸发出一些奇思妙想，甚至会突然有所体悟。

"二师兄，昨天俺们说到大师兄，您说他这几天就应该回来了，难道您跟他有心理感应吗？"傍晚时分，又与逸轩站在门前看落日余霞时，淳于悦突然望着逸轩认真地问道。

"小师弟，这个事情俺也说不清楚。不过，俺跟大师兄之间好像真的有某种心灵的契合。有一次，大师兄单独外出办事，到了傍晚时分还没有回来。天黑下来后，师娘开始着急，以为他出了什么事。可是，俺心里却异常踏实，隐约听到大师兄回家的脚步已经近了。"

"二师兄，莫非您耳朵特别灵敏，有特异过人之处？"淳于悦好奇地问道。

"那倒没有。从俺隐约听到大师兄的脚步声，到他实际回家的时间大约有一顿饭的工夫。可以肯定地说，俺的耳朵是不可能听到大师兄的脚步声的。你说，这奇异不奇异？"

"呵呵，二师兄，这大概是幻觉吧，或是说瞎猫逮到死耗子，凑巧了。"淳于悦笑道。

"小师弟，这种事情好像并不是凑巧哦，俺记得前后有好几次。这次，俺感觉大师兄的脚步声已经近了。所以，昨天俺说他回来也就在这几天的事。"

"二师兄，如果三天之内大师兄果真回来了，俺给您行大礼，拜您为师。"

"小师弟，你说话可要算数哦！"

"当然算数。"淳于悦信誓旦旦地说道。

"不过，你可以给我行大礼，但不能拜俺为师，那样会乱了伦理。如果你拜俺为师，那俺岂不是跟先生平起平坐了吗？这可万万使不得！"

淳于悦听了，哈哈大笑。

然而，没等淳于悦笑声落地，逸轩也哈哈大笑起来。

"二师兄，您笑什么？"

"小师弟，你擦亮眼睛往前看，看那是谁来了？"

淳于悦连忙镇定下来，睁大眼睛朝前看，发现大约五百步远处，有一个人正背着落日的余晖朝这边走过来。但是，屏住呼吸，看了半天，淳于悦也没看出什么端倪。于是，便对逸轩说道：

"二师兄，这人未必就是大师兄。漆园每天外出或返回的人多得很，您怎么知道这时候回来的就一定是大师兄呢？依俺看，这次您的预感可能要失灵了。"

"话不要说得太早，你不妨等等看，一会儿不就真相大白了吗？"逸轩信心满满地说道。

逸轩与淳于悦说话的时候，西天最后的一缕落霞已悄然散尽，夜幕徐徐降下。迎面而来的那人虽越走越近，但其形象却越来越模糊不清。就在此时，只听亓官氏大声喊道：

"逸轩，淳于，你们都到哪里去了？天都黑了，怎么还不叫你们先生来吃饭？"

"二师兄，别傻了，大师兄不可能现在这个时候回来的。师娘已经喊俺们了，快去请先生吃饭吧。"淳于悦拉了拉逸轩衣袖，说道。

"小师弟，你去叫先生，俺在这再等等看。"

"好，那您等吧，俺去叫先生了。"淳于悦一边说着，一边转身离去。

就在淳于悦转身离去不到烙一张饼的工夫，黑暗中已有一人悄然抵近逸轩跟前。二人差不多要脸碰脸时，逸轩才紧张地开口问道：

"是不是师兄蔺且？"

"是逸轩呀！这时候尔怎么还站在外面，不陪先生与师娘吃饭呢？"蔺且不答反问道。

"师兄，俺可盼到您回来啦！刚才俺跟小师弟打赌，说您今天一定会回来的。"

"是吗？"蔺且黑暗中笑了。

"师兄，您别吱声，俺们给先生与师娘一个惊喜。"逸轩黑暗中拉住蔺且的手，说道。

"好。"蔺且答应一声，便随逸轩一起进门了。

果然，当蔺且悄悄出现在大家眼前时，不仅丫丫、嘟嘟和亓官氏兴奋不已，甚至连庄周也高兴得不再矜持了。淳于悦见了蔺且，则惊讶得瞠目结舌，嘴巴半天也合不上。

晡食后，蔺且跟庄周、亓官氏说了一些有关家乡及路途上的事情后，就点燃松明，与逸轩、淳于悦一起潜入庄周刻写并存放简札的小屋，想一睹庄周著书的成果。就着奄奄一息、摇曳不定的松明，师兄弟三人小心翼翼地从庄周已经刻好的简札中各抽出一卷简札，头碰头地研读了起来。大约读了有一个时辰后，逸轩说道：

"师兄，您今天赶了一天的路，一定非常辛苦，还是先歇了吧。来日方长，先生既然将其所思所想都刻于简札之上，俺们以后随时都可以拜读的。"

蔺且点了点头，于是三人一同起身离开了小屋，各自归寝。

第二天一早起来，师兄弟三人先聊了一会儿别后见闻，接着就谈到了昨晚读简札的感想。谈到最后，淳于悦问蔺且道：

"大师兄，有个问题想请教您。俺们平时听先生谈话，觉得娓娓动听，没有听不懂的时候。但是，读先生刻写的简札则觉得意思非常晦涩，弄不懂到底是什么意思。"

蔺且看了看淳于悦，呵呵一笑道：

"小师弟，你这么聪明的人，怎么这样简单的道理都不明白呢？形诸简札的著述，跟形诸口舌的谈话，怎么会一样呢？著述是刻写在简札上，既费力又费钱，所以文字要尽可能的简洁，能一个字表达的，绝不会用两个字。因为要以最少的文字表达最丰富的内容，势必就要省文约字。这样，就会让阅读者读起来有些吃力。谈话是用口舌，既不费力也不费钱，话可以说到尽可能的清楚。如果嫌不清楚，听者可以当面再问，直到弄清意思为止。你想想看，谈话的内容怎么可能会有不明白的呢？"

"大师兄说得确有道理。"淳于悦连连点头道。

"著述是一件苦差事，竹简或木札材质过软，刻不成字；材质过硬，刻起来又非常吃力。一天能刻写多少字，完全要看刻写者的手力、眼力以及毅力。"逸轩补充道。

"逸轩说得对。我们今后读先生的简札，心里时刻想到这一点，就能理解先生为什么写的与说的不一样了。尽管读先生的简札是有些吃力，不像听先生谈话那么轻松，但可以系统完整地了解先生的思想与观点，不像谈话那样松散拉杂而不成系统。"蔺且说道。

"二位师兄说得都有道理。刚才俺在想一个问题，俺们读先生的简札遇到不懂的地方，是否可以请教先生，请他给俺们讲解呢？如果可以，那就完美了。"

"小师弟，你这主意好。要不，今天等先生起来进了朝食后，俺们就劝先生先休息一天，并鼓动他到南溪边垂钓。届时，俺们就可以将昨夜读简札时所存的疑问向先生请教了。"逸轩提议道。

"二师兄，您这个主意好。"淳于悦兴奋地说道。

蔺且点点头，表示赞同。

日中时分，在逸轩的侍候下，庄周起来漱洗并进了朝食，接着就准备像往常一样进书房刻写简札。就在此时，蔺且说话了：

"先生，您为了著书立说，阐发老聃之道，这三年不论春夏秋冬，不论风霜雨雪，每天都在吃力地刻写简札，持之以恒，坚持不懈，这种精神实在是值得我们弟子好好学习的。不过，先生也要注意劳逸结合，不要累垮了身子，那样反而得不偿失了。俗话说：'留得青山在，不怕没柴烧'，有一个好的身体，今后可以有更丰富的著述，更好地推阐老聃之道。"

"师兄说得对。先生，要不今天您就不要再刻写了，俺们一起出去走走，舒展一下筋骨，清醒一下头脑，如何？"逸轩非常默契地配合着蔺且，不失时机地建议道。

"是啊，先生，俺们出去走走吧。很久没听您教诲了，也没听您讲故事了。"淳于悦立即附和道。

庄周犹豫了一下，看了看逸轩，又看了看蔺且与淳于悦，最后轻轻地点了点头。

逸轩一见，连忙问庄周道：

"先生，今天还是到南溪垂钓吗？"

"不，去山里。"

庄周话音未落，蔺且就接口说道：

"对，应该到山里走走。刚才逸轩不是说吗，今天是要让先生舒展一下筋骨，清醒一下头脑，到山里走走，才有这个效果。如果再到南溪垂钓，坐在溪边一动不动，那跟坐着刻写简札有什么区别呢？"

"俺也赞成到山里走走。"淳于悦说道。

"既然是要到山里，那就方便多了，不必像去南溪那样走很长的路。俺们就沿先生家后面的山下小道，往西或往东走，都能入山很深。"逸轩说道。

"师弟，你怎么这么熟悉呢？"蔺且不解地问道。

"师兄，您回楚国这一年，俺跟小师弟可是经常到山里走的。"逸轩答道。

"你们两个北国人，也不怕入山迷路被豺狼虎豹等野兽给吃了？"蔺且笑着说道。

"大师兄，这又不是什么深山老林，怎么可能呢？"淳于悦笑了。

庄周听着三个弟子你一言我一语地闲扯，不免勾起当年跟蔺且入山砍藤割草时的种种回忆。那时，他们经常入山并不是为了闲走散心，也不是欣赏山中之景，而是为了温饱生计。自从逸轩来了以后，他们就再也没有入山砍藤割草了。今日重走昔日山下小径，不禁让他感慨万千。

虽然内心颇多感慨，但庄周却并不想向弟子们吐露，只是一边听弟子们一路漫无目的地闲聊，一边思考着自己的问题，《齐物》篇还没杀青收尾呢。

师生四人沿山下小径走了约有一顿饭的工夫，突然听到远远传来一阵箫声。淳于悦没听过箫声，遂好奇地追上走在前面的庄周，问道：

"先生，这是什么乐器吹出来的声音，这么悦耳动听？"

"是箫。"没等庄周回答，蔺且便脱口而出道。

"箫？"淳于悦一脸茫然。

蔺且看着淳于悦的样子，呵呵一笑，说道：

"箫是南国的一种乐器，是用竹子制作而成。下次有机会我弄一个来给你看看，还可以让你吹一吹。不过，吹出来的声音好听不好听，那就要看你的嘴上功夫了。"

蔺且话音未落，逸轩脱口而出道：

"师兄说到了箫，俺有一个问题要请教先生。"

"什么问题？"庄周见是逸轩要提问，爽快地应答道。

"先生，先向您道个歉。昨晚大师兄回来，大家都非常高兴。晡食后，趁着那股高兴劲儿，俺们三人潜入您的书房，偷读了您已经刻写好的简札。"

庄周听了，莞尔一笑，未置一言。

逸轩见此，接着说道：

"先生刻写好的简札很多，堆成几堆，弟子不敢乱动，怕乱了简札顺序，所以只从最后一堆的最上层拿起一卷展读，师兄与师弟顺次也拿了一卷，阅后按顺序放好。弟子读到的一卷中，看到先生写到'天籁''地籁''人籁'。刚才听了箫声，就想请教先生，这箫声属于什么籁？"

庄周没有回答逸轩，只是回头看了看他。

逸轩心知其意，遂怯生生地说道：

"箫声乃人为吹出的声音，而非自然之音，应该算是人籁吧。"

庄周点点头。

"先生，那什么是'地籁'呢？"淳于悦立即接口问道。

"昨夜偷读到的先生那卷简札，好像开头部分就有关于'地籁'的描写。只是文字深奥，看不太懂。不知先生能否将这部分文字的意思给弟子们讲解一下？"没等庄周回答淳于悦的问题，逸轩已经巧妙地将话题引到了预先设定的目标上。

庄周停下脚步，回身看了看逸轩，犹豫了一下。

蔺且见此，立即配合逸轩的话说道：

"逸轩是悟性最好的，也是我们弟子中学问最好的。他都读不懂先生的文字，那我们就更不用说了。先生著书立说，是要将老聃之道与自己的思想传之后世的。我们是先生之道的传人，如果连我们都不能正确解读先生著述的真意，后世之人如何能得先生思想之真谛呢？所以，还是请先生给我们讲讲吧。"

"先生，前面有块大平石，俺们先坐下，您慢慢跟俺们讲吧。"

逸轩话音未落，淳于悦已经抢前几步，顺手从路边折了一根树枝，在大平石上扫了扫，然后回身招呼庄周道：

"先生，过来坐这儿讲吧。"

庄周见三个弟子已经说到这个份上，遂轻轻点了点头，走到大平石前，径直坐下。

"昔日孔丘收徒讲学，筑有杏坛；今日天假其便，这块大平石就成了我们先生的讲道台。这里位置虽然不高，但视野极好，山川、原野、屋舍尽收眼底，环境清幽，正是坐而论道的好场所。现在，就请先生给我们讲学吧。"庄周甫一坐下，蔺且便借机生发，诙谐地说道。

庄周听了莞尔一笑，逸轩与淳于悦也会心地笑了。

"先生，您快讲吧。"见庄周坐下后迟迟没有开讲，淳于悦沉不住气了。

"先生，就是'南郭子綦隐机而坐'那一段，您还记得吗？"逸轩提醒道。

庄周点点头，看了看逸轩，又扫了一眼蔺且与淳于悦，然后才开口说道：

"楚国从前有一个先贤，叫作南郭子綦。一天，他倚着几案静坐，仰头望着天空，舒缓地吐着气，神情漠然，好像进入了一种失去自我存在的境界。颜成子游侍立其旁，见而怪之，说道：'您是怎么回事呀？一个人的形体固然可以使它像干枯之木，难道心神也可以使它像熄灭的灰烬吗？您今天倚案静坐的神情，好像跟从前静坐时大不一样哦！'"

"先生，颜成子游是谁？"庄周还没说完，淳于悦突然插话问道。

"颜成子游，就是颜成偃，是南郭子綦的得意弟子，也是一个贤人。"庄周答道。

"先生，您这样一讲，弟子一下子就明白了昨夜读过的那段文字的意思了。先生，您接着往下讲吧。"逸轩说道。

庄周点点头，接着说道：

"南郭子綦见问，莞尔一笑，说道：'偃，你这个问题问得正好。今天我是第一次进入了吾丧我的境界。'"

"'吾丧我'？先生，'吾丧我'的境界是一种什么样的境界？"庄周一句话还没说完，蔺且突然插话道。

庄周对蔺且非常了解，蔺且对自己所讲的故事一向都是持怀疑态度的，所以每次自己给大家讲故事，蔺且的态度都是异常冷静的。这次这样不镇定，还比较少见。于是，呵呵一笑，说道：

"'吾丧我'是一种悟道的至高境界。'丧我'，就是摒弃偏执主观的自我，将人看作万物之一，不以自我为中心。'吾'，则是本然的自我，是开放的自我，是与万物为一的自我，没有偏执，不带主观色彩。人世间的一切是非争执，之所以会产生，就是因为人有偏执之心，有主观武断之病。因此，只有摒弃偏执主观之'我'，才能使开放包容、无偏无执的真我得以呈现。唯有如此，人才能从狭隘的以自我为中心的局限性中提升出来，从无限广大的宇宙规模上来把握自身的存在，了解自身的处境，妥善安排自身的一切活动。"

"先生说得真好，弟子谨受教。"蔺且恭恭敬敬地说道，看得出他对庄周的话是发自内心的信服。

"师兄悟性果真很好。俺昨夜读先生简札时就没发现'吾丧我'三个字的重要性，而师兄一听就发现了关键之所在。如果不是师兄提问，今天俺们就听不到先生如此这番精辟之论了。"逸轩脱口而出道。

"二师兄说得对。俺们都想再听先生的精辟之论，请先生接着往下说吧。"淳于悦附和道。

庄周从来都不把弟子的恭维话当回事，但是对于弟子好学深思的精神则是非常赞赏。所以，只要他们提出的是学问方面的问题，他都是愿意畅所欲言的。见三位弟子神情专注、兴致勃勃的样子，庄周接着说道：

"南郭子綦问颜成子游道：'你听说过三籁的说法吗？'子游回答道：'曾经听人说过，是不是天籁、地籁、人籁？'南郭子綦点点头，又问道：'你知道什么是天籁，什么是地籁，什么是人籁吗？'子游摇了摇头。南郭子綦莞尔一笑道：'人籁，你也许听过，很多人都会听过；地籁，你未必听过，或是未曾留心；至于天籁，你一定不会听过。'"

没等庄周说完，淳于悦迫不及待地插话问道：

"先生，'人籁'俺们已经知道了，那什么是'地籁'，南郭子綦是怎么跟子游说的？"

"小师弟，你不要急呀！先生不正要往下说吗？"逸轩说道。

庄周点点头，看了看淳于悦，又扫了一眼逸轩与蔺且，接着说道：

"南郭子綦说：'大地所吐出的气息，名曰风。这风呀，不发作则已，一旦发作起来，就会让万物的窍孔都要怒吼起来。偃，你不会没听过长风怒号的声音吧？山陵中高低盘回之处，百围古树上大大小小的孔洞，有的像人的鼻子，有的像人的嘴巴，有的像人的耳朵，有的像房梁上的斗拱，有的像一个圆杯，有的像春谷之臼，有的像是深水之池，有的像浅水之洼。这些窍孔风吹发出的声音，有的像是湍流冲激之声，有的像是羽箭离弦之声，有的像是人怒时的叱咄之声，有的像是人的呼吸之声，有的像是人的呐喊之声，有的像是人号啕大哭之声，有的像是人的沉吟之声，有的像是人的哀伤感叹之声。前面的风呜呜地高唱着，后面的风呼呼地应和着。小风，则相和之声小；大风，则相和之声大。但是，强风吹过之后，所有的窍孔都归于寂静，悄然无声。这时候，你难道没有看到草木仍在摇曳摆动之态吗？'"

"先生叙述南郭子綦解说'地籁'的这段文字，当时弟子读起来觉得古奥难懂，但经先生这样一解说，觉得真是生动形象之极。先生的文字简约优美，先生的口才更是无人可及。投在先生门下，能做先生的弟子，真是俺们莫大的幸运。"逸轩感慨地说道。

蔺且与淳于悦听了逸轩的话都连连点头称是，但庄周则只是莞尔一笑。

"先生，那南郭子綦有没有解释什么是'天籁'呢？"过了一会儿，淳于悦又提问道。

庄周点了点头，望了一眼淳于悦，又瞥了瞥蔺且与逸轩，说道：

"南郭子綦刚解释了地籁，子游便接口问道：'地籁是万物窍孔所发出的声音，人籁是从箫管吹出的声音，那天籁又是什么呢？'南郭子綦回答道：'风吹万物的窍孔，发出各种不同的声音。而使这些声音千差万别，则是缘于各个窍孔的自然形态有所差异。万物窍孔千差万别，不同窍孔发出的声音也千差万别，但都是自然形成的，非人力所能助成。如果要问什么是天籁，那使一切声音得以发出的，便算是天籁了。舍此，还有什么可以称之为天籁呢？'"

"先生，这么说来，'天籁'不是指任何声音，而是指一切声音得以生成的主宰，类似于老聃所说的无形之'道'，无所不在，却又看不见摸不着，也听不见，是这样吗？"庄周话音刚落，蔺且便接口问道。

庄周没有回答，也没有点头，只是拈须一笑。

逸轩明白庄周的意思，知道庄周这是在对蔺且的说法表示赞赏。于是，一激动，也提出了一个问题：

"先生，您刚才说到'人籁'时只提到箫管之声，不知人的呼吸之声，睡觉时发出的鼾声，高兴时发出的笑声，愤懑时发出的怒声，哀伤时发出的叹气声，还有人们的说话之声，这些算不算'人籁'呢？"

"除了呼吸与鼾声，其他都不能算是'人籁'。"庄周不假思索地答道。

"为什么？"逸轩不解地问道。

"呼吸与打鼾，都是人体自然的活动，伴随这种活动所发出的声音，乃是一种自然之声。而笑声、怒声、叹气声，都是人的某种情绪宣泄，本身带有一种主观色彩，因此不是自然之声，当然不能算是'人籁'。至于人们的说话之声，那更不能算是'人籁'了。说话虽然是人体器官的自然活动，但人们说出的话都是表达某种思想或情感的，带有人类的某种机心或成见，不是顺任自然的。而呼吸之声、打鼾之声，情况就完全不一样了。它们都是从人的口鼻中呼出的气息，是在一种无意只、无用心的情况下自然发出的。至于南郭子綦说到的箫管之声，那是一种譬喻。箫管上的虚空之洞，象征的是一个没有机心或成见之人说出的话，因而可以看成是与'天籁''地籁'同属于宇宙间的自然音响。南郭子綦举箫管为例说'人籁'，意在说明从纯净心灵流淌而出的无机心、无成见之言才是符合自然之道的，跟今日纷纷扰扰、各执一词而争论不休的百家之言是完全不同的。'人籁'符合'吾丧我'的原则，而其他一切都不是。"庄周说道。

"先生的这个说法非常透彻。"逸轩说道。

"今天要是不拉先生出来，不听箫管之声，俺们就不会听到先生这番高论。看来，以后俺们还是要时常拉先生出来走走。"淳于悦附和着逸轩的话，以调皮的语气说道。

逸轩与蔺且听了，都莞尔一笑。

师生四人又说笑了一会儿后，逸轩提议说：

"先生，我们在此坐得久了，还是起来往别的地方走走吧。"

庄周一边点头，一边从平石上起来，随三个弟子沿着山间小径继续前行。

2. 莫若以明

信步由心，师生四人在山间走了约有烙二十五张大饼的工夫，到了半山腰一棵亭亭如盖的大树下。站在树下往山下俯瞰，大约一百五十步的距离，便是一个三山环绕的山谷。因为周围的山都不高，所以谷也不深，但谷内林木茂盛，郁郁葱葱，环境非常清幽。

"这个地方风景真是不错！二师兄，俺们在周边山上转悠了近一年，怎么从来没发现这个地方呢？"淳于悦一到树下纵目一望，便脱口而出对逸轩说道。

逸轩仔细地朝山谷里看了看，点了点头，回应道：

"是啊，小师弟，俺们以为这一年周边的山都看遍了，却不知还有这么个幽静之处。"

庄周立在树下，眼望谷底，拈须若有所思。

蔺且瞅了一眼庄周，又望了望谷底，侧脸问庄周道：

"先生，您看那片树林旁边还有一片竹林。您还记得这个地方吗？"

庄周点了点头。

"大师兄，您难道跟先生来过这个地方？怪不得先生今天这样熟门熟路地就将俺们领到了这里。"淳于悦望了望庄周，又看了看蔺且，说道。

蔺且看着淳于悦恍然大悟的样子，笑了一笑。

"大师兄，您笑什么？"淳于悦好奇地问道。

"没什么，笑一笑不行吗？难道你要我整天对你板着个脸吗？今天跟先生一起到山中闲走，本来就是一件高兴的事。我高兴，当然要笑喽！再说了，看到你这么可爱，我更应该笑了。你又不欠我千金，我干吗对你板着脸呢？

逸轩师弟，你说是吧。”蔺且先看了看淳于悦，又转头看了一眼逸轩，故作认真地说道。

逸轩听了蔺且这番话，看了看淳于悦，又看了看蔺且，突然转过头去，掩嘴一笑。

“二师兄，您笑什么？”逸轩的掩饰没逃过淳于悦的锐眼。

“没什么，像大师兄一样，俺也只是因为高兴了，就自然地笑了出来。”逸轩答道。

“大师兄，二师兄，你们一定有什么事瞒着俺的。看你们笑得那么诡异，傻瓜都能猜得到。先生，您应该知道真相吧。”淳于悦先看了看蔺且与逸轩，又转身望了望庄周，说道。

庄周仍然立在大树下一动不动，目光直视谷底，好像是陷入了沉思，对淳于悦的话压根儿就没听见。

“小师弟，我告诉你吧，这个地方我跟先生以前是来过的，还有故事呢。”过了好久，见庄周不肯回应，蔺且只好转身望了庄周一眼，跟淳于悦坦率地说道。

“大师兄，是什么故事？能否说给俺们听听。”淳于悦急切地央求道。

蔺且没有立即回应淳于悦，而是转身望着庄周，小心翼翼地说道：

“先生，我能给小师弟讲这个故事吗？”

没等庄周回应，淳于悦兴奋地说道：

“哦，原来这个故事是跟先生有关，那俺就更想听了。”

逸轩一听，顿时也来了兴趣，连忙催促道：

“师兄，那您就快说吧。”

蔺且犹豫地望着庄周，迟迟没有开口。

“哦，我明白了，大师兄是怕先生。莫非这个故事会让先生露丑丢脸？”淳于悦像是恍然大悟似的说道。

“小师弟，你说什么呢？俺们先生怎么可能有什么露丑丢脸的事？”逸轩打圆场地说道。

蔺且见越是不说，逸轩与淳于悦疑惑越多，猜测也越多，遂再次望着庄周，说道：

“先生，如果您不介意，那我就说了。”

庄周从谷底收回目光，转过脸来，看了看蔺且，莞尔一笑。

“师兄，先生并不介意，您就说吧。”逸轩见机立即怂恿道。

“其实，你们不必瞎猜，这个故事很平常，也很简单。早些年我师从先生

293

时，先生家境并不富裕。为了贴补家用，先生除了每天到南溪钓鱼摸鱼换钱，还要不时上山砍藤割草，晚上回去编筐织履。"

蔺且话还没说完，淳于悦就情不自禁地插话道：

"先生也真够辛苦的！"

"是啊！不过，先生无论是钓鱼摸鱼，还是砍藤割草、编筐织履，那水平都是一流的。可以说，我们先生绝不像杨朱、孟轲之徒，只会耍嘴皮子，毫无一技之长。"蔺且语带自豪地说道。

"大师兄，这一点俺毫不怀疑。人言：'有其师，必有其徒。'只要看看您钓鱼摸鱼的水平，就可以想见先生的水平。"淳于悦说道。

"小师弟，俺也可以告诉你一个秘密。"

"什么秘密？二师兄。"逸轩话还没说完，淳于悦就迫不及待地追问道。

"小师弟，你是见识过大师兄游泳水平的，你知道是谁教的吗？"

"大师兄是南国人，会游泳是天性，还要谁教吗？"淳于悦脱口而出道。

"呵呵，小师弟，你这话说得就好无道理了。你是北国人，你天生就会骑马吗？"逸轩莞尔一笑，反问道。

淳于悦摇了摇头。

"这不就对了吗？事实上，任何人都不可能天生就会什么，而是要靠后天学习。孔丘不是有句话说，人不是生而知之，而是学而知之。大师兄虽是南国人，游泳也不是生来就会的，而是跟先生学习来的。"

"先生，二师兄说的是真的吗？"淳于悦半信半疑，侧脸望着庄周，问道。

"你说呢？"庄周神秘地一笑，反问道。

看着淳于悦将信将疑的眼神，逸轩又说道：

"小师弟，先生不仅将高超的游泳技艺传授给了大师兄，还将砍藤割草、编筐织履的技巧一并传授给了大师兄。也因为大师兄学会了先生的所有技艺，所以才靠着勤劳，帮助先生家度过了早些年经济拮据的岁月。"

"先生，二师兄说的是真的吗？"淳于悦又求证庄周道。

庄周这次没说话，只是轻轻地点了点头。

淳于悦看看庄周，又看看蔺且，崇敬之情油然而生。

"小师弟，你现在知道大师兄不容易了吧。"在大家沉默了好久后，逸轩又侧脸看了一眼淳于悦，说道。

淳于悦点了点头，循着庄周的目光看了一眼谷底，突然转身望着蔺且说道：

"大师兄，刚才您不是说要给俺们讲故事吗？在这谷底，您跟先生到底有什么故事？"

"小师弟不说，俺倒是忘了刚才的话茬了。师兄，您快说吧。"逸轩也突然醒悟过来。

蔺且侧身望了望庄周，又朝谷底看了一眼，停顿了一下，这才说道：

"记得那是我师从先生的第三个年头，好像是八月的一天，我随先生入山砍藤割草，来到这个谷底。因为要从树上剥离一根刚砍断的青藤，先生爬上了三丈多高的树，差不多从树梢处将缠绕于树干上的青藤一点点剥离下来。我第一次看到先生敏捷的身手，简直不敢相信。当先生从树上下来，看到我呆立一旁，半天没有反应时，用玩笑的口吻问我想不想学习一下爬树的技术。"

"结果您就跟先生学会了爬树，是吗？"蔺且话还没说完，淳于悦就迫不及待地插话道。

蔺且先是莞尔一笑，然后瞥了一眼淳于悦，又望了一眼庄周与逸轩，接着说道：

"爬树哪里是那么容易学会的？当时先生虽然教了我很久，但最后我在试爬时还是重重地从树上摔了下来，折断了左胳膊。为此，害得先生被师娘埋怨了近三个月。"

"哦，原来还有这事，师兄口风真紧，从来都没跟俺透露过。如果今天不是先生带俺们来到这里，触景生情，师兄怕是永远也不会说出这段故事的吧。"逸轩感叹地说道。

没想到淳于悦听了蔺且的故事，反而高兴地笑了，脱口而出道：

"大师兄，俺们现在是否要下到谷底，看看曾经您摔伤胳膊的那棵树呢？"

"小师弟，你是否也想试试？如果今天你摔断胳膊，那可是你自找的，先生可不为你背黑锅。俺跟大师兄一会跟师娘直言相告，绝不会让先生代你受过的。"逸轩说道。

"二师兄，您放心，俺还是有自知之明的。俺本来就不具备大师兄上山能爬树，下河能游泳的天赋与潜质，绝不敢冒险爬树的。俺只是好奇，想看看那棵让大师兄折断胳膊的树究竟是什么样。"淳于悦望着逸轩，认真地说道。

蔺且望了一眼庄周，犹豫了一下，说道：

"那好，我们这就下到谷底，让你见识一下那棵树。"

"师兄，那片竹林，俺们也想见识一下。"逸轩说道。

"当然。我还可以砍根竹子做根箫管，让你们吹吹呢。"蔺且自豪地说道。

"那太好了。"淳于悦差不多要手舞足蹈了。

不大一会儿，庄周师徒四人就下到了谷底。在蔺且的带领下，大家很快来到了当年蔺且从上面摔下的那棵树前。蔺且抬头朝树梢看了一眼，转脸对庄周说道：

"先生，您看这树是不是比当年长得更高了？"

庄周抬头望了一眼，轻轻地点了点头。

"大师兄，刚才您不是说带俺们看竹林吗？还说要做一根箫管呢。"看完了树，淳于悦立即提醒蔺且道。

"好，我们这就去。"蔺且应声说道。

不大一会儿，四人就来到了那片竹林。望着成片的竹子，淳于悦看了又看，摸摸这根，又摇摇那根，新奇得不得了。最后，转身向蔺且问道：

"大师兄，这竹子跟树完全不一样嘛，不仅这么细，而且还有这么多竹节，能干什么啊？"

"小师弟，竹子分很多类，这个谷底里生长的是水竹，所以细小。如果是毛竹，那是长得很高很粗的，可以盖房当屋梁，还可以架桥过河。"蔺且解释道。

"这么说来，还是毛竹用处大。像眼前这样的水竹，大概就没什么用处了吧？"淳于悦又问道。

蔺且先是呵呵一笑，然后指着竹林说道：

"水竹也是个宝呀！你知道南国人出门人人背后背的那个筐是什么做的？"

"不知道。到底是什么做的？"淳于悦更好奇了。

"就是这种水竹做的。不过，要用这种水竹编筐，需要费很大的劲，先要将竹子劈成一条一条细长的薄片，然后以此编成筐。跟藤筐相比，这种筐既细巧，又耐用。不过，这种筐的制作在劈竹工序方面非常复杂，而且容易伤手。所以，我们先生早年编筐都是上山砍青藤作为材料，而不就地取材，用这种水竹来编筐。"蔺且回答道。

"是不是因为这个原因，这片竹林没有人打主意，才长得这样茂盛，苍翠欲滴？"淳于悦又问道。

"也许是吧。不过，竹子有顽强的生命力，砍了又会复生，加上这个山谷气候湿润，最适宜生长，所以即使有人来砍，也不用担心被砍光的。"

蔺且话音刚落，一直站在一旁静静听着的逸轩突然说道：

"师兄，您刚才不是说要削竹为箫吗？是不是竹子还有一种作用，可以制成乐器？"

"说得对。其实，竹子不仅可以制成箫管，还能制成别的乐器。"蔺且答道。

"大师兄，您刚才在山上不是说要给俺们做一根箫吹吗？"淳于悦立即接话提出了要求。

"小师弟，这次大师兄可能只是说说了。今天俺们谁也没带刀，他徒手如何削竹为箫？"逸轩看了淳于悦一眼，说道。

"是啊！"淳于悦听了，默默地点了点头，失望之情油然生于脸上。

"呵呵，你们不用担心，蔺且一定能削竹成箫的。"一直冷眼旁观的庄周这时突然开口了。

"先生，难道大师兄是神仙呀？他的手能当刀用吗？"淳于悦望着庄周，不解地问道。

听了淳于悦的话，蔺且不禁哈哈大笑，说道：

"我不是神仙，也不能手当刀用，而是我一直都是随身带刀的。这个秘密，只有先生一人知道。"

"师兄，您随身带刀是用以防身吗？"逸轩问道。

"除了防身，还有很多实际用处呀！如果外出断粮了，身上有把刀，可以用来采野菜，可以削木为工具捕鱼、打猎，等等。这就是我随身带的刀，你们想得到吗？"蔺且一边说着，一边撩起外衣，从身后抽出一把小巧的刀子来。

淳于悦与逸轩见了，都争着上前把玩。庄周立在一旁，拈须微微一笑。

"大师兄，您今天就准备用这把小刀制作箫管吗？"淳于悦把玩了一会儿后，将刀还给了蔺且，问道。

蔺且轻轻地点了点头。

"师兄，那您赶快制作吧，今天俺们又要长见识了。"逸轩催促道。

"好。逸轩，你跟小师弟帮我一个忙，去周边找些枯枝干草过来，待会儿我要派上用处的。"蔺且向逸轩点了点头，说道。

"这个没问题。师兄，那您赶快制作箫管吧。"逸轩一边说着，一边示意淳于悦一起行动。

逸轩、淳于悦走后，蔺且在竹林边转悠了一会儿，选择了一根认为合用的竹子将其砍倒，然后从中取了约半尺长的一截。

"蔺且，你手上的这根竹管能制作成箫吗？为师虽然不会吹箫，但箫管也是见过不少的。"一直站在一旁的庄周突然呵呵一笑道。

蔺且闻声抬起头来，望着庄周回答道：

"先生果然是内行，我这只是做个箫管的大致样子给两个师弟见识一下而已。真正的箫管制作，工序是很复杂的。"

没等庄周回应，已经怀抱一堆干草回来的淳于悦立即接口问道：

"大师兄，那真正的箫管制作工序到底是怎样的呢？"

"首先，要精选竹子，截取整根竹子中粗细合适的两到三节。其次，要用火钳将竹管内的各个竹节打通。再次，要用工具清除竹管内的竹膜。最后，是用钻具在竹管上均匀地开孔。"蔺且一边低头削着手中的竹管，一边解释道。

庄周听了没有说话，只是轻轻地点了点头。

"先生，您也懂箫管制作的工序？"逸轩刚捡拾枯枝回来，听了蔺且的话，又见庄周点头，遂随口问道。

庄周摇了摇头，没有说话，但眼睛却紧盯着蔺且手中的竹管和他不停用刀刮削竹管的动作。

"大师兄，您手上这么短的竹管，能吹出响彻几里路的悠扬箫声吗？"淳于悦看了一会儿，又好奇地问道。

"声音的大小与传播的远近，其实跟竹管的长短并没有特别大的关系。不过，真正的箫管长度确实不是这么短。"蔺且头也没抬地答道。

"师兄，那真正的箫管长度到底是多少呢？"逸轩问道。

"就我所见，一般约有一尺五寸长。我今天因为条件所限，没有火钳，所以只能取一节竹管，两头削去竹节，做一个微型的箫管。"蔺且一边回答着逸轩的问题，一边将削去了两端竹节的竹管拿在手上左右端详。

"大师兄，现在两端竹节削去了，是否箫管就算制成了呢？"淳于悦又问道。

蔺且摇了摇头，说道：

"还有一道工序，就是开孔。正常的箫管，一般都有六个孔，前面五个孔，后面一个孔。下面我要做的，就是给这个竹管开孔。"

"好，今天俺们又可以跟大师兄学到技能了。"淳于悦兴奋地说道。

"逸轩，你跟小师弟把捡回的枯枝与干草堆放好，干草放在下面，枯枝放上面。"蔺且一边说着，一边将削好的竹管放在一边。

"师兄，您要干吗？"逸轩不解地问道。

"我要生火，给竹管开孔呀。"蔺且一边说着，一边从身上取出了打火石。

逸轩与淳于悦一听，连忙行动。不一会儿，蔺且用打火石点燃了干草和枯枝，然后将刀尖放在火苗上。等到刀尖烧红后，蔺且以迅雷不及掩耳之势，将刀尖在削好的竹管上用力一插，然后一转两转，就顺利地在竹管上开出了一个孔。之后，依法又开出了第二至第六个孔。

"大师兄，现在可以吹了吧。"淳于悦兴奋地说道。

蔺且点了点头，将新制成的箫管的一端贴在嘴边，左手握住箫管的下半部分，右手五指分别按在箫管上半部分的五个孔，嘴上吹气，五指协调活动，就吹出了阵阵悠扬的乐音。

"师兄吹得真好听！"逸轩由衷地赞扬道。

"大师兄，您教教俺，看俺能否学得会。"淳于悦则直接向蔺且提出了要求。

蔺且莞尔一笑，顺手将箫管递给了淳于悦，并将握箫的手势说了一下。淳于悦以为懂了，也以为吹箫是件容易的事，遂学着刚才蔺且的样子，吹起了箫管。结果，吹出来的声音不仅不成乐音，而且还非常刺耳。

"小师弟，你这哪里是在吹箫，分明是在狼嚎嘛。"逸轩哈哈一笑，脱口而出道。

淳于悦被逸轩这样一说，顿时脸红起来。逸轩一见，马上意识到自己失言了。于是，连忙转身，侧脸望了一眼一直立在一旁拈须而笑的庄周，说道：

"先生，您认为是蔺且的箫声算'人籁'，还是淳于的箫声算'人籁'？"

"你说呢？"庄周不答反问道。

逸轩望了一眼蔺且，又看了一眼淳于悦，犹豫了一下，说道：

"根据先生刚才在山上的说法，淳于师弟的箫声应该算是'人籁'，蔺且师兄的不算。"

"为什么？逸轩。"蔺且瞪大眼睛，反问道。

"师兄，您吹的箫声大家都觉得非常动听，是不是？"逸轩问道。

蔺且没说话，但脸上的表情明显透露了其内心的喜悦。淳于悦虽然也没说话，却默默地点了点头。

"师兄，您吹出的箫声为什么大家都觉得非常动听呢？不就是因为您吹出的声音是大家都认同的音调吗？而这大家都认同的音调并不是您顺口自然吹出来的，而是经过学习才吹出来的吧。既然是经过学习而来，那就不算是出于自然，而是人为的努力，所以不算是'人籁'。相反，淳于师弟吹出的箫声虽然不动听，却是出于自然，是顺口自然吹出的，可算是没有人工斧凿的自然之声，因此可以算是'人籁'。"

蔺且听完逸轩这番解说，哈哈一笑。淳于悦也跟着哈哈一笑，不过他的笑跟蔺且的笑含义是不同的。逸轩听出了这两者的区别，所以有意看了看蔺且，对之神秘一笑。

过了一会儿，蔺且突然看着逸轩，认真地说道：

"师弟，我是南国人，你是北国人，我们说的话不同，但都是从小跟父母或他人习得而来。按照你刚才的说法，我们平时所说的每一句话都算不得是'人籁'。如果不算'人籁'，那又该算是什么呢？"

"算人言。"没等逸轩回答，一直立于一边旁观的庄周突然脱口而出道。

"人言？那人言算什么呢？"逸轩茫然地望着庄周问道。

"人言就是人言。大凡是人言，都是以语言为工具表情达意的。而表情达意的言语，都是带有言者的主观意志，当然就不是自然之声，不合自然之道。所以，人言只能归于非'人籁'一类。"庄周斩钉截铁地答道。

"先生，既然人言是非自然之声，不合自然之道，那依您的看法，人言则不足凭也，任何言论都不可能尽信了，是这样吗？"蔺且反问道。

庄周点了点头。

"如果这样说的话，那包括老聃、孔丘、墨翟、杨朱等在内的诸子百家之言，也都是不足凭、不可信喽？"蔺且望着庄周，意味深长地说道。

"不能这样说，诸子百家之言彼此还是有区别的。老聃乃是大智之人，孔丘、墨翟、杨朱之流乃是小智之辈。大智者广博豁达，言论疏淡自然；小智者精细分明，争论喋喋不休。"

庄周话音未落，逸轩便脱口而出，问道：

"先生，大智者与小智者的言论不同，其根本原因究竟是什么呢？"

"言为心声，它是一个人对宇宙天地、万事万物的认知水平以及身心修炼程度的外在表现。认知水平与身心修炼未到一定境界，一个人的精神就会纷扰不安。"庄周说道。

"先生，您能否说得更具体些呢？"淳于悦这时也听懂了庄周的话，接口说道。

"比方说，很多人睡觉时会有心神不宁、精神交错的感觉，醒来后则有形体不安的感觉。这是为什么呢？"

庄周话还没说完，淳于悦又抢着发问了：

"先生，每个人都会有这种情况。那原因究竟是什么呢？"

"小师弟，你别急呀，让先生说下去。"逸轩看了看淳于悦，说道。

淳于悦不好意思地看了看庄周，说道：

"先生，请继续赐教！"

"其实，并非所有人都是这样，像老聃这样的圣人就不会有这种感觉。平凡人之所以会有这种情况，是因为他们对世界的认知不正确，与外界事物纠缠不清，与人相处勾心斗角。内心如此，在言语上便有表现。有些人跟人说话吞吐其辞，有些人说话藏有机锋，有些人说话谨慎周密。他们一有小恐惧便灰心丧气，有大恐惧则丧魂失魄。"庄周说道。

"先生对世道人情的洞察真是细致入微，道出了现实世界的人之常情。"蔺且沉默了好久，这时也插话道。

"小智之人最爱多言，他们攻击别人的话，就像发出的一支支利箭；他们还喜欢钻别人说话的空子，窥伺他人的是非而予以攻击。他们不说话时，就像是有咒誓一样，表面上默默无语，实则是在等待机会出奇制胜。"

庄周说到这里，刚停顿了一会儿，淳于悦又插话说道：

"先生，您这说的好像就是孟轲、墨翟、杨朱之徒。"

逸轩点了点头，望了一眼庄周，说道：

"先生，您接着说。"

"这些人一旦与人争辩失利，就会神情颓唐，就像是秋冬季节万物凋零的情状，意志一天天地消沉下去。由于认知的局限，身心修炼不足，他们总是为外物干扰，容易沉溺于自己的所作所为之中，无法使自己恢复到人的天然本性。由于对外在世界的认知不正确，他们大多心灵闭塞，就像是被缄藤束缚住了一样，越来越难以恢复人性本有的勃勃生机。"

"先生，您这样说，弟子也不能说没有道理。但是，您能说说这些人在现实生活中都有什么表现吗？"蔺且见庄周说得凿凿有据的样子，便插话反问道。

庄周明白蔺且的意思，看了一眼蔺且，莞尔一笑，接着说道：

"在现实生活中，这些人时而欣欣然大喜，时而勃勃然大怒，时而郁郁然哀伤，时而跃跃然快乐，时而抑抑然忧虑，时而戚戚然嗟叹，时而茫茫然反复，时而惴惴然惊惧，时而心浮气躁，时而放荡不羁，时而得意张狂，时而忸怩作态。这些表现就像是音乐从虚孔之器中发出，又像是菌类生物由于地气蒸发而生成一样。这些情绪日夜在他们的心头交错纠缠，但是他们却不知道为什么会发生。算了吧，算了吧，不说了。如果你们有朝一日能恍然醒悟这些情绪发生的道理，也就可以明白这些情绪得以发生的深层原因了。"

"先生，您的意思是不是说，如果能消除这些情绪，就可进入体悟大道的境界，像先圣老聃一样思虑澄澈？"庄周话音刚落，蔺且便接口问道。

庄周没有回答，只是轻轻地点了点头。

"先生，能够体悟大道并不是那么容易的事，要达到先圣老聃那样的境界，更是难以企及。如果大道真的可以体悟，先生刚才所说的那些情绪都能消除，那是否有一种比较切实可行的途径呢？"逸轩望了望庄周问道。

庄周看了看逸轩，又瞥了一眼蔺且与淳于悦，顿了顿，说道：

"有。只要记住八个字。"

"哪八个字？"淳于悦迫不及待地问道。

"放弃成见，莫若以明。"庄周脱口而出道。

"先生，什么叫成见？"淳于悦又抢着问道。

"所谓成见，就是自以为是的主观之见。比方说，一个人对某个事情并没有清楚的了解，但凭自己的想象或是受先入为主的观念影响，主观地认为事情就是某个样子。事实上，他的想法或观点是完全错误的。因此，成见是要不得的。"庄周说道。

"先生，您可否说得再透彻点呢？"逸轩请求道。

"我们对世界的认识，对万事万物的认知，如果都依据自己的成见作为判断标准，那将会有多少标准？因为每个人都会有自己的标准，是不是？如果是这样，那何必一定是体悟自然变化之道的圣人才有标准呢？依我看，就是愚民也会有标准吧。如果说一个人没有成见便有了是非观念，那么这就像是'今天出发往越国而昨天就已抵达'一样。这样的说法，其实是将'无'看成了'有'。如果是将'无'看成'有'，那么就是神明如大禹也是不能理解的。你们说，我有什么办法呢？"

"先生说的是，请继续往下说吧。"庄周刚想停顿一下，淳于悦便催促道。

"言为心声，言论是一个人思想的表达。因此，人们的言论并不像是一阵风吹过。人人都会发表言论，大家议论纷纷，所说的却没有一个是大家都认同的定论。没有定论，算是发表了言论呢，还是等于什么都没说呢？大家都认为自己的话不同于小鸟的啾鸣，那么它们之间到底是有分别，还是没有分别呢？"

"小鸟的啾鸣也是一种心意的表达，跟人言应该没有区别吧。"蔺且答道。

庄周看了看蔺且，接着说道：

"你们知道'道'是如何被隐蔽，由此而有真伪的分别吗？言论是如何被隐蔽，从而产生是非的争辩吗？"

蔺且没吱声，只是直视庄周。逸轩与淳于悦则望着庄周，轻轻地摇了摇头。

庄周停顿了一下，接着说道：

"'道'在何处不存在？言论怎么会有说不通的？事实上，'道'不为人所见，那是因为它被一些小有见识的人所隐蔽了；言论说不通，那是因为它被一些人的巧饰浮辞所遮蔽了。也正因为如此，才有今天我们所看到的儒、墨二家的是非之争。他们以自己的成见为标准，各执一词，否定对方所肯定的，而肯定对方所否定的。如果要肯定对方所非，而否定对方所是，进行无谓的争辩，还不如以空明澄澈的心灵去观照宇宙天地和万事万物，这就是我刚才所说的'莫若以明'四个字的含义。"

"先生，您所说的以空明澄澈的心灵去观照宇宙天地和万事万物，其实就是一种认知世界的觉悟吧。"逸轩脱口而出道。

庄周点了点头，以赞赏的目光看了一下逸轩。

蔺且见此，立即反问道：

"先生，以空明澄澈的心灵去观照宇宙天地和万事万物，当然是一种很高的觉悟境界。那么，怎样才能臻至这种境界呢？"

庄周知道蔺且的意思，他还没有完全认同自己的观点，遂侧脸看了看他，接着说道：

"要达到这种境界，除了要放弃成见，不能师心自用以外，更要拓广心胸，彻底消除彼此、是非的观念。"

"先生，这话怎么说？"庄周话音未落，蔺且又立即反问道。

"世界上的万事万物，其实都是处于一个整体之中。因此，我们认识世界要从整体上去理解，而不应该从局部来观察，更不能以自己的一孔之见去判断事物彼此的不同，争论事物的是非曲直。因为人对世界的认知有局限，总会被这样那样的东西所遮蔽，所以先圣老聃才主张从'道'来看一切。"

"从'道'看一切，就是主张从整体把握世界，从整体认知万事万物吧。"淳于悦插话道。

庄周看了看淳于悦，点了点头。然后，又特意看了一眼蔺且，接着说道：

"但是，世上的人都喜欢凡事分彼此，这个大，那个小；这个多，那个少；这边高，那边低，等等。其实，这种区分彼此的做法是没有意义的。事实上，世界上的万事万物没有不是'彼'的，也没有不是'此'的。从'彼'那一面是看不到'此'的，只有从'此'这一面才会看到'此'。所谓的'彼''此'，其实都是相互对待而生的。'彼'是因为'此'的对待而出现，'此'也因为'彼'的对待而生成。'彼'与'此'是相对而生的，没有小，就没有大；没有低，就没有高；没有生，就没有死。"

"先生这话说得非常有道理。"逸轩点头说道。

"事实上，世界上的任何事物都是方生而方死，方死而方生；任何事情都是方可而方不可，方不可而方可。"

庄周刚说到这，淳于悦就忍不住插话了：

"先生，您这话怎么说得这么绕呢？可否说得再清楚点？"

庄周莞尔一笑，看了看淳于悦，又扫了一眼蔺且与逸轩，说道：

"任何事物都是随生而随灭的，也是随灭而随生的。比方说，一个人呱呱坠地，是生命历程的开始，但也是生命走向结束的开始。他一天天成长，也就是向死亡一天天迈进，这便是'方生而方死'。一棵树枯萎而死，它的枯朽之根上便会长出一棵新芽，这便是'方死而方生'。任何事情都是可以从不同角度来看的，合理不合理没有定准。比方说，某个事情大家都认为是合理的，但过了没几天却被人发现不具合理性，这便是'方可而方不可'。'方不可而方可'，情况也是如此。"

"先生这样讲，弟子就明白了。先生，您接着往下讲吧。"淳于悦望着庄周，欣喜地说道。

"世上有因而被认为'是'的，就有因而被认为'非'的，有因而被认为'非'的，也同样有因而被认为'是'的。因此，圣人不愿被是非观念左右，而是观照于事物之本然，这个也就是老聃的'因任自然'之道。按照事物的本然来观照，'此'亦是'彼'，'彼'也是'此'。如果说'彼'有其是非，'此'亦有其是非。那么，世上果真有'彼'与'此'的分别，或是果真没有'彼'与'此'的分别吗？按照先圣老聃的看法，'彼''此'不相对待，便是'道'之枢纽。合于'道'之枢，才像是深入圆环的中心，由此可以顺应事物无穷的流变。'是'的变化无穷尽，'非'的变化亦无穷尽。因此，我们不如以空明澄澈的心灵去观照宇宙天地，观照世上的万事万物。如此，才能进入先圣老聃所说的'明'的境界，真正能够体悟大道。"庄周说道。

"先生，您以上所说，是不是可以这样理解，以空明澄澈的心灵去观照宇宙天地，观照万事万物，心中不存彼此是非之念，视天地为一同，视万物为一齐，便算达到悟道的境界了？"蔺且问道。

"正是如此。"庄周拈须一笑，重重地点了点头。

"师兄的话是否可以概括为六个字：'同天地，齐万物'。"逸轩接口说道。

"说得好。"庄周也重重地点了点头，粲然一笑。

3．天地一指

"师兄，您今天起来得好早呀！"

"师弟，还早哇？你看看太阳都到哪了。"蔺且立于庄周门前，手指天空对逸轩说道。

逸轩揉揉眼睛，抬头看了看天，不好意思地说道：

"哦，是俺起来晚了。"

"师弟，你早晨一向都是准时起来的，今天怎么睡起了懒觉？莫非也要学先生的榜样？"蔺且笑着说道。

"师兄，不是啦！昨天俺们在山上与谷底不是听先生讲说了很多吗？于是，昨晚俺就从先生房里偷出他刻写未完的《齐物》篇，将前面已经看过的部分再研读了一遍。"

"哦，原来是这么回事。你怎么一个人偷读先生的书，也不告诉我与淳于师弟一声呢？你想吃独食呀！"蔺且又笑着说道。

"哪儿会呢？师兄，您跟小师弟悟性都特别好，只有俺悟性要差很多。昨天听完先生的讲说，就想再重温一遍先生的书，以便加深理解。孔丘不是有句名言，说是：'学而时习之，不亦说乎。'"

"结果，怎么样？"蔺且问道。

"师兄，昨天经先生一说，昨晚再读，尽管还是同样的文字，但读起来就感到文从字顺了，原来难于理解的地方好像也一下子豁然开朗了。"

"这么说来，待会儿我也要再读一遍。"蔺且说道。

"师兄，您就不必再读了。昨天听您跟先生的对话，就知道您对先生的思想理解得很深刻，您肯定是已经读懂了先生的书。"

"师弟，你别老抬高我。其实，我的悟性比你差多了，你读的书也比我多多了，见识也比我广。如果你都读不懂先生的书，我就更读不懂了。"蔺且一本正经地说道。

"大师兄，二师兄，你们这么一大早就在这讨论什么呢？"正当逸轩还要跟蔺且谦虚时，淳于悦揉着眼睛出来了。

"我们正讨论你呢？为什么日上三竿，都快到正午了，你还不起来？莫非你昨晚出去偷盗打劫了？"蔺且笑着说道。

"大师兄，您真的这样想吗？"淳于悦望着蔺且，认真地问道。

逸轩见了哈哈大笑，连忙说道：

"小师弟，你平时好像挺老成的，怎么今天大师兄的玩笑话你就听不懂了呢？"

"哦，原来是开玩笑。那你们刚才说什么这么热闹呢？"淳于悦问道。

"刚才俺跟大师兄在谈论先生的《齐物》篇。"逸轩回答道。

"他背着我们二人，昨夜偷读先生的书，吃独食。"蔺且笑着说道。

"二师兄，您又读了哪些新段落？能否也说给俺听听。"淳于悦认真地说道。

"俺只是重温了上次读过的《齐物》篇的前面部分，想跟先生昨天讲说的内容进行对比而已。新的内容只是瞥了一眼，感觉还是读不懂。"

逸轩话还没说完，淳于悦就急切地问道：

"二师兄，您读到了哪些新内容？"

"新内容俺也背不下来，但有几句还是记得相当清楚的，什么'以指喻指之非指，不若以非指喻指之非指也；以马喻马之非马，不若以非马喻马之非马也。天地一指也，万物一马也'。"逸轩答道。

"先生的文字怎么写得这么绕呢？大师兄，您听明白了吗？"淳于悦侧脸望着蔺且，问道。

"我也没明白是什么意思，不知先生这些话的奥义精蕴所在。但是，我可以肯定地说，他这是在批评公孙龙。"蔺且说道。

"大师兄，您为什么这么肯定地说先生是在批评公孙龙呢？"淳于悦不解地问道。

"公孙龙不是有两个著名的学说吗，一是指物论，一是白马论。"

"这个以前听人说过，先生好像对之很不以为然。"逸轩接口说道。

"指物论，俺是完全不清楚。白马论，俺倒是听人说过，好像就是诡辩吧。大师兄，二师兄，你们都是学识渊博、见多识广的人。今天说到白马论，俺突然想起以前听人说过的一个故事，想向二位求证一下，是否确有其事。"

"什么故事？"逸轩知道淳于悦想说的故事，却故意装糊涂，显出十分有兴趣的样子。

"据说，公孙龙有一次骑着一匹白马从赵国往秦国。过函谷关时，秦国的关吏要将他的马扣下来，不准马入关。公孙龙不解，问关吏理由。关吏明确答复说：'秦王有令，赵国的马匹一律不准入关。'公孙龙听了关吏的话，先是莞尔一笑，接着指着自己骑的白马，对关吏振振有词地说道：'我骑的是白马，而白马并不是马呀！怎么不能入关呢？'"

逸轩见淳于悦说得眉飞色舞，故意装着急切的样子，插话问道：

"那关吏怎么说？"

"关吏说：'不管你是白马、黑马，反正都是马。是马，就不能入关。'"

没等淳于悦说完，逸轩又假装兴味盎然的样子，继续追问道：

"这下公孙龙无话可说了吧？"

"嘿嘿，二师兄，公孙龙要是无话可说，那他就不是公孙龙了。"

当逸轩演戏般地与淳于悦对话时，一直背着脸偷笑的蔺且，这时也突然转过身来，装着非常认真的样子，反问道：

"这话怎么讲？"

"大师兄，公孙龙是个能将死的说成活的，活的说成死的的名嘴，一个粗傻的秦国关吏怎么能难得住他呢？"淳于悦意有得色地说道，仿佛自己就是公孙龙似的。

逸轩见此，故意装很一本正经的样子，问道：

"那公孙龙最后到底有没有说服关吏，骑马入关了呢？"

"当然最后是骑马入关了。"淳于悦斩钉截铁地答道。

"关吏不是说赵国的马匹不能入关吗？难道关吏敢违抗秦王之命，擅作主张，对公孙龙网开一面吗？"逸轩故作不解的神情，直视淳于悦问道。

蔺且看着逸轩的神情忍不住想笑，但是终究没有笑出来，只是侧过脸去假装专注地看着走近的一只母鸡。

淳于悦不知逸轩是有意捉弄他，也不知道蔺且在心里笑话他，以为逸轩是真的想听他讲故事，于是更加来劲了，望着逸轩呵呵一笑道：

"公孙龙是说服了关吏才骑马入关的。他问关吏说：'您知道我叫什么名字吗？'关吏摇摇头，说：'不知道。'公孙龙说：'我叫公孙龙。'关吏并不知道眼前的公孙龙就是天下读书人都知道的大名鼎鼎的名家代表人物，所以他只'哦'了一声。公孙龙接着问他：'我叫公孙龙，那我是龙吗？'关吏摇了摇头，说：'你不是龙。'公孙龙立即接口说道：'这不就得了吗？我骑的这个畜牧叫白马，可它并不是马呀！就像我叫公孙龙，事实上并不是龙，道理是一样的呀！'"

"公孙龙很会类比，那关吏无话可说了吧。"逸轩继续假装饶有兴趣地问道。

"关吏不肯认同公孙龙的说法，坚持说白马就是马，决不可入关。"

"这一下公孙龙该没办法了吧？"逸轩莞尔一笑道。

"公孙龙怎么会没办法呢？"淳于悦故作神秘地一笑，接着说道："公孙龙问关吏：'我可以再问您一个问题吗？'关吏爽快地答道：'可以，你有问题尽管问。'公孙龙先对关吏客气有加地笑了笑，接着说道：'比方说，您跟别人要一匹马，别人牵了一匹黄马或黑马给您，您要吗？'关吏不假思索地答道：'当然要。不都是马，一样骑吗？'公孙龙又问道：'如果您跟别人指定要一匹白马，别人给您一匹黄马或黑马，您要吗？'关吏斩钉截铁地答道：'肯定不要。'公孙龙立即反问道：'那为什么呀？'关吏说：'因为俺要的是白马呀！'公孙龙哈哈大笑。"

逸轩知道答案，却故作惊讶地问道：

"公孙龙笑什么呀？"

淳于悦得意地看了看逸轩，又意味深长地瞥了一眼蔺且，语带自豪地说道：

"因为关吏已经落入了公孙龙的语言圈套。关吏不明白公孙龙为什么无缘无故地大笑，遂好奇地问道：'你笑什么？还不赶快牵着你的马回你的赵国？别在这耽误俺执行公务了。'公孙龙望着关吏，十分平静地说道：'我为什么要回赵国？我是要去秦国，去见秦王呢。'关吏说：'你骑了马，你不能入关，所以你必须回赵国。'公孙龙一本正经地诘问道：'我没有骑马呀！我骑的只是白马。白马不是马，您刚才不也说过吗？'关吏立即反问道：'俺什么时候说过白马不是马？'"

"关吏确实没说过白马不是马的话，公孙龙大概是想胡搅蛮缠，蒙混过关吧。"逸轩故作认真地插话道。

"二师兄，看来您也不知不觉地被公孙龙搅糊涂了。您听公孙龙怎么回答关吏的。"淳于悦看着逸轩，得意地说道。

"公孙龙是怎么回答的？"逸轩故意瞪大眼睛，望着淳于悦问道。

"公孙龙跟关吏说：'我刚才是不是问过您两个问题？'关吏点了点头。公孙龙又说：'我第一个问题问您，您向别人要一匹马，别人给您黄马或黑马，您都肯接受，您说黄马黑马都是马。我问您第二个问题，您向别人要一匹白马，别人给您黄马或黑马，我问您要不要，您说不要。那您为什么不要呢？不就是因为您认为黄马或黑马都是马，而白马不是马吗？'关吏听了，半天醒不过神来。公孙龙哈哈大笑，牵着马从他面前扬长而去。"淳于悦说完，也哈哈大笑了一声，仿佛此时他就是牵着马扬长而去的公孙龙。

看着淳于悦得意的神色，逸轩笑着说道：

"小师弟，你真是见多识广！俺今天算是长见识了。"

蔺且一直站在一旁不言语，此时也笑着说道：

"小师弟，依我看，你不仅是见多识广，而且讲故事的口才一流。说不定呀，将来不仅会超过公孙龙，还会直逼我们先生呢。'白马非马'论，以前我虽听人说过，却知之未详，更从未听人像你这样说得真切生动。"

"大师兄，您这是在取笑俺吧？"淳于悦虽然口头上装着谦虚，但脸上却漾着得意。

"小师弟，大师兄为人非常厚道，这是俺们都知道的，他怎么会取笑你呢？俺们说的都是实话。俺们为有你这样的小师弟而自豪，相信先生要是听了你刚才所讲的故事，也一定会感到骄傲的。"逸轩故意装得一本正经的样子，直视淳于悦说道。

蔺且轻轻拍了一下逸轩的胳膊，转过脸去抿嘴而乐。

淳于悦以为蔺且与逸轩说的都是真话，于是深受鼓舞，侧身转向蔺且，说道：

"大师兄，俺刚才给你们讲了公孙龙的'白马非马'论的典故，那您能否给俺讲一讲他的'指物论'呢？"

"是啊，师兄，小师弟说得对。公孙龙的'指物论'，俺也没听过，您就给讲一讲吧。这样，以后俺们跟儒、墨各家弟子交流时也不会因无知而给先生丢了脸面。"逸轩顺着淳于悦的话，帮腔说道。

"公孙龙的'指物论'，其实我也是不甚了了，只是当初投奔惠施先生时听他说到过。因为时间太久了，公孙龙的原话我都记不住了。"蔺且说道。

蔺且话音未落，淳于悦立即接口说道：

"大师兄，既然以前听惠施先生说过，那么多少是有些印象的。别急，您好好想一想，看能否记起来一些。"

"是啊，小师弟说得对，师兄您就想一想吧。"逸轩立即附和道。

蔺且看了看逸轩，又看了看淳于悦，顿了顿，说道：

"好，让我好好想一想，确实是因为时间太久了。"

"大师兄，您不用急，慢慢想。"淳于悦一边顺口说着，一边顺手捋了捋蓬乱的头发。

过了一会儿，蔺且突然拍手说道：

"我想起来了几句。"

"师兄，您快说。"逸轩急不可耐地催促道。

"好像有这么一句，叫作：'物莫非指，而指非指'。"

蔺且话音未落，逸轩脱口而出道：

"公孙龙这话比俺们先生的话还要难懂呢。"

"大师兄，这话到底是什么意思呢？"淳于悦则迫不及待地问道。

"确实难懂。当初听惠施先生说时，我也是一头雾水。"

"那惠施先生有没有给您解释呢？"淳于悦又追问道。

"我求教过惠施先生，他给我作了简单的解释。"蔺且答道。

"师兄，您快说。"这次是逸轩迫不及待了。

"惠施先生告诉我，公孙龙的意思是说，世界上的万事万物没有不被某一名称指称的，这就是'物莫非指'的意思。"

"大师兄，这话俺还是不明白，您可否举个例子解释一下。"蔺且话还没说完，淳于悦便又插话了。

蔺且望了一眼淳于悦，莞尔一笑，顿了顿，说道：

"比方说，我们三人各自生长于不同的地域，你生于齐，长于齐；我生于楚，长于楚；逸轩则生于赵，长于赵，但是我们都长了两只眼睛，一个鼻子，有两只手，两只脚，能够站着行走，身上没有毛，这是我们的共同特点，所以我们拥有同一个指称：人。而猿呢，虽然也有两只眼睛，一个鼻子，也有两只手，两只脚，也是直立行走，但它身上长满毛，所以它们跟我们不是一类，人们给它一个指称：猿。如果人与猿没有各自的指称，那我们就无法区别人、猿了。"

"大师兄说的是，俺懂了。"淳于悦连连点头，说道。

"同样是人，每个人也还是要各自有一个指称的名字的。比方说，你叫淳于悦，他叫逸轩，我叫蔺且，先生或师娘一喊我们的名字，我们就知道到底是叫谁。不然，我们怎么知道先生或师娘到底要找谁呢？"蔺且望着淳于悦与逸轩说道。

"师兄这么一解释，公孙龙的'物莫非指'的意思，俺们马上就清楚了。"

逸轩话音刚落，淳于悦又立即接口问道：

"大师兄，那'而指非指'又是什么意思呢？"

"哦，这四个字说起来就有些搞了。"蔺且答道。

"师兄，这话怎么说？"逸轩脱口而出，问道。

"公孙龙这里所说的两个'指'，其含义是不同的。前面一个'指'，说的是能够用来指称他物的某个名词；后面一个'指'，说的则是被某个名词指称的某物。因此，公孙龙所谓的'而指非指'，实际意思就是，能够用来指称他物的某个名词并不等同于被某个名词指称的某物。"蔺且解释道。

"大师兄,您说了半天,我怎么越听越糊涂了呢?"淳于悦望着蔺且,似乎有些失望地说道。

"小师弟,公孙龙的'指物论'本来就是很玄乎的理论,表述时又是用了极为简略的文字,所以理解起来当然就相当困难了。"逸轩从旁开解道。

蔺且知道逸轩的意思,也明白淳于悦的意思,遂莞尔一笑道:

"小师弟,还是师兄表达水平不够,要是先生跟你说,一定会说得既浅显又生动,一听就明白的。"

"师兄,不要忘记了,先生与公孙龙是'道不同而不相为谋'的,他对公孙龙的观点本来就不以为然,他大概不会替公孙龙的理论进行宣讲的吧。"逸轩说道。

"这个我知道,我只是说先生善于表达而已。我对公孙龙的理论本来就不懂,只是当年听了惠施先生的解释,以为自己懂了。今天说了半天,小师弟竟然越听越糊涂,这说明我自己还是没有真正搞明白。如果真的搞明白了,也许就能深入浅出地给小师弟解释清楚了。这样吧,我还是举个例子来说明我刚才所说的话吧。"

蔺且话还没说完,淳于悦就欢呼雀跃起来,说道:

"那最好了!大师兄,您最会打比方,引类搭挂讲道理,俺早就认为您有先生之风。"

"小师弟,你先别给我戴高帽子,我是否说得清楚还不知道呢。等我说清楚了,你听明白了,再夸我也不迟。"蔺且笑着说道。

"师兄,您一举例,小师弟肯定就明白了。您还是快点说吧,您看小师弟那求知若渴的眼神,就知道他的心情有多急切了。"逸轩打趣地说道。

"二师兄说得对,大师兄,您还是快点给俺举例说明吧。"淳于悦顺着逸轩的话说道。

蔺且看了看淳于悦,又看了看逸轩,顿了顿,突然直视淳于悦,问道:

"小师弟,你叫什么?"

"淳于悦呀。"淳于悦不解地望着蔺且,说道。

"先生或师娘一叫'淳于悦',你肯定立即应声而至,是吧?"蔺且又问道。

"那当然,这是最起码的礼数呀!"淳于悦毫不犹豫地答道。

"先生或师娘叫'淳于悦',为什么我,或是逸轩不能应声而至呢?"蔺且反问道。

"因为您叫蔺且,二师兄叫逸轩,你们并不叫'淳于悦'呀!"

"你的意思是说，你就是淳于悦，淳于悦就是你，淳于悦这个名称只对应你这个人，是吗？"蔺且又反问道。

"就是呀！"

"假如你父母当初不给你取名淳于悦，而是取名蔺且，或是逸轩，难道不可以吗？"淳于悦话音未落，蔺且又立即反问道。

"那当然不行，俺本来就姓'淳于'，给俺取名蔺且或逸轩，肯定是不行的。"淳于悦斩钉截铁地答道。

"'淳于'是你的姓确实不假，但是你的先祖为姓氏命名时不称'淳于'，称'蔺'或'逸'，难道就不可以吗？事实上，'淳于'作为你们家族的姓氏，那只是命名之初偶然为之，并没有必然性，是不是？"蔺且直视淳于悦问道。

淳于悦瞪大眼睛看着蔺且，轻轻地点了点头。

蔺且见此，遂又接着说道：

"事实上，名与物的匹配并无必然联系，某名与某物的匹配只是偶然。不过，偶然的命名一旦约定俗成，为大家接受后，随着时间的流逝，人们就会忘记当初命名的偶然性，以为某名与某物的匹配是一种天然的关系。就像一个人的取名一样，小师弟肯定觉得自己一生下来就应该姓淳于，逸轩觉得自己一生下来就应该姓逸，没有丝毫变动的空间，是不是？"

"师兄，听您这样一说，还真是这么回事，确实有道理。"逸轩点头说道。

但是，淳于悦则不以为然，立即反问道：

"大师兄，既然名与物的匹配没有必然联系，而只是出于偶然，那么人们为什么还要挖空心思给事物命名呢？换句话说，命名其实是没有什么意义的。是不是？"

蔺且明白淳于悦的意思，莞尔一笑，顿了顿，望着淳于悦说道：

"小师弟，你还记得先圣老聃说过的那句名言吗？"

"您指的是哪一句？"淳于悦反问道。

"就是先圣著作的开篇第二句：'名可名，非常名。无名，天地之始；有名，万物之母。'这句话的意思，先生有没有跟你说过？"蔺且直视淳于悦问道。

淳于悦立即点头说道：

"说过。俺记得先生的解释是，'名'如果是可以说出其得名之所以然的，就不是永恒不变的'名'了。'无名'，是天地开辟之时万物的本然状态；'有名'，则是万物存在发展之母。"

"说得好。正因为'无名'是'天地之始'，所以我们每个人并不是一生下来就有名字，而是需要父母或他人为之取名。如果我们每个人都没有名字，那我们可不可以存活于这个世界呢？"蔺且又直视淳于悦问道。

"当然可以。"淳于悦不假思索地答道。

"这样说来，我们每个人都有一个名字其实是多余的，是不是？也就是你刚才所提到的，命名其实是没有什么意义的，是吧？"蔺且再次直视淳于悦问道。

"大师兄，不是这个意思，俺刚才的话是根据您的话推理出来的，是讨教于您的问题。"淳于悦立即辩解道。

"这么说来，你是认为命名是有意义的，是吧？"蔺且立即追问道。

"当然。没有命名，人与人之间就不能相互区分，事物与事物之间也不能区别。就像俺们三人，如果不是各有其名，先生或师娘喊谁怎么知道呢？又像俺们眼前诸山，如果不是各有其名，您到底说的是哪座山，谁也不会知道的。"

"小师弟，你说得非常好。但是，要知道，你叫淳于悦，我叫蔺且，还有眼前诸山各有其名，其得名都是偶然的，跟命名之人有关。打个比方，你出世时，如果不是你父母给你取名，而是让我的父母给你取名，你就肯定不叫淳于悦，而叫蔺且了；如果让逸轩的父母给你取名，则就有可能叫逸轩了。眼前诸山，让南国人命名与让北国人命名，让你命名与让我命名，结果肯定不同，这就是命名的偶然性。刚才我们说到公孙龙的'而指非指'，实际上也是这个意思。"

蔺且话音未落，淳于悦就惊呼道：

"大师兄，您是说先圣的观点与公孙龙是一样的？"

"正是。"蔺且平静地答道。

"这话怎么讲？"淳于悦立即追问道。

"公孙龙所谓的'而指非指'，前面我已经说过，意思是说，能够用来指称他物的某个名词并不等同于被某个名词所指称的某物。如果说得再简单点，就是'能指'并非'所指'。'能指'与'所指'的匹配是有偶然性的，其间并不存在必然的联系。就像'淳于悦'能够指称你这个人，但是你这个人并非只能用'淳于悦'这个名字指称才合理。事实上，用'蔺且'或'逸轩'之名也能指称你这个人，只要大家约定俗成了，就没有什么不可以的。不信，我们今天就将名字换过来，保证先生或师娘今后跟我们二人交流没有任何问题。"蔺且说道。

"师兄这样说，确实非常有道理。小师弟，这一下你该彻底明白了吧。"逸轩一直静静地站在一旁，听蔺且与淳于悦一来一往地问答，这时终于忍不住插话了。

淳于悦没说话，低头沉思了一会儿，然后重重地点了点头。

见此，蔺且准备就此打住谈话，回身进屋。但是，没等他转过身来，淳于悦又开口了：

"大师兄，刚才说到先圣的名言，您举例给俺解说了'无名，天地之始'一句，那么是否也能举例解说一下'有名，万物之母'一句呢？当初请教先生时，俺没想到追问这一句。"

蔺且侧身转脸看了看淳于悦，呵呵一笑。

逸轩心知其意，立即驰援淳于悦，一脸认真地望着蔺且，说道：

"师兄，俺也想听听您对这一句的解读。"

蔺且见逸轩也提出了要求，先是犹豫了一下，后则莞尔一笑道：

"其实，这一句没有什么好解读的，还是比较容易理解的。"

"大师兄，俺觉得这一句是最难理解的。因为前面刚说过'无名，天地之始'，紧接着却来了一句'有名，万物之母'，着实让人摸不着头脑，前后抵触，好像说不通。"淳于悦说道。

"小师弟，怎么说不通呢？前面一句说的是事物的本然状态，后句说的是人类认知的规律。"

"师兄，什么是人类认知的规律？先生从来都没讲过，请师兄指教。"没等淳于悦反应过来，逸轩已经抢过话茬提问了。

蔺且见是逸轩提问，遂随口说道：

"这是我自己瞎说的。"

"师兄从来都不会瞎说，就是先生也一直认为您最有思想。所以，还请师兄指教。"

"大师兄，二师兄说得对，您还是给俺们讲一讲吧。"淳于悦帮腔道。

蔺且看看逸轩，又看看淳于悦，知道话既然已经说出口，今天不解说清楚，两人肯定不会罢休的。于是，顿了顿，笑着说道：

"既然二位愿意听我瞎说，那我就姑且说之，你们姑且听之。觉得没道理，就去请教先生吧。"

"好，请师兄指教。"逸轩立即应承道。

"这样，我还是打个比方吧。一，二，三，四，五，六，七，八，九，十，是我们每天都会说到的。但是，这十个数字并非天上掉下来的，而是人们根据计数的需要发明出来的，是大家约定俗成的一个说法。也就是说，这十个数字的得名与它们实际所要表达的数量之间的匹配是偶然的。可是，这种匹配一旦经过全社会约定俗成之后，人们由此推衍出的十一，十二，十三，二十，三十，四十，五十，五十一，五十二，九十九，等等，就不是偶然的了。由一，二，三，四，五，六，七，八，九，十，可以推衍出无限多的数字，这便是人类的认知规律，也就是先圣老聃'有名，万物之母'的意思。先圣老聃还有一句话，叫作'道生一，一生二，二生三，三生万物'，说的虽是万物衍生的道理，但跟'有名，万物之母'的说法也有相通之处。"

"大师兄这个例子举得真是好，一下子就把问题说明白了。"蔺且话还没说完，淳于悦就迫不及待地发表评论了。

"小师弟说的是，师兄的表达水平就是高。"逸轩也附和道。

蔺且笑了笑，接着说道：

"又比方说，公孙龙的'白马非马'论所说的'马'，其得名肯定也是偶然的，马并非天生就有名，而是人们为了将它与牛、羊等四蹄食草动物区分开来而约定俗成取名的。马之得名虽属偶然，但一旦确定下来，人们便可根据其属性类推出黄马、黑马、白马、花马、大马、小马等等。还有，山的命名也是如此。比方说，马鞍山、黑头山、鸡公山等等，如果没有当初'山'的命名，人们也就不能类推而给世上无数的山命名了。可见，先圣老聃'有名，万物之母'不是随便说的，而是经过深思提出的对世界的看法。"

"大师兄，这下俺算是彻底弄明白先圣老聃的话了。没想到今天讨论公孙龙的'指物论'，顺带将以前没弄明白的'名物论'也弄明白了，真是收获太大了。"淳于悦兴奋地说道。

"时候不早了，我去看先生是否起来了。"蔺且一边说着，一边就准备回身进屋了。

"师兄，您抬头看看天，还没有日至中天呢，先生每天不都是正午时分才起来的吗？"逸轩提醒道。

"是啊，大师兄，您别急着回屋呀！俺还有问题要请教您呢？"淳于悦连忙帮腔道。

逸轩心知蔺且是急于结束今天的谈话，却故意揣着明白装糊涂，顺着淳于悦的话说道：

"是呀！师兄别忙着去叫先生，让他睡到自然醒吧。今天的讨教，俺跟小师弟都还意犹未尽呢。"

"大师兄，刚才您给俺们讲公孙龙的'指物论'，才讲了一句，接下去的内容俺们正急着要听呢。"淳于悦顺着逸轩的话又追了一句。

蔺且见逸轩与淳于悦一搭一唱，下意识地抬头看了一下天，见太阳尚未到头顶，遂只得回身收住要抬起的左腿，望了逸轩与淳于悦一眼，说道：

"一开始我就跟你们说过，公孙龙的'指物论'我本来就不甚了了，加上时间太久，惠施先生当年跟我说的那几句，我差不多都忘记殆尽了。"

"大师兄，您记性好，先生曾经多次说过的。您再想想，想起一句算一句。您不能只跟俺们说一句呀！至少要多说一句，日后俺们跟儒、墨诸家弟子交流时才不至于因为只知道一句而被人笑话呀！"

"小师弟说的是。师兄，您就再跟俺们多讲一点吧。先生要是起来，应该还有一会儿。"逸轩望着蔺且，以貌似十二分诚恳的口气说道。

见逸轩与淳于悦把话说到了这个份上，蔺且知道已经无法再推脱了。于是，就用食指轻轻地敲了敲太阳穴，沉思了一会儿后，兴奋地说道：

"我又想起了一句，好像是：'指也者，天下之所无也；物也者，天下之所有也。以天下之所有，为天下之所无，未可。'"

"大师兄，您解释一下，这到底是什么意思？"淳于悦急不可耐地催促道。

"大致的意思是说，万物各有其名，是天下根本不存在的事；天下有万物，则是本然的事实。以天下本有之万物，去迎合天下本无之万名，这是不对的。"蔺且答道。

"这话说得还是蛮有道理的。"淳于悦脱口而出道。

"那你知道公孙龙说这句话的用意是什么吗？"蔺且望着淳于悦，反问道。

淳于悦摇了摇头。

蔺且呵呵一笑，只好自己回答道：

"是讥讽儒家和孔丘的。"

"师兄，这话怎么讲？"逸轩立即追问道。

"孔丘不是有句名言，说'名不正，则言不顺；言不顺，则事不成'吗？"

"这个俺也知道，但跟公孙龙有什么关系？"蔺且话音未落，淳于悦就反问道。

"孔丘的'正名论'，不仅孔门弟子知道，诸家诸派弟子也都是耳熟能详的。但是，公孙龙这话与孔丘的'正名论'到底有什么关系，还望师兄指教。"逸轩顺着淳于悦的话又补了一句。

"孔丘为什么要提出'正名论'？"蔺且看了看逸轩，又看了看淳于悦，不答反问道。

"那是因为他看不惯当时被弄颠倒的社会现实，觉得原来周公制定的礼法都被人抛弃了，人们的是非标准颠倒了。为了恢复周公礼法，使变动不居的社会重回周公时代，使乱臣贼子不敢妄作胡为，所以他才提出了'正名论'。"逸轩说道。

"说得对呀！孔丘认为，天下之所以大乱，乱臣贼子满天下，原因不是周天子失德，社会阶层发生了变化，而是周公礼法确定的'名'没被人重视。认为人们对'名'没有正确的认识，诸侯僭越礼法，妄用王号，这才导致礼崩乐坏、社会大乱之实。"

"对呀！孔丘就是这样认为的，所以他才会逆历史潮流而动，要恢复周公礼法，结果周游列国而处处碰壁。"没等蔺且说完，淳于悦连忙插话道。

"正是这样。孔丘之所以终其一生而不能实现其恢复周公礼法的政治理想，根本原因就是他颠倒了'名'与'实'之间的关系，没有认识到社会总是要发展变化的，社会阶层与等级制度也是要随之变动的，王权不是永恒不变的，公侯等级也是可以变动的。孔丘的悲哀是看不清社会发展的趋势，把一切他看不惯的社会变化都看成是社会乱象，是摒弃周公礼法确立的名号、名位秩序的结果。"蔺且说道。

"师兄，您越说越像是替公孙龙代言了。看来，您骨子里是认同公孙龙的思想，当初您第一个投奔的是名家的惠施先生，不是没有道理的。"逸轩呵呵一笑道。

"师弟，你不能有门户之见。我觉得惠施先生与公孙龙虽是名家代表人物，但他们都不怎么有门户之见。他们都是出身于墨家，却观点不同于墨家；他们批评儒家，但也不排斥道家，惠施先生跟我们先生相处得还很好，彼此都有惺惺相惜之意，这非常不容易呀！"

"师兄，您是不是说俺门户之见太深，心胸不够宽阔？"蔺且话还没说完，逸轩立即反问道。

"师弟，我不是这个意思。我一向推崇你优雅的君子风范，哪里会有这个想法呢？"蔺且急忙辩解道。

淳于悦听出了二人之间的误会，正想从中调和，为之转圜时，突然看到庄周一边伸着懒腰，一边打着哈欠走了出来。于是，连忙高声说道：

"二位师兄，你们看，先生起来了。"

蔺且一见，连忙就坡下驴，快步趋前，迎着庄周问道：

"先生，今天怎么起来这么早？您看，还不到正午时分呢。"

"你们一大早在争论什么呢？说话那么大声，我能睡得着吗？"庄周扫了一眼三位弟子，脱口而出道。

"先生，对不起，是弟子们不对，打扰您清梦了。"逸轩连忙趋前一边施礼，一边恭敬地说道。

"先生起来得正好，刚才我们在讨论公孙龙的'白马论'与'指物论'，正好有很多疑惑要求教于您呢。"淳于悦趋前施礼后，实诚地向庄周报告道。

"这有什么好讨论的，天地之大，无异于一根手指；万物之众，无异于一匹马，如此而已。"庄周脱口而出道。

逸轩一听，眼睛不禁为之一亮，立即接口说道：

"先生，弟子们之所以一大早就在讨论公孙龙的'白马论'与'指物论'，就是因为昨夜俺偷读了您的《齐物》篇，看到其中有这样几句：'以指喻指之非指，不若以非指喻指之非指也；以马喻马之非马，不若以非马喻马之非马也。天地一指也，万物一马也。'"

没等逸轩话说完，淳于悦急不可耐地插话道：

"先生，大师兄说您这话是专门批评公孙龙的'白马论'与'指物论'的，果真如此吗？"

庄周莞尔一笑，特意看了看蔺且，说道：

"蔺且说得不错。"

"先生，那您能否给弟子们解释一下这几句的意思呢？"逸轩望着庄周，虔诚地请求道。

庄周看了看逸轩，又扫视了一下蔺且与淳于悦，顿了顿，说道：

"逸轩，为师这话说得并不难懂呀！用我们日常口语，说得啰唆一点，就是用大拇指或小拇指来说明它们不是手指，倒不如用不是手指的东西来说明大拇指或小拇指不是手指；用白马或黑马来说明它们不是马，倒不如用不是马的东西来说明白马或黑马不是马。"

"先生，您这话等于没说。弟子发现您跟公孙龙说的话没什么区别，都非常绕，让人越听越糊涂，不知所云。"庄周话音未落，淳于悦脱口而出道。

蔺且偷看了一眼庄周，又迅速扫了一眼淳于悦，侧过脸去诡异地一笑。

逸轩怕庄周会生气，立即打圆场似的对着淳于悦说道：

"小师弟，别急呀，你听先生说完。"

"好，先生，您继续说。"淳于悦点了点头，说道。

其实，庄周并没有生气，看了看淳于悦，呵呵一笑道：

"你要是嫌为师啰唆，为师就换句抽象而简洁的话来说，那就是以'此'来说明'此'之异于'彼'，倒不如以'彼'来说明'此'之异于'彼'。"

"先生，您这样说，弟子更糊涂了。"淳于悦瞪着眼睛望着庄周，无奈地说道。

庄周看着淳于悦的表情，不禁莞尔一笑，顿了顿，说道：

"这样，为师再换句话说，以我来衡量他人，还不如以他人来衡量我，这话听得懂了吗？"

淳于悦立即点了点头。

庄周接着又说道：

"你知道，人与人之间为什么经常会发生争执吗？"

"观点不同呗。"淳于悦不假思索地答道。

"那为什么会有观点的不同呢？"庄周直视淳于悦问道。

淳于悦一时答不上来，伸手挠了挠头。

庄周笑了笑，看了看淳于悦，又扫了蔺且与逸轩一眼，说道：

"人们之所以会有观点的不同，并由此而发生争执，那是因为每个人都习惯于以自我为中心，凡事都喜欢从我的一方去断言。如果能够从他人的一方来观照，那么很多争执就不至于发生了。这样，每个人在观点上就不至于自我执着，在态度上不至于失之武断。是不是这个道理？"

"先生说得有道理。"蔺且点头说道。

"先生真是达观，看问题总能直透核心。"逸轩由衷地赞叹道。

淳于悦先是点了点头，接着立即问道：

"先生，您刚才所说的，中心主旨是不是说，只要摒弃自我执着，内心不存'彼'与'此'的观念，也就没有诸如公孙龙'指非指''马非马'的争论了。"

庄周点了点头。

"先生，那您所说的'天地一指也，万物一马也'，又是什么意思呢？"淳于悦又问道。

"小师弟，先生一开始不就说过了吗？意思是说，天地之大，无异于一根手指；万物之众，无异于一匹马。"没等庄周回答，逸轩帮腔说道。

"二师兄，这个我是记得的，我是想问先生这句话的内涵是什么？先生究竟想告诉世人什么道理。"淳于悦说道。

庄周明白淳于悦的意思，笑了一笑，看了看淳于悦，又瞥了一眼蔺且与逸轩，不紧不慢地说道：

"为师的意思是说，天地虽大，但究其本质是一个整体，就像一根手指，不必再论长短、粗细等；万物虽众，但究其本质也是一个整体，就像一匹马，不必再分什么黄马、黑马、大马、小马等。'指'就是'指'，'马'就是'马'，皆谓同一的概念，是相对于其他诸多的概念而言。事实上，世上诸多的概念都是人为设定的。天地、万物，本来无所谓'彼'与'此'，'高'与'下'，'大'与'小'，'尊'与'卑'，'好'与'坏'，'美'与'丑'之类的区别。这些杂多纷繁的概念，只是人们硬性附加给事物的，不是事物本然就有的。因此，这些概念人为附加到事物之上，反而让事物有被离裂之感。"

"先生的意思是不是说，人为附加给事物的纷繁杂多的概念是不必要的。弃差别而归于同一，弃对立而趋于调和，弃分歧而归于整体，便可臻至得道的境界。"蔺且问道。

庄周微笑着点了点头。

逸轩见此，接口说道：

"先生，您今天所说的'天地一指，万物一马'，跟您后文所说的'道通为一'是一个意思吧。"

庄周也微笑着点了点头。

"先生，那'道通为一'又怎么说？"淳于悦立即接住话头，问道。

"小师弟，时间不早了，先让先生去漱洗吧，进完朝食再请教先生也不迟呀！"蔺且立即阻止道。

"是呀，小师弟，先生也知道你好学深思，等一会儿俺们再好好请教先生吧。"逸轩也默契地帮腔道。

淳于悦看看庄周，又看了看蔺且与逸轩，点了点头。

于是，师生四人相视一笑，一起往后院井边漱洗去了。

4. 道通为一

"先生，弟子冒昧问一句，您的《齐物》篇写完了吗？我们大家都想一窥全豹呢！"进完朝食，庄周正欲从座席上起来，准备像往常一样进屋再去著书时，蔺且突然语似不经意地问了这样一句。

"昨天匆匆收尾，差不多算是写完了吧。"庄周随口答道。

淳于悦一听，非常兴奋，脱口而出道：

"实在是太好了！先生，那您今天能否就给俺们完整地讲讲您的《齐物》

篇呢？"

庄周没有立即回答，只是抬眼看了看淳于悦。

逸轩早就有这个想法，但一直不敢冒昧造次，现在见蔺且与淳于悦已经挑起了这个话题，觉得是个好机会，于是立即顺着淳于悦的话说道：

"先生，既然您的《齐物》篇已经写完，弟子们都想早点完整地了解您的思想与观点，想早点将您的思想学说传播于世，扩大老聃之道的影响。只是弟子们才疏学浅，读您的著作跟听您讲话感到很不一样。您说话非常生动，而且浅显易懂，但您的著作因为用的是书面语，文字简约而意蕴深奥，弟子们读起来就感到有诸多困难。如果您不给俺们讲解，俺们是不能完全读懂的。"

逸轩一开口，蔺且就明白其用意。见逸轩话说到这里，立即插话帮腔道：

"是呀，逸轩说得对。逸轩学问最好，悟性最高，他读先生的著作都有文字理解上的困难，我跟小师弟就更不用说了。如果先生不给我们讲解，我们似懂非懂地读了，自以为读懂了，势必会误解先生的意思，届时向他人传播先生之道，就会传错、传歪了。那样，就是弟子对不起先生了。"

"大师兄、二师兄说得对。先生，您今天就好好给俺们讲一讲您的《齐物》篇吧。待俺们弄通了您的思想观点，就可以到处传播您的学说了。"淳于悦立即附和道。

庄周见三个弟子一唱两和，认为他们一大早就在讨论公孙龙的"指物论""白马论"恐怕只是一个借口，目的是要自己讲解刚杀青的《齐物》篇。他原本不想现在就让三个弟子读自己的著作，而是留待日后。当然，他更没有打算现在就给弟子们讲解自己著作的微言大义，而是想让他们自己读，实在读不懂，然后再予以开解，就像孔丘教导弟子那样，"不愤不启""不悱不发"。这样，他们才会加深理解。没想到三个弟子好学之心太强，已经背着自己偷读了未杀青的书稿。今天三个弟子已经明确提出了请求，希望自己给他们讲解，而自己刚才又顺口说出了全稿杀青的事实，那就更没有理由拒绝他们的请求了。

蔺且与逸轩、淳于悦并不知道庄周心里在想这么多，只是见他迟迟没有表态，觉得有些奇怪。不过，蔺且与逸轩还能沉得住气，尽管心里有疑虑，但并没冒昧地去追问，只是目光专注地望着庄周。淳于悦则不像蔺且与逸轩那样老成，见庄周好久没有回应，便忍不住冲口而出道：

"先生，您为什么不说话？是不是对您的学说不自信？"

"小师弟，你说的什么话？先生什么时候对自己的学说不自信？"不等淳于悦再说下去，逸轩连忙岔断他的话，生怕庄周会生气。

没想到庄周不仅不生气，而且立即打破沉默，呵呵一笑，轻松地说道：

"淳于说得没有错，谁也不敢对自己的学说有完全的自信。事实上，任何人的思想都有或多或少的遮蔽处。即便如先圣老聃，也不敢自信满满地对世人宣称自己的话都是对的。即使说得都对，以语言表述时也可能有言不达意或言不尽意的情况。这样，就很难保证所有人都能信服其所说。"

"这大概也就是自古以来没有哪家学说没有争议，而为所有人所信服的原因吧。"蔺且接着庄周的话说道。

"先生说得对。事实上，越是深刻的思想，越难以用语言表述清楚。先圣老聃有言：'道可道，非常道'，大概也有慨叹语言在表达思想时的局限性吧。"逸轩顺着蔺且的话说道。

庄周轻轻地点了点头。

"听了先生与二位师兄的话，俺终于明白了，原来先生不是对自己的学说不自信，而是对自己的语言表述不自信。其实，先生没有必要顾虑那么多。语言本来就有局限性，使用语言的人更有局限性。只要存在地域上的差异，就会有语言上的差异。每个人都是特定地域的人，因此使用语言表述自己的思想，难免会带有个人的地域特点。而这一特点，可能恰恰就是构成其他地域的人理解上的障碍。"

淳于悦话音未落，蔺且便呵呵一笑道：

"小师弟，你是越来越有思想了。说起话来也一套一套的，不愧是淳于髡的侄儿。"

"先生，您觉得小师弟的话有没有道理？"逸轩没有附和蔺且的话，而是望着庄周问道。

庄周没有说话，只是轻轻地点了点头，但脸上露出了一丝不为人察知的笑意。

逸轩见庄周点头，立即顺势说道：

"先生，您和蔺且师兄都是南国人，俺与小师弟都是北国人。现在，俺们师生彼此之间的日常交流是没有问题的。但不可否认的是，对于您的教诲，师兄往往要比俺跟淳于师弟领会得深刻。"

"逸轩，你是说蔺且有语言上的优势？"庄周笑着问道。

逸轩先扫了蔺且一眼，然后望着庄周说道：

"有这个意思。当然，蔺且师兄本来悟性就比俺们好。"

蔺且此时已然明白逸轩的意图，于是立即默契地配合道：

"其实，并不是我的悟性比你们二位好，而只是在语言上有些优势，跟先生都是楚语的背景而已。"

"所以，先生一定要给俺跟二师兄多讲解讲解您的著述，不然俺们对您思想学说的理解很难达到大师兄的水平。如果理解错了，那就是误传先生之道了。"淳于悦此时也明白过来，立即顺着逸轩与蔺且的话说道。

其实，庄周早已明白三个弟子的意思。但是，直到此时，他仍然假装糊涂，不置可否。只是目光迅速扫了一下三人后，莞尔一笑。

逸轩心知其意，但是前后两次偷读庄周著述而遇到的文字障碍，让他的好奇心越发强烈。因此，他也假装糊涂，接着说道：

"先生，您看今天天气这么好，既无风，也无雨；既不冷，也不热。您每天都刀札不离手，著书立说，实在是太辛苦了。要不，今天就休息一天，在门前草地上铺张席子，俺们师生晒晒太阳，坐而论道，如何？"

"二师兄的提议非常好，前天在山上大石台上听先生讲道，感觉真是太好了，收获也特别大。"淳于悦立即响应道。

蔺且心知逸轩心中的小九九，这时故意不搭腔，望着逸轩直笑。

"师兄，您觉得如何？"逸轩知道蔺且的心理，直接点名要他表态。

蔺且见逸轩话已经说到这个份上，就不能不出来帮腔了。于是，顺口说道：

"先生，我觉得逸轩的提议非常好。逸轩，要不你到先生房里将先生刚著成的《齐物》篇抱出来，我们一边看着先生的书简，一边听先生讲说，岂不更好？"

"师兄的提议真是高明！俺怎么没想到呢？"逸轩一边说，一边向蔺且投去感激的目光。

没等庄周表态，也没等逸轩从座席上起来，淳于悦已经"霍"地一下从座席上跃起了，兴奋地说道：

"二师兄，俺陪您一起去先生屋里抱书简吧。"

"二位师弟，你们要注意哦，千万别把先生的简札弄错乱了。"蔺且一边说，一边偷眼看庄周的表情。

"师兄，您放心，绝对不会的。先生的简札摆得极有顺序，俺们就照先生摆放的顺序，原样搬来就是了。"逸轩一边答道，一边向蔺且投去感激的目光，感激他的善解人意。

庄周见蔺且与逸轩如此默契地一搭一唱，心里更像明镜儿似的，一切都明白了。看来今天三个弟子是早就算计好，铁定了心要自己讲解《齐物》篇，要推脱也是不可能了。因此，见逸轩从座席上起来，庄周看了他一眼，又瞥了蔺且一眼，莞尔一笑。但这一笑似乎与平时不同，既有宽厚，也有无奈。

蔺且看懂了庄周的心，望着庄周笑了笑，说道：

"先生，您在这再坐一会儿，二位师弟去搬书简了，我去拿张席子到门外铺好。届时一切安排妥当，我再来请您过去。您看怎么样？"

望着逸轩与淳于悦起身走向书房，庄周直视蔺且，说道：

"你一切都安排妥当了，还问为师做什么？"

"先生，对不起！冒昧之处，还望您海涵！"蔺且从庄周口气中似乎听出了些许不满，连忙道歉讨饶道。

"没什么对不起，你安排得很好呀！"庄周似笑非笑地答道。

"啊，先生，您没生气呀！"

"为师为什么要生气？"庄周笑着反问道。

"先生不生气，那就好，那就好！弟子这就去门外铺席子了，您先坐着。"蔺且说着，从席上一跃而起。

不大一会儿，蔺且就在庄周门前的草地上铺好了席子。逸轩与淳于悦也将庄周所著的《齐物》篇简札抱了出来。

"师兄，您现在可以去请先生来就座了。"逸轩将简札在座席上整齐地码放好后，对蔺且说道。

蔺且点了点头，进屋去请庄周。

"先生，您看今天天气多好呀！"见庄周步出大门，逸轩连忙趋前迎接。

"先生，快请坐。"庄周刚走到席子前，淳于悦就迫不及待地说道。

蔺且知道淳于悦的心意，知道他是想尽快地听庄周讲解《齐物》篇。所以，瞥了淳于悦一眼，莞尔一笑。

"先生，这里虽不及前天您在山上讲道的大石台视野开阔，但是环顾四周高低错落之山，放眼近在咫尺的一马平川，也是不错的选择吧。"庄周在席上甫一坐下，淳于悦又殷勤地说道。

"前天在山林中听风声、箫声，聆听先生纵论'天籁''地籁''人籁'；今日在门前沐浴着午后的阳光，聆听先生讲'道通为一'的新论，相信又是别一番境界。"逸轩顺着淳于悦的话，暗中已将要请庄周讲说的话题巧妙地点了出来。

"二师兄说的是，朝食前俺就请教过先生，什么是'道通为一'。现在，先生可以好好给俺们弟子讲说讲说了。"淳于悦立即接住逸轩的话头，望着庄周说道。

可是，庄周坐上席子后，根本就没往四周看，也没看三个弟子一眼，而是晒着阳光，径直闭目养神了。

蔺且听逸轩与淳于悦说得热闹，又见庄周故意充耳不闻的样子，不禁哑然一笑。

"师兄，……"逸轩不知蔺且为何突然发笑，就想追问。

蔺且指了指庄周，并对逸轩眨了眨眼睛。逸轩顿时醒悟过来，快到嘴边的话立即戛然而止。

但是，淳于悦没注意到庄周的状态，也没看到蔺且与逸轩的互动，一边低头翻动着席上的简札，一边冲口而出道：

"先生，现在可以给弟子们讲解了吧。"

"小师弟，我们早上打扰了先生清梦，先生可能没睡够，现在先生正在打盹呢。我们先别打扰先生，先仔细阅读先生的简札，等到先生睡醒了，我们再把不懂的地方提出来，请先生讲说和解惑。"蔺且一边对淳于悦使眼色，一边压低声音说道。当然，他知道庄周是故意装睡的。所以，这话实际上也是说给庄周听的。

逸轩与淳于悦听懂了蔺且的意思。于是三人对视，会心一笑。接着，大家便依次静静地传阅《齐物》篇各卷简札。

大约过了半个时辰，三人都已经将全篇读完了。但是，庄周仍然闭着眼睛，作睡觉状。三人看看庄周，都心照不宣，没有人说话。

过了一会儿，淳于悦终于沉不住气了，望着蔺且直眨眼。蔺且明白其意，但就是不肯开口叫庄周。淳于悦无奈，只好摇头叹气。

就在此时，逸轩突然发现头顶好像掠过一片乌云，定睛一眼，原来是一只老鹰正俯冲直下，猛然醒觉，大叫一声：

"不好了，老鹰来抓小鸡了。"

蔺且反应迅速，从席上一跃而起，未等老鹰俯冲下来，已经抢在老鹰之前赶到了几步之外正低头觅食的小鸡旁边。老鹰见此，只得悻悻然飞走了。

因为逸轩突然一声大叫，原本还想继续假装睡觉的庄周下意识地睁开了眼睛。就在蔺且赶老鹰的同时，淳于悦拍手大笑道：

"先生醒了！先生醒了！"

"先生醒得正是时候。"逸轩立即接口说道。

"先生，今天不是逸轩眼尖，小鸡就被老鹰抓走了，过年时您就没鸡吃了。看来先生还是有口福的，老鹰比起先生来，运气还是差了点。"蔺且一边走回座席，一边打趣地对庄周说道。

"先生既然睡醒了，现在可以给俺们讲解《齐物》篇了吧。"淳于悦不失时机地说道。

没等庄周表态，逸轩便接口说道：

"之前，先生给我们讲到了'天地一指也，万物一马也'，现在就接着往下讲吧。"

庄周见三个弟子紧逼不舍，呵呵一笑，以退为进道：

"我看还是由你们三人先讲，为师再讲不迟。"

"还是先生想得周到。我们三人先讲，讲错了，先生再来纠正，这样大家就知道自己错在哪里了，然后再反思为什么会出现理解上的错误，那收获就大得多了。"蔺且顺着庄周的意思说道。

"师兄说的是。那么，就请师兄先说吧。"逸轩看着蔺且，顺势把任务交给了他。

"对，对，对！大师兄，您先讲，您对先生的思想理解得最为深刻，您又熟悉先生的语言表述方式。"淳于悦连忙附和道。

"师兄，就从'道行之而成，物谓之而然'两句开始往下讲。"逸轩一边说着，一边将手中的简札递到了蔺且面前。

庄周看到蔺且被逸轩与淳于悦逼迫至此，得意之色掩之不住地泄露在了脸上。

蔺且看看庄周，又看了看逸轩与淳于悦，犹豫了一下，开口说道：

"既然如此，那我就恭敬不如从命了。其实，是应该让逸轩先讲才对，他悟性比我好，对先生文章的微言大义肯定看得透彻。"

"师兄，您不必谦虚了，快讲吧。"逸轩催促道。

蔺且望了望庄周，犹豫了一下，接过逸轩递过的简札，说道：

"先生这段文字的意思是不是说，道路是由人们走出来的，事物之名是由人们叫出来的。世上的万事万物，'可'有其'可'的缘由，'不可'有其'不可'的缘由；'是'有其'是'的原因，'不是'有其'不是'的原因。为什么'是'，自有其'是'的道理；为什么'不是'，自有其'不是'的道理。为什么'可'，自有其'可'的道理；为什么'不可'，自有其'不可'的道理。举凡世上的任何事物，本来就有其所'是'，本来就有其所'可'；世上万事万物，没有什么是'不是'，也没有什么是'不可'。所以，卑微的小草与参天的大树，丑癞的女人与貌美的西施，以及世上所有的稀奇怪异的事情，从'道'的观点来看，都是可以融通为一的。"

"先生，这就是您所说的'道通为一'？"蔺且话还没说完，淳于悦便插话问庄周道。

庄周点了点头。

"先生，如果师兄上面的解说符合您的原意，那么您所谓的'道通为一'，是不是说，世上的万事万物其实是没什么分别的，'是'与'不是'、'可'与'不可'、小草与大树、丑妇与美女、正常与怪异根本就不存在。换句话说，就是不追究事物的差别，把所有的事物都看成一样，万物一齐，万事一如，就算达到了悟'道'的境界。是这个意思吗？"逸轩立即接口问道。

庄周也点了点头。

淳于悦见此，立即反问道：

"先生，弟子这就不明白了。现在姑且不论事物存在的'是'与'不是'、'可'与'不可'，仅就小草与大树、丑妇与美女、正常与怪异来说，其间的分别本来就是明明白白、清清楚楚的，怎么能说没有分别呢？如何能视为'一齐''一如'呢？"

庄周这次没有再保持沉默，直视淳于悦，反问道：

"谁说小草就小，大树就大？什么是丑？什么是美？什么是正常？什么是怪异？标准是什么？"

淳于悦被庄周一连串的反问弄得瞠目结舌，蔺且与逸轩则觉得莫名其妙。

庄周扫视了一下三个弟子，顿了顿，放缓了语气，说道：

"一棵小草长在万顷沙丘中，你不会觉得它小。一棵大树长在原始森林中，你不会觉得它大。一个从未见过女人的人，他的眼里没有什么丑妇与美女。一个没有先入为主或受过他人观念影响的人，他不会觉得什么是正常，什么是怪异。事实上，世人所谓的小与大，美与丑，正常与怪异，都是个人对事物的判断，是人强加给事物的。草就是草，树就是树，它们原本就是那个样子，无所谓大小高矮；女人就是女人，她们原本就是那个样子，无所谓美丑；万事万物都有其存在之'是'，存在之'可'，没有什么是正常的，什么是怪异的。为师所说的'道通为一'的'一'，指的是事物的本然状态。但是，从'道'的观点来看，原本是'一齐''一如'的事物，一旦蒙上了人们的主观认识，便不再'一齐''一如'。这样，原本无分别的事物便有了分别，人们之间的意见分歧也就产生了，无休止的争论也就开始了。"

"先生，您这样说，当然是有道理的。但是，弟子有个疑问，您既然认为事物之间是无分别的，可是您文章中接下来又谈到了'分'与'成'的问题，这好像又承认了事物之间是有分别的。这不是前后说法有抵触吗？"庄周话音刚落，蔺且立即提出疑问。

庄周看了看蔺且，莞尔一笑，没有回应蔺且，而是侧脸转向了逸轩，说道：

"逸轩，你接着蔺且刚才说到的'道通为一'一句往下讲。"

逸轩对庄周不回答蔺且的问题，反而要自己来讲说下文，感到有些奇怪，一时愣在了那里。

蔺且知道庄周的意思，立即配合，将手中的简札递到逸轩手上，并指着简札，说道：

"师弟，从这里开始往下讲。"

逸轩望了望庄周，又看了看蔺且，犹豫了一下，低头说道：

"先生下面的这段话，意思是不是说，大凡事物有所分，就必有所成；有所成，就必有所毁。所以，从整体上来说，一切事物根本就没有什么成与毁，最终都是复归于一个整体，这就叫'复通为一'。先生，不知弟子的理解有没有错误？"

"说得没错。"庄周脱口而出道。

"先生，如果逸轩解说得没错，那您还是承认了事物的'分'。"蔺且也脱口而出道。

"此'分'非彼'分'。刚才为师说事物之间没有什么分别，此'分'是就静态而言，比方两个二十岁的女人，她们之间没有分别，美丑之别都是人们硬加给她们的标签，是主观认识的结果。而为师所说的'有所分''有所成''有所毁'，其中的'分'是就动态而言，比方同一个女人在二十岁时与四十岁时容貌肯定有变化，这就是'分'，是自身纵向比较的结果。任何事物都有发展变化，这一点为师从来都是没有否定的。"庄周看着蔺且，平静地解释道。

没等蔺且对庄周的说法作出回应，淳于悦急不可耐地插话问道：

"先生，事物既然有所分，怎么又有所成呢？既然有所成，怎么又有所毁呢？这好像有些难以理解。"

庄周呵呵一笑，直视淳于悦，说道：

"为师给你举个例子吧。你们看，前面有个水塘，旁边有座小丘，我们可以将小丘挖去一半土石，将水塘填平。这样，一块平地成了，半座小丘没了，原来的水塘也没了，这是不是有所分，就有所成；有所成，就有所毁？"

"先生的这个比方好，弟子明白了。"淳于悦连忙点头说道。

"其实，世界上的任何事物都是处于不停地运动变化之中，是分、成、毁的不断交替。比方说，一棵树的成长，从一根小小的独苗不断地开枝散叶，长成亭亭如盖的参天巨木，然后慢慢地枯死倒下，其分、成、毁的过程历历可见。一个人的成长也是如此，从一个盈手可握的呱呱婴孩，一点一点长大成人，由少年到青年，曰青年到中年，由中年到老年，学到的技能越来越多，世故越来越深，丢失的童真也越来越多。无论是三十、四十而夭，还是活过六十、七十，或是有幸成为耄耋老翁，但都是由生走向死，这也是一个分、成、毁的交替。事物运动变化的过程，说穿了，就是一个分、成、毁的交替变化而已。一个旧事物的分离消解，往往会化为另一个新事物的组成因子；一个新事物的诞生，往往有已分离消解的旧事物的因子在其中。所以，为师说'其分也，成也；其成也，毁也'。"庄周接着说道。

"先生说的是。"逸轩与淳于悦异口同声地说道。

庄周见蔺且没有说话，遂看了他一眼，又说道：

"单就某一事物来说，固然是有分、有成、有毁，有生灭的变化；但是，就宇宙整体来说，世上的任何事物的分、成、毁，或是生与灭，都不过是自然界整体发展过程中的一个部分，因为世界是一个整体。有老人死去，就有婴儿出生，整个人类世界是平衡的；山丘没了，土石填在水塘中，土石仍然留在了大地上，没有飞掉，整个大地的土石是平衡的。所以说，事物的分与成、成与毁，最终都复归于一个整体。"

"先生，您这样一解说，弟子觉得您'物无成与毁，复通为一'的观点还真的有些道理。"淳于悦欣喜地说道。

庄周看了一眼淳于悦，莞尔一笑，转向逸轩说道：

"逸轩，你继续往下讲。"

"先生，弟子愚钝，接下来的文字，俺就真的弄不懂了。要不，还是请师兄蔺且来讲解吧。"逸轩望着庄周说道。

蔺且知道逸轩的意思，他是不想独占庄周之宠，遂莞尔一笑道：

"师弟，你要是读不懂的话，我更是读不懂了。要不，就请先生直接给我们讲说吧。"

淳于悦连忙接口说道：

"那最好不过了。"

没想到庄周立即推了回来：

"还是让逸轩来讲，或是淳于讲也可以。"

"先生，俺不行。二师兄不讲，那还让大师兄讲吧。"淳于悦连连摆手道。

庄周见此，笑着转对蔺且，说道：

"蔺且，那就你来讲吧。"

"师兄，给。"庄周话音未落，逸轩就连忙将简札递到了蔺且手里。

蔺且看看庄周，又看看逸轩，感到很无奈。犹豫了一会儿，只得看了看简札，说道：

"先生接下来的文字是不是说，只有明达之士才能真正领悟'道通为一'的道理，因而不固执己见而寄寓于各物的功分上，这便是因任自然。因任自然，循着自然之道而为，而不知其所以然，这就叫'道'。"

庄周点了点头，示意蔺且继续说下去。

"喜欢论辩的人，总是殚精竭虑，希望他人能接受自己的成见，追求认知的一致，他哪里知道事物本来就是相同的，这就叫'朝三'。"

蔺且刚说到"朝三"，淳于悦立即插话道：

"大师兄，慢着！刚才俺读到这里时，觉得先生的话说得特别奇怪，突然来个什么'朝三'，真是让人摸不着方向。"

"小师弟，你别急呀！俺读到这里也有同感，所以才提请让蔺且师兄来讲，或是由先生直接来讲。你听大师兄讲完吧。"逸轩说道。

庄周看了看逸轩，瞥了一眼淳于悦，笑了笑，然后转向蔺且，说道：

"蔺且，你继续往下讲。"

蔺且点了点头，低头看着简札，接着说道：

"什么叫'朝三'呢？从前有一个人养了一群猴子，每天喂它们吃粟米。有一天，大概是粟米不够了，他就对猴子说：'今天我给你们早上吃三升，晚上吃四升。'猴子们一听，立马就非常生气，对主人怒目相向。主人见此，立即改口说：'那么早上给你们吃四升，晚上吃三升吧。'猴子们一听，马上就高兴起来。"

"这群猴子真是傻得可爱，不会算账。早上四升还是三升，一天都还是七升，有什么区别？"蔺且话音未落，淳于悦便忍不住评论道。

庄周听了莞尔一笑。

"小师弟，先生说话和写文章时，大凡要讲故事，都是有寓意的，不是给人逗乐的。"逸轩看了看淳于悦，说道。

"逸轩说得对，下面先生就有评论了。"蔺且点了点头。

"师兄，先生的评论俺不明其意，所以俺才提请您来讲说。"逸轩望着蔺且，诚恳地说道。

"我也未必讲说得正确。我先根据我的理解，用大白话将先生的评论说一下吧，理解得不对，就要请先生来教诲了。"蔺且谦虚地说道。

"师兄，您请说吧。"逸轩与淳于悦几乎是异口同声地催促道。

蔺且先抬眼望了望庄周，顿了顿，这才说道：

"先生的意思是说，养猴人给猴子喂粟米，所喂的粟米就是那么多，到底是早上三升、晚上四升，还是早上四升、晚上三升，其实都是一样。也就是说，'朝三暮四'与'朝四暮三'，根本就没有区别。猴子不懂其中的道理，所以才跟养猴人争。养猴人的聪明之处在于顺应了猴子的主观心理，在名实都没有改变的情况下，巧妙地左右了猴子的喜怒情绪。圣人的伟大在于他们不执着于是非的争辩，而是善于调和是非，使它们安顿于自然之分，这便叫'两行'，即'是''非'并行而不冲突。"

蔺且话音刚落，庄周便脱口而出道：

"说得好。"

"师兄果然聪慧过人！俺读这段话时，怎么都弄不明白。"逸轩感叹道。

"哦，原来先生的故事是为了说明'是非并行而不冲突'的道理。"淳于悦好像恍然大悟似的说道。

蔺且没有回应逸轩与淳于悦的话，而是望着庄周说道：

"现在，应该轮到先生来给我们讲说了。"

"是呀！应该是先生给俺们讲说了。"逸轩立即附和道。

"先生，您就好好给俺们讲讲吧。刚才大师兄、二师兄的讲说，不过是他们的理解。您是作者，您真正要表达的意思，您是最清楚的。您为什么要提出'道通为一'的观点，而且还煞费苦心地编了个'朝三暮四'的故事，弟子希望听听您的'夫子自道'。"淳于悦顺着蔺且与逸轩的话，也向庄周提出了请求。

庄周迅速扫视了一下三位弟子，呵呵一笑，说道：

"为师提出'道通为一'的观点，意在告诫世人，宇宙中的万事万物在本质上是没有分别的，是'一齐''一如'的。一切的自然现象，事实上都不存在什么是非问题。但是，偏偏有很多人固执于自己的成见，对任何事物都一味地去加以区分，而且还由此相互争辩，弄出诸多是非。"

庄周说到这里，停下来看了看众弟子，见其专注地倾听，遂又接着说道：

"事实上，只要人有主观成见，有成心作祟，对于本是同一的事物就会产生枉左的认知；如果还要喜怒为用，那就要生出无尽的是非。一个人的主观成见一旦渗入到客观事物后，他的心灵就会被遮蔽，被拘执，甚至被封住。如果心灵被封住，那么他对世界的认知便只会拘泥于琐细，斤斤计较于差别。殊不知，世界上的万事万物本质上是同一的，没有什么分别。人们所谓的分别，只不过是他们主观意识的投射罢了，是其成心作祟的结果。"

"如此说来，先生提出'道通为一'的观点，是意在告诫世人，要泯灭万物有别的观念，以'一齐''一如'的观念观照世界，使心灵重回澄澈的状态，不为成见遮蔽，从而免除主观的偏执，照见事物的本然状态。是这个意思吗?"蔺且问道。

庄周点点头，拈须一笑。

逸轩见此，连忙提出了一个问题：

"先生，弟子还有一个问题，不知该问不该问?"

"但问无妨。"庄周看着逸轩，异常爽快地答道。

"刚才听您一番教诲，弟子突然想到，您在文章中所编的'朝三暮四'的故事，除了论证您所提出的'道通为一'的观点，是否还有什么别的微言大义?"逸轩问道。

庄周直视逸轩，没有回答，只是神秘地一笑。

蔺且见此，立即说道：

"师弟，如果我没有理解错误，先生编这个故事是有用意的。"

"大师兄，是什么用意?"淳于悦急切地问道。

"是讽刺儒、墨诸家以及公孙龙之徒呗，将他们比作争'朝三''暮四'的猴子。先生，是不是?"蔺且故意直视庄周，笑着问道。

庄周不肯回答，只是莞尔一笑。

5. 物我同化

周显王四十八年（公元前321年）八月二十三，是蔺且从楚国回来的第四天，也是漆园天气最坏的一天。之前的半个多月，一直都是艳阳高照，虽然不时有些小风，但尚无寒意，让人不觉已是深秋。但是，这天当蔺且一早起来打开大门时，就感觉迎面吹来的风不再温和，耳朵里灌满的不是从屋顶吹过的呼啸之声，就是从屋后树林里传来的尖厉之声，满眼所见都是萧萧落叶，黄的，红的，青的，一片狼藉。

"师兄，您把着门向外看什么呢? 怎么不出去呀?"当蔺且倚门远望，凝神沉思之时，逸轩突然从屋里出来，问道。

蔺且闻声猛然醒悟，回过头来，看了逸轩一眼，指着门前台阶上的落叶，说道：

"师弟，你看，变天了。"

逸轩伸头朝门外看了一眼，说道：

"奇怪，这又不是夏天，怎么变天也这么快？这些天，天气一直都很好呀！昨天晚上俺还在心里盘算着，今天再把先生请出去，将昨天没有讲完的《齐物》篇讲完呢！"

"是啊，要不是昨天师娘临时找我们有事，先生就将《齐物》篇的最后部分给我们讲完了。"蔺且随口应道。

"今天天气这样，再要请出先生给俺们讲《齐物》篇，恐怕就找不出什么好的理由了。"逸轩眼望门外翻飞飘舞的落叶，喃喃说道。

蔺且没有说话，眼睛随着飞舞的落叶而流转。逸轩见此，也不再说话，只是静静地陪在一旁，看漫天的落叶在空中东飘西荡。

过了一会儿，淳于悦也起来了，一边撸着蓬乱的头发，一边打着呵欠。走到门口，看到蔺且与逸轩正靠着门框一边一个，好像是在看什么东西，便好奇地问道：

"哎，二位师兄，你们这是在看什么？怎么不出门，为什么站在门口？"

蔺且与逸轩不约而同地回过头来，看了看淳于悦，没有说话。淳于悦觉得奇怪，遂抢前一步，从二人中间伸出头去，朝门外看了看，哈哈一笑道：

"呵呵，原来是刮风了。现在是深秋了，刮风有什么稀奇，满地落叶有什么好看的，俺还以为有什么新奇事呢！"

"小师弟，刮风没有什么稀奇，满地落叶当然也没什么稀奇。可是，这样的天气俺们要是再像前些天那样，将先生请出书房，带到山上或门外，请他给俺们讲解那还没讲完的《齐物》篇，恐怕就没办法了吧。"逸轩看着淳于悦说道。

"哦，原来你们是想这个问题，这倒也是。"淳于悦点了点头，似乎若有所悟。

"逸轩，你看这样好不好？"

"师兄，您是不是有什么主意了？"蔺且话还没说完，逸轩便连忙问道。

蔺且轻轻地点了点头。

"大师兄，您有主意，快说呀！"淳于悦急切地催促道。

蔺且看看逸轩，又看看淳于悦，再朝门外看了一眼，说道：

"今天不是刮风变天了吗？那我们不必找理由请先生出门，在家里同样也可以请先生给我们讲解《齐物》篇呀！"

"师兄，在您的记忆中，先生有在家里给俺们弟子谈过学问的事吗？"逸轩侧脸望着蔺且，认真地问道。

蔺且摇了摇头，没有说话。

"二师兄所提的问题，还真是那么回事。你们二位师从先生时间比俺早，以前的事俺不知道，但是自打俺师从先生以来，真的没见过先生在家里跟俺们谈过学问，或是评论过儒、墨诸家之说的是非。先生好像有一个爱好，就是喜欢在水边林下静思之后有所得，才会跟俺们说古道今，或是阐发老聃之道，或是抨击儒墨诸家之说。"淳于悦说道。

"小师弟说得对，先生今天恐怕不会破这个例吧。"逸轩望着门外飘飞的落叶，好像是对蔺且说，又好像是对自己说。

"师弟，你忘了我们先生的嗜好吗？"蔺且侧脸望着逸轩，神秘地一笑。

"先生的嗜好不多，就是爱喝点酒。喝完酒，话就多了。"逸轩答道。

"这不就有办法了吗？"蔺且呵呵一笑道。

"大师兄，什么办法？"没等逸轩发问，淳于悦已经抢先开口了。

蔺且没有回复淳于悦的问题，而是看着逸轩问道：

"师弟，你忘了吗？昨天下午我们奉师娘之命，到集市去买东西，临回时不是你提出动议，要顺便给先生带一壶酒吗？"

"是啊！"逸轩点了点头。

"这办法不就有了吗？"蔺且冲逸轩一笑，又扫视了一眼淳于悦，说道。

"师兄，您是说请先生喝酒。等他喝得高兴了，我们提出要求，他便会答应，是吗？"逸轩望着蔺且问道。

蔺且点了点头。

"大师兄，您的这个办法好！"淳于悦一边说，一边对蔺且伸出了大拇指。

"好，那我们就等先生睡醒起来再说吧。"蔺且说道。

逸轩与淳于悦点了点头，然后三人一起出了大门，往后院井边漱洗去了。

日上中天，庄周准时起来，在逸轩的侍候下漱洗好，跟大家一起进了朝食。

进好朝食后，庄周正要从座席上起来，蔺且装着漫不经心的样子，问庄周道：

"先生，今天您是否要进行新的著述？"

庄周摇了摇头，说道：

"最近是有一篇要刻成简札，但还没有完全想好。"

逸轩心知蔺且之意，立即默契地配合道：

"先生，既然没有完全想好，那就别急着刻成简札吧，等想好了再刻，一气呵成，不是更好吗？"

庄周抬眼看了看逸轩，轻轻地点了点头。

淳于悦见此立即兴奋地说道：

"先生，既然今天您不刻写简札，这天气又不适合出去，要不今天俺们师生一起坐下来喝个酒，随便聊聊天，如何？"

"酒？哪来的酒？"庄周直视淳于悦问道。

逸轩一见庄周放光的眼神，立即抢过话头，说道：

"先生，是这么回事。昨天下午师娘不是让俺跟师兄到集市买东西吗？买齐了东西，还剩了点钱，师兄就顺便给您买了壶酒。"

"是逸轩提出的动议。"蔺且立即补正，不想抢逸轩的功劳。

庄周看了看蔺且，又看了看逸轩，顿了顿，说道：

"有酒，好哇！"

蔺且一听庄周的话，便知他的心理，遂连忙说道：

"先生，您等一下，我去拿酒来。"

不一会儿，当蔺且左手抱着酒坛，右手拿着酒盏回来时，逸轩与淳于悦已配合默契地收拾好了席前的碗筷盘碟，并送到了灶间。

蔺且摆好酒盏，刚要斟酒时，逸轩突然叫住了他，说道：

"师兄，把酒坛给我吧，我来斟。"

蔺且先是一愣，继而顺从地将酒坛递给了逸轩。

逸轩接过酒坛，先给庄周的洭盏内斟满了，然后再给蔺且、淳于悦与自己的盏内斟了一点点。

淳于悦看了似乎有些不解，正要张口发问时，逸轩已经说话了：

"自从师兄回楚国后，先生已经很久没有喝酒了。今天先生就多喝点吧。"

"先生这些年来很少喝酒，大概是领受师娘的好意吧。师娘觉得先生胃不好，不宜多喝酒，所以才有限酒令。相信先生不会有怨言吧。"蔺且接过逸轩的话头，笑着说道。

"师兄，除此之外，还有一个原因。"

"哦，还有一个原因？什么原因？我怎么不知道？"逸轩话音未落，蔺且就追问道。

逸轩看了看蔺且，莞尔一笑。

"师弟，你笑什么？"蔺且觉得奇怪。

"师兄，您是真不知道，还是假不知道？"逸轩又是莞尔一笑。

"我是真不知道。"蔺且一脸认真地说道。

"您回楚国将近一年的时间里，先生一次酒也没喝过。前些年先生酒也喝得少，但不至于能够忍住一年不喝吧？"逸轩直视蔺且问道。

"是家里没钱了，师娘舍不得买酒给先生喝吗？"蔺且问道。

"这倒不至于。大概是先生觉得没有知己了，这酒喝起来就没什么意思了吧。"

"师弟，你是说先生视我为他的酒友？"蔺且瞪大眼睛问道。

"不相信，您问问先生。俺与淳于虽然都是北方人，但并无酒量，而且也喝不惯南方的米酒，难以成为先生的酒中知己。唯有您酒量、酒品都堪称与先生旗鼓相当，引为知己，视为酒友，一点也不为过。"

"二师兄说得对。喝酒其实是喝心情，跟自己酒量、酒品相当的人喝，那才叫畅快，甚至千盏不醉。"淳于悦附和道。

"小师弟，你这话也太夸张了吧。世上没有千盏不醉的，喝十盏不醉已经是不错了。"蔺且呵呵一笑道。

就在三个弟子你一言我一语，说得热闹之时，庄周早已喝干了盏中之酒，趁三人不注意时自己又倒了一盏。幸亏蔺且眼尖，立即端起自己面前的酒盏，说道：

"二位师弟，我们只顾说话，都忘了给先生敬酒了。来，我们一起敬先生一盏吧。"

"是呀，是呀！"逸轩与淳于悦这时似乎也醒悟过来了，连忙附和道。

不出蔺且所料，庄周三盏酒下肚后，话渐渐多了，师生之间的心理界限不知不觉间慢慢被打破。庄周不端着为师的架子，三个弟子也就忘了做弟子的谦恭。四人海阔天空地闲聊起来，觉得甚是畅快。

聊了大约有半个时辰，蔺且给逸轩使了个眼色。逸轩心知其意，却转而看向淳于悦。淳于悦开始不明白，但逸轩看了他三次后，他还是明白了。于是，趁着给庄周续酒之机，大着胆子说道：

"先生，昨天您给俺们讲《齐物》篇，讲到关键处，师娘让二位师兄到集市买东西，结果《齐物》篇最后的部分就没有讲完。今天您能否给俺们讲完呢？免得弟子们心里老是悬着，念着，挂着。"

逸轩见淳于悦已然将话说出口了，遂连忙接应道：

"是啊，先生，昨天师兄在回来的路上还念叨着这事呢。今天您就给俺们讲完《齐物》篇吧，不然俺们总觉得有桩心愿没了，晚上睡觉也觉得不踏实。"

"逸轩说的是，我跟他的感受是一样的。"蔺且望着庄周，俨然十二分虔诚地说道。

庄周虽然喝了不少的酒，但并没到喝多的程度，头脑清醒得很呢。对于三个弟子的一唱二和，他心里明镜儿似的。所以，对三个弟子齐刷刷投来的目光，他不仅装着没看到，还故意擎着酒盏慢慢地品着酒，眯起眼睛作沉醉状。

蔺且见此，突然心生一计，对逸轩眨了一下眼睛，大声说道：

"哎呀，我昨天买酒的事忘了跟师娘禀报。逸轩，要不你去跟师娘禀报一下，顺便给师娘敬盏酒，向她请个罪。"

"你师娘不喝酒，这就不必了。"蔺且话音未落，庄周就睁开了眼睛，说道。

"先生说的也是。师娘不喝酒，酒也不多，还是留着给先生多喝点吧。待会儿先生给俺们讲《齐物》篇，有些酒助助兴也好呀！"逸轩先瞥了一眼蔺且，然后望着庄周说道。

"师弟，你说得对。你不说，我差点忘了。你陪先生喝酒，我去先生书房把简札抱出来吧。"蔺且心领神会地配合道。

淳于悦听到这里，终于明白了蔺且与逸轩刚才一搭一唱的意图，立即顺着蔺且的话说道：

"大师兄，俺帮您一起去抱简札吧。"

不大一会儿，蔺且与淳于悦就将简札抱了出来。没等二人将简札在座席上摆放妥当，逸轩就借着给庄周续酒之机，仰头问道：

"先生，今天别无他事，您就一边喝着酒，一边给俺们慢慢讲吧，不着急的。"

庄周看了看逸轩，呵呵一笑道：

"不着急，你还催什么？"

逸轩被庄周这样一问，顿时觉得有些不好意思了，低头不敢看庄周。蔺且与淳于悦当然也听出了庄周话中的弦外之音，所以也低头不敢看庄周。

沉寂了好一会儿，见三个弟子都不再说话，庄周自己倒是有些不好意思了，乃打破沉寂说道：

"昨天为师讲到哪里了？"

蔺且与逸轩听了，先是一愣，继而喜笑颜开，淳于悦则以为自己听错了。正当淳于悦张口要问时，蔺且已经抢先回答了：

"先生，昨天您讲到了'朝三暮四'那一节。"

"今天应该是从'古之人，其知有所至矣'这一句开始，接着往下讲。"

逸轩立即配合，一边翻着简札，一边说道。

"为师知道了。"庄周微微呷了一口酒，说道。

"先生，您要不要对着简札讲?"淳于悦一边说着，一边示意逸轩将简札递给庄周。

逸轩呵呵一笑，望了一眼淳于悦，说道：

"小师弟，先生博闻强识，你又不是不知道。况且《齐物》篇是先生一个字一个字刻写的，先生怎么会不记得呢?"

庄周听了，莞尔一笑。

淳于悦见此，连忙说道：

"先生，您快讲吧。"

庄周扫视了一下三个弟子，顿了顿，开口说道：

"为师以为，人们的认识有三种境界，一是'未始有物'的境界，二是'有物而未始有封'的境界，三是'有封而未始有是非'的境界。其中，以第一种境界为最高，只有古代的圣人能达到，是人类认识的极点，可谓尽善尽美，无以复加了。第二、三种境界，就每况愈下了。"

"先生，那'未始有物'的境界，到底是怎样的一种境界呢?"庄周话还没说完，淳于悦便迫不及待地追问道。

"所谓'未始有物'的境界，就是认为宇宙天地根本就不曾有万物的存在，世界是一个整全无分的世界。"庄周答道。

"那'有物而未始有封'的境界呢?"淳于悦又问道。

"所谓'有物而未始有封'的境界，就是认为宇宙天地间存在万物，但万物之间不曾有什么界限。"

庄周话音未落，蔺且脱口而出道：

"先生，弟子明白了，您所说的第三种境界'有封而未始有是非'，莫非就是认为万物之间有界限，彼此之间有区别，但并不存在什么是非。是这样吗?"

庄周看了看蔺且，点了点头。

"先生，您刚才说这三种境界是每况愈下，第一种境界为最高，那么第三种境界就应该是最低了。为什么呢?"逸轩捧着简札，望着庄周问道。

"是非的观念一旦生成并彰显出来，就将世界的真相给遮蔽了，'道'就受到了亏损。事实上，'道'之所以出现亏损，完全是因为人们的偏私偏好。也许有人要问，'道'果然有成有亏吗? 这个我不敢说。如果有人要问，'道'果然无成无亏吗? 这我也不敢说。"

听庄周说到这里，淳于悦憋不住了，脱口而出道：

"先生，那您到底是什么意见呢？"

庄周望着淳于悦呵呵一笑，说道：

"有成有亏，就好比是昭文弹琴；无成无亏，就好比昭文不弹琴。"

"先生，恕弟子愚钝，您这话说得俺更糊涂了。"淳于悦一脸茫然地说道。

"昭文虽然是大家都公认的古代最擅长弹琴者，但是能弹奏出的声音与自然界的声音相比怎么样？只要他弹奏出一些声音，就会遗漏掉另外更多的声音。这便是'有成有亏'。如果昭文不弹琴，没有发出任何声音，那么他也就不会遗漏任何别的声音，这便是'无成无亏'。"庄周答道。

"先生的这个说法确实是有道理的。"逸轩脱口而出道。

蔺且与淳于悦也看着庄周，重重地点了点头。

庄周见此，又说道：

"再比方说，晋平公时代的师旷，那是人人皆知的精通音律的乐师。他双目失明，却能杖策击节，让无数人为之倾倒；惠施巧舌如簧，倚着梧桐树与人辩论，让无数辩士为之折服。昭文、师旷、惠施各有其长，其才艺差不多到了登峰造极的地步，所以其事迹被人记载下来并广泛传播。不过，在我看来，这三人只不过是凭着自己的偏好，而在一个小的方面有异于他人而已，充其量算个有小成之人，亦所谓'一曲之士'。"

"先生，有如此小成，也算是人中龙凤，不容易了！"淳于悦不以为然地说道。

庄周抬眼看了一下淳于悦，呵呵一笑，接着说道：

"如果有小成而有自知之明，那也算是不错。可惜，许多人一旦有些小成，便会忘乎所以，自以为是，非要以自己有异于他人之处显摆于世不可，非要以自己的所思所好而强加于人不可。别人不明白，他非要别人明白，以至于终身执迷于'坚白论'的偏蔽之中而不自知。"

蔺且听到这里，抬眼看了看逸轩。逸轩心领神会，知道庄周这是借机讽刺公孙龙与惠施等人。于是，二人相视会心一笑。

庄周瞥了一眼蔺且与逸轩，心知二人之意，却装着不知道，呷了一口酒，接着说道：

"昭文自以为琴弹得好，让他的儿子继承其业，然而他的儿子并没有什么成就。像昭文这样算是有成吗？如果昭文算是有成，那我也算是有成了。如果昭文不算有成，那么万物与我也都无所谓有成。因此，圣人对于那些迷乱世人的炫耀，一定都是持摒弃态度的。事实上，圣人是不用'知''见'

'辩''说'来夸示于人，而只是将自己的认识寓于事物的自然规律之中，这便是'以明'，即以明净澄澈之心去观照一切，体认万物。"

"先生的意思是说，为人不应有偏私偏好，更不应以自己的偏好所取得的小成夸示于人，以自己的偏私偏见强加于人，不必做什么，也不必说什么，只要以明净澄澈之心去观照一切、体认万物就好了，是这样吗?"庄周话音刚落，蔺且立即接口问道。

庄周看了看蔺且，又瞥了逸轩与淳于悦一眼，呷了一口酒，遂又接着说道：

"今天为师在这里说了一些话，不知这些话跟其他人说的是属于同一类呢，还是不属于同一类? 不管是属于同一类也好，还是不属于同一类也好，既然都是在发表个人的议论，那大概就跟其他人没什么分别吧。"

"先生的话怎么跟其他人的话没分别呢? 弟子以为先生的见解跟任何人都不一样，有自己的独到之处。师兄，师弟，你们觉得呢?"逸轩迅速扫了一眼蔺且与淳于悦，转而望着庄周说道。

"逸轩师弟说得对。"蔺且连忙附和道。

淳于悦见此，也连忙点头。

庄周看了看三位弟子，莞尔一笑。顿了顿，又接着说道：

"尽管为师的见解并不比他人高明，但是今天你们既然执意要听为师的意见，那为师就尝试着说说自己的想法，为师姑且说之，你们姑且听之。"

"先生，您请讲。"淳于悦催促道。

"宇宙万物有一个'开始'，也有一个未曾开始的'开始'，更有一个未曾开始那'未曾开始'的'开始'。宇宙万物有其'有'，亦有其'无'，有其'未曾有无'的'无'，更有其未曾有那'未曾有无'的'无'。突然间有了'有'与'无'，而我们却不知道这个'有''无'果真是'有'还是'无'。现在我虽然在这里跟你们说了这些话，但不知道我果真是说了呢? 还是没有说?"

"先生，您这话说得有些莫名其妙，实在是让弟子越听越糊涂。"淳于悦终于忍不住，望着庄周说道。

"小师弟，你别急，让先生把话说完，你自然就会明白了。"逸轩连忙打圆场道。

庄周看了眼逸轩与淳于悦，笑了笑，接着说道：

"先圣老聃有言：'天下万物生于有，有生于无。'他所说的'有'与'无'，乃是指宇宙万物的创生由无形向有形的活动过程，认为这一创生过程上及于'无'便是终极始源。也就是说，在先圣看来，'无'是绝对的。不过，我个人以为，'无'并非是绝对的，而是相对的。因为可以从'有'溯于'无'，还可由'无'上溯于'无无'，乃至'无无无……'如此，我们便可见到一个无穷的时空系统。如果我们从一个无穷的时空系统来观照宇宙万物的话，那么我们平时以为最微小的秋毫之末就是庞大的，而高峻的泰山则是渺小的；夭折的婴孩是长寿的，而活了八百岁的彭祖则是短命的。"

"先生，您说秋毫之末大而泰山小，彭祖短命而夭婴长寿，这不是违反常理吗？"淳于悦又忍不住发问了。

庄周看了看淳于悦，莞尔一笑，没有回答，而是侧脸看了一眼蔺且。蔺且明白其意，顿了顿，望着庄周说道：

"先生刚才说'无'是相对的，在一个无穷的时空系统中以相对的观点观照万物，就很难说究竟什么是大，什么是小，什么是长，什么是短。泰山虽大，但与四海八荒相比，那就显得非常渺小了；秋毫之末虽小，但若是跟我们肉眼看不到的更小的东西比较，那就是大得不得了了。彭祖虽然长寿，传说他活到八百岁，但是要跟山中千年古木比较起来，那就是寿命短的了；婴孩活了没有几岁就死了，好像是短寿，但比起朝生暮死的蜉蝣，他就是非常长寿的了。以相对的观点来看宇宙万物，就不存在永恒的大小、长短等问题了。先生，是不是这个意思？"

庄周点了点头，拈须一笑。

"大师兄果然聪明过人，对先生的思想把握得最为准确。"淳于悦看看庄周，又看看蔺且，说道。

逸轩见此，立即指着简札说道：

"先生接下来有两句话：'天地与我并生，万物与我为一'，就是根据相对的观点来说的吧。先生的意思是不是说，既然宇宙万物的大小、长短等属性都是相对的，就不必再有什么彼此的分别了，在无穷的时空系统中，天地与我都同为一体了。"

庄周也点了点头。

"二师兄悟性也非常好，佩服！"淳于悦看着逸轩说道。

逸轩有点不好意思，转向庄周说道：

"对不起，打断了先生的话。先生，您接着讲吧。"

庄周笑着说道：

"既然你明白了'万物与我同为一体'的道理，那还要我讲什么呢？不过，既然我刚才说过'天地与我并生，万物与我为一'的话，那我现在怎么能说我什么也没讲呢？'万物一体'再加上我刚才所说的话，就成了二。二再加上一，就成了三。如果这样继续往下推算，恐怕最善于计算的智者也得不出结果的，更何况是普通人呢？从'无'到'有'，尚且还要生出三个名称，那从'有'到'有'又会如何呢？所以，我们不要再推算下去了，还是顺其自然就好了。"

蔺且以为庄周要就此将话打住，遂连忙从逸轩手里要过简札，一边看着简札，一边望着庄周说道：

"先生，您所说的'天地与我并生'，就是您的《齐物》篇所要阐发的'物我齐一'的最高境界吧？这跟您下文所说的'道未始有封'的意思，也有相通之处吧？"

庄周点了点头。

逸轩见此，连忙把头凑过来，指着蔺且手中的简札说道：

"先生，您将'道未始有封'这一段给俺们好好讲讲吧。弟子读到这段时，总是似懂非懂的。"

庄周看了看逸轩，又瞥了一眼蔺且与淳于悦，说道：

"为师说'道未始有封，言未始有常'，其实是受先圣老聃的启发而发的议论。先圣有言：'夫道，覆载万物者也，洋洋乎大哉！君子不可以不刳心焉。'意思是说，'道'是广大无边的，可以覆盖与承载万物。因此，君子不能不彻底抛弃自己的一切私智。这样，才能以无为的态度处世，顺任自然而符合于'道'。"

"先生的意思是不是说，'道'是广大无边界的，而人们言论的对错是没有标准的。因此，面对广大无边的'道'，任何言论或自以为是的论辩都是苍白而无意义的。"庄周话音刚落，淳于悦便抢着插话道。

庄周以慈爱的眼光看了看淳于悦，轻轻地点了点头。然后，接着说道：

"可惜，现在很多人都不懂这个道理，他们凡事总要为了争一个'是'而人为地划设出许多界线，于是便有了所谓的左和右、伦序、等差和分别，以及无休无止的辩论、竞言与争持，即所谓的'八德'。古代的圣人根本不是这样，他们对于天地之外的事，只承认其存在而不予以论述；对于天地以内的事，则只论述而不予以评议。我们今天看《春秋》所记，那只是先王治世的史实记述而已，里面有作者的评议，但不会有争辩。天下之事理，有予以分别的，也有无分别的；有辩论的，也有不辩论的。这是怎么回事呢？分别、辩论的，都是庸人，他们师心自用，却自以为是，所以整天喋喋不休地跟人辩论，以口舌之快夸示于世人；不分别、不辩论的，则是圣人，他们默默地体认大道，把一切装在心里。"

"先生，您说的这些，跟先圣老聃所说的'大音稀声''大象无形''大道无言'是不是一个意思？"蔺且问道。

庄周轻轻地点了点头，顿了顿，接着说道：

"大凡喜欢争辩的人，心里都是有遮蔽之处，其看法不全面才会跟人争辩。事实上，大道是难以用语言予以表述的，最高明的辩论是不用言辞的，大仁之人无所谓爱与不爱，大廉之人不必假装谦逊，大勇之人不会伤害他人。'道'若说出来便不再是'道'，'言'至于辩则有所不及，'仁'聚滞一处便不会周全，'廉'至极则不可信，'勇'而伤人便不为勇。这五个方面，如果加以重视并能做到，那就算是近于'道'了。"

"先生，像我们这样的庸常之辈，您认为在这五个方面加强修养，最终能够成功吗？"蔺且问道。

"这个为师不敢说。但是，若是一个人能修炼到止于其所不知的境域，那就算是到达了最高境界；若是能领悟不用语言的争辩，不需表述的'道'，那就可以称为'天府'了。'天府'里面灌入再多的水也不会满溢，取出再多的东西也不会枯绝，而且我们永远都不知道它源自何处。这种境界，称之为'葆光'。"

"先生，什么叫'葆光'？"庄周话音未落，淳于悦便追问道。

"所谓'葆光'，就是含藏光玥，有一颗空明灵觉之心，也可以说是一种心灵开放的状态，它涵摄万有，凝聚无尽的能量。"庄周答道。

"先生，这么崇高的境界，有谁能达到呢？"逸轩问道。

"古代的圣人就能达到。"庄周斩钉截铁地答道。

"先生，您文章最后讲了三个故事，其中'尧问舜'故事中的舜，'啮缺问王倪'故事中的王倪，'瞿鹊子问长梧子'故事中的长梧子，这三人大概就是您所称说的达到'葆光'境界的圣人吧。"蔺且翻着简札，问庄周道。

庄周点了点头，说道：

"正是。尧要讨伐宗脍、胥、敖三个远方小国，可是临朝要作决定时却心绪不宁，所以才问计于舜。舜以远古时代十日并出，光照万物为喻，说明了要做'葆光'的圣人，就要有开放的心灵，有广大的心量，才能泽被四海，福及八荒。"

"先生这个例子举得好。"淳于悦脱口而出道。

"啮缺三问王倪，王倪却三问三不知，但最后他却以泥鳅、猕猴、麋鹿等为喻，说明了'万事万物皆无共同的标准'这一道理。认为标准不应定于一尊，凡事不可以自我为中心，了解问题应该从不同的角度作全面的透视，这才是开放的心灵。否则，以封闭的心灵看问题，以自我为中心，就会像儒、墨诸家一样'以其所非而非其所是'，争辩个无休无止也没有一个结论。"

"那'瞿鹊子问长梧子'的故事呢？"庄周刚想停顿一下，淳于悦就追问道。

"长梧子认为，一个人有开放的心灵，就能有超越世俗的价值观，他可以'旁日月，挟宇宙'而'游于尘垢之外'。企及这种境界，他的精神就进入到绝对自由的境界，可以超越有限的时空而遨游于无限的时空之中。这样的人，即使面对生死这样的大事，也不会有困惑。他不会有生之喜，有死之惧。生命的出现与消失，对他来说就像是四时的更替运转，是大化的一个过程。"庄周说道。

"哦，原来先生讲的这个故事是要说明这个道理。"逸轩恍然大悟道。

"先生，那您文章最后记自己梦中化蝶的故事，又想说明什么呢？"蔺且直视庄周问道。

庄周瞥了蔺且一眼，没有回答，只是莞尔一笑。

逸轩见此，看着庄周，犹豫了一下，说道：

"先生，您是想以自身经历说明，有开放的心灵，才有精神的绝对自由，从而达到'万物与我为一''物我同化'的境界吧。"

庄周也没有回答，只报以莞尔一笑。

第六章 任自然

1. 生也有涯

"先生，您真是个福人。"

"逸轩，这话从何说起？"庄周问道。

"三天前我跟师兄师弟来此垂钓，溪边与山上还是一派草黄树枯的景象。今天您来了，溪边的草绿了，山上的树也绿了，春天好像是专门迎接您似的。"逸轩答道。

"先生，逸轩说得还真没错。"蔺且立即呼应道。

庄周没吱声，抬头望了望溪水两岸山上的树，又低头看了看路边脚旁的草。

"先生，两个师兄说得对。今天的风吹在脸上，好像也比往日温柔了很多，春天好像真是专门欢迎先生出门的。"淳于悦趋近庄周身旁，说道。

庄周回身侧脸看了一眼淳于悦，莞尔一笑。庄周当然知道，春天不是专门迎接他的，但是周慎靓王二年（公元前319年）的春天，确实是比往年来得早了不少。往年快到二月底，漆园周遭山野才现春色，今年才到二月十八，满眼已是春光一片了。

逸轩与淳于悦虽然是北国人，但跟随庄周问学多年，早已被潜移默化，深深爱上了南国的山水，培养出了一种热爱山水、亲近自然的情结。每年一到春天，他们比庄周与蔺且还要急切，吵着要出门踏青，寻芳溪边，觅景山中。今天正是他们二人合谋，将庄周骗出来的。

师生四人一边沿溪流漫步，一边左顾右盼，浏览溪流两岸春光。大约走了半个时辰，他们已从溪流下游走到了上游的山坳中。

快到溪流源头时，淳于悦指着近溪的一棵大树，兴奋地说道：

"先生，您看那棵树。"

"好像完全绿了。怎么比山外的树还要绿得早呢？"逸轩脱口而出道。

"逸轩，这不奇怪。这里是山的深处，四周都是山，温度比山外开阔地带要高很多，草木比山外自然绿得早。"蔺且解释道。

"师兄说的是。"逸轩连连点头道。

庄周看着那棵大树，见其亭亭如盖，新吐的叶芽青翠欲滴，欣欣然而拈须驻足。逸轩见此，立即向蔺且与淳于悦使了个眼色，大家都停下脚步，陪庄周远观那棵大树。

过了好一会儿，淳于悦忍不住问庄周道：

"先生，您是愿意坐在溪边晒晒太阳，还是愿意到那棵大树下歇歇？"

"还是临溪而坐，晒晒太阳比较好，这又不是夏天。"没等庄周回应，逸轩接口说道。

"逸轩说得对。先生，我们就在这溪边找个地方坐下吧。孔丘曾问他的弟子们有什么理想，曾点回答说：'暮春者，春服既成，冠者五六人，童子六七人，浴乎沂，风乎舞雩，咏而归'，孔丘非常赞同。可见，临水沐风乃是一种很高境界的生活情趣。"蔺且望了一眼庄周，像是漫不经心地说道。

庄周没说话，却微微地点了点头。

淳于悦见此，连忙就近找了临溪一块较大的石头，用袖子拂了拂，然后转身招呼庄周道：

"先生，来这里坐。"

庄周坐下后不久，逸轩怯怯地问道：

"先生，您觉得孔丘是一个有生活情趣的人吗？"

庄周眼睛看着溪水，好像非常专注的样子，没有回应逸轩的话。

"逸轩，这个还要问先生吗？孔丘当然是个有生活情趣的人了。"蔺且瞥了一眼庄周，对逸轩眨了一下眼睛，大声说道。

"师兄，您为什么这么说？"逸轩明白蔺且的意思，也故意提高声音，反问道。

"孔丘曾经说过：'智者乐水，仁者乐山。'他经常跟学生一起登山临水，还说：'登东山而小鲁，登泰山而小天下。'观东流之水，叹时光'逝者如斯夫，不舍昼夜'，这不都说明孔丘很有生活情趣吗？"蔺且言之凿凿地说道。

逸轩瞥了一眼庄周，对蔺且眨眨眼睛，回应道：

"师兄，您说得还真不假。"

"除此之外，还有证据可以说明孔丘是很有生活情趣的人。他曾说过：'食不厌精，脍不厌细。食饐而洁，鱼馁而肉败不食；色恶不食；恶臭不食；失饪不食；割不正不食；不得其酱不食'。如果没有生活情趣，能对吃这么讲究吗?"蔺且一边说,一边侧脸偷偷地看了一眼庄周。

没想到,蔺且话音刚落,庄周便脱口而出道:

"孔丘还算是懂得生活情趣呀?吃个饭,还要那么讲究,繁文缛节,累不累?"

"先生,那您认为什么才叫有生活情趣呢?"逸轩立即反问道。

"为师不懂得什么叫生活情趣,只知道凡事顺其自然就好,饿了就吃饭,渴了就喝水,困了就睡觉,可以做的事就做,不可以做的事就不做,别勉强自己就好。总之,一切顺其自然,不要勉强别人,也不要勉强自己,更不要明知不可为而为之。比方说孔丘吧,明知周公礼法已经不合时宜,还硬要'克己复礼',坐着架破马车,周游列国,到处推销自己的主张,要人家听从他的意见,弄得人人讨厌,自己也疲累不堪,何苦呢?他一生惶惶如丧家之犬,匆匆如漏网之鱼,哪里谈得上有什么生活情趣?"庄周似乎是不假思索地说道。

"先生说得确实没错。不过,这只是孔丘在政治上的失败。我们不能因为这一点,就否认他的过人之处。比方说,他勤奋好学,于学无所不窥,为了弄清远古少昊氏以鸟名官之制,雪夜拜访朝鲁的郯子;为了问乐于苌弘,问礼于老聃,他不辞辛劳,千里迢迢远赴周都洛邑。他这种好学不倦的精神,难道不值得肯定吗?"蔺且说道。

蔺且话音未落,庄周就冷冷一笑道:

"孔丘好学不倦有什么值得肯定的?吾生也有涯,而知也无涯。以有涯之生而追求无涯之知,不是很疲累吗?"

"先生的意思是说,我们的生命是有限的,知识是无限的,是学不完的,所以就没必要对知识孜孜以求,孔丘好学不倦的精神当然就不值得肯定了,是吗?"逸轩问道。

庄周点了点头,接着说道:

"既然知道这个道理,还要汲汲于追求知识,那不更弄得疲累不堪吗?像孔丘这样的人,为了获得博学的名声而汲汲于追求古乐、古礼之类的知识,就是疲累死了,也是不值一提的。因为这种死的知识,有与没有,于人生根本没多大意义。众所周知,先圣老聃为周天子的守藏令,守着周王室的大量藏书,却视而不见,并不怎么看重。而孔丘呢?见了这些藏书就像如获至宝,恨不得全部搬回家去,每个字都吃进肚子里。但是,结果怎么样?晚年还在研《易》、删《诗》、修《春秋》的孔丘,不过活了七十二岁。而先圣老聃呢?整日闭目静思,不翻断简残札,不到处求学问道,却能悟大道,长生不老，飘然西去。"

"先生，您是说孔丘只知读书求知，根本就不懂得生活情趣，不善于养生，而先圣老聃才是真正懂得生活情趣，最善于养生的，是吗？"淳于悦立在庄周身后一直没有说话，这时也忍不住开口了。

"也可以这么说。"庄周点了点头。

"先生，既然讲到了养生这个话题，那么今天您能否给弟子们好好讲一讲养生之道呢？这可是人生的一大命题呀，跟任何人都有关系。"逸轩不失时机地请求道。

"是啊，先生，我们还从未听过您对养生问题的见解呢。好像自古以来，包括先圣老聃都没有讲到过这个问题。"蔺且立即呼应道。

"两个师兄说的是。先生，您就给俺们弟子讲一讲吧。您看今天天气多好，春天特意为您提前到来了。弟子们托您的福，在这沐浴着和煦的阳光，吹着温柔的春风，如果再听到您对养生问题的教诲，将来可以长命百岁，那就是不负此生了。"淳于悦也连忙附和道。

庄周从未听到淳于悦说过这种吹拍阿谀的话，惊讶得侧脸看了淳于悦好久。

"先生，小师弟说得一点也没错。您就给弟子们讲一讲养生之道吧。"逸轩见庄周好久不肯接话茬，遂又央求道。

见逸轩再次央求，庄周稍稍犹豫了一下，终于松了口，说道：

"好吧。那为师今天就给你们讲一讲我的想法。"

"太好了！先生，您快讲吧。"淳于悦兴奋得差点要跳起来了。

蔺且与逸轩还能把持得住，侍立庄周左右，静候庄周开腔。

庄周先慢慢地将专注的眼光从溪流中收回，再侧脸向左右扫视了一下三个弟子，然后莞尔一笑，这才不紧不慢地说道：

"养生之道，为师以为其精髓不过就是四个字。"

"先生，哪四个字？"淳于悦性子急，立即追问道。

"形全精复。"庄周脱口而出。

"先生，何谓'形全精复'？"蔺且与逸轩差不多是异口同声地问道。

庄周见蔺且与逸轩也如此迫不及待，不禁呵呵一笑，瞥了他们一眼，故意停下不肯开口了。

"先生，不要吊俺们的胃口了，您还是快点说吧。"等了一会儿，淳于悦又憋不住了。

庄周侧脸看了看淳于悦，微微一笑，说道：

"所谓'形全'，就是形体健全；所谓'精复'，就是精神充足。二者兼具，生命便可得以畅达。生命得以畅达，岂不就达到养生的最高境界了吗？"

"先生，形体健全当然是养生的重要指标。但不知您所说的形体健全，是否有什么特定的含义。如果仅仅是指四体俱全、五官端正，生理上没有什么缺陷，那也不稀奇。"逸轩说道。

"如果形体健全仅是指没有生理缺陷，那就算不得是养生的一个指标了。因为形体健全不健全都是父母给的，不是靠后天修炼而来的。"蔺且补充道。

"为师所说的'形全'，并不是指没有生理缺陷，而是指能够保生命，全天性，养身体，享天年。只要做到这四个方面，即使是先天有生理缺陷的人，也算是'形全'之人。"庄周答道。

"那么，如何做到'形全'呢？"淳于悦问道。

"记住三句话便可。"

"哪三句话？"庄周话音未落，逸轩立即追问道。

"为善无近名，为恶无近刑，缘督以为经。"庄周答道。

"什么意思？先生。"淳于悦望着庄周，一脸茫然。

庄周没有回答，却故作凝神观看溪水之状。

逸轩见此，低头沉思了一番，最后搔了搔头皮，转向蔺且说道：

"师兄，您悟性最高，先生的话您一定明白。"

蔺且看看逸轩，又望了望庄周，顿了顿，说道：

"先生的意思，我也吃不透。"

"大师兄，您先说说看。说得不对，请先生指正也不迟。"淳于悦说道。

"先生的意思是不是说，做世俗所认同的'善事'，不要有求名之心；做世俗所认定的'恶事'，不要遭受刑罚之害。依循虚静自然之道，而游走于名刑之间。"

"先生，大师兄说得对吗？"蔺且话音刚落，淳于悦便望着庄周问道。

庄周没有回答，身体往溪水边倾了倾，好像轻轻地点了点头。

逸轩见此，立即接口说道：

"先生，弟子明白了。名与刑都是人为的东西，不符合自然之道。逐名，会让人丧失天性，不能保持虚静的心境，自然有害于身体；触刑，则让人遭受飞来的横祸，甚至可能白白丢掉性命。所以，善于养生的人，既不会因求名而破坏虚静的心境，有碍自己的身心健康；也不会因看不清世情而触犯统治者的刑罚，以致丧失自己宝贵的生命。明白了这个道理，自然就可以保生命，全天性，养身体，享天年了。"

"先生，二师兄说得对吗？"逸轩刚说完，淳于悦又问庄周的意见。

庄周没有回答，但重重地点了点头。

"大师兄、二师兄果然天纵聪明，能够准确解读出先生的意思。同在先生门下问学，俺实在是太惭愧了！"淳于悦感慨地说道。

庄周好像没听到淳于悦的话，突然脱口而出道：

"其实，为师刚才所说的三句话，也可以用'顺其自然'四个字来概括。"

"先生，这话又怎么讲？"

庄周见淳于悦又是一副迫不及待的样子，不禁莞尔一笑，说道：

"比方说，一个人走在路上，看到一个老人跌了一跤，顺手将其扶起，对方道了一声谢，大家各自走路，彼此都很愉快。这种'为善'，便是顺其自然。反之，如果一个人是专门为了'为善'，特意守在路上要扶跌跤老人，那他心里肯定是巴望对方来报答自己，或是让世人传扬他'为善'的好名声。如果得不到，他心境肯定不好，影响身心健康。这是不顺其自然的结果。"

"先生讲道理总是这么生动，浅显易懂，弟子真是佩服之至！"逸轩脱口而出道。

庄周扫了逸轩一眼，继续说道：

"又比方说，一位犯人含冤受屈，秋后就要丢掉性命。机缘凑巧，大决之前，监舍崩坏，犯人乘乱逃跑，一个知情狱吏佯装体力不支，没将犯人追回。站在国君的立场，狱吏这是'为恶'。但是，他的'为恶'因是顺其自然，国君无法对其施以刑罚。如果狱吏不是在监舍崩坏的情况下，放走犯人的结果势必要受刑罚。可见，无论'为善'还是'为恶'，都须顺其自然。否则，便不可能保生命，全天性，养身体，享天年。"

"先生，您这样一举例，俺们就完全明白了。"淳于悦兴奋地说道。

"其实，顺其自然不仅有益于为人处世，也有益于做事。懂得顺其自然的道理，做事无须疲累不堪，却可事半功倍。这何尝不是善于养生的表现。"庄周又说道。

"先生，这话又怎么说？"蔺且追问道。

"为师先给你们讲个故事吧。"

"好，先生，您请讲。"逸轩与淳于悦几乎同声说道。

"从前有一位专门替人宰牛的庖子，人称庖丁。庖丁应文惠君之请，为其宰牛。文惠君见庖丁解牛时，手之所触，肩之所倚，足之所踏，膝之所抵，都划然有声，没有不合于音乐节拍的，既可配合《桑林》之舞，亦可协韵

《经首》之乐。文惠君大为感叹，说：'啊，真是妙极了！解牛的技艺怎么会出神入化到这种境界呢？'"

"先生，您不是在编故事吧？天下果真还有这样出神入化的技艺？"

"小师弟，别小看了解牛，觧牛亦有解牛之道。你让先生把话说完。"逸轩连忙制止淳于悦道。

庄周瞥了一眼逸轩与淳于悦，又看了看微笑不语的蔺且，接着说道：

"庖丁放下手中的刀，跟文惠君说：'臣所好者是道，早已超越技艺的层面。臣刚开始解牛时，眼中所见没有不是全牛的。但是，三年之后，所见皆非全牛。到了今天，臣只用心神跟牛接触而无须用眼睛去观察。解牛时耳目的作用停止，而心神却在活动。臣顺着牛体自然的结构，劈开筋肉相连的部分，引刀进入骨节间的间隙，顺着牛的身体结构来用刀。用刀时连筋骨交集的地方都未曾碰过，更不用说那些大的骨骼了。好的庖子，一般是一年换一把刀；普通的庖子，则是一个月换一把刀；而臣手中的这把刀已经十九年了，所解的牛有几千头，刀口却还像新磨出来的一样。'"

"先生，这个庖丁的话说得也太过夸张了吧。怎么可能呢？"淳于悦又忍不住插话道。

庄周莞尔一笑，瞥了一眼淳于悦，说道：

"你不相信，文惠君也不相信。于是，庖丁就跟他解释道：'好的庖子，解牛时往往是用刀去割牛的筋肉，刀当然会钝，所以一年要换一把刀；普通的庖子，解牛时都是用刀直接去砍牛骨头，刀口不但会钝，还会卷起来，所以只能一个月换一把刀。而臣因为深谙一个道理，牛体结构是有间隙的，而刀几乎是没有厚度的。以没有厚度的刀切入有间隙的牛骨节之间，用刀时当然是绰绰有余，不会碰触牛筋牛骨了。正因为臣解牛时从不用刀去割牛筋牛肉，更不会用刀直接去砍牛骨头，所以臣能十九年不用换刀，而且刀口锋利得就像刚从磨刀石上新磨出来的一样。'"

"哦，原来是这样！说得确实有道理。"淳于悦又情不自禁地插话道。

"先生，您接着说。"逸轩一边对庄周说道，一边白了淳于悦一眼。

庄周呵呵一笑，接着说道：

"庖丁对文惠君说：'即使是这样，每到筋骨盘结之处，臣还是非常小心谨慎，目光专注，手脚也为之缓慢下来。因为臣知道，这种地方不容易下手。但是，只要看准了下刀的地方，刀子只要轻轻一动，牛便哗啦啦地解体了，就像泥土崩塌散了一地一样，而牛还不知道自己已经死了。这个时候，臣提刀而立，环顾四周，倒真有一种踌躇满志之感。然后，将刀擦拭干净收好。'

文惠公听了，感叹道：'太好了！今天我听了您这番话，终于明白了养生之道。'"

庄周话音刚落，一直侍立一旁笑而不言的蔺且，立即笑着对庄周说道：

"先生，弟子可以肯定地说，这个庖丁解牛的故事是您现编的。不过，它确实能说明道理，做事懂得顺其自然，因势利导，不仅可以省力，还能提高功效，自然是有利于养生。"

"师兄说得不错。先生，您刚才说过，养生有两个方面，一是'形全'，二是'精复'。第一个问题您讲清了，让弟子们幡然醒悟，受益匪浅，那是否再将第二个问题也讲一讲呢？"逸轩立即接住蔺且的话，提出了新的请求。

"二师兄说得对，先生您就再给俺们讲一下'精复'的问题吧。"淳于悦立即附和道。

庄周见三个弟子如此意见一致，知道今天不跟他们讲完养生的话题是不得清静了。于是，顿了顿，便又开口道：

"刚才为师跟你们讲了'形全'的问题，其实说的是如何'养形'；下面为师要讲的'精复'，实际上是说如何'养神'的问题。'养形'与'养神'是养生的一体两翼，二者兼顾，才能使生命得以畅达。"

"看来先生对养生问题早有系统的思考了。今天我们出来临水沐风，听先生讲学，真是适得其时！"蔺且说道。

"师兄说的是。先生，您继续接着讲。"逸轩一边附和蔺且，一边催促庄周道。

庄周见蔺且与逸轩一唱一和，不禁莞尔一笑。扫了他们一眼后，又接着说道：

"通达养生之道者，不追求生命无须之物；看清命运真相者，不勉强智力上无可奈何之事。养形必先有物质保证，但物质保证有余而不能养形的人也是有的。保全生命必先不离形体，但形体没有脱离却生命已亡的人也是有的。生命之来，我们不能拒却；生命之去，我们也无法阻止。可悲啊！世上的人都以为养形就等于是保全了生命，认识真是太狭隘了。"

"先生，养形不等于保全生命，那么世人养形的种种努力还有什么意义呢？那您刚才说养生既要注重'养形'，也要注意'养神'，不就相互抵触了吗？"蔺且质疑道。

庄周明白蔺且的意思，呵呵一笑道：

"为师是说，世人以为'养形'便等于是保全了生命。其实不然，保全生命并不仅仅止于'养形'一端，还有更重要的一端'养神'呢。只是世人一般都不懂'养神'的重要性，因而都只注重有形的、可操作的'养形'方面。为师以为，'养形'虽只是养生浅层次的方面，但也是养生的基础。如果不注意'养形'，生命就不存在。但是，生命的存在，并不仅仅是形体的存在，还有精神的存在。'养神'是深层次的方面，比'养形'更为重要，它使生命富有意义，是生命得以畅达的根源。"

"先生说得有道理。"逸轩说道。

"虽然'养形'相比于'养神'来说要略逊一筹，但'养形'也是不得不重视的。只是需要适度，否则就不免让人因为'养形'而感到疲累了。"庄周接着说道。

"那么，如何避免因'养形'而感到的疲累呢？"蔺且又提出了问题。

"要想免除因'养形'而引发的疲累，最好是解放精神，即实现心的解放，摒弃世俗的一切。摒弃了世俗的一切，就没有了疲累。而没有了疲累，便可以心正气平。而心正气平，就能臻至与自然为一，这就接近'养形'而免除疲累的境界，而进入到'养神'的层面了。"庄周答道。

"真是精辟！先生，您接着再往下说。"逸轩催促道。

"世俗为何值得摒弃，人生为何值得忘怀呢？其实，道理非常简单。因为摒弃世俗的一切，便不会使形体感到疲累；忘怀了人生的一切追求，精神便不会有损耗。形全、精复，便能与天道合而为一。天地是万物之本源，天地结合就能化育万物，天地离散便回归宇宙本初。形、神不亏，就能与天地自然一起变化而更新。精复又精复，反过来便又助益天道自然。"

"先生的意思是说，'精复'与'形全'是养生的两个方面，但'精复'比'形全'具有更重要的意义。那么，请问先生，世上有没有修炼到您所说的'精复'程度之人？"庄周话音刚落，淳于悦便提出了一个问题。

"当然有，古圣贤所说的'至人'就是。"庄周脱口而出道。

"那先生是否可以举个例子说说这种'至人'的情况。"淳于悦请求道。

"先生，弟子愿闻其详。"蔺且连忙附和道。

"先生，请说。"逸轩也默契地配合道。

庄周扫视了一下三个弟子，抬眼望了望溪流对岸的山顶，又低头凝视了一会儿溪水，然后才不紧不慢地开了口：

"列御寇曾经问关尹说：'传说古代有至人，他们潜伏水下而不会窒息，跨进火中而不觉得火热，行于万仞之巅而不恐惧，请问他们为何能臻至这种境界？'"

"关尹是怎么回答的？"庄周话还没说完，淳于悦就迫不及待地追问道。

庄周神秘地一笑，顿了顿，说道：

"关尹回答说：'这是因为至人心中保有一种纯和之气，跟智、巧与果敢之类统统无关。'接着，关尹让列御寇坐好，正襟危坐地跟他说：'万物都是有形象，有声音，有颜色的。但是，物与物之间为什么有那么大的区别呢？又是什么原因使它们在人们的认知中有先后之分呢？其实，都只是因为彼此在形状、颜色上有所不同而已。万物的产生源于无形之道，而止于无所变化。懂得这个道理，而又能加以穷究的人，外物于他又能有什么影响呢？这样的人能够与外物相处恰到好处，能融于万物的无穷循环变化之中，而逍遥于万物之始终。纯一其本性，涵养其精神，合乎道德而通于自然。能够臻至这种境界的人，他的天性自然完备，精神自然健全，外物从何而入，能够伤害到他呢？'"

"关尹的意思是说，至人因为精复神全，外在的一切危险对他都不会发生作用，是吗？"蔺且问道。

庄周点点头，继续说道：

"关尹举例告诉列御寇，说：'一个人如果喝醉了，即使是从跑得飞快的车上摔下来，也不会摔死的。他的骨节虽然跟常人一样，摔下来也会受伤，但是受伤会轻得多。那么，为什么喝醉了的人会比常人受伤轻呢？原因是他在醉酒状态下精神凝聚，既不知道自己是在车上，也不知道自己从车下摔下来，压根儿就不存在生死恐惧的念头，因而与外物撞击而不觉惊惧。一个人因醉酒使精神凝聚都能臻至这种境界，更何况从悟道修养中得以精神凝聚的人呢？至人动静皆合于天道，精复神全，所以没有什么可以伤及他的。'"

"先生，那么如何才能使自己精神凝聚，达到精复神全的境界呢？"逸轩问道。

"记住四个字：用志不分。"庄周脱口而出道。

"何谓'用志不分'？"蔺且立即追问道。

"所谓'用志不分'，就是心志专注于某一对象上。用志不分，便能凝聚于神。如此，静思能够体悟大道，行事能够臻至洗练的境界。先圣老聃就是用志不分，凝聚于神，终能体悟大道的典范。至于行事用志不分，凝聚于神，而有成就技艺的，其例就不胜枚举了。"庄周回答道。

"弟子愚钝，先生还是举个例子说明一下吧。"淳于悦请求道。

"从前，孔丘带着众弟子周游列国，一次在前往楚国的路上看到一个驼背老人在林中捕蝉。孔丘见他动作娴熟，每次都不落空，便好奇地问他说：'您捕蝉是因为有技巧，还是因为有道呢？'老人回答说：'我是捕蝉有道。'孔丘追问说：'请问您的捕蝉之道是什么？'老人一边举竿粘蝉，一边回答道：'捕蝉须经训练。一般说来，经过五六个月的训练，在竹竿之上垒叠两个丸子而不掉下来，那么举竿粘蝉就不大会失手；如果在竹竿上垒叠三个丸子而不会掉下来，那么失手的机会只有十分之一；如果垒叠的丸子达到五个而不会掉下来，那么就完全不会有失手的时候了，举竿粘蝉就像是弯腰捡物一样简单。'孔丘听了连连点头。"

"后来呢？"庄周故事还没讲完，淳于悦就急着追问起来。

"后来，老人又告诉孔丘说：'我立定身子，犹如树桩；我举起手臂，就像枯枝。天地虽大，万物虽多，但我心只在蝉翼。我不回头，不斜视，不因任何事物而分散对蝉翼的注意力，我怎么会捕不到蝉呢？'孔丘听了老人的话，回过头来对众弟子说道：'用志不分，凝聚于神，说的就是这位驼背老人呀！'"

"先生的意思是说，用志不分，凝聚于神，不为外物所影响，技艺便能达到出神入化的境界，是吗？"庄周话音未落，淳于悦便又急着插话道。

庄周点了点头，接着又说道：

"颜渊听了孔丘的话，说道：'先生，弟子曾于觞深之渊求舟渡河，摆渡人撑船自如从容，有如神助。我问他：撑船技艺可以学会吗？他说：可以呀！会游泳的人学几次就会了，如果会潜水，即使他没学过，也能撑船自如。我问他是什么原因，他没有回答我。'"

"那孔丘知道其中的原因吗？"逸轩问道。

"孔丘告诉颜渊说：'会游泳的人学几次就会撑船，那是因为他习于水性，对水没有恐惧感；会潜水的人不用学习便能驾舟自如，是因为他视深渊如平地，视翻船如倒车。翻船也好，倒车也罢，什么事故呈现于他面前，也不能扰乱其内心。如此，他何往而不从容自在呢？一个人赌博，以瓦片为赌注时会心灵手巧；以带钩为赌注时则会心虚手拙；以黄金为赌注时则会心智昏乱。为什么会有这样的情况呢？同样是一个人，拥有相同的技巧，怎么赌注不一样就表现迥异呢？没有别的原因，是因为他有所顾虑，太看重身外之物了。大凡看重外物的，内心必然笨拙。'"庄周说道。

"孔丘所说的内心笨拙，是不是跟粘蝉老人所说的'用志不分'相反，难以凝聚于神，所以行事的效果就大打了折扣。"逸轩怯怯地问道。

庄周点了点头，说道：

"正是此意。'用志不分'其实就是'精复'的重要标志，是'养神'所追求的目标。事实上，用志不分，内心沉静，不为外物左右，不仅行事可以高效，不致身体疲累，而且可以精神充实，不至于受外在惊吓而生无妄之疾。"

"先生，这话怎么讲？"淳于悦立即追问道。

"为师给你们讲个故事吧。"

"那太好了，先生，您快讲。"淳于悦显得非常兴奋。

庄周看了一眼淳于悦，又扫了一眼蔺且与逸轩，故意沉吟了一下，这才开口说道：

"从前，齐桓公在一个大泽中打猎，管仲给他驾车。齐桓公见到了鬼，握着管仲的手问道：'仲父，您看到了什么？'管仲说：'臣什么也没看到。'但是，齐桓公回去，却因这一惊吓而生了病，几天都不上朝治政，也不出门。齐国有一高士叫皇子告敖，得知齐桓公生病的原因，就求见齐桓公，跟他说：'国君，您是自己伤害了自己，鬼怎么能伤害到您呢？愤急之气若是郁结不散，人的精气就会不足。郁积之气滞于上半身而不下通，人就易于发怒；滞于下半身而不上达，人便易于健忘；不上达也不下通，滞于身体中部的心脏之区，人就会生病。'"

"先生，这个皇子告敖是个懂医的高士吧。不然，说不出这番道理的。"逸轩插话道。

庄周点了点头，接着说道：

"可是，齐桓公并听不进这番道理，而是执意问道：'你说到底有没有鬼？'皇子告敖说：'有鬼，而且鬼是无处不在。污水沟中有履鬼，灶台之上有髻鬼，屋内灰尘积聚之处有雷霆鬼居住，东北方向的墙下有倍阿鲑蠪鬼跳跃，西北方面的墙下有泆阳之鬼停留。水中有罔像鬼，丘陵有峷鬼，山里有夔鬼，旷野之上有彷徨鬼，大泽之中有委蛇鬼。'齐桓公连忙问道：'委蛇鬼是什么样子？'皇子告敖说：'委蛇鬼大如车轮，长如车辕，紫衣而红冠。这种鬼样子非常丑陋，最怕听到雷车之声。一听有雷车之声，它便抱着头站住。看到委蛇之鬼的人，都是要做天下霸主的。'齐桓公一听，立即开怀大笑，说道：'这正是寡人所见之鬼！'于是，整衣正冠与皇子告敖坐而闲谈。不到一天，病便好了。"

"先生，您是说齐桓公的病乃是心病，是其用志不专，内心不够沉静，故为外物委蛇鬼影响所致。而同样见到委蛇鬼的管仲，则由于用志不分，内心沉静，故不为其出现所惊，就没有生病，是吗？"逸轩问道。

庄周点了点头。

"先生讲齐桓公的故事，是不是说养生之道重在'养神'，精复神全，便会百病不侵。"蔺且问道。

"也可以这么说。不过，虽然'养神'与'养形'有轻重之分，但二者还是要兼顾的，不可偏废。这里，为师也可以给你们讲一个故事。"庄周说道。

"先生，您故事可真多呀！那您就快讲吧。"淳于悦笑着说道。

庄周侧脸看了一眼淳于悦，又瞥了一眼蔺且与逸轩，莞尔一笑道：

"从前有一位学道的前辈叫田开之。一次，田开之晋见周威公，威公问道：'先生，听说祝肾正在学习养生。您跟祝肾学习，对于养生之道也应该听到过什么吧？'田开之回答说：'我只不过是个拿扫帚打扫门庭的，能够从先生处听到什么呢？'威公见田开之推辞，连忙恳求道：'田先生，您就不必过谦了，我是真心诚意想听听高人们有关养生的见解。'田开之见威公确有诚意，遂回答道：'我听先生说，善于养生的，就像牧羊，看到哪只羊落在了羊群后面，就上前抽它一鞭子。'"

"先生，这是什么意思？"淳于悦感到不解，瞪大眼睛望着庄周。

庄周并未侧脸过来看淳于悦，而是自顾自地凝视溪水，呵呵一笑道：

"周威公跟你一样，也是这样问的。田开之回答说：'我给您讲个故事吧。从前，鲁国有个人叫单豹，住山间，饮泉水，过着与世无争的生活，年近七十还像婴儿一般容色。后来，不幸遇到了一只饿虎，把他给扑食了。还有一个叫张毅的人，无论是高门大族，还是蓬门小户，他无不与之交往，极尽钻营之能事，但是行年四十却死于内热病。单豹不重身外之物，只重养神，涵养内心，却被老虎扑食了，没了形体；张毅看重身外之物，追求养形所必需的物质条件，却被疾病侵入体内，也没了形体。这两个人在养生上都走了极端，都没有鞭策其不足的方面。'"

"田开之的意思是说，养生之道要形神兼修，'养形'与'养神'具有同等重要的地位。可是，先生刚才却说这二者是有轻重之分的，认为'养神'更为重要。这是为什么呢？先生，您自有说法吧。"蔺且望着庄周说道。

庄周明白蔺且的意思，乃呵呵一笑，说道：

"为师确实认为'养神'要比'养形'重要，因为'养神'事实上要比'养形'难得多。'养形'，只要遵循'顺其自然'的原则，一般人其实都是能做到的。比方说，你干了大半天的活，身体感到疲乏了，你就停下来休息。休息好了，身体也就复元了。又比方说，你走在路上，前面遇到一座高山，你顺着山脚或沿着山间河谷走，就不会有攀爬的辛劳与危险，最终可以安全而轻松地到达目的地。如果硬要抄近路，图快速，攀爬陡峭的山峰，恐怕不仅费力，甚至还有危险。再比方说，你明知山中有虎狼，你就应该躲着它们，不要硬闯入它们的领地。如此等等，不一而足。在我们的日常生活中，可以说处处都要涉及'养形'的问题，只要稍微注意一下，遵循'顺其自然'的原则，就可以做到了。但'养神'就不一样了，难度要大得多，不是一般人可以达到的。"

"先生，您觉得难在哪里呢？"蔺且立即追问道。

"难在恒心，难在定力。"庄周不假思索地答道。

"先生，那您仔细说说。"淳于悦立即插话催促道。

"为师先给你们讲个故事吧。从前，纪渻子为周宣王养斗鸡。养了十天，周宣王就问：'鸡训练好了吗？'纪渻子说：'还没有，还是一副恃气色厉的模样。'又过了十天，周宣王又问，纪渻子回答说：'还没有，见到其他鸡的影子或听到其他鸡的响动，它就立即有反应。'再过了十天，周宣王再问，纪渻子回应说：'还没有，见到其他鸡，它就怒目而视，气焰嚣张。'又过了十天，周宣王又问怎么样了，这回纪渻子回答道：'这次差不多了。现在，听到别的鸡在叫，它已经无动于衷，没有丝毫反应，就像是一只木鸡一样，这说明它已经凝聚于神。正因为如此，别的鸡见了它都不敢应战了，掉头就逃。'"

"先生，弟子明白了。您是说，养神就如养斗鸡，要培养恒心与定力。斗鸡被训练到凝聚于神，呆若木鸡的程度，便进入了最高的战斗境界；人要养神到最高境界，就要用志不分，凝聚于神，不为任何外物所左右。"蔺且兴奋地说道。

"正是此意。先圣老聃悟道成功，靠的就是他的恒心与定力。没有恒心与定力，就不可能涵养精神，提升内省力，拓展精神的世界。精神的世界丰富了，精神自由了，养生也就臻至了最高境界。臻至'养神'的最高境界，也就是臻至'顺其自然'的境界。"庄周看着蔺且说道。

"先生，您怎么又绕回到'顺其自然'上来了？刚才您说'养形'要顺其自然，难道'养神'也要顺其自然？"逸轩有些不解了。

庄周看了看逸轩，莞尔一笑道：

"不论是'养形'还是'养神'，都以'顺其自然'为最高境界。为师今天一开始就说过，养生的根本就是'顺其自然'四个字。尧帝时有个巧匠叫工倕，他用手画圈，比圆规画出的还要圆。他做工时手随器物而变化，根本无须大脑思考，所以他的心灵专一而不受窒碍。如果一个人忘记了自己的脚，那一定是因为鞋子舒适；忘记了腰，那一定是因为腰带舒适；忘记了是非，那一定是因为心灵舒适。心神守正不移，不受外物干扰影响，这叫'事会之适'；心性与自然合一，与外物无所不适，这叫'忘适之适'。'事会之适'，是忘记处境的安适；'忘适之适'，则是忘记安适的安适，可谓是'养神'的最高境界了。臻至这一境界，便可谓是养生的至人了。"

"弟子谨受教。"蔺且重重地点了点头。

逸轩与淳于悦至此也完全明白了庄周所讲的道理，遂也连忙施礼致谢。

2. 无用之用

周慎靓王三年（公元前 318 年）三月初三，旭日刚缓缓爬出地平线，和煦的春风悠悠地吹着，满天的朝霞洒满漆园大地，仿佛给远近的原野山林镀了一层金。

习惯早起的蔺且，立在庄周家门前，一边欣赏着远山近野的春色，一边听着房前屋后树上叽叽喳喳叫个不停的各种鸟声，欣欣然而有春心大动之感。

"师兄，您好早呀！昨晚睡前俺还在心里发了一个狠，说今天无论如何也要赶在您之前起来。没想到，您还是比俺早了一步。"

"噢，是逸轩呀！你怎么也起来这么早，春天是个睡觉天，能多睡一会儿不是很好吗？何必要跟我比早呢？我是穷人命，从小就不习惯睡懒觉。你看，我们先生就是天生的好命，每天都睡懒觉，而且睡到日上中天，这也是养生哪！"蔺且回过头来，笑着说道。

"师兄，您还记得去年春天在南溪上游临水沐风，听先生谈养生之道的事吗？"

"当然记得。逸轩，你怎么一大早突然提起这事呢？"蔺且不解地问道。

"师兄，您看这大好的春光，俺们是否不应该辜负了呀！"

"逸轩，你的意思是说要出去踏青？"

"师兄，正是此意。您觉得呢？"逸轩望着蔺且问道。

"二位师兄，你们一大早就聚在门口说什么呢？"没等蔺且回答，淳于悦已经一边撸着蓬乱的头发，一边快步走到了门口。

"呵呵，小师弟，我们正在猜你今天会睡到什么时辰呢。逸轩说，你现在越来越有先生的风范了。"蔺且笑着说道。

"大师兄，您在取笑俺吧。"淳于悦揉了揉惺忪的睡眼，说道。

"小师弟，大师兄没有取笑你，俺也是这么认为的。"逸轩一本正经地说道。

"二位师兄，如果你们真的这样认为，那就大错特错了。要说俺像先生，也只有睡懒觉这一点。真正称得上有先生风范的还是二位师兄，因为你们得到了先生学问的真传。"

"小师弟，是你大错特错了。先生每次跟我们谈到你时都是赞不绝口，说你最聪明，有淳于髡之风。"蔺且故意装出十二分的正经，说道。

"是吗？"淳于悦望着蔺且，傻傻地笑了笑。

"大师兄说得没错，先生是打心眼里喜欢你。"

"二师兄，您别取笑俺了吧。"

"俺们说的都是实话。刚才大师兄还说到一件事，俺们正要跟你商量呢。"

"什么事？"淳于悦认真地问道。

"大师兄说，现在春光正好，想约先生一起出门踏青。可是，大师兄又顾虑先生正在忙着著书立说，既怕耽误他时间，又怕他不肯答应。"

"二师兄，就这事呀！交给俺，等到先生睡足要起来的时候，俺去侍候他，顺便跟他央求央求，他肯定会答应的。先生本来就是个热爱大自然的人，看到满眼春光，到处鸟语花香，他能不动心吗？"

"好，这事就交给你了。"蔺且拍了一下淳于悦的胳膊。

逸轩点了点头，看着淳于悦笑了笑。

日中时分，淳于悦准时侍候庄周起来漱洗，然后进朝食。期间，他竟然真的说服了庄周，答应今天跟他们出去踏青。当淳于悦将消息告知蔺且与逸轩时，他们都有些不敢相信。不过，他们都是非常高兴的，因为又有机会跟庄周谈天说地了。他们知道，也只有在外出的时候，庄周在完全放松的情况下谈起学问才最尽兴，师生之间的交流才最为充分，收获也最多。

"先生，我们这次准备到哪里去踏青观光呢？"临出门时，蔺且问庄周道。

"你说呢？"庄周看着蔺且反问道。

蔺且没想到，庄周竟将动议权转给了自己，一时不知如何回应。

逸轩见蔺且没回答，遂连忙说道：

"先生，要不俺们这次就别到南溪了，也别到后山了，这些地方俺们不知跟您走了多少遍。如果要去，是否可以换个地方，走得远点。"

"逸轩这个提议好。不过，如果要出远门，我们得跟师娘禀报一下，获得她的同意才行。逸轩，你的话师娘一向都是最听得进的。要不，你去跟师娘禀报一下，如何？"蔺且说道。

"大师兄说得对。二师兄，您就去跟师娘禀报一下吧。现在丫丫、嘟嘟都长大了，也能帮助师娘做些事了，俺们跟先生出去几天，应该没有问题。"淳于悦也帮衬着说道。

"小师弟的话有道理。现在不比从前了，师娘有丫丫、嘟嘟，家里的事先生大可放心了。前天我跟逸轩到集市上刚置办了柴米日用，一时家里的生活不会有问题的。"蔺且补充道。

"好吧，那俺这就去找师娘，跟她禀报一下，看她是否同意先生跟俺们一道出去几天。"逸轩爽快地说道。

不大一会儿，逸轩兴高采烈地出来了，前脚还未跨出大门，就对在门外等候的庄周大声说道：

"先生，师娘同意了，说最多不要超过三天就要回来，不要在外多逗留。"

"三天够了。"庄周没说话，淳于悦抢先答道。

"师娘不仅答应先生跟俺们出去三天，还给俺们备了三天的干粮呢。"逸轩一边说，一边举起手中的干粮袋。

"师娘考虑得真是周到。先生，既然如此，那我们这就出发吧，安心地去玩几天。"蔺且说道。

"先生，俺们准备到哪去呢？您是否有计划？"没等庄周抬脚迈步，淳于悦便问道。

没等庄周回答，蔺且脱口而出道：

"不必有计划，先生崇尚顺其自然，我们就跟在先生的后面，随先生高兴，兴之所至，履之所至，便是我们的计划。"

"大师兄说得好。出云踏青游玩，还要什么计划？走到哪里觉得好，就停下来坐坐看看，随心所欲，顺其自然，才会尽兴，快乐也随之而至。"逸轩附和道。

庄周点点头，侧脸看了看蔺且与逸轩，会心地一笑。然后，迈开脚步走在了前面。

走了大约有两个时辰，庄周带着三个弟子来到了一片山林前。

"先生，您走累了吧？要不要在此休息一会儿。"逸轩问道。

庄周点了点头。

"先生，俺们去那棵树下坐会儿吧。"淳于悦指着大约五十米外一棵参天大树，说道。

"小师弟真是眼尖，那棵树确实不错，我们就去那吧。"蔺且一边说着，一边伸手扶了庄周一把。

师生四人来到那棵树下时，都情不自禁地上下打量起这棵大树。树的躯干约有两人合抱那么粗，高约二十几丈，枝繁叶茂，树冠伸展开来遮蔽了约有一亩地的范围。

"先生，您认识这是什么树吗？"蔺且围着树转悠了好久后，搔了搔头皮，问庄周道。

庄周摇了摇头，没有回答，但眼睛仍然盯着树在看。

又过了一会儿，逸轩望着树说道：

"这棵树看来是棵奇树，连博学的先生也叫不出名字。你们看，这片山林，好像都是些小树与灌木，放眼望去，好像也只有这棵树很特别，真有鹤立鸡群的感觉。"

"这不是什么奇树，而是一棵废树。"逸轩话音未落，庄周突然脱口而出道。

蔺且听了，先是一愣，接着立即反问道：

"先生，弟子没听错吧，这棵树长得这么好，怎么会是废树呢？"

逸轩与淳于悦这时也反应过来了，齐刷刷地看着庄周。

庄周扫视了一下三个弟子，不禁呵呵一笑。

"先生，您笑什么？刚才您是不是在开玩笑？"淳于悦立即追问道。

"为师没有开玩笑，这棵树确实是废树，是棵无人问津的废树。"庄周斩钉截铁地说。

"为什么这么说？"逸轩也忍不住了。

"看到这棵树，为师就想起一个故事。从前，有一个技艺高超的木匠，人称匠石。匠石一次带着一个徒弟到齐国去，走到曲辕时，看到路边有一棵栎社树。那棵树比我们今天看到的这棵树要大得多，它的树冠大到可以为几千头牛庇荫。有人用绳子量了一下，足有一百多尺粗。而树干则高出它旁边的山顶，树干长到八十尺之后才开始开枝散叶。可以用来造船的枝条就有十多根。"

"先生，您真会编故事，也真敢编故事，世上哪有那么大的树？眼前这棵大树，弟子这辈子也只是第一次看到。楚国的山中多的是千年古树，但从未听人说过有大得像先生所说的那样的树。"蔺且不以为然地插断了庄周的话。

"师兄，您听先生说完呀！"逸轩连忙出来打圆场道。

庄周明白蔺且的意思，看了看蔺且，莞尔一笑，接着说道：

"匠石的徒弟看到这棵树，都不敢相信自己的眼睛。跟所有路过的人一样，他立即上前围住大树左看右看，上看下看，驻足良久而不肯走。可是，匠石却不愿多看一眼，丢下徒弟，自己走了。徒弟看够了大树，回过头来，却发现师傅不见了，于是连忙追赶。"

"追上了没有？"淳于悦紧张地问道。

蔺且瞥了淳于悦一眼，莞尔一笑。庄周明白蔺且心里是怎么想的，却装着没看见，接住淳于悦的话说道：

"徒弟追了好久，才追上了匠石，问道：'师傅，自从我拿起斧子跟您学艺以来，还从未见过这么大的木材。您怎么都不多看一眼就急急走了呢？'匠石回答说：'算了吧，你还是别提这棵树了吧，它就是一棵什么用处也没有的废柴。如果用它造船，下水就会沉没；如果用它做棺椁，埋入土里不久就会腐烂；如果用它做器具，很快就会损毁；如果用它做门户，将会淌污液；如果用它做房柱，很快就会被虫蛀。这是一棵不成材的树，根本没有什么用处。正因为它没有用处，所以才有这么长的寿命，长到这么大。'"

"匠石的话确实有道理。如果是棵有用之材，恐怕早就被人砍了，长不到那么大了。"逸轩说道。

"为师刚才说眼前这棵树是废树，也是这个道理。你们看，这周边有没有什么大树？为什么只有这棵树能长得如此大呢？不正是因为它是不材之木，谁也不愿砍它，弃在这儿几十年几百年，它才长得这样枝繁叶茂，树冠如云。"庄周说道。

"先生的意思是说，一棵树是不是有用，看其寿命便知，是吗？"蔺且望着庄周问道。

庄周没有回答，只是莞尔一笑。

淳于悦见庄周不再说话，又挑起话题道：

"先生，您的故事讲完了吗？"

庄周摇了摇头。

"先生，那您就接着讲呀！"淳于悦催促道。

庄周看了看淳于悦，又扫视了一下蔺且与逸轩，顿了顿，说道：

"匠石回到家后，夜里做了一个梦，梦到栎社树跟他说：'您到底想将我跟什么相比呢？是要跟文木相比吗？山楂、梨、橘、柚以及瓜果之类，它们都是世人认为的有用之木，但是它们果实成熟后就要被摘下来。摘的时候，大枝会被折断，小枝会被扭弯。这都是因为它们有用才会遭受的苦难，所以不能尽享天年而中途夭折。它们遭致的世俗打击，究竟要怪谁呢？是怨天还是怨人。其实，都不应该，而只能怨自己显才露用。世上的一切，莫不如此。我作为一棵树，追求无用的境界已经很久了，其间还差点被人砍死。达到今天这个境界，正是我的大用。如果我真是有用之材，怎么可能活到今天，长得如此高大呢？你我同为万物之一种，您为什么这样评论我呢？您就是个将死的无用之人，又怎么知道我这个无用之木呢？'"

"然后呢？"庄周本想歇口气，淳于悦又追问道。

庄周瞥了一眼淳于悦，接着说道：

"匠石梦醒后，将梦中之事告诉了徒弟。徒弟问：'栎社树既然意在追求无用，为什么还要充当社神之树呢？'匠石告诉他：'天机不可泄露，你别乱说。栎社树其实只是自求保全而寄托于社神的，而那些不了解内情的人却非议它。如果它不做社神之树，不就会被人砍了吗？栎社树保全自己的方法与众不同，我们以常理来揣度它，岂不是相差太远了吗？'"

"先生，您的意思是不是说，万物要想尽享天年，就须无用。"逸轩问道。

庄周轻轻地点了点头。

"先生，您的说法当然没错。不过，有一个问题。栎社树遇到懂材质的，当然会被认为是无用的，可以免遭砍伐。要是遇到不懂材质的，也会被砍伐的呀！那不还是不能尽享天年吗？"蔺且质疑道。

"能够尽享天年的不材之木，自有其保全自己的办法。曲辕的栎社树是不材之木，不也差点被人砍了吗？但是，它寄托于社神，不就保全了自己吗？大凡能尽享天年的树木，都自有其保全自己的办法。如果说齐国曲辕栎社树的事还比较遥远的话，那为师给你们讲一个发生在宋国的事，就近在咫尺。"

"先生，那您快讲吧。"淳于悦一听庄周又要讲故事了，迫不及待地催促道。

"古代有位圣人叫南伯子綦，一次他到宋国商丘来游玩，发现有一棵大树与众不同。这棵大树有多大呢？树荫之下足可集结一千辆由四匹马拉的战车。南伯子綦看了这棵树，就在心里感叹道：'这是什么树呀！一定有特殊的材质吧。'可是，当他抬头打量树的枝条，却见其曲曲弯弯，根本不能用以做栋梁；当他低头看树干，却见树心松散，都无法用以做棺椁；当他摘了片叶子舐了舐，嘴巴立即溃烂受伤；当他闻了闻树叶的味道，就让人如醉了酒一样发狂，三天都不能醒过来。南伯子綦感叹地说道：'原来这真是一棵不材之木，所以才会长得如此之大。唉，神人大概也像这不材之木吧！'"

"先生，南伯子綦这个人，以前听您说过，不会有假。但他所见的树却更大了，大得令人难以置信。您这不是又在编故事吧？"蔺且直视庄周，笑着问道。

"先生，您讲完了吗？没有的话，再接着往下讲。"逸轩为了消解庄周的尴尬，打圆场道。

庄周看看逸轩，又瞥了蔺且一眼，莞尔一笑，说道：

"宋国有个地方叫荆氏，那地方适宜于楸、柏、桑等树木的生长。但是，这些树木长到一两围粗细时，寻觅拴猴子的小木桩的人往往就把它给砍了；长到三四围粗细时，寻觅盖房栋梁的人往往就把它给锯了；长到七八围粗细时，就成了寻觅棺椁的人的至宝而被伐去。这些树不能尽享天年就中途夭折于世人的斧头之下，这就是它们有用而遭的祸患。"

"哦，弟子明白了。先生近取诸身，以宋国商丘与荆氏二树的遭遇作比较，是想告诉俺们弟子一个道理：有用之材必遭殃，无用之木享天年。"淳于悦得意地说道。

"小师弟，先生的寓意恐怕不是这样简单吧。先生，是不是？"逸轩望着庄周，怯怯地问道。

"先生大概是以树说人，告诫我们不要追求经世致用，误入仕途，做了他人祭台上的牺牲之牛吧。'蔺且说道。

庄周看了看蔺且与逸轩，会心一笑。顿了顿，接着说道：

"古时禳除的祭祀，白额头的牛、鼻孔上翻的猪，还有长痔疮的人，都不是用来投祭河神的，这是所有巫祝都清楚的。为什么呢？因为大家都认为这些人畜是不吉利的，献祭于神是大不敬。其实，恰恰相反，这些人畜在神看来才是最吉利的。"

"先生的意思是说，树木因为不材可以免遭砍伐而尽享天年，人畜因为有生理缺陷可以免于成为祭品而尽享天年。不材、无用而遭人厌弃，是世俗的偏见；不材之材、无用之用，才是智者高人追求的境界，是吗？"蔺且问道。

庄周重重地点了点头，说道：

"正是此意。古代有位贤者叫支离疏，是位有严重生理缺陷的人。他面颊隐在肚脐下，两肩高于头顶，颈后发髻朝天，五脏的血管都暴露在脊背上，两腿与两肋并齐。他替人缝补浆洗衣物，足以糊口过活；他为人筛糠簸米，可供十人之食。国家征发兵役时，他不用东躲西藏，攘臂而行于人流之中；国家征发徭役时，他因残疾而无须应差，逍遥自在；国家赈济贫病者，他可以领到三钟粮与十捆柴。一个形体不健全者尚能养身，尽享天年，更何况那些有德而借不德以自蔽的高人呢？"

"先生，您的意思是不是说，越是道德高的人越要借不德以自蔽，示人以无德无能，以期自我保全，尽享天年，是吗？"蔺且脱口而出，问道。

庄周没想到蔺且反应如此之快，不知如何回答他。

逸轩听懂了蔺且的话，立即接口道：

"先生，今天弟子终于明白了，您之所以避世而不肯为官，懒散而不求进取，原来是借无为以自蔽，示人以无用无能，以求在乱世中以自保，尽享天年，媲美先圣老聃。"

"逸轩，你太高看了我。其实，为师并不是为了避世而不为官，而是无德无能做不了官。当然，为师更不是借无为而自蔽，示人以无用无能，而是真的无用无能，不然怎么被你们师娘骂了一辈子呢？你说为师想尽享天年，那倒是不假，我不想死于非命。至于说我想媲美先圣老聃，那就是没根的话了。为师天生就是一个懒散的人，一辈子从未有过什么远大的理想，没有追求过什么崇高的道德境界。"

"二师兄说得并没错。先生，您是怎样的人，俺们弟子还不了解吗？"淳于悦跟着也补了一句。

庄周看了看逸轩，又看了看蔺且与淳于悦，呵呵一笑。

"先生，您笑什么？"淳于悦不解地问道。

"为师跟你们讲支离疏的故事，是说先古圣人的智慧，并不是借此进行自我道德表白。不要说为师没有那么高的道德境界，就是世人所极力追捧的孔丘，也达不到那种境界。"

"先生，这话怎么讲？"蔺且立即追问道。

"孔丘一生周游列国，到处碰壁。后来，走投无路了，决定带弟子往楚国，准备向楚王兜售他的政治主张。楚国有位狂士，其实是位避世的高人，叫接舆，听说了孔丘的计划，便特意走过孔丘下榻的客栈门前，一边跳舞，一边歌唱道：'凤兮凤兮，何如德之衰也！来世不可待，往世不可追也。天下有道，圣人成焉；天下无道，圣人生焉。方今之时，仅免刑焉。福轻乎羽，莫之知载；祸重乎地，莫之知避。已乎已乎，临人以德！殆乎殆乎，画地而趋！迷阳迷阳，无伤吾行！吾行却曲，无伤吾足！'"

"先生，这楚国狂士唱的是什么意思呀？"庄周话还没说完，淳于悦便急切问道。

"俺也一句都听不懂。大师兄是楚国人，一定听得懂，请给俺们解释一下吧。"逸轩看了看庄周，却转向蔺且请求道。

庄周回身看了一眼蔺且，蔺且明白其意，遂回答道：

"接舆劝孔丘的事，我之前也听人说过。他对孔丘所唱的楚辞，意思是说，凤呀，凤呀，你的德行何以如此不堪！未来是不可期待的，过去更是不可追回。天下有道，圣人事业自可成就；天下无道，圣人只能自求保命。如今这个世道，只能避免遭刑。幸福比羽毛还轻，不知如何获得；灾难比大地深重，不知如何才能躲避。算了吧，算了吧，别再在人前炫耀自己之德！危险呀，危险呀，在名缰利锁间行走！荆棘呀，荆棘呀，别妨碍了我走路！绕个弯子走，绕个弯子走，不要伤了我的脚！"

"先生，大师兄解说得对吗？"蔺且话音刚落，淳于悦立即问庄周道。

庄周点了点头。

"先生，接舆的意思是不是说，孔丘不能挣脱名缰利锁，所以才喜欢炫耀自己之德。因为不能以不德以自蔽，示人以无德，所以就陷入了危险的境地。"见庄周没有再接着说下去，逸轩故意引他说话。

庄周点了点头，看了看逸轩，又扫视了一下蔺且与淳于悦，说道：

"接舆之所以被人看作是高士，是因为他能看清世情，懂得以不德以自蔽，以无德而示人。他装疯卖傻，是要回避楚王的聘约，避免陷入楚国朝政的是非之地。他肯出面劝说孔丘，是因为他认为孔丘是个有学问的人，劝醒孔丘对世人有示范意义。可惜呀！孔丘虽被世人吹捧为圣人，但至死都没能明白接舆的意思，以致一生郁郁寡欢，在忧愤中死去，哪有我们先圣老聃那样风神潇洒，体悟大道后飘然出关。"

"先生，您这样一说，还真是有道理。"淳于悦脱口而出道。

庄周看了看淳于悦，呵呵一笑，眼望山林说道：

"你们看，这山上的树木都不大，看样子就知道只有几年或十多年的树龄。这说明什么？说明在此之前所有的树都被砍伐过了。但是，我们坐于其下的这棵大树，却没被砍伐，好好地活在这儿，枝繁叶茂。这又说明了什么？"

"因为它是不材之木，无人愿意砍伐，所以幸存下来。"逸轩答道。

"对。山木因为有用而招致毁灭，膏火因为有用而招致煎熬，桂树因为可食而招致砍伐，漆树因为有胶而招致刀割。唉，世人皆知有用之用，而不知无用之用。"庄周感叹地说道。

"先生，有用之用，俺们都明白。无用之用，又怎么讲？"淳于悦问道。

"为师讲了这么多，你还不明白。比方说，我们眼前的这棵大树，大家都认为它是不材之木，没有砍伐它。今天我们坐在它下面谈天说地，风雨之日过往行人在此避风躲雨，这不是它的用处吗？这个用处，就叫无用之用。"庄周回答道。

"先生这样一说，弟子就明白了。"淳于悦仿佛如梦初醒。

"追求有用之用的，往往不仅不能遂其所愿，反而断送了自己的性命。比方说吴起吧，辅佐楚王时锐意进取，大刀阔斧地进行政治改革，曾经使楚国异常强大。但是，结果呢？不是最终在楚国的政治变故中死于非命，被万箭穿胸了吗？"

"先生，您曾经跟弟子说过这个故事，确实是一个很好的例子。"蔺且脱口而出道。

"又比方说，伍子胥是有用之人吧，他曾辅佐吴王，不仅使吴国迅速崛起，而且还亲率大军攻入楚国之都，掘楚平王之墓，鞭尸三百，报了父兄之仇，使昔日天下之霸楚国差点彻底亡国灭种。但是，最终伍子胥命运如何？不是被吴王赐剑自尽，死后剜目悬于城门吗？"

"先生，您说的这个例子确实是令人寒心，是追求有用之用者值得警惕的教训。"逸轩插话道。

"说到吴王，还有一个故事，你们肯定没有听说过。"庄周说道。

"先生，那您快讲。"淳于悦迫不及待道。

"吴王一次泛舟浮于江，登上猕猴之山。众猴见到吴王及其扈从，立即惊慌逃窜，躲到荆棘深林之中。但是，有一只猴子却蹿到吴王面前，来回跳跃于树枝之间，显示自己的灵巧。吴王取箭射它，它却敏捷地接住了射过来的箭。吴王生气了，遂命令所有扈从一齐放箭，那只卖弄身手的猴子被射死了。吴王回到朝廷后，跟他的好友颜不疑谈到射猴之事时，非常感慨地说道：'这只猴子自恃灵巧，自夸其能，以自己的敏捷而傲视于寡人，以致于命丧乱箭之下。要引以为戒呀！唉，千万不能以傲慢的心态对待他人啊！'颜不疑听了吴王的话，回去后就拜当时的高士董梧为师，改掉了自己骄傲的心性，并抛弃享乐，辞让显贵，三年后国人都交口称赞他。"庄周说道。

"颜不疑是个聪明人，他听懂了吴王跟他说的话，汲取了猴子弄巧的教训，不然就要落得像伍子胥同样的下场了。"淳于悦说道。

庄周看了淳于悦一眼，点了点头，接着说道：

"吴起、伍子胥，还有那只猴子都是有用之用的典型，结果都死于非命，未能尽享天年。而像刚才为师所说的先古贤人支离疏，则是无用之用的典型。他什么作为都没有，却能一生平安，幸福快乐，尽享天年。至于我们的先圣老聃，那是无用之用的终极典型。他作为周天子的守藏令，身在官场却超然物外，终身不以俗务撄心。他仰观苍穹，俯察山川，临水观流，入林听风，尘沙之中悟大道，花草之中觅精神。他沉潜静思，心无旁骛，终悟大道，一生无病无灾，晚年飘然出关，不知所终。"

蔺且见庄周将话都已说完，便概括其意地问道：

"先生，您说了这么多，中心意思是不是说，无用可以尽享天年，有用必然伤及自身，人与万物皆然，无一例外。"

庄周重重地点了点头。

淳于悦一见，连忙兴奋地击掌道：

"还是大师兄聪明，两句话就总结了先生的意思。"

"小师弟，你说得对。不过，你今后要多向大师兄学习，先生说话时不要老是沉不住气，急于插话，要听清先生的每一句话，像大师兄一样多思考，那样就必然对先生的思想有深刻的理解了。"

"二师兄说得对。"

"哎呀，不好了，我们只顾着说话，都没注意时间。逸轩，小师弟，你们看太阳都要落山了。"正当淳于悦还要往下说时，蔺且突然一拍大腿道。

几乎是同时，庄周与逸轩、淳于悦都不约而同地回身侧目往西而望，只见一轮火红的太阳正慢慢往山顶下沉。

"今天俺们出来晚，加上现在白天时间本来就短。"淳于悦望着西沉的太阳说道。

"小师弟，还有一个重要的原因，就是先生讲故事总是那么生动，让人不知不觉就忘了时间。每次跟先生出来，感觉跟在家里完全不一样，好像一转眼一天就过去了。"

见逸轩与淳于悦一搭一唱，说得正高兴，蔺且连忙插断：

"二位师弟，我们还是赶紧起身赶路吧，光说是没有用的。"

庄周点了点头，拍了拍屁股的灰，从树下率先站了起来。

逸轩与淳于悦见此，也连忙起身。

"先生，这一带您比较熟悉吧。您看这儿离有人家的村落远不远？大约要走多少时间能到？"当庄周正要迈步时，蔺且说道。

庄周朝四周的山野看了看，过了一会儿，指着太阳西沉的方向，说道：

"往那边，山脚下就有一户人家，还是为师的故人。我跟他已经有十多年没见面了。"

"那就太好不过了。"淳于悦抑制不住兴奋，大声说道。

"先生，大约要走多长时间？"蔺且却很冷静，不像淳于悦。

"如果走得快，半个时辰应该没问题。"庄周答道。

"那就赶快走吧。"蔺且催促道。

迎着慢慢西沉的夕阳，师生四人紧赶慢赶，在夕阳快要收尽它最后一抹霞光之际，终于赶到了庄周所说的那户人家。

庄周的故人之家，坐落在一座小山之下。山上林木郁郁葱葱，只是因为天色已经黯淡下来，远望有点黑黝黝的感觉。蔺且对于这种村落景致非常熟悉，他感觉在这村落旁边一定会有一条小溪或小河。果不其然，当他与庄周走近那户人家门前时，果然听到有一阵潺潺的流水之声。循着水声，便发现不远处就是一条从远处山间流来的小溪。

"大师兄，这里真是环境幽静呀！如果要静思悟道，恐怕这里更适宜。"淳于悦一边走，一边东张西望，同时还不忘评论。

"主人既然是先生的故人，肯定与先生有相同的志向与情趣，一定也是老聃的信徒，喜欢静思悟道的。选择这样的环境居住，也许正是为了潜心悟道吧。"逸轩附和道。

庄周没理会两个弟子的谈话，只顾快步走向山脚下的那栋小屋。大约离小屋还有二十步的距离，庄周用楚语轻轻叫了一声。逸轩与淳于悦完全听不懂，蔺且也没听清。尽管是轻轻地叫了一声，但是在幽静的山下，在寂静的傍晚时分，这一声轻叫还是显得那么清脆响亮。

不大一会儿，从小屋中急步走出一个中年汉子。虽然光线不好，看不太清楚，但是蔺且与逸轩、淳于悦还是隐约可以看出，来人的打扮跟自己的老师庄周差不多，身高胖瘦也差不多，不是那种膀大腰圆的庄稼汉模样，应该也是个读书人。

出迎的主人与庄周用楚语寒暄一番后，便转身用天下通语招呼蔺且等三位庄周弟子进屋。屋里此时已经掌灯，摇晃欲灭的松明插在墙上的一个缝隙中，勉强能照见屋内的轮廓。

蔺且仔细打量了一下，这只是一字并列的三间房。中间一间算是客堂，有前后两个门，跟楚国大多数人家的房屋格局一模一样。蔺且猜想，客堂的左右应该就是卧室了，而走出后门，如果像他所想，应该有一个后院，灶房就在那儿，柴禾杂物也会堆在那里。正当蔺且这样想时，从后门进来一个年轻人。蔺且一看，便知道自己猜得不错，屋后果然是有院子的。

主人刚招呼庄周在堂屋坐下，见年轻人进来，连忙指着庄周，打天下通语说道：

"快过来，这是我经常跟你提起的庄周先生。"

年轻人一听，连忙上前给庄周施礼，并打天下通语跟庄周寒暄。

接着，主人又转身指着蔺且等，跟年轻人说道：

"这三位，应该就是庄周先生的得意门生了。"

"幸会！幸会！"年轻人连忙与蔺且等三人见礼。

见礼毕，主人吩咐年轻人说：

"快去备饭。"

年轻人答应一声，转身正要迕后院时，主人又叫住了他，说：

"庄周先生是贵客，没有什么可招待的，杀一只鹅吧。"

"先生，家里只有两只鹅，一只会叫，一只不会叫，到底杀哪一只呢？"年轻人问道。

主人先是一愣，继而哈哈一笑，道：

"那就杀那只不会叫的吧。"

年轻人答应一声，就进后院灶间杀鹅备饭去了。

大约有一个时辰，年轻人准备好了晡食。昏暗的松明之光下，庄周师生四人与主人师徒二人围成一圈，席地而坐，一边说话一边喝着一壶浑浊的米酒，甚是兴高采烈，其乐融融。

一夜无话。

第二天，庄周师生告别主人后，继续往周边游览。

日中时分，师生四人坐在一棵大树底下歇息。逸轩拿出出门时所带的干粮，让大家分食。蔺且怕庄周口干，到旁边找水。在不远处的一个小溪边发现一只残破的瓦罐，他捡起来在水中仔细地洗干净，然后用它舀了一点水，小心翼翼地捧着回去了。

庄周吃了干粮，喝完水，拈了拈胡须，远望原野春色，欣欣然而有得色。

蔺且见此，知道庄周正在兴头上，正是提问交流的好机会，便装着漫不经心的样子，望着庄周说道：

"先生，昨晚听您跟您的朋友交流切磋，收获真是非常大。我们跟他弟子的交流，也有启发。"

"师兄说的是。先生，以后您就多带俺们弟子出来走走，多与他人交流交流吧。"逸轩默契地附和道。

庄周没说话，眯着眼，好像专注地欣赏景色。

"先生，刚才弟子在溪边打水，发现有一群鹅。于是，就想到昨晚主人跟他弟子的对话。"

"什么对话？"蔺且话音刚落，没想到庄周立即接口问道。

"主人让他弟子杀鹅招待我们，他弟子问杀哪只鹅，是会叫的，还是不会叫的。主人让杀不会叫的，我们昨晚吃的那只鹅就是不会叫的。"蔺且回答道。

庄周听了没吱声，目光仍然看向远方。

"先生，大师兄说得不错，主人确实是说过的。"淳于悦提醒似的说道。

"先生，您昨天中午跟我们说过，山中那棵大树之所以存活下来，是因为它对世人无用，是不材之木；可是，昨晚那只不会叫的鹅却因为无用而被杀，另一只会叫的却活了下来。您说这是怎么回事？如果让您选择，是倾向于无用，还是有用呢？"蔺且直视庄周问道。

"是啊，先生，生于人世间，俺们到底应该如何自处呢？"逸轩连忙配合道。

庄周看看蔺且，又看看逸轩，诡异地一笑，说道：

"为师将处于有用与无用之间，材与不材之间。"

"这话怎么讲？"没等蔺且与逸轩开口，淳于悦已抢着问道。

庄周看了看淳于悦，却没有笑，而是严肃地说道：

"处于无用与有用之间，材与不材之间，看起来是最为妥当的方法，实际上则是似是而非，最终仍然不免受到牵累，遭受祸患。"

"既然如此，那怎么办？"蔺且立即追问道。

"最好的办法的就是四个字：顺其自然。一个人处世顺其自然，就既不会受到他人的赞誉，也不会受到他人的诋毁，荣辱皆无，岂不是最好吗？顺其自然，时隐时现，或像龙一样腾云于天，或像蛇一样潜伏于地，随时而变化，不拘执于一端。时进时退，游心于虚无之境，主宰外物而不为外物所主宰，这样怎么可能被牵累呢？怎么可能遭祸患呢？"

"先生，您说说容易，但世上有谁可以臻至这种处世的境界呢？"蔺且立即质疑道。

"神农氏与黄帝就做到了。"庄周不假思索地答道。

"先生，那您详细说说。"逸轩央求道。

"顺其自然，游心于虚无之境，主宰外物而不为外物所主宰，当然也只有神农氏与黄帝能做到，一般人是不可能做到的。万物皆有私情，人类各有习惯，人世间有聚便有散，有成便有毁，尖锐便有挫钝，尊贵便受非议，有为便有损亏，贤能便被暗算，不肖便被欺凌，世事怎么可能都尽如人意呢？我们处世又岂可偏执一端呢？可叹呀，可叹！世人皆不懂这个道理。你们可要记住了，处世的最高原则，其实也是唯一原则，便是顺其自然，一切听从自己的内心，顺任人的天然本性，千万别为了什么目标而勉强自己做什么或不做什么，更不要追求什么有用于世。那样，会让人活得很累，根本没有幸福，甚至可能会害了自己。"庄周看了看蔺且，又看了看逸轩，然后又扫视了一下淳于悦，郑重地说道。

"先生教诲的是，弟子明白了。"逸轩连忙答道。

"先生对世情的洞察总是那么透彻，这是我们永远都学不到的。"蔺且这次是由衷地说道。

淳于悦见此，也连忙应和。

3. 顺物自然

"欤，这风怎么这么冷，像冬天似的。"

周赧王元年（公元前 314 年）九月二十一，蔺且一早起来，刚将门开了一条缝，就感觉一股刺骨透心的寒意扑面而来。

开门走到台阶前，蔺且发现门前满地都是枯叶，再极目远眺，发现似乎一夜之间漆园方圆五十里都换了颜色。房前屋后的树，青枝不见了，绿叶没有了；台阶前，屋檐下，院落中，前些天还是颜色青绿的小草都是一片枯黄；再看远山近野，苍翠青黛之色几乎完全消失。听着耳边呼啸吹着的冷风，看着地上的落叶飞舞着飘向天空，又飞舞着落到地上，蔺且低头数了一下日子，这才真切地意识到深秋已至，紧接着冬天就要来临了。

可能是因为昨夜睡得有些晚，今天逸轩与淳于悦都起来得比平时晚了约一个时辰。等到他们起来时，早已日上三竿，过了正常人家朝食的时间。好在庄周家的朝食都是不准时的，要等庄周日中时分起来后才一起进食。

逸轩与淳于悦起来漱洗之后无所事事，就跟蔺且在门前闲聊。三人从眼前的落叶说到了南国与北国秋天的时序差异，从秋天的景致说到冬日的景致，从冬日又说到了春天与夏天。漫无目的地闲聊了将近一个时辰，蔺且抬头看了看天空，见懒洋洋的太阳快要接近中天了，高兴地说道：

"好了，先生马上就要起来了。"

"师兄，先生虽然作息很有规律，但是日上中天时您不去叫他，他恐怕也不会自动起来的。"逸轩说道。

淳于悦点了点头，接着补充道：

"先生好像有依赖症，什么事都指望着大师兄给他安排。"

"你们看，好像有人朝我们这旦过来了。"淳于悦话音未落，蔺且突然手指远方，兴奋地说道。

"师兄，莫非是嫂子想您了，派人来此找您了吧？"逸轩一边循着蔺且手指的方向看去，一边打趣着说道。

"可能吗？倒有可能是赵王派人来请你回去，让你去继承王位呢！"蔺且看着逸轩，呵呵一笑。

"师兄，俺要是想继承王位，那当初就不离开赵国来追随先生学习老聃之道了。"

蔺且见逸轩说得认真，不禁哈哈一笑，说道：

"师弟，我是跟你开玩笑的。你跟先生是一样的人，都是出身富贵而看淡富贵，对功名利禄早就视如粪土了。"

"二位师兄，也许来人是来请俺们先生的。以前不是有楚王派人来请先生出任楚国之相，宋君托惠施请先生帮助治国的事吗？这一次，说不定是赵王或齐王派人来礼请先生的呢。依俺看，如果他们真有雅量，以天下苍生为念，索性就将王位让给俺们先生好了，说不定俺们先生就是尧、舜圣君。"

"小师弟，你可真敢想！如果赵王或齐王肯将王位让给我们先生，那太阳就要从西山升起了。如果我们先生能够治国安邦，那我们都可上天揽月，找嫦娥喝酒去了。"蔺且哈哈一笑道。

"师兄，您可真不应该这样想。如果真按俺们先生的想法治国安邦，天下还真能安定下来呢。您想想看，各国之君都看淡利禄名位，大家不争不斗，军队可以解散了，徭役可以不征了。诸侯各国鸡犬之声相闻，百姓老死不相往来，大家自食其力，国君每天睡到日上中天，无所作为，天下能有什么乱子呢？这不就是老聃所说的无为而治了吗？"

蔺且见逸轩说得认真，又是哈哈一笑，道：

"师弟，我们别忙着讨论先生能不能治天下的问题，还是先去把他叫起来吧。时间也差不多了，来人肯定不是找你，也不是找我和小师弟的，一定是来找先生的。来的都是客，人家远道而来，先生不能高卧不见吧。"

"师兄说的是。那还是辛苦您，去叫先生起来吧。"

"不，今天我不去叫先生，让小师弟去吧。"蔺且说道。

淳于悦并不推托，立即高兴地去叫庄周了。

大约过了烙两张大饼的工夫，淳于悦侍候庄周起来了。等庄周漱洗已毕，蔺且所说的那位访客也到了门前。蔺且与逸轩一看，差点高兴地跳了起来，原来不是别人，而是惠施先生的得意弟子鄢然。

鄢然见了蔺且与逸轩也非常高兴，大家互道了一番别后的思念之情，又相互寒暄客套了几句，就一起进屋了。

陪同庄周一起进完朝食后，鄢然先转告了惠施的问候，再问了几句庄周的近况，然后简单地禀报了有关惠施的近况。

见鄢然话说得差不多了，淳于悦感慨地说道：

"时间过得真快呀！先生，您还记得吗？上次鄢然来此拜访您，距今已有十年了吧。"

蔺且与逸轩听了，不禁瞪大了眼睛，几乎异口同声地说道：

"有吗？"

"怎么没有？俺记得鄢然那次来是周显王四十四年，现在是周赧王元年，周天子都换了三任，你们掐指算算，是不是超过十年了？"淳于悦凿凿有据地说道。

"淳于记得不错，正好十一年，我来时算过的。"没等蔺且与逸轩仔细掐算，鄢然便脱口而出道。

"鄢然，我们竟然一转眼十一年没见面了！这十一年间，我们差不多都是陪着先生在这里，活动范围几乎没有超过漆园方圆五十里地。所以，对于外面的世界知之甚少。上次您来此拜访我们先生时，给我们讲了许多当时的天下大事，我们至今记忆犹新。这次来，不知有没有什么天下大事可以给我们讲一讲。"

"是啊，让俺们也长长见识，不至于太过孤陋寡闻，说出去让人笑话。"没等蔺且说完，逸轩就急切地插话道。

"对，对，对！鄢然，这次一定要给俺们好好讲一讲。十一年间，天下肯定发生了很多大事。上次，俺记得您说到张仪受到苏秦的刺激，一气之下到了秦国，得到秦王重任，任之为秦相，帮助秦王实现了秦国几代君主的梦想，将魏国的河西和上洛之地夺了回来。"淳于悦也附和道。

"哦，说到张仪，俺告诉你们一个最近了解到的真相。"

"什么真相？"鄢然刚说了一句，淳于悦便急不可耐地追问道。

"上次俺来拜访庄周先生时，记得曾跟你们说过，苏秦'合纵'成功，做了六国之相，张仪前往赵都邯郸求见苏秦，想得其帮助，谋个温饱。没想到，苏秦不但不肯，还当面侮辱了他。"鄢然说道。

"是说过这话，俺还记得清清楚楚。张仪是受了刺激，才决然到了秦国，成就了辉煌的人生。"逸轩点了点头，回应道。

"其实，这是苏秦的计谋。"鄢然看了一眼逸轩，神秘地一笑。

"什么？张仪到秦国是苏秦的计谋？这话怎么讲？"蔺且这时也不再装矜持了，瞪大眼睛，望着鄢然问道。

鄢然看着蔺且，点了点头，说道：

"是，这是俺前不久才了解到的真相。"

"鄢然，那您赶快说来听听。"逸轩连忙催促道。

"是啊，鄢然，您快说吧。"淳于悦也兴奋起来。

鄢然见庄周的三个弟子都如此感兴趣，遂莞尔一笑，故意停顿了一会儿，然后偷偷瞥了一眼庄周，这才开口说道：

"记得上次俺跟你们说过，张仪与苏秦同在鬼谷子门下习学'纵横之术'，苏秦先学成下山，经过多年的努力，最终将山东六国聚合起来，组成了一个对抗秦国的'合纵'联盟，让秦国从此不敢再窥视函谷关以东。苏秦自为纵约长，挂六国相印，威风不可一世。其时，张仪正是失势颓废之时。他因游食楚国令尹府被疑窃玉而遭屈打，差点丢了小命，只得回到魏国张城老家。本来，他已打定主意，此生不再做游士说客了，就终老家乡做个老农。可是，没想到有一天突然来了一个邯郸客，告诉他苏秦为六国之相的事，并怂恿他到邯郸求见苏秦，弄个一官半职。"

"这个邯郸客是谁？"淳于悦有些性急，迫不及待地追问道。

鄢然莞尔一笑，故意顿了顿，然后才接着说道：

"这个邯郸客，不是别人，而是苏秦派出的谋士，专门前往张仪老家张城，设计诱导张仪前往邯郸求见苏秦的。张仪不知就里，一听师兄苏秦得势了，立即又起了重新出山的念头。于是，什么都没想，便兴冲冲地赶到了邯郸。苏秦见张仪已然来到邯郸，便三番五次推脱不肯相见。后来好不容易见面了，又当着众人的面羞辱张仪。张仪因为受到刺激，一气之下，出了邯郸城，就直奔秦国去了。他打定主意，一定要游说秦王成功，以'连横'之术破解苏秦的'合纵'联盟，报其羞辱自己的一箭之仇。"

"鄢然，您这样说，俺就犯糊涂了。苏秦使这个激将法，让张仪往秦国，这不是给自己找麻烦吗？难道他不明白，张仪一旦得到秦王的重用，那不就等于给自己树立了一个劲敌吗？莫非他是不想再过富贵的日子了？"逸轩不解地问道。

"逸轩，不是这样。苏秦正是想过富贵的日子，而且想永远过富贵的日子，才这样做的。"鄢然答道。

"鄢然，您这话说得就更奇怪了。"淳于悦忍不住插话道。

"淳于，你觉得奇怪，是吧。这就对了。"鄢然呵呵一笑道。

"这话怎么讲？"逸轩也被鄢然搞糊涂了。

"苏秦之所以对张仪用激将计，让他前往秦国游说秦王，是有着深远考虑的。他知道，如果自己的'合纵'之盟一直非常稳固，天下一直太平无事，山东六国之君就不会再重任他，那么他的富贵也就难以长久了。如果有人跟自己作对，帮助秦王实施'连横'之策，山东六国之君就会整天提心吊胆，势必就会更加依赖于他。这样，他的富贵就永远可保了。"

"苏秦真是太聪明了！"鄢然话音未落，淳于悦便脱口而出，感叹道。

蔺且与逸轩虽没说话，却在不住地点头。

鄢然见此，遂又接着说道：

"苏秦之所以找张仪，而不找别人，是因为他了解张仪的能力，认为天下之士有能力游说秦王成功的，非张仪莫属。但是，他也深知张仪有个致命的毛病，就是好小利而不求上进。如果不狠狠刺激一下他，是激不起他的斗志的。"

"哦，原来是这样。"淳于悦忧然大悟似的点了点头。

"张仪到邯郸，是苏秦之计；张仪离开邯郸，也是苏秦之计。张仪离开邯郸后，苏秦立即派人假装游士驾车与之同行，一路以钱财接济张仪，让他顺利到达了秦国。直到张仪见到了秦王，做了秦国的客卿，苏秦所派的人临走跟张仪道别时，才将实情讲了出来。张仪听了非常感动，发誓只要苏秦在赵国一天，他就不会破他的'合纵'联盟之局，兄弟二人共掌天下，同享荣华富贵。"

听鄢然说到这里，蔺且哈哈一笑道：

"如此说来，还是苏秦胜张仪一筹！"

"说得不错。不过，天算不如人算，最后苏秦的'合纵'联盟还是被破了局，苏秦的荣华富贵也没了。"鄢然叹息道。

"那这又是怎么回事呢？"逸轩着急了。

"张仪做了秦国客卿没几年，就深得秦王信任，任之为秦国之相。而原来深得秦王宠爱的公孙衍，就是那个人称犀首的魏国人，却被秦王冷落了。公孙衍为人极有智谋，对秦国的崛起贡献极大。也因为如此，他被秦王授予大良造的爵位。这个爵位级别非常高，只有以前为秦孝公变法的公孙鞅得过。公孙衍认为秦王冷落自己，都是因为张仪之过。如果张仪不来秦国，自己的荣华富贵与地位就不会被夺走。于是，公孙衍一气之下就出走了，重新回到了他曾经深深伤害过的祖国魏国，继续担任魏国大将的职务。"鄢然说道。

"这样说来，魏王应该算是个很大度的人。要是换成别的什么国君，恐怕难以原谅公孙衍吧。"蔺且说道。

鄢然点了点头，接着说道：

"公孙衍到魏国后，就密谋拆解苏秦的'合纵'联盟，重新建立一个以自己为核心的新'合纵'联盟，以此与政敌张仪对抗。周显王四十四年，也就是十一年前吧，公孙衍回到魏国不久，便用计游说齐国大将田盼成功，魏、齐合兵一处，利用赵肃侯刚过世不久，赵武灵王新用事，一举伐破赵国，使山东六国维护了多年的'合纵'联盟顷刻间瓦解。赵国作为苏秦'合纵'联盟的轴心国而受到重创，让赵武灵王非常震怒，遂痛斥苏秦。苏秦羞愤难当，黯然离开赵都邯郸，往燕国去了。"

"看来这个公孙衍确实厉害。天下有张仪与公孙衍，恐怕就不得太平了！"蔺且忧虑地说道。

"蔺且，你说得太对了。公孙衍逐走苏秦后，开始在山东六国间搞事，不断挑起六国间的矛盾，然后从中浑水摸鱼。经过两年的经营，周显王四十六年底，由公孙衍一手策划的魏、赵、韩、燕、中山五国之君结盟的'相王'事件登场。张仪知道公孙衍组织'五国相王'的真正用意，遂说服秦惠王对魏国用兵。周显王四十七年，张仪亲自率秦国五万雄师，兵出函谷关，大败'五国相王'的核心成员国魏国的军队，一举攻占了魏国西部战略重镇曲沃。魏襄王大惊失色，连忙向秦国求和。之后，为了更好地控制山东六国，消除六国联合起来共同对付秦国的后患，张仪请求秦惠王对外假意宣布免除其秦国之相的职位，送他到魏国为相。实际上，张仪是兼相秦魏两国的，权力更大。"

"如此一来，公孙衍在山东六国的运作空间就小了，是吧？"逸轩问道。

"确实是这样。但是，公孙衍并非等闲之辈，他自有对抗张仪的办法。只是因为他不像张仪背靠秦国那样有力的后盾，经营运作起来非常艰难。不过，最终公孙衍还是通过在山东六国之间不断挑事，特别是鼓动魏与韩相争，先谋取了魏国之相的位置，然后以魏国为抓手，最终游说魏、齐、韩、赵、燕五国之君成功，又建立起一个新的'合纵'联盟。周慎靓王三年，也就是四年前，公孙衍策动的山东五国伐秦之战在当年秋天便展开了。"

"结果怎么样？"鄙然还没说完，淳于悦便急不可耐地追问道。

"当魏、韩、赵、燕四国大兵合于一处，等着齐国大军到来一起叩打函谷关时，齐国临时变卦了。这是张仪用计拆解的结果，让公孙衍五国伐秦的计划功败垂成。不过，公孙衍也不算完全失败。在山东四国之兵与秦师对阵函谷关时，公孙衍事先策划的一件大事同时发生了。"

"什么大事？"淳于悦更加有兴趣了。

"公孙衍在五国伐秦前曾策反过秦国西部劲敌义渠国之君，在天下有变时相机而动。义渠国在张仪执政为秦相时已经归顺了秦国，但是当公孙衍策动的五国伐秦战争打响后，义渠国之君立即倾国之所有兵力，以狂飙突进的方式偷袭了义渠与秦国西北毗邻的重地李帛，斩秦师之首三万。"鄢然说道。

"应该说公孙衍的能力不输张仪，只是他现在没有了秦国这个强大的后盾，继续跟张仪缠斗，恐怕也很吃力。"蔺且插话道。

"蔺且，您说得对。五国伐秦失败后，张仪重新执掌秦相之职。有秦惠王的信任，有秦国强大的武力作后盾，说现在的天下是张仪的天下，是一点也不为过的。"

"天下是张仪的天下，有什么好呢？"正当鄢然说得得意时，庄周突然睁开眼睛说道。

"庄周先生，您说的是。有张仪与公孙衍这样的枭雄，天下就不会太平，俺们先生就是这样认为的。"鄢然连忙见风使舵，顺着庄周的话说道。

"老朽虽然跟惠施先生观点不同，但并不是对他的所作所为都是不认同的。比方说，他为魏国之相时实行'合齐魏以按兵'的国策，尽管也是权谋，但多少还是息事宁人，符合先圣老聃'清静无为'的宗旨。至于在反对苏秦、张仪、公孙衍这些唯恐天下不乱的纵横术士方面，我们的想法更是不谋而合。"

鄢然见庄周谈到治国的话题，立即接口问道：

"庄周先生，依您的看法，应该如何治国，天下才能真正太平呢？"

"依老朽看，也就是四个字。"庄周不假思索地答道。

"哪四个字？"没等鄢然开口，淳于悦已经接住了话茬。

"顺物自然。"庄周脱口而出道。

"庄周先生，您是老聃之徒，老聃主张治国要'清静无为'。请问，您的'顺物自然'跟他的'清静无为'，到底有什么区别？"鄢然立即抢着问道，不给庄周弟子以机会。

"老朽所说的'顺物自然'，意思是说，凡事顺着事物的自然本性，而不用自己的私意。作为一国之君，'顺物自然'就是顺任百姓的天然本性，尊重他们作为人的自由性与自主性，而不是按照自己的私意，以自己的意志强加于他们，规定他们应该做什么，不应该做什么。这样，百姓自然感到自由自在。统治者无须费心费力，游心于虚无恬淡之境，天下便臻至大治的境界，这不是很好吗？"

"先生，我明白了，您的'顺物自然'跟先圣老聃的'清静无为'相比，如果说有什么区别的话，您是积极的'清静无为'，即主动适应百姓的天然本性，尊重他们的自由性与自主性，让他们自己管理自己。而先圣老聃的'清静无为'，则是消极的'清静无为'，是从统治者一方要求自己什么都不参与，不干涉。是不是这个意思，先生?"蔺且问道。

庄周没有回答，只是莞尔一笑。

鄢然见此，立即接口问道：

"庄周先生，对于如何治天下，其实仲尼之徒与老聃之徒心中各有其理想模式，这个大家都清楚。您是否给我们讲讲这两派心目中的理想人物形象，他们究竟有什么区别?"

庄周看了看鄢然，莞尔一笑。顿了顿，说道：

"老朽给你讲个故事吧。"

"先生，您快讲。"没等鄢然反应过来，淳于悦倒是欢呼雀跃起来了。

庄周瞥了鄢然一眼，又扫视了一下自己的三个弟子，见其皆有急切之意，诡异地笑了笑，然后才不紧不慢地说道：

"尧帝时有二位贤人，一个叫啮缺，一个叫王倪。一次啮缺请教王倪问题，结果问了四个问题，王倪都回答说不知道。"

"先生，这个故事是不是您在《齐物》篇中说过的?"逸轩对《齐物》篇曾经花了大力气研读，庄周一说啮缺问王倪的事，便立即联想起来。

庄周点了点头，直视逸轩问道：

"还记得问的是哪四个问题吗?"

"好像第一个问题是：'您知道万物有统一的认同标准吗?'第二个问题是：'您知道您有不明白的事情吗?'第三个问题是：'您认为万物就无法被认识了吗?'第四个问题是：'您不考虑利害，至人也不考虑利害吗?'"逸轩答道。

庄周点了点头。

"二师兄记性真好。先生，您继续接着讲吧!"淳于悦望着庄周催促道。

"啮缺见王倪一个问题都回答不出来，高兴得一跃而起，急忙跑着去告诉蒲衣子。"

"蒲衣子是谁?好像从来都没听您说过。"庄周话刚开始，淳于悦就插话打断了。

庄周莞尔一笑，瞥了淳于悦一眼，说道：

"当然是一位贤人喽，不然啮缺怎么可能去找他呢?物以类聚，这个道理也不懂吗?"

蔺且与逸轩观察着庄周的表情，早已知道他是在编故事。可是，淳于悦还信以为真，又忍不住追问道：

"结果呢?"

"蒲衣子听完啮缺的话，哈哈一笑，说道：'现在你该知道了吧，有虞氏是比不了泰氏的。'啮缺反问道：'为什么这么说？'蒲衣子回答道：'有虞氏治天下还需要标榜仁义以收买人心，尽管他确实得到了人心，但是却没有超然物外，摆脱外物的牵累，弄得自己非常疲累，失去了人之为人的天然本性。而泰氏就不一样了，他治天下几乎不费任何心力。他每天安然地睡去，惬意地醒来，任人把自己称作马，随人将自己视作牛。他的知见信实，他的德性纯真，从来都不受外物的牵累，所以也就不失人之为人的天然本性。'"庄周说道。

"庄周先生，您所说的有虞氏不就是舜帝吗？他可是仲尼之徒和世人都顶礼膜拜的治世能人，道德人伦的圣人呀！您怎么说他不如一事无成的泰氏呢？"鄢然不以为然地说道。

"因为泰氏是我们先生心目中的圣人呀！是老聃之徒心目中认同的清静无为的圣主呀！您让我们先生比较两派心目中的治世君主形象，我们先生推崇泰氏，那是理所当然的。"蔺且好像非常维护庄周似的说道。

"其实，并非老朽有意推崇泰氏，而是泰氏确实在治世上优于有虞氏。这一点，前人早有定论。"庄周不看蔺且，却直视鄢然说道。

"有定论了？庄周先生，那您说说看。"鄢然看似态度虔诚地请教，实则是在质疑。

庄周心知其意，呵呵一笑，看了看鄢然，不紧不慢地说道：

"上古有位贤圣叫狂接舆，请注意，这可不是孔丘所遇到的楚国狂士接舆。一天，有位叫日中始的人拜访了肩吾，跟他谈论了如何治世的问题。肩吾觉得日中始的话很有道理，于是便去拜访狂接舆，想听听他的意见。肩吾见到狂接舆，如实告知来意，狂接舆就问肩吾说：'日中始跟您谈了些什么？'狂接舆回答道：'他告诉我说，治国安邦其实很容易，国君只要根据自己的意愿制定出一套合适的法律制度，让天下人照着做就可以了。相信天下没有人敢不听从，不接受教化。'"

"日中始的话是对的，自古以来治国安邦都是如此呀！如果说有区别，只是法律制度在合理性方面有高下之分而已。"鄢然插话道。

"但是，狂接舆认为不是这样。他告诉肩吾说：'以法度治世，是扭曲人的自然天性！用这样的方法治理天下，就好比是在大海中凿河，又好比是让蚊子背起大山一样，根本就是不可能的。圣人治天下，难道就是要给人民以外在约束吗？圣人治天下，是先端正自己，然后再行教化，任由人民各尽所能，发挥自己的才能而已，而并不是硬要干涉他人的自由，以自己的意志强加于人。鸟儿尚且知道高飞以躲避箭矢之害，鼹鼠尚且知道在社坛下掘洞以避烟熏与挖掘之祸，而人难道还不如这两种小动物吗？他们就不知道如何避祸而甘愿受人摆布，受法律制度的约束，一辈子过着生不如死的生活吗？'"

"弟子觉得狂接舆的话是对的。如果治天下，而让天下人人都感到不自由，活得生不如死，那根本算不得成功。相反，人人都感到自由自在，大家吃树皮、饮清流也感到幸福，那才是治天下的最高境界。"逸轩评论道。

"说得对。治天下，如果真的需要制定什么法律制度，那也是要顺应人民的意愿，以人民的意见为依归，也就是顺应人民作为人的天然本性，而不是武断地以国君自己的好恶为标准，强人性之所难。只有顺应人民的天性，任人各尽其能，在充分自由的环境下享受人之为人的生活方式，才能让人民觉得有幸福感，那才算是天下大治。"庄周看着逸轩说道，面露明显的赞赏之情。

鄢然见庄周与逸轩师生一唱一和，不禁呵呵一笑。

庄周看出鄢然的心思，瞥了他一眼，接着说道：

"上古时代，有一位国君，叫天根。天根一次去殷山之南游玩，走到蓼水岸边，恰巧碰到一个陌生人。天根认识这个陌生人，但陌生人却不认识天根。"

"先生，这个陌生人是谁？怎么天根认识他，他不认识天根呢？"淳于悦憋了很久没有插话了，这时好奇心起来，又忍不住追问道。

"为师也不知道这陌生人是谁，我们姑且称他为无名人吧。天根见了无名人，连忙趋近恭恭敬敬地行礼，然后问了他一个问题：'治理天下有没有什么好的方法？'没想到，无名人非常不礼貌地说道：'走开！你这个鄙陋的人，为什么要拿这样一个不愉快的问题问我呢？我正在与造物主结伴同游，厌烦了，就乘着莽眇之鸟飞出天地四方之外，遨游于无何有之乡，居于广阔无垠的原野，你为什么要拿治理天下这样的梦话来扰乱我的心绪呢？'"

"先生，弟子明白了，您说的这个无名人大概就是得道的高人吧。"一直在一旁冷眼旁观的蔺且突然插话道。

庄周点点头，看了看蔺且，诡异地笑了一下。接着，又瞥了鄢然一眼，接着说道：

"天根不甘心，执意要无名人指教如何治理天下。无名人烦了，就跟他说了一句话。"

"什么话？"这次是鄢然忍不住了。

庄周见鄢然不能再装矜持了，不禁莞尔一笑，故意顿了顿，看了他一眼，才又续说道：

"无名人说：'如果你一定要想治理天下，务须记住要游心于恬淡之境，顺物自然而不容私。如此，则天下可治矣。'"

"先生，无名人的意思是不是说，治理天下，首先要让自己的心安静下来，对万事万物都无动于衷，然后顺着事物本然的状态而行动，不自作聪明，不妄作妄为。这样，天下不用治理便太平无事了。"蔺且问道。

"正是此意。"庄周点头说道。

"呵呵，庄周先生，说了半天，无名人不就是你们的先圣老聃吗？他的观点不就是老聃'清静无为''无为而治'的翻版吗？您要说老聃治世之道高明，您直说不就行了吗？何必编故事，绕了这么大的一个弯子呢？"鄢然直视庄周，说道。

"鄢然，您到现在还不清楚我们先生说理的方法吗？他最会讲故事说道理。不过，尽管是故事，但道理是不错的。这就好比走路，我们不管是走水路，还是走旱路，不论是坐车，还是坐船，只要又快又省力地到达目的地，不就好了吗？"蔺且笑着说道。

"是啊，通过说故事来讲道理，是俺们先生阐释自己观点的一个特色，跟你们惠施先生说理喜欢打比方，不是一样吗？"逸轩也笑着附和道。

"鄢然，俺二位师兄说得都有道理。俺们先生刚才所说的，是不是都有道理？您心服口服不？"淳于悦见机也默契地配合道。

庄周见三个弟子为了维护自己，拼命地说服鄢然，不禁莞尔一笑。

"庄周先生，您笑什么？"鄢然感到不解，问道。

"鄢然，你是觉得老朽在编故事讲歪理，是吗？那好，老朽不讲故事。老朽现在给你讲历史，讲真人真事，好吗？"庄周直视鄢然，笑着说道。

"那最好。庄周先生，您讲吧！"鄢然望着庄周，认真地说道。

"先圣老聃时代，有一位爱好吾道的名士叫阳子居。他自视甚高，听人说老聃声名很盛，便去拜访老聃。见面互道寒暄后，阳子居就问了老聃一个问题：'如果有这样一个人，他为人敏捷果断，辨理透彻明达，学道精勤不倦，他可以与明王圣主相比吗？'"

"阳子居是在说自己吧，他是不是自己想成圣人？"鄢然脱口而出道。

庄周抬眼看了看鄢然，没有回答他的问题，而是接着说道：

"老聃呵呵一笑，淡淡地说道：'这种人在圣人看来，就像是个胥吏而已，汲汲于技能，整日为事务牵累，劳形费神，心绪不宁。这就好比虎豹，因皮有花纹而招致他人围猎；又好比猕猴，因行动敏捷而被人捕捉；又好比是狗，因能捉狸而被人拴系。这样的人，他能跟明王圣主相提并论吗？'"

"老聃说话是不是太过刻薄了？你们老聃之徒说话总带有嘲讽他人的味道，原来都是从老聃这里学来的呀！"鄢然望着庄周，以半开玩笑半揶揄的口吻说道。

逸轩见此，立即出来打圆场，问了一个问题：

"先生，那阳子居最后怎么样了？"

"阳子居听了老聃的话，感到非常惭愧，于是非常虔诚地问道：'那明王圣主究竟是怎么治理天下的呢？'老聃回答说：'明王圣主之治天下，功盖天下而好像与自己不相干，教化泽及万物而让百姓不觉得在依赖他；虽有功德而不自夸，使万物各得其所；使自己永远立于神秘不测之位，游心于虚静无有之境。'"庄周答道。

"先生，明王圣主治天下，既然功盖天下，那他肯定就不是什么事都不做，而是有所为的。只不过，他做成了事而不居功自傲而已，是不是？"没等鄢然反应过来，蔺且提出了问题。

庄周看了一眼蔺且，拈须一笑道：

"正是此意。不过，明王圣主的'为'，不是妄作妄为，而是'顺物自然'地'为'。因为是'顺物自然'地'为'，所以事成之后他就不认为是自己的功劳，而是归之于自然的造化，这就是'为而不恃''功成不居'的境界。"

"先生这样说，弟子就明白了。"蔺且点头称是。

鄢然见此，立即追问道：

"庄周先生，请问什么叫'顺物自然'地'为'？您能举个例子吗？"

庄周看了看鄢然，笑着问道：

"你见过大江大河吧？"

"见过。"鄢然点头道。

"大江大河，为什么一泻千里？"庄周再问。

"因为水流有落差呀！"鄢然不假思索地答道。

"说得好。因为水流有落差，大江大河无须人力相助，就能汇万千涓涓细流而入大海。人们掌握水往低处流的规律，从高处引流灌溉低处田地，不费任何气力，就可获致农业丰收，这便是'顺物自然'地'为'。如果反过来，人们在山顶上耕种田地，将水引到山顶，结果怎么样？"庄周说道。

"当然不可行。人们无法将水引到山顶的，除非担水上山浇地。"鄢然答道。

"顺着河流走向引水灌溉田地，是顺物自然地为；引水上山或担水上山浇地，是妄作妄为。前者无为而有功，后者有为而无功。种庄稼是如此，治天下也是如此。顺应人民的自然天性，引导人民各尽所能，治者无须劳心劳力，受治者自在自由，大家都感到轻松幸福。"

"先生的这个比喻真是浅显易懂，把治天下的道理都说透了。"庄周话音未落，淳于悦便脱口而出道。

庄周没有理会淳于悦，也没看鄢然，接着说道：

"先圣老聃之所以主张治天下要顺物自然，强调要清静无为，无为而治，就是因为他看清了问题的本质。大家可能都知道他有一句话，叫作：'治大国若烹小鲜。'知道什么意思吗？"

"意思是说，治理一个大国，就像是烹饪小毛鱼，不能大火急煮，也不能激烈翻炒，要用小火让它慢慢炖，别去管它，到了火候自然成味。这是强调治国要清静无为，不要求功心切而不断折腾人民。"逸轩答道。

"正是这个意思。说到这里，为师倒是想到一个故事。"庄周望着逸轩，面露悦色地说道。

"什么故事？先生，您快讲！"淳于悦又忍不住了，催促道。

庄周瞥了一眼淳于悦，笑了笑，说道：

"天地之初有三帝，南海之帝为倏，北海之帝为忽，中央之帝为浑沌。倏帝与忽帝经常到浑沌帝的中央之地相会，浑沌帝接待他们非常周到。倏帝与忽帝受浑沌帝之恩，就想着报答。他们相互商量说：'人都有七窍，用来看、听、饮食、呼吸。而浑沌帝没有七窍，太可怜了。我们受他之恩很多，无以为报，就试着给他凿出七窍吧。'二帝商量已定，从第二天开始，便通力合作，每天给浑沌帝凿出一窍。凿到第七天，浑沌帝便死掉了。"

"庄周先生，这个故事又是您现编的吧。"鄢然笑着问道。

庄周笑而不答。

"鄢然，这个故事肯定是我们先生现编的。刚才我也说过，我们先生讲道理的方式就是讲故事。我们不管故事是他现编的，还是别人编的，或是本来就有的，关键是要理解故事的含义，领会出故事中所包含的道理。"蔺且看着鄢然说道。

鄢然看了看蔺且，又望了望庄周，默默地点了点头。

淳于悦低头沉思了好大一会儿，最后憋不住了，望着庄周问道：

"先生，恕弟子愚钝，您这故事到底是要告诉俺们什么道理？"

庄周笑了笑，看着淳于悦，就是不回答。

"小师弟，这故事我也不知道是什么意思，但肯定是与治天下的道理有关。你再仔细想想。"蔺且提醒道。

"师兄说得对。今天我们一直是围绕鄢然提出的治天下的问题在讨论，所以先生的这个故事肯定要告诉我们有关治天下的道理。"逸轩会意地点了点头。

鄢然低头沉思了好久，最后搔了搔头皮，抬头望着庄周，说道：

"庄周先生，俺们愚钝，还是您直接告诉俺们吧。"

庄周莞尔一笑，不肯开口，却将眼光瞥向了蔺且。

逸轩一见，立即会意，连忙转向蔺且说道：

"师兄，您肯定明白先生故事的含义，还是您先说说吧。如果说得不到位，再请先生补正教诲。"

蔺且看了看逸轩，又望了庄周一眼，顿了顿，说道：

"先生的故事，应该是个隐喻。南海之帝倏与北海之帝忽，就是治天下的君王形象，而中央之帝浑沌则是人民的形象。君王受人民供养，对人民有感恩之心，就想报答他们，想把天下治理得更好，以期给人民幸福。因为有报答之心，所以就有报答的行为。结果，事与愿违，好心办了坏事。倏帝与忽帝想报答浑沌帝，结果让他死了。有心治天下的君王，凭一己之愿，想给人民幸福，积极作为，结果违反了人民的意愿，强奸了他们的意志，使他们不仅丧失了人之为人的天然本性，而且行动处处受约束，不能自由自在地生活，根本就没有什么幸福。因此，治天下者对人民最好的报答，就是顺物自然，清静无为，不要自作聪明，不要妄作妄为。让人民始终保有自己的天然本性，各尽所能，自由自在地生活，才是治天下的本意。弟子的理解，不知是否符合先生的原意，请先生指正。"

庄周没说话，只是看着蔺且点了点头，拈须一笑。

逸轩立即明白其意，说道：

"师兄说得完全正确。还是师兄悟性好！"

鄢然与淳于悦也默默地点了点头。

4. 不将不迎

"庄周先生，昨天听了您关于治天下的高见，受益匪浅。今天您能否再讲一讲如何为人处世的问题呢？"陪同庄周进完朝食，见庄周兴致颇佳，鄢然趁机提出了请求。

庄周没有回应，捧起座席前的瓦罐，欲往自己的碗里倒水。逸轩见此，连忙趋前，说道：

"先生，弟子来倒吧。"

等庄周喝完水，鄢然又说道：

"当今这样一个乱世，为人处世实在是太难了。惠施先生算是高人了，还曾做过魏国之相呢，他对这个世道都感到无可奈何，这些年甚至对人生也感到非常迷茫。俺们弟子多次请教过他如何为人处世的问题，他都语焉不详，或是避而不谈。庄周先生，您是惠施先生最佩服的人。这次后学前来拜访，除了想再见见您，聆听您的教诲，会一会您的高足门生，重温昔日相聚之情，更重要的目的就是想听听您对为人处世问题的教诲。"

淳于悦一听，哈哈大笑。

"淳于，你笑什么？俺哪句话说错了吗？"鄢然瞪大眼睛，望着淳于悦问道。

"鄢然，您没说错。可是，您这个问题问晚了。"

"这话怎么讲？"鄢然追问道。

"记得是四年前的春天，俺们跟先生一起出游，在路上先生曾跟俺们说过这个问题。俺觉得先生对这个问题说得非常透彻，今天俺无法一句一句搬给您听。不过，俺可以用简单的一句话来概括。"

"小师弟，你现在越来越厉害了，能够一句话概括先生那天跟俺们说的道理。"淳于悦话音未落，逸轩便笑着说道。

"诶，逸轩，你别小看了小师弟，他不仅领悟力一流，概括力也是一流的。小师弟，你快说，那天先生给我们所讲的道理，用一句话如何概括？"蔺且对逸轩眨了眨眼睛，望着淳于悦兑道。

"简单一句话，就是做人要低调，甚至要会装傻，像山中不材之木，就能在这个世上活得自由自在了。"淳于悦脱口而出道。

"庄周先生，是这样吗？"鄢然望着庄周，问道。

庄周没有回答，低头喝水。

"小师弟的概括有些片面，俺记得那天先生最后的总结是这样说的：'处世的最高原则，其实也是唯一原则，便是顺其自然，一切听从自己的内心，顺任人的天然本性，千万别为了什么目标而勉强自己做什么或不做什么，更不要追求什么有用于世。那样，会让人活得很累，根本没有幸福，甚至可能会害了自己。'是不是这样，师兄？"逸轩望着蔺且问道。

"逸轩，你记性真好！先生几年前说的话，你还能一字不落地记下来。"蔺且赞扬道。

"庄周先生，您是不是认为，为人处世只要掌握了'顺其自然'的原则，人生便有幸福了？"鄢然不看蔺且，也不看逸轩与淳于悦，而是望着庄周问道。

庄周没有回答，淳于悦接口答道：

"幸福就是一种体验，你听从了自己的内心，天生什么样就什么样，不要刻意地改变什么，安于现状就好了。比方说，你是个跛子，那你就安心一步步挪动步子，别羡慕别人奔走如风。你心里平静安适，幸福不就不求自得了吗？别人生在富贵人家，天天有鱼有肉，你生在贫寒之家，天天粗食淡味，你不去比较，不去追求，对自己的生活现状甘之如饴，幸福不就在其中了吗？"

鄢然听了，呵呵一笑，望着淳于悦说道：

"你这是在回避现实，对现实视而不见，实际上是在自欺欺人。由此可见，你所说的幸福不是真实的，是装出来的。"

"如果是装出来的，那肯定不是幸福。顺其自然，其实就是一种人生态度。如果真有这种人生态度，他的心境必然是平静安适的。平静安适的人，怎么可能没有幸福呢？"庄周突然不问而答，脱口而出道。

庄周的话，为淳于悦解了围，也给鄢然进一步提问提供了机会。庄周话音未落，鄢然立即接口问道：

"庄周先生，平静安适的心境，应该是一种非常高的境界，不是一般人都能企及的吧。如果只是个别人能企及，那么天下还是没有什么人是幸福的呀！"

"其实，获致平静安适的心境并不难，只要记住四个字。"

"哪四个字？"淳于悦忍不住抢问道。

"小师弟，你总是改不了急性子，让先生慢慢说呀！"逸轩笑着说道。

鄢然见逸轩批评淳于悦，会心地一笑。但是，庄周没有笑，瞥了一眼淳于悦，说道：

"不将不迎。"

"庄周先生，什么叫'不将不迎'？请赐教！"鄢然望着庄周，虔诚地说道。

"就是物去不送，物来不迎。"庄周答道。

"庄周先生，俺还是不明白您的意思。"

望着鄢然茫然不解的样子，蔺且莞尔一笑。

鄢然见蔺且笑得神秘，于是连忙问道：

"蔺且，您明白吗？"

"俺师兄肯定明白。"逸轩看着鄢然，点了点头，说道。

"蔺且，既然您明白，那您先说说看。"鄢然请求道。

蔺且看了看鄢然，又偷眼望了一下庄周。庄周故意侧过脸去，作凝神沉思之状。

"蔺且，您快说吧。逸轩经常人前人后夸您悟性高，说您是庄周先生最得意的弟子。"鄢然催促道。

蔺且看了看鄢然，顿了顿，说道：

"我们先生的意思是说，一个人要看开世间所有的得失。心中不存得与失，哪来荣与辱？没有得失与荣辱，也就没有喜怒哀乐，心境不就自然平静安适了吗？平静安适的人，不为外物所左右，生活逍遥自在，不就是最幸福的人吗？先生，是不是这个意思？"

庄周听了，立即侧过脸来，赞赏地看了一眼蔺且，点了点头。

鄢然见庄周认同蔺且的解读，不甘心就这样被说服，于是又说道：

"庄周先生，俺不像您的弟子那样聪颖，悟性高，您是否举几个例子说明一下。"

"噢，鄢然，您是想听故事吧。俺们先生最会讲故事了，就像你们先生最会打比方一样，张嘴就来的。前几天俺们随他出游，他就给俺们讲了很多故事，寓庄于谐，寓教于乐，真是将道理讲得又深又透。先生，您就再给鄢然也讲几个故事吧。他大老远来一趟，也不容易。"淳于悦不无得意地瞥了鄢然一眼，转而望着庄周说道。

庄周听了不置可否，只是瞥了大家一眼，莞尔一笑。

蔺且知道庄周的意思，但是他想再见识见识庄周临场编故事的水平，所以故意装疯卖傻，有意附和鄢然的请求，说道：

"先生，您博闻强识，今天就再讲几个故事吧，也好让我们加深对那天您所讲道理的认识。"

"师兄说的是。先生，您就再讲几个吧。要不，这样吧。今天天气好，俺们别窝在家里了，到南溪边去走走，临溪沐风，您可以一边垂钓一边跟大家讲，如何？"逸轩话说得好，既附和了蔺且，又体贴地给庄周编故事以充裕的时间。

庄周听懂了逸轩的体贴，顺势抬头朝屋外看了一眼，点了点头。

"好，先生同意了，那俺们快走吧。"淳于悦兴奋地说道。

大约有半个时辰的工夫，庄周一行五人来到了南溪中游一处宽阔的水面。蔺且帮庄周选了一个位置坐下，然后将钓竿递到庄周手上。待庄周理好渔线，抛饵入水，执竿在手，作垂钓之状时，鄢然不失时机地望着庄周说道：

"庄周先生，现在您可以接着给俺们讲如何为人处世的道理了吧。"

庄周没有侧脸看鄢然，而是凝神观看着水面，好像神情很专注的样子。鄢然见此，不敢继续催促，只好耐心地等着。

蔺且明白，庄周还在心里编排故事情节呢。所以，他也不催。

逸轩呢，当然心里是明镜儿似的，对庄周与蔺且的心思都是一清二楚的，所以他更是不说话了。

至于淳于悦，因为一早就受到逸轩抢白，这时也不敢再多说话了。

大约过了有烙五张大饼的工夫，鄢然忍不住了，只好继续催促道：

"庄周先生，一时半会儿鱼儿还不会来上钩的，您尽管说，不会惊走鱼儿的。"

这次庄周终于点了点头，说道：

"那老朽先给你讲一个孙叔敖的故事吧。"

淳于悦一听，倒是先乐了，听庄周的意思，肯定不止一个故事，先讲一个，就会还有一个或几个故事要讲。但是，这次他忍住了，没有脱口而出，只是静静地等着庄周正式开讲。

"就是那个楚庄王的令尹吧。"鄢然确认似的说道。

"正是。一次，隐士肩吾去拜访孙叔敖，问他说：'您三次出任楚国的令尹，居一人之下，万人之上的地位，可是您并无得色，更没有在人前炫耀什么；您三次丢掉官职，沦为一介平民，可是也没见您有任何忧愁。我开始听人说时，还不相信，怀疑您做不到这等地步。但是，现在我看到您呼吸是如此轻松，神色是如此自在，却又不能不相信这是真的。那么，请问您为什么有如此过人之处，您心里到底是怎么想的呢？'"

"孙叔敖是怎么回答的？"没等鄢然提问，淳于悦又抢着插话了。

逸轩看了淳于悦一眼，不禁哑然失笑。

庄周没管这么多，眼睛盯着水面上的钓线，像是心不在焉似的，接着说道：

"孙叔敖呵呵一笑，回答说：'我哪里有什么过人之处！只不过我认为爵位之来不可推却，爵位之去不可阻止。我认为一切的得失都是身外之物，因此对于得与失就不感到有什么喜与忧。我真的没有什么过人之处，说真的。

至今我都不知道，我的得失是因为令尹的爵位呢，还是我个人的什么原因。如果得失是与令尹爵位有关，那就跟我本人无关了；如果得失与我本人有关的话，那又跟令尹的爵位无关了。我活在这个世上，每天都感到心满意足。我四望自得，哪有工夫顾及他人认为我是贵是贱呢？'"

"孙叔敖真是超然物外的高人，能旷达如此，自然看淡了一切的得失荣辱。"鄢然脱口而出道。

"说得好！孔丘听了孙叔敖的故事，也是这么认为的。他曾对他的弟子说过：'古之真人，智者不能说服他，美色不能诱惑他，强盗不能屈服他，伏羲黄帝不能亲近他。死生，算是人生中极大的事了，尚且还不能影响于他，更何况是爵位利禄呢？像这样的人，他的精神可以穿越大山而不受阻碍，潜入深渊可以不受淹没，身处卑贱而安之若素。他德充天地之间，给予他人越多，自己反而更加充足。'"

"想不到孔丘对孙叔敖评价这么高，俨然就是一副老聃之徒的口吻了。"鄢然望了望庄周，呵呵一笑道。

"说得一点不错。孔丘曾多次求教于老聃，晚年因为政治理想彻底失败，思想更是倾向于老聃之道。"庄周答道，口气似乎不容置疑。

"先生，您刚才说'先讲一个孙叔敖的故事'，那么是否还有别的故事？"蔺且想探一探庄周今天到底临时编出了多少故事。

"当然还有别的故事。"没想到，庄周答得非常爽快，令蔺且都有些吃惊。

"庄周先生，那您就快说吧。"鄢然生怕庄周缩回不讲，连忙催促道。

"这个故事还是跟楚国有关，说的是楚王与当时的一个小国之君的事。"庄周凿凿有据似的说道。

"噢，是吗？"蔺且情不自禁地脱口而出。

庄周一听蔺且的口气，便知他的心思，连忙侧过脸来瞥了蔺且一眼，然后接着说道：

"从前，楚国毗邻有一个小国，叫凡国。一次，凡国之君前往拜见楚王。楚王跟他坐着闲聊，聊了一会儿，楚王左右前来报告三次：'凡国被人灭亡了。'"

"那凡国之君肯定大惊失色了吧？"鄢然问道。

庄周哈哈一笑，说道：

"如果凡国之君听了大惊失色，老朽就不讲他的故事了。他听了报告，不仅没有大惊失色，反而像是安慰楚王似的，平静地说道：'凡国就是真的灭亡了，也不足以消除我的存在。如果说凡国的灭亡不足以消除我的存在，那么楚国的存在也不足以确认它的存在。以此看来，凡国不曾灭亡，楚国也不曾存在。'"

"这个凡国之君真是淡定呀！可谓是得失不存于心，荣辱无动于衷，真是达到了平静安适的境界。"鄢然感慨地说道。

"说得对，这就是'平静安适'的境界了，也就是老朽刚才所说的'物去不送，物来不迎'的境界。用四个字概括，就是'不将不迎'。"庄周侧过脸来看了看鄢然，说道。

"不过，庄周先生，您说的这个凡国之君，好像从未听说过。惠施先生也算博学，他也不曾提过这个人呀！"鄢然看着庄周，突然产生了疑问。

蔺且一听鄢然的话，立即接口说道：

"鄢然，惠施先生不是楚国人，我们先生才是楚国人，他对楚国的事情最清楚。古往今来，有关楚国的历史掌故，恐怕谁也不会知道得比我们先生多的。"

逸轩对蔺且的心思看得很透，对他曲意回护庄周之意也心领神会，所以立即默契地配合蔺且的话说道：

"俺师兄说的是。这些年来，俺们先生跟俺说过的楚国的典故实在是太多了，很多都是一般人不知道的。俺们先生之所以深得你们惠施先生的敬重，就是因为其博学呀！"

"这倒也是。"鄢然看了看蔺且与逸轩，又望了望庄周，点了点头。

庄周听两个弟子一搭一唱地帮自己圆谎，心里笑死了，却装得一本正经，凝神专注地看着水面，作用心垂钓之状。

过了一会儿，鄢然又说道：

"庄周先生，除了楚国的故事，还有别的故事可以印证您所提的'不将不迎'的处世原则吗？"

"诶，在此老朽要作个声明，'不将不迎'的原则可不是我提出的，老朽不敢贪他人之功而据为己有。"鄢然话音未落，庄周立即郑重其事地说道。

"庄周先生，刚才不是您说处世只要记住'不将不迎'四个字吗？"鄢然立即追问道。

"老朽是说处世只要记住'不将不迎'四个字，但并没有说这四个字是老朽的发明呀！"

"庄周先生，这四个字不是您的发明，那又是谁的发明呢？"鄢然又追问道。

"是孔丘。他的原话是：'无有所将，无有所迎'，老朽将之进一步概括，成了'不将不迎'四个字。"庄周答道。

"真是孔丘提出的？可是孔丘与老聃是'道不同而不相为某'，怎么提出了老聃之徒信奉的处世原则呢？"鄢然质疑道。

庄周呵呵一笑，侧过脸来，看着鄢然说道：

"刚才老朽不是说过吗？孔丘晚年已经完全放弃了自己先前的主张与思想，成了一个笃信老聃之道的信徒，所以他的话才像是出自老聃之徒的口呀！"

"是呀！这一点，俺们先生以前跟俺们解释过很多次的。"淳于悦好久没有插话了，这时也忍不住出来帮腔道。

"既然如此，庄周先生，那您是否可以讲一个孔丘的故事呢？"鄢然顺势提出了要求。

"好，那老朽就给你讲一个有关孔丘的故事吧。"庄周异常爽快地答道。

蔺且与逸轩心里明白，看来主席早已在心中编好了故事。所以，他们都等着听他的故事。但是，他们并不催，而是等着鄢然或是淳于悦去催。

果然，没等鄢然催，淳于悦忍不住催了：

"先生，您快给鄢然讲讲吧。"

庄周沉吟了一下，故意煞有介事地抖了一下手中的渔线，然后才开口说道：

"孔丘的'无有所将，无有所迎'的话，是对他最得意的弟子颜回说的。有一次，颜回跟孔丘说道：'先生，您曾经教导弟子，让弟子处世记住八个字：无有所将，无有所迎。请问这其间有什么道理吗？'"

"孔丘是怎么回答的？"鄢然急切地问道。

"孔丘回答道：'古代的人，能够顺应外物的变化而内心保持宁静平和；现今的人，不能顺应外物的变化，内心游移不定甚至心猿意马。大凡能顺应外物而变化的，都是因为其内心保持宁静一贯。因此，不论外物变化与否，他都能安之若素，顺任自然，安然相处，参与外物变化而又不妄自增益。豨韦氏的苑囿，黄帝的园圃，虞舜的居室，商汤与周武王的宫殿，都是他们各自遨游之所，但规模越来越小。'"

"庄周先生，孔丘的意思是说，豨韦氏、黄帝、虞舜、商汤、周武王这些圣人，他们游心于大道，而不受外物如宫室大小奢陋的影响，是吗？"庄周还未说完，鄢然便插话问道。

庄周点了点头，说道：

"正是。孔丘告诉颜回说：'后来的所谓圣人，就不是这样了。他们不能顺应外物的变化，难以始终保持内心的宁静平和。因此，一见世事纷扰，他们就受其影响，乱了方寸。他们往往以一己私见观察世界，甚至拘泥于自己的私见，以自己之见为是，以他人之见为非，甚至相互诋毁攻击。后世圣人尚且如此，当今的普通人就不必说了。'"

"孔丘一生矢志'克己复礼'的事业，却始终失败碰壁，所以他有今不如昔的感慨，礼赞古人而指斥今人，这也是可以理解的。"蔺且插话道。

庄周没有回应蔺且，继续接着说：

"孔丘还告诉颜回说：'大凡是圣人，都能与外物相处而不妨碍外物。能与外物相处的，外物也不会妨碍于他。唯有无所妨碍，他才能与人往来。山林啊，原野啊，都能让我们欣欣然而感到快乐！但是，快乐尚未结束，悲哀往往就会接踵而至。哀乐之来，我们无法抗拒；哀乐之去，我们无法制止。唉，可悲啊，可悲！世人不过是外物寄寓的旅舍而已。'"

"庄周先生，孔丘的意思是不是说，人处世上，哀乐都是难免的。但是，对于哀与乐，要有坦然的心态面对，来而不拒，去而不止。如此，便能不计得失，不计荣辱，心境就自然宁静平和了。"鄢然问道。

庄周瞥了鄢然一眼，轻轻地点了点头，接着说道：

"孔丘最后告诫颜回，说：'一个人只能知道他所遇之事，而不能知道他所未遇之事；他只能做其力所能及之事，而不能做其力所不能及之事。每个人都有其所不知，有其所不能，这本来就是在所难免的。如果一定要努力避免这些无法避免之事，岂不是太可悲了吗？最高明的言论，是不用言辞的；最高明的作为，是没有作为。什么都知道，其实所知是非常肤浅的。'"

"孔丘的意思是不是说，为人处世不必事事追求完美，一切顺其自然就好？"蔺且问道。

"正是此意。"庄周点了点头。

"庄周先生，您说来说去，其实还是四个字，就是'顺其自然'。只不过，用于治国，您的'顺其自然'就是'清静无为'；用于处世，您的'顺其自然'就变成了'不将不迎'。是不是这样？"鄢然望着庄周，认真地问道。

庄周笑而不答。

"如果是这样，您这不是在玩弄概念吗？您倒不如直接告诉俺们，为人处世与治国安邦是一样，遵循老聃'顺其自然'的原则就好了。一句话，清清楚楚，何必要绕那么多弯子呢？"

鄢然话音未落，逸轩立即反驳道：

"鄢然，话不是这么说。今天一开始俺就说过，俺们先生前些天告诉俺们的处世原则就是'顺其自然'四个字。只是后来谈到了心境，谈到了处世的态度，俺们先生才带出了'不将不迎'四个字。又因为您要听故事，所以俺们先生才讲了孔丘'无有所将，无有所迎'的典故。俺们先生讲道理，一向都是注重以生动形象的故事来展示，让人易于明白。不像公孙龙之流，他们才是喜欢玩弄概念，是用概念游戏来进行诡辩的。"

鄢然一听逸轩的话，知道产生了误会，于是立即解释说：

"逸轩，您别误会，俺绝对没有说庄周先生是在有意玩弄概念，是在以概念游戏进行诡辩的意思。俺只是觉得庄周先生话说得有些绕，有些迂回而已。"

听着鄢然与逸轩一交一往地辩解，庄周好像没听见似的，手持钓竿，目光专注地看着水面。

蔺且心知逸轩护师心切，但是怕他话多会伤了和气，所以故意转移话题，望着庄周，认真地说道：

"先生，弟子觉得孔丘教育颜回的话是对的，他所主张的'不将不迎'的为人处世态度也是值得赞赏的，可是他也只是说说而已，自己恐怕并没有达到这种境界。"

"蔺且，你是说孔丘只是言语的巨人，行动的矮子，是吗？"蔺且话音刚落，没想到庄周立即接住了他的话茬。

"先生，弟子并不是这个意思，而是说一个人的言与行之间是有差距的。"蔺且解释道。

"为师对于孔丘一向是持否定态度的，这一点从不隐瞒。但是，对于晚年认同老聃之道的孔丘，为师还是持赞赏态度的。他对处世为人的态度，尤其值得我们赞赏。当然，态度归态度，至于他自己做得到做不到，那是另一回事。"

蔺且见已将话题引开，避免了逸轩与鄢然再次发生争论的可能，遂顺着庄周的话，提出了一个问题：

"先生，您以前也跟我们说过不少孔丘晚年认同老聃之道的故事，那么在处世为人原则方面，他跟老聃在认识上果真趋同一致了吗？根据您所知，有没有这方面的事实？"

"怎么没有？"庄周抖了一下手中的渔线，脱口而出道。

"先生，那您给俺们讲讲吧。"没等蔺且开口，憋了好久没说话的淳于悦又开始抢话了。

庄周侧脸扫视了一下三位弟子，最后特意多看了一眼鄢然，顿了一顿，从容不迫地说道：

"孔丘为了实现'克己复礼'的理想，一生周游列国，到处碰壁。晚年不得已，回到了鲁国，研《易》修《春秋》，又多次往宋国拜访在那里静思悟道的老聃，思想发生了很大的变化。"

"惠施先生也曾跟俺们弟子说过此事。"鄢然立即接口说道。

"一天，孔丘与弟子子贡同坐闲聊，面露忧郁之色。子贡不解，乃问原因。孔丘告诉他，是因为颜回去了东邻齐国。子贡立即离开座席，趋前恭恭敬敬地问道：'先生，颜回去齐国，您为什么显得如此忧郁呢？'孔丘答道：'阿赐啊，你这个问题问得好！从前管仲有句话，我以为说得非常有道理。他说：小布袋装不了大东西，短绳子汲不起深井水。他之所以这样说，是因为他认识到，一个人的命运各有其形成的原因，形体也各有其限制，这是无法改变的。为师担心颜回不懂这个道理，到了齐国见到齐侯，会跟他谈论尧、舜、黄帝之道，强调燧人氏、神农氏的主张。'"

庄周还没说完，鄢然便追问道：

"庄周先生，孔丘不是一生推崇尧、舜、黄帝为上古圣君吗？颜回跟齐侯谈论尧、舜、黄帝之道，不正是宣扬他所想推阐的政治理想吗？他应该高兴才是呀！他为什么要忧虑呢？"

庄周呵呵一笑，说道：

"刚才老朽不是说过了吗？晚年的孔丘深受老聃之道的影响，不再坚持自己以前的政治理想了，所以他不主张学习尧、舜、黄帝等有为之君的做法。他跟子贡说：'颜回若是跟齐侯谈论尧、舜、黄帝之道，势必会让齐侯反躬自省，想以尧、舜、黄帝的道德标准与作为来要求自己。可是，齐侯是根本做不到的，这会让他感到迷惑。而齐侯一旦感到迷惑，内心就不得平静，治国就乱了方寸，那么齐国就陷入了危险的境地。'"

"哦，原来是这个道理。"鄢然望着庄周，恍然大悟地说道。

庄周见鄢然已然进入预定情境，有意侧脸看了看他，然后接着说道：

"子贡感到还是有些不解，孔丘便给他讲了一个故事。"

"孔丘讲了什么故事？"淳于悦一听讲故事，又忍不住插话了。

庄周忍住没有笑，继续平静地说道：

"孔丘告诉子贡说：'从前，有一只海鸟飞到了鲁国国都的郊外，鲁侯觉得稀奇，就将这只海鸟迎到了鲁国的太庙，饮之以美酒，奏九韶之乐以悦其听，备太牢猪牛羊以为膳食。海鸟对此感到迷惑，目光呆滞，神情忧郁，不敢吃一块肉，不敢喝一口酒，三天便饿死了。为什么会这样呢？因为鲁侯用养人的方法养鸟，而不是用养鸟的方法养鸟。'"

"鲁侯是好意，但方法不对，看错了对象。"鄢然脱口而出，评论说。

"说得对。看错了对象，必然方法不对。孔丘告诉子贡说：'如果鲁侯懂得养鸟的道理，就应该让这只海鸟栖息于深林里，漫步于沙洲上，沉浮于江湖中，自己捕食小鱼小虾，随众鸟结队飞行于蓝天之上，自由自在地生活。海鸟也是鸟，跟一般的鸟一样，最怕听到人的声音。既然海鸟有这等习性，为什么还要奏九韶之乐，以异乎寻常的喧闹来惊扰它呢？咸池、九韶之乐，也许对人来说是至善动听之声，但是对于海鸟来说，就是嘈杂之声。所以，如果在旷野之上演奏这些音乐，鸟听了肯定要高飞而去，兽听了肯定要远逸，鱼听了要潜入水底。但是，人听了，肯定会情不自禁地围上来欣赏。'"

"先生，孔丘的意思是说，做事要看对象，是吧？"淳于悦忍不住插话问道。

庄周没有回脸看淳于悦，只是轻轻地点了点头，眼光继续盯着水面上的渔线，自顾自地说道：

"孔丘告诫子贡说：'鱼在水里才能活，人在水里就会被淹死。这是因为人与鱼天性各异，好恶自有不同。古代的圣人懂得这个道理，所以他们从不要求众人的才能趋于一同，也不要求大家都做相同的事情。他们认为，只要名实相符，该做的事情都是适当的，那就可以了。这样，就是条理通达，福分常在了。颜回往齐国去游说齐侯，违背了古圣人处世为人的原则，就像鲁侯以酒饮鸟、以九韶之乐悦鸟、以太牢飨鸟，是看错了对象，所以为师才会如此忧虑。'"

"庄周先生，孔丘是说，齐侯不是尧、舜、黄帝一类人，颜回要他向其看齐，就像鲁侯养鸟一样，是不得其法，肯定会失败的。是吧？"鄢然接住庄周的话，问道。

庄周点了点头，目光继续盯着水面，不再说话。

过了一会儿，逸轩侧脸望着庄周，问道：

"先生，您的故事讲完了吗？"

庄周没吱声，抖了抖手中的渔线，好像全部的注意力都集中于钓鱼上。

鄢然觉得意犹未尽，但看看庄周专注于水面的眼神，又不敢再问他什么。于是，灵机一动，转向蔺且，说道：

"蔺且，您是最有悟性的人，鼋生性愚钝，您帮助概括一下庄周先生刚才所讲故事的主旨，可以吗？"

"这个主意好！大师兄，您就概括一下吧。"没等蔺且反应过来，淳于悦先起劲了。

逸轩见淳于悦与鄢然已然说出口了，于是，也只好附和大家的意见，说道：

"师兄，那您就概括一下吧。"

蔺且见逸轩也开口了，顿了顿，望了望庄周，莞尔一笑道：

"先生的意思都已经包含在故事的字里行间了，相信你们都是听懂了，何必我再来概括什么呢？"

"蔺且，您的水平高，这是你们师兄弟都公认的，就是庄周先生也是这样认为的。所以，您就别再推托了吧。"鄢然望着蔺且，认真地说道。

蔺且看了看鄢然，又扫视了一下逸轩与淳于悦，望着庄周后背，笑了一笑，说道：

"好吧，那我就姑妄说之，说得不对，你们让先生自己来纠正吧。"

"大师兄，您就别这样谦虚了。快说吧！"淳于悦催促道。

"你们知道先生为什么要讲孔丘与颜回的故事吗？你们大概都知道，颜回是孔丘最得意的弟子，他的思想就是孔丘自己的思想。孔丘担忧颜回游说齐侯会产生负面效果，意味着孔丘已经不相信自己原来所坚守的理想了。他担心颜回失败，说明他对自己以前所坚守的儒家理想已经彻底失望。换句话说，孔丘认为儒家的思想不能救世，知其不可为而为之，学习尧、舜、黄帝锐意进取治天下是徒劳的，不如回归人的本性，让内心沉静下来，一切顺其自然，以'不将不迎'的人生态度处世为人，自然就能活得自由自在，幸福快乐。先生，弟子的理解，不知是否符合您的原意？"蔺且望着庄周后背，说道。

庄周没有回应，逸轩见此，连忙接口说道：

"师兄这么一说，俺就明白了，先生刚才借孔丘之口所说的那个海鸟的故事，其实是个隐喻。那个被鲁侯喂养的海鸟之所以三天就死了，是因为鲁侯让它居住在太庙，饮之以美酒，闻之以九韶，飨之以太牢。鲁侯以人度鸟，违逆了海鸟的天然本性。海鸟的天然本性是自由翱翔于山林，漫步于原野，啄食于江湖。它要的是一种自由自在，而不是国君所看重的钟鸣鼎食的人类排场。因此，孔丘忧虑颜回游说齐侯，实际上是怕他游说齐侯真的效仿起尧、舜、黄帝，追求什么尧舜之治、黄帝之功的境界而妄作妄为起来。那样，不仅会让齐侯丧失了人之为人的天然本性，还会害了齐国百姓，让他们从此不得自由自在的生活。"

"二师兄这样一说，俺也明白了。先生讲孔丘忧虑颜回的故事，意在说明一个道理：治天下顺其自然，清静无为，老百姓自由自在；做人顺应本性，不将不迎，活得自由自在；做鸟顺应天性，远离人类，回归自然，可以尽享天年。"淳于悦接住逸轩的话，发挥道。

"呵呵，还是小师弟水平高，概括得真是精辟！先生，您觉得如何？"蔺且一边侧脸望着庄周，一边提高嗓门大声说道。

庄周像是没听见似的，忽然一提手中的钓竿，哈哈大笑道：

"呵呵，终于上钩了！"

逸轩一见庄周钓上了一条鱼，连忙说道：

"今天先生出来有收获，俺们弟子也有收获，大家是各取所需呀！"

鄢然听懂了逸轩的话，连忙呼应道：

"今日听庄周先生一席教诲，真是胜读十年书，收获巨大，终身难忘！"

"言过其实了！老朽的话没那么重要。不过，既然今天说到了为人处世，说到了教诲什么的，老朽倒是不妨倚老卖老，有几句话可以说出来跟大家共勉。"

鄢然以为今天的谈话已经结束，没想到庄周还有话要说，不禁喜出望外，连忙说道：

"庄周先生，您请讲！"

"绝弃求名之心，绝弃谋算之智，绝弃有为之想，绝弃弄巧之行，体悟大道无穷的变化，畅游寂静无迹之境，活出自然赋予自己的本性，忘却有所见，忘却有所得，让自己的心境臻至空明。至人之心，犹若一面明镜，物去不送，物来不迎，如实反映而不留存，所以能够胜物而不受物损。"庄周说道。

"先生的意思是不是说，做人要保有空明的心境，犹如一面镜子，照物纤毫不遗，却一丝也不拥有。如此，便可不受物累，心境平静安适，活得自由自在？"蔺且问道。

"说得好！"庄周侧脸回身，看了一眼蔺且，捋须一笑。

鄢然望了望庄周，又看了看蔺且，默默地点了点头。

逸轩与淳于悦则看了看鄢然，得意地笑了。

5. 鼓盆而歌

周赧王元年十月二十八，鄢然回到宋国之都商丘。第二天，日中时分，他到了商丘郊外约十里地的一个小村子。

村子只有三户人家，坐落于一座小山之下的绿荫丛中。虽然此时已是深秋，但屋前屋后的树叶看上去还是绿的，没有完全变黄凋落，可能与村子坐落于山南背风之处有关。

鄢然过了村口一座石板小桥，径直往左边一户人家而去。

走到院子门口，鄢然见矮墙的柴门是敞开的，便迈步进去了。穿过小小的院落，便来到了正屋。正屋是一排三间的茅草房，是南国最普通人家所住的那种。到正屋门口，见大门也是开着的，鄢然便低着头进了堂屋。虽是日中时分，堂屋里光线却很暗，大概是因为屋子低矮，加上屋前屋后树木太多的缘故。鄢然见堂屋中无人，便向左右两间厢房看了看，见门也是开的，于是便探头朝左右两间厢房里都看了一遍，仍然没见到人。鄢然觉得奇怪，搔了搔头，信步走到后门，对后院的浓荫间喊了一声：

"先生，您在哪里呀？"

"是鄢然吗？"立即就有声音从浓荫间飘出。

鄢然一听，连忙循声小跑着进入了后院浓荫之中。

"先生，您在这干嘛呢？"

"没干什么，只是闲来无事，在树间走走而已。"惠施答道。

"弟子以为您躲在这里静修悟道呢！"鄢然笑着说道。

"你以为我是老聃呀！"惠施也笑了。

"听庄周先生说，老聃好像就是晚年在宋国静修悟道成功的。"

"你听庄周的鬼话！他的话，是真是假，只有天晓得。"惠施呵呵一笑道。

"先生，那庄周先生讲的故事，又怎么样呢？"

"你这次到漆园拜访他，他又给你讲故事了，是不是？"惠施直视鄢然，莞尔一笑道。

"是，讲了不少。不过，他的弟子都承认，他讲的故事并不可信，甚至有些故事就是他为了说服别人临时编造的。"

"你说得不错。这是他的一大特点，特别擅长即兴编造故事说服他人。"惠施答道。

"他的弟子说，您也有一大特点。"

"什么特点？"惠施好奇地问道。

"说您最擅长打比方。"

惠施听了，哈哈大笑。

"先生，您与庄周先生应该算是旗鼓相当吧。你们彼此之间，也是最相互了解的吧。"鄢然说道。

"也许是吧。"惠施漫不经心地答道。

师生二人边说边走，走到前院时，鄢然突然望着惠施，问道：

"先生，您觉得庄周先生是不是一个喜欢诡辩的人呢？"

"为什么问这个问题？"惠施瞪大眼睛看着鄢然。

"弟子在漆园请教他为人处世的道理时，他不仅讲了许多故事，还玩了一大套什么'顺其自然''顺物自然''不将不迎''无有所将，无有所迎'之类的概念，一会儿说是老聃说的，一会儿又说是孔丘说的，弟子都被他搞糊涂了。所以，弟子就脱口而出，说他喜欢玩弄概念，说话太绕了。他的弟子不高兴了，曲意维护他，说他们先生决不像公孙龙，是靠玩弄概念游戏诡辩的，而只是擅长讲故事说明道理而已。"

惠施听了鄢然说了一大堆话，不禁哈哈一笑，说道：

"庄周是不是喜欢玩弄概念游戏，我不加评论。但是，说庄周不喜欢诡辩，那是不符合事实的。我以为，庄周是个诡辩的高手，如果让他与公孙龙对阵，公孙龙未必是他的对手。"

"如此说来，先生是领教过他诡辩的技巧喽！"

"当然。"惠施斩钉截铁地答道。

"先生，那您举一个例子，给弟子说说。"

惠施犹豫了一下，眼睛盯着院墙上的一根藤蔓，好一会儿没有吱声。

"先生，您是跟庄周先生辩论失败过吧？"鄢然见惠施不肯接话，故意用了一个激将法，想看看惠施是什么反应。

没想到，惠施非常坦然地回答道：

"鄢然，你说对了。为师跟他辩论过很多次，但好像每次都不能赢他。"

"先生，您的意思是不是说，您每次辩论都是输给他的？"鄢然直视惠施，调皮地问道。

"也可以这么说。"

"那您举个例子，让弟子判断一下，到底您算不算输给了他。"鄢然引诱道。

"好，为师给你举个例子吧，就是十多年前的事。那是我刚辞去魏国之相回到宋国不久，我到漆园拜访庄周，然后我们一起到濠水边游玩。走到一座桥上，我们立于其上，随意看着桥下的流水。突然，庄周看到水中有一条白鱼，高兴地说道：'您看，这条白鱼在水中悠哉悠哉地游着，从容自在，这就是它的快乐呀！'我对他的话不以为然，顺口驳了他一句：'您又不是鱼，怎么知道鱼是快乐的呢？'"

"先生，您说得对呀！他是人，又不是鱼，怎么知道鱼在水中游来游去就是快乐呢？"鄢然连忙附和道。

"可是，庄周却反驳我说：'您不是我，怎么知道我不知道鱼的快乐呢？'"

"他这明显就是诡辩。"鄢然说道。

"为师也是这么认为的，所以我就反驳他说：'我不是您，固然是不知道您；可是，您不是鱼，那么您不知道鱼的快乐，这也是可以确定的呀！'"

"先生，您说得对呀！庄周先生应该哑口无言了吧。如果这样，应该算您赢了呀！"鄢然说道。

惠施摇了摇头，呵呵一笑道：

"不是这样的。我原以为这场辩论到此已经结束了，没想到庄周跟我说：'我们回到刚才的话题，从头说起吧。'我说：'可以。'庄周说：'您刚才是不是说过，您怎么知道鱼是快乐的？'我说：'是呀！'庄周哈哈大笑道：'您说过这句话，说明您已经知道我知道鱼的快乐了，所以您才来问我这个问题。我现在可以告诉您，我是在濠水的桥上知道鱼是快乐的。'对于这样的诡辩，我还能说什么呢？"

鄢然听惠施讲完，不禁哈哈大笑起来。

"鄢然，你笑什么？"

"先生，弟子笑你确实辩不过庄周先生，您太老实了！"

惠施看了看鄢然，莞尔一笑。

鄢然见了，也会心地一笑。

过了一会儿，鄢然突然一拍脑门，大声说道：

"先生，弟子忘了一件重要的事情。"

"呵呵，什么重要的事情？"惠施淡然一笑道。

"庄周先生的夫人病了。"

"人生在世，生病乃是寻常之事，吃点药，或是休息几天，也就好了呀！"惠施平静如水地说道。

"先生，不是这样。庄周先生夫人的病好像非常厉害，不是寻常的头疼脑热之类。如果不是因为她病得很厉害，实在不方便再待下去，弟子还不想马上回来呢。这次弟子往漆园，原本就打算要多待些时候，想向庄周先生多讨教讨教，也跟他的弟子们多交流交流。"

"那是什么病？"惠施也紧张起来了。

"弟子刚到的几天，看她还是非常健康的，为人也非常开朗。没想到，到了第五天，突然一病不起，甚至昏迷不醒。庄周先生的三个弟子想尽了办法，请遍了漆园方圆五十里地的所有医者，也没见把她的病治好。"

"如此说来，真是凶多吉少了。为师这得去看看。"

看着惠施一脸严肃的样子，鄢然觉得有些不解，于是小心翼翼地问道："先生，您是说要到漆园探视庄周先生夫人的病吗？"

惠施点了点头。

"也是。您与庄周先生是君子之交，你们虽然道不同而不相为谋，且时有辩论，但友谊却是非常深厚的。这个时候去探视他夫人之病，也是人之常情。"鄢然好像是说给惠施听的，又好像是说给自己听的。

"为师也想趁机与庄周先生见个面，已经好多年不见了，真是有些想他了。"惠施似乎非常动情地说道。

"好，先生，既然您已经决定了，那弟子就陪您一起去吧。什么时候走？"鄢然问道。

"就现在吧，反正为师现在也无事。现在动身，今晚可以赶到商丘。住一宿，我们明天一早就出发，可以旦些时候到达漆园。病人的事很难讲，所以越快越好。"

"先生真是古道热肠，重情重义的人。庄周先生有您这样的一位君子之交，也算是他这辈子最大的幸运了！"

"鄢然，你说什么呢？为师算什么？应该说，我能交上庄周先生这样的朋友是最大的幸运。"

"先生果然是君子！好像听庄周先生的弟子说过，庄周先生有句名言，叫作：'君子之交淡如水，小人之交甘如醴'。看来，您与庄周先生是一路人，你们的交情是君子之交。虽然多少年甚至几十年不见一面，难得见面还要争辩得面红耳赤，可是在心中都是彼此尊重对方的，惺惺相惜，关键时刻就想到对方。"

"怎么那么多话，赶紧出发吧。"

"好！不过，先生，您稍等弟子一下，弟子得给您收拾一下简单的行装呀！"

"好，那就快点吧。"惠施催促道。

不大一会儿，鄢然便收拾好了惠施的行装，顺手将家中所有的门都带上，就陪着惠施往宋都商丘而去。

"先生，弟子今天一见面就只顾着跟您说话，忘了问您今天是否进过朝食。"快进商丘城门时，鄢然突然一拍脑袋，问惠施道。

"好像是进过的。"惠施不肯定地答道。

"那您吃了些啥?"鄢然连忙追问道。

"不记得了。"

"先生，您肯定没进过朝食。"

惠施莞尔一笑。

"都是弟子不好! 不过，马上就进城了，俺们先去进食，朝食、晡食一起解决，然后找个客栈住下。"鄢然说道。

惠施心不在焉地点了点头。

一夜无话。

第二天，惠施与鄢然早早起来，在客栈匆匆进了点朝食，就急急地出城，赶往漆园去看庄周及其夫人。

商丘离漆园路途并不算遥远，加上有鄢然的陪同，熟门熟路，周赧王元年十一月初五，前后不过八天，惠施就到了庄周家。

"先生，您听，好像是有人在唱歌，还抑扬顿挫，挺有韵味的呢!"离庄周家大约还有二百步距离时，鄢然突然停住脚步，跟惠施说道。

"莫非庄周夫人病好了，庄周先生高兴了?"惠施答道。

"先生，庄周先生会唱歌吗?"

"当然会，庄周先生的筝也弹得非常好。"

"先生，您亲自听他弹过、唱过?"鄢然有些不相信。

"很少有人了解庄周先生的真实情况，其实他是一个非常有才的人。"惠施说道。

师生二人一边说着，一边加快脚步向庄周家走去。

当惠施与鄢然一脚踏进庄周家的大门时，眼前所见与他们刚才所想根本不同。他们看到的情景是，庄周正披头散发地张腿坐在堂屋正中的席上，一边敲着瓦盆一边唱歌，三个弟子则白衣白帽，毕恭毕敬地侍立在一边。

惠施先是一惊，接着仔细再看，发现堂屋靠墙的地上有一幅很大的白布覆盖着什么。这下惠施终于明白了，原来庄周的夫人已经过世了。

惊诧不已的惠施，本想上前劝慰庄周几句。但见庄周脸上似乎看不出一丝悲伤之容，闭着眼睛旁若无人地敲着瓦盆在唱歌，顿时感到愤怒了，遂顾不得礼仪，也顾不得庄周有三个弟子在场，径直开口道:

"庄周先生，人生最大的悲痛莫过于亲人的离去。您与夫人相处一辈子，她为您生儿育女，辛苦一生。而今她因病而过早地离世，尸骨未寒，就算您看透生死，非常达观，不感到悲伤而痛哭也就罢了，怎么还鼓盆而歌呢? 您这是不是太过分了，也实在是让人不可理解呀！"

"是惠施先生吧，这有什么不好理解的?"没想到，庄周眼睛都没睁，便脱口而出道。

惠施一听，原本的愤怒没了，剩下的除了惊诧，还是惊诧。

鄢然站在一旁，望着惠施，望着庄周，望着蔺且、逸轩与淳于悦，不知如何开口。

沉寂，沉寂，沉寂。屋里的空气好像都要凝固了。

过了大约有烙三张大饼的工夫，还是庄周打破了沉寂，说道:

"惠施先生，您的心情我理解，您的情义我也感受得到。但是，事实并不像您所想的那样。拙荆刚离世时，我也是感到悲伤的，怎么可能没有感觉呢?但是，平静下来后，我仔细地寻思了一番，也就想通了，不再悲伤了。"

"庄周先生，这话怎么讲?"惠施问道。

"拙荆跟所有人一样，起初原本是没有生命的。不仅没有生命，而且连形骸也没有;不仅起初没有形骸，甚至连气息也没有。只是后来在恍恍惚惚之中，因变化而生出了气，因气而有了形骸，因形骸而有了生命。最后，又因变化而死去。这个过程就像是春夏秋冬四季的运行变化一样，是非常正常的。现在，拙荆平静地安息于天地之间，而我还在一旁哭哭啼啼，这不是不通达生命的道理吗?想通了这一点，所以我就不哭了。"庄周平静地说道。

惠施听了庄周这番话，一时无语。

鄢然觉得庄周这就是在诡辩，本来就不服气。又见自己的老师惠施被庄周说得哑口无言，更是心有不甘，于是便顾不上礼貌与吊唁场合的禁忌，冲口而出道:

"庄周先生，您通达生命的道理，那么请问生命到底是怎么形成的呢?"

"生命就是气的凝结，死亡便是气的消散。人之生，乃是气之聚;人之死，乃是气之散。聚则为生，散则为死。气之聚散，犹如风云之聚散。一阵风来，你有何喜?一阵风去，你有何忧?生命就如这风云之聚散，所以，生不足以喜，死不足以悲。这便是生命的道理。"庄周凿凿有据地答道。

这一次，不是惠施哑口无言了，而是鄢然哑口无言了。

逸轩跟蔺且、淳于悦一样，因为在为师娘守灵，心情本来就很沉重。他们理解庄周鼓盆而歌的实情，知道他是想消解他们这些弟子对师娘的哀悼之情。没想到，聪明过人的惠施竟然没能看透这一层，觉得不可理解。更没想到的是，惠施的弟子鄢然竟然在吊唁场合质疑自己的先生，所以一直侍立一旁，几个时辰都不言不语的逸轩，终于忍不住说话了:

"其实，关于生命的道理，俺们先生早在多少年前就跟俺们弟子说过了。如果俺记得不错的话，先生当时是这么说的：'死生，命也，就像昼夜轮替一样，乃是自然规律，是任何力量都不能改变的。事实上，现实世界中的许多事情都非人力所能干预的，这是物理之常情。人的生老病死，就是物理之常情。天地以形体让我们得以寄托，以生活让我们体会劳苦，以年老让我们得以安逸，以死亡让我们得以休息。所以，我们不应以有生而喜，也不应因有死而悲。上天既然已经妥善地安排了我们的生命，也就会妥善地安排我们的死亡。'"

"逸轩，你记得非常准确，先生当时是这么跟我们说的。我觉得非常有道理。师娘过世，先生鼓盆而歌，不是对师娘无情的表现，而正是对生命道理通达的表现。只有像先生这样通达生命道理的人，才是最懂得生命的意义，最懂得对死者的尊敬。"蔺且接口附和道。

鄢然听逸轩与蔺且一唱一和，知道是针对他与惠施先生说的，是要曲意回护自己的老师。但是，碍于吊唁的场合，他不想揭明真相，辩论什么道理。所以，他看了看庄周，看了看惠施，忍住没有再说话。

惠施当然比鄢然更明白这些道理，听了庄周与两个弟子的话，根本就没想到要反驳，只是报以莞尔一笑。

淳于悦从未见过惠施，但一直听人说到惠施，心中仰慕已久。所以，自打惠施一踏进庄周家的门，他就一直盯着观察惠施。现在见他莞尔一笑，觉得他这样声望隆盛的人是不应该的。因为这是吊唁场合，无论如何也不应该露出丝毫的笑脸。他既然一进门就批评庄周不该鼓盆而歌，那他自己就应该保持哀伤肃穆的表情。心里这样想着，淳于悦就忍不住冲口而出道：

"惠施先生，您笑什么？"

"老夫是自己笑自己，白活到这个岁数，竟然不懂人总是要死的，死并不值得悲伤，而是应该值得庆幸的道理。"

鄢然听出惠施这是在说反话，是对庄周及其弟子奇谈怪论的反唇相讥。于是，立即默契地接口说道：

"弟子更是惭愧了，刚才要不是听了庄周先生的教诲，又听了蔺且与逸轩的高见，俺还真的不明白亲人离去，还可以用鼓盆而歌的方式表达哀悼之情。"

蔺且与逸轩听惠施师生二人一搭一唱，明显就是在反讽自己的老师庄周，就想予以回击。但是，没等他们回击，一直闭目不语的庄周突然说话了：

"我这里倒有一个故事，不知惠施先生和高足有没有兴趣听。"

　　淳于悦本来跟蔺且、逸轩一样，对惠施师生的话非常反感，但是一听庄周要讲故事，顿时忘了一切，脱口而出道：

　　"什么故事？"

　　"据说，老聃死后，他的朋友秦失前往吊唁。"

　　"先生，不对呀！"庄周刚说了一句，就被淳于悦把话打断了。

　　"什么不对呀？"庄周反问道。

　　"您以前不是跟俺们说过吗？先圣老聃悟道成功，晚年飘然出关，不知所终。可您并没有说过他死的事情。"

　　"淳于，庄周先生的意思是不是说，老聃悟道成功，就长生不老，根本就没死。"鄢然又找到话题了。

　　"如果老夫刚才没听错的话，庄周先生曾经说过：'死生，命也，就像昼夜轮替一样，乃是自然规律，是任何力量都不能改变的。事实上，现实世界中的许多事情都非人力所能干预的，这是物理之常情。人的生老病死，就是物理之常情。'这是你师兄弟背下的话，是吧？"惠施立即接住弟子鄢然的话头，直视淳于悦，问道。

　　淳于悦一听，吃惊地看着惠施，什么话也说不出来。他没想到，惠施是一个老人，记忆力还这么好，竟然把逸轩刚才背过的话再背出来。

　　蔺且与逸轩听了，同样也是吃了一惊，不禁打心眼里佩服惠施，佩服得说不出一句话来。

　　"既然死生是命，是任何人都无法回避的自然规律，老聃自然也是不可回避的，他也会跟常人一样，是会死的。"惠施看了看淳于悦，又扫视了一眼庄周与蔺且、逸轩，轻声细语地说道。

　　庄周听了惠施的话，原来一直闭着的眼睛突然睁开了，扫了一下惠施与鄢然，说道：

　　"惠施先生说得对，老聃怎么会不死呢？他是人，与世界的万物一样，有生必有死。以前我确实说过老聃晚年飘然出关，不知所终，但并没有说他最后没有死。其实，关于老聃晚年的结局，一直有两种说法。一种说法，就是西出函谷关后，不知所终；另一种说法，就是他晚年在宋国静修悟道，最后也死在了宋国。我现在要讲的故事，就是跟这后一种说法有关。"

　　"哦，原来是这么回事。"淳于悦望着庄周，仿佛如梦初醒。

　　鄢然见庄周承认老聃确实是死了，觉得自己与老师惠施赢了，态度立即有所转变，望着庄周说道：

　　"庄周先生，那您就赶快说说秦失吊唁老聃的故事吧。"

庄周心知其意，故意沉吟了一下，然后瞥了眼惠施与鄢然，说道：

"秦失去吊唁老聃，干号了三声就出来了。老聃的弟子问他说：'您不是我们先生的朋友吗？'秦失说：'是呀！'老聃弟子问：'既然是朋友，这样吊唁可以吗？'秦失回答说：'可以的呀！我原本以为你的先生是至人，现在知道并不是。刚才我进去吊唁时，看到有年老者哭他，好像是在哭自己的孩子；看到有年轻人哭他，好像是在哭自己的母亲。这些老少聚集于此吊唁你的先生，其中必定有不想来吊唁却来吊唁的，有不想哭而哭了的。这是违背人之天性和真情的，是忘了自己所禀受的天赋。这在古代，叫作犯了遁天之刑。'"

"庄周先生，什么叫'遁天之刑'？"没等庄周把话说完，鄢然便插话问道。

"所谓'遁天之刑'，就是逃避自然之刑。人都是要死的，你却违背自然规律而不愿意死；人死是正常的，不必悲伤，你却感到莫大的悲哀；别人死了，你并没有发自内心感到悲伤，却前往吊唁而假装悲伤，这些都是违背自然、违背天性的，是应该遭到天谴的，这就是'遁天之刑'。"庄周答道。

"感谢庄周先生教诲！"

淳于悦见鄢然向庄周致谢的态度非常虔诚，感到非常自豪。于是，他故意看了一眼惠施，提高声音问庄周道：

"那老聃弟子听了秦失的话，是什么反应？"

"老聃弟子无言以对。秦失接着对他说道：'应该来到这个世界时，你的老师应时而生；应该离开这个世界时，你的老师顺命而去。应时而生，而又顺命而去，一切哀乐便不能进入内心，古人将这种情况称之为解除了倒悬。'"

"庄周先生，俺现在终于明白了。夫人过世，您之所以鼓盆而歌，是因为她从此解除了人生的倒悬之苦。是吗？"庄周话音刚落，鄢然立即追问道。

逸轩觉得鄢然不该再提自己老师鼓盆而歌的事，但是碍于惠施的面子，又不便直斥鄢然。于是，只好转移话题，转向庄周，问道：

"先生，听了您所说的故事，感觉老聃的弟子不及秦失通达生命的意义，是吗？"

庄周点了点头，说道：

"其实，秦失才是真正理解老聃的知音，对于老聃之道体悟得比他的弟子更深刻，这也是秦失能成为老聃朋友的原因所在。"

"先生说的是。"蔺且连忙应和逸轩的话道。

庄周像是不经意地瞥了一眼静观一旁的惠施，有意以教训弟子的口吻说道：

“秦失的过人之处，在于他认识到，生与死只不过是一种自然而不可避免的形态变化，因此生之来要坦然受之，死之来要安然顺之，一切皆顺任自然，悲喜皆不入于胸，这才是达观而不悲观的心态，才算是真正懂得生命的道理。先圣老聃虽然跟常人一样，自然生命即形体会消亡，但他是体悟了大道的圣人，他的精神生命却不会消失，就像油脂可以燃尽，但火却是可以传续下去的。这也是老聃之道能够世代传续的原因所在。”

“先生说得真是通透！”淳于悦不避嫌地赞扬道。

惠施见庄周师生四人一唱一和，心中虽然大不以为然，但是却能沉住气，有意不发一言。但是，鄢然则没有惠施的涵养，他见庄周三个弟子赤裸裸地附和赞同他们老师的观点，不以为然的情绪立即表现出来，淳于悦话音未落，他便脱口而出道：

“秦失对于老聃的死，三号而出，也许真的是达观坦然的态度，是自然而真实的情感表露。因为毕竟老聃只是他的朋友，不是他的老师，更不是他的亲人；而庄周先生对于夫人离去，鼓盆而歌，也许就不是真的达观而自然的情感展露。因为庄周先生与夫人是相濡以沫、共同生活了一辈子的夫妻，夫人为他生儿育女，操持家务，庄周先生不可能对她没有感情。所以，庄周先生在夫人尸骸之旁鼓盆而歌，实乃有违人伦常理，让人不可理解。如果庄周先生的表现是装出来的，那庄周先生自己就犯了他刚才所说的‘遁天之刑’。”

惠施听鄢然说出这番话，不禁感到吃惊。但是，他的欣喜之情并未表露出来，仍然在一旁冷静地观察着。

蔺且在庄周弟子之中算是最为淡定的，但听了鄢然的话，还是不能淡定。他看了一眼惠施，虽然在他的脸上看不出一丝的表情，但猜测得到他此时内心的得意，于是有意转向鄢然，直视他说道：

“鄢然，我觉得您真的不了解我们先生。我这里有一个故事，可以讲给您听听，能够帮助您多了解一点我们先生。”

“好哇，蔺且，您请讲！”鄢然知道蔺且的意思。

逸轩与淳于悦当然更知道蔺且的意思，所以连忙劝进，二人几乎异口同声地说道：

“师兄，您快讲。”

蔺且看了逸轩、淳于悦和鄢然一眼，又假装不经意地瞥了惠施一眼，顿了顿，才开口说道：

“记得那是我刚投在先生门下不久，大约在漆园待了三个月，我就有些不耐烦了。一天，我试探着跟师娘说，要陪先生出去走走。师娘问要到哪里去，我说最好去远点的地方。"

"师娘答应了吗？"蔺且刚说了几句，淳于悦就忘了他讲故事的用意，而专注于故事本身了。

"师娘说，家里孩子小，吃了上顿没下顿，你们出去游玩，让我们娘儿几个饿死不成？"

逸轩听了蔺且这话，不免勾起当初的回忆，想到了当年庄周家经济窘迫，师娘常常骂庄周的往事。

"后来呢？大师兄，您接着说。"淳于悦催促道。

"蔺且，您快往下说。"鄂然见蔺且说得非常动情，情不自禁地也进入了情境中。

"我跟师娘说，这个我已经考虑到了，我有一些资用一直留着没动，是应付不时之需的。如果您同意我跟先生出去一段时间，我会安排好家中的一切，留够家中开支的费用，请托好乡邻乡亲，届时有事相帮。"

"大师兄真是想得周到。"淳于悦又忍不住插话道。

"师娘听我这样一说，也就欣然同意了。我把这个消息告诉先生，先生非常高兴。我的本意是想跟先生到北国游历，增长一些见识。但是，我不好意思直说，反而问先生想去哪里。没想到，先生跟我的想法正好相反，说想往南国去游历。我心中虽然有些失落，但先生既已说出口，我就不便再说出自己真正的想法了。于是，就附和着先生说自己也是这样想的。"

"最后到底去哪了？"这次是鄂然插话了。

"去了楚国。去楚国，我是熟门熟路。但是，往楚国的路途是山重水复，一会儿要坐船，一会儿要坐车，真是辛苦。那时，我还有些钱，考虑先生行路辛苦，就买了一匹小矮马，价格很便宜，让先生做代步工具，省些脚力。先生策马扬鞭，颇是神采飞扬。"

"哦，先生还会骑马呀！"淳于悦不禁好奇地望了庄周一眼，说道。

"先生不仅会骑马，还会弄剑呢。这个，逸轩是知道的。"蔺且笑着答道。

逸轩笑着点了点头，催促蔺且道：

"师兄，您接着往下讲正文。"

"一天，我们还没到可以投宿的地方，天就黑下来了。当时，放眼四野，我心里真是发慌呀！那地方是个荒山野岭，周围都是山，山上林木茂盛，如果露宿于此，晚上山林中蹿出几只野兽，不要把我们给吃了呀！"

"那怎么办？"淳于悦紧张地问道。

"我当时心里紧张极了，这次出来游历是我提出来的，如果有个三长两短，我不仅对不起先生，也对不起师娘呀！可是，我们先生却从容淡定，好像没事人似的，站在山下，极目远眺远山近水，拈须点头。我见先生这样淡定，心情开始稳定了一些，冷静地考虑起应对之策。我走到一棵大树下，见树下地势平坦，就跟先生说，今夜我们就在此露宿吧。先生点头表示赞同。我知道，野兽是怕火的。所以，我又对先生说，我去找些枯枝枯叶，烧一堆火，既可以防寒，又可以驱赶野兽。"

"师兄，您真的有生活经验。要是俺，早就慌了，一点办法也没有，肯定让野兽把先生给吃了。"逸轩也忍不住插话道。

"可是，当我刚要转身去找枯枝枯叶时，先生突然哈哈一笑。我不知原委，问先生笑什么，先生却用马鞭指着脚边，让我自己看。我不看则罢，一看真是魂飞魄散。"

"看到什么了？"鄢然也紧张起来了。

"是一具骷髅，还隐约看得出是一个完整的人形。当时，我吓坏了。可是，先生却用马鞭敲着骷髅问道：'您是因为贪图享乐，违背了养生之道而死的呢？还是因为国家灭亡，惨遭他人杀戮而死呢？或者是因为做了坏事，羞见父母妻儿而自杀而亡呢？或是因为冻馁之故，而离开了人间呢？要不就是享尽天年而死的呢？'说完，先生一把拉过这具骷髅，当作枕头，就地躺倒，和衣睡下了。"

鄢然听得目瞪口呆，望着蔺且不知说什么好。

惠施与庄周则什么表情都没有，什么话也不说，彼此心照不宣，冷冷地静观于一旁，任凭庄周弟子们热闹地问答。

"大师兄，然后呢？"淳于悦呆了一会儿后，又开始追问起后情。

"先生头枕着骷髅安然睡了一夜，我守着火堆担心了一夜。第二天，先生一觉醒来，伸了个懒腰，高兴地说道：'昨晚睡得真好，还做了一个梦。'我连忙问他，做了一个什么梦。他告诉我说：'我梦到这个骷髅对我说，昨晚听您一番话，好像您是一个善辩的人。听您所说的，好像都只是活人的烦恼与牵累，死了就没这些忧烦了。您愿意听听死人的情形吗？'"

蔺且还没说完，淳于悦又急了，问道：

"先生是怎么回答的？"

"先生说：'我愿意。'于是，骷髅就告诉先生说：'人死之后，上无君王，下无臣下，也没有一年四季忙不完的各种事务，完全是自由自在而与天地同在的状态。就算是南面称王，快乐也不能超过它的。'先生不相信，就跟骷髅说：'如果我让司命之神恢复您的形体，还原您的骨肉肌肤，并将您送归您父母妻儿与邻居故旧之间，您是否愿意呢？'骷髅顿时愁眉苦脸，说道：'我怎么会愿意放弃君王一样的快乐，而回到人间去受苦受难呢？'"

"师兄，如此说来，先生对生命道理的体悟就是源于此次游历吧？"逸轩问道。

蔺且点了点头，看了看惠施，又看了看鄥然，说道：

"先生旷达的人生观其实早就形成了，今日先生在师娘尸骸旁鼓盆而歌，乃是对生命道理真切理解的自然表露，并非像外人所说的那样，是一种装出来的达观，更非世俗所认为的违反人伦常理的无情。先生鼓盆而歌，是对师娘解脱苦难由衷地欢悦，是对生命的最高礼赞。"

"知我者，蔺且也！"一直闭目不言的庄周，突然脱口而出道。

逸轩与淳于悦听了庄周的表态，重重地点了点头，并向蔺且投去敬佩的目光。

惠施与鄥然听了庄周的话，则默然无语。

第七章　逍遥游

1. 悲夫百家

"真是个难得的好天气呀！"

周赧王元年十一月初八，鄢然一早起来，站在庄周门前，留恋地眺望着漆园的远山近水。因为今天他就要随老师离开漆园，回宋都商丘城附近惠施的隐居之所了。

在门口站了约有烙三张大饼的工夫，太阳终于从地平线慢慢爬升到前方的一座小山之巅。刹那间，满天的红霞照亮了大地。

冬日之阳灿烂的霞光，不仅让鄢然顿时觉得浑身暖洋洋的，就是房前屋后老树枯枝上原来蜷缩着的鸟儿似乎也兴奋起来，突然成群地从树上飞起，叽叽喳喳地叫着，绕着庄周家的房子飞来飞去，就像一群"人来疯"的孩子。

鄢然看着鸟儿飞着，叫着，情不自禁间也兴奋起来。目光随着鸟儿流转，鄢然突然发现所有的树木枝条都纹丝不动，这才意识到今天竟然没有一丝风，这在冬日里是非常难得的。所以，情不自禁间便脱口而出，感叹了一句。

"一大早在这自说自话什么呢？"鄢然话音未落，惠施突然出现在他身后。

"哦，是先生呀！您今天怎么这么早就起来了？"

"昨天不是说过，今天要回去了吗？"

"先生，您的意思是现在就走吗？"鄢然转过身来，望着惠施，问道。

惠施点了点头。

"先生说得对，那俺们现在就走吧。您看今天天气多好，不仅阳光格外的好，而且连一丝风都没有，是不是很难得？"

"不过……"

"不过什么？哦，弟子明白了，先生是想跟庄周先生道个别，是吧？"

惠施点了点头。

"先生如果真想跟庄周先生道别，那就要有耐心。庄周先生一辈子都是爱睡懒觉，不到日上中天，是不会起来的。"鄢然提醒道。

"那怎么办？如果真要等到日中时分，那多浪费时间。"

"先生说的是。不如趁现在天气暖和，早点上路。免得午后起程，走半天路，晚上住宿都不好安排。"

惠施点了点头，但马上又摇了摇头。

"先生，您是怕不辞而别太失礼了，是吧？要不，这样吧，弟子去跟庄周先生的弟子们说一声，请他们转达先生的意思，说您有些急事，来不及跟庄周先生道别了，请他海涵。"

"鄢然，怎么这么早就起来了？大冷的天，怎么不让惠施先生多睡一会儿呢？"

鄢然话音未落，蔺且突然出现在身后，一边这样跟鄢然说着，一边走到惠施面前恭恭敬敬地行了个礼。

鄢然见了蔺且，哈哈一笑，道：

"真是巧呀！俺们刚刚说到您，您就来了。"

"您跟惠施先生说我什么来着？"蔺且笑眯眯地问道。

"是这样，您看今天天气这么好，不仅阳光灿烂，而且连一丝风也没有。所以，俺们先生就想趁着天气暖和，这就告辞回去了。但是，俺们也知道，庄周先生有个习惯，一定要睡到正午才会起来。俺们先生为人拘谨，不像庄周先生那样因任自然。"

"鄢然，您不用说了，我懂您的意思了。惠施先生是想趁现在天气暖和早点上路，但又怕跟我们先生不辞而别显得失礼，所以就犹豫不决，是吧。"

"蔺且，您真是聪明透顶！怪不得庄周先生说您悟性好，每每谈及您，就引以为傲。"

"鄢然，您太扯了吧。我们先生从未公开表扬过我们弟子，当然更不会因我们而引以为傲的。"

"好，好，好，不说这些了。反正俺们先生的意思，您已经明白了。俺们现在就告辞回去了。等庄周先生起来时，您帮助转达一下俺们的歉意，并对这些天庄周先生予以的款待表示感谢。"鄢然望着蔺且，一本正经地说道。

蔺且没接鄢然的话，却转向惠施，说道：

"惠施先生，昨晚我们先生临睡前交代我一件事，让我今天早点起来，去买一壶好酒，说今天要陪您好好喝一盏。我猜想，你们今天会有一场思想的交锋。你们好多年没见，这些年各自对社会与人生想必都有深入的思考，一定会碰撞出灿烂的思想火花。"

"如果是这样，老夫倒是忑留下来跟庄周先生切磋切磋。"惠施呵呵一笑道。

"哈哈，果然传闻不虚，原来惠施先生真的跟孟轲一样，是个好辩之士。"蔺且望着惠施莞尔一笑。

日中时分，庄周准时起来了。

朝食之后，庄周与惠施一巨步出大门，刚在门前台阶立定，就听蔺且高声喊道：

"二位先生，快请到这里来丛。"

原来，蔺且已经在屋前靠南墙的一块平地上铺好了一张席子。

庄周抬眼望了一下蔺且，莞尔一笑。惠施抬头望了一眼天空，又扫视了一下四周，会意地点了点头。

当庄周与惠施走到蔺且铺好的席子边时，陪侍一旁的逸轩兴高采烈地说道：

"今天阳光灿烂，万里无云，一丝风都没有，堪称漆园史上从未有过的好天气。大概这是上天有意的安排，知道二位先生今天要在此坐而论道吧。"

"啊？逸轩，原来你们跟庄周先生早就预谋好了呀！"随侍在惠施一旁的鄢然，听了逸轩的话，吃惊地瞪大了眼睛。

庄周没有理会逸轩与鄢然的话，径直脱履走上了席子，动作麻利地在席子的一角先行坐下，然后向惠施做了个邀请的手势。

惠施在席上甫一坐定，就见淳于悦抱着一个酒坛，迈着十分夸张的步伐从里屋出来了，脸上还荡漾着神秘的笑意，高声喊道：

"酒来喽！"

"小师弟，酒盏呢？你让二位先生抱着酒坛喝呀？"淳于悦一放下酒坛，逸轩就发现了问题。

"抱歉！抱歉！俺这就进屋去拿。请二位先生稍等呀！"淳于悦乐呵呵地说道。

惠施偷眼看了一下庄周，又扫视了他的三个弟子，莞尔一笑。此时，他已然明白，原来庄周跟弟子早就设好了圈套，摆明了今天要跟自己决一雌雄。

立在一旁的鄢然，看看庄周，又看看惠施，虽然一句话也没说，但心如明镜，一切全明白了。不过，他跟庄周的弟子一样，也有看热闹的心理，打心底乐见庄周与惠施辩论。

"酒盏来喽！"一眨眼的工夫，淳于悦就进屋取来了酒盏。

蔺且从淳于悦手中接过酒盏，脱履走上席子，先跪下身子，将酒盏工工整整地在庄周与惠施面前摆好，接着小心翼翼地抱起酒坛向盏内斟酒，然后立起身子，行了一个礼，慢慢从席上退下。

庄周端起面前的酒盏，对惠施说道：

"惠施先生，请！"

"庄周先生，请！"

于是，二人一起举盏仰脖，一饮而尽。

鄢然从未见自己的老师如此豪爽地喝过酒，于是一时兴起，也脱履走上座席，给庄周与惠施满斟了一盏。接着，逸轩、淳于悦也相继斟酒，庄周与惠施都同样豪爽地一饮而尽。

轮到蔺且斟第五盏时，他先回头看了看鄢然，问道：

"鄢然，您见过惠施先生如此豪爽地饮酒吗？"

鄢然摇了摇头。

"我们先生饮酒好像也从未像今天这样豪爽。看来，二位先生今天是酒逢知己了。既然是知己相逢，酒又喝得这样尽兴，我们是不是应该请二位先生给我们谈谈学问，讲讲人生，说说社会？"

"师兄说得对。"逸轩立即附和道。

"说得好！"鄢然与淳于悦几乎是异口同声道。

蔺且回过头来，对逸轩、淳于悦与鄢然会意地笑了笑，立即脱履上席，给庄周与惠施斟了第五盏酒。

这次，庄周与惠施却没有立即举盏，而是相互看了一眼，几乎同时莞尔一笑。

蔺且见庄周与惠施二人谁也不肯先开口，于是便启发式地说道：

"虽然孔丘有言：'道不同，不相为谋'，但孔丘还是专程到洛邑向老聃请教过礼；我们先生跟惠施先生也是'道'不同，却是好朋友。可见，'道'不同并不是什么坏事。大家各有其'道'，彼此相互切磋，也能有所启发，其他人也能从中见出谁的'道'更具合理性，这样也好择善而从之。是不是？"

"师兄说得对！"逸轩、淳于悦几乎同时附和道。

见鄢然没有表态，蔺且对他笑了笑，以征询的口吻问道：

"鄢然，您以为呢？"

"俺也赞成。"鄢然答道。

"既然如此，那我们今天就请二位先生各言其道，也好让我们这些弟子从中受益。"蔺且故意高声说道。

"好！"逸轩、淳于悦与鄢然同时叫好。

然而，庄周与惠施二人谁也不接话茬，他们似乎早已看透了弟子们的心理。

沉默了好久，还是鄢然打破了沉默，开口说道：

"庄周先生，您一向对儒、墨以及其他诸家学派的思想主张不以为然，而且抨击不遗余力，要么今天您就对诸家学派作个评判，俺们先生也在，正好有个商榷。"

"老夫也有此意。"鄢然话音刚落，惠施便脱口而出，并意味深长地看了庄周一眼。

"先生，既然惠施先生也有此意，那么您就先说一下您的见解，然后我们再请惠施先生发表高论。"蔺且望着庄周，以劝说的口吻说道。

庄周今天备酒，本来就是为了跟惠施辩论，现在见弟子们铺垫得如此自然，惠施又明确表示要应战，觉得时机已然成熟，便顺水推舟，轻轻地点了点头。

惠施见此，立即说道：

"庄周先生，那就请您发表高论吧。"

"高论谈不上，谬论肯定不少。"

"庄周先生是因任自然之人，就不必矫情谦虚了，请直道本心吧。"惠施说道。

"自古以来，天下研究方术者众，而研究道术者寡。"

"先生，什么是'方术'，什么是'道术'，您从来都没有跟弟子们说过呀！"庄周刚说了一句，就被淳于悦的提问岔断过了。

逸轩白了淳于悦一眼，但庄周并不以为忤，看了看淳于悦，又扫了一眼蔺且、逸轩和鄢然，笑了一笑，说道：

"所谓'方术'，就是研究某种特定问题的学问，比方说，治水呀，攻战呀，还有如孔丘念念不忘的治国安邦呀；所谓'道术'，就是研究宇宙人生本原的学问，像先圣老聃研究的，就是'道术'一类。"

庄周话音未落，鄢然脱口而出道：

"俺明白了，就是研究具体问题，属于经世致用的有用之学，便是'方术'；研究抽象问题、玄想问题，没有任何实用价值的学问，便是'道术'。庄周先生，是吧？"

"什么有用没用，俺们先生的意思是说，形而上的，大智慧的，是'道术'；形而下的，玩弄小聪明的，是'方术'。"淳于悦立即驳斥道。

"你们两个不要斗嘴好不好，今天我们是要听二位先生讲学论道。大家要是有问题，可以请教二位先生。"蔺且连忙制止道。

"是啊，先生，您接着往下说。"逸轩连忙附和道。

庄周莞尔一笑，望了望惠施，接着说道：

"天下研究方术的人虽多，但都以为自己所研究的学问是最好的，好得无以复加了。但是，古代研究道术的人则不是这样。"

"庄周先生，您的意思是不是说，研究方术的都肤浅狂妄，研究道术的都博大深沉。那么，我倒有一个问题需要请教。请问，您所说的道术到底在哪里？"惠施侧脸望着庄周，笑着问道。

"道术无所不在。"庄周不假思索，脱口而出。

"既然道术无所不在，那么道术一定是非常神妙的。好，那我又有一个问题要请教了，请问道术到底神在哪里，妙在何处？"惠施问道。

庄周莞尔一笑，端起面前的酒盏呷了一口，从容说道：

"道术神在哪里，妙在何处，我亦不知。但我可以确信一点，圣有所生，王有所成，皆源于道。先圣老聃有言：'道生一，一生二，二生三，三生万物。'可见，道之博大深奥，非一般人可以体悟得出。悟道之术，自有神妙在其中矣。"

惠施觉得庄周的回答根本就是王顾左右而言他，于是便呵呵一笑，端起面前的酒盏自顾自地呷了一口。

鄢然懂得惠施的心理，但碍于老师与庄周的面子，不好说出来。

"先生，您再接着说。"淳于悦见惠施无话可说，遂高兴地催促庄周道。

庄周其实也明白惠施此时的心理，却假装不知，遂顺着淳于悦给的台阶，接着说道：

"不离于本源者，谓之天人；不离于精纯者，谓之神人；不离于真质者，谓之至人。以自然为宗主，以天生禀赋为根本，以大道为门径，能顺应一切变化者，谓之圣人；以仁施恩惠，以义立条理，以礼规范行为，以乐调和情性，表现仁慈温和者，谓之君子。这些人，都可谓之完备之人。他们心灵契合于神明，行为取法于天地，养育万物，调和天下，恩泽及于百姓，深谙大道之本源，亦不疏于法度。无论是在四时流转的时间领域，还是在六合通达的空间领域，万事万物的大小精粗，他们都参与运化而无所不在，这便是道术的作用。"

"庄周先生，您说得如此玄乎，请问古人这些道术是否还有具体成果留存于世？"鄢然忍不住插话道。

"当然有。这些成果体现于礼乐制度方面的，旧时的法规和世代相传的史籍中都有记载，留存下来的也有很多。而保存于《诗》《书》《礼》《乐》中的部分，儒士们大多还能通晓。这些礼乐制度散布于天下，施行于各国，百家学说也时常予以称颂与引述。”说到这里，庄周侧脸看了惠施一眼。

惠施这时正好端起酒盏呷了一口，轻轻点了点头，不知是觉得酒好，还是觉得庄周说得对。

庄周见此，也端起酒盏，呷了一口，望着鄢然等人，却突然停住不说了。

“先生，您接着往下说呀！”这次，是淳于悦忍不住了。

蔺且、逸轩与鄢然虽然没有开口，但目光都盯着庄周，惠施也侧脸看向庄周。于是，庄周这才接着说道：

“后来天下大乱，圣贤隐而不现，社会没有统一的道德规范，于是天下各派学者都各执一端，自以为是。这就好像是耳、目、鼻、口，虽各有其功能，却不能互相代替通用；又好像是百家之技艺，虽皆有所长，亦时有所用，却不能臻至尽善尽美。可以说，而今百家学派对宇宙人生的理解既不完备，也不全面，所谓的学者也都是些偏执一端、孤陋寡闻之辈。他们割裂天地之大美，离析万物之常理，肢解古人之全德，绝少兼备天地之全，相称神明之容。所以，而今内圣外王之道已然昏暗不明，抑郁不振，百家学派的学者都各自为所欲为，自说自话，以为自己喜欢的就是学术。悲夫，百家！”

“庄周先生，您何必那么悲观呢？”鄢然又忍不住插话了。

“百家学派各行其道，而不知迷途而返，肯定不会与道术相合了。后世学者非常不幸，他们恐怕再也无法见到天地之纯美，古圣之全貌，道术将被百家学派所彻底肢解割裂了！”庄周似乎无限感伤地说道。

惠施呷了一口酒，瞥了一眼故作深沉的庄周，呵呵一笑道：

“依庄周先生之见，道术被割裂，天下就完了？百家方术，难道就真的那么一无是处，完全于世无补吗？”

庄周一听惠施的口气，知道挑战开始了。但他没有马上回答，而是端起酒盏，小小地呷了一口。

惠施见庄周不说话，于是径直出题提问道：

“庄周先生，我们今天姑且不论百家，就请您先谈谈对墨家的看法吧。”

“不示后世以奢侈，不靡费万物于一毫，不靠礼法炫耀等级，而只以规矩苛求砥砺自己，以救当世之急需。古代道术有属意于这方面的，墨翟、禽滑厘之徒听说了就热烈地追求，并努力予以践行。不过，他们有些事践行得太过分，有些事则节制得太极端。墨翟著有《非乐》，又撰《节用》，主张人活着不唱歌，死后不厚葬。他又提倡博爱众生，兼利天下，反对战争，要人们和睦相处，不要动怒。墨翟为人好学而博闻，不标新立异，但也不认同先王，主张毁弃古代的礼乐。"

说到这里，庄周停下呷了一口酒，望了一眼惠施。

惠施点了点头。

"古时先王皆制乐作歌，黄帝时有《咸池》，尧时有《大章》，舜时有《大韶》，禹时有《大夏》，汤时有《大濩》，文王有《辟雍》，武王、周公则有《武》章。古时先王亦制有丧礼，贵贱皆有仪则，上下各有等差。天子棺椁七重，诸侯五重，大夫三重，士则二重。唯独墨翟主张活着不唱歌，死后不厚葬。主张人死归葬只用三寸桐木之棺而不用外椁，要求定下规矩让所有人实行。以此教人，恐怕不是爱人吧；以此来要求自己，恐怕不是爱己吧。既不爱人，也不爱己，谈何博爱众生，兼爱天下？"庄周说道。

惠施又点了点头。

"我并非有意要否定墨翟的学说，也不是对墨家学派抱有门户之见，而只是认为，该唱歌时不让人唱歌，该哭泣时不让人哭泣，该奏乐时不让奏乐，这是不是太有违人之常情了？人活着时要辛勤劳作，死后要薄葬，这样的学说与主张是不是太苛刻了，让人觉得忧伤，让人感到悲苦？所以，我以为，墨翟的主张是很难付诸实践的，墨家学派的学说要说符合圣人之道恐怕也难以服人吧。事实上，墨翟的学说违背了天下人的心愿，天下是没有人可堪忍受的。虽然墨翟自己能够身体力行，躬行实践，但如何要求天下人都能做得到呢？违背人之常情，跟天下人的能力脱节，距离圣人之道不是越来越远吗？"

逸轩见庄周越说越激昂，遂连忙上前给他与惠施的酒盏中续了一些酒，并对庄周说道：

"先生，您先喝口酒润润嗓子。"

惠施明白逸轩的意思，所以瞥了一眼庄周，莞尔一笑。

庄周呷了一口酒，又接着说道：

"墨翟对弟子宣扬说：'从前大禹为了治水，疏导江河，沟通四方九州，走遍了大河三百，支流三千，沟溪无数。他亲自操橐持耜，率领众人合力汇聚天下河流入海，累得大腿无肉，小腿汗毛磨光，时常暴雨沐身，疾风梳发，万般劳苦，这才安定了天下万国。大禹是圣人，为了天下苍生，尚且如此劳苦累形。'正因为墨翟如此推崇大禹，所以墨翟之后的墨家弟子多身穿兽皮为衣，脚着木屐草鞋，日夜劳作不息，以劳苦自己为人生原则，说：'不如此，则不合大禹之道，不配称为墨家弟子。'"

"史籍上确实是这样记述的。"惠施点了点头。

"墨翟之后，相里勤的弟子，伍侯的门徒，还有南方的墨家弟子如苦获、己齿、邓陵子之辈，虽皆诵读《墨经》，却立场各异，大家各执一端，相互指责对方不是正宗的墨者。他们以'坚白''同异'的辩论相互诋毁对方，以奇偶不合的言辞相互对垒；他们将各派巨子视为圣人，且愿奉之为宗主，希望成为其继承人。直到今天，他们的纷争还没有结束。"

说到这里，庄周突然停下了。

"庄周先生，您对墨家的评判就是这些吗？"惠施以为庄周是说不下去了，遂故意催问道。

"差不多就是这些吧。不过，最后，我还想说一句。墨翟、禽滑厘的用心应该说是没错的，只是他们的做法太过分了。因为他们的主张及其作为，会让后世的墨者一定要以劳形伤身的苦行来相互攀比，弄得大家非要累到大腿无肌肉、小腿无汗毛不可。这样的苦行竞逐，实在是扰乱天下之祸大，而治平天下之功少。尽管如此，我们还是应该承认，墨翟是真心爱天下苍生，算得上是天下最美善之人。这样的人，在这个世界上实在是求之不得的。他纵然自己劳累得形容枯槁，也不肯放弃自己的主张。墨翟真可谓是难得的救世之士呀！"

庄周话音刚落，惠施便脱口而出道：

"庄周先生，以前常听人说您为人偏激，今天听您对墨家的评判，我倒觉得客观中肯，让我改变了对您的成见。"

蔺且一直侍立一旁没有开口，听了惠施这句话，立即接住其话头，笑着说道：

"惠施先生，今天也让我们改变了以前对您的成见。"

庄周与惠施相视一笑，同时举起酒盏，一饮而尽。

之后，应惠施的请求，庄周先后又对宋钘、尹文学派，彭蒙、田骈、慎到学派，老聃、关尹学派，一一予以评判，都得到了惠施的认同。

但是，鄢然与蔺且、逸轩、淳于悦则觉得今日庄周与惠施的讨论太过于冷静、文静，所以内心都希望庄周与惠施能够有一次激烈的观点交锋。尽管大家心里都有此想，但都碍于面子，更怕伤了和气而怯于提出。不过，最后还是鄢然鼓起了勇气，望着庄周说道：

"庄周先生，刚才您对许多学派的学说都作了评判，也得到了俺们先生的认同。恕弟子冒昧，是否可以请您也对俺们先生所代表的名家学派的学说作个评判呢？"

"这个提议好！"淳于悦立即起而呼应。

蔺且与逸轩也点头表示赞同。

惠施与庄周相视一笑。

"庄周先生，快请说吧。"鄢然见庄周举盏而不言，便催促道。

庄周呷了一口酒，瞥了一眼惠施，莞尔一笑。

"庄周先生，不必有任何顾忌，请直道本心吧。"惠施看着庄周，说道。

庄周看了看惠施，又扫视了一下自己的众弟子与惠施的弟子鄢然，仰起脖子将盏中之酒一饮而尽，呵呵一笑道：

"惠施先生研究的学问是多方面的，撰著的书要五辆大车才能装得下。但是，恕我直言，他所讲的那套理论很驳杂，言辞也偏颇不当。例如，他阐释事物之理，说什么：'大到极点而没有边际的，叫大一；小到极点而没有内核的，叫小一。薄到没有厚度，不可累积，却其大千里。天与地一般低，山与泽一般平；日方中天便西沉，万物即生便即死；事物大部分相同而小部分不同，叫'小同异'；事物完全相同而又完全不同，叫'大同异'。南方没有穷尽，却又有穷尽；今日到越而昔日已来；连环是可以解开的；我知道天下的中央，在燕国的北方，越国的南方；博爱万物，天地原为一体'，是不是让人觉得莫名其妙？但是，惠施先生却自以为他的这些话是天下最大的道理，炫耀于天下之士并引导他们。天下好辩之士也乐于与惠施先生辩论，由此成就了惠施先生天下第一好辩之士的名声。"

"庄周先生，也恕我直言，不是我的理论莫名其妙，而是您完全没有理解。在此，我也要郑重声明，我绝对不是天下第一好辩之士。"庄周话音未落，惠施便脱口而出道。

庄周望了一眼惠施，呵呵一笑，说道：

"是吗？那么，今天我就要当面向您请教了。什么是'大到极点而没有边际的，叫大一；小到极点而没有内核的，叫小一'？"

"我所说的'大一'，是指无穷的宇宙。请问庄周先生，您看到天空的边际了吗？我所说的'小一'，是指无穷小的质点。请问庄周先生，您看到一粒微尘的内核了吗？"

"那'薄到没有厚度，不可累积，却其大千里'，又怎么讲？"庄周没有回答，却反问道。

"没有厚度与大至千里，其实都是相对的。从无穷的角度看，薄到没有厚度的物体，未尝不是其大千里。比方说，一只蚂蚁，我们人类看它非常小，但是在比蚂蚁小非常多的生物来看，蚂蚁何尝不是其大千里？"

"世界上哪有比蚂蚁小非常多的生物？"庄周反驳道。

"您怎么知道没有？就像当年我问您：'您怎么知道鱼之乐？'您回答说：'您不是我，怎么知道我不知道鱼之乐？'"惠施笑着说道。

"我们不提这一节了，好不好？您还是接着继续解释您的理论吧。什么叫'天与地一般低，山与泽一般平'，这话又从何说起？"

"一般人总觉得天是高高在上的，地在我们脚下，所以认为天高地低。其实，这是错觉。如果我们不是立足于地而看天，而是立足一个更大的空间来看天与地，就会觉得天与地没有区别，都是低的。山与泽也是一样，如果我们不是立足大地，而立足于天空俯瞰，山与泽不就一样平了吗？"惠施望着庄周说道。

庄周没有回答。

鄢然见此，以为庄周哑口无言了，所以内心感到十分自豪，于是连忙催促惠施道：

"先生，难得庄周先生如此虚心向您请教，您继续给他解释吧。"

庄周看了看惠施，又瞥了一眼鄢然，莞尔一笑。

"我所说的'日方中天便西沉，万物即生便即死'，是从时间流动不居的观点来说明一个道理：世界上没有什么事物是不变化的，没有什么时间、事物是处于静止不动的状态。至于我所提出的'小同异'与'大同异'的概念，并非是故弄玄虚，而是意在说明万物的一切同异都不是绝对的。比方说，男人与女人，我们都认为是不同的。但若是跟松柏等植物比，我们肯定将男人与女人归为一类，而将松柏归为另一类。也就是说，与松柏比，男人与女人是相同的，都是人。可见，任何的同异都不是绝对的，而是相对的。"

"那'南方没有穷尽，却又有穷尽'，您又是要说明什么道理呢？"庄周又反问道。

"我提出这个命题，是想说明空间也是具有相对性的道理。事实上，世界上根本就没有固定不变的南方。比方说，相对于燕国、魏国，宋国是南方。而相对于楚国、越国，宋国就算不得是南方，而是北方了。"

"那么，'今日到越而昔日已来'，又作何解释？"庄周直视惠施，问道。

惠施呵呵一笑，从容说道：

"这也是一个命题，我是想以此说明时间也具有相对性。事实上，'今'与'昔'是相对的。今天所谓'昔'，正是昨天所谓'今'；今天所谓'今'，到了明天就成了'昔'。'今'与'昔'是联系在一起的，没有'昔'，就没有'今'。所以，昔日不出发，今日也就无从到越。"

"惠施先生，您这是不折不扣的诡辩。"庄周哈哈一笑。

"庄周先生，难道我解释得还不够明白吗？"惠施望着庄周，一脸认真地问道。

"好，这个问题我们姑且搁置不论。下面我再请教您，'连环是可以解开的'，这又怎么理解？既然是连环，如何能解开呢？"

"庄周先生，天下人都说您聪明绝顶，怎么这个问题还要问我？连环有结成之日，是否就有毁坏之日？连环毁坏之日，不就是连环解开之日吗？这跟我所说的'万物即生便即死'的道理是一样的。一般人只看到连环结成之日与毁坏之日，而没有意识到连环从结成到毁坏是有一个过程的。我提出'连环是可以解开的'这个命题，是要说明一个道理：无物不变，无时不动。"

庄周没想到这个问题没难倒惠施，一时为之无语。

蔺且见此，连忙起而为庄周缓颊，望着惠施，笑着说道：

"惠施先生，如果您这样讲，那天下就没有讲不通的道理了。"

"蔺且，你是想说老夫的话都是诡辩，是吧？要说诡辩，老夫在你先生面前是绝对要甘拜下风的。"惠施看着蔺且，显得十分和蔼可亲地说道。

庄周一看情势不对，连忙出来给弟子解围，同时也给自己正名，说道：

"惠施先生，到底谁喜欢诡辩，谁擅长诡辩，其实天下人早就有了定论。今天我是想借此难得的机会向您请教，所以不想浪费时间。"

"庄周先生，您还有什么问题吗？"

"您不是说过，'我知道天下的中央，在燕国的北方，越国的南方'。那么，我就要请教您了，燕国在越国的北方，越国在燕国的南方，怎么天下的中央却在燕国的北方，越国的南方呢？"

惠施哈哈一笑，说道：

"庄周先生，这个问题您也会不明白？道理非常简单呀！燕国与越国虽然相距千里，但这千里之遥要是跟无穷的空间相比，又算得了什么呢？南与北是相反的两极，二者相距之远，是可以想象得出的吗？跟南北之间的距离相比，燕越之间的距离只不过是一个小点而已，完全可以忽略不计。正因为如此，哪里不可以说是天下的中央呢？我说这个话时，也是作为一个命题提出来的，意在告诉人们：方位也是具有相对性的。"

庄周见这次又没有难住惠施，一时感到有些犯难了。但是，沉思了一会儿，突然灵机一动，想到以前常听人说到的有关惠施跟他人辩论的许多论题，于是侧过脸来，望着惠施，笑眯眯地问道：

"惠施先生，今天机会难得，我想当面向您求证有关您的一些传说。听说，您曾跟人辩论过许多论题，比方说：'卵有毛'，'鸡三足'，'郢有天下'，'犬可以为羊'，'马有卵'，'蛤蟆有尾'，'火不热'，'山有口'，'轮不辗地'，'目不见'，'指不至，至不绝'，'龟长于蛇'，'矩不方'，'规不可以为圆'，'凿不围枘''飞鸟之影未尝动'，'箭矢之疾而有不行不止之时'，'狗非犬'，'黄马骊牛为三'，'白狗黑'，'孤驹未尝有母'，'一尺之捶，日取其半，万世不竭'等，是否确有其事？"

"确有其事。"惠施斩钉截铁地答道。

"惠施先生，您不觉得这些论题非常荒诞无聊吗？"

"庄周先生，没想到您会这样认为。您是老聃之徒，我原以为您是个深沉的思想家，没想到您也如此肤浅㞡看待我们的这些论题。"

"我确实没有您想象的那样深沉有思想，所以今天就想当面请教您，请您说说您的这些论题的深意与大智慧所在。"庄周直视惠施，说道。

惠施见庄周一脸正经，不禁呵呵一笑，呷了口酒，从容说道：

"我们讨论'卵有毛'的论题，是探讨事物的可能性。如果鸡卵里没有毛，那么孵出来的小鸡怎么会有毛呢？这只要看看没有孵出来而胎死于鸡卵之中的小鸡，不就清楚了。"

庄周一听，觉得也有道理，事实上他也见过惠施所说的这个现象。所以，一时为之语塞。

惠施见此，续又说道：

"我们讨论'鸡三足'的论题，也是个严肃的问题。活鸡与死鸡都有两只脚，那为什么活着的鸡能走路，而死了的鸡却不能走路呢？这是不是说明活着的鸡有第三只脚，是'神足'，即精神上的脚？"

虽然惠施说得凿凿有据，但庄周却不以为然，没有回应。

惠施心知其意，遂又接着说道：

"我们说'郢有天下'，那也是有道理的。郢是楚国之都，虽然并不就是天下，却是天下的一部分呀，对于一个一辈子生活于郢都的楚国人来说，这郢都不就是他的天下吗？"

"惠施先生，您这是以局部代全体，是在偷换概念，这不是诡辩是什么？"庄周反问道。

惠施莞尔一笑。

过了一会儿，见惠施不再说话，庄周这才觉得刚才的话说得有些过激了，有失礼之嫌，遂自我转圜道：

"惠施先生，您接着说呀！"

"'犬可以为羊'的论题，对于老聃之徒是不应该有疑问的。老聃不是说过'名可名，非常名'的话吗？世界上万事万物之得名都是偶然的，名称跟事物之间并无必然的联系。如果当初命名者将犬命名为羊，那犬不就是羊了吗？"惠施说道。

这一次，庄周点了点头。

"至于'马有卵''蛤蟆有尾'的论题，我们的讨论也是有事实根据的。小马从母体里生出来，是不是身上裹有一层白色的黏膜？这不就是像鸡蛋的蛋壳吗？所以我们认为马也是卵生的，只是马卵跟鸡卵的形态不一样而已。蛤蟆是由蝌蚪变来的，蝌蚪小时候是不是有尾巴？蝌蚪长大变成了蛤蟆，我们见不到它的尾巴，但并不意味着它没有尾巴了，而是可能像乌龟一样将尾巴藏起来了。我们平时看到的乌龟有尾巴吗？没有吧，甚至连头也缩在壳里。难道我们见到的乌龟没头没尾巴，就可以据此说乌龟是没有头和尾巴的吗？所以，我们讨论'蛤蟆有尾'的论题，绝对不是荒诞无稽。"

庄周虽仍然不能认同惠施的说法，但内心里却佩服他观察事物的仔细，留心日常生活而勤于思考的精神。所以，听了他这番话，一时不知说什么好。

惠施以为庄周已然被自己的解释所折服，遂深受鼓舞，呷了一口酒，看了一眼庄周，又接着说了下去：

"我们说'火不热'，也不是没有依据的。火烧在石头上，石头不会觉得热。而人觉得热，那只是人的主观感受，并不代表火本身是热的。'山有口'，就更好理解了。如果山没有口，为什么我们对着大山一声喊，就会马上有回音呢？'轮不辗地'，也是自然之理。如果车轮辗地，应该粘在地上而不能行走。事实上，车子是能行走的，这就说明轮子是不辗地的。'目不见'的论题，其实也没有什么不好理解的。我们都知道，瞎子也有眼睛，但是他就是什么也看不见。这说明什么？说明看见东西并不是眼睛的功能，而是别有其他原因。"

庄周虽然没吱声，但淳于悦听到这里，觉得实在听不下去了，于是忍不住脱口而出：

"惠施先生，您这完全就是诡辩。哪有这样讲道理的？"

"淳于，不要打岔，请让惠施先生把话说完。"庄周连忙制止道。

惠施看了看庄周，笑了笑。又抬眼看了一下淳于悦及庄周的另两个弟子，接着说道：

"我们讨论'指不至，至不绝'，是为了说明事物与名称的关系，认为名称虽然能够指称事物，但并不能保证都能达到指称的目的。即使有时能发挥指称的作用，但并不能穷尽事物的属性。至于'龟长于蛇'，说的是人的见识的有限性。我们平时都觉得蛇长于龟，这是因为我们的活动范围有限，没有见过比蛇要长的龟。"

庄周听了没有任何表示，但享于悦却连连点头。

惠施见此，有意瞥了一眼庄周，接着说道：

"所谓'矩不方''规不可以为圆'，其实也没有什么难理解的。矩尺能画方形，但矩尺本身并不一定非要是方形不可。如果矩尺一边是直的，另一边是曲的，用直的一面，同样可以画出方形呀！规能画圆，但规本身也不一定是圆的，我们以两根木棍，一根作支点，另一根围绕支点旋转，也能画出圆形来呀！"

庄周虽然觉得惠施说得有理，但仍然没有作任何回应，只是侧脸看了看惠施。

惠施心知其意，遂又接着说了下去：

"我们辩论'凿不围枘'的论题，并不是逞口舌之快，而是探讨个体与个体之间的关系。就现象而言，如果凿孔完全围住了孔内之木，那么木头如何钉得进去，又如何拔得出来呢？我们辩论'飞鸟之影未尝动''箭矢之疾而有不行不止之时'，是探讨运动物体的时间与空间关系。一般人看鸟儿飞行，看箭矢射出，总觉得是一直在运动中。实际上，如果将它们飞行的过程予以分割，它们在每一个刹那总会占有一定的空间，也就是说是没有移动的。"

庄周听了惠施这番解释，觉得还蛮有道理，遂情不自禁间微微点了点头。

鄢然见此，非常高兴，连忙催促惠施道：

"先生，您继续给庄周先生讲吧。"

"'狗非犬'，说的是狗、犬通称为一，细分则二。小者为犬，大者为狗。'黄马骊牛为三'，是说黄马、骊牛是二，加上'黄马骊牛'这个指称，就是三。'白狗黑'，是说白狗的命名是就皮毛而言，若从眼睛而言，白狗就可以称为黑狗。'孤驹未尝有母'，是说'孤驹'之称不当。'孤'的字义为'无母'，既称'孤驹'，自然就是'未尝有母'。我们辩论这些论题，是为了区分逻辑概念的内涵。至于辩论'一尺之棰，日取其半，万世不竭'，乃是让世人明白一个道理：物体都是由无限多的更小单位组成，因此可以做无限分割。"

"哦，原来先生跟他人辩论都是为了学术，并非是因为好辩而逞口舌之快。而有些人却说先生是天下好辩之士！"惠施话音未落，鄢然便脱口而出道。

庄周好久都没有说话了，一直在静听惠施作自我辩护。现在，又见鄢然在为其鸣冤叫屈，终于憋不住了，遂也脱口而出，说道：

"惠施先生的解释，乍一听，好像还蛮有道理。不过，仔细分析一下，跟桓团、公孙龙等好辩之徒没有什么本质的区别。他们往往用似是而非的论辩迷惑人心，改变人们的看法，虽然能在口舌上胜过他人，却不能真正折服人心。这就是好辩者的局限。恕我冒昧直言，惠施先生每日热衷于以巧智与人论辩，专事于跟天下的好辩之士制造一些奇谈怪论。以上我提到的例子，都是这一类。然而，惠施先生却以为自己的论辩是天下最高明的，说：'天地有什么伟大？'依我看，惠施先生只是想在天下人的面前逞雄辩的风采，而并无看重学术之心。"

"庄周先生，也恕弟子冒昧直言，您为人总让人觉得有些偏激，说话改不了尖酸刻薄的本性。"鄢然觉得听不下去了，愤愤然说道。

"鄢然，不要岔断庄周先生的话。庄周先生说什么，为师都能听得进去的。"惠施笑着说道。

"既然惠施先生如此有君子风度，先生就以君子坦荡荡的心胸直言不讳吧。"逸轩见此，立即出来打圆场道。

庄周点了点头，侧脸看了看惠施，莞尔一笑，从容说道：

"南方有个奇人，叫黄缭，他想知道天地之所以不坠不陷，风雨雷霆之所以形成的因由。惠施先生对于他的提问，不予推辞就回应，不假思虑就对答，遍说万物之理，一说就没完没了，还觉得没说够，于是又加上了些怪论。"

"先生，有这事吗？"鄢然忍不住了，望着惠施问道。

惠施没有回答，只是笑了笑。

庄周看了一眼惠施，又瞥了一眼鄢然，接着说道：

"惠施先生经常将违反人之常情的道理当成事实，说得就像真的一样，目的就是要博取胜过他人的名誉。正因为如此，他很难跟众人和谐相处。我以为，一个人疏于德的修养，而专注物的究析，他所走的道路肯定是不通的。再恕我冒昧地说一句，惠施先生的才能，如果从天地大道来看，不过像是一只蚊子或是一只牛虻，一切努力都是徒劳的。"

逸轩觉得庄周这话说得太过分了，于是连忙出来打圆场，道：

"先生，您说完了吧？快喝口酒，歇歇嗓子。惠施先生，您也喝酒呀！"

惠施懂得逸轩的意思，看着逸轩笑了笑，说道：

"不急，不急，让庄周先生把话说完吧。"

庄周当然明白逸轩的意思，却装着不懂，继续说道：

　　"如果要发挥一技之长，惠施先生还是绰绰有余的。要是能够尊崇大道，那就好了。可惜，惠施先生不能自安于大道，而是孜孜不倦地究析万物，把心思都给分散了，最后只得到个好辩的名声。真是可惜呀！惠施先生的才能放荡恣肆而不得其道，追逐万物而不知回头，这不就像是以发声来制止回音，又像是身体与影子在竞走吗？真是可悲呀！"

　　"庄周先生，您是说俺们先生的才能用错了地方？"鄙然直视庄周，反问道。

　　庄周没有回应，只是莞尔一笑。

　　"先生，既然庄周先生评论了您，那您也评论评论他吧。"鄙然望着惠施，说道。

　　"我觉得我没有资格评论庄周先生，还是留待后人评论吧。"没想到，惠施一口回绝了。

　　鄙然心有不甘，遂又转向庄周，说道：

　　"庄周先生，那您就对自己作个评价吧。"

　　庄周笑而不答，侧脸看了看惠施。

　　过了好久，看着鄙然失落的样子，蔺且突然开口说道：

　　"让我们先生自我评论，确实有点为难。这样吧，我来试着评论一下先生，说得不对，惠施先生可以纠正。"

　　惠施点了点头，庄周则笑而不言。

　　"老聃之道寂漠无形，变化无常，死死生生，存存灭灭，与天地并存，与神明同往。茫茫然不知何去，飘飘然不知何往。万物皆包罗其内，而自身却不知归宿。先生慕老聃之道，欣欣然以为知音。于是，以深远而难以捉摸之说，荒诞夸张之言，不着边际之辞，弘老聃之道于乱世。先生为人放任旷达，恣意放肆而不片面，也不会执持偏见于一端。先生认为天下人心灵太污浊，无法用庄重的语言跟他们讲道理。所以，便以无心之言来引申推衍，引用先圣之语来取信于人，以即兴编造的故事来佐证观点。"

　　"还是大师兄最了解先生，说得一点也不错。"淳于悦由衷地说道。

　　蔺且瞥了淳于悦一眼，莞尔一笑，望了望庄周与惠施，又接着说道：

　　"先生胸襟阔大，心灵澄澈，犹与天地精神往来，而从不傲视万物，不纠缠于人世的是是非非，跟世俗亦能和睦相处。先生之书，虽言辞瑰丽奇伟，却叙述婉转而无伤道理。先生的语言，虽变化多端，却玄妙奇异而颇为可观。先生的内心，充实而无法穷究，上与造物主同游，下与超脱生死、无始无终者为友。先生论及道之本源，可谓弘大而通达；先生论及道之宗旨，可谓和谐适切而上合天意。尽管如此，先生仍然认为，在顺应变化与解消物累方面，其所要追究的道理还是无止境的。弟子以为，先生之道无迹可寻，茫茫然，昧昧然，真是深不可测！"

听蔺且慷慨激昂地说完，惠施哈哈大笑。

庄周则笑而不语。

2. 道无终始

仲秋的南溪河谷，已是相当冷清而萧瑟了。时间虽刚过午，但溪谷中却空无一人。两岸山上的树木，靠近山谷的，叶子尚还青绿；在山腰的，则已泛黄或泛红；山顶上的，虽然看不清，但可以想见，应是落叶萧萧，随风凋零了。

午后的阳光，洒在溪岸两边的山峦，洒在秋雨过后的南溪水面，像个慵懒的男人，一点活力也没有，晒在身上不像春天、夏天或冬天那样有感觉。

"先生，您看，一只狗！"

快到往常庄周垂钓的溪谷地段时，走在前面的淳于悦，突然兴奋地说道。

"这是谁家的狗？怎么会跑到这里？"逸轩觉得奇怪。

"也许是到溪谷来寻主人的吧，说不定它的主人也像我们先生一样，是个喜欢垂钓的人。"蔺且随口答道。

"大师兄，您看，这狗远看是黑狗，实际上是只白狗！"当狗接近身边时，淳于悦仔细端详后，突然显得非常兴奋地说道。

"这样看来，这狗是只流浪狗。"蔺且肯定地说道。

"先生，说到狗，弟子突然想起几年前惠施先生来拜访您时，您提到他跟人论辩的论题'白狗黑'。如果今天他在此，一定会指着这条狗，振振有词地说道：'这不就是白狗黑吗？'"逸轩回过头来，望着走在身后的庄周，笑着说道。

庄周莞尔一笑，没说话。

淳于悦立即接过话茬，说道：

"惠施先生是个做过魏国之相的人，怎么热衷于跟人论辩如此无聊的论题呢？"

"小师弟，这话你就说错了。如果惠施先生不跟人论辩'白狗黑'之类的论题，就不会在天下赢得那么大的知名度。而没有那么大的知名度，魏王怎么会重任他为魏国之相?"蔺且呵呵一笑道。

"不过，大师兄，俺还是认为，像惠施先生这样聪明的人，靠跟人论辩'白狗黑''马有卵'之类的无聊论题而博取名声，真是不值得。"

"俺们先生跟他就不一样，视名利荣华如敝屣，一意追慕先圣老聃，潜心于体悟大道。所以，当初楚王遣使礼聘先生为楚国之相，先生都不屑一顾。可见，是志在方术，还是志在道术，其在人格境界上也是有显明的高下之别!"

"逸轩说得对! 事实上，志在方术者与志在道术者就不是一路人。一个是意在荣华富贵，所以汲汲于名与利；一个以探索宇宙人生奥秘为目标，所以淡泊于名与利。惠施先生与我们先生，正好就是这两个方面的典型。"

"刚才小师弟为惠施先生可惜，其实当今之天下，像惠施先生这样的人很多，有名的如儒家的孟轲，也是心思与精力都花在了与人论辩上，同样也只是赢得了一个好辩之士的名声而已。先生，今天您能否给弟子们剖析一下，这些人为什么不肯潜心体悟大道? 他们热衷于跟百家论辩，除了想借此赢得虚名，还有别的原因吗?"逸轩明白蔺且的用意，遂默契地予以配合，顺势不露痕迹地转移了话题。

庄周对逸轩的请求，以及刚才他们三人的对话，好像都没听见似的。

不大一会儿，师生四人来到以往垂钓之处。庄周驻足溪流岸边，往对岸瞥了一眼，便径直抛钩垂纶，然后就地坐下。

蔺且等三人见此，遂也就地坐下，围在庄周身边，静静地陪着。但是，过了大约有烙五张大饼的工夫，淳于悦终于忍不住了，没话找话地说道:

"先生，您看，这溪流水面是不是比平常变宽了不少? 没想到，秋雨的水量也不比春雨小呀!"

"小师弟，你这就不懂了，秋雨有时比春雨、夏雨来势还要猛呢。"

"是吗?"淳于悦故意瞪大眼睛，高声问道。

"我可以跟你说瞎话，但有先生在面前，是从来也不敢的。在我们南国，每年因秋雨酿成大水灾的情况是很常见的。有些年份，秋雨绵绵，甚至旬日不见阳光，跟春天、夏天没有什么区别。先生，我说的是吧?"蔺且故意提高声音，把话题抛给了庄周。

然而，庄周却没有接话。

蔺且看看逸轩，又看看淳于悦，只好做了个无奈的表情，不再说话了。

大约过了有烙三张大饼的工夫，庄周突然自己打破沉默，朗声说道:

"蔺且说得对，为师突然想到一个有关秋雨的故事。"

"先生要讲故事，那太好了！"淳于悦兴奋得难以言表。

逸轩知道，庄周的故事从来都是自己即兴编造的，是专门用来说服人的。不过，他的故事确实编得好，既好听，又能深入浅出地讲明道理。刚才大家引他说话，他一直不肯回应，想必是在心里编故事。现在，大概故事编好了，所以主动开口了。想到这里，逸轩连忙装着兴奋的样子，催促道：

"很久没有听先生讲故事了。先生，您快说吧。"

庄周抖了一下手中的钓竿，顿了一顿，这才开口说道：

"很久很久以前，有一年秋汛如期而至，千溪百川之水都汇入黄河，黄河泾流顿时变大，河面也变得宽阔很多。河流两岸以及河中沙洲之间，连对面是牛是马都辨别不出了。于是，黄河之神河伯欣欣然而沾沾自喜，以为天下水面壮阔之美尽在于己。但是，当他顺着河水东流，到了北海时，朝着东面放眼望去，发现茫茫苍苍，根本望不见海水的尽头。这时，河伯脸上才没了欣然自得的表情，望着北海之神若，长叹一声，说道：'以前听到一句俗语，说：一个人多听了一些道理，往往就会觉得自己了不起。今天看来，这句话就是说我呀！还有，以前我听人说孔丘学识不够渊博、伯夷让国之行算不得仁义，觉得非常震惊，认为他们太浅薄了。现在我亲眼看见了海的浩瀚无涯，这才知道世上还有难以穷尽的广大。要是我今天不到您这儿来，那就太危险了，我将永远会被得道之士笑话的。'"

庄周话音未落，淳于悦便迫不及待地追问道：

"那北海之神怎么说？"

"小师弟，别急呀！让先生把话说完。"蔺且白了淳于悦一眼。

庄周莞尔一笑，顿了顿，接着说道：

"北海之神若看了看河伯一眼，说道：'井底之蛙，是不可以跟它谈论大海的，因为它有生活空间的局限；只在夏天活着的虫子，是不可以跟它谈论冰雪的，因为它有生存时间的局限；孤陋寡闻之士，是不可以跟他谈论宇宙人生的大道理，因为他的思想受到了传统礼教的束缚。现在，你越过自己流经的水域，看到了大海，这才知道自己的渺小与浅陋。所以，现在我可以跟你谈谈大道之理了。天下之水，没有比大海浩瀚辽阔的。天下万川，最后都会汇入大海，没有停止之时，但大海却不会满溢。海水从尾闾流泄而出，没有停止之时，但大海却不会干涸。而且无论春季或秋季，水量都不会有变化；不管人间发生水灾或旱灾，大海也不会受到影响。大海的容量，超过了天下所有河流的水量，其间的差距根本无法以数量来计算。但是，我作为北海之神，从未因此而认为自己有什么了不得。因为我知道，我再怎么浩瀚无涯，也只是托体于天地之间，禀受了阴阳之气。我存在于天地之间，就像小石子、小树苗存在于大山之中一样。我既是如此渺小的存在，那我有什么值得自以为是的呢？'"

这次没有任何人插话，庄周不知是编不下去了，还是觉得说累了，停下不说了。

淳于悦虽已然被庄周的故事所深深吸引，很想知道结果，但看看蔺且与逸轩，也不敢再催促庄周，只是望着他，等着他。

过了不多会儿，庄周抖动了一下手中的钓竿，其实根本没有鱼上钩。他这只是一个习惯性动作，是要再次说话了。淳于悦一见，心中窃喜。果然，庄周目光凝视水面，又自顾自地接着说道：

"河伯觉得海神若说得有理，遂请求他继续赐教。海神若说道：'如果一定要打比方的话，四海存在于天地之间，充其量不就像是大泽之旁的一个蚁穴吗？中原之国存在于四海之内，充其量不就像是粮仓中的一粒米吗？世上物类数以万计，人只不过是其中一种罢了。人类聚居的九州之中，谷物生长之地，舟车通行之所，个人只是人类的一分子而已。个人若与万物相比，不就像是马身上的一根毫毛吗？五帝以禅让相继承的，三王以武力相争夺的，仁人日夜所忧患的，志士终日所烦劳的，又算得了什么呢？伯夷以辞让君位而博取仁义之名，孔丘以游谈四方而显示博学之誉，他们这样沽名钓誉而自以为是，跟你见到我之前以为天下水面壮观的情景尽在黄河的想法不是完全一样吗？'"

"海神若很会讲道理。不过，河伯也算不错。他看到北海的浩瀚辽阔，能够深自反省，有自惭形秽之感，并且主动向海神若坦承自己浅陋，这也算是有自知之明的表现了吧。"淳于悦又忍不住，脱口而出道。

"小师弟，我看你倒有点像河伯。"

"大师兄，您是说俺自以为是吗？"淳于悦望着蔺且问道。

"我绝对没有这个意思。"

"大师兄，那您是什么意思？您这话再笨的人，也能意会出其中的意思呀！"

"小师弟，我只是开个玩笑，意思是说你就像河伯一样天真可爱。"蔺且收起笑容说道。

"其实，师兄的话既是玩笑，也不是玩笑。他是说你对先生故事的微言大义没有理解。"逸轩望了一眼庄周，对淳于悦说道。

"先生所讲的故事，如果要说有什么微言大义，就是阐明一个道理：没有比较就没有自省。河伯要不是见到海神若，恐怕一辈子都以为自己天下第一，永远都不会想到要自我反省。"

"小师弟，你果然聪明，真的看出了先生的用意。不过，除此之外，先生的故事恐怕还别有一层深意吧？"

逸轩这话是问庄周的，但淳于悦却抢住话头，问道：

"二师兄，那另一层深意是什么呢？"

"具体俺也说不上来，只是隐隐觉得是这样。"

"逸轩，你别谦虚，说来听听吧。反正先生在此，说得不对，先生自会赐教的。"蔺且说道。

逸轩顿了顿，看了看蔺且与淳于悦，又侧脸望了一眼庄周，这才说道：

"先生讲的这个故事，应该是个隐喻，也许是要教诲俺们弟子，任何时候都不要自以为看到、听到的就是真实的，更不是全面的。无论是仁义也好，还是学问也罢，都是通过比较而来的，都有其局限性。为人要懂得一个基本的道理：人外有人，天外有天。只有虚怀若谷，才能培养出包容天地宇宙的心胸，从而拓展人生的境界。先圣老聃说：'道大，天大，地大，人亦大。'人之所以能跟天地相比，就是因为人的心是可以转化提升的。一个人的心灵有多开放，天地就有多大。大道无穷，人类对大道的体悟也就没有止境。只有打破自我为中心的封闭心灵，努力拓展心灵的境域，才能以大观小，破除因时空的局限或囿于成见所造成的对某些现象的困惑。"

"逸轩的解读，将先生的见解与先圣老聃的思想融会贯通，可谓独到而精辟。先生，逸轩的解读，您同意吗？"蔺且侧脸望着庄周，问道。

庄周没有回答，但过了一会儿，轻轻地点了点头。

淳于悦见庄周认同了逸轩的解读，不免感到有些失落。犹豫了一下，忍不住侧过身子，望着庄周，说道：

"先生的故事，如果像二师兄这样解读，那俺还有一个解读。"

"哦？小师弟，你还有解读呀！那说出来听听。"蔺且兴高采烈地说道。

"如果先生的故事是个隐喻的话，那河伯就是指惠施先生，海神若就是先生的自喻。"

"小师弟，你这是过度解读。先生跟惠施先生确实是'道不同而不相为谋'，但只不过是道不同而已，彼此都视对方为君子，真心引以为朋友。虽然先生跟惠施先生不多的几次见面都有论辩交锋，而且言辞还相当犀利，但都是学术观点上的争锋，没有人格上的相互诋毁。因此，我相信先生今天所讲的这个故事，绝对没有影射惠施先生是井底之蛙、夏天之虫、孤陋寡闻之士的可能。"

"大师兄，您可不要忘了，今天先生主动讲故事，是缘于什么？"淳于悦望着蔺且，反问道。

"你说是缘于什么？"蔺且佯装不知，瞪大眼睛望着淳于悦，问道。

"大师兄，您是真忘了，还是假装忘了？今天俺们路上看见一条狗，因而说到惠施先生的'白狗黑'的论题，最后您跟二师兄都一致认为，志在方术者与志在道术者在人格境界上有高下差异，而且俺还记得大师兄明确说过，惠施先生是志在方术的典型，俺们先生是志在道术的典型。而先生故事中的河伯与海神若，不正是代表方术与道术的象征吗？"

"小师弟，你真的是想多了。如果说先生今天讲故事的缘起，那完全是因为你。你真不记得了？不是你说秋雨过后，河面变宽了，这才引起先生讲秋雨故事的吗？"蔺且反问道。

"秋雨的话头确实是俺提起的，但只是先生讲故事的由头而已。只要不是傻瓜，谁都听得出来，先生故事的真正用意所在。"

"小师弟，不要跟大师兄争论了。先生讲故事缘于什么都无关紧要，关键是先生每次讲故事，不论是为了说理，还是为了骂人，都显得极其自然，丝毫看不出为讲故事而讲故事的痕迹。而且故事即使是即兴编造，也非常有趣而高妙。这是俺们弟子始终都学不到的。所以，今天俺们就不要争论了，先听先生把故事讲完，领会故事所要传达的教诲。你说，是不是？"逸轩打圆场道。

淳于悦看了看逸轩，又看了看蔺且，点了点头。

逸轩见此，连忙侧过身子，望着庄周说道：

"先生，您的故事还没有讲完吧？请接着讲吧。"

庄周听着三个弟子刚才的一番口舌，心里差点笑翻，却装着什么都没听到似的。现在，听逸轩提出请求，遂见坡下驴，又抖了一下手中的钓钩，故意沉吟了一会儿，才再次开口道：

"河伯听了海神若上述一番教诲后，深以为然，于是又问道：'那么，我从此以后以天地为大，以毫末为小，可以吗？'海神若斩钉截铁地回答道：'不可以。'河伯问为什么，海神若告诉他说：'就万物而言，在数量上是无穷尽的，在时间上是无止期的，在得失上是无常的，在终始上是没有不变的。大凡得道之人，对远近观照得很清晰，不以小者为少，不以大者为多，因为他明白数量无穷之理；对古今无异之理洞若观火，不为遥远之事而苦闷，不对眼前之事有强求，因为他懂得时间是无止期的；对盈亏看得很清楚，得到时不以为喜，失去时不以为忧，因为他懂得得失是无常的；对生死问题看得很透彻，不认为活着就是快乐，死亡就是祸患，因为他懂得生命的终始是没有不变的。如果真要计算的话，人所知道的，总是比不上他所不知道的；生命存活的时间，总是比不上未曾存活的时间。所以，以极其有限的智力、十分短暂的生命去穷究无穷的知识领域，怎么可能不感到迷惑烦乱而难以安然自得呢？由此可见，我们又怎能肯定毫末可以确定最小的限度，而天地可以穷尽最大的领域呢？'"

淳于悦不甘心刚才逸轩胜过自己，所以，这次庄周话音刚落，他又抢住话柄，望着庄周说道：

"先生，您这次借海神若之口，是想告诉俺们，人生苦短，不要计较得失，不要为生死而烦忧，以免活得不快乐不自在；要认识到人的智力有限，没有必要绞尽脑汁，穷竟无穷的知识领域，是吗？"。

庄周没有答话，而是莞尔一笑。

见庄周没有明确认同淳于悦的解读，逸轩连忙出来打圆场，看了看淳于悦，又望了望蔺且，说道：

"小师弟果然反应敏捷，一下子就解读出了先生的意思。师兄，您也补充说几句吧，肯定别有独到而精辟的见解。"

蔺且当然明白逸轩的用意，笑了一笑，侧脸望了一眼假装专注钓鱼的庄周，说道：

"小师弟解读得蛮有道理呀！如果先生还有别的微言大义的话，是否在暗示我们这样一个道理：时空具有无穷性，事物变化具有不确定性，因此人类的认知总是具有相对性和局限性，要作出确切的判断实属不易。"

"师兄水平就是高！言简意赅，几句话就将先生的微言大义揭示出来了。先生，蔺且师兄说得对吗？"逸轩发自内心地说道。

庄周对于逸轩的话，同样没有回答，但立即点了点头。

淳于悦见此，这次感到更加失落了。犹豫了一下，没敢直接问庄周，而是转向蔺且，问道：

"大师兄，先生的话确实涉及了时空的无穷性、事物变化的不确定性和人的认知的局限性，但哪里有什么相对性呢？"

"先生不是借海神若之口说得很清楚吗？多少、古今、得失、生死，都是相对的判断，完全取决于人们看事物的角度。家有千金，是多还是少？如果你是个安贫乐道者，你家有一金也不以为少；反之，如果你是个不知足者，家有万金也不以为多。今天我们看老聃、孔丘是古人，一百年后或一千年后，后人看我们也是古人。你说什么叫古，什么叫今？一个人勤劳异常，发了家致了富，但不到三十岁就劳累过度病死了。你说他是得还是失？一个人活了六十岁，但一辈子都受病痛折磨煎熬，你说是生好还是死好？一个人要是懂得事物具有相对性的道理，就会舒展思想的视野，开阔胸襟，自然不会在相互比较中自寻烦恼。"

蔺且话音未落，淳于悦立即反驳道：

"大师兄，您这解释有违先生的原意了。先生的故事一开始就说过，河伯是因为见到北海之水的浩瀚无际，在比较后才自惭形秽，进而自我反省，并虚心向海神若请教的。您现在却说要放弃比较，岂不让人百思不得其解吗？"

"小师弟，你误解了先生讲这个故事的语义重点了。先生讲河伯见海神若而自惭形秽，意在强调拓展心胸，以大观小的重要性，而不是强调比较大小的重要性。先生，您说是不是？"蔺且看了看淳于悦，又侧脸望了望庄周，说道。

这次，庄周反应倒是非常迅速，呵呵一笑道：

"你们急什么？海神若还没有把话说完呢。"

"先生，那您快说。"逸轩连忙催促道。

"河伯听了海神若对大小相对性的解释后，又提出了一个问题：'我听人世间有一种议论说：最精细的东西无形体，最广大的东西无外围。这是不是真实之情？'海神若回答道：'以小视大，难以看得完整；以大视小，则看不分明。大小各有其便，也各有不便，这是情势所使然。所谓精细，乃指小中最小者；所谓庞大，乃指大中最大者。所谓的精与粗，乃是就有形之物而言。如果是无形之物，则就无法用数量来区分了；至于无法限定范围的广大之物，就不能用数量来穷尽了。大凡可以用言语表达的，皆是粗大之物；只可意会而不可言传的，则是精微之物；既不能言传，也不能意会的，那就不是精粗范围内可以讨论的了。'"

庄周说到这里，停了下来。

蔺且见此，遂看着淳于悦说道：

"小师弟，先生的意思这次说清楚了吧？如果要比较，精粗有形之物还可以。那无形的，既不可言传，又不可意会之物，又如何比较呢？所以，比较是没有意义的。只有消解比较之心，心灵才能舒展，才能体悟大道。先生，是不是这样？"

庄周没有直接回答，但是点了点头。

"先生，弟子刚才听您说到'以小视大，难以看得完整；以大视小，则看不分明'，这话怎么理解？您可以举个例子吗？"淳于悦见庄周再次认同蔺且的说法，心有不甘，遂有意为难一下他。

没想到，庄周脱口而出道：

"比方说，把你放到一座大山里，山里都是参天大树，你只是一个渺小的存在，身处其中，你能看清这座山是什么样子吗？又比方说，狗毛里的一只虱子，它看周围的每根狗毛都像是参天大树，它存身于狗毛之中，就像身处丛林之中，你说它能看清狗的全貌吗？"

"先生，您好不厚道！怎么把弟子比作狗毛里的虱子呢？"庄周话音未落，淳于悦便不满地抱怨道。

"小师弟，你误会了。先生向来觉得你聪明伶俐，最疼爱你了，怎么会贬低你呢？先生的比方，只是将你与大山相比，而不是跟狗毛相比，跟虱子有什么关系？"蔺且连忙出来替庄周说话，但是，一边这样说着，一边捂住嘴巴，转过身去偷笑。

"小师弟，大师兄说得对。你想多了。"逸轩也出来打圆场。

"好，就算俺想多了。先生，那以大视小，您也举个例子呀！"淳于悦并没忘记刚才的话题。

"为师也给你打个比方，就像一个人有脚气，痒得不得了，可怎么也找不到咬他的虫子。为什么找不到，是因为人的眼睛看不到这个小到无形的虫子。这就是'以大视小，则看不分明'的例证。"

"先生，您这个比方，倒是有些道理。"淳于悦笑着说道。

"何止是有道理，而且非常生动有趣。世人都说惠施先生是天下最会打比方的人，看来是言过其实了。真正善于打比方的人，恐怕还是俺们先生吧。"逸轩以半开玩笑的口气说道。

庄周没有说话。

过了一会儿，逸轩望着庄周，故作诚恳地问道：

"先生，河伯与海神若的对话到此已经结束了吗？"

蔺且明白逸轩的意思，他也想看看庄周的故事究竟还能否编得下去。于是，接住逸轩的话柄，说道：

"先生，依弟子看，您讲的这个故事似乎还不完整，河伯与海神若后面还有更精彩的对话吧。"

"是啊，先生，那您接着往下说呀！"这时，淳于悦也明白过来了，他更想看到庄周故事编不下去的窘态。

没想到，庄周脱口而出道：

"当然还有。"

"那好，先生请快说吧。"淳于悦激将式地催促道。

庄周心里就像明镜儿似的，哪里看不透淳于悦心里的那点小九九。于是，莞尔一笑，从容说道：

"河伯听海神若说得头头是道，遂又抛出一问，说：'万物之外，或万物之内，到底依据什么来区分贵贱呢？又依据什么来界定大小呢？'海神若回答道：'从道的视角看，万物皆无贵贱之分。从物的视角看，万物皆自以为贵而贱视其他。从世俗的视角看，万物的贵贱皆不由己，而是取决于不同人的价值判断。从差别的视角看，着眼于大的一面而认为其大，则万物没有不是大的；着眼于小的一面而认为其小，则万物没有不是小的。如果懂得天地如同一颗米粒，毫末就像山丘的道理，就可以看清万物之间的差别了。从功用的视角看，着眼于有用的一面而予以使用，则万物就没有是无用的；着眼于无用的一面而舍弃不用，则万物就没有是有用的。如果明白东西方相互对立，却又彼此依赖，不可或缺的道理，那么万物的功用与地位就可以确认了。从取向的视角看，着眼于万物对的一面而予以肯定，则无一物不是值得肯定的；着眼于万物不对的一面而予以否定，则无一物不是值得否定的。如果明白尧与桀都会自以为是而否定对方的道理，那么万物的取向与操守也就看得很清楚了。'"

庄周说到这里，刚停下想歇口气，淳于悦便接口说道：

"先生，海神若这番话，其中心意思是说'万物皆无贵贱'吧？换句话说，就是万物皆是平等的。人类不应该从自己的视角或按自己的标准去看万物，而是应该怀有一颗平等的心。这样，就不会对万物有厚此薄彼的态度，从而一视同仁地加以欣赏。先生，是不是？"

这一次，庄周立即点了点头，而且还侧过脸来看了一眼淳于悦。

淳于悦脸上顿时漾起得意的神色，并顾盼自雄地扫视了蔺且与逸轩一眼。

"小师弟，刚才大师兄说你聪明伶俐，一点都不假吧，几句话就把先生的微言大义概括出来了。所以，依俺看，你的水平快直逼大师兄了。"逸轩笑着说道。

淳于悦听逸轩这样一夸，反而不好意思了，搓了搓手，不知如何回答。

蔺且见此，也笑着说道：

"小师弟，逸轩说得对，但又不完全对。其实，你的水平早就超过我了。"

"大师兄，您别笑话俺了，俺怎么能跟您比呢？这点自知之明，俺还是有的。"淳于悦连忙谦虚地说道。

"好了，大家都别说了，还是听先生继续将故事讲完吧。"逸轩适时将目标转移到了庄周身上。

庄周沉吟了一会儿，抖了一下手上的钓竿，接着说道：

"海神若又说：'往昔尧、舜皆因禅让而相继为帝，而今燕王哙却因让位于燕相子之而亡；往昔商汤、周武因武力争夺而为王，近世楚平王之孙白公却因武力夺权而亡命。由此看来，争夺与禅让的体制，唐尧与夏桀的行为，何为贵，何为贱，是要看时机的，并不是一成不变的。栋梁之材可用以争战时冲撞城门，但不可用来堵塞小洞，这是因为器用的不同；骐骥骅骝可以日行千里，但让它们捕鼠，那还不如猫跟黄鼠狼，这是因为技能的不同；猫头鹰夜里能捉跳蚤，可察见毫毛，但是白天瞪大眼睛，也看不见丘山，这是因为本能的不同。以前常听人说：为何不取法于正确的而抛弃错误的，取法于治理成功的而放弃治理失败的呢？说这话的人，都是因为不明白天地之理与万物之情。这就像是只取法于天而不取法于地，取法于阴而不取法于阳，明显是行不通的呀！可是，人们还是不停地重弹这种老调。我想，这些人如果不是因为自己愚蠢，就是要存心欺骗世人。帝王的禅让制度各有不同，三代继承方式各有差异。不便时宜，违逆世俗的，便被称为篡逆之徒；合于时宜，顺从世俗的，便被称为仁义之人。河伯，我看你还是什么都别说了，因为你根本就不懂贵与贱的分野，小与大的区别。'"

"河伯好歹也是个神，海神若怎么这么不客气地教训他呢？"庄周话音刚落，淳于悦便忍不住为河伯抱起不平。

逸轩哈哈一笑道：

"小师弟，你听得太入迷了吧？怎么忘了这是故事，是先生为了教诲俺们而专门编造的呢？"

经逸轩这么一提醒，淳于悦终于清醒过来。顿了顿，望着逸轩，说道：

"二师兄，您不说，俺差点陷进去了。"

"小师弟，先生编造的这段海神若的话，你再解读一下有什么微言大义吧。"蔺且笑着说道。

"大师兄，这次俺解读不出来了。还是让二师兄解读吧。"

"不，不，不，让大师兄解读吧。"逸轩连忙推辞道。

"二师兄，您说得对，这次轮也该轮到大师兄了。"淳于悦连忙附和道。

蔺且见不可能再推辞，于是，侧脸望了一眼庄周，说道：

"先生的意思，是不是说，万物在器用、技能、本能方面虽各有长短，但我们不能据此进行贵贱的价值判断。因为判断贵贱的标准是相对的，不是一成不变的。贵贱的评判，关键要看是否适得其时。"

"先生，大师兄解读得对吗？"蔺且话音刚落，淳于悦便急切地问庄周道。

庄周当然没有回答，但是过了一会儿，还是轻轻地点了点头。

淳于悦见此，不禁向蔺且投去敬佩的目光。顿了顿，侧脸望着庄周说道："先生，您的故事讲完了吗？如果没有，请继续讲吧。"

"请先生接着讲吧，弟子很想知道结果呢。"逸轩附和道。

庄周大概一个姿势坐得久了，这时正好换了个姿势，无意中侧过脸来，瞥了三个弟子一眼，见他们都神情专注，于是，再次无意识地抖动了一下手中的钓竿，目光凝视着水面，说道：

"河伯虽然知道海神若对自己没完没了的提问有些不耐烦，但觉得好不容易见面，绝不能错过请教的机会，于是，又硬着头皮向海神若提了一个问题：'您刚才所说的贵贱无常，大小、是非、治乱都是相对的道理，我认为都是对的。但是，我还是不明白，到底应该做些什么，不应该做些什么？辞受取舍之时，又应该如何抉择？'海神若回答说：'从道的观点看，无所谓贵贱，因为贵贱是可以相互转化的。因此，不要囿于你的偏见，以免与大道相违。从道的观点看，也无所谓多少，因为多少也是可以更替变化的。因此，不要固执己见而一意孤行，以免与大道不合。你既然为一河之神，就应该严正如一国之君，施予恩惠没有偏私；超然如受祭的社神，保佑众人没有等差；广大如四方，无边无际，无穷无尽。大道包容了万物，还会有谁受到特殊的庇护呢？这就是说，大道无偏向。'"

说到这里，庄周停顿了一下。

淳于悦以为庄周说完了，正想提问时，蔺且摇手示意，制止了他。

不一会儿，没等弟子们催促，庄周又自己接着说了下去：

"河伯表示同意。海神若遂又说道：'万物一齐，谁长谁短？道无终始，而万物则有死生的变化，因此不可以一时之成而有所凭恃。虚空盈满，不会一成不变；岁月不可留，时间不可停，消长盈虚，终而复始。这就是讲大道的方向，谈万物的道理。万物生灭，犹如快马奔驰，没有一个过程不在变化，没有一个时间不在推移。你应该做什么，不应该做什么，难道还要我告诉你吗？难道你不明白万物本来就会自然变化的吗？'"

"先生，您这讲的不是'万物一齐''顺物自然'的道理吗？您以前跟俺们讲的这两个道理，原来是受到了海神若的启发呀！"庄周话音未落，淳于悦便像发现新世界似的，兴奋地说道。

"小师弟，你真是聪明一世，糊涂一时。不是先生的观点受海神若的启发，而是海神若的话是先生对自己观点的又一种表述。不要忘了，海神若的话是先生今天编出来的。除了阐明'万物一齐''顺物自然'的道理外，还提醒世人，只有突破人的主观局限性和执着性，才能以开放的心灵观照万物。看来，你又陷进先生的故事里了。"逸轩笑着说道。

淳于悦看了看逸轩，又侧脸望了望庄周，不好意思地笑了。

"不过，小师弟，你这次对先生故事微言大义的解读更加言简意赅了。可见，你对先生以前的教导理解得非常透彻，记得也非常牢。"蔺且鼓励道。

受到蔺且的夸奖，淳于悦心里乐滋滋的，但觉得很不好意思。于是，连忙转移话题，侧脸望向庄周，问道：

"先生，您的故事这次讲完了吗？"

"你说呢？"

庄周的回答显得有些调皮，这大大出乎淳于悦的意料。却让蔺且与逸轩觉得庄周这样更显得亲切可爱。

"先生讲故事，向来都是斗然而来，戛然而止，如何让弟子猜得出呢？"淳于悦望着庄周，笑着说道。

"马上就要结束了，还有两番对话。"庄周说道。

"越往后肯定越精彩，先生快说吧，俺们都等不及了。"逸轩催促道。

庄周故意沉吟了一会儿，才从容说道：

"河伯听海神若的对话中反复提到'道'，遂追问道：'您今天跟我多次提到道，似乎您特别看重道，那么请问道到底有什么特别可贵的呢？'海神若不假思索地答道：'认识道的人，必定通达万物之理；通达万物之理的人，必定懂得权变；懂得权变的人，必定不会受外物伤害。得道的至德之人，火不能烧伤他，水不能溺亡他，寒暑不能损伤他，禽兽不能伤害他。这并不是说他真的接近这些东西而不受伤害，而是因为他能预先看清安危，因而能够避祸趋福，进退自如，没有什么可以伤害到他。因此，前人有言：天在内，人在外，德在于天。意思是说，自然潜藏于内心，人事表现于言行，至德在于不失自然。明白人的行为本于自然的道理，就会时刻处于自得的境地，就可以进退自如，时屈时伸。这样，就可算是回归到大道的本源，可以论大道之极了。'"

庄周说到这里，停下好久没再往下说。

蔺且想打破沉寂，遂有意对淳于悦说道：

"小师弟，你再解读一下先生刚才所讲的这段话的微言大义吧。"

"先生，海神若的意思是不是说，认识了'道'，就是认识了自然的规律。而认识了自然规律，才能真正明了事物变化的真相。"

庄周点了点头，淳于悦顿时喜形于色。

逸轩看了一眼淳于悦，笑了一笑，转向庄周，说道：

"先生，如果弟子没有记错的话，您刚才所说的，应该是海神若与河伯的第六番对话了。"

"那么，接下来的对话，应该就是第七番对话，即最后一番对话了。先生，您还是一鼓作气给弟子们讲完吧。时间不早了，我们也该要回家了。"蔺且明白逸轩的意思，立即默契地接住了话柄。

庄周点了点头，习惯性地抖了一下手中的钓竿，接着说道：

"河伯最后又问了一个问题：'什么是自然？什么是人为？'海神若回答道：'牛马生来就有四只脚，这就是自然；给马装辔头，给牛穿鼻孔，这就是人为。先圣说：不要以人为去毁灭天性，不要以造作去伤害性命，不要因贪欲而追逐声名。谨守这些道理而不违失，这就叫返璞归真。'"

"先生，海神若这是强调'顺任自然'的重要性吧？"庄周话音刚落，淳于悦又抢着说道。

庄周点了点头。

淳于悦又是一番得意。

"先生的故事讲完了，我们这就回去吧。"

没想到，蔺且话音未落，庄周突然说道：

"为师今天为什么要讲海神若的七番对话？"

庄周这个突如其来的提问，不仅让淳于悦感到意外，也让蔺且与逸轩感到意外，一时不知如何回答。

不过，过了一会儿，蔺且似乎有所醒悟，望着庄周说道：

"先生，您设置河伯与海神若的七番对话，是不是暗示弟子们，体悟大道是有一个过程的，不是可以一蹴而就的。"

庄周点了点头，侧过脸来，问道：

"还有吗？"

蔺且一时没有答上来。

逸轩搔了搔头，然后望着蔺且说道：

"师兄，先生在海神若的其中一番对话中，是不是说过这样一句话：'道无终始，而万物则有死生的变化，因此不可以一时之成而有所凭恃'。"

"是的。"

"那这句话是否有深意呢？"逸轩提醒道。

"逸轩，你不仅记性好，而且悟性也好。那你说说看，这句话有什么微言大义？"

"师兄，俺只是猜测而已。是否有微言大义，俺还真的说不上来。"逸轩这话其实是谦虚，他实际上是知道的，只是他不想表现得超过蔺且。

蔺且一门心思在思考问题，没想那么多。不过，因为得到了逸轩的提示，最后蔺且还是解读出了庄周借海神若之口所说的这句话的微言大义：

"先生，您的意思是不是说，道无终始，因此体道悟道也就是一个长期而艰苦的过程。道无终始，体道悟道也无终始。这是提醒我们弟子，在体道悟道的道路上千万不要有浅尝辄止的想法。先生，是不是？"

"说得好！不过，最后为师郑重声明一下，今天为师讲故事，绝无影射惠施先生的意思。"

庄周说完，哈哈一笑。

三个弟子也会心地笑了，觉得老师今天特别的可爱。

3．至人无己

三月的漆园，阳光明媚，春风和畅，吹面不寒。

远处山色如黛，近野绿草如茵。田头，村旁，山上，溪边，到处都是盛开的花儿，红的，白的，黄的，粉的，五彩缤纷。就是夏日里尘土飞扬、人来车往的大路边，平日里荒凉的山冈上，也开满了无名的小花。

三月十二，日中时分，庄周准时醒来。

走出门外，伸了个懒腰，庄周习惯性地远眺了一下远山近野，发现无边的春色正逼人而来。低头走下台阶，则发现台阶的缝隙中不知什么时候也冒出了许多嫩绿的小草，还有一朵小不点的黄花正从石头缝里探出头来。

南窗前的木香花这时还没开放，但房前屋后草间树丛的许多野花却已盛开。微风吹过，不时便有阵阵芳香袭来。

沐浴着和煦的阳光，看着满眼的春色，嗅着沁人心脾的花香，望着蹁飞于房前屋后枝头花间的鸟儿，听着它们叽叽喳喳婉转地歌唱，庄周张大着嘴巴，像个发呆的孩子，不知何为。

"先生，您看这满目的春光，这么好的天气，是不是应该出去走走啊？"

正当庄周凝神观照，不知所之时，蔺且从屋里出来了。

"师兄说得对。"

蔺且回头一看，是逸轩。二人相视一笑，一起走到了庄周身边。

"呵呵，先生与二位师兄站在门口干什么呢？是不是商量今天出行的计划呀？"庄周还没来得及回头看蔺且、逸轩一眼，淳于悦又从门内跳了出来，高声说道。

"小师弟，你怎么知道我们的心思？"

"大师兄，您看天气这么好，要是不出去走走，岂不是辜负了这大好春光吗？"淳于悦脱口而出道。

庄周本已萌生了要出去踏青的冲动，现在听三个弟子这样一说，情不自禁间便轻轻地点了点头。

漱洗毕，简单地进了些朝食后，庄周便与三个弟子出发了。

不用问，大家都知道，庄周要去的地方就是南溪。

南溪不远，走了大约有烙十三张大饼的工夫，师生四人就到了进入南溪的山口。

进入山口，走了大约有烙三张大饼的工夫，走到山脚下一片大叶青杨林时，逸轩突然指着空中，兴奋地对庄周说道：

"先生，您看，蝴蝶。"

庄周立即停住了脚步，抬眼望向天空。

蔺且也抬眼望着天空，看了一会儿，突然指着旁边的大叶青杨林，对庄周说道：

"先生，您还记得弟子当初投在您门下时，也是春天这个时候，就是在这片大叶青杨林边，我们一起见证了毛毛虫变身为五彩之蝶的全过程吗？"

庄周专注地望着蝴蝶在空中自由地飞舞，对蔺且的话好像完全没有听见。

蔺且明白庄周的心情，便不再说话，并示意逸轩与淳于悦也不要说话，陪着庄周静静地观赏蝴蝶在溪边林间上下翻飞。

看了大约有烙五张大饼的工夫，庄周大概觉得脖子酸了，这才收回目光，又继续沿着溪边小路向上游走去。

"先生，听大师兄以前说过，您不仅喜欢看蝴蝶在空中飞舞，甚至还有一次因为梦中化蝶而将睡榻弄垮了，弟子一直没有当面向您求证过，莫非这是大师兄在编排您的故事？"走了一会儿，淳于悦突然忍不住问庄周道。

淳于悦话音未落，蔺且就连忙予以制止，拽了一下他的衣袖。

没想到，庄周不以为忤，反而哈哈大笑，说道：

"蔺且没有编排我的故事，是确有其事。就是当初跟蔺且一起看蝶变后不久的事儿。"

"先生，是不是您梦醒后还说了一句非常有意味的话，'不知是庄周梦中化而为蝶，还是蝶梦中化而为庄周？'"逸轩见庄周并不忌讳此事，遂趁机打趣地问道。

"为师是不是说过这句话，现在确实记不得了。不过，这话的意思倒是契合为师的想法。"庄周坦然地答道。

"那么，先生，您为什么梦中都想化而为蝶呢？难道做人还不如做蝶吗？"淳于悦脱口而出道。

庄周回过头，看了一眼淳于悦，不答反问道：

"你说呢？"

蔺且见庄周不肯自己说，顿了顿，看了看淳于悦，说道：

"小师弟，依我看，先生之所以那么想化身为蝶，那是因为世道艰险，人心险恶，一个人活在这个世上，不仅有礼教的种种束缚，还有世俗的种种规范，活得太不自由了，就像蝴蝶的前身毛毛虫。毛毛虫在化蝶之前，它的天地就在一片树叶之上；而由毛毛虫蜕变为蝴蝶后，它的活动空间就变得无比广阔了，无尽的山川，苍茫的大地，辽阔的天空，任由它飞翔。这种自由自在的感觉，只有在蜕化蝶变后才能获得。"

"大师兄，俺明白了，先生是因为现实生活中感到种种的不自由，所以才羡慕蝴蝶，因而日有所思，夜有所梦，这才有了梦中化蝶的故事，是吧？"淳于悦恍然大悟似的说道。

"小师弟，你只说对了一半。还有一半，你再好好想想，其实答案都在先生以前跟俺们讲的道理之中。"逸轩笑着提醒道。

淳于悦搔了搔头，一边走一边想，但想了有烙两张大饼的工夫，也没想通。于是，转向逸轩，说道：

"二师兄，俺想不出，还是请您赐教吧。"

"赐教，俺哪敢？先生就在面前，你还是请教先生吧。"逸轩推辞道。

庄周装着没听见似的，只顾低头往前走。

逸轩见此，遂转向蔺且，说道：

"大师兄，还是您来说吧。毛毛虫化蝶的场景是您跟先生一起见证的，先生梦蝶的典故是您说的，所以先生为什么想化蝶飞，这其中的因由您一定清楚。"

"化蝶飞，逸轩，你这个词用得好！先生就是想化蝶飞，那是对自由的向往。先生以前不是反复跟我们说过吗？每个人都生活于现实社会之中，都会不同程度地受到传统礼教与世俗价值观的束缚。但是，每个人也都可以通过自我道德修炼，从传统礼教的束缚中挣脱出来，从名、利、权、位等世俗价值观中超脱出来，由此拓展心灵的空间，舒展精神的境域，实现自我的转变提升，获得一种优游自在、自得自适的心境。这不跟毛毛虫蜕化而为蝴蝶的过程是一样吗？"蔺且说道。

"师兄，您的意思是说，一个人通过自我转变提升，获得优游自在、自得自适的心境，就是实现了自由，就算接近了大道，是吧？"逸轩问道。

"先圣老聃说：'道大，天大，地大，人亦大'，人能跟天、地比大，跟道齐一，主要就是指其有澄澈空灵的内心世界与广阔无比的精神境域。"蔺且又补充说道。

"大师兄，这么说来，先生对大道的体悟仍未完成，至今仍然没有实现精神与心灵的自由，所以今天都还在羡慕蝴蝶，想着化蝶飞，是吗？"蔺且话音刚落，淳于悦便反问道。

逸轩觉得淳于悦的话说得不得体，怕庄周生气，遂连忙出来打圆场道：

"小师弟，难道你忘了吗？以前先生曾借北海之神教导河伯的对话，明确教导过俺们，道无终始，体道悟道亦无止境。先生直至今日仍在体悟大道，不是很正常吗？"

淳于悦听出了逸轩的言外之意，自知刚才失言了，遂连忙顺着逸轩的话，转移话题：

"二师兄，说到北海之神与河伯的对话，俺突然想到一个问题。记得当时先生借海神若之口，说万物一齐，贵贱大小都是相对的，且可相互转化。不知道这种相互转化，是否包括物与物之间的转化？比方说，毛毛虫与蝴蝶的相互转化。刚才大师兄说到当年他与先生共同见证过毛毛虫化蝶的过程，如果是真，这就应该算是物与物之间相互转化的依据了。说到这里，弟子就有一个问题需要请教先生了，请先生恕弟子无礼！"

这次，淳于悦话音未落，庄周便主动接着了话柄：

"淳于，有什么话，但说无妨。"

"先生，如果物与物之间也能相互转化，那么除了毛毛虫可以蜕化而为蝴蝶外，您还能举出其他例证吗？"淳于悦望着庄周，问道。

庄周呵呵一笑，几乎是脱口而出道：

"当然有。"

蔺且知道不可能有，听庄周答得如此斩钉截铁，猜想他刚才一直不说话，肯定是在心里编故事，看来今天又有故事听了。想到此，蔺且扫了一眼近傍溪边，见有一块平石，遂抢步过去，用衣袖在石上拂了一拂，然后转身招呼庄周道：

"先生，到这里坐着说。"

庄周刚刚坐下，淳于悦就立即催促道：

"先生，请快说吧。"

庄周瞥了一眼淳于悦，又扫了一眼蔺且与逸轩，莞尔一笑。顿了顿，望着溪水，说道：

"北海里有一条鱼，其名叫鲲。鲲的体型庞大无比，不知道有几千里。鲲化而为鸟，其名叫鹏。鹏的脊背宽阔无比，不知道有几千里。鹏振翅高飞时，两个翅膀就像天边飘动的两朵乌云。这只大鸟有个习性，每年飓风兴起之时，它就要迁徙飞往南海。所谓南海，就是一个天然的大池子。"

蔺且与逸轩见庄周说得煞有介事，差点要笑出来。但是，为了配合庄周，不仅得强忍住不笑，还要故作一脸认真的样子。但是，淳于悦则没有那么好的修养，立即提出质疑道：

"先生，世界上哪有那么大的鱼？哪有那么大的鸟？更不可能有鱼化为鸟的事。您这就是即兴编故事，专门是为了说服弟子吧。"

"淳于，没有见过的东西，并不表示不存在。世界上很多东西恐怕我们都还没见过，但我们可以说那些我们没见过的东西不存在吗？就以毛毛虫化蝶来说，蔺且当年要不是跟为师一起亲眼所见，恐怕他至今也不会相信这世界上还有爬虫化而为飞蝶的事。事实上，就是有这样的事呀！为师为什么一直跟你们强调'道无终始，体道亦无止境'的道理？就是因为宇宙是无穷的，宇宙间未知的东西太多，我们必须不断拓展视野，舒展心灵。这样，才能穷究宇宙天地之奥秘，慢慢向大道靠近。"庄周直视淳于悦，一本正经地说道。

见庄周如此言之凿凿，雄辩滔滔，淳于悦顿时哑口无言。

"先生说的是。先生，您接着往下说吧。"逸轩心里明镜儿似的，却假装糊涂。

庄周看了一眼逸轩和蔺且，又瞥了一眼淳于悦，顿了顿，接着说道：

"为师以前跟你们讲道理，确实没少编故事。但是，今天所说的北海之鲲化而为鹏，绝对不是为师所编的故事，而是有史籍依据的。"

"是吗？那就请先生快点赐教。"淳于悦直视庄周，说道。

"古代有一本书，叫《齐谐》，是专门记载世人认为是怪异之事的典籍。《齐谐》中记载说：'鹏迁徙往南海，振翅起飞时，海面激起三千里的波涛。

它借飓风之势直上云天，飞达九万里的高空。它是乘着六月的季风而飞去的。'"

"先生，您今天要是不说，我们还真不知道古代有《齐谐》这本书，竟然记载了这样怪异的事。"

逸轩听出蔺且话中别带怀疑的真实语义，却假装不知，只是顺着他的话，说道：

"是啊，今天若无先生教诲，俺们就真成了北海之神所嘲笑的不知有海的井蛙、不可语冰的夏虫了。"

"飞上九万里高空以后呢？"淳于悦则没有蔺且与逸轩那么清醒，早已陷入了庄周的故事之中。

庄周看了一眼淳于悦，见其急切的表情，故意停顿了一会儿，才接着说道：

"鹏飞上九万里高空后，从天上俯瞰下面，只见游气如野马般的奔腾不息，尘埃四处飞扬，还有无数活动着的生物被风吹着飘舞飞动。鹏抬头望天，只见天色苍苍，心中不免起了疑问：'难道这就是天的本色吗？'鹏又昂首远眺，只见前方根本看不到尽头，心中不免又起疑问：'难道天边没有穷尽吗？'鹏再低头往下看，仍然也是这种景象。"

"先生，这些也是《齐谐》上的记载吗？"淳于悦开始有些怀疑了。

蔺且见庄周终于露出了破绽，不禁心中偷乐。逸轩则为了庄周的面子，连忙出来打圆场，说道：

"这是先生一时出现了幻觉，就像先生当年梦中化蝶，不知是自己变成了蝴蝶，还是蝴蝶变成了他自己一样。这一次说到鹏，肯定也是这样。这不奇怪，每个人凝神观照时，都会出现这种现象，属于合理想象。"

"哦，是这样呀！"淳于悦望着庄周，半信半疑地点了点头。

"小师弟，确实是这样。"

这一次，蔺且也连忙出来帮衬了。他怕一旦穿帮，庄周以后就讲不成故事了。而讲不成故事，那师生相处就少了很多乐趣。

淳于悦见蔺且也这样说，便重重地点了点头。但是，过一会儿，他又望着庄周问道：

"先生，鹏为什么一定要飞到九万里那么高呢？"

庄周见险滩已过，心里放松了不少，遂呵呵一笑，说道：

"这个道理也不懂呀！水若积存得不够深，就难以浮载起大船。倒一杯水于堂前洼地，若是放根小草，就可当艘小船；若是放个杯子，则就胶住不动了。这是为什么？因为水浅而船大，浮力不足。鹏之所以能飞上九万里高空，是因为北海六月的飓风提供了巨大的动力。如果飓风的强度没有足够的大，就不可能负载起鹏巨大的翅膀。但是，鹏的翅膀太大，凭借飓风之力振翅飞上天空，飞到九万里高空才算抵达了风的上方。只有在这个高度，鹏巨大的翅膀才能背负青天而没有阻碍，最终飞到南海。"

"先生说得有道理。"淳于悦连连点头。

蔺且与逸轩见了，差点没笑出来。

庄周只看到淳于悦连连点头，没有注意另两个弟子的表情，于是又接着说道：

"蝉与麻雀见鹏飞得那么高，就讥笑说：'我们纵身一跃就飞了起来，见了榆树或枋树就停下来。有时飞不上树顶，就直接停在了地上。何必一定要飞到九万里的高空，再飞往南海呢？'唉，蝉跟麻雀哪里知道，古人早就有句老话，说：'到近郊去的人，只需带够三餐之粮，当天返回时肚子还是饱饱的；行百里之路的人，就要准备一宿的粮食了；而行千里之路的人，则需要备足三个月的粮食。'这两只小鸟，它们哪里懂得这个道理。"

淳于悦听到这里，终于明白了，连忙插断庄周的话，说道：

"先生，您刚才不是说过，今天不是讲故事吗？其实，您今天不仅是讲故事，而且还专门编故事来讽刺弟子。您所说的不懂道理的蝉与麻雀，就是说弟子吧？先生，您要批评弟子，直说就好了，何必绕那么大的弯子呢？您累不累呀！"

庄周哈哈大笑。

蔺且与逸轩早就笑得背过脸去了。

笑了一会儿，逸轩又出来打圆场道：

"小师弟，其实先生并不是在讽刺你，而只是在比较鹏与蝉、麻雀的格局，就事论事，顺带发表一下感慨而已。"

"逸轩说得对。再说了，先生说话的风格，你又不是不知道，他只要一张口就会讲故事，这是全天下人都知道的，我们不是早就习惯了吗？"蔺且也连忙出来帮腔。

"二位师兄，看来俺没说错，先生今天一开始就是在讲故事。刚才他还说，鲲化而为鹏，是古书《齐谐》的记载。现在看来，这《齐谐》到底是不是古书，存不存在，都是问题。说不定，就是先生自己随口杜撰出来的。"

淳于悦话音未落，庄周立即接口道：

"淳于，不要瞎说！为师所说鲲化而为鹏，那绝对是源于古书《齐谐》的记载。至于《齐谐》一书，则更非为师杜撰，而是实有其书。"

蔺且见庄周这样说，连忙出来打圆场：

"小师弟，先生讲故事，不完全都是临时编造的，而是有相当大的一部分是引经据典。如果先生没有博古通今的学问，只是会编故事，何以令天下人折服，令惠施、公孙龙、孟轲等诸家名流也敬佩不已？"

"是呀，只要道理讲得好，对人有教益，引经据典也好，即兴编故事也罢，都无不可。"逸轩补充道。

淳于悦觉得蔺且、逸轩说得也颇有道理，遂点了点头。

逸轩见此，连忙望着庄周说道：

"先生，您今天讲的故事非常有意思，快接着往下讲呀！"

得了逸轩给的这个台阶，庄周看了看淳于悦，又接着说道：

"小知不及大知，小年不及大年。"

"先生，'小知'指有小智慧的人，'大知'指有大智慧的人，是吧？那什么是'小年'，什么是'大年'呢？"庄周刚说了一句，便被淳于悦的提问插断了。

"朝生暮死的虫子，不知道什么叫一个月；春生夏死，或是夏生秋死，只能活过一个季节的寒蝉，不知道什么是春天，什么是秋天。这种朝生暮死之虫，这种只能活过一季的寒蝉，就是'小年'。楚国之南有一种溟海神龟，以五百年为春，以五百年为秋；上古有一种大椿树，以八千年为一个春季，以八千年为一个秋季。这种神龟，这种大椿树，就是'大年'。上古有位长寿之人，人称彭祖，活到八百岁，至今人们还在说着他的传闻。我们普通人想要跟他攀比，不是显得非常可悲吗？"庄周答道。

"小师弟，知道什么是学问了吧。先生渊博的学问，广远的见识，往往都是在讲故事中不经意才显露一二的。"蔺且借机生发，为刚才自己说的话固桩。

"师兄说的是。先生，您接着再往下说吧。"逸轩望了望正凝神观水的庄周，催促道。

庄周没有马上回应，停顿了好久，才从水面移开视线，朝对面的山峦瞥了一眼，然后不紧不慢地说道：

"商汤在位时，有一位贤人，名叫棘。一次，商汤问棘说：'上下四方有极限吗？'棘回答说：'不知道。只知无极之外，又是无极。在遥远荒凉的不毛之地北方，有一片苍茫辽阔、广漠无际的大海，就是一个天然的大池子。池中有条鱼，其背之宽有数千里，身体究竟有多长，谁也不知道。这条鱼的名字叫鲲。有一只鸟，名字叫鹏。鹏之背犹如泰山，鹏之翼犹如天边之云。鹏乘着旋风扶摇直上苍穹，飞到九万里高空，超绝层云，背负青天，一路往南飞去，目标就是南海。'"

"先生，棘的话怎么跟刚才您说到的古书《齐谐》讲的差不多？这里弟子就有一个问题要请教先生了，这个故事到底是谁讲的？"淳于悦又提出了疑问。

"到底是谁讲的，为师也不知道。棘的话，为师也是从书上看来的。"庄周答道。

"小师弟，时代久远，这个现在已经无法追究了。我们还是听先生把故事讲完吧。"蔺且说道。

淳于悦点了点头。

庄周停顿了一下，又接着说道：

"棘又说：'鹏飞翔于九万里高空，一只在水边觅食的小麻雀见了，笑着说道：它到底要飞往哪里呢？干嘛要飞得那么高？我腾跃而上，不过飞到数丈高就落下了。我蹿飞于蓬蒿草丛之间，也算是尽逞我飞升之技能了。它飞得那么高，究竟想飞到哪里去呢？'棘讲完这个故事，跟商汤说：'这就是小与大的分别。'"

"先生，棘讲这个故事，也是要说明'小知不及大知，小年不及大年'的道理吗？"淳于悦再次插断了庄周的话。

庄周没有回答。

"小师弟，别急，听先生说完，就知道先生究竟要告诉俺们什么道理了。"逸轩这话既是说给淳于悦听的，让他别插话，同时也是说给庄周听的，请他继续讲下去。

"世上有三种人，往往都自视甚高，觉得自己是个了不得的人物。一是才智可以胜任一官之职，二是行事可以得到一乡之人的认可，三是道德合乎一国之君的心愿，可以取信于一国之人。其实，这些自以为是的人，跟鹏眼中的小麻雀没什么区别。对这些人，宋荣子往往嗤之以鼻，对他们予以无情的嘲弄。"

庄周刚说到这里，淳于悦又忍不住插话了：

"先生，如果说才智胜任一官之职，行事为一乡人认可，还算不得什么的话，德合国君之愿，可以取信于一国之人，那就不是一般人可以臻至的境界了。宋荣子，是不是稷下学派的宋鈃？他何德何能，能够傲视一切人？"

庄周看了看淳于悦，呵呵一笑道：

"如果说棘是远古的贤人，那么宋荣子算得上是近世的贤人。全天下的人都夸赞他，他也不会觉得特别振奋而更加勤勉；全天下的人都非议责难他，他也不会感到特别沮丧。因为他能看清内在自我与外在事物的分际，能够辨别荣辱之间的界限。正因为如此，他从不汲汲于追求世俗所谓的名誉。"

"宋荣子能做到这一点，实在不容易！先生称他为当世贤人，弟子觉得并不为过。"逸轩听到这里，也忍不住感慨系之，评论了一句。

没想到，庄周莞尔一笑，瞥了一眼逸轩，说道：

"宋荣子表现确实算是不错了，不过仍有未达到的境界。"

"哦？还有什么境界没达到？先生请说。"淳于悦立即追问道。

"因为还有人在他之上。比方说，列子，就是世人皆知的列御寇。他能御风而行，姿态可谓曼妙极了。可是，过了十五天，他又回来了。世人都非常羡慕他有奇异之能，但他并没有因此而汲汲于为自己求福。不过，列子虽然御风可以免于步行，但毕竟还是有所待。"

"先生是说，列子的超能力还是有限，必须有可凭借的风，是吧？"蔺且问道。

庄周点了点头，说道：

"如果有人能够做到顺应自然的本性，掌握六气的变化，遨游于无穷的境域，那么他还需要有所待吗？"

"先生，无所待的境界，就是您所说的最高境界了吧？像宋荣子淡漠于名，列子淡漠于利，都不算达到最高境界，不为您所完全认同。那么，达到最高境界，到底要具备那些条件呢？"蔺且问道。

"至人无己，神人无功，圣人无名。做到'无己''无功''无名'六个字，就是达到了最高境界。宋荣子不汲汲于外在的成就，不追求世俗的虚名，达到了'无名'的境界；列子能跟大自然配合，可以御风而行，却不以此为能而汲汲于为自己求福，达到了'无功'的境界。'无名'是化解了名誉，'无功'是化解了功绩，都只是超越了世俗的价值观而已。而'无己'则是化解了自我，超越了人类自己，进入到了一种忘我的境界，即与大道融为一体的境界。"

庄周话音未落，淳于悦立即反问道：

"先生，您说'无己'的境界，就是一种忘我的境界，那么'至人无己'，就是说至人没有自我，是吗？"

"不能这样说。"庄周毫不犹豫地答道。

"那到底怎么理解呢？"淳于悦穷追不放。

"忘我不等于没有自我。因此，所谓'至人无己'，并不是说至人没有自我，而是说至人超越了偏执的我，也就是为世俗功名所束缚了的我。换句话说，所谓'至人无己'，也就是说至人摆脱了为形骸所缚、为智巧所拘、为物欲所困的小我，彻底摒弃了世俗的价值判断，使自己从狭窄的人生局限性中提升出来，成就了一个全新的大我。这个大我，超越了生理的局限，超越了家庭的羁绊，超越了社会的束缚，直通宇宙的境域。这个大我，是达于天地境界的我，是与万物相感通、相融合的我，是宇宙的大我。"庄周解释道。

"先生，您所说的这个大我，是不是跟您以前在《齐物》篇中所说'天地与我并生，而万物与我为一'的'我'是一个概念？"逸轩问道。

"正是。"庄周重重地点了点头，脸上露出毫不掩饰的笑意。

"逸轩不仅记忆力特强，而且最善于将先生说的所有观点融会贯通到一起。"蔺且赞扬道。

"师兄过奖了。"逸轩觉得有些不好意思了。

淳于悦见庄周与蔺且都表扬逸轩，于是望着庄周问道：

"先生，这个'至人无己'的境界，是否跟您所追求的'与天地精神相往来'的境界一致呢？"

庄周稍微犹豫了一下，然后点了点头，看了一眼淳于悦，接着说道：

"至人的精神遨游于天地之间，与天地宇宙融为一体。至人的心灵无限地开放，破除了自我为中心的执念，向内打通自己，向外与他人他物相感通、相融合。他从世俗世界与形相世界中超脱出来，心灵得到了大解放，精神得到了大自由，臻至'无待'的境界。因此，他无论处于何种境遇，都能随遇而安，知不可奈何而安之若命，显得自适自得，自由自在。"

淳于悦见庄周将至人描绘得神乎其神，不禁脱口而出道：

"先生，至人如此伟大，那世上何人堪称至人呢？"

"先圣老聃就是呀！"庄周回答得毫不犹豫。

"弟子就知道先生肯定这样回答。"淳于悦哈哈大笑。

逸轩怕淳于悦再跟庄周纠缠下去，连忙打圆场似的转移了话题：

"先生，按照您上面所说的标准，宋荣子达到了'无名'的境界，可以算个圣人吧；列子达到了'无功'的境界，可以算个神人吧。"

庄周点了点头。

"那么，请问先生，世上有同时具备这三个条件的至人吗？"蔺且问道。

"同时具备三个条件的恐怕不多，但据为师所知，同时具备其中两个条件的，还是有的。"

"先生，那您是否给俺们说说呢？"

蔺且听出了淳于悦的意思，他内心深处也想看庄周一时编不出故事的窘迫，所以立即随口附和道：

"是呀！请先生快说吧。"

庄周看了看蔺且与淳于悦，又瞥了一眼没有说话的逸轩，莞尔一笑。故意停顿了片刻，这才开口说道：

"上古时代有一个贤人，是尧帝的老师，你们知道他是谁吗？"

"不知道。"蔺且等三人像事先商量好了似的，异口同声地答道。其实，他们都知道。

庄周扫了他们一眼，接着说道：

"他就是许由。尧帝治平天下之后，就想将天下禅让给许由。他跟许由说：'日月都出来了，而烛火还不熄灭。以烛火之光照亮世界，不是很不现实吗？及时雨都已下过了，还要靠人力挑水灌溉，以此润泽禾苗，不是徒劳无功吗？'"

庄周话还没说完，淳于悦便忍不住插话问道：

"先生，尧帝这话是什么意思？"

"尧帝这话是个比方，把许由比作日月和及时雨，把自己比作烛火和人力所挑之水。意思是说许由比自己高明，更适合做天子治理天下。所以，在如此歌颂一番后，尧帝就直接提出了建议，说：'先生，只要您愿意为天子，天下马上就可以安定。现在我占着天子之位，却很不称职，内心觉得非常惭愧。所以，请允许我将天子之位禅让给您，由您来治理天下。'"庄周说道。

"那许由答应了吗？"

庄周看了一眼淳于悦，莞尔一笑，说道：

"许由怎么可能答应呢？如果他答应了，他就不是许由了，为师今天也不会提他的。"

淳于悦望着庄周，点了点头。

"许由回答尧帝说：'你为天子治理天下，天下已经安定了。现在，你让我取代你为天子，难道我是为了天子之名吗？名只是实的表征，是一种符号。我做这个天子，难道就是为了天子这个名号吗？鹪鹩巢于深林，所需不过是树头一枝；偃鼠饮水于河流，不过是喝饱肚子。你还是请回吧，我要天下干什么？厨子即使不肯下厨，司礼者也不会越位代他料理祭品。'"

庄周话音刚落，淳于悦便望着庄周，兴奋地说道：

"先生，弟子终于明白了，许由是觉得尧帝治理天下已经成功，因此他不愿意贪其功为己有，受天子之位，夺自己学生的天下。这是在向世人表明，他是一个高尚的人，不是贪婪之辈。是吧？"

庄周笑了笑，没有回答。

逸轩望了望庄周，又看了看蔺且，犹豫了一下，说道：

"小师弟说许由是个高尚的人，这当然不错。不过，从先生整个故事来看，可能先生所要表达的重点不在此，而是意在说明许由是一个追求'无名''无功'境界的至人。他说'名只是实的表征，是一种符号'，说明他完全看破了名的实质，明显是在去名、弃名，其追求'无名'境界的心迹昭然若揭。他反问尧帝'我要天下干什么'，说明他无意于建功立业。因为在其位，就要谋其事。而谋其事，必然有其功。许由懂得这个道理，索性不接受禅让，也就彻底弃绝了立功的可能性。其追求'无功'境界的心志，就再清楚不过了。先生，是不是？"

庄周点点头。

"先生，小师弟刚才说到许由不是贪婪之人，我觉得也是对的。许由在说明自己不愿意接受帝位时打了一个比方，把自己比作鹪鹩、偃鼠，表明自己对外物的依赖非常有限，取一而足，因此不必贪婪，索要太多。世人之所以汲汲于追求功名利禄，追根究底还是因为其贪欲。许由表明自己没有贪欲，说明他已经挣脱了世俗的价值判断，追求的是精神上的无牵无挂与自由自在。用先生的话来说，就是要'与天地精神相往来'。从这个意义上来说，许由实际上已经走在了追求'无己'境界的道路上。"蔺且补充道。

庄周听了，也点了点头。

淳于悦的解读虽然没有得到庄周的直接认同，但逸轩与蔺且替他所作的语义申述得到了庄周的认同，这也让他感到很高兴。于是，又望着庄周，说道：

"先生，刚才您说到的许由，是一个臻至'无名''无功'境界的至人。那么，有没有臻至'无己''无功'境界的至人呢？"

"当然有。"

"先生，那您快说。"淳于悦见庄周回答得如此斩钉截铁，有意要为难他一下，不给他思考和即兴编故事的时间。

对淳于悦心里的这点小九九，庄周看得透彻透彻的。所以，他看了看淳于悦，莞尔一笑。然后，朝蔺且与逸轩瞥了一眼，略略停顿了一会儿，便从容说道：

"几百年前，有两个贤人，一个叫肩吾，一个叫连叔。有一天，二人闲聊间，说到了楚国的大名士接舆。"

"就是大师兄的同乡，那个作楚歌'凤兮凤兮'讽刺孔丘的隐士吧。"淳于悦插话道。

庄周点了点头，接着说道：

"肩吾跟连叔说：'接舆说起话来滔滔不绝，确实有口才。不过，我听他谈话，总觉得他的话大而无当，内容庞杂而不着边际，任意引申而不知节制。我对他的话总感觉有些惊骇，觉得他的话就像银河一样漫无尽头，离题太远，又夸张过度，实在是不近人情呀！'连叔问：'他到底说了些什么？'肩吾回答说：'他跟我说，藐姑射山里住着一位神人，他的肌肤白得像冰雪，容态柔美犹如处女。他不吃五谷，只餐风饮露。他乘云气，御飞龙，遨游于四海之外。他精神凝聚，能使万物不受伤害，能使谷物成熟丰收。我觉得他的话都是诳言，所以不敢相信。'"

"不要说肩吾不敢相信，就是俺也不敢相信，世上哪有这样的人？"淳于悦又陷进了庄周的故事情节中了。

蔺且与逸轩比较冷静，知道庄周是在编造故事，但是他们都不说破，只是静静地听着，当然他们内心是非常佩服庄周即兴讲故事的才情。

庄周见淳于悦已然着迷不悟，又见蔺且与逸轩神情专注，遂又接着说道：

"连叔听了肩吾的话，说道：'当然喽！古人有言：跟瞎子是无法共赏五彩之美的，跟聋子是无法共享钟鼓之乐的。世上岂止是生理上有瞎有聋，心智上何尝没有既瞎又聋的呢？依我看，这话就是说你的呀！那个藐姑射山的神人，他的心灵包容万物，他的精神与万物交融一体。世人皆汲汲于功名，为了争名夺利，纷纷扰扰，无休无止，神人怎么会看得惯这些，而肯劳劳碌碌，以治理天下为念呢？这样的神人，外物何以能伤害他？就是洪水滔天，也不会淹死他的。纵使大旱熔化了金石，烧焦了土山，他也不会有灼热之感。这样的神人，他用尘垢秕糠也能造就出尧、舜这样的帝王。你说，这样的神人，怎么肯以纷纷扰扰的世间俗务为念呢？'"

"先生，您的故事讲完了？"见庄周好久都不再往下说，淳于悦问道。

庄周没有回答，只是轻轻地点了点头。

淳于悦望着庄周，几次想开口提问，但犹豫了好久，还是没敢开口。最后，实在忍不住了，便转向蔺且，问道：

"大师兄，连叔好像非常推崇藐姑射山的神人，莫非他就是先生所说的臻至'无己''无功'的至人？"

"小师弟，你真聪明，一眼就看透先生的用意。藐姑射山的神人，肌肤若冰雪，柔美若处女，说明他已得养生之道，是个悟道成功的圣人。他不食五谷，而是餐风饮露；他乘云气，御飞龙，遨游于四海之外；他凝神观照，能使万物不受伤害，能使谷物成熟丰收，说明他是有超凡能力的神人。如果说列子御风而行堪称神人，他则远在列子之上。然而，有此超凡能力的人，他却不肯劳劳碌碌，以治理天下为念，说明他完全臻至了'无功'的境界。外物不能伤他，水不能淹他，火不能灼他，说明他有强大的精神定力。他的心灵已独立自足，不为外物、外境所牵扰。他的心灵包容万物，他的精神与万物交融一体，说明他已完全突破了以自我为中心的拘限，有了一个广阔开放的心灵，跟宇宙万物和谐地融为了一体，即先圣老聃所说的'与道为一'，臻至了'无己'的境界。"

蔺且说完，逸轩立即望着庄周，问道：

"先生，蔺且师兄说得对不对？"

庄周先是拈须一笑，接着点了点头。

逸轩见此，情不自禁地向蔺且投去敬佩的目光，由衷地说道：

"知先生者，蔺且也！"

淳于悦听了逸轩的感慨，则哈哈一笑道：

"大师兄虽然最知先生，但先生面黄肌瘦、不修边幅的样子，怎么看也不像冰肌雪肤、风姿绰约如处女的藐姑射山的神人。先生虽然心大可容宇宙，但恐怕做不到不食五谷，餐风饮露；当然更不可能乘云气，御飞龙，遨游于四海之外。所以，依弟子看，先生最可能达到的境界，也就是'无名''无功'，做一个清高自许的许由而已。"

蔺且、逸轩听了，不禁面面相觑。但是，一直矜持不露声色的庄周，却哈哈大笑。

4. 虚己游世

"时间过得真快呀！一转眼，我们都老了。"

"是啊！师兄，您还记得吧，当年小师弟投到先生门下时，丫丫、嘟嘟都还小，好可爱。现在他们都已嫁娶成家多年，孩子都满地跑了。"逸轩接着蔺且的话头，感慨万分地说道。

"师娘过世也好多年了，想想当初我投在先生门下时，师娘经常跟先生吵架。那一幕幕，现在想起来，仿佛就在昨天一样。”

“师娘跟先生吵架的事，您以前也跟俺说过。不过，俺投在先生门下后，倒是一次也没见过，觉得师娘挺好。先生那么懒散，她也没怎么在俺们面前说过呀！”

“逸轩，你是公子哥儿，一投在先生门下，就出手阔绰，给了师娘那么多礼金。师娘日子好过了，心情好，当然是不会跟先生吵架的。”

“师兄，说句大逆不道的话，俺还真希望见识一次，师娘跟先生吵架是个什么样子呢。”

“其实，说吵架也不准确。因为师娘每次骂先生，先生是从不还嘴的。师娘骂起先生，那可凶了，我都觉得面子上挂不住。”

“师兄，您是先生弟子，难道您不能从中劝解劝解吗？”

蔺且回头对逸轩一笑，道：

“你想想看，我能不劝解吗？但是，往往我越是劝解，师娘越是觉得我袒护先生，骂先生骂得更凶了。那时候，先生的日子真是难过呀！”

“哦，这样说，先生当时真是不容易！先生常常跟俺们说‘知其不可奈何而安之若命’的道理，大概不只是对现实社会无奈的体验，也有家庭生活的体验在其中吧。”

“逸轩，说实话，不仅先生应该感谢你，就是我跟小师弟也应该感谢你。”

“师兄，您这话从何说起？”逸轩回过头来，望着蔺且问道。

蔺且呵呵一笑，道：

“就是因为你的慷慨接济，才使先生家的经济状况得以好转的呀！后来，又是你陪先生到赵国走了一趟，从赵王那里弄到一大笔金子，回来交给师娘。要不是有这些金子，先生拿什么养儿育女，拿什么支度家庭开销呀！所以，先生家和谐的气氛，先生能够潇洒地谈天论道，应该都是拜你所赐。先生不在这里，我们私下说句话，先生对一切都看得非常淡，但这个社会真的很现实，没有钱真是什么也别谈。一个人温饱不能解决，还能谈什么理想，讲什么清高？”

“师兄，您说得也对。不过，您不能把功劳都归于俺，您跟淳于师弟也没少接济先生家呀！”逸轩真诚地说道。

蔺且莞尔一笑。

过了一会儿，蔺且又回过头来，看着逸轩说道：

“逸轩，你看春天又到了，漆园方圆五十里，山山水水，我们这些年没少看过。”

"师兄，您的意思是不是要离开漆园，到更远些的地方走走？"

"逸轩，你真是聪明！我刚一张口，你就知道要说什么。"

"师兄，您说要去哪里吧。好在先生现在身体还算硬朗，家里也无牵无挂，俺们弟子完全可以再跟他来一次外出游历。"

"对，就是这个意思。趁着天气好，先生还能走得动，我们陪他出去走走看看，同时还能学到很多东西。就是听他讲故事，那也是一种享受。"

"师兄，您说得太对了。那好，等先生起来，俺们就跟他说说这个计划吧。"

蔺且点了点头。

正在此时，淳于悦起来了。见到蔺且与逸轩正站在门前，便三步并作两步，来到二人面前，说道：

"二位师兄，你们又背着俺在密谋什么呢？"

"我们正说你越来越像先生了，将来传承先生学说，发扬光大先生学派，就要靠你了。"蔺且笑着说道。

"大师兄，您直接说俺越来越懒散，爱睡懒觉，不就好了吗？何必绕着弯子嘲弄人呢？"

逸轩看着淳于悦，笑了笑，说道：

"小师弟，大师兄绝对没有嘲弄你的意思。先生的学问，俺们要学到一些也许不难。但是，先生偶傥不群、超脱潇洒的风范，看来还真不是一般人能学得像的。所以，从这一点看，大师兄说你越来越像先生，有先生的风范，依俺看还真是大实话。"

"二师兄，您也来取笑俺了！"淳于悦嘴上这样说，脸上却洋溢着愉快的笑容。

蔺且、逸轩见此，相视一笑。

过了一会儿，淳于悦又看了看蔺且与逸轩，说道：

"二位师兄，你们刚才到底在说什么？"

"小师弟，其实我们什么也没说，只是站在这看看风景而已。"

"看你们一大早就起来了，神神秘秘的，刚才又一搭一唱，肯定在商量什么事情。"淳于悦揉了一下惺忪的睡眼，望着蔺且与逸轩，执拗地说道。

"好了，小师弟，你还是先去漱洗一下吧。等先生起来，进过朝食后，俺们再跟你说，好不好？"逸轩笑着说道。

淳于悦点了点头，揉了揉眼睛，漱洗去了。

日中时分，庄周准时起来了。

"二师兄，早上您跟俺说过，等先生进过朝食，你们就告诉俺你们的计划。什么计划，现在可以说了吧？"庄周刚进好朝食，淳于悦就盯住逸轩问道。

逸轩看了看蔺且，说道：

"师兄，您说吧。"

蔺且点了点头，望着庄周，认真地说道：

"先生，现在春暖花开，天气越来越好。早上我跟逸轩商量了一下，觉得反正现在家里也没什么事，不如趁此机会，我们陪您到远一点的地方走一走，看一看。您觉得如何？"

没等庄周表态，淳于悦就兴奋得手舞足蹈起来了，高声说道：

"早就该出去了。漆园这方圆几十里地，要说有风光，俺们也看了千遍万遍了。"

逸轩白了淳于悦一眼，望着庄周，语气温婉地问道：

"先生，大师兄的建议，您觉得如何？"

庄周抬眼看了看蔺且与逸轩，又扫视了一下淳于悦，面带少见的和蔼，笑着说道：

"好哇！"

蔺且见庄周回答得如此的爽快，知道他心里是喜欢的。于是，顺口问道：

"先生，那您看什么时候动身呢？"

"什么时候都可以呀！"庄周不假思索地答道。

"师兄，这样吧，今天俺们先合计一下，看看要准备些什么，毕竟是要出远门。准备妥当，俺们明天早点出发。"

"逸轩，还是你想得周到。"蔺且点了点头。

第二天，按照计划，庄周与三个弟子准时出发。

本来，淳于悦要求往秦国去一趟，想看看强力崛起的秦国到底是个什么样子。但是，蔺且从开支的角度考虑，觉得路途遥遥，这一趟不知要费多少时间。如果一年半载回不来，那开支就太大。逸轩则从安全的角度考虑，觉得天下不安定，秦国总是在不断与山东六国征战，要是正好遇到秦国与哪个国家打起来，那生命安全就难保证了。再说，庄周毕竟是个老人，走得太远，要是累出个病来，或是气候、水土不服，那就叫天天不应，叫地地不灵了。所以，考虑来考虑去，最后蔺且与逸轩一致认为，就在宋国境界走走，什么时候想回家了，随时都可以。淳于悦听了蔺且与逸轩的分析，觉得都有道理，所以也认同了他们的方案。毕竟宋国也算一个不大不小的国家，可以走动的地方应该还是不少的。只要心情好，有兴致，哪里没有风光。庄周从来就不会想诸如此类琐碎的事情，任由三个弟子安排。

四月中旬的一天，师生四人来到离宋都商丘有五十里的一处小山脚下。说是小山，其实都不是很准确。仔细观察，就会发现，这个所谓的小山，实际上只是由几个沙丘组成，略成弯月之形。虽然山不高，但山上的草木却相当茂盛。山脚下也有不少树木，尽管都是些不高的树，但看起来也都枝繁叶茂。草木之间，不知名的小花开得正盛。往左边一些的山脚下，还有一片竹林。

庄周师生四人在山脚下驻足看了一番后，都觉得这个地方还真的不错，环境相当的静谧清幽。

"先生，您看，这个小山是呈弯月之形，这里又是坐北朝南的方位，如果结庐在此，应该算是不错的选择。"站在山脚下看了约有烙三张大饼的工夫，蔺且突然有所发现似的说道。

庄周朝四周看了看，默默地点了点头。

"师兄，前两天俺们住在商丘城的客栈时，不是有个客人说过，老聃晚年曾到宋国隐居过一段时间吗？据说，就在离城五十里的一个僻静之处。莫非这里就是当年先圣静修悟道之所？"逸轩说道。

"二师兄，您真是非常有想象力。宋国虽小，但比这里更清幽的地方恐怕也不会少吧，先圣为什么选择这里隐居呢？"淳于悦不以为然地说道。

"小师弟，你不要说，逸轩说得还是蛮有道理。你看，这里坐北南朝，气候上肯定是冬暖夏凉，适合老人生活。你再看，这里是一片开阔的原野，前边好像就有一条小河流过。再说，这里离商丘城不远，进城方便。"

"进城干什么呀？先圣不是来宋国避地隐居吗？如果还时时考虑进城方便，那还何必要隐居呢？"蔺且话音未落，淳于悦就反驳道。

"小师弟，你是不是不食人间烟火呀！先圣老聃也是人，他可不是藐姑射山的神人，可以餐风饮露，不食五谷就能过活的。他到宋国隐居，虽然肯定有弟子侍奉，可以在此垦荒种植，保证食物供给，但是有些东西，比如锅、碗、瓢、勺，还有衣、被之类，也是需要进城购买的呀！"蔺且笑着说道。

庄周对于三个弟子的话，像是没听见似的，自顾自地纵目远眺。

又过了大约有烙三张大饼的工夫，蔺且抬头看了看天，见日已过午，遂提醒庄周道：

"先生，我们往前走吧，肯定还有比这里景致更好的地方。"

庄周没有回答，却随着蔺且等三个弟子迈动了步伐。

走了大约有半个时辰，师生四人到了另一个小山脚下。沿着山脚下一条小溪往前走了不远，淳于悦突然兴奋地说道：

"先生，前边山脚下的树丛中，好像有鸡鸣之声。看来，这里应该是有人居住的。"

庄周没吱声，但是蔺且与逸轩都停下了脚步，静静地听了一会儿，确认淳于悦的说法应该是对的。

沿小溪又走了一程，淳于悦突然又兴奋地叫了起来：

"先生，前面溪上好像有桥。"

蔺且与逸轩听了，也倍感振奋。只要附近有人家，今天就不必赶时间。

走近淳于悦所说的桥边，蔺且见溪水上横着两根枯树干，都有些腐朽了，但可以确认的是，这应该是用以渡溪之桥。

"大师兄，您看，这是不是桥？"淳于悦问道。

蔺且点了点头。

于是，师生四人踩着那两根木头，过了小溪。

过小溪走了没几步，又听淳于悦兴奋地喊道：

"先生，您听，是不是有犬吠之声？"

庄周虽然没答淳于悦的话，却下意识地停住了脚步。

蔺且、逸轩驻足听了一会儿，点了点头。

淳于悦见此，笑着说道：

"前面那个小山脚下，如果像二师兄所说，是先圣老聃静修吾道之处，那这里就是他的理想国了。您看，这里虽鸡犬之声相闻，却看不到人，这不就是小国寡民，百姓老死不相往来的状态吗？"

"小师弟，你说得还真有点像呢。"蔺且笑着说道。

逸轩正想接口评论一句，但看到溪边有一块大平石，便趋前一步，用袖子在石上拂了一拂，对庄周体贴地说道：

"先生累了吧，俺们就在这溪边坐一坐吧，反正村庄就在附近，今晚肯定没有露宿野外之虑了。"

庄周点了点头，就在溪边那块平石上坐了下来。

蔺且、淳于悦见此，连忙停下脚步，就近围坐在了庄周身边。

临溪坐下不久，逸轩突然望着淳于悦，说道：

"小师弟，你刚才的话，让俺不禁想到一个问题。"

"什么问题？"淳于悦问道。

"去年，俺回赵国一趟，来回的路上，沿途所见都是各国战争后的败落景象。住店时，则常听人说到山东各国与强秦交战的事。在齐都临淄时，听人说，张仪为秦国之相后，不断离间山东六国，然后各个击破，祸害得六国生灵涂炭，死人无数。说有一次，秦国与韩、赵二国联军交战，一次就斩韩、赵二国将士之首八万。还有一次，好像就是没几年前的事，秦国庶长魏章率秦军跟楚国交战，一次也斩了楚国将士之首八万。"逸轩说道。

"唉，这个世界真的是越来越乱了，怪不得先生非常忧虑，不愿听闻外面的时事。"蔺且感慨地说道。

"不过，俺们生活在宋国这么多年，好像还是挺平静的。"淳于悦说道。

"那是因为宋国是小国，不跟大国结盟，也威胁不了任何大国，所以没有哪个大国起念要惹宋国。看来，小国也有小国的好处。先圣老聃晚年之所以要到宋国静修悟道，我们先生之所以始终不愿离开宋国，看来都是有深谋远虑的。"蔺且分析道。

庄周坐下后，一直凝视溪水不说一句话。淳于悦见此，一时兴起，便就近捡起一个小石子朝溪水中扔去。虽然石子溅起的水花不大，声音也不怎么响亮，却让一直凝神观照的庄周情不自禁间抬起了眼皮，朝三个弟子看了看。

逸轩见此，连忙说道：

"先生，弟子们刚才都在忧虑这天下如此纷乱，生灵涂炭，不知何时是个终结。先生，您说俺们生于这样一个乱世，究竟该如何自保？"

"先生不是早就说过吗，'知其不可奈何而安之若命'呀！"淳于悦脱口而出。

"话虽如此，但毕竟是过于消极了。先生，是否还有别的稍微积极一点的办法呢？"逸轩望着庄周，问道。

庄周侧脸看了一眼逸轩，幽幽地说道：

"积极一点的办法嘛，那就牢记'虚己游世'四个字。不仅能自保，还能活得逍遥自在。"

"先生，什么叫'虚己游世'？"淳于悦立即追问道。

"就是放弃心中的执念，挣脱礼教的拘限，摒弃世俗的价值观，不汲汲于功名利禄，遵从自己的内心，外化而内不化。如此，外物何能伤你？乱世奈你几何？"

"先生说得有道理。"逸轩说道。

蔺且也认同地点了点头。

但是，淳于悦却反问道：

"处乱世而能自保，且能活得逍遥自在，这样的境界谁能达到？"

"先生不就达到了吗?"

庄周听了逸轩的话，呵呵一笑，说道:

"为师还不敢自诩达到了这种境界。但是，为师知道确实有人能达到，比方说孔丘。"

"孔丘?"淳于悦瞪大眼睛望着庄周，哈哈大笑。

"小师弟，你笑什么?"一直没说话的蔺且终于开口了。

"孔丘一生为了实现其'克己复礼''天下大同'的理想，力图恢复周公礼法，明知不可为而为，结果在鲁国被驱逐，周游列国到处碰壁，整天匆匆如漏网之鱼，惶惶如丧家之犬。他哪里算得上是放下了心中执念的人呢?他在齐国与宋国都曾被人追杀或暗算，在陈、蔡之间被人围困，七天七夜没得吃没得喝，差点活活饿死。在匡地也被人围攻，也差点丧了性命。他哪里谈得上什么自保，哪里谈得上活得逍遥自在?"淳于悦雄辩滔滔地说道。

庄周莞尔一笑，说道:

"为师不是多次跟你们说过吗?孔丘早年确实是放不下心中的执念，活得非常困顿狼狈。但是，他晚年幡然醒悟，向先圣老聃请教，终于放下了'克己复礼'的执念，回到鲁国后两耳不闻窗外事，专注于研《易》，倒也逍遥自在，一直活到了七十三岁的高龄。"

"先生说的是。"逸轩连忙附和道。

蔺且没吱声，他早就知道庄周喜欢借重名人来为老聃之道作张扬的道具。

"先生，您是说孔丘思想观点的转变，是先圣老聃之所化?"淳于悦不无怀疑地问道。

庄周没有立即回答，停了好久，才幽幽地说道:

"除了受先圣老聃的影响，还受到一个人的影响。"

"什么人?以前怎么没听说过。"

蔺且见淳于悦一脸的天真，庄周却一脸的认真，差点笑出来。因为他知道，接下来庄周又要开始讲故事了。

果然不出蔺且所料，庄周在停顿了好久后，终于又开口了:

"为师只知道他是个渔父，至于姓甚名谁，就不得而知了。但可以肯定的是，他是先圣老聃的信徒。"

"那这个渔父是怎么影响了孔丘，先生是否可以详细给弟子说一说?"

庄周知道淳于悦这是变相地提出质疑，所以，莞尔一笑，说道:

"有一次，孔丘带着弟子在缁帷的林间游玩。孔丘坐在杏坛上休息，弟子们则在读书。孔丘生平最喜欢弹琴唱歌，这次也一样。当孔丘弹琴弹到一半，唱歌渐入佳境之时，突然有个渔父撑着一条小船顺流而来。渔父须眉皆白，披散着头发，高挽着衣袖。他沿着河岸划着小船，快到孔丘弹琴之处的岸边时，将船停住，上岸坐在地上，左手按着膝盖，右手托着下巴，认真聆听着孔丘的琴声与歌声。"

说到这里，庄周突然停住了。

"然后呢？"淳于悦急不可耐地追问道。

庄周看了看淳于悦，又瞥了一眼蔺且与逸轩，略作停顿，又接着说道：

"一曲终了，老者向在不远处的子贡、子路招了招手。二人连忙走了过去，与之答礼如仪。老者指着孔丘问道：'他是什么人呀？'子路回答说：'是鲁国的君子。'老者又问孔丘族氏，子路回答说：'孔氏。'老者会意地点了点头。接着，老者又问：'他从事何职业呢？'子路大概觉得渔父问得太多，就没回应。子贡却很有耐心礼貌，回答说：'孔氏生性恪守忠信，努力践行仁义，重视完善礼乐制度，讲究人伦规范，上忠于当世君主，下化于天下万民，以造福天下为职志，这就是他所从事的职业。'"

说到这里，庄周又停住不说了。

蔺且与逸轩都知道，这是庄周为了编造下文而在思考。但是，淳于悦则以为是庄周有意吊他的胃口，遂又催促道：

"先生，接着说呀！"

庄周侧脸看了一眼淳于悦，顿了顿，又继续说道：

"老者莞尔一笑，接着又问道：'他是有领土的君主吗？'子贡摇摇头，说：'不是。'老者又问：'那他是辅佐王侯之臣吗？'子贡又摇摇头，说：'不是。'老者于是呵呵一笑，掉头走向停在岸边的小船，边走边自言自语道：'说仁倒算仁了，但恐怕自身难免于祸患。苦心累形，却危害了生命的本真。唉，他离道太远了！'子贡立即回去，原原本本地将老者的话告诉了孔丘。孔丘立即推琴而起，说：'这可是圣人呀！'说着，马上走下杏坛，往河边去找老者。"

"那孔丘找到那个老者了吗？"淳于悦又急不可耐地追问道。

这一次，庄周却没有再作停顿，立即接口说道：

"孔丘来到河边时，老者已将小船撑离岸边，正准备要离开。但是，他一回头时，发现孔丘正毕恭毕敬地站在岸边，于是转身面对孔丘立于船上。孔丘先退后几步，再往前几步，行礼如仪。老者见此，问道：'您有什么事要找老朽吗？'孔丘说：'刚才先生的话好像只说了一半，我生性愚钝，不知您要说的意思到底是什么。所以，特意在此恭敬地向您请教，希望能聆听您的高论伦音，以助我进步。'老者说：'哈哈，您真是一个好学的人呀！'"

说到这里，蔺且也来了兴趣，他想看庄周接下来还怎么编下去。于是，抢在淳于悦之前，说道：

"先生，那老者给孔丘教诲了吗？"

庄周见是蔺且提问，便认真地看了他一眼，顿了顿，乃徐徐说道：

"孔丘听了老者的夸奖，连忙趋前行了一个大礼，再拜而起，说道：'我从小就专心于学习，一直到现在，已经六十九岁了。但是，还未听过至理大道的教诲，岂敢不虚心？'老者回答说：'同类相从，同声相应，乃是自然之理。老朽愿以自己之所知，帮您分析您的所作所为。您所致力的，乃是人事。天子、诸侯、大夫、平民，这四种人如果都各尽本分，天下便是大治了；这四种人如果皆不安其位，天下便大乱了。为官者善尽职守，为民者尽心其事，就不会出现骚乱。'孔丘听了，连连点头称是。"

"渔父就跟孔丘说这些呀？这都是些空话，算不得至理大道。"见庄周又停下不说，淳于悦说道。

庄周瞥了淳于悦一眼，又扫视了一下蔺且与逸轩，接着说道：

"老者又告诉孔丘说：'田地荒芜，房屋破漏，衣食不足，赋税未缴纳，妻妾不和睦，长幼无秩序，这些都是平民之忧；能力不能胜任职守，官事未能办好，自身行为不清不白，属下荒怠其事，政绩没有，爵禄不保，这些皆是大夫之忧；朝廷之中无忠臣，国家陷入混乱，百工之技不精，上达贡品不美，春秋朝觐失序，不顺天子之意，这些都是诸侯之忧；阴阳不调和，寒暑不顺时，万物受伤害。诸侯暴乱，擅动干戈，相互攻伐，百姓受苦难。礼乐无节制，财用常匮乏，人伦不整饬，百姓淫乱，这些皆是天子之忧。现在，您上无天子诸侯君临天下之权势，下无辅弼王政之官职，却要擅自完善礼乐制度，规范人伦秩序，以教化万民为职志，这岂不是太多事了吗？'"

"渔父的意思是不是说，孔丘应该谨守'不在其位，不谋其政'的原则，而不应该擅职僭越？"淳于悦插话道。

庄周点点头。

"小师弟，你真聪明，一语中的，还言简意赅呢。"

淳于悦受到蔺且夸奖，有些不好意思，遂转向庄周，说道：

"先生，您再接着往下说吧。"

庄周看了看淳于悦，停顿了好一会儿，才接着说道：

"孔丘听了老者的话，羞愧地低下了头。老者又接着说道：'一般说来，为人有八病，行事有四患，不可不明察。'孔丘连忙抬起头来，请教老者道：

'是哪八病？'老者回答道：'不是自己该管的事，却偏要管，这叫包揽；别人不理会，却要屡屡进言，这叫多舌；迎合他人之意，顺情说好话，这叫谄媚；不分是非，附和他人之言，这叫阿谀；喜欢说别人的坏话，这叫进谗；挑拨离间，使朋友之间相互猜忌，亲人之间相互疏远，这叫贼害；对自己不喜欢的人，当面称誉而背后诋毁，这叫邪恶；不辨善恶，骑墙兼容，以暗取其利的，这叫险恶。此八病，外足以扰乱他人，内足以自伤其身。这样的人，君子不以之为友，明君不以之为臣。'"

"那孔丘听了，是否认同？"淳于悦问道。

"孔丘连连称是，接着又请教道：'那四患呢？'老者答道：'好办大事，违情悖理，以取功名，这叫贪心；自恃聪明，独断行事，凌犯他人，师心自用，这叫擅权；见过不改，闻人之谏，则变本加厉，这叫固执；他人之见同于己，则予以认可。不同于己，即使正确也认为不对，这叫自大。以上这些，就是四患。一个人能去八病、绝四患，才可以予以教育。'"

"先生，去八病、绝四患，不是一般人能够做到的吧？"一直没有说话的逸轩问道。

庄周点了点头，接着说道：

"孔丘听了老者的一番话，不禁面有愧色，长叹一声，再拜而起，无限感伤地说道：'我两次被逐出鲁国，在卫国被禁足，在宋国被人伐树暗算，行于陈、蔡之间而被围困七日。我真的不知自己犯了什么错，竟然一连遭此四种奇耻大辱。'老者听了孔丘的陈述，神情凄凉地说道：'您实在是太执迷不悟了！有人惧怕自己的影子，讨厌自己的足迹，就想着如何摆脱它而奔跑。可是，跑得越远则足迹越多，跑得越快则影子跟得越紧。他以为跑得还不够快，于是更快地跑个不休，最后力竭而死。他哪里知道，其实只要处于阴暗之处，影子自然就消失了；只要停下脚步，足迹自然就没有了。唉，这样的人真是愚蠢到了极点！'"

"这个渔父，看来还真是个得道的高人，他的比方是如此的通透精彩！"蔺且说道。

庄周点了点头。

"先生，您接着往下讲。"淳于悦听得兴味盎然。

"老者对孔丘说：'您留意于仁义之间，考较同异的分际，观察动静的变化，均衡取舍的分寸，疏导好恶的情感，调和喜怒的节度，结果您自己却仍不能免于祸患。依老朽看，您应该谨修其身，慎守其真。让人与物皆回归其本然的状态，那样就没有牵累了。现在，您不谨修其身，而苛求于人，不是南辕北辙吗？'"庄周说道。

"先生，渔父的话完全是教训的口吻呀，孔丘受得了吗？"逸轩担心地说道。

庄周莞尔一笑，说道：

"孔丘听了老者的话，神情哀伤地问道：'请问什么是真？'老者答道：'真，就是精诚之至。不精不诚，则不能感动他人。所以，勉强哭泣者，即使强装悲痛，也不显得哀佐；勉强发怒者，即使装出严厉之势，也不显得威严；勉强亲切者，即使装出笑脸，也不显得和悦。但是，真悲则无声而哀，真怒则未怒而威，真亲则未笑而和。何以如此？真在内者，则神情自然表现于外，这就是真的可贵之处。'"

庄周还没说完，淳于悦便抢着说道：

"先生，渔父是说，做人不要伪饰以欺世，内外要一致，是吧？"

庄周点了点头。

"先生，您接着讲。"逸轩看了一眼淳于悦，望着庄周说道。

"老者又告诫孔丘说：'以真用之于人伦，侍奉双亲则慈孝，辅佐国君则忠贞，饮酒则欢乐，居丧则悲哀。忠贞以功为主，饮酒以乐为主，居丧以哀为主，事亲以安适为主。达成完美的功绩，并无一定的方法；事亲求安适，不论什么形式；饮酒求欢乐，不必讲究器具；居丧要尽哀，不必讲什么礼数。礼，是世俗的人为规定；真，乃受之于天的本性。自然的东西是不可以改变的。所以，圣人效法自然，以真为贵，而不拘泥于世俗之见。愚者则正好与之相反，不能效法于天，而是忧心于人事；不知道以真为贵，而是心无定性，庸庸碌碌，随波逐流，拘泥于世俗。所以，愚者跟圣人差之太远了。可惜呀，您过早地沉溺于虚伪的世俗之中，而听闻大道太晚了。'"

见庄周说得如此沉痛，淳于悦不禁深受感动，神情为之肃然。但是，蔺且深知庄周不仅会讲故事，还很会表演，所以冷静地观察着，不为所动。

逸轩见庄周停下不说了，遂温婉地问道：

"先生，您的故事都讲完了吗？"

庄周抬头看了看逸轩，一脸严肃地说道：

"为师讲的不是故事，而是史实。"

"先生，这个弟子是知道的。弟子只是说您讲史实，甚至谈学问，都像讲故事一样动听，让人觉得兴味盎然。"逸轩连忙辩解道。

蔺且明白逸轩的意思，但并不想说破，只是背过脸去捂嘴偷笑。

过了一会儿，淳于悦说道：

"孔丘听了渔父的话，还没有表态呢。先生，应该还有后文吧。"

庄周点了点头，扫视了一下三个弟子，顿了顿，又从容说道：

"孔丘听了老者的话，再次趋前行大礼，再拜而起道：'先生，今天我遇到您，真是天赐的莫大幸运！刚才您不以为羞，将我这个不肖之人当作弟子而亲自教诲，实在是让弟子感动莫名。不知先生现居何处，是否可以让我追随于门下，受业而完成大道的学习？'"

"那渔父答应了没有？"淳于悦急切地追问道。

庄周抬眼看了一下淳于悦，见其真诚渴切的神情，摇摇头，说道：

"没有。老者跟孔丘说：'老朽听说，可以予以教诲的，则予以教诲，使之体悟大道之妙；不可以予以教诲，不知大道的，慎勿予以教诲。这样，自己才可免于祸患。您还是好自为之吧。老朽要离开了！老朽要离开了！'说完，老者撑船而去。望着老者的小船消失在岸边的芦苇丛中，孔丘怅然若失。见此，颜渊连忙倒转马车，子路递上车绳，但孔丘头也不回，直等到小船划起的水波消失，完全听不到摇橹之声，这才上了马车。"

"弟子以为，孔丘的态度是真诚的，而渔父倒是有些不近人情了。"淳于悦为孔丘抱起了不平。

蔺且头脑异常冷静，知道这个情节也是庄周编造的。但他想知道接下来庄周还要怎么编下去，便故作真诚地望着庄周，问道：

"先生，您讲完了吗？"

庄周抬眼看了看蔺且，又瞥了一眼一直没有说话的逸轩，停顿了好久，这才接着说道：

"孔丘上车后，子路站在车傍，仰望孔丘，说道：'先生，弟子投在您门下这么久，从未见您对人是如此的恭敬。当今之世，无论是万乘之主，还是千乘之君，见了您都未尝不隆礼相待，您跟他们没有不是平起平坐的，而且您还时露高傲的神色。而今一个渔父拿着船篙跟您相向而立，您却对他鞠躬弯腰，先行礼再答话，这是不是太过分了呢？弟子们都觉得您很奇怪，渔父凭什么得到您这样的礼遇？'"

没等庄周把话说完，淳于悦便忍不住插话问道：

"先生，子路是不是因为不知道渔父是个得道高人，才会这样说的？"

庄周点了点头，接着说道：

"孔丘扶着车前之轼，低头看了看子路，叹了一口气，说道：'唉，阿由呀，你真是太难以教化了！你投于我门下，受礼仪的熏陶也有好长一段时间了，怎么粗鄙的心态还没有消除呢？你过来，为师告诉你：见了长者不恭敬，这叫失礼；见了贤者不尊重，这叫不仁。若非至人，则不能谦恭下人；谦恭下人不精诚，则不能保其真，才会常常自我伤害。可惜呀！对一个人来说，没有比不仁祸患更大的了。而阿由却偏偏如此。再说，道乃万物产生之本。万物失道则死，得道则生；行事逆道则败，顺道则成。所以，道之所在，圣人尊之。今渔父之于道，可谓体悟深矣，我岂敢对他不敬？'"

"先生，您刚才这番话，是在借孔丘批评子路来批评俺难以教化吧。"庄周话音刚落，淳于悦便脱口而出。

"小师弟，你太多心了！你这么聪明，先生怎么会认为你难以教化呢？如果要说难以教化，那肯定是说我。你看，我投在先生门下比你跟逸轩要早得多。可是，对于先生的教诲，我往往领悟得都不及你们深刻。"蔺且看着淳于悦，故作认真地说道。

逸轩好久都在静静地听着，一直没有说话，这时也连忙出来打圆场道：

"师兄，小师弟，你们二位不要争了，让先生把话说完。"

"说完了。"庄周脱口而出。

"先生，您的意思是说，经过渔父的这次教诲，孔丘终于放下了心中的执念，摒弃了世俗的价值观，改变了信仰，从此一心悟道，达到了'虚己游世'的境界，所以晚年活得逍遥自在，在乱世中得以尽享天年。是不是？"逸轩问道。

庄周重重地点了点头。

淳于悦看了看庄周，又看了看逸轩，若有所思地说道：

"哦，俺终于明白了。"

蔺且见之，不禁扭过头去，抿嘴一笑。

过了一会儿，庄周突然又开口道：

"今天，为师之所以给你们讲孔丘的故事，是觉得他确实是个可教之人，也是一个值得尊敬的人。他曾说过一句话：'过而能改，善莫大焉'。我觉得他自己是做到了。然而，鲁国之君却都做不到。"

"先生，这话怎么讲？"淳于悦一听，立即接口问道。

蔺且与逸轩听了，相视一笑。

但是，庄周没有看到，也不会猜到此时二位弟子的内心在想什么。于是，便接住淳于悦的话头，说道：

"从前，鲁国有一位贤者，叫市南宜僚，人称市南子。一次，市南子去晋见鲁侯，见他面有忧色，于是便问道：'君面有忧色，所为何事？'鲁侯答道：'我学习先王之道，继承先君之业，我尊贤敬鬼，身体力行，没有片刻的懈

471

怠。可是，还是不能免于祸患。所以，我感到忧虑。'"

"那市南子有排解之道吗？"

庄周看了看一脸认真的淳于悦，顿了顿，回答道：

"市南子说道：'国君您避祸免患的方法太肤浅了！您看，皮毛丰厚的狐狸，纹彩斑斓的豹子，它们栖息于山林，潜伏于岩穴，算是沉静了吧；他们昼伏夜出，算是够警惕了吧。尽管它们常常饥渴难耐，还是远离人群，到远在江湖之外的地方去觅食，这算是够审慎的了吧。尽管如此，它们仍然无法避免人们设下的罗网机关之患。难道它们自身有什么过错吗？不是！因为它们有一身漂亮的皮毛，这就给它们招来了灾祸。'"

"说得有道理。但是，市南子打这个比方，到底要跟鲁侯说什么呢？"淳于悦望着庄周，问道。

庄周莞尔一笑，看了一眼淳于悦，又扫视了一下蔺且与逸轩，说道：

"市南子告诉鲁侯说：'您现今为鲁国之君，鲁国不就是您的皮毛吗？所以，要免于祸患，我希望您剖形去皮，荡涤心灵，消除欲望，逍遥于无人的旷野。我知道南越有个地方，名叫建德之国。其地之民，单纯而质朴，少私而寡欲，只知耕作而不知储藏，施与他人而不求回报。他们不知道怎么做才合乎义，也不知道什么叫礼。他们无拘无束，肆意行事，却都合乎自然之道。他们活着时很快乐，死了后可安葬。我希望您舍弃君位，摒弃世俗之见，与大道相辅而行。'"

"那鲁侯是什么态度？"淳于悦又一脸天真地问道。

庄周呵呵一笑，说道：

"鲁侯怎么可能舍得下呢？他回答市南子说：'那地方太远了，且路途艰险，加之山水阻隔，我无舟车，怎么去呢？'"

"鲁侯这明显是在推脱嘛！"淳于悦脱口而出道。

庄周点了点头，接着说道：

"市南子告诉鲁侯：'您只要放下倨傲之尊，不贪恋权位，这就算找到了舟车。'鲁侯又说：'那里道路幽远，又无人烟，我跟谁为伴呢？我无米粮，也无食物，怎么能够到达呢？'市南子回答说：'您减少些耗费，节制一下欲望，即使没有粮食也不会饿死。您可以渡过大江，浮于大海，直到望不见岸边，越往前越看不到尽头。这时，送您的人都从岸边回去了，您便从此远离了人世，再也不会有隐患了。为国之君，会受累于民；为君之臣，会受制于人，皆有忧患。所以，尧帝既不愿管理万民，也不愿受累于万民。我希望您早日抛弃您的牵累，消除您的忧患，与大道同游于广漠之国。'"

"那鲁侯听从了市南子的建言，放弃了国君之位吗?"淳于悦追问道。

庄周摇了摇头，说道:

"见鲁侯始终不肯表态，市南子又给他打了一个比方，继续游说他说:'并船渡河，两船有时免不了会发生碰撞。如果一只船是空船，被撞的船上即使是个性情急躁的人操舵，他也不会因此生气发怒。如果不是空船，而是上面有人，那么操舵者就会呼喊着让他避开。如果呼喊一次、两次都不听，到第三次时必然要恶言相向了。操舵者起初不生气而后来生气了，这是因为起初以为船上无人而现在发现有人。可见，人若能够虚己游世，谁能伤害你呢?'"

"哦，原来'虚己游世'是市南子说的，刚才俺还以为是先生自己的发明呢。"庄周话音未落，淳于悦就呵呵一笑道。

蔺且与逸轩看着淳于悦天真的样子，又看到庄周一脸正经的样子，不禁相视一笑。

过了一会儿，淳于悦又望着庄周问道:

"先生，最后的结果到底如何?"

"结果当然是鲁侯没有听从市南子的建言，下定决心舍弃君位，而且继续苟且地做着鲁国之君。世人皆知，在孔丘时代，鲁侯就被臣下挟制，后来更是每况愈下，哪一代鲁侯不是受臣下摆布的傀儡。不要说是一国之君了，就是一个有血性的男人，也不会再愿做这个鲁国之君的。如果做鲁侯的都能放下治国牧民的执念，摒弃为人之君的虚荣，能够虚己游世，何至于个个都成了没有尊严的傀儡，不仅没有自由，甚至不能尽享天年。"庄周说完，还故作感慨地长叹了一声。

蔺且与逸轩见此，虽然心里明镜儿似的，却异口同声地说道:

"先生说的是，弟子谨受教!"

淳于悦也连声附和。

庄周见此，轻轻地点了点头，扫视了一下三个弟子，脸上露出了一丝欣慰的笑意。

5.　安时处顺

在宋国各处游历了一番后，庄周与弟子回到漆园，生活又恢复到了先前的平静状态。无论春夏秋冬，庄周依然是每日睡到日中时分起来，三个弟子每日侍奉在旁，或问学论道，或陪其到南溪垂钓。但是，好多年来，庄周都没有钓起几条鱼了。可能是他早已钓翁之意不在钓，只是习惯了持竿临水，静思悟道而已。

时光荏苒，一晃又是五年过去了，又一个春天如约而至。

"请问这里是庄周先生的府上吗？"

三月十九，将近日中时分，蔺且与逸轩、淳于悦立于门前，正不时仰头看天，等着日中时分庄周起来。正在此时，突然一个中年人急急向他们走过来。走到蔺且等人近前，那中年人便操着一口浓重的宋国口音问道。

因为在漆园生活了几十年，蔺且早就熟悉了宋国各地的方音。逸轩与淳于悦也能听得懂一些宋国话。三人见到来人，第一个反应都以为这肯定是来向庄周问学的书生。但是，蔺且上下打量了来人一番后，觉得他的气质并不像一般的书生。于是，就打宋国方音问道：

"您找庄周先生有什么事吗？"

中年男人看了看蔺且，又扫视了一下逸轩与淳于悦，答道：

"家父是庄周先生故人。最近，家父病重，突然想起要见一下庄周先生。"

没等中年男人说完，蔺且已经明白来人的用意了，连忙说道：

"这是人之常情。大凡人老了，都特别地念旧。"

正当蔺且还想跟中年男人多唠几句家常时，淳于悦突然兴奋地说道：

"大师兄，先生起来了。"

逸轩一听，连忙转过身来，望着一边伸着懒腰，一边走到门口的庄周，指着台阶下的中年男人，略显兴奋地报告道：

"先生，您看是谁来了？"

庄周一时没有反应过来，以奇怪的眼神看了看逸轩。

"庄周先生。"

听到中年男人这样轻轻叫了一声后，庄周这才发现台阶下站着一个陌生人。但是，看了看来人，庄周并没有什么反应。

于是，蔺且连忙对庄周说道：

"先生，这位大哥是来找您的。他说，他是您的故人之子，其父最近病重，想见您一面。"

听蔺且这样一说，庄周又重新打量了一番中年男人，过了好久，这才点了点头，似乎想起了什么。

接着，中年男人便详细地向庄周报告了其父的近况及其病情。庄周听完，立即说道：

"我跟令尊好多年没见了，这次我确实应该去看看他了。"

中年男人一边连忙向庄周行礼，一边说道：

"庄周先生，实在不好意思，要劳您辛苦了！不过，您刚刚起来，也这么大岁数了，就明天再动身吧。我怕家父有什么问题，先回去看顾他，并向他报告消息，让他高兴高兴，能多掌些时日。"

庄周点了点头。

第二天，庄周破天荒地比平常早起了一个时辰。匆匆漱洗了一下，进了点朝食，就带着三个弟子一起出发了。

蔺且昨天已经问了庄周，赶到故人之家大约需要多少时间。庄周说，快则两天，慢则三天。但是，走了两天，快要天黑时，却还没有赶到。蔺且跟逸轩、淳于悦商量了一下，决定就近向村人借宿一夜，明天再赶路。反正，也不急在一天两天。

一夜无话。

第二天一早，师生四人告别借宿人家后，刚走了没多久，庄周突然说道：

"惠施先生过世已有三年了，为师记得他的墓地好像离此不远。"

没等庄周说完，逸轩马上明白了庄周的意思，接口说道：

"先生，您的意思是不是想趁此机会，顺便再到惠施先生墓前看他一次？"

"惠施先生墓地确实离此不远，上次弟子随先生来过，现在还有印象。那我们现在就去一下，弯一弯路也要不了多少时间。"蔺且说道。

庄周点了点头。

大约走了有一个时辰，在蔺且的带领下，师生四人便找到了惠施的墓地。

立于墓地之前，庄周好久没有说话。

"先生，走了这么久，您应该也很累了，就在这坐下来休息一会儿吧。"逸轩颇是体贴地说道。

时当春天，惠施墓前绿草茵茵，各种野花开得正欢。

庄周在蔺且的搀扶下，甫一坐下，淳于悦便望着惠施的墓碑，好像非常感慨地说道：

"好多年前，师娘过世时，惠施先生来吊唁，先生置酒在门前与他进行辩论。那场景，那风采，现在好像还在眼前。可是，今天俺们站在这里，看着惠施先生墓前的小草小树都长到这么高了，真是让人有恍若隔世之感呀！"

庄周没有说话，只是默默地看着惠施的墓碑，好像陷入了沉思。

过了好久，蔺且像是自言自语地说道：

"人生在世，遭遇一个真正的对手，未尝不是一种幸运与快乐；而失去一位可敬的对手，未尝不是莫大的孤独与痛苦。"

"师兄说得对。"逸轩听懂了蔺且的话。

淳于悦也明白了蔺且的意思，遂接住逸轩的话头，望着庄周问道：

"先生，您觉得大师兄说的话有道理吗？"

庄周没有回答，也没有点头，但是过了一会儿，却突然望着惠施的墓碑，说道：

"为师想到一个故事。"

三人一听庄周要讲故事，立时欢欣鼓舞，淳于悦更是喜形于色，连忙催促道：

"先生，您快讲。"

庄周故意沉吟了一下，才从容地说道：

"从前，楚国郢地有个人，定力特别好，无人能出其右。一次，他用白善土泥灰在自己鼻尖上薄薄地涂了一层，厚度就像苍蝇的翅翼。他请来匠石，就是以前我讲过的那个楚国最有名的木工，让他挥斧将自己鼻尖上的泥灰削除。"

"这也太难了吧。即使匠石有那个能力，那个郢人就不担心匠石失手将其鼻尖削掉吗？"淳于悦沉不住气，脱口而出道。

庄周莞尔一笑，瞥了一眼淳于悦，说道：

"匠石二话不说，贴着郢人的鼻尖，就抡起斧子，呼呼有风地砍了几下，将其鼻尖上的灰泥削得干干净净，而鼻尖没有丝毫受伤。在匠石抡斧成风时，郢人始终站立不动，面不改色。后来，宋元君听说了此事，特意把匠石找来，跟他说：'您也替我试一试。'匠石回答说：'以前我能做到，但是现在做不到了，因为我的对手早已死了。'"

"先生，弟子明白了，匠石的意思是说，他当初敢于抡斧而削郢人鼻尖上的灰泥，是因为有定力特别好的郢人配合。高手须有高手配合，才能臻至最高境界，是吧？"庄周话音未落，淳于悦便迫不及待地插话问道。

庄周没有回答，只是抬眼望了一下惠施的墓碑。

逸轩见此，望着庄周，怯怯地说道：

"先生，自从惠施先生过世后，您大概是心里空落落的吧，就像匠石失去郢人一样，再也没有可以匹配的论辩对手了。所以，今天您要到他墓前看他，抒发一下您内心的无比孤独之情。"

庄周没有回答。

蔺且见此，看了看庄周，试探着问道：

"先生，您讲这个故事，特别地推崇郢人，是不是想告诉弟子们，体悟大道需要耐心，需要有定力？这样才能达到'未始有物'的最高境界，从而实现精神上的自由，逍遥自在生活在这个世界。"

庄周侧过脸来，看了蔺且一眼，点了点头。

"看来还是师兄最懂先生。"逸轩望着蔺且，由衷地说道。

过了好长时间，见庄周也不说话，淳于悦便有意望着庄周，挑起了话题：

"俺觉得二师兄刚才说得也非常有道理，人生中能遭遇一个内心敬服的对手，应该说是莫大的幸福。想必先生今天来到惠施先生墓前，一定会想起往昔跟他一起论辩的快乐吧。"

"小师弟，你说得真好！"蔺且一边夸着淳于悦，一边却眼望着庄周。

逸轩懂得蔺且与淳于悦二人的意思，于是连忙接口说道：

"先生，今天既然来到惠施先生墓前，您能不能给弟子们回顾一下往昔您与惠施先生论辩的精彩片段呢？弟子想，惠施先生如果地下有灵，也会觉得非常快乐的。"

然而，不论三个弟子如何循循善诱，庄周就是不开口。淳于悦觉得有些失望，同时还有些心里不甘，自己挑起话题，庄周却不回应。于是，转向蔺且、逸轩说道：

"大师兄，二师兄，先生早年与惠施先生论辩的事你们不知道，但是惠施先生在魏国为相时，你们陪先生到访过魏都大梁，据说先生跟惠施先生是有过论辩的。要不，你们二位回顾回顾，在惠施先生墓前重温一下他生前跟俺们先生论辩的风采，如何？"

逸轩懂得淳于悦的意思，这是要他们抛砖引玉，目的是引庄周开口。于是，逸轩转脸望着蔺且说道：

"师兄，您先讲一个，让小师弟见识见识吧。"

蔺且一笑，看了看庄周，顿了顿，说道：

"我记得，先生在魏都大梁时，曾跟惠施先生有过一次论辩。惠施先生说：'魏王送了我一粒大葫芦的种子，我将它种植起来，长成后结出的葫芦有五石的容量。我想用它来盛水，可是它的坚固度不足以承载其重量；我想将它剖开为瓢，可是瓢太大，没有什么可装的。这葫芦不能说不大，可是我认为它实在无用，所以就将它砸碎了。'"

"世上哪有这么大的葫芦？惠施先生也太扯了。"蔺且话还没说完，淳于悦便哈哈大笑。

"小师弟，惠施先生这是在打比方。他是举世公认最擅长打比方的人，你知道他打这个比方是什么用意吗?"逸轩望着淳于悦，问道。

淳于悦摇了摇。

逸轩莞尔一笑，说道：

"他这是以此为喻，抛出话题，要跟先生论辩'有用''无用'的问题。惠施先生一向认为，老聃之道大而无当，对治世无用。"

"那先生如何反击他的呢?"淳于悦问道。

"别心急呀，你听大师兄说完，不就知道了吗?"

淳于悦望了望逸轩，点了点头。然后，转向蔺且说道：

"大师兄，您接着说。"

蔺且侧脸望了一眼庄周，说道：

"先生回答道：'惠施先生，您真是不善于使用大东西啊！以前，宋国有个人善于制作一种药物，冬天涂在手上，皮肤就不会龟裂。因为掌握了制药秘方，他家世世代代都以替人漂洗丝絮为业。后来，有一位客人听说了，就想用百金购其药方。那个制药者听了有些心动，于是就召集全家人商量，说：'我们家族世世代代替人漂洗丝絮，辛辛苦苦，所得不过数金。现在，我们只要肯卖出这个药方，就能得到百金。我看，就把药方卖给他吧。'客人得到药方后，立即前往南方游说吴王。这时，正好越国起兵犯吴，吴王就命他为将。吴兵冬天与越人水战，结果大败越兵。为此，他得到了吴王裂土而封的奖赏。'"

"那个购药方的客人是军事天才吗?"蔺且没说完，淳于悦又忍不住地插话道。

"当然不是，而是因为吴兵作战时每人手上都涂了不龟手之药，而越兵则没有。"逸轩白了淳于悦一眼，解释道。

"讲完这个故事，先生告诉惠施先生：'同样是不龟手之药，一个得到了裂土之赏，一个只是继续替人漂洗丝絮，这是药物所用不同的结果。现在，您有可容五石的大葫芦，为何不将其系于腰间作为腰舟，浮于江湖之上，而要忧愁它太大而无物可容呢? 可见，您的心还是茅塞不通呀！'结果，惠施先生哑口无言。先生，弟子说得没错吧。"蔺且说完，朝庄周望了一眼。

庄周没有回答，只是莞尔一笑。

"惠施先生贵为魏国之相，却败给先生，他甘心服输吗?"过了一会儿，淳于悦又望着蔺且问道。

蔺且看了看淳于悦，笑了笑，转向逸轩道：

"逸轩，下面一个回合，你给小师弟讲吧。"

478

逸轩点了点头，侧脸看了看庄周，说道：

"惠施先生第一回合败北后，又打了一个比方，说：'我有一棵大树，人们都称之为樗。樗的主干长满了疙疙瘩瘩的瘤瘿，臃肿盘曲，不合于绳墨；樗的枝干卷曲，不合于规尺矩尺。樗生长于路旁，匠人从旁走过，看都不看一眼。现在，听您所言，虽然洋洋洒洒，却大而无用，相信大家都是弃而不予认同的。'"

"那这次先生是怎样予以反击的呢？"淳于悦问道。

"先生也给他打了个比方，说：'难道您就没见过野猫与黄鼠狼吗？它们整天弯着个身子，躲在草丛树间，等着捕获出游的小动物。它们东蹿西跳，为了追捕猎物而不避高下。结果呢？不是中了人类设下的机关，死于人类布下的罗网了吗？你再看那牦牛，身子大得就像天边的云朵。牦牛够大了吧，但是它却不能捉老鼠。现在，您有如此一棵巨大的樗树，却忧愁着它无用。您为什么不将它种植于虚空无物之处，或是广漠无际之野。这样，您就可以随意地徘徊于树旁，逍遥地卧躺在杈下。樗树不会遭人斧砍，也不会受到其他东西伤害。您说，樗树无所可用，又有什么可苦恼的呢？'"逸轩说道。

"先生，逸轩说得对吧？"蔺且故意望着庄周问道。

可是，庄周仍然不置可否。

淳于悦见此，看了看庄周，转过脸来对逸轩说道：

"二师兄，您的记忆力真好。"

"小师弟，其实并不是因为俺记忆力好，而是先生说得太生动了。亲耳所闻的人，都永远不会忘记的。"逸轩说道。

"逸轩说得对。"蔺且附和道。

但是，淳于悦却望着庄周，突然说道：

"先生，恕弟子冒昧，俺觉得惠施先生还是厚道人，他只是将老聃之道比作大而无用之瓢，无人问津之樗，并不算太刻薄。可是，先生您却将惠施先生比作是野猫与黄鼠狼，是不是就有点刻薄了呢？"

本来，庄周对三个弟子的心思就了如指掌，所以故作沉思之状，对他们的话好像没听见似的。可是，听到淳于悦如此评论自己，终于忍不住了，不禁哈哈一笑。

见庄周笑了，淳于悦胆子更大了，脱口而出道：

"先生，今天您到惠施先生墓前来悼念他，是否应该趁此机会向他表达一下歉意呢？"

没等庄周作出反应，蔺且莞尔一笑道：

"小师弟，你真是以小人之心度君子之腹了。惠施先生是那样器量小的人吗？他跟先生论辩，乐趣就在相互揶揄，彼此并不在乎论辩的输赢，或是因话说得过分点而耿耿于怀。"

"先生，是这样吗？"淳于悦望着庄周问道。

庄周只是莞尔一笑。

见庄周始终不肯说话，过了一会儿，淳于悦又望着蔺且，说道：

"大师兄，先生跟惠施先生还有过什么精彩的论辩吗？"

"当然有。"蔺且脱口而出。

"那您再给俺讲一个。"淳于悦央求道。

逸轩侧脸望了望庄周，转向蔺且道：

"师兄，您就再给小师弟说一个吧。"

蔺且望了望庄周，又瞥了淳于悦一眼，笑了笑，说道：

"我记得，先生跟惠施先生还曾论辩过'有情''无情'问题。"

"大师兄，您快说。"

蔺且见淳于悦迫不及待的样子，不禁呵呵一笑。故意顿了顿，才从容说道：

"惠施先生曾问先生，说：'人是无情的吗？'先生说：'是的。'惠施先生又问：'人若无情，那何以称为人？'先生回答说：'道给了人以容貌，天给了人以形体，有形有貌，怎么就不能称为人呢？'惠施先生又换了一种说法，问道：'既然称为人，何以无情呢？'先生回答道：'您所说的情，跟我所说的情不同。我所谓的无情，是说人不应该以自己的好恶自伤其本性，而是要经常顺任自然，不要刻意去养生。'惠施先生又问：'不刻意养生，那如何能保全身体呢？'先生答道：'道给了人以容貌，天给了人以形体，人就不应该因自己的好恶而自伤其本性。现在，您放纵您的心神，耗费您的精力，倚着树干吟咏，靠着几案苦思。天给了您形体，您却沉溺于'坚白论'之类的无谓论题而与人论辩，还自以为得意呢。'"

"先生的意思是不是说，人有形有貌，乃是拜天地自然所赐，人应该体悟大道天地之美，不要因自己的好恶而自伤本性，更不应该纵情肆欲，劳神焦思而自戕性命。"淳于悦问的是蔺且，眼看的却是庄周。

然而，庄周还是没有回应。

逸轩见此，连忙说道：

"小师弟，你的领悟力真好！先生要跟惠施先生说的，正是这个意思。表面上是论辩，实际上是进言，是劝惠施先生要专心致力于悟道，不要徒然耗费精力在无谓的论辩上。所以说　先生才是真君子，是惠施先生的诤友。"

蔺且见逸轩如此一本正经地替庄周说好话，不禁莞尔一笑。

"大师兄，您笑先生？"淳于悦连忙追问道。

"大师兄大概是回忆起先生跟惠施先生的另一场论辩了，是吧？"逸轩知道蔺且所笑为何，遂连忙帮着岔开淳于悦的问题。

"哦，还有论辩呀！那大师兄再说一个。"淳于悦请求道。

"师兄，说吧。"逸轩与蔺且对视一笑，说道。

蔺且点了点头，侧脸望了一眼庄周，然后转向淳于悦，说道：

"我记得，先生还曾跟惠施先生论辩过有关射箭的问题。不过，这次是先生挑起了话题。先生说：'射箭的人没有瞄准预定的目标而射中靶子，说他善于射箭，那天下之人都是羿了，可以这样说吗？'惠施先生不假思索地答道：'可以。'先生又问：'天下没有公认的是非标准，各人都认为自己正确，那天下之人就都是尧了，可以这样说吗？'惠施先生又不假思索地答道：'可以。'"

"大师兄，先生这是在给惠施先生设陷阱吧。"

蔺且侧脸看了一眼庄周，见其仍作凝神沉思之状，遂莞尔一笑，望着淳于悦说道：

"先生见惠施先生答得干脆，更接着说道：'儒家、墨家、杨朱、公孙龙四家，加上您一共是五家，请问到底哪一家学说是正确的呢？或者就像周初的鲁遽一样呢？鲁遽的弟子对鲁遽说，我学到了先生之道，我可以冬天烧鼎而夏天造冰。鲁遽说，你这只不过是以阳气召阳气，以阴气召阴气，并非是我所言之道。我还是把我的道给你看看吧。'"

蔺且话还没说完，淳于悦就瞪大眼睛，问道：

"大师兄，'道'还可以拿出来给人看啊？"

"小师弟，别急呀！听大师兄往下说，你就知道了。"逸轩说道。

"其实，先生当时讲这个故事时，惠施先生也是提出了质疑，但是先生告诉他说：'鲁遽搬出两张琴，一张摆在堂上，另一张放在内室。他弹动内室那张琴的宫音，堂上的那张琴的宫音也跟着响起来；他弹动堂上那张琴的角音，内室那张琴的角音也跟着响起来。'据此，先生告诉惠施先生说：'鲁遽所谓的弹琴之道，其实只是巧用了相同的音律而已。如果把其中的一根弦改了调，跟五音不合，那么弹动它，二十五根弦都跟着动，声调并没有什么不同，只是这个音显得有些突出罢了。'接着，先生反问惠施先生：'你们五家学说相互辩论，也是像这样的吧？'"

蔺且话音未落，淳于悦立即插话问道：

"先生讲鲁遽弹琴的故事，到底是要表达什么意思？"

"先生的意思是说，鲁遽弹琴，是缘于'同声相应'；他的弟子烧鼎造冰，是缘于'同气相召'，二人之道没有什么本质区别。惠施先生的学说跟其他四家学说，也是一样，彼此之间也没有什么本质的区别。如果说有区别的话，也只是像那根改了调的琴弦弹出来的声音，音高上有些突出而已。"逸轩替蔺且回答道。

蔺且看着逸轩，点了点头。

"那惠施先生是怎么回应的呢？"淳于悦又追问道。

"惠施先生说：'假如现在儒、墨、杨朱、公孙四家正在跟我辩论，他们可以用言语相攻击，用声音相压制，但无法说是我错，这怎么跟鲁遽弹琴相似呢？'先生于是又给他打了个比方，说：'齐国有个人，因其子有错而将其流放到宋国，却找了个受过刑的残疾人给自己做守门人；他得到一个铃钟酒器，便用绳子将其小心翼翼地捆扎好。但是，他寻找丢失的孩子却不肯走出村子。这跟你们各家相互辩论的情形又有什么不同呢？'"

"大师兄，先生这个比方又是什么意思呢？"

蔺且没有自己回答淳于悦的问题，而是目光转向了逸轩。

逸轩心知其意，先侧脸望了庄周一眼，然后看着淳于悦，说道：

"先生的意思是说，惠施先生与儒、墨、杨朱、公孙诸家相互辩论，都偏执己见，各以为是，结果却都遗弃了可珍贵的东西，收获的只是一些毫无意义的东西，就像齐人放弃了自己最应该珍爱的孩子，却宝贝一个不值钱的酒器，重视一个受过刑的残疾人一样，是本末倒置。也就是说，他们之间的辩论是毫无价值的。只不过话说得婉转了些，给惠施先生留了面子。"

淳于悦听了，恍然大悟似的点了点头。

逸轩见此，目光转向蔺且，说道：

"师兄，先生的话好像还没完，您肯定记得清楚，再把它说完吧。"

蔺且点了点头，看了一眼淳于悦，接着说道：

"惠施先生不以为然，于是先生又给他打了个比方，说：'楚国有个人，寄住于别人家，却怒斥主人家的守门人。这跟一个人乘船还没到岸，半夜里就跟船夫争斗了起来有什么两样？这不是无故要跟人结怨吗？'"

"小师弟，先生这个比方，意思你肯定明白了吧。"听蔺且故事已讲完，逸轩笑着对淳于悦说道。

淳于悦看了看逸轩与蔺且，转过身去，侧脸望着庄周，说道：

"先生，您的意思是不是说，惠施先生及其他各家沉溺于论辩之中，求大道而未得，反而在无谓的争辩中相互结下了怨恨。"

庄周没有回答，仍作凝神观照之状。

逸轩见此，连忙出来打圆场，说道：

"小师弟，你真是聪明绝顶，一眼就看出了先生批评惠施先生的真意。"

虽然没有得到庄周的表扬，但得到逸轩的夸奖，淳于悦还是相当高兴的。于是，他又转向蔺且，说道：

"大师兄，先生跟惠施先生还有什么辩论吗？"

"当然还有，只是我一时记不起来了。你请逸轩回忆回忆，让他给你讲讲吧。"

逸轩知道，蔺且并非是记不起来了，而是要故意把任务交给自己。于是，配合着蔺且之意，对淳于悦说道：

"小师弟，那俺也给你讲一个。如果说得不够准确，请先生与师兄纠正吧。"

"二师兄，您快说吧。"淳于悦催促道。

"俺记得，先生在跟惠施先生辩论'有用''无用'的论题时，还有一段，刚才俺跟大师兄都漏说了。"

蔺且点了点头。

"惠施先生跟先生辩论，屡屡受挫。最后，便蛮横武断地说道：'您的话都是无用的。'先生笑着说道：'懂得无用之人，才能跟他谈论有用。地不是不广不大，但人所需只不过立足寸土而已。然而，如果我们将立足以外之地都挖掉，及于黄泉，那么人所立足之地还有用吗？'惠施先生说：'那就无用了。'先生说：'既然如此，那无用之用不就显现出来了吗？'结果，再一次让惠施先生哑口无言。"

逸轩说完，淳于悦连连点头，由衷地赞叹道：

"先生这个比方真是巧妙！一般人根本想不到从这个角度去反驳的。"

"这还用说，惠施先生那么擅长打比方，如果先生的比方不妙于他，他岂肯甘拜下风，还对先生推崇有加？"蔺且似乎颇为自豪地说道。

"师兄说的是。不过，惠施先生虽然在悟道方面不及先生，在论辩方面也屡屡输给先生，但他的人生还算圆满。"

"逸轩，你这话是什么意思？"蔺且心知逸轩想说什么，却明知故问。

然而，没等逸轩回答，淳于悦就抢着说道：

"大师兄，二师兄说得不错。惠施先生声名遍天下，还做过魏国之相。诸子百家名流虽众，但无论是声名与能力，无一人及于惠施先生。"

本来，逸轩是想赞扬一下惠施，以作平衡，显示自己没有门户之见。没想到淳于悦误解其意，公开礼赞起了惠施。他怕庄周心里不舒服，遂连忙出来打圆场道：

"若要论声名，俺们先生早年就盖过了惠施先生；若要论能力，诸家名流更是无人能及俺们先生了。"

"二师兄，您前一句话，俺是非常认同的，若论能言善辩，惠施先生可能真不是先生的对手。但是，您后一句话，说先生能力超过惠施先生，不知有何依据？先生从未出将入相，未曾治理过一个大国，而惠施先生为魏国之相，'合齐魏以按兵'，安定了山东六国多年。还有，他为魏王变法，也颇见成效。这些都是天下人所共知的，怎么说他能力不及俺们先生呢？"

逸轩见淳于悦越说越偏离了自己原本的主旨，遂又连忙打圆场道：

"小师弟，俺们先生是清高，且深谙'虚己游世'之道。当年楚王专程派人来礼聘先生为楚国之相，先生都嗤之以鼻，不屑为之。还有其他诸侯国之君，包括赵王，都有意罗致先生，但是先生皆不为所动。如果先生有意为之，如果诸侯之君肯听从先生学说，说不定天下早就不治而安了。"

"逸轩说得对。说起先生的清高，小师弟，我不妨给你说几个故事，那只有我才知道的，你跟逸轩投在先生门下时间都太晚。"蔺且心知逸轩之意，连忙附和着转移了话题。

淳于悦一听蔺且要讲故事，顿时兴高采烈起来，催促道：

"大师兄，那您就快说吧。"

蔺且侧脸望了望庄周，又跟逸轩对视了一眼，然后一脸正经地说道：

"我记得，那是我投在先生门下没多久，先生家境正处于最窘迫的时候。有一天，我与先生在南溪摸鱼归来，有一位客人来拜访先生。客人见了先生，自我介绍说，他是宋人，叫曹商，不久前刚为宋王出使秦国归来。他出使前，从宋王处得车数乘。到了秦国，见了秦王后，得其欢心，赏了他很多车骑，达到百乘之数。"

"曹商哪里是来拜访先生，压根儿就是来向先生显摆炫耀的。"

"小师弟，你真聪明，一眼就看透了他的心理。他跟先生说：'居于陋巷穷里，靠织履困窘度日，饿得面黄肌瘦，还能安贫乐道，这是我的短处。而一见万乘之主，就使其幡然醒悟，从而获车百乘之多，这是我的长处。'"

蔺且话音刚落，淳于悦立即追问道：

"那先生怎么回答他的呢？"

"先生笑着说道：'戏听人说，秦王有病，召请天下之医，明言能使脓疮溃破者，可得车一乘；能为他舐痔疮的，则可得车五乘。所治体位愈是卑下，则得车愈多。难道您是治好了秦王的痔疮吗？不然，怎么得车百乘呢？好了，您还是赶快走开吧！'"

"曹商确实可恶，但先生说话也太刻薄了吧，一点面子也不给。"淳于悦说道。

"小师弟，依俺看，这曹商不是可恶，而是无耻之尤。不要说先生是清高之人，就是俺也会毫不留情地骂得他狗血喷头。"逸轩说道。

"大师兄，刚才您说要讲几个故事，您才讲了一个，怎么不讲了？"见蔺且讲完之后好久都没再接着往下说，淳于悦便催促道。

蔺且看了看淳于悦，又望了一眼庄周，说道：

"第二个故事，也是发生在你们未投先生门下时。你们都知道，先生早年曾出去游历过，因此声名满天下。我投到先生门下，就是因为惠施先生所荐。可见，当时先生的名望有多高。一次，一位不速之客找到漆园，说是慕先生之名，特来拜访请教。他是十乘车骑前呼后拥而来的，先生一见这架势，就知道他不是来请教的，而是跟曹商一样，专程来显摆炫耀的。"

"他是公子王孙吗？怎么这么大排场？"淳于悦问道。

"不是，他只不过是个干谒王侯之徒。因为来宋国游说宋王成功，得到宋王的赏识，赐了他十乘车骑。"蔺且答道。

"哦，他这是得意便傲人，是个十足的小人！"淳于悦脱口而出道。

"正是。所以，先生打心眼里鄙视他。但是，先生修养非常好，并没有指着他的鼻子骂，而是笑眯眯地给他讲了个故事，说从前有个穷人，住在水边，靠打芦苇编席过活。一次，他的儿子偶然潜入深渊，得到一个千金之珠。其父见了这个珠子，并无喜色，而是立即让他的儿子取来一个锤子，说要将这个珠子砸碎。他的儿子感到非常不解，就问其原因。其父回答说：'千金之珠，一定是藏在九重深渊的黑龙颔下。你能得到此珠，肯定碰巧是它正在睡觉。等黑龙睡醒了，发现千金之珠在你这里，恐怕你就没命了。'"

"大师兄，先生讲这个故事是什么意思？那个人听了，又作何反应？"没等蔺且把话说完，淳于悦又迫不及待地问道。

"那个人没听懂先生的意思，先生便正色告诉他说：'现在宋国官场政治的浑水，远远要胜过九重深渊。宋王的凶猛，远非黑龙可比。您今天能够得其赏车，一定是碰巧遇到了他还没睡醒。等到哪天他睡醒了，您将会粉身碎骨的。'"

蔺且说完，侧脸看了看庄周，见其仍在作凝神观照之状。

正当淳于悦还想开口让蔺且再讲时，逸轩猛然高声叫道：

"俺们只顾着在此讲话，把时间都给忘了。你们看，太阳都快要偏西了。再不赶紧走，恐怕先生就见不到故人了。"

听逸轩这样一说，包括庄周在内，大家都不约而同地抬头看了看天。

于是，师生四人连忙起身赶路。

然而，不幸的是，当庄周师生四人赶到时，庄周的故人已经病逝了。庄周虽然表面上装着非常达观的样子，但实际上是颇为感慨与伤感的。

为故人送葬结束，回到漆园后，庄周在第二年的冬天也病倒了。

蔺且与逸轩除了为庄周寻药问医之外，就是日夜轮流侍候在庄周身旁。原来一直被蔺且与逸轩捉弄，而又不失活跃有趣的淳于悦，现在每天也变得沉默寡言。

好不容易熬过了冬天，到第三年的春天，庄周的病还是没有起色。

由于长久卧床，庄周的作息时间也紊乱了，并不像以前那样，能够睡到日中时分才醒来。相反，而是经常处于失眠的痛苦状态之中。这样，庄周的身体状态就越发每况愈下了。看着奄奄一息的庄周，蔺且、逸轩与淳于悦都非常难过。但是，庄周却表现得非常旷达。

三月初九，漆园的天气出奇的好。碧空如洗，万里无云，天蓝得令人陶醉。和煦的阳光暖暖地照着，让人心里也感到暖洋洋的。远山黛色如画，近野碧草茵茵。房前屋后，草间是无名的小花朵朵绽放，树上是百鸟短吟低唱。更令人欣喜的是，这天却一丝风也没有。

辰时过后，蔺且侍候庄周用过朝食。逸轩进屋，问候了庄周几句，便跟蔺且商量道：

"师兄，今天外面天气特别好，是不是让先生出去晒晒太阳？"

"逸轩，你的这个建议好。"

"那好，师兄，您先陪先生一会儿，俺跟小师弟一起安排好座席，然后再来接先生。"说完，逸轩便出去了。

大约有烙两张大饼的工夫，逸轩与淳于悦进来了，帮助蔺且一起，搀扶着庄周走出了居室，来到门前靠近南墙边铺好的座席上。

庄周甫一坐定，淳于悦便望着庄周说道：

"先生，您看今天天气多好！"

庄周抬起头来，眯着眼睛远眺了一会儿远山近野，轻轻地点了点头。

逸轩见庄周心情明显比平时好得多，遂望着他，语气温婉地说道：

"先生，您看，还是春天好呀！山绿了，水活了，放眼望去，到处都是一派郁郁葱葱的景象。不要说人了，就是鸟儿，到了春天也格外兴奋。您听，这房前屋后鸟儿的叫声，多么婉转动听，恐怕不逊于孔丘所沉醉的《韶》乐吧。《韶》乐纵使动听，毕竟是人为之作，而这百鸟喧哗之声，乃是天籁自然之音。"

庄周听了，连连点头。很明显，逸轩的话说到了他的心坎里，契合了他崇尚自然的精神。

蔺且见此，接口说道：

"逸轩说得对。不过，春天不仅山美水美，也是万物复苏的时节。先生病了这么久，受了不少苦。现在春天到了，也是该复苏痊愈的时候了。"

"大师兄说得对。春天是阳气旺盛之时，先生深谙天地阴阳变化之道，病情肯定很快就会好转的。"

逸轩见淳于悦跟蔺且配合默契，遂顺着他们的话，望着庄周说道：

"先生，等您身体完全恢复后，弟子们再陪您出去游历。您说好吗？"

庄周听了逸轩这话，收回远眺的目光，慈祥地看了看逸轩，还有蔺且与淳于悦，呵呵一笑道：

"为师的病，为师最为清楚。你们不必安慰我。对于生死问题，我早就跟你们说过多少次了。如果我记得不错的话，好像在惠施先生来吊唁你们师娘时，我特意讲了先圣老聃友人秦失的观点。"

"先生，是不是就是四个字：'安时处顺'？"淳于悦一直改不了喜欢插话的习惯。

庄周以少有的慈祥眼神看了看淳于悦，并轻轻点了点头。

"秦失说得好：'生命之来，时也；生命之去，顺也。安时而处顺，则哀乐不能入于胸。'所以，哪一天为师真的死了，你们千万不要悲悲切切，凄凄惨惨。"庄周平静地说道。

蔺且、逸轩听了庄周这话，不禁悲从中来，但是他们为了不让庄周感伤，都强忍着悲伤。淳于悦嘴快，连忙说道：

"先生，生病的人不要说这么不吉利的话。"

庄周莞尔一笑，望着淳于悦说道：

"不说不吉利的话就不死啦？今天既然说到死，为师有个交代，希望三位谨记。我死之后，千万不要厚葬，那是浪费，也没必要。我以天地为棺椁，以日月为双璧，以星辰为珠玑，以万物为陪葬。我这样的陪葬，还有什么不齐备的吗？难道世上还有比这更高规格的葬礼吗？"

"先生，您这是不是要天葬？但是，弟子恐怕您要被乌鸦和老鹰吃掉的。"淳于悦脱口而出道。

庄周哈哈大笑，扫视了三个弟子一眼，从容说道：

"露葬于原野，会被乌鸦老鹰吃掉；下葬于地下，会被蝼蚁吃掉。现在，你们不让乌鸦老鹰吃掉我，而是把我抢过来给蝼蚁吃，你们是不是有些太偏心了呀！"

三个弟子听庄周说得如此洒脱，不知如何回答。

师生四人沉默以对，坐了约有半个时辰，庄周突然显出若有所思的样子。蔺且连忙问他有什么事要说，庄周顿了顿，看了看蔺且，又望了望逸轩与淳于悦，说道：

"今天天气好，为师想到南溪走一趟。"

"先生，这个提议好！"淳于悦兴奋地说道。

蔺且与逸轩对视了一下，心里更觉悲凉。因为他知道，这可能是庄周将不久于人世的回光返照表现。

逸轩当然明白蔺且的心情，但是他不会说破的，只是装着若无其事的样子，望着蔺且说道：

"师兄，先生身体虚弱，如何能走到南溪？"

"逸轩，你陪先生说说话，我跟小师弟去扎一副担架，我们抬着先生去南溪，把先生的钓鱼竿也带上。今天这么好的天气，先生临溪垂钓，一定很有兴味。"

"还是师兄想得周到。早年先生家事都靠您操持，最近一段时间先生生病，又是靠您操劳调理，现在又要靠您解决先生的出行问题。要是没有师兄，先生与俺们真的不知如何是好。"逸轩真诚地说道。

"逸轩，你说什么呢？弟子为先生分劳做点小事，不是天经地义的吗？"蔺且一边说着，一边起身回屋。

大约过了有烙三张大饼的工夫，蔺且在淳于悦的协助下，就用木条绑扎出一个担架，上面垫上了庄周所睡的被子，好让庄周躺在上面舒服点。

庄周本来就长得干瘪瘦小，加上病重好长一段时间，更是身轻如燕了。所以，人高马大的蔺且与淳于悦抬着庄周，根本就没什么感觉。

一入南溪溪谷，师生四人便感到这里的春意更浓。大概是因为背风的地形关系，临溪两岸的山脚下，草长木茂，明显不同于溪外。沿路沿溪不知名的小花，更是开得绚烂。

庄周半躺在担架上，一路走一路看。蔺且与淳于悦抬着担架，一边走，一边跟逸轩说着闲话。不知不觉间，师生四人便走到了南溪的上游。

南溪上游，对于庄周与蔺且来说，那是再熟悉不过了。在逸轩未投到门下之前，因为家庭经济拮据，庄周经常带着蔺且来此浅水中摸鱼，到此山上砍藤织筐，以此贴补家用。而自从逸轩来后，因经济条件彻底改善，庄周就再也不来此处了，只在中游或下游垂钓为乐。

看着南溪上游熟悉的风光，再回头看看肩头担架上抬着的庄周，蔺且不禁悲从中来。但是，今天他绝对不能表露出任何感伤的情绪。

逸轩与淳于悦并不了解庄周当年的这段生活经历，当然也不可能了解此时此刻蔺且内心的悲凉。相反，他们是第一次来此偏僻的上游，所以对这里的一草一木，一花一石，都觉得非常新奇。

当蔺且在前，淳于悦在后，抬着庄周来到临近溪边的一片树林时，逸轩指着旁边的树林，向蔺且问道：

"师兄，这是什么树呀？"

"哦，是南方一种常见的树木，叫大青杨。"蔺且随口答道。

淳于悦也是北方人，听了蔺且的话，也转过头去，好奇地向这片树林看了看。

就在此时，逸轩突然显出非常兴奋的样子，指着近旁一个树梢，高声说道：

"你们看呀！这里有蝴蝶。"

大概是受了惊扰，逸轩话音未落，原本驻停大青杨上的蝴蝶纷纷飞起。转瞬之间，整个溪谷都是飞舞的蝴蝶，铺天盖地。

逸轩与淳于悦看得目瞪口呆，蔺且看了则感慨万千。

躺在担架上的庄周，望着越飞越高，越飞越远的蝴蝶，则露出了欣慰的笑容。

参考文献

一、原著类

1. 《庄子》
2. 《老子》
3. 《论语》
4. 《列子》
5. 《墨子》
6. 《孟子》
7. 《韩非子》
8. 《礼记》
9. 《吕氏春秋》
10. 《史记》
11. 《淮南子》
12. 《说苑》
13. 《战国策》
14. 《韩诗外传》
15. 《孔子家语》

二、注疏义证类

1. 晋·郭象：《庄子注》。
2. 晋·司马彪：《庄子注》。
3. 唐·陆德明：《经典释文·庄子音义》。
4. 唐·成玄英：《庄子疏》。
5. 宋·林希逸：《南华真经口义》。
6. 宋·褚伯秀：《南华真经义海纂微》。
7. 明·释德清：《庄子内篇注》。
8. 明·方以智：《药地炮庄》。
9. 清·王夫之：《庄子解》。

10. 清·林云铭：《庄子因》。

11. 清·宣颖：《南华经解》。

12. 清·刘凤苞：《南华雪心编》。

13. 清·俞樾：《庄子平议》。

14. 清·王先谦：《庄子集解》，三秦出版社，2005。

15. 清·郭庆藩著，王孝鱼点校：《庄子集释》，中华书局，2006。

16. 清·林纾：《庄子浅说》，华正书局，1975。

17. 刘文典：《庄子补正》，安徽大学出版社、云南大学出版社，1999。

18. 王叔岷：《庄子校释》，商务印书馆，1947。

19. 马叙伦：《庄子义证》，上海书店，1996。

20. 蒋锡昌：《庄子哲学》，成都古籍书店，1988。

21. 陈启天：《庄子浅说》，台湾商务印书馆，1971。

22. 朱桂曜：《庄子内篇证补》，商务印书馆，1935。

23. 张默生：《庄子新释》，新世界出版社，2007。

24. 杨树达：《积微居读书记·庄子拾遗》，上海古籍出版社，2013。

25. 于省吾：《双剑誃诸子新证·庄子新证二卷》，中华书局，1962。

26. 陈鼓应：《庄子今注今译》，中华书局，1983。

三、学术著作、工具书类

1. 陈鼓应：《老庄新论》，上海古籍出版社，1992。

2. 傅佩荣：《逍遥之乐：傅佩荣谈庄子》，东方出版社，2013。

3. 颜世安：《庄子评传》，南京大学出版社，1999。

4. 李泰棻：《老庄研究》，人民出版社，1958。

5. 吕思勉：《先秦史》，中国友谊出版公司，2009。

6. 冯友兰著，赵复三译：《中国哲学简史》，天津社会科学院出版社，2005。

7. 任继愈主编：《中国哲学发展史·先秦卷》，人民出版社，1983。

8. 徐复观：《中国人性论史》，华东师范大学出版社，2005。

9. 詹石窗、谢清果：《中国道家之精神》，复旦大学出版社，2009。

10. 谭其骧主编：《中国历史地图集（第一册 原始社会·夏·商·西周·春秋·战国时期)》，中国地图出版社，1982。

后 记

庄子跟老子、孔子一样，在中国历史上都是知名度极高的人物。但是，庄子毕竟跟老子、孔子又有所不同。老子虽只做过守藏室之史（管理图书典籍的史官），但毕竟是周天子朝中之官；孔子为了"克己复礼"的政治理想，虽然周游列国而处处碰壁，一生颠沛流离，处境窘迫，整天惶惶如丧家之犬，匆匆如漏网之鱼，但毕竟在鲁国做过地方官如中都宰，在朝中做过小司空、大司寇，还曾一度代摄鲁相之职。老子因为讲"思辨哲学"，不为当世或后世所用，但晚年飘然出关的传说，还是令人有无限的遐想，算得上是个不可揣测的神秘人物；孔子因为讲"道德哲学"，生前不受当权者待见，但因其所讲"道德哲学"契合了中国历代统治者维护统治的政治需要，遂逐渐被神化，成为万众膜拜的至圣先师、万世师表。相比于神秘的老子与被神化的孔子，庄子算是中国历史上最平民化的名人了。

正因为庄子是最平民化的名人，同时又是失意读书人的代表，所以历来最受中国读书人的追捧。中国有句古话，叫作"不如意事常八九"。其实，现实生活中，失意之人也是常八九的。读书人能居庙堂之高，出将入相，遂其大志，快意人生的，毕竟只是极少数，绝大多数都是不得意的。正因为如此，中国自古以来的读书人都是最喜欢庄子，喜欢引之为同道，甚至引为知己而觉得风雅。

从文学形象的塑造来说，比起具有神秘色彩的老子与神化色彩浓厚的孔子，庄子应该算是即之可温、让人最有亲近感的人物了。然而，除了明人冯梦龙《警世通言》中有一篇《庄子休鼓盆成大道》的短篇话本小说外，直至今日仍然不见有一部完整呈现庄子哲学思想与人物形象的文学作品，包括《庄子传》之类。究其原因，并非是文学家对庄子这个人物不感兴趣，对以庄子为形象的历史小说题材不感兴趣，而是有两大障碍难以逾越。障碍一是，庄子的生平事迹在史籍中付之阙如。没有生平事迹材料，以庄子为形象的历史小说如何写？障碍二是，《庄子》一书的解读自古及今就是个难题，专业的学者尚不自信，普通人包括一般的文学家就不用多提了。

既然以庄子为形象进行历史小说创作有上述两个不可逾越的障碍，那么为什么我还要执意创作这部名曰《化蝶飞：达者庄子》的长篇历史小说呢？这里，我不妨据实交代一下自己的理由。

第一，研究庄子的学者，古今中外不知有多少。但是，我可以肯定地说，谁也不敢说自己对庄子思想的解读就完全正确。众所周知，对庄子思想的解读之所以困难，一是因为庄子的生平事迹史料付之阙如，因而"知人论世"难，"知人论文"更难。二是《庄子》的文字属于上古汉语，字、词、句的理解对于绝大多数人都是难以逾越的障碍。但是，我自以为我的古文基础还不差，现在活在世上的前辈与同辈，古文水平在我之上的相信也不会太多。他们都敢解读庄子，我何必惧而不为。他们对庄子的解读也不过是姑妄言之，他们对庄子著作字句的理解未必就比我准确多少，那我为何不可姑妄言之。万一我解读得有道理，那不也是对庄子研究有所贡献吗？当然，这并不是本书所追求的主要目标。我觉得企及此一目标，只是奢望，不是我写作此书的期望，不在我的目标之内。我的目标只是想用小说再现庄子的形象，解读庄子的思想只是为了塑造庄子形象的需要。

第二，以庄子为形象来创作小说的，除了明人冯梦龙有个短篇外，长篇巨制的历史小说创作古今中外好像还未见有人尝试过。因此，我觉得有必要创作一部以庄子为形象的长篇历史小说，以填补这一文学创作领域的空白。这部名曰《化蝶飞：达者庄子》的小书，以小说的形式对庄子形象及其思想予以呈现，如果能够得到广大读者的认同或是赞赏，那我就要谢天谢地了，因为这说明小说对理解庄子及其思想是有所助益的；如果读者认为这部小说对庄子思想的解读没有达到理想的境界，那我也不会为此而感到太沮丧。因为这是小说，而非专门阐述庄子思想的学术专著。历史小说与学术专著是有区别的，历史小说呈现的是历史人物的形象，而学术专著阐释的是历史人物的思想、考据历史人物的生平行事及其事功等。一个讲究的是感性的呈现，一个讲究的是理性的思考。这部《化蝶飞：达者庄子》的小书，既然是历史小说，注重的就是庄子人物形象的塑造。因此，即使是对庄子思想的呈现，我们也是主要通过故事情节来完成，而非学术著作式的论述。至于对庄子日常生活的描写，因为没有史料依据，所以一切的描写都属于文学的虚构。在此，特作说明。不过，我始终认为，历史小说创作必须坚持"虚实结合"的原则。《三国演义》之所以为人称道，就是在"虚实结合"原则的坚持上做得比较好，学术界一般认为是"七实三虚"，比较恰当。我早年是研究中国古典小说的，对此有深刻的认知。正因为如此，我在这部历史小说的创作中，对虚实的比例也是把握有度的。小说中的大部分内容都以《庄子》一书为依据，人物活动的时代背景、历史事件，都是历史的真实。只有生活细节的描写，才属于虚构的部分。虚构的目的，并不是为了捏造史实，而是以逼真的生活细节呈现庄子肉身凡胎的书生形象，为庄子思想的文学化呈现服务。小说中虚构的故事情节虽查无实据，但一定符合"历史真实"的原则，不会出现"穿越"的荒诞情事。这一点，是我创作历史小说一向都坚守的原则，决不妥协。

第三，我对先秦史有多年的研究，对先秦的历史地理也有了解，对于庄子生活的时代相比于一般的文学创作者要有更深的认识。我之前所写的四部长篇历史小说都是先秦这一段的，在此方面有较多的知识积累，我有把握将庄子形象置于战国时代的情境中予以呈现，而不会像许多所谓的历史小说那样时空错乱。

第四，我在创作第三部长篇历史小说《镜花水月：游士孔子》时曾在书中写到过孔、老相会一节，所以当时就萌发了要将老子也写出来的想法。因为孔子与老子是中国思想史上的两个巨人，既然以文学呈现了孔子的形象，那也应该以文学呈现老子的形象。所以，2013 年 2 月，当《镜花水月：游士孔子》初稿杀青后，我就一边修改《游士孔子》，一边在写《智者老子》了。《游士孔子》经过两次修改，于 2013 年 11 月由台湾商务印书馆出版，2014 年 4 月简体版亦由广州暨南大学出版社推出。在此期间，《道可道：智者老子》的写作已然过半。到 2014 年 11 月，全稿已经杀青。2015 年清明节，在中国人思念祖先、告慰先人的日子里，《道可道：智者老子》一书的修改定稿工作终于完成。当《道可道：智者老子》画下了最后一个句点时，《化蝶飞：达者庄子》的创作便自然而然地展开了。因为在写《道可道：智者老子》时，我较多地使用了《庄子》一书中的材料，对《庄子》一书的内容早已非常熟悉了，对庄子研究的相关学术论著也早有广泛的涉猎。可以说，以庄子为形象创作历史小说既是我既有的计划，也是我历史小说创作的必然逻辑。

上面条举的四条理由，虽然促成我最终完成了这部《化蝶飞：达者庄子》长篇历史小说的创作，但我深知创作完成并不意味着创作成功。事实上，创作的成功与否，不是作者自己可以判定的，而是需要读者来判定。我们都知道，庄子是个哲学家，而且还是一个思想非常不容易把握的哲学家。这部《化蝶飞：达者庄子》的小书，虽是历史小说，主要是呈现庄子的文学形象，但仍不可避免要涉及他的哲学思想。而要以小说呈现其哲学思想，其难度之大是可想而知了。尽管我深知这项工作的难度，知道这是一项吃力不讨好的工作，做得不好，结果写出来的东西就会既不像学术著作，又不像小说，可能是个"四不像"的怪物，要成为人们讥笑的谈资，或是众矢所向的箭垛。不过，好在我本来就是个达观的人，并不在意创作会不会成功，读者会不会认同，所以明知以小说形式呈现庄子形象及其哲学思想的难度，但最终还是硬着头皮去做了，而且坚持着做完了。

我深知，这部名曰《化蝶飞：达者庄子》的小书，以小说的形式呈现庄子的文学形象可能并不是太成功，我自己也不完全满意，但不管怎么样，有了它的问世就让塑造庄子形象的长篇历史小说实现了从无到有的转变。我在《道可道：智者老子》的后记中说过一段话："老子有句名言：'天下万物生于有，有生于无。'写老子的历史小说，自古及今不曾有过，是'无'；现在我写了一部《道可道：智者老子》，算是'有'。老子还有一句名言：'道生一，一生二，二生三，三生万物。'写老子的历史小说，现在有了我这一部，希望不久有第二部，然后再有第三部或更多部。如果按照老子的说法推演下去，将来果真'三生万物'，出现一万部写老子的历史小说，那也不是什么坏事。有，聊胜于无。这虽是自我安慰之语，但也是寻常真理。"这话今天用来表达我写《化蝶飞：达者庄子》一书的理由与心境，也是非常合适的。

《化蝶飞：达者庄子》这部历史小说付梓在即，马上就要跟广大读者见面了。在此，有两点需要跟大家予以说明。一是庄子的生平事迹史籍无所载，因此这部小说中有关庄子身世的描写，完全是我根据人物性格的内在逻辑而虚构出来的，希望读者诸君不要信以为真，也希望研究庄子的学者们不要误会而横加指责。二是对《庄子》外篇、杂篇的内容的认识，学术界普遍认为它们非出自庄子本人，而应该是出自庄子门人或后学，我也赞同这种认识。但是，在小说中我还是运用了外篇、杂篇的资料。这并非是我不知就里，而是我认为这些非出自庄子之手的文字对于塑造庄子的形象、理解庄子的哲学思想是有益的。毕竟，这部《化蝶飞：达者庄子》的小书是历史小说，不是《庄子评传》。

最后，我依例是要说些感谢的话。不过，这并不是虚辞，而是诚心实意。

首先，我要感谢古往今来许多研究庄子的先贤所做的工作。因为有了他们开创性工作的启发，才有了我对庄子及其思想的进一步思考，从而在小说中可以游刃有余地进行庄子形象的塑造。对于先贤工作成果的借鉴，我在全书之后列了一个参考文献。但是，因为小说是文学作品，所以不能像学术论著那样，引用他人一句话或几个字都要打个引号并作出注解。那样，小说就让人不可卒读了，也是大煞风景的。所以，这里特作说明。另外，还要说明一句，我这部小说中如有对前贤观点的借鉴或引用，一般都是经由小说中的人物之口表达的，是化在了人物形象的塑造与故事情节的演进中的。因此，如果对人物对话进行注解，就显得不伦不类了。写小说而列参考文献，这已经是我的发明与创例。我相信，大家都是从未看过有小说家写小说而列参考文献的。中国古代的历史小说作家没有，今天的历史小说作家也没有。这样的做法，大概也只有像我这样做惯了学术研究的学者才会有。如果再在小说中因为一句话或几个字而左加一个注解，右加一个注解，大概是要被文学家们笑掉大牙了！

其次，我要衷心感谢暨南大学出版社破例为我出版长篇历史小说，并且是以一个书系的形式。感谢暨南大学出版社社长徐义雄先生与人文分社社长杜小陆先生的大力支持！感谢这套历史小说书系的责任编辑和校对的辛勤劳动！

第三，我也要感谢台湾商务印书馆原主编李俊男先生。2009 年我在台湾东吴大学做客座教授时，他给我策划了一个"说春秋道战国"的历史小说系列创作计划。如果没有他的策划，我写完苏秦、张仪两部就结束了，不会有今天我的这第六部长篇历史小说《化蝶飞：达者庄子》。

第四，我要感谢许多学界前辈与时贤多年以来对我创作历史小说的关注与支持！感谢在此之前读过我的历史小说或其他学术著作的广大读者多年来的厚爱与鼓励！

第五，我要感谢我的太太蒙益女士给予的支持！她是世界五百强的一家德国公司中国区的财务老总，日忙夜忙，却还承担起我们在复旦附中读书的儿子吴括宇的课业辅导任务，这样我才能有足够的时间在学术研究与历史小说创作两条战线上左右开弓。感谢我的岳父蒙进才先生与岳母唐翠芳女士，他们从高级工程师与国有大企业领导岗位上退休下来后，十多年来一直帮助我们，替我们承担了全部的家务劳动，这样我才能过着衣来伸手、饭来张口的少爷生活，安心地坐在书斋中做学问和写作。

吴礼权

2017 年 9 月 9 日记于复旦大学

又 记

　　这部名曰《化蝶飞：达者庄子》的长篇历史小说，于2017年9月初全稿杀青。经过近八个月的修改，今天终于画上了修改定稿的最后一个句点。欣喜轻松之余，起座而至窗前，只见光华楼广场草坪左右两边对称的两棵樱花开得正盛（日本语叫作"满开"），雪白一片，灿烂耀眼，不禁心情大好，勾起往昔在日本京都生活多年的记忆，勾起在日本特别是在京都观赏樱花的回忆。

　　伫立窗前看足了樱花，回到桌前，看到台历上写着的日期："2018年4月5日，清明节"，猛然记起，《道可道：智者老子》一书的修改定稿是在2015年4月5日，也是清明节完成的。于是，不禁想到，这大概不是巧合，而是上天有意的安排，莫非写庄子本来就是应该的，不然对不起老子。如果写了老子而不写庄子，老子的在天之灵也会觉得孤独，因为没有知音呀！而写了庄子，老子不就有了知音吗？所以，我认为这两部小说的修改定稿都在清明节，从时间上看是凑巧，从逻辑上看则有必然性。

　　虽然我写老子、庄子有必然忭，但究竟写得如何，是否让读者诸君觉得满意，我就心里没底了。如果读者诸君觉得还算满意，那我就感激不尽了。如果觉得不甚满意，但还读得下去，希望大家继续给我鼓励，让我有信心完成"说春秋道战国"系列历史小说的全部创作计划，在不断的写作中提升自己的创作水平。

吴礼权

2018年4月5日清明节

于复旦大学光华楼西主楼1407室

吴礼权说春秋道战国系列历史小说

第一辑

1.《远水孤云：说客苏秦》

2.《冷月飘风：策士张仪》

第二辑

1.《镜花水月：游士孔子》

2.《易水悲风：刺客荆轲》

第三辑

1.《道可道：智者老子》

2.《化蝶飞：达者庄子》

第四辑

1.《武一统：权相李斯》

2.《法天下：帝师韩非》

第五辑

1.《王道梦：儒生孟轲》

2.《霸道剑：强人商鞅》